赵稀方

国务院特殊津贴专家、南昌大学人文学院特聘教授、中国社会科学院文学所二级研究员、国家社科基金重大项目首席专家、国家社科基金学科评议组专家；英国科学院Fellow、美国国务院Fulbright Scholar、台湾成功大学、台湾东华大学、波兰罗兹大学客座教授。曾应邀在美国、英国、法国、加拿大、波兰、韩国等国举办学术讲座。著有《小说香港》《后殖民理论》《翻译与现代中国》等学术专著十多部。

鐵馬

①

香港

报刊与文学

赵稀方 / 著

生活·讀書·新知 三联书店

Copyright © 2025 by SDX Joint Publishing Company.
All Rights Reserved.
本作品版权由生活·读书·新知三联书店所有。
未经许可，不得翻印。

图书在版编目（CIP）数据

香港：报刊与文学 / 赵稀方著 . -- 北京：生活·读书·新知三联书店，2025.3
ISBN 978-7-108-07833-9

Ⅰ.①香… Ⅱ.①赵… Ⅲ.①地方文学史—文学史研究—香港 Ⅳ.①I209.965.8

中国国家版本馆 CIP 数据核字 (2024) 第 076234 号

选题策划	何　奎
责任编辑	马　翀　李　倩
封面设计	刘　洋
责任印制	卢　岳
出版发行	生活·读书·新知三联书店 （北京市东城区美术馆东街 22 号）
网　　址	www.sdxjpc.com
邮　　编	100010
经　　销	新华书店
印　　刷	河北品睿印刷有限公司
版　　次	2025 年 3 月北京第 1 版 2025 年 3 月北京第 1 次印刷
开　　本	720 毫米 ×1015 毫米 1/16 印张 37
字　　数	448 千字　图 361 幅
印　　数	0,001—3,000 册
定　　价	128.00 元

（印装查询：010-64002715；邮购查询：010-84010542）

出版说明

《香港：报刊与文学》是一部凸显一手文献重要性的专著。该书重在对香港报刊文艺原始文献进行搜集、整理及研究，以扎实的文献为基础，梳理香港报刊文艺发展脉络。《香港：报刊与文学》所用原始文献涉及白话、文言、粤方言多种语体，其中很大一部分是此前未曾出现于内地论著中的稀见材料。因此，本书力争展现文献原貌，尽量避免改动原始文献的文字、标点，如原刊错印、漏印之处确已影响阅读的流畅性，则在引文中用夹注形式加以解释、说明。

目录

前言　1

第一章　香港文学起源　13

  第一节　《遐迩贯珍》：不"纯"的起点　14
  第二节　《循环日报》：王韬与副刊问题　19
  第三节　《中外小说林》：阿英的遗漏　23
  第四节　《英华青年》："五四"新解　28

第二章　文学新旧与现代性　35

  第一节　被忽略的《小说星期刊》　36
  第二节　新文学的先导　42
  第三节　旧文学的现代性　50

第三章　文学与体制　59

  第一节　从《小说星期刊》到《大光报》：中断的线索　60
  第二节　《伴侣》："香港新文坛的第一燕"？　69
  第三节　《铁马》《岛上》：是"古董"，还是"体制"？　90

第四章　左翼文学与现代诗　99

第一节　《红豆》考订　100
第二节　左翼的限度　107
第三节　现代诗与"半唐番体"　111

第五章　南来与本地　127

第一节　"中国文化的中心"　128
第二节　《天光报》：流行小说　142
第三节　《文艺青年》：本地青年作家　155

第六章　被遗忘的沦陷区　177

第一节　沦陷前后　178
第二节　戴望舒"附敌"事件　187
第三节　视线之外的叶灵凤　197

第七章　批评的风暴　221

第一节　《大众文艺丛刊》：清理文坛　222
第二节　《华商报》：《虾球传》　232
第三节　《新生晚报》：《经纪日记》　238

第八章　"绿背文学"　249

第一节　绿背刊物与出版社　250
第二节　"友联"与《中国学生周报》　262

第九章　现代主义运动　277

第一节　《诗朵》：缘起　278
第二节　《文艺新潮》：翻译与创作　282
第三节　《新思潮》《香港时报·浅水湾》《好望角》：现代主义的演进　312
第四节　新的历史面向　322

第十章　左右分流　335

第一节　从《海澜》到《当代文艺》　337
第二节　从《大公报》到《海洋文艺》　354

第十一章　《盘古》：自右向左　379

第一节　自由激进主义　380
第二节　从"风格诗页"到"《盘古》文艺副刊"　395

第十二章　本地文学的兴起　409

第一节　从《四季》到《罗盘》　410
第二节　生活化美学　422
第三节　素叶出版社和《素叶文学》　428

第十三章　另一种香港性　437

第一节　《诗风》：沟通中西　438
第二节　"诗观的歧异"　449

第十四章 《八方》：第三空间 459

第一节 华丽转身 460
第二节 "中介"作用 467

第十五章 《香港文学》共同体 483

第一节 "老、中、青"和"中、左、右" 484
第二节 世界华文文学的中心 493
第三节 香港文学学科建构 500
第四节 陶然接编 517

第十六章 作联与作协 527

第一节 《香港作家》 528
第二节 《作家》 539

参考文献 551

香港三联版"鸣谢" 567

香港作为方法——"《报刊香港》与华文文学研究"

学术座谈会综述 569

后 记 579

前 言

按照新历史主义的说法,历史只能由文本来呈现。近现代以来,报刊无疑是第一手的文本材料,不过,现代报刊一方面是历史材料,另一方面也是一种历史建构。本书的任务有二:一是梳理香港文艺报刊的历史脉络;二是研究这些报刊是如何呈现香港的。

进行报刊研究的时候,既需要注意史料考证,也需要注意历史线索。对于抗日战争以前的香港报刊,本书予以较多的史料考订,新的史料自身就能呈现不同的维度;对于此后人们了解稍多的报刊,本书则侧重于思想脉络的梳理。

1853 年,在香港出版的第一份中文报刊《遐迩贯珍》,早已被史学界所注意。《遐迩贯珍》是中文刊物,内有不少华人的文章,特别是其中的几篇散文游记文学意味很浓。《遐迩贯珍》的中西混杂,呈现了香港文学不"纯"的起源。

刘以鬯先生称,1874 年王韬创办《循环日报》,并创建副刊,开创了香港文学,这一点已经成为香港文学史的公论。然而,据笔者的考证,这个说法只是一个误会,来自一个简单的史料错误。笔者查阅过大英图书馆的《循环日报》的胶片,也查阅过香港大学的微缩胶片,发现《循环日报》在创刊时并无副刊。事实上,戈公振所说的《循环日报》创立副刊,时在 1904 年,这时候王韬早已经去世了。在近代士大夫中，王韬相当特别。他一直为传教士工作，曾出访国外，受西方文化浸淫较深，然而他自小又深受中国传统文化影响，因此他的思想不时出现矛盾纠结之处。

据阿英的《晚清文艺报刊述略》记载，香港文学最早的文艺期刊，是创刊于丁未年（1907—1908年）的《小说世界》和《新小说丛》两种。《小说世界》现已不存，《新小说丛》也仅存三期。可惜，阿英没有注意到创刊时间早于《新小说丛》的《中外小说林》。《中外小说林》不但时间早，并且现存期数全，堪称香港现存最早的文学期刊。《中外小说林》以民族主义相号召，致力于推翻晚清政府，然而对于香港自身的问题却并不注意，形成了一个悖论。

1921年创刊的《双声》杂志，是较早刊登白话小说的香港杂志。刊登于《双声》第1集的黄天石的短篇小说《碎蕊》，被视为香港小说"新的开始"。笔者查阅了《双声》杂志全部四集，发现类似《碎蕊》的白话小说其实不少。

《妙谛小说》现仅存一期，即第4期。从这一期杂志上看不到时间线索，但刊物上标明"香港代理处共和报"，杨国雄指出："香港的《共和报》是在一九一一一一九二二年间出版，该刊出版最迟应在一九二二年。"[1]

《文学研究录》现仅存第4至8期，第4期的出版时间是1922年1月，第4至6期这三期是月刊，由此推算它的创刊时间应该在1921年。《文学研究录》并非纯文艺刊物，而是中国文学研究社的函授刊物，旨在培训文学爱好者。在内地"五四"批判传统文化、倡导新文化运动的时候，香港反倒聚集内地旧文人，从事国

---

[1] 杨国雄：《清末至七七事变的香港文艺期刊》，《香港文学》1986年第1期，总第13期。

左图：
《妙谛小说》第 4 期

右图：
《双声》第 1 集广告

学教育。

这样一种文化反差的原因何在呢？从《英华青年》上可以略知一二。《英华青年》系袁良骏先生发现的刊物[1]，不过他谈的是1924年的《英华青年》，对于《英华青年》的前身却并不了解。他认为，《英华青年》创刊于1909年。此说显然有误，《英华青年》的创刊时间应为1919年，《英华青年》创刊号所刊载的主编周夏明的"发刊词"，第一句话就是"民国八年，仲夏之月，香江英华青年会，举行开幕礼，礼成，佥议创办一杂志，颜曰《英华青年》"。本书将《英华青年》与《文学研究录》结合起来，考察香港"五四"不同于内地的特征。香港呼应了"五四"政治运动，却没有呼应新文化运动，反而呼吁保存中国文化，希望融合中西。这是香港文化的殖民现代性特征，或者亦可以对反思内地的"文

---

[1] 参见袁良骏：《新旧文学的交替和香港新小说的萌芽》，《中国社会科学》1997年第 4 期。

化激进主义"有所启发。

1924年夏历八月创刊的《小说星期刊》,一向被视为鸳鸯蝴蝶派刊物,这个说法并不准确。《小说星期刊》实际上是一个综合性刊物,其中确有鸳鸯蝴蝶派小说,但也有古典诗文、白话小说、新诗等,还有粤港地方文化等内容。就白话小说而言,《小说星期刊》所刊载的作品在数量和质量上都远远超过被称为"香港新文坛的第一燕"的《伴侣》,是香港新文学的先导。同时,它所刊载的文言小说也具有表现私人领域、反省现代性和批判殖民主义等特征,需要我们重新思考"旧文学的现代性"。

1928年8月5日创刊的《伴侣》贵为"香港新文坛的第一燕",是香港文学史都要提到的,然而我们对于《伴侣》的了解并不够。笔者发现,我们袭用的侣伦关于《伴侣》的回忆,其实并不准确。《伴侣》并非文艺类刊物,而是一个时尚生活类刊物,文艺化是从该刊第7期才开始的,可惜这个刊物到第9期就看不到了。《伴侣》所刊小说的题材相当狭窄,基本是爱情家庭类,这应该和《伴侣》"谈谈风月,说说女人"的"通俗文学"定位有关。《伴侣》之所以受重视,其根本原因在于它被认为是香港第一个白话文艺刊物。不过在笔者看来,新旧文学对立其实并不是香港早期文学的主要结构,《小说星期刊》的文白夹杂才更为真实地反映了香港早期文学的实际状况。

《字纸簏》的创刊早于《伴侣》,现存最早的《字纸簏》是第3号,时为1928年7月。不过《字纸簏》开始是在广州创刊的,后来才转到香港。《字纸簏》与《伴侣》大致同时创刊,但它并不追求成为白话刊物。它专门辟了一个"不三不四"栏目,登载文言作品。有作者来信要求刊物放弃这一栏目,"第三号的字纸簏出版后,接到香港一个阅者的来信,教我们忍痛将不三不四一栏弃掉,好叫字纸簏成个纯粹的婴儿"。但是编辑拒绝了这一建议,理由是"字纸簏就是字纸簏罢了,并不是'新潮',也不是'旧粹',尤其不是什么'光',或什么'钟'"。看起来,《字纸簏》并没有倡导白话文学的意思,《伴侣》其实也一样。《字纸簏》当时与《伴侣》关系并不好,发表在《伴侣》第1期上的雁游的短篇小说《天心》抄袭《小说月报》,就是由《字纸簏》揭发出来的,为此两个刊物还发生了争执。

《字纸簏》第3号

1929年9月,香港出现了一个较为正式的新文学刊物《铁马》。《铁马》第1卷第1期玉霞的《第一声的呐喊》,自认为是"香港文坛第一声的呐喊",岛上社也自觉支持"国语文学"。不过,此时香港的主要问题并非新旧文化对立,而是商业体制遏制了纯文学的生长。从《铁马》的"编后语"看,《铁马》同人并不在意文学的新旧问题,对于他们最大的压力是经济问题。《铁马》只出了一期就失败了,其后1930年4月创办的《岛上》也同样艰难,至1931年出版第2期后,就再也没有下文了。

20世纪30年代也一样,很多刊物都只存创刊号。1933年5月创刊的提倡普罗文学的左翼刊物《春雷半月刊》、1933年10月出版的刊登过侣伦《红茶》一文的《小齿轮》、1934年9月创刊的刊载过刘火子《中国何以没有伟大的诗人出现》一文的《今日诗歌》、1935年1月创刊的刊载过侯汝华等人的现代诗的《时代风景》、1937年3月创刊的刊载过"悼易特辑"的《南风》,均只有一期存世,可能是后面的刊物没有保存下来,更可能是只办了一期就难以为继了。

在这种情形下,1933年创刊的《红豆》殊为可贵,它是现存唯一的较为系统的20世纪30年代前期香港文学期刊，对我们考察抗日战争前香港文学具有重要的价值。学界关于《红豆》说法不一，本书对此进行了考订，并在此基础上讨论了彼时香港文坛左翼文学与现代主义并置的特征。另外，《红豆》的"世界史诗专号""英国文坛十杰专号"和"吉伯西专号"等几个翻译专辑，也颇值得注意。

据笔者的考察，抗战初期的香港作家由三个部分构成。一是南来作家。就报纸副刊而言，最有名的是四大副刊：茅盾主编的《立报·言林》、夏衍主编的《华商报·灯塔》、戴望舒主编的《星岛日报·星座》和萧乾主编的《大公报·文艺》。在文学期刊上，较为有名的有茅盾主编的《文艺阵地》、邹韬奋主编的《大众生活》、端木蕻良主编的《时代文学》、简又文主编的《大风》和黄宁婴主编的《中国诗坛》等。二是未被注意的黄天石、平可、张吻冰、龙实秀等香港本地新文学作家，他们在《工商日报》及其《天光报》上发表的流行小说，对香港本地市民的影响远远超过南来作家的作品。三是为南来左翼文坛培养起来的香港青年作者，包括刘火子、彭耀芬、黄谷柳等香港作家。茅盾等南来作家的活动，使香港成为全国抗战文学的中心，然而他们对于香港原有的文坛尚有隔膜，自身的作品也不太能够进入

《小齿轮》

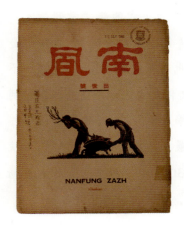

鲁衡、李育中送给吴灞陵的《南风》

香港市民读者，但他们通过《文艺青年》等刊物，培养了香港本地文艺青年，并生产出了一批反映抗战以及香港本地生活的文学作品。香港文学史多论述第一类内地南下作家的创作，对于第二类本港作家和第三类香港左翼青年的写作都没太注意。

香港沦陷时期的文学，一向没有进入过香港文学史。笔者对于香港沦陷时期的报刊和创作进行了搜罗考察，并着重讨论了被指控为汉奸的戴望舒和叶灵凤两人。戴望舒在沦陷时期发表的文字，主要集中于《华侨日报》《香港日报》和《香岛日报》，从这些报刊上的文字看，戴望舒基本上是清白的。叶灵凤的情况则较为复杂，他在香港沦陷以后任职于日本军方主办的大同图书印务局，1942年8月主持《新东亚》杂志，1943年4月任《大众周报》社社长，1944年1月主编《华侨日报·文艺周刊》，1944年11月30日主编了《香港日报·香港艺文》。在叶灵凤发表的文字中，除了"书淫艳异录"系列、读书笔记、电影评论等，还有大量的公然支持日本侵略者和"汪伪政府"的文章，这些主要发表于《大众周报》上的文字很出人意料，需要重新探讨。

抗战胜利前后的香港文坛，一直被相提并论，视为南来作家给香港文学带来的高峰。在笔者看来，因为历史情形的不同，两个时期的差异还是较大的。抗战胜利前的香港文坛人才济济，大家因为抗日的目标走到一起，形成统一战线，文坛百花齐放，创作上相当有实绩。抗战胜利后，特别是到20世纪40年代后期，香港文坛形势大变，刮起了批评风暴。这一时期香港最有影响的报刊，并非文学创作刊物，而是理论批评刊物《大众文艺丛刊》。20世纪40年代后半期，香港最有影响的小说，一是自1947年11月14日起连载于《华商报》的《虾球传》，一是自1947年4月起在《新生晚报》连载的《经纪日记》。前者较为有名，后者不太为人所知。在地方性书写上，两者可堪比较。

20世纪50年代的"绿背文化",是香港的一种独特文化现象。据笔者所见,未见文学史提及的《自由阵线》,是最早的绿背刊物。其后,绿背报刊集中出现在1952年:美国新闻处的《今日美国》创刊于1952年3月15日,《人人文学》创刊于1952年5月20日,《中国学生周报》创刊于1952年7月25日,颇具规模的亚洲出版社则成立于1952年9月。香港本来是一个被殖民统治的地方,然而在两大阵营的冷战格局中,却被塑造成了一个"民主橱窗"和"自由天堂"。

20世纪50年代上半期,"绿背文学"在香港文坛占据了主流。50年代中期前后,现代主义文学思潮开始出现。最有代表性的现代主义刊物是1956年2月面世的、由马朗创办的《文艺新潮》。不过,这一思潮在此前昆南等人创办的《诗朵》(1955)上已露端倪。而在1959年5月《文艺新潮》终刊后,昆南创办的《新思潮》(1959),刘以鬯主持的《香港时报·浅水湾》(1960—1962),李英豪和昆南创办的《好望角》(1963),都延续了这一思潮。就这样,现代主义潮流在香港时断时续,不绝如缕,持续了十年。整体梳理香港20世纪60年代的现代主义脉络,可以清楚地看到其所产生的新的历史面向。就横向而言,香港现代主义思潮的意义在于冲破了20世纪50年代初期以来"绿背文学"主导文坛的局面;就纵向而言,香港现代主义思潮衔接了1949年之前中国现代文学的纯文学和现代主义传统。

现代主义思潮之外,20世纪五六十年代香港文坛的基本结构是左右对立。大约从1955年开始,左翼开始创建报刊,与右翼对峙。除《大公报》《文汇报》《新晚报》等报纸之外,左翼的主要文艺期刊是1957年的《文艺世纪》、1966年的《海光文艺》和1972年的《海洋文艺》。右翼文学开始于1955年创办的《海澜》,其后较为典型的右翼刊物是从1965年延伸到1979年的《当代文艺》。

当然,左与右只是大致分类,并不适合所有的刊物。作为海外华文文学的中转站,香港的一些刊物以海外为主要市场。《文坛》(1950—1974)是香港出版时间最长的刊物之一,不过它主要在海外发行,堪称一份华侨刊物。《南洋文艺》(1961)和《华侨文艺》(1962)等都主要针对东南亚,作者和市场都来自南洋。《纯文学》则较为特殊,是台湾《纯文学》杂志的香港翻版。

以"六七暴动"为转折点,香港的历史进入了一个新的阶段。随着1949年后在香港出生的新一代港人的长大,本地作家开始浮出历史地表。本书通过《大拇指》《罗盘》《素叶文学》几个刊物追溯了香港本土文学的渊源。同时又通过《诗风》《诗双月刊》《诗网络》等刊物,追踪了另一种本土性。本书认为,香港性并非只有一种,它取决于对香港的不同理解,强调表现本地的也斯、西西等人的民间派固然是一种香港性,而将香港文化理解为中西融合的黄国彬等人的古典派也是另一种香港性。这后一种是未被人们注意到的。1972年创刊的《四季》《诗风》和《海洋文艺》这三种报刊,代表着香港民间派、古典派与写实派的三足鼎立。

20世纪80年代前后,随着中国进入新时期、中美建交以及香港即将回归,香港文坛发生了根本性的转折,50年代以来左右对立的文化格局逐渐瓦解。徐速的《当代文艺》在1979年停刊,《海洋文艺》忽然在1980年被中止,这个时间点并非偶然。右翼作家代表徐速和左翼文学代表作

《文坛》

家阮朗，双双于1981年去世，标志着一个时代的结束。

1979年9月问世的《八方》，大体上系由1967年创刊的《盘古》演变而来。《盘古》是一个自右转左的刊物，不过这里的"左"并非香港左翼，而是一种自由激进主义，是彼时海内社会运动所造成的结果。较之《盘古》，《八方》可以说完成了华丽转身，摆脱了从前的形象。《八方》的使命，是沟通海峡两岸暨香港。《香港文学》则志在主导香港文坛，它对内串联香港本地的不同派别，对外则沟通世界各地的华文文学。此外，它对于香港文学学科的构建也具有开创性贡献。刘以鬯卸任后，接编的陶然保持了《香港文学》的定位，并且发扬光大。

《香港文学》既已成为公共平台，那么《海洋文艺》以来的左翼文人团体去哪里了呢？笔者发现，原来他们多数聚集于同人的炉峰社及《炉峰文艺》上。香港"作联"则是较大的南来文人团体，罗琅的炉峰社以及张诗剑的龙香文学社等大致上都属于它。"作联"的杂志是《香港作家》，1988年创刊，直至2019年转为线上，延续了三十多年，堪称香港历时最长的刊物之一。香港的"作协"则属于另一端，其会刊是《作家》。《作家》起初以通俗文学为特色，又一度成为纯文学及批评的阵地。它历经两次转变，跨越三个时期，不能一概而论。

2006年，香港有两个刊物面世：一是梅子主编的《城市文艺》，二是谢晓虹、韩丽珠、邓小桦等一伙年轻人主编的《字花》。《城市文艺》基本上是一个公共平台，性质与《香港文学》接近，两者的区别是《香港文学》系由内地出资，《城市文艺》则是由香港艺展局资助。《字花》是一个本地青年文化的刊物，强调文学表现个性，书写城市性的各种话题。它打破了常规的文学体裁分类模式，不再以小说、散文、诗歌等为栏目，而是以主题为模式，在一个主题下并置各种文类。它并非以文学自居，却将写作称为"植字"。

《香港文学》的"老、中、青"与"中、左、右"看起来已经囊括了所有作家,不过它所涉及的只是"纯文学"和"严肃文学",对于商业城市香港而言,另外一条通俗文学线索也需要梳理,它对于社会的影响事实上更大。前面我们已经谈到20世纪20年代《小说星期刊》中的鸳鸯蝴蝶派小说、抗战初期黄天石及平可等人的流行小说以及20世纪40年代后期高雄的《经纪日记》。20世纪50年代中期以后,通俗小说引领者,是从《新晚报》起步的梁羽生、金庸的新派武侠小说。就刊物而言,1959年罗斌的环球出版社创立了《武侠世界》,1960年金庸创刊了《武侠与历史》,1970年张维又创办了《武侠春秋》,这三个刊物成为香港最流行的武侠杂志。其中《武侠世界》影响最大,这个刊物风行六十年,直到2019年才停刊,堪称传奇。

1959年,金庸脱离左翼,创建《明报》,以新派武侠小说为主打,进一步巩固了这一文化品牌。除了新派武侠小说之外,《明报》报系还推出了言情小说系列。《明报周刊》从1968年创刊起,一直以亦舒的小说为主打,此外还刊登过林燕妮等人的作品。值得注意的是,在武打、言情之外,《明报周刊》还重视打造专栏作家的品牌,如三苏、黄霑、林燕妮、钟玲玲等都成为走红作家。《明报》系列并非纯文艺报刊,不过,在建构香港现代文化方面也起到了很重要的作用。

香港文学起源

第一章

第一节 《遐迩贯珍》：不"纯"的起点

关于香港文学的起点，文学史最早追溯到 1874 年王韬创办的《循环日报》，其实还可以往前追溯，那就是 1853 年创刊的《遐迩贯珍》。作为香港第一份中文期刊，《遐迩贯珍》深具历史价值。《遐迩贯珍》由马礼逊教育会创办，先后由传教士麦都思（W.H.Medhurst）、奚礼尔（C.B.Hillier）和理雅各（J.Legge）三人编辑。《遐迩贯珍》本身篇幅不大，少至二三篇，多至七八篇。该刊每期都有一个固定的"近日杂报"新闻栏目，其他栏目还有杂论、游记和译文等。它虽具传教性质，却大体上已经是一份现

《遐迩贯珍》创刊号

代意义上的报刊。

《遐迩贯珍》第1号有一篇"序言",估计出自麦都思之手。"序言"谈到,中国地大物博,古代文明远远领先于异邦,但在近代以来落后了,被欧美所超越,落后的原因是封闭,表现之一就是没有报刊,"中国除邸抄载上谕奏折,仅得朝廷举动大略外,向无日报之类"。"序言"希望以《遐迩贯珍》为先行,引导中国现代报刊,"其内有列邦之善端,可以述之于中土,而中国之美行,亦可以达之于我邦"。

近代传教士所办的第一份中文报刊,是1815年马礼逊和米怜在马六甲创办的《察世俗每月统记传》。此后,伦敦传道会又创办了《特选撮要每月纪传》(1823年,巴达维亚)和《东西洋考每月统记传》(1833年,广州—新加坡)。在鸦片战争之前,伦敦传道会已经在南洋的马六甲、新加坡及巴达维亚拥有了三处印刷厂。这些报刊主要用于宣传宗教,不过非宗教的篇幅逐渐增加。《东西洋考每月统记传》是中国境内创办的第一份中文期刊,初期在广州,后来移到新加坡。它的宗教内容已经少了很多,可以说是一份世俗刊物了。《遐迩贯珍》是接此脉络而来的,其内容涉及的范围更广。《地形论》(1853年第2号)、《彗星说》(1853年第3号)和《地质略论》(1854年第3—4号)等文涉及的是地理、地质、天文等内容,《极西开荒建治析国源流》(1853年第4号)、《花旗国政治制度》(1854年第2号)和《英伦国史总略》(1855年第9号)等文涉及的是英美历史知识和政治制度,《火船机制述略》(1853年第2号)、《生物总论》(1854年第11号)和《热气之理总论》(1855年第8号)等文介绍机械、生物和物理等方面的知识,《佛国烈女若晏记略》(1855年第5号)、《附记西国诗人语录一则》(1854年第9号)等文则涉及西方文化、文学。可以说,传教士办刊既有传教的动机,也传播了现代知识,他们试图通过期刊，重组中国人的心智。

《遐迩贯珍》上其实有不少中国人写的文章。据考证，《西国通商溯源》《粤省公司原始》等文可能出自王韬之手，《英伦国史总略》《续英伦国史总略》和法国圣女贞德的传记《佛国烈女若晏记略》可能出自蒋剑人之手，《马可顿流西西罗纪略》应该是蒋剑人与艾约瑟共同撰写的介绍西方文学的文章的一部分。《景教流行中国碑大曜森文日即礼拜日考》则标明了作者为中国科学家李善兰。

就香港文学而言，较为重要的是几篇游记散文。《遐迩贯珍》的文章不署作者名，在中文目录上和文章里一般都看不到作者的名字，这是人们无法确定作者及其国籍的原因所在。然

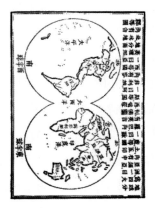

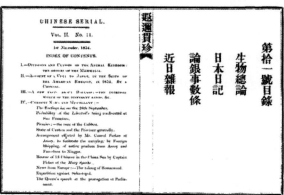

《日本日记》

而，被人忽略的是，在英文目录中，这几篇游记散文却都被标明是"communicated by a Chinese"，因而可以确定这几篇游记散文的作者是中国人。这几篇游记散文分别是《琉球杂记述略》（1854年第6号），《瀛海笔记》《瀛海再笔》（1854年第7、8号），《日本日记》《续日本日记》和《续日本日记终》（1854年第11号、12号，1855年第1号）。

这几篇散文所占刊物的篇幅都颇为不少，1854年第6、7、8号的《遐迩贯珍》，除了新闻和伊索寓言翻译这两个固定栏目外，全刊只有《琉球杂记述略》《瀛海笔记》及《瀛海再笔》各一篇文章，成为该期刊物的主体，《日本日记》更是连载了三期，可见《遐迩贯珍》对于这几篇散文的重视。从题目可知，《琉球杂记述略》是琉球游记，《日本日记》是日本游记，《瀛海笔记》在题目上未提到国名，实乃英国游记。据考证，《琉球杂记述略》的作者可能是钱莲溪，王韬增删而成。《日本日记》的作者是广东商人罗森，1854年他随美国舰队访日，写下了近代中国人访日的最早的文字之一。《瀛海笔记》系王韬据友人应雨耕的叙述整理成文的，此文是应雨耕于咸丰初年随英驻京公使威妥玛（Thomas F. Wade）去英游览的结果。这几篇散文不但记述风土人情，并且记述"政治之明良、制度之详僃（原文为僃，疑为備——引者）"（《瀛海笔记》），表现了中国人早年观世界的最初感受。这几篇散文行文生动，颇具文采。《瀛海笔记》开头是："友人云，壬子二月初旬，由香港附西国海舶，扬帆登程，向西南驶行。二三日犹隐约见山，海水深蓝如靛，十余日则浩渺无边，汪洋空阔，不见涯岸岛屿，惟飞鸟黑白成群，翱翔觅食，或飞鱼鼓翅舞跃，亦时堕舟中，为人所捕。"可以说，这些文字既有思想意义，也有文学价值。

《遐迩贯珍》编排这几篇中国人的文章，应该说有其用意，

左图：
刊登《琉球杂记述略》刊影及目录
右图：
刊登《瀛海笔记》刊影及目录

旨在通过中国人的现身说法，提供中西差异的说明。正如笔者在《小说香港》一书中所分析的，《遐迩贯珍》本身的叙述策略就是褒扬英国而贬低中国，建构香港的殖民认同。[1]

不过，接触西方的近代中国知识者，已经不再可能是单一主体。[2]中国作者可能受到传教士的影响，但叙述主体既已翻转，其中的含义即可能产生了变化，东方主义转成了主动选择。王韬在《瀛海笔记》的开头，即将其与魏源的《海国图志》和徐继畬的《瀛环志略》相提并论。

作为鸦片战争后第一份可以自由流通和阅读的刊物，《遐迩

---

[1] 赵稀方：《小说香港：香港的文化身份与城市观照》，香港：三联书店（香港）有限公司，2018年，第31—33页。

[2] Homi K. Bhabha, "Interrogating Identity-Frantz Fanon and the Postcolonial Prerogative", in *The Location of Culture*, (London: Rouledge, 1994), p.52. 另参见 Arif Dirlik, "Chinese History and the Questions of Orientalism", in *The Postcolonial Aura: Third World Criticism in the Age of Global Capitalism*, (Boulder, Colo.: Westview Press, 1997), p. 114, 118。

贯珍》在当时广有影响，销售范围除香港外，还有广州、上海等地区。据1856年第5号终刊号"遐迩贯珍告止序"称："《遐迩贯珍》一书，自刊行以来，将及三载，每月刊刷三千本，远行各省，故上自督抚，以及文武员弁，下递工商士庶，靡不乐于披览。"如此一份在近代史上具有重要价值的刊物出自香港，足见香港在近代以来中国西学东渐中的前沿地位，而刊物所呈现的中西文化的混合性也说明了香港文学的后殖民特征。

第二节 《循环日报》：王韬与副刊问题

香港的中文报纸，开始是由西报附带出版的。创刊于1857年的《香港船头货价纸》，是《孖剌报》出的中文报，后更名为

《循环日报》人员构成

《香港中外新报》，是香港第一家中文报纸。1871年，《德臣西报》出版中文报《中外新闻七日报》，是《华字日报》的前身。早期中文报纸虽由华人主持，不过不得不依附于西人，内容上主要是商业信息及新闻。

香港第一份由中国人创办的报纸，是1874年由王韬参与创办并任主笔的《循环日报》。《循环日报》强调："本局倡设《循环日报》，所有资本及局内一切事务皆我华人操权，非别处新闻纸馆可比。是以特延才优学博者四五位主司厥事。凡时务之利弊、中外之机宜，皆得纵谈无所拘制。"看得出来，《循环日报》很强调华人对于话语权的控制，它还专门提到了由西人开设的香港华文报纸在言论上的局限，"然主笔之士虽系华人，而开设新闻馆者仍系西士，其措词命意难免径庭"。《循环日报》首次由华人掌办，发出自己的声音，意义重大。

首次提出将《循环日报》作为香港文学起点的，是香港著名作家刘以鬯。刘以鬯在《今天》1995年第1期（总第28期）"香港文化专辑"上发表《香港文学的起点》一文，提出香港文学的起点应在1874年《循环日报》的创刊，他的全部根据都来自忻平的《王韬评传》中的一段话：

……他（王韬——引者注）又创《循环日报》副刊，"增幅为庄、谐两部"。所谓"庄部"，即"新闻、经济行情"。"谐部"即为今日之副刊。王韬以他独特的文笔，在《循环日报》副刊上发表了不少诗词、散文。各种文艺小说和粤讴。这些文字对促进香港文坛和报界的活跃作用甚大。王韬的各类文学作品，以后也被文学史研究者收入各类书籍之中，成为近代文学史上的一份宝贵遗产。

不幸的是，这段史料出了问题。据查阅，上面这段话出自忻平《王韬评传》第153页，不过，在这本书的注释中，忻平说明自己并未见到《循环日报》[1]，所谓创建副刊、"增幅为庄、谐两部"等话来自戈公振的《中国报学史》。再查阅戈公振的《中国报学史》，我们发现忻平过于粗心大意了。戈公振的原文是："光绪三十年，增加篇幅，分为庄谐二部，附以歌谣曲本，字句加圈点，阅者一目了然。"[2]忻平居然漏掉了"光绪三十年"这个时间点，也就是说，戈公振所说的《循环日报》创立副刊时在1904年。而王韬在1884年就离开香港，1897年就去世了。忻平所谓王韬创办《循环日报》副刊的说法，是一个史料错漏。

《循环日报》内地不藏，香港大学也只藏有部分微缩胶片，所藏最全者为大英图书馆。笔者查阅过大英图书馆的《循环日报》的微缩胶片，也查阅过香港大学的微缩胶片，并没有看到《循环日报》在创刊时有副刊。《循环日报》的版面是固定的，一共四版，第1版和第4版全部是商业行情和广告，第2版是新闻，第3版主要是新闻，包括"中外新闻""羊城新闻"和"京报全录"几个部分。王韬的文章置于新闻版面内，基本上是政论杂文。刘以鬯本非学者，错引一段资料属于正常现象，不过，由于他在文坛的地位，这一观点流传甚广，香港文学史和相关论文都采用了他的说法。

我们知道，王韬在香港期间有大量写作，的确堪称香港文学开山。王韬正式来港的时间是1862年，离开的时间是1884年，《循环日报》创刊于1874年，是王韬在港中期所创，而他在《循

---

[1] 忻平说明："由于年代较早，《循环日报》国内已无存。"注曰："本人为此曾多次去信国内报刊史专家，中国人民大学新闻系方汉奇教授求教。1985年方汉奇先生来函：他已寻觅该报多年，然全国各大图书馆均无见。"忻平：《王韬评传》，上海：华东师范大学出版社，1990年，第120页。

[2] 戈公振：《中国报学史》，《民国丛书第二编·49》，上海：上海书店，1990年，第122页。

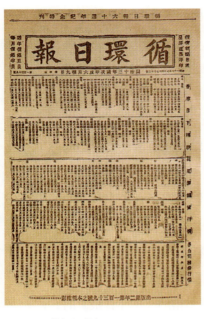

《循环日报》

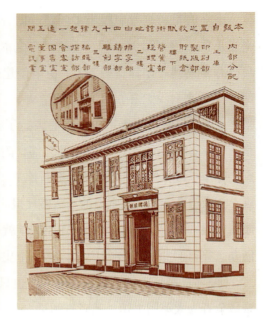

《循环日报》旧址

环日报》创刊之前就有大量创作,前面我们已经提到,早在《遐迩贯珍》上,他就发表过文章。

王韬在中国近代史上的最大贡献,是他的报章体政论文章。由于王韬较多接触西学,并曾出访欧洲各国及日本等地,具有开放的眼光。他撰写了大量关于政治、经济、外交、军事、人才诸方面的文章,介绍西学,并发表了对于中国变革的见解,这对于近代中国的西学东渐产生了很大的推动作用。从文学上看,这些报章体文章创造了一种散文新文体,对于近代以来的文体变革产生了重要影响。

需要强调的,是王韬作为一个中西文化"协商者"的角色。王韬出生于诗书之家,18岁考取秀才,不过,因家庭变故,应传教士麦都思所邀,去上海的墨海书馆工作,广泛接触西方文化,并加入基督教。王韬的思想虽受传教士影响,然而中国传统文化仍是他的思想根基。前期王韬协助传教士翻译整理《圣经》及中国文化典籍时，主要是依附性的，而在他主编《循环日报》时，则已经基本具备了独立的思想。

第三节 《中外小说林》：阿英的遗漏

20世纪初，为逃避清政府的迫害，孙中山等人以香港作为革命活动的大本营。为了进行宣传，革命党人在香港开展了大量的文化活动，创立了多份报刊，其中最有名的是创办于1900年的同盟会机关报《中国日报》，它在香港维持了近12年，影响很大。

据阿英《晚清文艺报刊述略》可知，香港最早的文艺期刊，是创刊于丁未年（1907—1908）的《小说世界》和《新小说丛》。关于《小说世界》，史家多以"失存"而不谈。事实上，我们还可以找到一点线索，了解此刊的大致内容。

阿英本人并未见到《小说世界》这个刊物，仅见到第4期的目录。据阿英回忆：1955年10月，汕头梁心如先生写信告诉阿英，他访求到香港出版的《小说世界》第4期一册。根据广告，知道《小说世界》是旬刊，逢五出版。第4期是光绪丁未年（1907）二月印行，阿英由此推定，创刊期应该是在同年一月。梁心如给阿英附寄了《小说世界》第4期的目录，并加注了一些说明。具体如下：

[社说]
续论中国小说之源流体例及其在文学史上之位置（瑛珀）

[小说]
春蝶梦（第四回，冶公）

教习现形记（第四回，觉公）

失女奇案（第四回，启明）

复仇枪（第二回，复魂女士）

爱河潮（第一回，原名"侦探毒"，未注译者）

神州血（第五回，亡国遗民）

美人首（第五回，抱香译）

秘密踪迹（短篇，焦桐主人）

［戏曲］

图南传奇（第五出，鹤唳）

救国女儿（班本，第四出，虬侠）

［传记］

大小说批评家金圣叹先生传（廖燕）

《新小说丛》

"复仇枪"的回目是"开书肆输入文明；入学堂提倡教育"，梁心如注云："述徐锡麟、秋瑾事。不过书里的秋瑾，则另名为姓崔名秀恳。这一回述锡麟、秋瑾兴办男女学校经过。""神州血"的回目是"翻逆案马贼臣弄权，复中原史阁部出师"，注云："述明末史可法、阮大铖事。""图南传奇"第五出"修书"，注云："谱一志士黄虬龙，因遭庚子八国联军之役，流亡海外爪哇、槟榔屿一带，被众推为民主首领。因感中原多事，神州陆沉，无声呼吁诉，有泪感瓜分,赞有志欲图中原。但思帐下无人参赞军机,乃修书一封,命斥堠长一剑生往中原,约其中表自由女士,前来共举大事。""救国女儿"的回目是"奇女子誓身救国,慈父母力阻从军",注云:"谱法国爱国女儿惹安事。"据说,全册"多为反帝、反清作品",刊物所载诗词,"并非吟风弄月,无病呻吟,而多为鼓吹民族独立意识者"。[1] 从"反帝反清""鼓吹民族独立意识"等方面看,很明显,《小说世界》是革命党人在香港创办的倡导民族革命的刊物。

《新小说丛》创刊于丁未年十二月(1908年1月),存世刊物很少,阿英仅得三期,笔者也看到了全部三期。刊载于第1期的连载小说有:邱菽园的历史小说《两岁星》、法人朱保高比的侠情小说《八奶秘录》、英国妇孺小说《亡羊归牧》、文楷翻译的家庭小说《破堡怪》、英人弥士毕的《奇缘》、英女士亚利美都原著惊奇小说《血刀缘》、英国屈敦的侦探艳情小说《奇蓝珠》和法国贾波老的《情天孽障》。这里除了邱菽园的历史小说《两岁星》之外,全部是翻译小说。第2期增加了未注明作者国籍的翻译小说《波兰公主》《盗尸》和《女奸细》。第3期主要是上述小说的续登,增加了未注明作者国籍的翻译小说《噩梦》,"丛录"的内容也变

《新小说丛》第 3 期目录

[1] 阿英:《阿英全集》(第 6 卷),合肥:安徽教育出版社,2003 年,第 259—260 页。

得丰富了，包括树珊译的《广闻略译》、星如辑的《欧美小说家传略》等内容。由此可见，《新小说丛》主要是一个以翻译为主的通俗文学刊物。阿英断言，"事实上，《新小说丛》，仍是以侦探小说为主的小说杂志"。从"历史小说""侠情小说""妇孺小说""家庭小说""惊奇小说"和"艳情小说"等名称看，《新小说丛》应该不止于侦探小说，而是与其他晚清文学期刊差不多，名目繁多。阿英称，林文骢《新小说丛祝词》、黄恩煦《新小说丛序》和L.S.L.英文序三文的旨义不外乎阐明"小说之作，体兼雅俗，义统正变，意存规戒，笔有褒贬，所以变国俗，开民智，莫善于此"。而其内容，阿英概括为："盖有激于晚清内政之腐，外交之失而有言也。"[1]

现存最早的香港文艺期刊其实并非《新小说丛》，而是阿英《晚清文艺报刊述略》没有提到的《中外小说林》。《中外小说林》前身是创刊于丙午年(1906)八月廿九日的《粤东小说林》，次年即丁未年(1907)五月十一日迁移到香港出版，易名为《中外小说林》。丁未年十二月（1908年1月）由公理堂接手，刊名又改为《绘图中外小说林》。2000年4月，香港夏菲尔国际出版公司出版了《中外小说林》影印本，其中包括《粤东小说林》第3、7、8期，《中外小说林》第5、6、9、11、12、15期，《绘图中外小

阿英所藏《中外小说林》

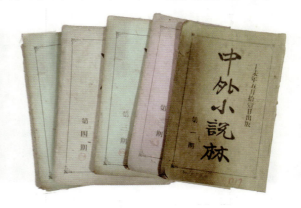

---

［1］ 阿英:《阿英全集》（第6卷），合肥：安徽教育出版社，2003年，第262—264页。

说林》第 17、18 期（延续《中外小说林》期数，实际为更名后的第 1、2 期），《绘图中外小说林》第二年第 1 至 8 期及第 11 期，共计 20 期。创刊时间之早，目前存刊数量之丰富，都远远超过了《新小说丛》。

《粤东小说林》《中外小说林》《绘图中外小说林》的创办者，是黄世仲（小配）和他的哥哥黄伯耀两人。时黄世仲承担同盟会香港分会的工作，系《中国日报》的编辑。除《中外小说林》等三种刊物外，他还参与创办了《少年报》《社会公报》《广东白话报》及《有所谓报》等报刊。《粤东小说林》《中外小说林》《绘图中外小说林》系革命派的文艺报刊，办刊目的在于用文艺形式动员民众，提倡革命。刊登于《中外小说林》第 1 期的《小说林之趣旨》有云："处二十世纪时代，文野过渡，其足以唤醒国魂，开通民智，诚莫小说若。本社同志，深知其理，爰拟各展所长，分门担任，组织此'小说林'，冀得登报界之舞台，稍尽启迪国民之义务。词旨以觉迷自任，谐论讽时，务令普通社会，均能领略欢迎，为文明之先导。此'小说林'开宗明义之趣旨也。有志之士，盍手一编。"

《中外小说林》（三刊以下统称《中外小说林》）的结构大体分为三个部分：首要是"外书"，其次是主要部分小说栏，再其次是港粤本地通俗文艺部分。"外书"即论说的部分，《中外小说林》的"外书"主要是文学论说，如《文风之变迁与小说将来之位置》（第 6 期）、《中国小说家向多托言鬼神最阻人群慧力之进步》（第 9 期）、《小说之功用比报纸之影响为更普及》（第 11 期）、《探险小说最足为中国现象社会增进勇敢之慧力》（第 12 期）、《小说之支配于世界上纯以情理之真趣为观感》（第 15 期）和《淫词惑世与艳情感人之界线》（第 17 期）等。看得出来，这些文章继承了梁启超的小说启蒙的思路，不过在目标上更进一步将"改良"变成了革命。《中外小说林》的小说栏,分为创作小说和翻译小说两部分。创作小说部分,黄世仲本人的"近世小说"《宦海潮》和《黄粱梦》一直连载,占据了主要部分。翻译小说部分也分为"侦探小说""艳情小说"等,篇幅也颇不小。通俗文艺部分涵盖种种港粤地方曲艺形式,如"南音""班本""粤讴"等。

《中外小说林》所奉行的是近代中国民族主义叙事,号召推翻晚清政府。作为一个在香港生存的刊物,这里不免有几处吊诡乃至悖论的地方。第一,《中外小说林》主要以内地革命为关怀,只是把香港作为一个革命阵地,香港本身并没有获得自主地位。第二,更有意味的是,黄世仲等革命党人的民族主义只是针对清政府,对于香港本地的殖民主义却并不注意;非但不注意,黄世仲等人,包括孙中山在内,都对香港的治理颇有好印象,并将其视为内地革命的榜样。这展现了殖民性和现代性一体两面的特征,也说明香港文化身份的复杂性。

可惜的是,由于《中外小说林》发现较晚,研究香港文学的人多数没有注意到这个刊物。刘以鬯在《香港短篇小说百年精华·序》中谈到香港早期刊物的时候,提到《小说世界》《新小说丛》,然后直接就跳到了《双声》和《英华青年》[1],《中外小说林》中的小说自然无缘得选,内地的香港文学史研究,虽然提到孙中山革命党的文化活动,却也遗漏了《中外小说林》。

第四节 《英华青年》:"五四"新解

在晚清和辛亥革命时期,香港都站在了中国历史的最前沿。

---

[1] 刘以鬯:《序》,刘以鬯编:《香港短篇小说百年精华》,香港:三联书店(香港)有限公司,2006年。

在"五四"政治爱国运动中,香港同样积极响应。1919年"五四"运动发生后,消息迅速传到香港,香港的《华字日报》等报刊开始大篇幅报道。1919年5月中下旬,香港出现市民抵制日货等活动,他们在街上张贴罢用日货的传单,还有学生手持标有"振兴国货"口号的雨伞游行。香港大学也出现了学生请愿活动,被校方劝阻,但他们仍然以"香港中国学生"的名义发了电文。[1]

近年来新发现的期刊《英华青年》,让我们看到了"五四"运动在香港的反响及其文学表现。由香港英华书院创办的《英华青年》有前后两种,都仅存第1期。前一种创刊于1919年7月1日,后一种复刊于1924年7月1日。1924年第1期的《英华青年》,刊登了一篇邓杰超所作的小说《父亲之赐》。小说的主人公是"五四"时期一个卖国贼的儿子,从行文看,这个卖国贼应该是曹汝霖、陆宗舆和章宗祥三人中间的一个。小说由主人公的心理活动展现构成,他为父亲的卖国行为感到羞耻:"嘿,父亲呀!父亲,枉废你是身长七尺的人了!你同你那几个鸡朋狗友,狼狈为奸的,把锦绣山河的祖国送到那里去啦?你们三个人,拥着那三千万元卖国的代价,脚底明白,溜之大吉的逃往欧洲去遥遥自在,却不见你祖国大好江山已变成外人的领土,四万万华胄降为皂隶。不知道你在那逍遥自得的时候,可想到你亲爱的同胞正是在上天无路落地无门的时期。"主人公悲痛不已,最后代父亲向国人谢罪,把刺刀扎进了自己的胸膛。小说最后刊载了"杰超按":"因为五四风潮痛恨曹陆章三人卖国而作,今登在本校季刊上。"这种直接表现"五四"的爱国小说,即在"五四"时期内地的新文学中也不多见。

---

[1] 参见谢荣滚主编:《陈君葆文集》,香港:三联书店(香港)有限公司,2008年,第383—384页。另参见陈学然《五四在香港:殖民情境、民族主义及本土意识》,中华书局(香港)有限公司,2014年,第147—148页。

左图：
《英华青年》（1919）
右图：
《英华青年》（1924）

不过，值得注意的是，在新文化运动上香港却并没有响应内地，而是呼吁新旧兼容，融合中西。《英华青年》初创于1919年7月1日，正是"五四"运动发生不久的时候。由周夏明撰写的《英华青年·发刊词》在谈到该刊宗旨的时候说："溯自欧风美雨，飘洒亚东，新旧思潮，澎湃荡漾，思互相融合，以成一种文明伟大之学问。"1924年7月1日重刊的《英华青年》，"发刊词"由潘顾西撰写，文中在谈到征稿范围的时候说："即读书之所得，感时之所书，学校之所研求，师友之所讲肄，抒性感怀之什，联吟唱和之辞，无论白话文言，诗词论说，搜罗编辑，满目琳琅……"从两篇"发刊词"中，我们都可以看到，《英华青年》主旨并非在于学习西方文化，批判中国传统，而是希望在中国传统文化的基础上吸收西方文化，融合新旧思想，以成一种"文明伟大之学问"。

重刊《英华青年》的第一篇"社论"，是由沈锡瑚撰写的《对于本志的希望》。在这篇文章中，我们能够较为清晰地看到香港《英华青年》与内地完全不同的问题意识。作者在谈论对于杂志的希望时，首先提到"整理中国文化"，认为"我们中国四千多年光明灿烂的文化,对于身心的修养,人我的界限,均有极严密的讨论,极深刻的研究。我们倘能拾其一小部分(原刊如此,应为分——引者)作为立身处世的基础,办事的精神,则为圣贤,为豪杰,为中国的救主,固易如反掌,推而广之,为世界的救星也非难事"。从文中我们可以看到,作者之所以强调中国文化,与港人崇洋媚外的风气有关。作者批评部分港人"醉心于物质的文明,贱视祖国的文化","生不愿封万户侯,但愿一当洋行工",在这种情形下,"我固然很为各同学惜,但也极为我国前途危!所以我希望本杂志极力整理中国文化,作中流之砥柱,挽既倒之狂澜"。文章也提出反对"奴隶式",然而它不是指所谓"封建"奴隶,而指"媚外式"的奴隶。"社会上时有讥诮本港的学生是'奴隶式','媚外式'……的学生。这样羞辱我们,凡有血气,谁不痛心疾首?试问我们难道不是中国学生么!我们不是同他们一般爱护祖国么?他们为什么羞辱我们到这样田地?"

在内地反对旧文化的时候,香港反倒借机召集内地旧文人,争取中国文化的保存赓续。内地文人聚集较多的刊物,是罗五洲创办的《文学研究录》。《文学研究录》现仅存第4至8期,第4期的出版时间是1922年1月,第4至6期这三期是月刊,由此

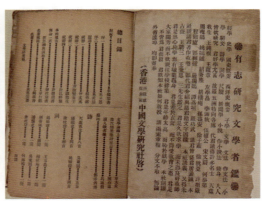

《文学研究录》"有志研究文学者鉴"及目录

推算它的创刊时间大约在1921年。《文学研究录》并非纯文艺刊物,而是中国文学研究社的函授刊物,目的是培训文学爱好者。《文学研究录》封二"有志研究文学者鉴"云:"经学、史学、国史概要、西洋史概要、子学、文学、文法、作文法、小学、骈文、诗学、词学、尺牍、新闻学、小说、作小说法、修身,人人皆欲研究,君好学尤甚,故罗五洲特向各处,代君请得许多名士,天虚我生、王钝根、王蕴章、左学昌、李涵秋、伍权公、宋文蔚、何恭第、周瘦鹃、姚鹓雏、胡寄尘、胡朴庵、孙益安、徐子庄、徐枕亚、许指严、程瞻(原刊为瞻,疑为瞻——引者)庐、邓穉援、严独鹤、谭荔垣、罗功武,诸君皆系君所素识,本社请诸君著作改卷,即代君介绍与诸君结文字因缘。"

《文学研究录》第4期主要栏目有:徐枕亚题字的"舆论一斑",这期只有一篇文章,即章行严的《新思潮与调和》;王钝

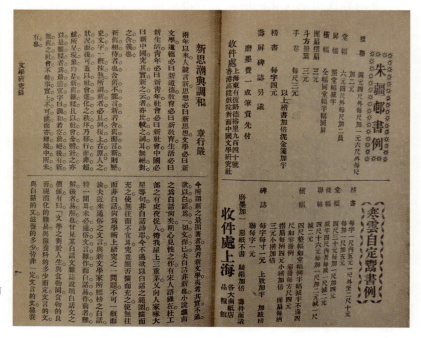

章行严《新思潮与调和》

根题字的"名著艺林"栏目中,袁寒云题字的"名著"栏目包括章太炎的《文学论略》(上),郑孝胥题字的"艺林"包括诗词两个部分,其中有徐枕亚的两首诗和一阕词;倪羲抱题字的"文艺指南"有林琴南的《论文》;左学昌题字的"稗官野史"有林琴南的小说《异僧还贞记》;天台山农题字的"艺苑丛谈"有周瘦鹃的《小说杂谈》;还有徐天啸题字的"社员课艺"是学生习作的栏目。从作者名单上看,大体上可以说是内地旧文人和鸳鸯蝴蝶派文人,阵容之强,颇让人惊讶。所辅导的内容非常广泛,主要是国学,其中也包括创作。

《英华青年》"发刊词"上的"无论白话文言,诗词论说",基本上代表了那一时期香港报刊的态度。香港并不刻意区分文言、白话,它们都是中文文学。很明显,香港所处的历史语境与中国内地完全不同。简言之,中国内地面对的是"封建统治",所以需要文化革命;香港面对的则是"殖民统治",所以需要维护中国文化。作为一场政治爱国运动的"五四"运动,是以反对帝国主义瓜分中国为主题的,就此而言,香港在文化上的反殖民性反倒是延续了"五四"主题。内地的香港文学史研究沿用中国现代文学的新旧对立结构,将"五四"时期香港的文言文学视为封建残余,显然是一种误解。

第二章

文学新旧与现代性

第一节 被忽略的《小说星期刊》

如前所述,晚清以来的香港文艺报刊多为南来革命党人所主持,且存世报刊残缺不全,《小说星期刊》却是一个难得的例外。《小说星期刊》是香港本地文人主持的,现存1924年和1925年两年共计23期,可说相当系统。可惜的是,《小说星期刊》一直被简单地斥之为鸳鸯蝴蝶派,不为文学史所注意。在笔者看来,《小说星期刊》是早期香港文学的一个宝藏,需要我们沉下心来整理,并换一种眼光观察。为弥补文学史的遗憾,本书专章讨论《小说星期刊》。

《小说星期刊》

《小说星期刊》创刊于1924年夏历八月,据第1期"本公司职员小影",黄守一为总编辑,罗澧铭为主任,营业部主任为莫雪洲,告白(广告)部主任为莫张祐。黄守一原在致和行任职,为整顿与发展公司,从1924年第7期开始,辞去旧职,"嗣后专在本公司从事整理一切"。[1] 1924年夏历十一月,他又被各股东推为公司司理,"本公司嗣后所有各项凡一进一支与及收银凭条,均有守一名字签押是为有效"。[2] 黄守一也有创作,如连载于1924年第1至5期的"侦探小说"《大红宝石》,不过他的角色主要是行政领导。

身为编辑部主任的罗澧铭,是香港本地文人。他原籍东莞,幼年先师法旧文学,继升圣士提反西文中学。他喜欢文学,爱读

---

[1] 黄守一:"本刊专启",《小说星期刊》1924年第7期。

[2] 黄守一:"黄守一启事",《小说星期刊》1924年第12、13期。

书,在 1922 年 19 岁时即出版骈四骊六的小说《胭脂红泪》,风行一时。他的《塘西花月痕》,现在还为香港读者所知。罗澧铭曾在《四维斋丛话》之六中忆及自己的过去,"忆余读书时,一方面造文字工夫,既习西文,亦复如是。虽双亲俊戒多次,未尝或改。今奉亲命改习商业,公务稍得余暇,即复以文字自遣。念家道虽非丰裕,要亦可以自存,不必向文字丛中讨生活。顾性之所趋,莫能自制"。罗澧铭在《小说星期刊》上以本名和笔名发表了多种体裁文字,既有论述,又有创作,既有长篇,也有短篇,还有剧评、笔记等,是《小说星期刊》的主笔。在《四维斋丛话》之六中,他还提到他的小说写作:"我辈作小说的人,须描写社会上中下流人物,立心鉴别,不致为外物所诱,又何贵乎其人之贵贱乎?"[1]

《小说星期刊》的另一个主要撰述者,是香港早期文人吴灞陵。1925 年第 6 期《小说星期刊》刊载了主编黄守一亲自撰写的《吴灞陵先生小史》,标点如下:

> 南海吴灞陵,名越,号莲郎,又号看月楼主,一号抱真室主。早失怙,奉母居,年廿二。沉默寡言,勇往超迈,柔肠侠骨,霭然可亲。能歌曲小说,工唐魏法书,金石间亦涉猎。向于广州肆业,十八之年,缘政潮辍学,避兵囊笔来港。壬戌春,掌社团文牍,暇兼《真美善》杂志及《粹声》《耕道》各月刊义务撰述,《剧潮》杂志撰述。以事繁剧,病焉,遂辞职,任香港晚报撰述。二阅月,为今远东新闻社社长陈紫培聘入中华编述公司。编《香港指南》一书,及《香港商业人名录》一书。只成《人名录》而辞,仍返晚报。寻兼本刊撰述。甲

---

[1] 罗澧铭:《四维斋丛话》(六),《小说星期刊》1924 年第 6 期。

子冬，为《大光报》记者。至今春，兼本刊暨晚报、时报诸家撰席，《钟声月刊》义务撰席。年来著说部甚夥，自谓得意之作有《学海燃犀录》《伍涵探案》《吹牛新史》诸书。

从这篇介绍中可以看到，吴灞陵 18 岁来港，1922 年登上文坛，为各种报纸杂志写稿。吴灞陵在《小说星期刊》上著述众多，也涉及多种文类。

在同一期《小说星期刊》上，还有一篇《何筱仙先生小史》。何筱仙是《小说星期刊》的另一位重要作家，也任过编辑。1924 年第 9、10 两期即由筱仙代为编辑，后筱仙去广州，继续由黄守一编辑。[1]《何筱仙先生小史》标点如下：

> 南海何筱仙，名湄，号冰郎，又号拈花微笑庵主，一号抱剑室主。生而孤另、早失怙恃。年弱冠，倜傥风流，磊落尚义，且狂放，不拘小节。工小说笔记，书法宗何蝯叟太史，兼娴篆隶。近试为康书，尤得其神。十七之年，肄业广州。组《非非星期报》，寻停版，只身来港，为《香江晚报》撰述。继又任江门《南强报》记者，后《南强》以事停版，遄反穗垣，一病半载。翌年复归《晚报》，兼本刊撰述，及健康学校教员。去年冬，《南强报》复版，又往主笔政，仍兼本刊及《晚报》撰述。生年得意之作有《桑生外史》《红红传》《啼脂录》诸书。

从上述介绍来看，《小说星期刊》的编辑作者多为香港本地人。当然，香港本移民城市，粤港之间来往较多。香港在地域上

---

[1] 黄守一："编余零话"，《小说星期刊》1924 年第 11 期。

属于粤语文化圈,《小说星期刊》所刊载的粤讴、南音等地方戏曲,都是与广州共同的地方文化。不过,由于位置独特,香港文坛当时并不完全属于广州文坛,却可能较广州方面更加发达。吴灞陵在1928年《香港的文艺》一文中描绘当时文坛状况的时候即认为:作者和出版社较多的上海是文坛中心,"上海的风气,应该先到香港,然后才到广州,故此香港的文艺界,应该热闹一点,其地位非常重要"[1]。

主编黄守一在1924年夏历八月创刊号上发表了《我对于本刊之愿望》,这篇简短的文字大致上相当于发刊词,其中谈到《小说星期刊》的特色是"文字则撰自名人,纪闻则撮登重要,广告术之研究有素,出版界之空前特色",而其宗旨是"求其可以瀹民智,陶民情,纳斯民于轨物,广招徕于商场已也。将来一纸风行,固愿有裨当世,岂犹守一个人之乐云乎哉"。按照吴灞陵的说法,新文学和旧文学对于文艺的分类是不一样的,旧时分为"文苑"或"谐文""笔记""小说""游记""歌曲""诗词""灯谜""杂俎"等,现在则简单地分为"小说""戏剧""诗歌"三大类,但是香港的刊物却是杂乱的,"对于新和旧都没有严格的判断"。《小说星期刊》的目录的确是混合的。就文类而言,既有文学作品,又有新闻、政论;就文学作品而言,既有白话新文学,又有传统诗文;就作品性质而言,既有通俗小说,又有严肃文学。以《小说星期刊》第1期目录为例,其栏目包括"插图""论坛""说荟""翰墨筵""剧趣""丛谈""谐林""世界大事记""通讯(原刊如此,疑为讯)"和"阅者俱乐部",还有目录上没有的英文栏目、"补白"及广告等。

《小说星期刊》的"论坛"栏目,置于每期篇首,相当于社

---

[1] 吴灞陵:《香港的文艺》,《墨花》1928年第5期。

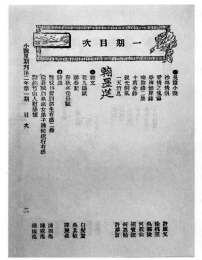
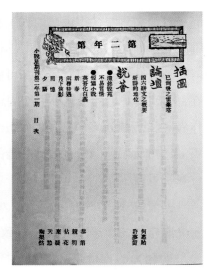

《小说星期刊》1925年第1期目录

论,每期多则四五篇,少则二三篇。"论坛"中既刊发编者介绍办刊宗旨的文章,也有撰述员的专论,如宋干周的政论、吴灞陵的社会评论等,内容不一,都是重要的社会史资料。另外还有一部分文学文化评论,如罗澧铭的《新旧文学之研究和批评》(1924年第1至6期),看月楼主的《对今日编剧者贡一言》(1924年第10期),何禹笙原著、何惠贻录刊的《四六骈文之概要》(1925第1至4期),吴灞陵的《谈侦探小说》(1925年第5至8期)和许梦留的《新诗的地位》(1925年第1、2期)等,值得我们注意,下文会有所涉及。

"说荟"占据《小说星期刊》的主要篇幅,这大概是刊名之为"小说"的主要根据。黄守一在"编余零话"中说:"我们办这本星期刊,最主要的就是说荟一栏。"[1] "本刊为最注重者,唯说荟一栏,所以每期出版,以说荟之资料为最丰富。"[2]《小说星期刊》上的小说有长篇连载,也有短篇小说。《小说星期刊》"投

---

[1] 黄守一:"编余零话",《小说星期刊》1924年第13期。
[2] 黄守一:"编余零话",《小说星期刊》1925年第3期。

稿简章"云:"文体不拘庄谐、白话文言、长篇小品,一律欢迎。"连载小说以文言居多,也有白话。

连载小说有短有长,《盲目鸳鸯》只刊载了第1、2两期,而由何筱仙撰写的《啼脂录》甚至一载到底,它从1924年第1期开始刊载,一直到第16期,转过年来到1925年又接着刊载《啼脂录二集》,一直到最后第8期,仍然没有结束。《小说星期刊》连载的长篇小说并不算太多,可以数得过来。看得出来,这些长篇连载多是通俗小说,而且言情小说占据多数。其中,吴灞陵的《学海燃犀录》和许梦留的《一天消息》是白话长篇小说。

"翰墨筵"是古典诗文。第1、2期栏目包括"序文""笔记""书札""诗选",第3期"序文"取消了,增加了一个栏目"颂赞",第4期"颂赞"取消了,新增了"杂文""词选"栏目,第5期又回到第1、2期的栏目。从第6期开始,"翰墨筵"有了较大变化,用较具灵活性的"杂文"取代了"序文""笔记""书札"等栏目,"词选"栏目重又出现。到了第8期,"词选"栏目取消,只剩下了"杂文"和"诗选"两个栏目。

"剧趣"中所发表的不是新式话剧,而是"班本""粤讴"等地方曲艺。"伶界评说"中有罗澧铭先生的专栏"梨园游戏集",其中包含梨园新曲和伶人逸事等。少林在专栏"歌台月旦评"中的剧评时有独到之处。1925年后,"剧趣"又增加了吴灞陵主持的"看月楼伶话"专栏。

"丛谈"是主要撰述者所开设的个人专栏。从第1期起,《小说星期刊》开始连载罗澧铭的"四维斋丛话"和灞陵的"续看月楼杂拾"。从第2期起,开始刊登涤尘的"探云轩啁啾录"。从第5期开始,增加何筱仙"拈花微笑庵笔乘"和周啸虬的"鬼话"。自第6期起,增加澧铭"书窗琐碎录"。自第7期始,增加黄昙因"劫尘书室杂缀"等。此后,这些专栏大致固定,"丛谈"多

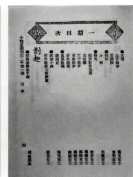

《小说星期刊》1925年第1期目录

为文言杂记，读书笔记较多。

"世界大事记"是新闻栏目。第1期的"世界大事记"一栏分为"国内要闻""国外要闻"和"教育界消息"，第2期改为"国内要闻"和"国外要闻"两部分，去掉了"教育界消息"，第3、4、5期的"世界大事记"分为"粤省要闻""港闻纪要""江浙战事汇志／江浙战纪""奉直战事汇志／奉直战纪"和"外国译电"五部分。国内新闻增多，又增加了本地新闻，更吸引人了。

可以看得出来，《小说星期刊》的栏目内容是有变化和调整的。前三期，长、短篇小说混在"说荟"栏目之下，并没有区分。从第4期开始，"说荟"栏目之下再分为"短篇小说"和"长篇小说"，这显然是受到现代小说分类的影响。从第7期开始，"世界大事记"栏目被取消，这是在往纯文艺刊物的方向走。取代"世界大事记"的，是"彤管集"，这个栏目"专载海内各女文学家之著作"，对于女性研究来说很有价值。

第二节　新文学的先导

《小说星期刊》是一个以文言为主、文白夹杂的期刊，不过，该刊所发表的白话小说数量，却远远超过了被文学史称为"香港新文坛的第一燕"的《伴侣》。

姑且把单篇算作短篇小说，连载两次的算作中篇小说，连载两次以上者算作长篇小说。《小说星期刊》发表的白话小说如下：

短篇小说：

1924年

第1期：商一《孤儿》、亚愚《一个编辑先生》。

第2期：王商一《求荣反辱》、灞陵《三件要挟》。

第3期：灞陵《觉悟》、邓耀辉《爱情是假的》。

第4期：东官罗澧铭《小说家的觉悟》。

第5期：王商一《她的憔悴》、弃疑《两个女郎》。

第6期：王商一《青年之梦》、弃疑《旧式家庭的一幕》、黄澄《可怜的小贩》、沧海《慈母》、看月楼主《一个大涡浑》。

第7期：弃疑《少女之梦》、黄澄《一个嫠妇》、杜之远《拉夫泪》。

第8期：弃疑《月下幻境》、梁贯孙《絮果兰因之洄溯》。

第10期：罗澧铭《睡梦中的我》、霸（目录为灞，正文作霸）陵《芳春艳史》、弃疑《一个青年的日记》、许梦留《悲伤的遗影》、黄澄《早婚之害》。

第11期：忆《冬夜》、劫尘室主《金钱……万恶》、弃疑《归心》。

第12期：拈花《离奇的信》、弃疑《漆黑的街上》。

第13期：霸（目录为灞，正文作霸）陵《倒霉的老者》、黄澄《两个贫富的学生》、宋宝鎏《水落石出》。

第14期：拈花《瘦影》、弃疑《晚归》、沧海《旧时月色》。

第15期：贯孙《鬼……鬼……》。

第16期：霸（目录为灞，正文作霸）陵《死》。

1925 年

第 1 期：竞明《新春》、拈花《两种待遇》、天愁《回忆》、陶乐然《夕阳》。

第 2 期：王商一《兵的日记》、荒唐室主《春神》、弃疑《枯寂》。

第 3 期：竞明《他的家庭》、邓啸庵《寻梦》、荒唐室主《月下的一幕》。

第 4 期：荒唐室主《催眠术》、黄昙因《两般家庭》、秋雨雁吟阁主洁壁《苦哉为婢》。

第 5 期：陶乐然《以后》、爱群楼主《空走一遭》、邓啸庵《不满意的婚》。

第 6 期：竞明《八张邮政明信片》、陶乐然《装饰的美》、关畅《瓜子面》。

第 8 期：海山馆主《齷齪》。

中篇小说：

1924 年

第 11、12 期：霸（目录为灞，正文作霸）陵《好机会》。

第 13、14 期：许梦留《渔翁的命运》。

第 15、16 期：天愁《谁之过》。

1925 年

第 7、8 期：爱群楼主《一个女看护》。

长篇小说：

1925 年

第 1—4 期：许梦留《一天消息》。

第 1—8 期：吴霸陵（目录署名为"吴灞陵"，正文署"抱真室主人吴霸陵"）《学海燃犀录》。

大致统计下来,《小说星期刊》刊载的白话小说有:短篇小说 57 篇,中篇小说 4 篇,长篇小说 2 篇。这里还是不完全统计,因为主要刊载陶淑女学校学生习作的"彤管集"也包括小说,没有统计在内。再看 1928 年创刊的《伴侣》,据笔者统计,《伴侣》一共发表短篇小说 14 篇,长篇小说 2 篇,翻译小说 5 篇,数量远远少于《小说星期刊》。

后文我们会谈到,《伴侣》是一个较为局限于家庭的刊物,《小说星期刊》的视域则宽广得多。《小说星期刊》上也有不少涉及恋爱婚姻的小说,但不像《伴侣》所刊作品那样多局限于感情琐事,而是具有时代色彩。它们往往描写父母包办婚姻所造成的悲剧,指向对于旧的婚姻制度的批评。王商一《她的憔悴》(1924 年第 5 期)、黄澄《早婚之害》(1924 年第 10 期)、邓啸庵《不满意的婚》(1925 年第 5 期)和关畅《瓜子面》(1925 年第 6 期)等小说,或者写早婚,或者写父母包办婚姻,批评的矛头指向父

陶淑女学校

母和社会。一些白话小说已经具有较多反抗色彩，体现出新时代女子解放的思想。荒唐室主《月下的一幕》（1925年第3期）写一个女子因为包办婚姻而自杀，不过她已经能喊出反抗专制婚姻的声音，"我也知道……自杀我们青年是尤其不应该的。但是不是这样，难道就顺从这专制的婚姻，卖给一个目不识丁凶恶无匹的武夫作妾吗？"《小说星期刊》主编黄守一在评点中指出了该文反抗旧礼教的意义，"旧礼教之遗害青年男女也最深，况复孤另寄人篱下有不出于自裁者几希，此篇之事实吾恐蹈其覆辙者尚不鲜也，读此能勿悲哉？"

罗澧铭的《小说家的觉悟》（1924年第4期）清楚地让我们看到了香港小说中的女子解放思想与内地"五四"思潮的关系。在这篇小说中，一个女性读者写信劝诫一个鸳鸯蝴蝶派作家。因为男女社交不能公开，这位女子冒充男子署名，并且不能和这位作家见面。在书信中，这位女子谈到：

> 但我前数年的思想，也不大开通。到了今的新思潮流入我的脑袋里，正如大梦初觉。想想我国的女子，皆寄生于男子，作为玩物，何以呢？因为女子是在于无产阶级的下（原文如此——本书作者注），而又不能求经济独立。我想这里便要求我的父亲，许我再入学去，但他老人家是不允的，我那时真真气极了。——胡适之说："人人觉得自己是堂堂地一个人，有该尽的义务，有可做的事业。"唉，我地女子，岂不是人吗？既然是人，必有该尽的义务，有可做的事业，那末，必有才能，而后可以达到目的。才能，岂不是由读书得来的吗？我虽有这思想，而那可恶的环境，不容我的要求，是极可痛的了。

从女子所述可以看到，她原来也不开通，自从接触新思潮，才了解女子解放的思想,这种新思潮,正来自胡适之,可见内地新文化在香港的影响。罗澧铭在文后发表按语,指出:"其中语意,不特为吾辈作小说者所应知,关于女子改革方针,亦为女界诸君所宜研究。"

《小说星期刊》上还有大量的反映底层苦难的白话小说,这是《伴侣》中所少见的。许梦留《渔翁的命运》(1924年第13、14期)写渔夫老翁饥寒交迫,捕鱼的时候跌入水中,无钱医治。秋雨雁吟阁主洁璧《苦哉为婢》(1925年第4期)写李二嫂因为穷困被迫将自己的女儿卖给富人为婢,使得女儿堕入水深火热之中。在忆的小说《冬夜》(1924年第11期)中,"我"对于政治无兴趣,对于谐部也不热心,看晚报只看通信,结果还是看到了令"我"受刺激的两则消息:一是某地冻死乞丐二百多人,二是70岁老翁娶15岁的女孩。文中感慨:"我想世界上的人类,本来都是平等的,然而世界上的人类,每每因贫和富的阶级不同,就会发生了贫和富一桩桩不可思议的事出来。"贫与富是如何造成的呢?他也无法解释,只能说:"贫和富都是命里带来的。"不过,作为一个文人的"我",却希望能够为贫苦者发出呼吁,"那么,我却代表命里生出是应该贫苦的人们,很悲惨地呼吁几声咧"。

较为特别的,还有反映兵士生活的小说。黄澄《可怜的小贩》(1924年第6期)写男主人公张伯才家境贫穷,老母有病在床,无钱医治,他挑菜上街卖,碰到几个"军士装束的恶人",结果被军士活活打死。杜之远《拉夫泪》(1924年第7期)写的也是类似抓夫的故事。兵士其实也有自己的痛苦。王商一《兵的日记》(1925年第2期)以日记的形式写一个兵士的战争经历和心理活动。"我"在战场中目睹兵士死伤无数,血流成河,不由地悲叹自己的命运:"像我们身份,太过贱了,天天都受着那凄惨和困苦的生活，生来一点安乐也享不到，死了还比牛马的贱，究竟我们为什么要受这种惨事呢？"有乡亲问"我"为什么当兵，"我"回答："我因为家中有老母，一切的费用，都只靠我一人，所以我就去当兵，想得到一点粮饷，来养养老母，那（原刊为那，应为哪——引者）知当了一年差事，只收得四五个月薪水。"小说最后，"我"下决心，"以后我也决不当兵了"。许梦留的长篇小说《一天消息》算得上是一篇反战小说，这篇小说连载于1925年第1期至第4期上。小说前半部分写"我"在医院听到一群受伤兵士的对话，其中既有对为长官卖命的控诉，也有劫掠百姓的得意。及至后半部分，"我"听乡民的对话，控诉军队在村庄烧杀抢掠的悲惨情形。最后，作者对战争做了人类学的分析，并因绝望而产生了幻觉。上述小说同样是反映苦难的，不过对兵士题材的涉及和对反战主题的揭示，却是文学史上较为少见的。

在表现压迫和苦难之外，《小说星期刊》中也有追求理想的作品。弃疑的几篇作品，已经离开写实。《两个女郎》（1924年第5期）写两位"智勇绝伦"的女郎侠英和钦义，满怀爱国之情，不畏险阻漫游，终于在幽谷里碰到逸士们。侠英问："诸位逸士，既具这样稀世的才略，为何不肯施展以造福苍生呢？"逸士回答："这种社会的恶俗，水深火热般的民生，真是束手无措。稍谋改革，那墨守旧辙的顽固洑（原刊如此，应为派——引者），群起诽谤而反抗，所以我们愿在这奇幽静美的世界，做无怀氏的遗民。"钦义很恳切地劝说："国乱民昧，已到极点了，如今要解脱这种困难，非诸位发出凛凛烈烈的牺牲精神不可。"这番激昂慷慨的话，激发了逸士们的热忱，他们毅然重辟久闭的幽门，投入到"改良社会"的现实世界中。这类作品旨不在故事，而在于象征和寓言，寄托作者情怀。

除了长、中、短篇小说之外，《小说星期刊》上运用白话写作的还有"小小说"。一般认为,台港"小小说"的首倡是1978年12月25日台湾《联合报》副刊发表陆正锋的极短篇《西北风》,而在内地,"小小说"之名多追溯到1958年老舍的《多写小小说》[1]。《小说星期刊》在1924年就明确使用"小小说"之名目刊发作品,时间要早得多。《小说星期刊》上的"小小说"喜欢对比社会现象,揭示问题,追求的是戏剧性和哲理性。第一篇"小小说"是罗澧铭的《汽车上》(1924年第4期),它呈现了三辆汽车上不同的景象,有富家人物晚饭后兜风的,有俊男少女去石塘买醉的,也有面黄肌瘦的妇人去看病的,"三辆汽车,三辆汽车的人物,俱各有不同。可见世事变幻,人事之不常。"罗澧铭之外,《小说星期刊》主编黄守一也带头写"小小说"。可以说,他们带动了《小说星期刊》"小小说"的写作。不过我们也看到,在《小说星期刊》上,"小小说"常常只是用于填充版面空白的。

同样作为"补白"出现于《小说星期刊》上的是新诗,它们是香港诗歌史上发表的最早的新诗。《小说星期刊》上的新诗,数量不算多,并且"补白"不上目录,这与在该刊上登堂入室的古典诗是无法相比的。不过,此时出现于香港的白话诗是新的文类,具有冲击性。《小说星期刊》上的新诗,多数还停留在简单的写景抒情上,但也有较具社会意义的。许梦留的诗歌,如《慰安》(1925年第3期)等,在技术上较为老到一些。许梦留对内地诗坛较为熟悉,曾经在《小说星期刊》上发表过《新诗的地位》(1925年第1、2期),这是香港诗歌史上的第一篇新诗评论。

如此来看,《小说星期刊》上的白话作品,不但在数量上远多于《伴侣》,而且在题材、主题、文体诸方面都有创新。《伴侣》创刊于1928年,《小说星期刊》创刊于1924年,《伴侣》之为

---

[1] 老舍:《多写小小说》,《新港》1958年第2至3期。

"香港新文坛的第一燕"的说法,看来要打上一个问号。香港早期白话文学的源流,可以更早追溯到《小说星期刊》。

第三节　旧文学的现代性

《小说星期刊》中的文言文学一直被忽略,并且被视为旧文学而受到批评,这背后隐藏着的是内地现代文学史的眼光。事实上,在当时以英文为官方语言的被殖民统治的香港,中文文言文学具有增进文化认同的功能。《小说星期刊》上的文言文学,在揭露民生苦难、反对包办婚姻、表现"香港性"等方面都与该刊的新文学作品相近;不过与新文学相比,它也有自身特点。旧文学较为集中于私人领域,文人之间以旧体诗词序文等相互唱和,经营中文共同体。

《小说星期刊》中当然有较具现实意义的诗歌,如第1期就有周啸虹的《三江淫潦,泛滥成灾,四野哀鸿,辗转待毙,嗟嗟粤民,真不知死所矣。因率成七律一章,以志感慨》,从题目看,就知道这是一首哀民生之多艰的诗。不过,刊物上更多见的是传统文人的个人表达及相互往来。

《小说星期刊》"投稿简章"

《小说星期刊》创刊号的"诗选"一栏首先就是"罗澧铭君新婚征诗",发表了陈庆森的《举案齐眉图》(古歌)、陈剑影的《前题》(谐出)、梁秩卿的《前题》(七古)、仗威三郎的《前题》(五古)、陈庆森的《前题》(七律)、陈剑影的《前题》(七律)、陈潮连的《前题》(七律)、弃余主人的《前题》(七律)等诗作。罗澧铭交游颇广,又身为《小说星期刊》的编辑部主任,他的"新婚征诗"从第1期延续至第7期(其中第6期空),绵绵不断。在《小说星期刊》上,这一类的文人诗词唱和颇为流行。

除诗词之外,《小说星期刊》上还发表了大量序文,此类序文和题诗类似,是香港文人交往的另一种形式。《小说星期刊》开始刊登序文较多者,是为陈砚池《天涯吟社诗》写的序。《小说星期刊》第1期的第一篇序,即是罗澧铭的《陈砚池先生天涯吟社诗集序》,其后又有白云樵子关炽坡的《天涯吟社诗序》、邬远谋的《天涯吟社诗序》(1924年第5期),关公博《陈公砚池天涯吟社诗集序》(1924年第6期)和区子靖的《天涯吟社诗序》(1924年第10期)等。陈砚池在港澳之间诗名鼎鼎,曾创办镜湖诗社。关炽坡在《天涯吟社诗序》中曾描绘陈砚池咏诗于香港的情形:

> 古冈砚池陈公也,公以诗闻,而尤以好诗闻,生平浪迹四方,杖履所经,喜与墨客骚人,共数晨夕。镜湖诗社,实公倡首。课余稍暇,辄复摊笺刻烛,分韵拈题,引为莫大之快。旅澳如是,他可知矣。香江片岛,雄峙沧溟,为我国东南通商第一口岸。近十年来,神洲鼎沸,粤中人士,避地者多,王杨卢骆之俦,陶谢沈何之辈,流寓此间者,凫趋鳞集,雾合云屯,方轨濠江,奚啻倍蓰。马群空于伯乐,璞玉宝于卞和,以好诗成癖之砚公,出澳入港,虎啸风冽,龙起云从。

由此可见，香港与内地（特别是广东）、澳门文坛关系密切，内地文人的南迁，也促进了香港传统诗歌的繁荣。

陈砚池先生的诗集序尚未登完，从《小说星期刊》第 8 期起，蝶缘、恺生、协池、砚池四老又为李子然和何莲清女士结婚而征诗。诗还未征集到，诗集序已经出现了，也算为征诗做的广告。《小说星期刊》第 8 期当期就刊登了区子靖为此诗集而写的序《燕婉嘤鸣集序》。第 11 期出现了李子然的《燕婉嘤鸣集·自序》，谈到自己于"民国十二年（1923）十二月二十二号，即旧历癸亥十一月十五日，相与举行婚礼于香江坚道之循道会堂"，"蒙蝶缘、恺生、协池、砚池四公不弃，发起征诗。一时屈宋词宗，陆潘文匠，俯贻雅什，惠赐鸿篇，天下之珍，得自隋侯之掌；曲中之妙，争传郢客之声"。

这种文人之间的应和，难免让人有琐碎之感。不过，在英国的殖民统治下，香港文人的中国传统诗文的赠答，尤其是与内地文人的诗文交往，其意义超出了文字本身，可以说是一种中文文化共同体的认同方式。

在殖民统治下，在以英文为官方语言的社会环境中，《小说星期刊》经常哀叹香港中文文化的衰落，并屡屡出现以批判殖民主义和崇洋媚外为主题的文章。

梁炽阶的讽刺小说《一个女学生》（1924 年第 4 期）写香港的一个学生由于中文发音不标准而被一个算命人戏弄的故事，在文后评点中，"凤仪"指出，造成这一现象的原因在于香港的教育：

> 然吾尝默考此篇之义，敢下一断语曰：女学生无过，卜者更无过，推原祸始，实学校之过也。何也？盖本岛学校，多趋重于外国文，汉文则每星期只授数句钟，一曝十寒，学

者实受益几何？反之外国文则不然，学校趋重之，教员趋重之，学生又趋重之。虽有汉文之教授，一曝十寒，其不归诸淘汰者鲜矣。

评点者认为，当时香港的畸形教育制造了"洋奴"心态，导致了民族文化认同模糊的严重后果，"呜呼噫嘻！某家究竟是中华民国之某家欤？抑非欤？呜呼噫嘻，吾可爱可敬之学生乎，其亦有鉴于斯文而自醒乎？"

孙受匡的《恨不相逢未嫁时》（1924 年第 1 至 4 期）中的女主人公李倩影出自英文学校，但不忘学习中文，晚上复请某太史补习，所以中英文俱佳。她最讨厌的就是香港学生为了挣钱只重视英文，养成奴隶性质，忘却了自己的文化：

惟某岛之半数学生界，其志卑，其宗旨劣，其目的不外为利，只以读洋文为得较高薪金之利器，为人奴隶，受人呼喝，任人辱骂，怡然而受，恬不知耻。对于中文，一无所知。问以历史，瞠目结舌。询以国事，更梦梦然。说什么奏（原刊如此，应为秦——引者）始、汉武，讲什么苏海、韩潮，均丝毫不懂，视中文如一文不值，重洋文若万两黄金，甚至有洋文得学士衔，而中文程度，中学不如。将来汉族文字，不将灭迹于世界乎。

《小说星期刊》虽然接受了"五四"新文化的观念，发表新文学作品，然而这种接受并不是无条件的，它并未放弃旧文学，并且能够从香港自身的历史语境出发，反省"西化"观念，这是香港文学的独特之处。

孙受匡是香港较早接受新文化的人物，他主持的亚新书局是"专售新文化书新思潮书的书局"，然而他对于中西文化的理解，

《小说星期刊》"编余零话"

与"五四"思想并不吻合。《恨不相逢未嫁时》中的小说男主人公余仕宣在香港长大,就读于某著名西文学校。该校纪念孔子诞辰,余仕宣作为主席在会上发表演讲。他认为:孔子不是一个圣人,他的价值在于他是两千多年来的一个伟大的教育家,现在孔子故乡所在的山东省之内的青岛落于外人之手,我们要效仿孔子"以司寇资格,为鲁定公宾相,会齐侯于夹谷,为父母之邦争面子"。女生李倩影因此爱慕仕宣,并主动给他写信。某星期日,他们去游乐场,遇洋人酗酒调戏李倩影及另一女子,仕宣怒斥洋人,英雄救美。处于英国殖民统治下的香港,反倒重视中国传统文化,客观评价孔子,反对崇洋媚外,这正合于逻辑之中。

《恨不相逢未嫁时》也写余仕宣的父亲余延英反对纳妾,并由此批判"中国数千年来旧道德、旧礼法"对于妇女的不公,认为"今后中国欲于道德上有所改革,非先从家庭伦理上始不可"。小说虽是文言文体,却未尝不能反省中国传统道德,表现新文化的发展,这是香港的独特现象。

另外,《小说星期刊》虽然发表鸳鸯蝴蝶派小说,但对于此类小说亦不无反省。发表于1924年第4期的罗澧铭的《小说家的觉悟》,写一个女性读者写信劝诫一个鸳鸯蝴蝶派作家,小说借这个女性读者的笔,批评了当时文坛的哀艳文风,来信的结尾是"若此种写悲寄恨鸳鸯蚨蝶之小说,又有何益哉?"在这篇小说的"弁言"中,作者指出:"我个人之小说,本毫无意味,抑惘惘不自察,好作顽艳之词有年矣,而不知悔。是胡为者,扪心自思,殊觉大惭,思有以为补救自忏之法。舍写实二字不为功,循写实之道以行,则可以描尽社会之虚饰,人心之险诈,生活之度率。"他认为,应该以"写实"来纠正自己的"好作顽艳之词"。身为《小说星期刊》编辑部主任的罗澧铭,此番评论意味深长。《小说星期刊》有不少"哀情艳情"作品,罗澧铭应该是有感而发,抑或也是一种自我批评。

需要指出的是,《小说星期刊》对于文言、白话并无差别对待。《小说星期刊》第1至6期连载了罗澧铭的《新旧文学之研究和

左图:《四六骈文之概要》

右图:《新诗的地位》

批评》一文，表明自己对于新旧文学的态度。在这篇文章中，我们可以看到，罗澧铭对于"五四"新文化的主张是很了解的，然而他并不赞成新旧文化对立。他在文中强调自己既非新学家，也非旧学家，认为新旧文学之间并不是绝对对立的关系，主张采取兼容的态度。他认为文言的长处是简练，短处是过于艰深，白话之长处是浅显，易为大众明白，短处是过于啰唆。事实上，《小说星期刊》对于新旧文学兼收并蓄，并无歧视。1925年首期《小说星期刊》上就出现了两篇有关新旧文学的文章。对于新文学，一篇反对，一篇支持。反对者是何惠贻为其师何禹笙先生的著作《四六骈文之概要》写的评论，题目就叫《四六骈文之概要》。作者既推重旧体骈文，不免攻击新文学。紧随《四六骈文之概要》之后的，是许梦留支持新文学的文章《新诗的地位》。《小说星期刊》的这种安排不知道是否有意为之？《新诗的地位》明显构成了对《四六骈文之概要》一文的批评。这一正一反的文章，至少表明《小说星期刊》对于新旧文学两端并无特别偏好。《小说星期刊》的很多作者都是文言、白话兼用。罗澧铭在《小说星期刊》

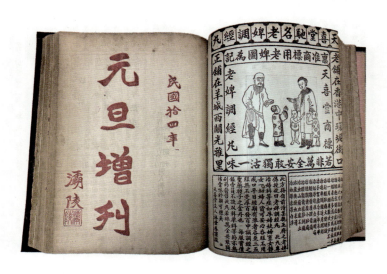

《小说星期刊》"元旦增刊"

上连载的短篇小说集"意蕊晨飞集初编",其中既有白话作品,也有文言作品。L.Y. 在《小说星期刊》上既发表新诗,也发表旧诗。这些都是常见的现象。

如何评价香港文言文学的意义,取决于我们对于香港殖民文化背景乃至于现代中西文化关系的认识。英国占领香港后,初期教育完全被教会所控制,目的在于传教。19世纪60年代之后,香港教育开始从宗教教育转向世俗教育,不过教育的重心在于英文教育。1895年,港英当局规定:新设立的学校,若不以英文为教育媒介,便不能获得政府补助。1902年,《教育委员会报告书》出台,奠定了20世纪上半叶香港教育的两个原则:一是强调英文教育,淡化中文教育;二是强调精英教育,即将教育经费和资源集中于少数上层港人子女上。香港的中产阶级子弟,多热衷于学习英语,目的是在毕业后可以进入买办阶层。香港在英国殖民统治下,英语是官方语言,政府文件、法律条文等均以英文为准绳,英语文化的统治地位是无可置疑的。因为香港的人口以华人为主,所以中国传统文化是一直存在的,但中文教育在官方教育中不受重视,敌不过主流的英语教育。即便非主流的中文教育,殖民教化也渗透其中。据平可回忆,他上私塾时的课本有当时的"香港教育司"规定的《简明汉文读本》,有一册读本的第一课就是歌颂当时在位的英国国王乔治五世,这让他以为乔治五世就是"天子重英豪"中的天子,只是不明白"为甚么天子是'鬼佬'"。[1]升中学的时候,平可就进了与皇仁书院并列的英文学校育才书社,成为番书仔。

香港很难直接应用通常的殖民者/被殖民者二元对立的模

---

[1] 平可:《误闯文坛述忆(一)》,《香港文学》1985年第1期。《误闯文坛述忆》一文系连载,但诸次连载所用题目有差别,有些题为"误闯文坛述忆",有些题为"误闯文坛忆述"。

式，正如西方学者指出的，香港存在较为明确的殖民文化认同现象，[1]殖民教育在其中应该承担一部分责任。在这种情形下，在香港存在的中国旧文学，尽管可能只是诗文唱和乃至通俗小说，但其维系中国民族文化认同的功能却非常重要。我们切不可沿用内地新旧文学对立的思路，否定香港的文言文学和文化。

香港旧文学之反省殖民主义和帝国主义，事实上对于研究内地文化也有重要的启示意义。"五四"以来，新文化运动以"西化"为导向，批判中国的旧道德和旧文化，这是具有历史合理性的。然而，西方"现代性"的背后是殖民性，"五四"时期的"进化论"和"改造国民性"等命题的背后都是东方主义命题，这一向容易被我们忽略。现代香港对于殖民主义文化侵略的抵抗，给我们重新思考"五四"激进主义提供了一个契机。

---

[1] John M.Carroll, "Chinese Collaboration in the Making of British Hong Kong", in *Hong Kong's History : State and Society under Colonial Rule*, London : Routledge, 1999.

第三章 文学与体制

第一节 从《小说星期刊》到《大光报》：中断的线索

有关香港新文学的回忆，较为有名的是侣伦的《向水屋笔语》，另外一种不太被注意的资料是平可的《误闯文坛述忆》。要了解香港早期新文学，这两位作家的回忆可以互相参证。

据平可回忆，1925年6月的省港大罢工事件，让13岁的他第一次从浑浑噩噩中明白过来。那时候他就读于英文学校育才书社，有一天他在学校的门口被人拦阻，高年级的同学告诉他"我们罢课，没课上了"，并递给他传单。他这才知道了省港大罢工，并"引致我的精神生活产生一个转捩点"，"到那时为止，我是一个头脑单纯的少年，浑浑噩噩地按照别人的安排而生活。在罢工期间，我听到不少前所未闻的名词：帝国主义，不平等条约，鸦片战争，庚子赔款，二十一条款，经济侵略，五四运动，革命军北伐，等等。这些名词触发我的好奇心和求知欲"。[1] 从此，他心中的齐天大圣、姜子牙、岳飞、欧阳春和方世玉等人物被孙中山、黄兴、蒋介石、胡汉民、汪精卫、陈炯明、吴佩孚、孙传芳和张作霖所取代了。由此可见，省港大罢工对促进港人的现代民族意识产生了重要影响。

此后，平可开始阅读内地的新文学报刊。他开始看的是上海商务印书馆的出版物，如《少年杂志》《青年杂志》等刊物，他阅读的第一本新文学作品是冰心的《超人》。除商务印书馆外，平可还提到过香港的一家销售新文学作品图书及报刊的书店，即位于荷李活道的萃文书坊。少年平可那时候虽然没什么钱，但他节省其他开支，几乎每本书都买，其中包括胡适的《尝试集》，鲁迅的《呐喊》《彷徨》《华盖集》，郭沫若的《星空》《女神》《落

---

[1] 平可：《误闯文坛述忆（一）》，《香港文学》1985年第1期。

叶》、郁达夫的《沉沦》、徐志摩的《巴黎的鳞爪》《翡冷翠的一夜》、汪静之的《蕙的风》、穆时英的《南北极》，等等。

关于萃文书坊，侣伦的回忆可与平可的回忆相互补充。侣伦并没有提到商务印书馆，他只是说："在四十年前（指1926年——引者注）的香港书店之中，最先透出一点新的气息的，是一家'萃文书坊'。"据说，这家书坊的老板原来是同盟会的老革命党，早年参加革命，后来"幻灭"了，隐退开起了书店。据侣伦介绍，出售新文学和新思想的刊物，在当时的香港还是处于半公开状态的，"也许因为这老板的本质和一般书商有所不同，所以连他的书店也带有革命性。他大胆地经售着各种新文化运动所产生的书籍杂志。你要买到当时最流行的新文学组织（如创造社、太阳社、拓荒社之类）的出版物，只有到'萃文书坊'去；就是一切具有浓厚思想性而其他书店不肯代售的刊物，它也在半公开地销售；只要熟悉的顾客悄悄的问一声什么刊物第几期到了没有，老板就会亲自从一个地方拿出来"。[1]

平可提到，1927年香港的主要报刊如《循环日报》《华字日报》都很守旧，副刊被称为"谐部"，除"掌故"等短文之外，常为文言或半文半白的长篇连载所占据，但是"香港的文化圈毕竟经不起新潮流的冲击。若干小规模的报纸已辟专栏刊登用白话文写的作品，并采用标点符号。其中一家名叫《香江晚报》"。平可对《香江晚报》评价很高，认为"以当时的环境和风气而言，它实在难能可贵，可比作揭竿而起的陈涉吴广"。这份《香江晚报》的副刊，是平可首次发表白话文学作品的地方，"我试把一首新诗寄去，想不到竟蒙刊登，我高兴极了，比通过一场考试还高兴。我再寄一篇抒情小品去，不数天也见报了。我还接到该栏编辑约

---

[1] 侣伦：《香港新文化滋长期琐忆》，侣伦：《向水屋笔语》，香港：三联书店（香港）有限公司，1985年，第5—6页。

晤的来信。信末的署名是'吴灞陵'"。[1]

再看侣伦的回忆，1927 年前后，香港新文学开始滋长，表现是本地报刊新文艺副刊的出现，这些副刊有《大光报·大光文艺》《循环日报·灯塔》《大同日报·大同世界》《南强日报·过渡》《华侨日报·华岳》《南华日报·南华文艺》和《天南日报·明灯》。因为平可提及的《循环日报》尚没有"灯塔"副刊，可见平可所说的时间早于侣伦所说的时间，而侣伦所没有提到的吴灞陵主持的《香江晚报》的专栏应该是更早出现的白话专栏。《香江晚报》创刊于 1921 年，创办人除黄燕清外，合伙人还有后面我们要提到的《红豆》的股东梁国英。《香江晚报》的主要作者有罗澧铭、吴灞陵、何筱仙等人，与《小说星期刊》正是一拨人。这《香江晚报》的白话文学专栏，应该正是侣伦和平可都没有注意到的早年《小说星期刊》白话文学的延续。

早在 1925 年，《小说星期刊》第 6 期上黄守一所撰写的《吴灞陵先生小史》一文就提到，吴灞陵"至今春"还在担任"香港晚报撰述"，还有"为《大光报》记者"。此处"香港晚报"当为《香江晚报》。在为《小说星期刊》供稿时，吴灞陵就既写文言也写白话，发表过白话长篇小说《学海燃犀录》、短篇小说《觉悟》等。侣伦于 1911 年出生，平可于 1912 年出生，在《小说星期刊》创刊的 1924 年，平可才 12 岁，侣伦才 13 岁，所以对《小说星期刊》都没有印象。不过，这里需要提及的是，同样出生于 1911 年的另外一位香港早期新文学的经历者李育中，却记得《小说星期刊》。他在接受采访的时候说："我十三、四岁（一九二四年）时，家里订了一份罗醴铭[2]主编的《小说星期刊》，这是一份学上海礼拜六派的刊物，作者多是本土的，作品的语言主要采

---

[1] 平可：《误闯文坛述忆》，《香港文学》1985 年第 3 期。
[2] 应为"罗澧铭"。

用通俗或古奥的文言，也有用白话文写的，我在翻阅之后，培养了对文学的兴趣。"[1] 李育中关于文艺报刊的记忆，看来要比侣伦和平可的相关回忆所涉及的时间段早一些。

1927年吴灞陵在《香江晚报》上主持白话专栏的时候，15岁的平可才刚刚赶上。其实，吴灞陵虽然资格老，但实际岁数并不算太大，平可和他见面的时候也觉得意外，"见面前，我以为他是一位老师宿儒，见面后才晓得他是一位很风趣、又很笃实的青年。他年纪比我大，当时他大概二十多岁，我是十多岁。但这段年纪上的距离并未引致隔膜。我们认识以后常常相约见面"。[2]

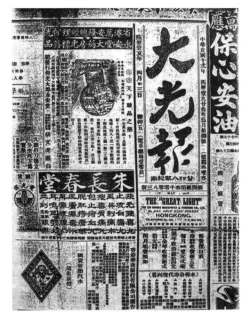

《大光报》

差不多过了一年，平可开始注意到侣伦在介绍1927年前后的白话文副刊时所提到的第一个报纸副刊，《大光报》之"大光文艺"。平可看到《大光报》是在学校的贴报栏里，他发现《大光报》的文艺副刊全部用白话文，用新式标点，编排新颖，比《香江晚报》还要好。《大光文艺》上重点推出两位新文学作家"星河"和"实秀"的专栏散文，吸引了平可，他几乎每天都去阅读这两位作家的散文，并在精神上和他们成了朋友。少年平可有一个喜欢新文学的朋友，那就是比他大一两岁的就读于圣约瑟书院的张

---

[1] 王剑丛:《李育中与香港早期文学》,《香港文学》1999年第11期，总第179期。
[2] 平可:《误闯文坛述忆》,《香港文学》1985年第3期。

《大光文艺》

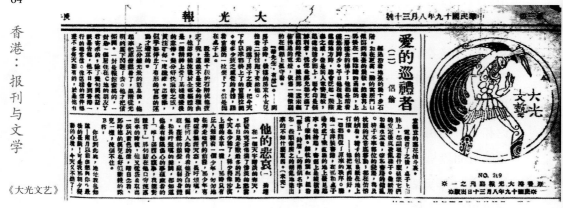

吻冰。后来陈灵谷随家人从海陆丰逃难来港,也成了平可的朋友。陈灵谷为生活所迫想给刊物投稿,平可给他推荐了《大光报》文艺副刊。陈灵谷用"灵谷"的名字投稿,果然有几篇作品被采用了。在陈灵谷的鼓动下,平可也开始在《大光报》文艺副刊发表白话作品。

香港新文学家的首次集会,是《大光报》所召集的作者宴会。正是在这次宴会上,平可见到了仰慕已久的"星河"和"实秀",并发现"星河"就是谢晨光,"实秀"就是龙实秀。他们从此认识,后来成了几十年的朋友。经过谢晨光和龙实秀的介绍,平可又认识了李霖(侣伦)、黄显襄(黄谷柳)和刘火子等人。值得提起的是这个集会的发起者黄天石。黄天石既是香港早期新文学的开拓者,也是组织者,平可指出:"黄天石还有一项贡献是容易被后人遗忘的。当年谢晨光龙实秀等在香港倡导新文艺,显然是在黄天石的鼓励和扶掖下进行。他们所凭以发表能够一新青年读者耳目的文章,是因《大光报》创设了一个新颖的副刊,当时《大光报》的总编辑是黄天石。"[1]

---

[1] 平可:《误闯文坛述忆》,《香港文学》1985 年第 3 期。

看来这次聚会的确给人留下了深刻印象，侣伦也记载了这个历史性的聚会。侣伦提到，当时在香港从事新文学创作的多是青年人，有些还是中学生，只是为了爱好新文学而业余写作，但相互之间并不认识，也没有什么组织。《大光报》邀请副刊投稿者进行了一次联谊性的聚会，才使得这一群人有了第一次见面的机会。聚会的时间侣伦还准确地记得，是在1928年元旦。在这次聚会之后，香港的新文学作家彼此才有了来往，这些志趣相投的青年人后来还成立了一个"红社"，但没什么活动，之后又创建了"岛上社"。在侣伦看来，在香港新文学拓荒期，下面这些人的努力和成就颇值得提起，他们是黄天石、谢晨光、龙实秀、张吻冰、岑卓云（平可）、黄谷柳、杜格灵、张稚庐和叶苗秀等。

下面，借用侣伦的话，对这些早期香港新文学作家做一个简单介绍：

> 黄天石在新闻界，主持过报纸，也办过政治刊物；但是却一贯地致力于文艺写作。他当日在报纸发表的中篇小说《露惜姑娘》，可说是香港新文艺园地中第一朵鲜花；而他的在受匡出版社出书的《献心》，也是具有清新气息的散文集。谢晨光除了在香港报刊写作之外，同时也在上海的《幻洲》、《戈壁》、《一般》等杂志发表作品。他的小说集《贞弥》在受匡出版社出版，印好之后不知什么原因却没有发行；他的另一本小说集《胜利的悲哀》是在上海现代书局出版的。龙实秀也在受匡出版社印出了小说集《深春的落叶》。杜格灵在广州金鹊书店出版过一本文艺短论《秋之草纸》。张稚庐是香港文艺刊物《伴侣》的主编人；他的作品都是在《伴侣》发表，他的作风很受沈从文和废名影响；他在上海光华书局出版了两本小说集:《床头幽事》和《献丑之夜》。……这些

都是他们在香港新文艺工作上收获到的一点点成绩。[1]

说起来,《大光报》在当时是颇有名的报纸。它创建于1913年,又名《大光日报》,因为创建者都是基督徒,所以也有人称其为香港基督教的机关报。孙中山本人也是基督徒,他很支持该报。《大光报》创刊之际,孙中山亲笔题"与国同春"四个字祝勉。《大光报》创办初期,曾抨击袁世凯窃国和广东军阀龙济光镇压革命党人。1920年1月,《大光报》为纪念创刊八周年发行增刊,孙中山亲书长篇题词,称赞该报"持正义以抗强权;于南方诸报中,能久而不渝者,惟此而已"。[2]

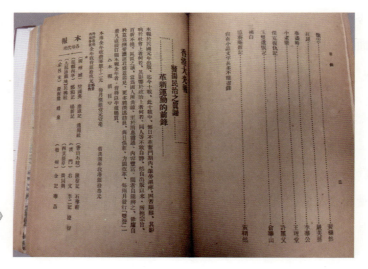

《双声》所刊《大光报》广告

事实上,黄天石及《大光报》对于香港白话文学的倡导,还可以追溯得更远。这要提到香港文学史另一个重要刊物,那就是创刊于1921年10月的《双声》。《双声》由《大光报》社刊印发行,目前仅存四期。《双声》的"编辑者"为"铁城黄昆仑"和

---

[1] 侣伦:《寂寞地来去的人》,侣伦:《向水屋笔语》,香港:三联书店(香港)有限公司,1985年,第30—31页。
[2] 孙中山题词,原载香港《大光报》庚申增刊。

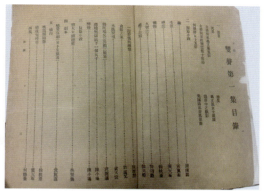

《双声》第1集

"吴门黄天石"。《双声》每期都刊登图片,其中包括孙中山在香港大学的演讲照片。《双声》为人称道之处是刊登白话小说。《双声》"本集投稿简章"第一条就是"本集欢迎投稿、文体不拘白话文言、长篇小品"。《双声》创刊号上的黄天石的小说《碎蕊》常常被人提起。黄康显认为:"黄天石在一九二一年《双声》创刊号的一篇短篇小说《碎蕊》,虽然不成熟,总算是一个新的开始。"[1]杨国雄认为:"在香港,现时所知天石最早的作品,是发表于一九二一年十月的《双声》第一期内的短篇小说《碎蕊》,这篇是在香港境内的刊物出现较早的白话文体小说。"[2]刘以鬯在《香港短篇小说百年精华》一书中,也将《碎蕊》作为首篇选入。

《碎蕊》的开头是:"白孤云住在秋心村,倏忽三年。他并不是本地人,本地人也不和他交接。他既没有亲戚,也没有朋友,家里只剩一个老母。"应该说,的确已经是流利的白话。这是一篇爱情小说:白孤云和凌灵珠因为绘画上的交流而相爱,但凌灵珠的母亲出于势利将她嫁给了一个富贵人家的不成器的男人。白孤云和凌灵珠不能相爱,遂殉情而死。这篇小说像是民初以来言情小说的

---

[1] 黄康显:《香港文学的发展与评价》,香港:秋海棠文化企业,1996年,第9页。
[2] 杨国雄:《香港战前报业》,香港:三联书店(香港)有限公司,2013年,第132页。

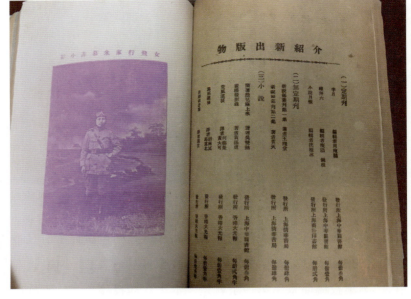

《双声》"介绍新出版物"

笔法,也接近于"五四"反抗婚姻包办的故事,算是一个过渡。

奇怪的是,《双声》上的白话文学作品其实很多,不知道为什么只有黄天石的《碎蕊》被提出来,并被视为香港白话小说的开始。事实上,《双声》创刊号上的文学作品,除了排在第四篇的徐枕亚的《忏悔》、排在第五篇的许指严的《大宝法王》是文言作品,其他均为白话作品。前三篇小说分别为周瘦鹃的《缘》、黄昆仑的《毛羽》和黄天石的《碎蕊》,都是白话小说。从第六篇小说起,徐天啸的《错了念头》、陈雁声的《一段(目录为段,正文为段)爱情的回忆》、许廑父的《贞节之累》、俞天愤的《水底冤魂》、陈小鸣的小说《环境压逼底下一个女子》和《醉后》以及吴双热的长篇小说《戆大女婿趣史》都是白话作品,就连译作——袁震瀛译述的莫泊桑(莫泊三)的《鸡既鸣矣》和易卜生的《恋爱喜剧》——所用亦为白话。由此看,《双声》创刊号上的白话文学作品绝非仅有黄天石的《碎蕊》一篇,估计看过原刊的学者不多,多数人云亦云,也就流传下来。

第二节 《伴侣》:"香港新文坛的第一燕"?

（一）

1928年8月15日创刊的《伴侣》，被称为"香港新文坛的第一燕"。

现存的对于《伴侣》的论述，是从侣伦开始的。我们首先看到的是侣伦的《香港新文化滋长期琐忆》一文，它写于1966年7月，后收在《向水屋笔语》一书中。[1] 在侣伦看来，香港新文学产生的标志，就是1928年《伴侣》的创办。侣伦将其称为"香港出现的第一本新文艺杂志"，是"一本纯文艺性质的杂志"，其内容"侧重刊登创作小说，其次是翻译小说，此外还有杂文、闲话、山歌、国内文化消息等项目"，"主编者是张稚庐"。侣伦借用别人的话称赞《伴侣》:"当日有人写过一篇推荐这本杂志的文章，称《伴侣》为香港新文坛的第一燕。"因为没人见过侣伦所提到的这篇文章，"香港新文坛的第一燕"的版权后来就落到侣伦头上来了。

20世纪80年代中期，杨国雄先生发现了一篇侣伦50年前所写的有关香港早期文坛的文章，这篇文章验证了侣伦《香港新文化滋长期琐忆》一文的结论。文章题为《香港新文坛的演进与展望》，署名"贝茜"，连载于1936年《香港工商日报》副刊"文艺周刊"第94、95、98期，时间分别为该年8月18日、8月25日和9月15日。《香港新文坛的演进与展望》一文的观点，与《香港新文化滋长期琐忆》的说法完全相符。侣伦在这篇文章中，还

---

[1] 侣伦的《香港新文化滋长期琐忆》写于1966年7月，开始发表于1966年8月《海光文艺》第8期上，70年代后期又刊于《大公报·大公园》的"向水屋笔语"专栏中，《向水屋笔语》一书由三联书店（香港）有限公司于1985年7月首版。

对香港新文坛作了明确的分期，前期是 1927 年至 1930 年，近期是 1930 年以后。《香港新文坛的演进与展望》一文写于香港新文学开始不久的 1936 年，这更增加了侣伦有关香港新文学叙述的可信度。

侣伦的说法，后来基本上成为香港文学史的定论。论者都将香港新文学开始的时间划在 1927 年，而《伴侣》之为"香港新文坛的第一燕"也成为不刊之论。卢玮銮曾在《早期香港新文学作品选（一九二七——一九四一年）》的"编选报告"中质疑过对香港早期新文学的研究过于受侣伦说法的限制，"因为资料不全，对早期出版的文艺刊物，我们往往给某些人的一两篇回忆文章定调了，这也是很难说的，例如目前许多人谈《岛上》、《铁马》、《伴侣》这三份刊物，多数依据侣伦的回忆文章，这种研究方法其实是有问题的"。[1] 不过，这本《早期香港新文学作品选（一九二七——一九四一年）》仍然沿袭了侣伦的说法，把香港新文学的起点定在 1927 年出现于报纸新文艺副刊上，而卢玮銮在回答郑树森有关"香港的白话文学""正式出现"之时的刊物情况的问题时，仍然最早追溯到《伴侣》（1928 年）。

的确，正如卢玮銮所担心的，仅仅依据侣伦个人的回忆是靠不住的。后人之所以相信侣伦的说法，应该与没有看到完整的《伴侣》杂志有关。杨国雄在《香港文学》1986 年第 1 至 4 期上连载的《清末至七七事变的香港文艺期刊》，是香港文学史论述早期报刊的重要依据。在这篇文章中，杨国雄自叙只看到《伴侣》的第 6 至 9 期："由现存的第六—九期得知……""因为缺藏《伴侣杂志》的创刊号，没法看到该刊的发刊辞……"[2] 笔者查阅到了

---

[1] 郑树森、黄继持、卢玮銮编：《早期香港新文学作品选（一九二七——一九四一年）》，香港：天地图书有限公司，1998 年，第 8 页。

[2] 杨国雄：《清末至七七事变的香港文艺期刊》，《香港文学》1986 年第 2 期，总 14 期。

《伴侣》的第1至9期,才发现侣伦的诸多被文学史沿袭的说法并不准确。

侣伦说,《伴侣》是香港的第一本"新文艺杂志""纯文艺性质的杂志","侧重刊登创作小说,其次是翻译小说,此外还有杂文、闲话、山歌、国内文化消息等项目"。事实上,《伴侣》就是个家庭生活类刊物,这从其英文名 An Illustrated Family Magazine 看得更清楚,它起初主要刊登生活类杂文,文学作品很少,直到第7期才开始变成以文学为主要内容,但第9期以后的刊物现在已经找不到了。《伴侣》并非由文人团体主办,据第1期封底可知,《伴侣》系由中华广告公司主办,地点在香港大道中六号四楼。另外,侣伦有关《伴侣》"主编者是张稚庐"的说法,也不确切。《伴侣》无"主编"之称谓,前三期"编辑"是关云枝,另外,社长是潘岂圆,督印是余舜华。从第4期开始,"编辑"才变成张画眉,即张稚庐。

《伴侣》并非文艺类刊物,而是一个以介绍现代生活时尚为主的刊物。下面以1928年8月15日出版的第1期为例,大体介绍《伴侣》的内容构成。第1期的"目次"计有15篇,分别为:

1. 同人：赐见
2. 岂圆：衣服的是非
3. 黄锦芬：游泳能手梁兆文
4. 两记者：郎德山父女访问记
5. 梁兆文：游泳三讲（一）
6. 黄潮宽、云枝：鹃啼夜（诗画）

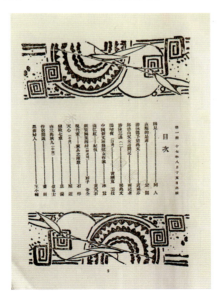

《伴侣》创刊号目录

7. 冰蚕：中国新文坛几位女作家

8. 黄天石：满江红——纪恨

9. 颖子、金全：新装图案四种（附说明）

10. 石彤：现代室——家具之陈设

11. 雁游：天心（小说）

12. 意兰：恋歌七章

13. 盈女士：春三与秋九（小说）

14. 画眉：伴侣闲谈

15. 王小轮：黑齿妇人

《伴侣》中文章的题材内容大体分为以下几种：

服饰类：对于现代西式服饰的介绍，是《伴侣》的一个重要内容。第1期第2篇的《衣服的是非》，即是社长潘岂圆亲自撰写的介绍衣服款式的文章。第1期第9篇颖子、金全的"新装图案四种"，是四种新装服饰的图文介绍，篇幅很大，每种占一

左图：《伴侣》第1期"现代室"

右图：《伴侣》第1期"新装图案四种"

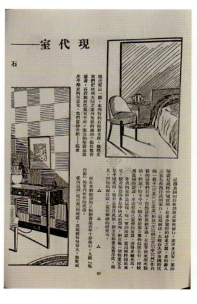

页，图案是穿着不同款式衣着的男女，下面配有简单的文字介绍。服饰一直是《伴侣》杂志的重点栏目之一，第 2 期有"晚装两帧""两袭便装"，第 3 期有"新装六种"，第 4 期有"新装两袭"，等等。

家居类：《伴侣》有一个重要栏目，叫"现代室"。《伴侣》第 1 期"现代室"对于这个栏目有如下介绍："现代室这一栏，本刊特约石彤君主撰。他应允我们把欧州（原刊如此，应为洲——引者）大陆之室内布置的趋尚，随时报告读者。石君旅居巴黎可十年，家具的陈设是其生平酷爱的玩意儿，我们当得介绍——编者。"在第 1 期"现代室"中，石彤提到，现在中国人的家具，多数在传统的紫檀桌椅之间，夹杂着几件西式家具，这在大清帝国的前辈们看来，自然是新颖的，然而现在看来即"非驴非马"了。这一期主要介绍欧洲"现代派"的家具陈设，文中有 3 幅插图，各种西洋家具陈设都在图中有直观展现。"现代室"栏目自第 1 期一直延续到第 6 期，直至第 7 期才消失。

杂文类：第 1 期的《游泳能手梁兆文》《郎德山父女访问记》算是名人专访，这里的名人主要指当代名人，即现代生活中的佼佼者。《游泳能手梁兆文》一文介绍香港本地人梁兆文，介绍完梁兆文后，《伴侣》当期邀请梁兆文进行游泳讲座，并以整整 3 页的篇幅介绍游泳的各种姿式，形成第 1 期第 5 篇文章《游泳三讲》，这"三讲"分别刊载于《伴侣》的前三期。如果说，梁兆文是体育明星，《郎德山父女访问记》中的朗德山父女则是文艺明星。《伴侣》以全版的篇幅刊登了两位小姐的美女照，以半版的篇幅刊登了朗德山的照片。在采访两位小姐的时候，记者专门询问了她们是如何保持身材"均匀美观"的，并通过两女之口向读者介绍了减肥的方法。

冰蚕的《中国新文坛几位女作家》一文，是《伴侣》中引人注意的介绍内地新文学的文章。不过,刊物刊载这篇文章,并不是为了开展文学评论,而只是将这些女作家作为现代文学的明星加以介绍。现代女性,不但要求物质的生活,也要求精神上的高尚,对现代女性作家的介绍就是为填补这一维度而出现的。这一点,文章的开头说得很明白:"关于衣饰新装和家庭布置这些问题,我们中国的妇女界肯分一部份工夫去注意和考究,那是再好不过的事,因为这样才能叫糟透了的现社会得到一些美化。可是单看重肉体的享乐让精神枯死,那也不行:整个人生总要灵肉两方面都得到舒服才是对的。因此,妇女们也不能忽视文学;在现今的芜杂庞乱的生活上,你想获到灵的慰安吗?请你让出一点余时去注意文学。"文章简单介绍了冰心、庐隐、近芬、沄沁、冯沅君、陈学昭、苏雪林、林兰、白薇等现代女作家,虽然只是简单地介绍作家作品,然而看得出来作者对于内地新文学的关注。

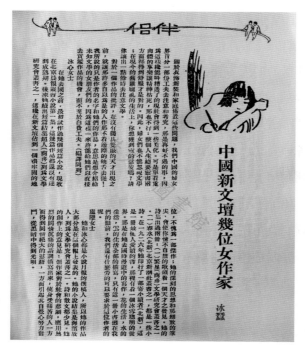

冰蚕《中国新文坛几位女作家》

其中多数作家都是我们所熟悉的,但如近芬、沄沁、林兰等名字仍为我们所陌生,可见香港当时对于内地文坛的了解,和我们后来的文学史建构并不完全一致。

闲谈类:《伴侣》专辟"伴侣闲谈"栏目,将闲谈与其他杂文分开。大致上,杂文还是主题明确的,闲谈则更为随意。第1期"伴侣闲谈"开场白题曰"闲谈的闲谈",其中有曰:"闲谈,也就是无关要紧的谈话之谓。有时我们在像煞有价(原刊如此,应为介——引者)事的大文章里得不到的,转而在闲谈中得到。比如早上躺在床上和你的多情的伴侣谈天,或者在茶楼上,在公园里,伴侣们大家说些回忆和轶话,照样的移到纸上来,则粗服乱头,亦饶蕴藉,写的固然不吃力,读的也就舒服得多。""伴侣闲谈"第1期为《情书杂话》,第2期有《从恋爱说到可慨矣乎》《关于失恋》,第3期有《泼妇与少奶奶》,第6期有《女子的年龄》《闲谈酬例》等文。"伴侣闲谈"从第1期到第9期,自始至终没有断过,从题目上看,闲谈无非生活琐事和风花雪月。

文学类:文学作品的比例较少,应该也是现代生活口味的一部分。第1期的文学作品,主要是两个短篇小说,雁游的《天心》和盈女士的《春三与秋九》。小说之外,还有一首配画新诗,诗由《伴侣》编辑云枝题写,黄潮宽绘画,在一页的篇幅上,画占据四分之三,诗只占下面小小的一排。此外,还有两部旧体诗词作品:一是香港资深文人黄天石的《满江红——纪恨》,二是意兰的《恋歌七章》。这种旧体诗词在《伴侣》中一直存在,如第2期发表了黄天石的《情思》十首。古典诗词所占篇幅甚至超过了新诗,《伴侣》看起来并非完全的白话刊物。

图画类:需要补充说明的是,插图在《伴侣》上占据较大篇幅,但从上述"目次"上却无法反映出来。图画在《伴侣》中绝非点缀品,《伴侣》本身就是一个图文并茂的刊物,这是它区别于其他刊物的一个市场定位。据侣伦回忆,主办《伴侣》的中华广告公司的经营者与司徒乔是大学同学,因为这种关系,《伴侣》得以请司徒乔画插图。司徒乔是著名画家,在现代文坛上享有盛名,可说是《伴侣》的一个招牌。《伴侣》第4期开头刊登了司徒乔的《船坞》,并引用了周作人《司徒乔所作画展览会的小引》和鲁迅的《看司徒乔君的画》两篇称赞司徒乔的文章。图画占据了《伴侣》多达三分之一的篇幅,有封面封底画、文中插画、广告配画等多种形式。

征文类:《伴侣》第1期并没有征文类栏目,不过征文是《伴侣》的一个"亮点"栏目,需要介绍。从第2期开始,《伴侣》就开始以"初吻"为题征文,并发表了稚子的《我们的初吻在天河之下》的示范文章。《伴侣》第5期是"初吻专号",刊登了侣伦、张吻冰、秋云等12位作者的有关"初吻"的征文,还发表了黄潮宽和司徒乔的两幅题为《初吻》的画。第10期则是"情书号",可惜没有看到。

由上面的内容可见,《伴侣》是香港较早的时尚生活类刊物,是香港20世纪六七十年代《明报周刊》和《号外》的滥觞。这种商业操作模式的文化类刊物,对于建构和引领香港社会"现代性"具有很大影响。

《伴侣》第5期

从第4期开始,《伴侣》编辑换成了张画眉,即张稚庐。张稚庐曾就读于香港英文书院,在上海光华书局出版过小说集,是香港新文学青年作家中较有成就的一个。张稚庐自第1期起就为《伴侣》撰稿,他从第4期开始编辑《伴侣》后，刊物并没有出现我们所想象的变化。《伴侣》第 4 期仍然延续此前的风格，刊发关于服饰的"新装两袭"、关于家居的"现代室"，原创小说仍只有两篇，即张稚庐本人撰写的、署名"画眉"的《夜》和意兰的《谁适》，还有一篇奈生翻译的小说《天才之诞生》。《伴侣》刊登翻译小说也不是从张稚庐任编辑后才开始的，第 2 期便已登载同样由奈生翻译的《她才明白》（目录如此，正文题为《他才明白》——引者）。在杂文上，《伴侣》第 4 期刊登了由"记者"撰写的《关于司徒乔及其肖像》和张稚庐以"稚子"之名撰写的《茶花女与苏曼殊》两篇文章，文艺味略有增加。次期即第 5 期，《伴侣》又变成了彻头彻尾的商业栏目"初吻专号"。《伴侣》的纯文艺化，是从 1929 年 1 月第 7 期才开始的。

（二）

《伴侣》的发刊词置于第 1 期的首篇，题为《赐见》，署名"同人"，篇幅很短。《赐见》开头说："我们执笔者——不问其为写画的或是写字的——都是徘徊于十字街头的青年。"然后有一段括号解释，"这'十字街头'四个字，新近给人家用腻了，可是为着下文总不免要提到象牙之塔的原故，所以，在这里，似乎不得不牵来一用"。熟悉中国现代文学史的人，想必知道"十字街头"与"象牙之塔"的来源，那就是后期创造社的"小伙计"叶灵凤和潘汉年主编的《幻洲》（1926 年 10 月至 1928 年 1 月）半月刊。此刊分上、下两部：上部"象牙之塔"，叶灵凤主编，专载文艺作品；下部又名"十字街头"，潘汉年主编，专载杂文、述评。《幻洲》在香港新文学同人中较为流行，平可在回忆中曾经提到这个刊物，"《象牙之塔》所载的是文艺作品，谢晨光的作品几乎每期都有发出"。[1]卢玮銮女士曾谈到"侣伦先生最早发表的小说便是由叶灵凤在上海编的杂志上登刊"。[2]据侣伦记载,香港的陈灵谷还亲自到上海拜访创造社和太阳社,"他开门见山地说:'我们是由香港来的文艺界青年,我们是无名的;但是我们愿意跟前辈们学习。……'这事被当作文坛消息登在上海一本杂志上面。'岛上的一群'在香港看到这段消息的时候,大家都感到高兴和鼓舞:因为'香港文艺界青年'这字眼第一次在国内的文坛消息中出现了"。[3]《幻洲》大概对于《伴侣》确有影响,《伴侣》第9期刊登过龙实秀给《伴侣》的来信,谈到《伴侣》有追求辞藻美丽的倾向,来自《幻洲》的影响:"本来词藻美丽是可以用机械式的工夫来取得的,而结果的成绩就成为了一种新四六的词章罢了。我以为这是学幻洲派的叶灵凤籘刚(原刊如此,应为滕刚——引者)等所致的流弊,这里许多青年爱好他们的文章。叶灵凤辈的作品已经算是纤小了,他们坏得更坏呢。"

《赐见》比较简略,较能表达《伴侣》意图的,是1929年新年号(第8期)的首篇文章《新年大头,说点愿意说的话》。文中提道:"伴侣之出,原没有什么了不得的大主张,也并非为的'忍不住'的缘故,只想'谈谈风月,说说女人,'作为一种消愁解闷的东西,给有闲或忙

《伴侣》第8期

---

[1] 平可:《误闯文坛忆述》,《香港文学》1985年第2期。

[2] 郑树森、黄继持、卢玮銮编:《早期香港新文学资料选(一九二七——一九四一年)》,香港:天地图书有限公司,1998年,第6页。

[3] 侣伦:《岛上的一群》,侣伦:《向水屋笔语》,香港:三联书店(香港)有限公司,1985年,第33—34页。

里偷闲的大众开开心儿罢了。倘还得扯起正正之旗,则'以趣味为中心'是更其明白而又较为冠冕的!……而趣味又只许献给大众,却无'获得大众'的能干;又并不会是'时代的先驱';也不想去侵犯谁的'健康与尊严'。"我们知道,文中的引号内的引文"忍不住""时代的先驱""健康与尊严"等,指涉的全是1929年前后的内地文坛论争,这让我们不能不惊讶于编者对于当时内地文坛的谙熟。不过,《伴侣》自觉远离新文学主流,而将自己定位在通俗趣味上,"我们相信现在中国的新文艺,总还没有进到怎样可惊的程度,你说愿意送到大众的面前,而大众则还是全无所知,又何有于欣赏?在能力尚弱的我们,对于为大众所需要的通俗文学的建设上,也想效点绵薄的微劳的……为了这个缘故,我们先就在每篇小说中加上一些插画"。编者对《伴侣》的信心,建立在插画这个特色上,他们相信国内尚无这样图文并茂的文学期刊。《伴侣》第7期结语《再会》有云:"绘画与文学的联结是必要的,要是文艺是献给大众的的话(原刊如此——引者);但是在国内许多出版物中,却得不到满意的结果,这自然是绘画与文艺都还在幼稚时代的缘故,我们于是想走上这一条道路上了,我们的力量虽很有限,但这个尝试于今日的文学家总是有益的罢!"1929年第9期《再会》也说:"因了国内的杂志界还没有出过文字和绘画并重的刊物,所以我们预料到它即使不会到处受人欢迎,但也许不至于碰到什么钉子的。"

在第1期的"伴侣闲谈"栏目中,张稚庐有意比附现代文坛的"闲谈","在中国,现代评论的西莹(原刊如此,应为滢——引者)闲话,语丝上的闲话集成,爱读的人不也很多吗?朋友们,不关党国大计,何妨瞎扯一场,既非无所用心,至少贤于博奕(原刊如此,应为弈——引者)"。事实上,"西滢闲话"及《语丝》上的小品都带有不同程度的政治社会性,并经常引起文坛争端,殖民统治下的香港倒真没有什么"党国大事","伴侣闲谈"才是真正的闲谈。

之所以走通俗化的路子,与香港的社会环境不无关系,《伴侣》的编者并不讳言刊物为了生存而采用的商业定位:

> 也尽有许多刊物是新进作家合拢了来出版的,可是几个能够站得住脚的呢?别人的恶意的抨击且不管,只经济方面就足够窘倒了。这却教了我们留心到商业上应有的计划和准备,虽则在表面上看来似乎有点商业化的样子,但我们只要有良好的印刷和洁白的纸张来发表我们的东西,也希望它能够长久持续下去,其它则不但不要紧,也管不来了。[1]

《伴侣》把视野拓展到全中国,第8期《伴侣》新年号上《新年大头,说点愿意说的话》一文开头就向四万万中国人民问好:"阴暗的寒云都消散了,民国十八年的到来,也许同时把幸福的赠礼都带来,带来了四万万份了罢!——盛哉观也!"并希望中国读者喜欢《伴侣》杂志,"祝福伴侣成为全国的伴侣!"而第9期《再会》就已经在欢呼《伴侣》在全国范围内的成功了:"从这一九二九年起,伴侣的足迹走遍了全国了!"

《伴侣》希望约请上海的新文学作家投稿,不过,当时作为一个寂寂无名的香港刊物,他们能约到的作者寥寥无几,这里面最引人瞩目的是沈从文。如上所说,《伴侣》和内地新文坛发生关系,主要通过画家司徒乔,沈从文(笔名甲辰)在《伴侣》第7期首篇发表的文章正是《看了司徒乔的画》。沈从文与司徒乔是早年的朋友,后来沈从文曾写过《我所见到的司徒乔先生》,回忆他们的友情。《伴侣》第7期在沈从文这篇文章后面,又刊

---

[1] 同人:《新年大头,说点愿意说的话》,《伴侣》1929年第1期,总第8期。

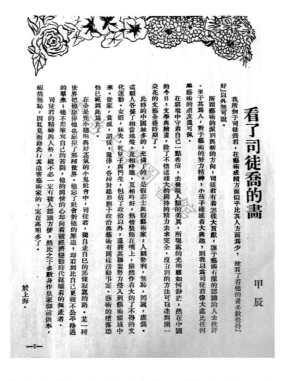

甲辰（沈从文）《看了司徒乔的画》

登了司徒乔本人的一篇长文《去国画展自序》，两篇文章相互呼应。来自内地新文坛的沈从文等人的文章，给了《伴侣》很大鼓舞，这期结语《再会》有云：

> 甲辰君的稿是从北方寄来的，他的名字是我们所熟知的了，尤其是他的长篇创作《阿丽思中国游记》出版之后。他来信答应我们继续寄些短篇来，这个沉寂到知名的南方文坛，怕将会有个热闹的时期的到来吧！北方的朋友也不远数千里的给通点儿声气，难道这儿的朋友反而可以守着寂寞，那是决不会有的事罢！朋友们，我们要唱出一曲为大家所需要倾听的歌，来打破这四围的死静的空气！

沈从文后来也专门给《伴侣》写信，提及"伴侣将来谅可希望大有发展，但不知在南洋方面推销能否增加？从文希望伴侣能渐进为全国的伴侣"。[1]看来沈从文对于《伴侣》期待并不高，只是希望它能"渐进"为全国的伴侣，不过他还是注意到了《伴侣》的特殊性，因此希望它能增加在南洋方面的销售。

值得一提的是，《伴侣》还曾到过鲁迅之手。鲁迅在1928年10月14日的日记中提道："下午司徒乔来并交伴侣杂志社信及《伴侣》三本。"1979年，复旦大学中文系鲁迅著作注释组经司徒乔之女司徒羽介绍，得知侣伦是该刊编者之一，找到侣伦进行咨询。侣伦解释说，他并不是《伴侣》的编者，只是作者之一。他说："司徒乔一九二八年十月十四日交给鲁迅先生的伴侣社的信，内容写的什么，由于我不是伴侣社同人，也不是《伴侣》杂志编辑之一，所以无从知道。凭我的臆测，那可能是向鲁迅先生约稿的信。"[2]后来《伴侣》并没有刊出鲁迅的文章，可见这次约稿并不成功。《伴侣》第4期的出版时间是1928年10月1日，《伴侣》托司徒乔送给鲁迅的《伴侣》应该是前四期中的三本，这几期都没多少文学内容，大概入不了鲁迅的法眼。

（三）

《伴侣》创刊初期发表的小说很少，第1至6期每一期都只发表两三篇文学作品，只能算是点缀。第7期以后，《伴侣》向文学类刊物转型，文学作品有所增加。将创作小说和翻译小说加起来计算，第7期发表了5篇小说，第8期发表了5篇小说，第9期发表了7篇小说。《伴侣》发表小说（包括译作）全部目次统计如下：

---

［1］《伴侣通信》，《伴侣》1929年第2期，总第9期。
［2］侣伦：《关于〈伴侣〉与司徒乔》，侣伦：《向水屋笔语》，香港：三联书店（香港）有限公司，1985年，第106—108页。

1928 年

第 1 期：雁游《天心》、盈女士《春三与秋九》。

第 2 期：画眉《晚餐之前》，Berkham Stead 著、奈生译《她才明白》(2、3、4、6、7)。

第 3 期：画眉《雨天的兰花馆》。

第 4 期：画眉《夜》，Andre Maurois 著、奈生译《天才之诞生》，意兰《谁适》。

第 5 期：无（"初吻专号"）。

第 6 期：侣伦《殿薇》(6—9)、爱谛《彭姑娘的婚事》。

第 7 期：画眉《鸽的故事》、稚子《春之晚》、小薇《嫉妒》。

1929 年

第 8 期：张稚子《试酒者》(8—9)，（瑞典）沙尔玛·赖局洛夫著、行空译《圣诞的客人》，玄玄《船上》，张吻冰《重逢》。

第 9 期：画眉《梨子给她哥哥的信》，苏小薇《献吻》，（西班牙）汝卞达利奥（Ruden Dario）著、行空译《中国皇后的死》，Leonard Merrick 著、奈生译《皮靴带》，孤燕《素馨自己的故事》。

有趣的是，被称为"香港新文坛的第一燕"的《伴侣》，所发表的第一部小说雁游的《天心》，竟然抄袭了《小说月报》第 11 卷 11 号上的《一元纸币》。这件事情首先是被《字纸篓》发现的，该刊第 5 号刊登了莱哈的《五百元奖金——给伴侣杂志的雁游先生》，指出《小说月报》原著是获奖之作，却被雁游轻易地拿了过来。《伴侣》核查了《小说月报》，发现的确有这么一篇译文，编者当即在第 8 期编校后记《再会》中，批评了这件事情，"换掉了名字和地点就把人家的东西翻了拿过来，我们倒觉得雁游君诚也太滑

《伴侣》编辑张稚庐

稽了"。不过编者同时也为自己辩解，"至于看稿的人既非无书不读的饱学之士，看不出来稿是掠美的东西，原是并不出奇的事"。这一抄袭事件，大概可以说明《伴侣》受到了内地新文学的影响。

统计起来，《伴侣》第1期至第9期，除上述掠美之作《天心》之外，共计发表了创作小说16篇，其中张稚子的《试酒者》和侣伦的《殿薇》是连载，另外奈生翻译的《她才明白》也是连载。就作者而言，发表作品最多的是编辑张稚庐本人，共计发表了7篇小说，差不多占了总数的一半，水平则参差不齐。

《伴侣》有些作品相当幼稚，只是家庭琐事记述，甚至难以称为小说。张稚庐的《晚餐之前》（第2期）写青年作家孟云夫妇新婚后为一部《世界史纲》发生争执的故事。他的另一篇小说《鸽的故事》（第7期）类似童话，写家庭男主人去世后，叭儿狗警告鸽子不要"爱着"，以免女主人伤心，结果鸽子郁闷死去。苏小薇的《嫉妒》（第7期）写女主人公嫉妒男朋友与其他女性交往，导致男方不悦。苏小薇的另一篇小说《献吻》（第9期）写女主人公面对众多追求者献上自己的吻，最后仍觉得空虚。这些文字大多只是简单的记述，没有多少艺术上的经营。

有些作品是有故事的，然而结构不完善。爱谛的《彭姑娘的婚事》（第6期）写女校学生彭姑娘与《梦痕》杂志主编马先生相互爱慕，顺利订婚，然而一周后出现在马先生婚礼上的女主人却不是彭姑娘。具体是怎么回事？文中并没有交代。意兰的《谁适》（第4期）写女主人公淑卿在学校时与碧魂恋爱，然而毕业后嫁给了文忠，郁郁寡欢，最后文忠认识到"爱情从强迫而来者是没有良好的结果"。小说平铺直叙，看不到人物的心理变化过程。

香港新文学早期最有名的小说家侣伦在《伴侣》的第6、7、8、9期四期连载了一部小说，名为《殿薇》，算得上是刊物上较为少见的一篇大作。不过它只是一部四角恋爱的小说，写女主人公殿薇周旋在三个男朋友子菁、若昭和心如之间。这篇小说的题材有点像丁玲的《莎菲女士的日记》，不过侣伦只是停留在多角恋爱的故事，写殿薇巧妙处理三者关系的得意心理，而没有像丁玲那样深入剖析莎菲的心理纠结，从而开拓出性别的深度。

编辑张稚庐以"张稚子"之名发表的连载小说《试酒者》（第8、9期），写年轻人的爱情追求。秋君是一个文艺青年，已经在家里和纹姑娘订了婚，他在远离县城的乡村当老师时，又有女同事爱恋上了他。秋君后来去了上海，在那里他喜欢上一个姑娘雪青，并去四马路买到两册新诗送给她。回到家乡后，纹姑娘来陪他，并试图说服他不要再酗酒，秋君却在思念象征着理想的雪青。小说线索不太清晰，表达的主题也较为模糊。

张稚庐的另外几篇小说，切入角度则较为独特。他的《夜》（第4期）写儿子与父亲的心理角力。卓八死了妻子之后，儿子要娶媳妇，他在内心里却想续弦。儿子娶了媳妇后，在房间里的嬉笑，让卓八很愤怒："可恶！""慈亲的骨肉未寒，就享乐，就享乐？没用的东西，岂有此理！"儿子对父亲也很不满："……那……老狗头。""你看他娶填房不？"《春之晚》（第7期）则是写女儿出嫁和妈妈再嫁之间的冲突。鹿妈在准备女儿阿鹿出嫁的同时，也悄悄准备自己的婚事。大家都认为鹿妈再嫁是一件可耻的事情，女儿阿鹿特别不能忍受，觉得会影响自己的婚姻，鹿妈却并不为之所动。《夜》和《春之晚》看起来是对立的主题，写父母与儿女辈隐性的心理冲突，具有一定的心理开掘深度。《梨子给她哥哥的信》（第9期）

写的是重组家庭里没有血缘关系的兄妹之爱，小说从妹妹梨子的角度写哥哥结婚娶嫂那天的复杂心理，有一定的艺术张力。

整体来说，《伴侣》上发表的创作小说，基本上紧扣婚姻爱情题材，范围较为狭窄，契合了这本家庭杂志的主旨。尽管也不乏上述较有特色的佳作，但《伴侣》在表现社会民生的广度上，应该说较 1924 年的《小说星期刊》有所不及。这应该与《伴侣》"谈谈风月，说说女人""以趣味为中心"的自我定位有关系，这种定位是其商业化的结果。

在郑树森、黄继持、卢玮銮编选的《早期香港新文学作品选（一九二七——一九四一年）》中，他们对于香港新文学早期的小说评价较低。黄继持说："小说似乎比散文更堕后，连五四时直面社会的作品也及不上。"卢玮銮说："看香港文学早期的作品，你会看到一群很稚嫩的年轻人，好奇地利用文字来表达内心世界。他们用甚么方法呢？于是只有向中国内地文学学习，但却并不得心应手，加上没有良好而持久的写作环境，所以水平并不高。"[1]《早期香港新文学作品选（一九二七——一九四一年）》选择作品的范围，包括《伴侣》《铁马》《岛上》等刊物，甚至还包括了上海的《幻洲》，不过如果他们注意到了较《伴侣》早四年的《小说星期刊》，看法大概会有所不同，至少不会说香港没有"直面社会"的作品。

（四）

《伴侣》之所以受重视，其根本原因在于曾被认为是香港第一个白话文艺刊物，而《小说星期刊》虽然发表了不少白话小说，但却是一个以文言为主、文白相间的刊物。《伴侣》出现的时间，

---

[1] 郑树森、黄继持、卢玮銮编：《早期香港新文学作品选（一九二七——一九四一年）》，香港：天地图书有限公司，1998 年，第 15 页。

正好在1927年鲁迅演讲之后。在鲁迅批判老调子、呼吁新文学之后，《伴侣》成为"香港新文坛的第一燕"便顺理成章了。其实，文言、白话的对立并不是香港早期文学的主要结构，《小说星期刊》的文白相间恰恰更为真实地反映了当时的现实。

1927年4月27日香港《华侨日报》上刊登了一篇署名"长城"的文章，称赞该报提倡白话文，并将此提升到批判旧文学的高度。鉴于这是鲁迅来港演讲不久之后的事情，它很容易被视为鲁迅带动香港新文学发展的例证。我们没有注意到的是，该刊编辑冷盦在文后加了一个"编者按"，澄清他并没有"提倡白话文"的意思：

《伴侣》第3期

> 长城君说我有提倡白话文的表示。"提倡"二字，我断不敢当。我对于文言和白话，以为最好是各随其便就是了。就是以一个人而言，对于文言和白话，也有各随其便的时候，所以我的撰著，用文言和白话，是没有定规的，只看文体应用那一种好些，也就采用那一种就是了。我并不是说有了白话就可以废止文言，也不是说务要以文言来替代白话，须知只能够应用这一种而废弃那一种，是都犯着偏枯的毛病。尤其是文学未有根底的，切不可误会错了，以为文言从此便可废止呢。

冷盦认为，文言白话，各随其便，各有定规，决不能说应该用某一种代替另一种。这种态度，和我们前面提到的罗澧铭的《新旧文学之研究和批评》一文的态度是完全一致的。文中提到作者杂用文言、白话的现象，在香港是属实的。在当时的香港，同一作者分别以文言、白话写作，是很常见的事情。

说起来，鲁迅在香港的演讲影响并不大。黄继持说："当时的文艺青年未必充份理解鲁迅来港的意义。"卢玮銮同意这种说法："这一点肯定是的。因为鲁迅来港，只作了两场演讲，逗留时间不长，而且有听众甚至听不懂他的话，靠许广平来翻译；所以鲁迅来港的影响力虽然可能很深远，但在当时来说，却不是立即可以引发出火花。"[1]从鲁迅在香港演讲后报刊的反应来看，听众很多都没太听明白鲁迅的意思，对于鲁迅及内地文坛也不太了解。探秘的《听鲁迅君演讲后之感想》（1927年2月23日《华侨日报》）是少见的介绍评论鲁迅演讲的文章，他的认识跟鲁迅原意的距离之远让人感到惊讶：

> 他初始登台时所演讲的话，甚么尧舜呵，唐呵，都很像没有甚么精妙。……但是这点我都不觉得他精妙，因为这些话是人人所能道得出的。但是没有这些话，又不能引申出他末尾的几句议论。他说，坐监是安全的，是没有被人抢窃不虞的。但虽是安全，可是他失却自由了。这些话是很深刻的。我以为鲁迅君非经过监狱修养，尝过铁窗风味，断不能为此言。他说到这里，便告演讲终止，可知千里来龙，都是结穴在此处也。

探秘自己都没听懂，还要在报刊上负责介绍评论，结果只会是以讹传讹。报刊的记者，应属于文化层次较高的一类人，他们

---

[1] 郑树森、黄继持、卢玮銮编：《早期香港新文学资料选（一九二七——一九四一年）》，香港：天地图书有限公司，1998年，第6页。

都没有听懂鲁迅的演讲,何况其他听众。鲁迅在香港的演讲到底有多少影响,由此可见一斑。

发表于 1928 年 10 月 25 日《墨花》的吴灞陵的文章《香港的文艺》,是香港早期新文学研究中常被引用的文章。文章结尾处是对于香港文坛现状的总结:

> 现在,香港的书报上的文艺,就是新旧混合的。纯粹的新文艺,既找不到读者,而纯粹的旧文艺,又何独不然?所以书报上的文艺,就妈妈(原刊如此,应为马马——引者)虎虎地混过去,很少打着鲜明旗帜的!

作为当时香港的资深文人,吴灞陵以"新旧混合"概括彼时

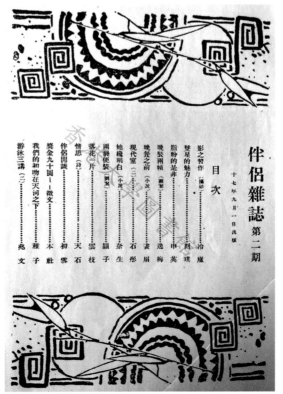

《伴侣》第 2 期目录

的香港文坛,应该是准确的。吴灞陵本人在《小说星期刊》发表的文章事实上也是新旧混合的,既有文言,也有白话,其中以文言为多数。

"香港新文坛的第一燕"《伴侣》面世以后,并未使香港文坛的格局为之改变。一直到抗战为止,香港的报刊都是以文言为主、文白并用的。

第三节 《铁马》《岛上》:是"古董",还是"体制"?

《伴侣》目前所能看到的最后一期,是1929年1月15日第9期。1929年9月,香港出现了一个较为正式的新文学刊物《铁马》。《铁马》是香港最早的文学团体岛上社创立的,张吻冰、岑卓云(平可)、谢晨光、陈灵谷和侣伦等岛上社主要作家都在这个刊物上露面了。岛上社将《铁马》视为香港新文学的"第一声的呐喊",却没有提到《伴侣》。

《第一声的呐喊》是《铁马》刊载的一篇投稿,作者玉霞认为,香港虽然出现了一些杂志,"可是终于不能鲜明地标起改革的旗帜",他觉得应该联合起来,打倒"古董",为新文学呐喊:

现在,我们为了社会的文化,为了救济我们青年的同辈,我们唯有把新的文艺作者与新的文艺杂志打成一片,我们把我们的机关枪与大炮去对付古董们的拳头,打得他们落花流

《铁马》

水,他们是时代的落伍者,是人间的恶魔,是文学上的妖孽,留得他们,我们永远不能翻身。

年青的文友啊,这是一个已经过去的工作,在香港却是一件靳(疑为崭——引者)新的工作,这需要我们共同努力去干,新的文艺战士呵!这是香港文坛第一声的呐喊!

这种新旧文学对立的叙事,其思路应该来自内地。这种立场在《铁马》编辑部的说明中,变得十分明确:

玉霞君听见我们铁马有咖啡店之设,因此,他就写了这篇文章来,我们接到玉霞君这篇文章,恰是铁马将近出版的时候了,玉霞君对于古董的骂,和愿心改革香港文坛,这是不错的。我们知道国语文学在中国已经被人共同承认了十余年,现在,国民政府统一中国,国语文学更该普遍于全国了,而香港这里的文坛,还是弥满了旧朽文学的色调,这是文学的没落状态,以后,我们甚愿如玉霞君所希望的将古董除去,建设我们的新文学,——新的文艺。我们中国的政治统一了,经济也要统一了,同时,国语文学也该统一起来。

《铁马》认为,现在中国政治经济统一,国语的文学当然也要统一。这说法置之于香港,有点奇怪,香港的"国语"早已经被英国殖民当局统一为英文了,在香港应该提倡的是中文,至于文言、白话的差别,应该并不那么重要。我们不妨透过《铁马》考察一下,对于香港新文学的制约因素,到底在哪儿。

《铁马》没有发刊词,表明创刊态度的是一篇"编后语",题为《Adieu——并说几句关于本刊的话》。在这篇"编后语"中,我们发现,《铁马》同人并不在意文学的新旧问题,相反,他们

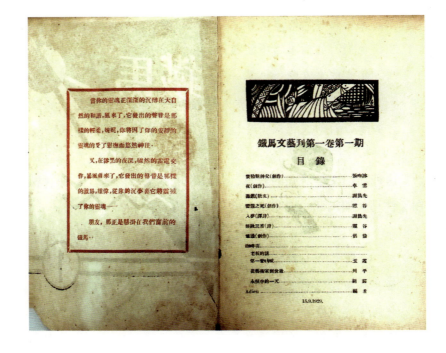

《铁马》目录

认为文学不应该追逐时髦,"到今日,什么什么文学的提倡可说是甚嚣尘上的一回事了,同时,固守不变的也大有其人,然而从新也好,守旧也好,文学够(原刊为够,疑为毕——引者)竟不比我们的服装,不能任意跟随着去学时髦的,所以我们都犯不着去勉强从事"。

在香港,阻碍新文学发展的,主要并不是旧文学,而是香港的社会体制。《Adieu——并说几句关于本刊的话》一文说:

在这块万皆庸俗的地方,谈起文艺,用不着看实在的情形,只凭我们的想象罢,已可知道是达到什么的程度了!

香港有了算盘是因了做生意,香港有了笔墨也因了做生意的!

香港新文学青年的种种浪漫情调和文学想象，无不在这功利的环境中碰壁，"在香港，慢些说及文艺罢，真没有东西可以说是适合我们这一群的脾胃的，有许多应该是很艺术的地方都统统的给流俗化了"。香港文学青年的想象，是"薄寒的晚上"，是"咖啡店"，是"娉婷的女侍们"，是"醉颜"，是郁达夫的《文艺论集》或薄命诗人道生（Ernest Dowson），是巴黎的拉丁区（Latin Quarter），这是典型的创造社式的生活方式，或者说是创造社所想象的道生或巴黎拉丁区的风味。可惜在香港，这些浪漫是不存在的。这里涉及香港与上海的不同。香港是一个殖民统治下的商埠，这是它追随上海的原因，然而它远不如上海，上海还有其作为中心城市的文化维度，所以创造社后来能够从穷愁中建立文学功业，而香港的文学青年在这小岛上则只能潦倒下去。

香港早期提倡新文学的年轻人，处于十分困顿的境地。侣伦在谈到岛上社的时候说："这群人中有些是有职业，有些还在求学，有些是不能升学却找不到事做。大家都是分头向报纸投稿，换点稿费来挹注消费；但主要还是基于对文学的爱好。"侣伦概括这群人的共同特征："大家共同的命运是穷。"[1]

署名"胡茄"的散文《永恒中的一天》，记录了岛上社成员在《铁马》创刊的1929年的窘迫状况：

> 自从我们送走一九二八以来，我们便开始了这个恶运，第一个新春时候，光丁了父忧；跟着是裹想到越南去看看在那边的好人儿，因为筹不到盘钱不能去，谷因为报馆的倒闭，地盆（原刊如此，疑为盘——引者）失陷，饭碗更成问题。

---

[1] 侣伦：《岛上的一群》，侣伦：《向水屋笔语》，香港：三联书店（香港）有限公司，1985年，第32页。

源呢？生活更无进展，终日踯躅街头为着房钱，几乎要只身而跑，一袭衣裳穿得久，怪难看，于是同华谷三人掉换，一体光鲜，最后还因为穷，不知什么时什么日，竟连谷的从稿费拨出来缝的长衫递上押字铺去了，而同谋诸光，借得一套绒洋服，只好昼伏夜出，华因为在这里站不住脚，最近竟愤愤然跳上吊桥，扯𫇭扬帆，归上海去。冰虽然影子成双，竟究还沉闷闷的，最近来，素以"末路远走不可时，也只好平心静气地走"为人生观的谷，也叫苦起来，说要投海去！（只愿他说说就好了，倘真是骨董一声，则我们友谊上也得送花圈一个，说得尚馀来，面包就不知如何筹算了。——我父在天，阿弥陀佛！）

这里的"襄"，当是黄显襄，即黄谷柳，他出生于越南海防，与文中说的回越南吻合。"谷"当是陈灵谷。"冰"当是张吻冰。岛上同人的困苦潦倒，于此可见一斑。

"编后语"《Adieu——并说几句关于本刊的话》说："我们的文章犯不着在这里吹嘘，读者们自有他们读后的定评，所以在这里我不想多说关于这一期的文章的话，但侣伦的'炉边'我却希望读者们注意一下。"作为唯一一篇受到推荐的小说，侣伦《炉边》的主题正是写香港文学青年的穷愁的。

普亚街是香港的一条破落的街道，看不到绅士贵妇的足迹，也没有舞场的音乐，也不见市政测量官和工程师来过。在冬天的晚上，住在这里的人在心理上感到一切都是寒冷的，"寒冷统治了一切。因为街的窄小，风便吹得特别响起来，关不紧的门边和凑不紧的门钮，微微地震起声响，如像这庞大的房子也抵不住寒风，牙齿在格格地打着战"。

在这最穷困的街上，住着两位香港青年写作者，T和K，他们在寒冷中写作。T 和 K 平时给报馆撰文，依靠月底结清的稿费维持生活。这种靠笔墨为生的日子是很难过的。香港有不少报馆，但大部分发表地盘却被少数人占去了，而那些无法巴结主编的文人，便沦落到生活窘迫的地步，有时连面包都吃不上。T "在这里住下已经半个年头了，他没有一天不在痛苦里挣扎。起先，他是住在比较好些的地方的，后来一二间比较可靠的报馆意外地停办，才应朋友 K 的提议搬到这肮脏的普亚街，恰恰和 K 隔壁的房子来"。因为稿费一再拖延，T 的房租已经付不上了。妻子受尽房东羞辱，米也见底了，火酒、洋烛、墨水甚至稿纸，都已经没了，家里已经没有什么东西可以变卖。他只能熬夜写作，并指望第二天能够领到本月月结。第二天他们去要稿费，报馆仍然是让他"迟几天"。小说最后一个部分，转过来写本地三家报馆的文艺编辑 A，写作者辛辛苦苦熬夜写出来的稿子，在他那里根本不算回事，去年的稿子，他拖延到现在才在火炉旁边拿出来看，太太过来要亲热，他随手把稿子扔到一边，结果落入火炉里，"火炉亮了一亮，他们感到一阵热意，四只臂搂得更紧"。

小说的格调很阴郁，不是对香港煮字疗饥生活深有体会的人写不出来。贫穷的写作者把矛头对准了报刊的编辑，事实上，香港文化不发达的根源，在于香港社会的体制。英国占领香港，本来就是为了贸易，无意于发展文化，更何况他们的文化还是英国文化。

在这种社会机制中，新文学是没有出路的。岛上社创办《铁马》时，有一个天真的想法，即印出第一期，销售所得，便可以出版第二期，以此循环。可是，《铁马》没有销路，只出了一期就生存不下去了。

《铁马》失败后，岛上社的作家仍不甘心。1930 年 4 月，他

《岛上》

们又印出一本新的刊物。据侣伦回忆,这次是他们自费印刷的,可以自主,因此取名《岛上》,以岛上社名义出版。生活无着的岛上社作家如何能够拿出一笔出刊的钱,是一个谜,估计还是四处筹来的。可以确定的是,岛上社集好了第2期稿子,真就没钱印刷了。上次《铁马》的印刷经费由张吻冰出面筹措,而这次站出来的是平可。平可是香港精武体育会的会员,该会有一位高级职员林君选,是一位文学爱好者。他知道《岛上》无钱印刷时,慨然表示愿意支持。岛上社便封他为社长,好让他负起责任来。林某很有野心,他把稿件带到印刷条件更好的上海去付印和发行。如此就拖延了时间,等《岛上》第2期寄回香港时,已经是1931年秋季了。此后,刊物就没了下文,岛上社也因为其成员各奔前程而解体了。

《岛上》第1期的"编后",和《铁马》"编后语"《Adieu——并说几句关于本刊的话》一样,照例是对于香港商业社会不能容纳文学的牢骚:

> 香港,在外表看来,是一个富有诗意的所在:四周是绿油油的海水,本身是一个树林葱茏的小岛。不过倘若你踏进去细细考察一下,你将发现你自己的幻灭。充盈于这个小岛的只有机诈,虚伪,险毒……。如其你是还清醒的话呢,你会感到窒息,你会感到它缺少了些什么。
>
> 我们没有多大的希望,只愿尽了我们自己微弱的力量,使这岛上的人知道自己所缺少的是什么而已。

大概是因为缺钱，《岛上》篇幅不大，作品有限。《岛上》第2期篇首的小说是张吻冰的《粉脸上的黑痣》。小说的主人公浅原君是一位文学青年，他在T洲的汽车上遇见一个美貌女子，一见倾心，不由得坐过了站，跟随女子下了车。到了女子的住处，他发现书柜里有很多文学书籍，包括他本人的创作集《伦敦之火》。女子请浅原君喝酒，一夜醉欢，当他再醒来时已经是第二天早晨了，女子已经消失。

这是一个常见的文人艳遇的故事，然而，故事有了转折。浅原君回家几天后，发现口袋里有一封来自这个女子的信，信中还包着三张十块的纸币。从信中的内容可知，这是一个风尘女子，她之所以同情浅原君，是因为她死去的丈夫也是一个文学青年，穷困潦倒，"滴出他的生命的最后的一点血去写去写"，可他最终也没能卖出一本书。这个女子将他的死因归结为，"生活的压迫，阶级的压迫"。女子把浅原君给她的五块钱退还给他了，还加上了自己的钱，"你的钱，就是明天没有面包了，我也没有拿的勇气。叮，五块钱，你们要流了多少血汗，流了多少脑汁去赚那五块钱呢"。她仇视贵族和绅士，"余的钱请收用了。没要紧的，明天我又可以骗来几百了"。小说至此接上了侣伦的《炉边》所涉及的香港文学青年的穷愁问题，有所不同的是，时间已至20世纪30年代，小说中已经提及"阶级的压迫"。

在另一篇小说陌生的《石田樱子》中，甚至已经出现了"革命"。《石田樱子》仍是写男女之情的。"我"是赴日求学的留学生，石田樱子是我的邻居。樱子"是身体旺健的女性，康强而又活泼"，为生活所迫早早就走上社会，做了女侍乃至妓女。樱子觉得自己已经是一个为人所不齿的女子，但"我"仍是喜欢她的。在樱花丛中，两个人忘情地接吻。"我"要回中国了，樱子牺牲了半天的工资来送船。回国不久,"我"收到了来自日本朋友的信件,告知樱子因为参加革命团体的活动而被捕了。

"穷愁"是香港文学的一个母题。《小说星期刊》之所以大量刊登鸳鸯蝴蝶小说,《伴侣》之所以成为生活类杂志,《铁马》《岛上》之所以不能生存,原因都在于此。直到1962年,刘以鬯在创作《酒徒》时,仍在探讨香港文学的穷愁问题。

第四章

左翼文学与现代诗

第一节 《红豆》考订

《岛上》之后，香港文坛陆陆续续出现了一些新文学刊物，但是在香港的社会环境中，它们都没有逃脱办刊一两期就停刊的命运。出人意料的是，在1933年至1936年，香港出现了一份少有的较具规模的新文学刊物，那就是《红豆》。《红豆》之所以能够生存下来，根本原因在于它有"梁国英商店"的经济支持。《红豆》是一个奇迹，它为我们考察20世纪30年代香港战前新文学提供了窗口。

左图：
《红豆》2卷4期

中图：
《红豆》3卷4期

右图：
《红豆》3卷2期

遗憾的是，《红豆》在学界并没有得到多少研究。到目下为止，人们对于《红豆》的认识还较为混乱。

有关《红豆》的记述，最早要追溯到侣伦写于1966年7月的《香港新文化滋长期琐忆》一文。在这篇文章中，侣伦对《红豆》有如下追忆：

《红豆》的主办人是"梁国英"商店的少东。他们在经商之余曾经开过"印象艺术摄影院"，办过消闲杂志和一本《天下》画报；在抗战初期，还在香港中区开过一家"梁国英书店"。《红豆》创办初期是一种卅二开本的综合性杂志，文字以高级趣味为中心，附有艺术摄影的插页。杂志本身印得很雅致。《红豆》出版了几期便停刊。在隔了一个颇长的时间之后，由刚从广州中山大学念书回来的另一少东梁之盘接办。他把《红豆》接上手以后，改为纯文艺刊物，形式也扩大为廿四开本。由上海生活书店经售。虽然只是薄薄的十四页篇幅，可是每月按期出版。这刊物的特点是不登小说，只登诗与散文；在封面特地印上"诗与散文月刊之始"一行大字，突出它的特殊风格。[1]

对于《红豆》的另一种叙述，来自卢玮銮，她在写于1983年的《香港早期新文学发展初探》一文中谈到：

卢玮銮《香港文纵》

　　没有良好经济条件支持，文艺杂志实难维持较长寿命，其中一份杂志，能继续出版了两年多，就因有一家商店"梁国英"的支持。"梁国英"是家药局，也办过摄影及出版。主人梁晃于一九三三年十二月出版了《红豆》，最初的风格不定，试图摸索一条文艺综合性的道路，开本与出版期都一改再改。自第二卷开始才走上纯文学刊物的路线，每期均有论文、剧本、小说、诗、散文……直到一九三七年七月十五日，梁之盘接编以后，

---

[1] 侣伦：《香港新文化滋长期琐忆》，侣伦：《向水屋笔语》，香港：三联书店（香港）有限公司，1985年，第21页。

就正式在封面标明《诗与散文》月刊,企图走向更纯一风格。[1]

这两段对于《红豆》杂志的权威描述,常常被文学史征引。然而,据我与所查阅到的《红豆》杂志原刊对照,上述两段描述的内容其实颇多错漏。

《红豆》的发行者是"梁国英报局",它是迄今还存在的香港老字号"梁国英药局"的副产品。梁国英有两个儿子,长兄梁晃和次子梁之盘。侣伦和卢玮銮都提到,《红豆》起初由梁国英长子梁晃筹办,然后由弟弟梁之盘接办。不过,在何时接办,却说法不一。卢玮銮明确说,时间是"一九三七年七月十五日"。这个时间肯定是不准确的,因为《红豆》早在1936年就结束了。卢玮銮说,"直到一九三七年七月十五日,梁之盘接编以后,就正式在封面标明《诗与散文》月刊",这也不对,《红豆》在封面上标明"诗与散文月刊之始"是4卷5期,该期出版时间是"二十五年七月十五日",即1936年7月15日。至于卢玮銮以在《红豆》封面标明"诗与散文"作为梁之盘接任的时间,则并无根据。

侣伦没有具体说明梁之盘接手的时间,但是,他提到了梁之盘接手后《红豆》的变化:一是《红豆》开本的变化,《红豆》开本的变化在2卷1期,由此判断,侣伦所说的梁之盘

《红豆》所刊梁国英药局广告

---

[1] 卢玮銮:《香港文纵——内地作家南来及其文化活动》,香港:华汉文化事业公司,1987年,第13—14页。

接手是在 2 卷 1 期。然而，侣伦接下来说：改版后的《红豆》"由上海生活书店经售"，这就不对了，《红豆》从由"各种大书局报社"代售，改为由上海"生活书店"总经售的时间是 3 卷 1 期，而不是 2 卷 1 期。接着，侣伦又说：改版后的《红豆》"在封面特地印上'诗与散文月刊之始'一行大字，突出它的特殊风格"。这又错了，《红豆》标明"诗与散文月刊之始"是快要结束的 4 卷 5 期。侣伦的记忆显然有误，把不同事件的发生时间弄混了。另外，侣伦还有一个说法，即认为"这刊物的特点是不登小说，只登诗与散文"，这肯定是错误的，《红豆》第 1 期就有小说栏，刊登了易椿年、柴霍夫（良铭译）、林夕的三篇小说。

《红豆》主要收藏于香港大学孔安道图书馆，广东中山大学图书馆也藏有一部分，都不全，中国国家图书馆藏有微缩胶片，但多处不清晰。我经过多处查询，完整地收集了全部《红豆》杂志。下面根据我查阅到的原始材料，说明一下《红豆》杂志的沿革。

《红豆》创刊号[1]封面题目是"红豆"，下面是手写体小字"创刊号"，版权页标明是"红豆月刊"。出版时间是"二十二年十二月十五日出版"，"督印／编辑"是"梁之盘"，"出版"是"南国出版社"，"发行"是"梁国英报局（文咸东街三十二号）"，"通讯"是"香港邮政信箱二十九号"，"印刷"是"恒信印务所"，"代售"是"各大书坊"。到了《红豆》第 1 卷第 2 期（封面称"一卷第二号"，版权页称"一卷·二期"），版权页大体照旧，但出现了两处变化，一是在"督印／编辑：梁之盘"的后面，加了一个"经理：梁晃"；二是"印刷"改成了"光华印务公司"。这种"督印／编辑：梁之盘""经理：梁晃"的情况一直没有变动。一般都认为梁之盘

---

[1] 内地研究者所用《红豆》原刊资料多源自中山大学图书馆，但中山大学图书馆所藏《红豆》缺第 1 卷，所以内地论者在提到《红豆》的时候，往往从第 2 卷谈起，这影响了论述的准确性。

左图：
《红豆》第 1 卷第 1 期版权页
右图：
《红豆》"征稿简约"

是后来接手的，但从版权页看，梁之盘一开始就是"督印/编辑"，创刊号上甚至没有梁晃的名字。

《红豆》1 卷 1 期并没有卷首语，只在篇首发表了风痕的诗歌《红豆》，大概权作发刊词了。刊后有一个"征稿简约"，其中第一条介绍了刊物的内容和对于来稿的要求："（一）本刊内容约分一散文小品，二诗，三短篇小说，四论文，五文艺杂文诸栏，除暂时不收译稿外，其余均欢迎投稿——惟以篇幅关系，来稿能在三千字以下尤所欢迎。"

自 2 卷 1 期始，《红豆》发生了较大变化。版权页的刊名，改为"红豆漫刊"。"本刊启事"有云："本刊为谋尽量充实内容、减轻读者负担起见，现由二卷一期起改出较有弹性之漫刊。除内容比前增一倍有奇外，价格已减为每册五分，深望读者与作者予以批评或赞助。"刊物的开本由 32 开变为 24 开，去掉了图画，减少了广告。第 1 卷《红豆》美术作品占较大比重，目录的第一项就是"图画"，第 1 期的图画有 16 幅，目录占独立的一页。广告主要在头尾部分，另加专页。到第 2 卷，图画没了，甚至连原来的封面画也取消了,直接以刊物目录作为封面,广告也只剩下了"梁国英药局"等很少几幅。不过,从刊物栏目看,则没有多大变化。第1卷的栏目分为"散文""诗""小说""文"几个部分,2卷1期的目录分为"论文""小说""戏剧""诗""散文"几个部分。1卷1期的"文"和2卷1期的"论文"是一回事,属于文学论文的范畴。这个栏目1卷1期刊载的是梁之盘本人的《论苏轼——宋代词人论丛稿之一》,2卷1期刊载的是梁之盘在中山大学的外国文学老师张宝树的论文《文艺谭——浮士德之分析》。在小说、散文、诗歌诸种体裁的文学作品之外,刊载研究论文,也是《红豆》的一个独特之处。卢玮銮说:"(《红豆》)最初的风格不定,试图摸索一条文艺综合性的道路,开本与出版期都一改再改。自第二卷开始才走上纯文学刊物的路线。"这个说法并不准确,除图画和广告之外,第1卷和第2卷的内容并无多大的区别。

自3卷1期始,《红豆》的版权页标上了"总经售处:生活书店(上海福州路三八四号)",这是《红豆》的一个较大的变化。

左图:
《红豆》第1卷第1期
插图
右图:
《红豆》第1卷第2期
插图

《红豆》在内地的发行，意味着它与内地文坛关系的加深。自此以后，生活书店的书籍消息或广告愈来愈多地出现在《红豆》上，如"最新出版"中的徐懋庸的《打杂集》、郑振铎编撰的《希腊神话》、鲁迅翻译的苏联班台莱夫的《表》。内地其他书店所出版的书也出现在《红豆》上，其中诗集较多，如《吴奔星诗集》、路易士《行过之生命》《上海飘流曲》和李金发《魔鬼的舞蹈》等。《红豆》的诗歌写作与内地诗坛关系较为密切，这一点后文再谈。

自第4卷1期起，版权页刊名又改回为"红豆"。到了4卷5期，《红豆》在封面加上了"诗与散文月刊之始"[1]。"本刊启事"曰："本刊出版以来，深蒙读者爱护，并荷各地作者鼎力扶植，得维持至今，成为南方历史较长之文艺刊物：其间不惟形式日新，内容亦见进步，近期所载诗与散文尤富于精心之作，以是销路日增，有欣欣向荣之势。同人等深感读者作者爱护之诚，不敢自满，决于本期起，利用原有篇幅，实行纯化，改为诗与散文月刊，冀能造成独特风格，以副厚望。至盼海内外读者作者，不吝金玉，予以批评及赞助，曷胜荣藉！此启"这个改变是实质性的，刊物的内容有了变化，即只登载诗与散文。然而，这个"诗与散文月刊"只维持了两期。到了4卷6期《红豆》突然刊出了"本刊重要启事"，宣布停刊，原因是"最近忽因登记手续发生问题，不得不遵照香港出版条例，由本期起暂行停刊，一俟完满解决，再与读者相见"。关于《红豆》停刊的真实原因，杨国雄引用梁晃的说法加以解释，"当时《红豆》主要每期都亏本，不能长期支持，

---

[1] 值得一提的是，笔者依据的港大孔安道图书馆藏4卷5期《红豆》上有梁之盘手题"地山先生备教，晚梁之盘敬赠"的字样，而到了4卷6期，首篇就发表了署名"落华生"的散文《老鸦嘴》。推测起来，梁之盘赠予许地山先生《红豆》的4卷5期，致意并且约稿，希望取得许地山先生的支持。许地山先生果然支持了《红豆》，在下一期就发表了文章。

所以到了四卷六期便停刊了"。[1]这个说法与《红豆》编者一再强调该刊"销路日增""欣欣向荣",不无矛盾之处。

第二节　左翼的限度

如果说20世纪20年代的《小说星期刊》和《伴侣》侧重恋爱婚姻题材,20、30年代之交的《铁马》《岛上》主要写穷愁和压迫,那么1933年创刊的《红豆》则已经将穷愁与压迫延伸为初步的阶级意识。

《红豆》1卷第1期发表了玲然的散文《街景》,文章采用静物临摹的方法,客观呈现1933年炎热夏天里的香港街道。一方面是"拖着东洋车喘息着的车夫,日光照在古铜色的躯体,汗像从古铜色的蒸溜(原文为溜,应为馏——引者)器蒸出来一般",另一方面是"一个车上的人,安闲地抽着香烟,缭绕的灰色的烟从他鼻孔喷出来,停留在明朗的夏气里";一方面是"一辆一九三三型的新车戛然停着;一个肥胖的中年人,含着雪茄,执着手杖,闪着丝光的长衫,踱进一爿钱庄去",另一方面是"水果担边的人,呼着叫卖的哑音"。全文并无一字评论,然而这"有意无意地的(原刊如此——引者)一眼",让我们看到了贫富的反差。

《红豆》1卷1期共发表了两篇创作小说:一是易椿年的《阿黑的梦》,二是林夕的《血轮》。林夕的《血轮》连载于第1、2、3期,写内地农民黄老俭来香港打工的境遇。黄老俭寄居于骑楼之下,在码头上做苦力。他的女人带着孩子来香港,结果孩子被拐,女人被带到保良局。黄老俭没有保费,就求助于别人。女人

---

[1] 杨国雄:《清末至七七事变的香港文艺期刊》,《香港文学》1986年第4期,总第16期。

来了,总不能再住街上了,就去租了一个又脏又破的床位。孩子还没有找到,黄老俭却因劳累致病了。女人只好解下身上那件黑布衫去当铺,不幸遭遇车祸,被车轮碾成了一片片的血。从技巧上说,《血轮》是《红豆》上一篇比较成功的小说,它以写实的笔法呈现了香港下层贫民的悲惨生活境遇。

易椿年的《阿黑的梦》则以意识流的手法,描写阿黑因受欺压而产生的反抗意识。"唉,这世界可容得咱们穷人?不出钱就可以抢人,这是人的世界?人的世界?!妈的!"他冲到魏三子面前,"铁钵似的拳头尽向他的背上头上雨点似的打下",三个家伙奔了过来,枪上插着光亮的尖刀,阿黑疯狗般地扑向他们……阿黑醒了,原来是一个梦。不过,阿黑想:"梦?我真的要这样做!不,我准要打死他,这魏三子!这三个鸟家伙!"从阿黑的意识片断看,他愤怒的原因是,魏三子因为三十块钱抢走了他的妻子,还把他打伤了。阿黑愤怒至极,但只能在梦中进行反抗。

从这几篇作品中,我们看到了《红豆》的新面目。《街景》就是街头一瞥,然而作者所摄取的镜头,是有产者与贫民的差距。《血轮》的观察则更深入了一步,小说选取了一个从农村来港的农民苦力,从此角度细致呈现香港下层贫民的卑微生活。《阿黑的梦》则难得地出现了对于这种悲惨生活的一种反抗,虽然这是

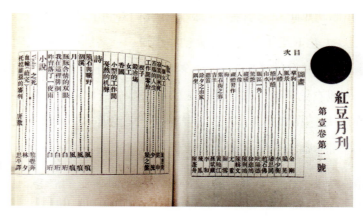

《红豆》第1卷第2期目录

个人直觉的反抗，仅仅是一个梦。

第 1 卷 2 期后，《红豆》就出现了直接描写工人的作品，将反抗从个人延伸到了阶级。易椿年的小说《某工场一个小景》（1 卷 3 期，该期封面称"第一卷第三号"，版权页称"一卷·三期"）写工厂苦力小王的思想觉悟过程。工厂里雇用女工，威胁到男工的地位，让男工对于女工产生了憎恨，但在小王看到女工的悲惨遭遇后，才认识到他们其实是同一阶级，需要共同面对"工人们当前的大敌"。小王最后产生了革命意识，"我说，打倒……""好，今夜，我得找聚大伙儿商议一下——干你妈的！"小说结尾并没有揭示革命的结局，而只是隐晦地说："轧轧的机声腾漫空间，似在象征着不久便有大风雨要降临。"

易椿年是香港新文学早期的重要作家，生活贫困，较为了解下层贫民，致力于书写他们的悲惨境遇和反抗意识。《阿黑的梦》和《某工场一个小景》都写反抗，后者却有上升。前者的反抗还是直觉的、潜意识的，后者则已经开始出现了阶级觉悟，不过，最终如何革命？作者本身也不清楚。易椿年本人也因为生活所迫，在 1937 年就患肺病早逝了，年仅 22 岁。

从农民到工人，到虚幻的反抗和阶级意识的出现，乃至于普罗文学的萌芽，我们在《红豆》中看到了 20 世纪 30 年代香港文学主题上的变化，这种变化与中国内地文坛的普罗文学的发展有着对应的关系。然而，在 3 卷之后，《红豆》的这个萌芽并没有继续生长成无产阶级文学。

《红豆》编辑梁之盘本人在第 1 卷第 2 期发表了《工作间零拾》。他首先称赞了工厂的机械，"到了工作间，还可以听到机械底歌声，见到了机械的力量，机械工作的灵妙，机械运动的优雅，机械制造的完备"。由此，"克鲁泡特金从工作间出来，意会了机械之诗。惠特曼 Whitman 从工作间出来，就成了世界的劳动诗人"。同时,他又看到,"机械是吞蚀着工人的生命;工作间不过是地狱"。"辛克莱 Upton Sinclair 从工作间出来了哩,就成为世界知名的普罗文学巨人。——他从屠场归来后,就写成了一本暴露现制度罪恶,表现普罗意识的屠场 Jungle。此后,煤油,钱魔,波士顿也就陆续完成,成为普罗文坛的巨著。"在参观了女工织布厂之后,梁之盘深感"机前的女工底生命给机械吞蚀得太厉害了",他希望能够表现女工,然而,"我不是女人,我不懂得纺纱间的女工底心理。如果丁玲肯细心写她的话,那将使你凄然下泪;为了她曾混进了纺纱间女工的非人生活底深处"。看得出来,梁之盘对于工厂的印象,主要与文学著作相联系,其态度是矛盾的,既有赞美又有批判。他希望表现女工,但他对于女工并不了解,所以提到了丁玲。

李育中的《祝福》(2 卷 4 期)再次提到丁玲,并且还多了一个蒋光慈。李育中的这篇与鲁迅作品同题的小说,并不是写农村妇女的,而是写城市女工的。小说主人公是一对父母双亡的孤儿姐妹,姐妹俩为生存而去了工厂,等"我"再见到这两姐妹的时候,俩人已经憔悴到认不出来了。文中提到,姐姐喜欢文学,"那时她还看了一点蒋光慈的小说,当我们三个文学朋友集合时,便想到这个女子可否做成功一个丁玲呢?"小说在结局里寄希望于她们成为"战士",然而,因为环境不同,这个女孩最终没成为丁玲,而这部小说最终也不能成为革命小说。

《红豆》上的小说还描写了革命,不是在香港,而是在遥远的南洋。面对真正的革命反抗,作者既很钦佩,同时又觉得惭愧。4 卷 5 期李励文的《巫沙——纪念一件血的事实》写叙述者的一个马来朋友巫沙,为推动对荷兰殖民者的革命斗争,不惜牺牲自己的生命。文章称赞这些勇敢的马来人,用他们的"愤怒""希望"和"勇气"推翻殖民帝国的宝座,"用他们的血和肉向压迫者挣他们全民族自由"。不过，我们注意到，文中并没有重点描写巫沙等革命者的行为，甚至于到底是何种革命？巫沙最后下落如何？我们都不知道，作者所重点表现的是叙述者在巫沙等人对比之下的惭愧和纠结的心理，"民德兰的奴隶教育没有使他们踏上奴隶的道路，他们就将在那儿得来的智识燃沸了他们的慎（原刊为慎，应为愤——引者）怒，希望，与不可磨灭的勇气"。然而，"我自惭几年以来没有做过一件惬心的事业"。"我常常挥起拳头，却又不能放了下去，这对我是件忍声吞气的事。"

从梁之盘到李育中，再到李励文，《红豆》上的小说，与其说是写工厂和革命，不如说是更多地呈现知识者的自我主体。他们对于工人的了解，对于资本主义的矛盾态度，常常得之于文学作品，他们可能向往革命，但更多是在自我反省。

第三节　现代诗与"半唐番体"

（一）

香港最早的新诗，出现于1924年至1925年的《小说星期刊》。《小说星期刊》以旧诗文为主，新诗只是"补白"，数量也不多。这些新诗的水准，大致停留在胡适《尝试集》和冰心小诗的水准上。香港最早的诗论也出现在《小说星期刊》上，那就是许梦留《新诗的地位》（1925年第1、2期）。从文中看，作者对于内地新诗坛是熟悉的，提到的诗集有《尝试集》《草儿》《冬夜》《繁星》《将来之花园》《旧梦》《女神》和《雪朝》等，并肯定了它们的成就。不过，作者虽然肯定新诗，但并不完全否定旧诗，表现了香港文学的独特性。

至1928年，香港仍然处于新旧诗过渡阶段。《伴侣》刊载的诗歌很少。第1期唯一一首诗，是画题诗《鹃啼夜》，黄潮宽绘画，云枝题诗。这首诗不长，姑引如下："鹃儿啼！鹃儿啼！惊醒断肠人，好梦休提。那东风不懂人情，偏送了入深闺。深闺静里，青灯似豆，帷幕寒栖。芭蕉槭槭雨响，马铃风动声澌。一个玉人儿凭栏凭着，纤手执巾丝泪挥，多情月儿云里窥。她说'月儿呀！侬来时才是月圆，那么忽又缺了。鹃儿呀！你休啼，声声不如归，教侬怎能底！'"作者看起来要以白话做诗，但多用旧体诗词的句子，是一首新旧混合诗。到了《伴侣》第2期，黄天石的《情思》十首，则完全回归了旧体诗。黄天石其实是较早的香港新文学作家，但他也是新旧文学同时兼作。《伴侣》第3期转载了内地沈玄庐的一首诗《闻讯》。沈玄庐是早期倡导新文学的作家，《伴侣》记者闻他死讯，特刊载他六七年前的一首诗，以志纪念。六七年前应该是20世纪20年代初，《闻讯》的确只是简单的"五四"式的白话诗。

《伴侣》第3期以后，诗歌消失了。直到1929年1月1日第8期，《伴侣》才出现两首诗：侬人的《我愿做》和川水的《别》。《我愿做》是一首较长的爱情诗，全诗共分为九段，第一段和最后一段重复，中间段落也都大体工整对仗。第一段和最后一段是"我愿做的很多很多，只要能和她常时亲近；有了她我才能生存，没了她我还要什么生命"。中间七段，都是工整的排比，以"我愿做"开头，如第二段是"我愿做桥下的石子，她假如是澄清的流水；她擦过我的身边低唱，我听着她的歌声陶醉"。第三段以"我愿做妆台的镜子"起句，第四段以"我愿做膝上的琵琶"起句，如此等等。很明显是《再别康桥》式情诗的内容和格式，这意味着香港早期新诗开始受到新月诗派新格律诗的影响，收束新诗的散漫。

1929年1月15日出版的《伴侣》第9期并未刊载诗歌。

1929年9月出版的《铁马》创刊号上，发表了灵谷的《杂咏三首》：《秋天》《海潮》《诗人》。灵谷即陈灵谷，是岛上社的核心成员之一，这三首诗是标准的新格律体诗。《秋天》书写诗人的悲观心境，这种心境大概与他们对于香港新文学的失望有关。后两首诗《海潮》《诗人》格式与《秋天》完全一样，每首诗都由四句构成，一三行退后空格，二四行顶格，非常工整。

1933年12月创刊的《红豆》，初期仍然是抒情诗与新格律诗占据主导。《红豆》没有发刊词，代之以卷首风痕的一首咏叹红豆的诗作《红豆》："不及稻粱可以充饥，/也不是迷人的旨酒。/袅袅的一曲山歌，/随便唱来，在操劳之后。/人类不能毁弃感情，/又何妨培养这甘苦缠绵底象征？/——有异乎爱慕虚荣的芍药，/另怀心事，那悒郁的素馨。"这首诗传达了《红豆》的主旨，虽不显眼，却别具情怀。风痕是在《红豆》初期较多发表诗作的诗人。他的诗以咏物抒情为主，有的诗如《红豆》，句子长短不一，有的诗段落相对工整，如同样发表在创刊号上的《印象》，呈现出长短句的对应变化。

《红豆》诗风的变化，开始于易椿年和芦荻的诗。在《红豆》1卷4期（封面称"第一卷第四号"，版权页称"一卷·四期"）上，有易椿年的两首诗《Triolet 内二首》[1]：《水沫挟着斑点爬上岸上来了》和《卤莽之夜色抛上一条沾了雾水的颈巾》。这两首诗系易椿年模仿英文格律"八行两韵诗"的作品，形式怪异。《红豆》

---

[1] 易椿年不但是小说家，还是优秀的诗人，他去世后，当年《南风》曾在"创刊号"上发表"悼易特辑"。《红豆》上的《Triolet 内二首》，是新发现的易椿年的作品。易椿年的诗一直被认为仅有六首半，分别是《给阴曹里的母亲》（1932年《缤纷集》第1期）、《普陀罗之歌》（1934年《今日诗歌》第1期）、《夜女》（1934年《水星》1卷3期）《青色的妇人》（1934年12月17日《南华日报·劲草》）、《金属风——防空演习印象》（1934年12月21日《南华日报·劲草》）和《题像》（1935年7月1日《南华日报·劲草》）。所谓半首诗，指的是侣伦的悼念文章中所引的一个诗歌片段。

第 1 卷 4 期出版于 1934 年 3 月 15 日，半年之后，易椿年在卞之琳主编的《水星》第 1 卷 3 号（1934 年 10 月 12 日）上发表的《夜女》，已经是较为成熟的现代诗作。

1934 年 7 月出版的《红豆》2 卷 1 期，刊载了芦荻（目录署名"芦荻"，正文署名"卢荻"）的一首小诗《画室里》，"生命的画布 / 印象派的点彩 / 复杂，错综，矛盾 / 失掉了统一的和谐。/ 纯洁的童年 / 被放逐于青春，/ 彷徨于生与恋的边缘。/ 什么时候没有叹息呢，/ 等待紫丁香的花开吧！"这首诗在《红豆》早期的诗作中显得较为独特，正如诗人所说，是有点"印象派"的。作者尝试突破简单的抒情诗，学习运用意象来进行暗示。芦荻愈来愈追求现代诗风，他后来坦认：1933 年以后，他读了《现代》杂志上的诗，"写了一些表现形式和情韵都近乎现代派的诗作"。[1]

从 2 卷 2 期开始出现的柳木下和张弓的诗，给《红豆》带来了更多的"亮点"。柳木下最初登上《红豆》的作品，是 2 卷 2 期以"暮霞"之名发表的《壁画》和《破船》。他的诗已经摆脱了那种"花呀月呀"的抒情，而是力图以平易的意象和语言，传达自己的玄思。柳木下的诗，虽受现代西方诗乃至日本诗的影响，不过并不晦涩，而是向哲理的方向发展。他较为有名的一首诗，是《红豆》4 卷 1 期上的《我·大衣》，这首诗被认为受到了冈田须磨子的《冰雨的春天》（《现代》1 卷 4 期）一诗的影响[2]。

张弓早期参与过香港最早的诗刊《诗页》《今日诗歌》等的创办，他在《红豆》上发表的诗不多，不过 2 卷 2 期的《都会特写》一诗的奇特风格却引人注目，直到今天还屡被征引。与《都会特

---

[1] 芦荻：《自序》，芦荻：《芦荻诗选》，广州：花城出版社，1986 年。
[2] 叶辉：《另一种横的移植——三四〇年代的香港新诗与外国译介》，梁秉钧、陈智德、郑政恒编：《香港文学的传承与转化》，香港：汇智出版有限公司，2011 年，第 223—224 页。该文中所称"冈田须磨子"，在《现代》1 卷 4 期原刊中署为"冈村须磨子"。

写》同时发表的，还有另一首《浅醉了时》。这首诗同样文白夹杂，有李金发之风。

此后，《红豆》出现了陈江帆、侯汝华、林英强和李心若等现代诗人的作品，奠定了香港现代诗派的规模。如果说，《红豆》早期诗人如芦荻、柳木下等受到《现代》的影响，后面这一批诗人有不少人直接就是《现代》的诗人，是在《现代》改版后转移过来的。

陈江帆共计在《现代》上发表过 15 首诗，是《现代》发表诗作最多的诗人之一。他最早在《现代》上发表的诗是 3 卷 3 期（1933 年 7 月 1 日出版）的《荔园的主人》和《缄默》。1934 年 11 月 6 卷 1 期是《现代》改版前的最后一期，这一期陈江帆一口气发表了《麦酒》等 6 首诗。陈江帆在《现代》上以田园诗驰名，他以富有地方色彩的意象呈现南国风情。至《现代》最后一期，陈江帆增加了都市批判性，抒情之风也转向现代之生涩。没有人注意到，在《现代》之后，陈江帆继续在《红豆》上发表诗歌。陈江帆最早在《红豆》上发表的诗歌，是 2 卷 4 期（1935 年 1 月 10 日）上的《公寓的夜》。看得出来，正好是衔接《现代》的。陈江帆在《红豆》上的诗，有一个令人瞩目的变化，就是增加了诗歌的叙事性。诗歌以苦涩平缓的语调，描写寓居的苦恼，描写人与人之间的隔阂，风格与《现代》时期的抒情诗已经大不一样。

李心若是在《现代》上发表诗歌最多的诗人，共计 16 首，在数量上超过了戴望舒和陈江帆的 15 首。李心若的诗风相对来说没那么晦涩，然而格调依然较为低沉。发表于《现代》4 卷 1 期的《归轮中》和《渡》看起来像是写香港轮渡的，诗人目睹水

《现代》

流湍急,想到的是自己"饱尝人海的波涛的虐弄",担心落魄者回家所要忍受的悲哀,干脆希望"航我到无人的岛去吧!那儿有尚可忍受的炎凉哪"。《现代》之后,李心若继续在《红豆》上发表作品,诗歌格调明朗了一些。李心若的作品首次出现在《红豆》上,是在1936年1月出版的4卷1期发表的"诗三篇":《有呈》《催妆曲》和《红仙》,都是爱情诗,诗风真挚动人,"如薰风吻笑了花儿,/我永是你的薰风!/且是长年的,长年的;/不似薰风那么薄情/如果你不要什么誓,盟,/我知我是多么幸福呵:/我已然稳在你心里了"。李心若在《红豆》上发表的最后一首诗,是4卷5期(1936年7月)的《葵园女》,"我近年听到业葵的诉苦了,/也曾读过班婕妤的怨歌行。沉默的葵园女,/我也为你的沉默而沉默了。/可是,葵园女,你应知道/人力是会改造,创造一切的。/沉默的葵园女,你的沉默,/可就是如澄清宇宙的/大风雨来临前的吗?"可以看到,李心若这时即使写人间苦痛,也隐含了对社会变革的信心。

侯汝华是活跃于20世纪30年代的中国知名诗人,诗作发表于《现代》等刊物。他的《水手》《单峰驼》等诗,因为被闻一多所编的《现代诗抄》和艾青所编的《中国新文学大系(1927—1937)》"诗集"所收录,从而脍炙人口。侯汝华诗歌创作初期,深受李金发的影响。不过,侯汝华后来在《红豆》上发表的诗,并不那么阴冷晦涩,而是既具象征之意味,又有口语之流畅。《诗三首》(1935年第3卷

《海上生明月:侯汝华诗文辑存》

第 2 期）中有一首《夏季的梦》："夏季的草原／丰富着幸福的气息，／今天我有炫烨的梦／而小姑娘却都午睡了。／我移步于浓阴之下／跟卖西瓜的老妇闲谈，／凉风把我吹坠于另一个梦中／心与天一样的辽廓。"这首诗以"小姑娘""卖西瓜的老妇"等很生活化的意象，传达个人在现实与想象之间流动的遐思。如果没注意到侯汝华在 1936 年 7 月 15 日《红豆》4 卷 5 期所发表的《我们的高尔基——悼高尔基长诗之首页》，我们就无法看到他后期思想的变化。现代派诗人大多较为收缩于内心，不太关注或者抵触左翼思想，侯汝华却写出了歌颂世界左翼文学旗帜高尔基的诗。诗中写道，高尔基不像"萧邦""悲多汶"，不是"世纪末病者"，却能"把许许多多／被抹煞的同时代的青年／拉到光明的去处"。从"架啡色的忧郁"和"世纪末病者"之中走出来，走到"光明的去处"，这是侯汝华转变的重要标志。可惜的是，他在 1938 年就英年早逝了。侯汝华去世后，诗人徐迟专门在香港《星岛日报》发表《忆侯汝华》一文悼念他，文中写道："正当他开始为这个战争歌唱的时候，正当他开始要纪录一个史诗的时候！我不知有什么人可能继续他的工作？祝他的灵魂平安！"[1]

林英强在《现代》发表的诗作不多，在《红豆》上却较为活跃。他曾在《红豆》4 卷 2 期上发表过一篇《作诗杂话》，谈到自己的诗作。他说："新诗的制作，我个人在这许多的派别里，尤爱刻琢，奥秘两方面的尝试"，"作诗若用俗意俗句不加以刻琢，必成鄙俚之物"。林英强前期诗歌有明显的李金发痕迹，《叶落》中有如下诗句："心之索莫，／叶之落闲阶之萧索；／残叶重压之于病弱之蔷薇，／季节之车旋转之乱辙。"（1933 年 12 月 5 日《橄榄月刊》）。在 1936 年《红豆》4

---

[1] 徐迟:《忆侯汝华》,《星岛日报·星座》, 1938 年 10 月 20 日。

卷1期"诗专号"上，林英强发表了3首诗，分别为《雨天》《悲触》和《梦归姐》，这些诗已经不像前期诗歌那样文白夹杂，不过追求意象和炼字的特色仍在，如《雨天》："帘织的雨里，/风是浅寒的，/苍烟不是有铜驼感么？/为了妄念的倦，/使我望那雨濛的遥渚，/那心的澄波又浊了。"诗歌力图提炼不太常用的意象，抒发在雨天的感触，但"铜驼感""妄念的倦""雨濛的遥渚"等语句仍不免有生造之感。林英强在《红豆》4卷上，还发表过一些散文，抒写内心之幽闭，文字上也十分雕琢。

1936年1月《红豆》4卷1期的"诗专号"，是《红豆》现代诗的高潮。这一期的诗人阵容很强大，不但出现了上面提到的港粤知名诗人柳木下、陈江帆、侯汝华、林英强和李心若等人的名字，并且还出现了"外援"，即港粤之外的京沪诗人。4卷1期的"诗三家"包括北平的林庚、李长之和张露薇三家，沪上《现代》诗人路易士也在这一期发表了《迟暮小吟及其他》。4卷1期后，还有韩北屏、吴奔星等内地诗人在《红豆》发表诗作。《红豆》注意介绍内地现代诗人的作品，如《红豆》4卷1期就介绍

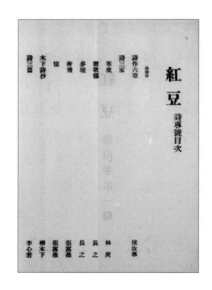

《红豆》"诗专号"目录

了林庚的诗集《夜》和《春野与窗》、李长之的诗集《夜宴》，还有路易士的诗集《行过之生命》。

路易士在《红豆》上发表了大量诗作，较能体现《红豆》与内地诗坛的联系。统计一下，路易士在4卷1期《红豆》上发表了《迟暮小吟及其他》7首诗，在4卷2期发表了《诗论小辑》7辑及《诗四篇》，在4卷3期发表了《都市流浪诗六首》（除了最后一首是改动的1934年的旧作，其余都是1935年流浪于上海时所写），在4卷4期发表了《散文诗四首》（写于1935年10月），在4卷5期上发表了《诗坛随感》6辑、《致逝去的诗人》和《诗四首》，在4卷6期上发表《雨天的诗》（2首》及《前夜》，另有《肤的伤感》一篇因"被检"而被抽掉，共计发表诗歌25首，散文诗4首，诗论两组。从时间看，《红豆》4卷1期至4卷6期对应的是1936年1月至8月，不过从路易士诗歌标注的时间看，这些诗主要写于1935年到1936年，在诗集《行过之生命》（截止于1935年8月）之后。路易士于1936年4月去日本留学，6月归国，4卷5期发表的《诗四首》中的《四月的忧郁》《吃茶店小坐》正好写在这一时段。1936年9月，路易士和韩北屏等创办《菜花》诗刊，10月与徐迟、戴望舒在上海创办《新诗》月刊。可见，《红豆》时期是路易士自《易士诗集》《行

《红豆》3卷3期

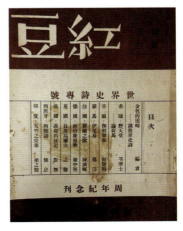

《红豆》"世界史诗专号"

过之生命》向《菜花》和《新诗》发展的过渡期。

如果说,《易士诗集》乃至于《行过之生命》尚有积极的一面,那么,路易士《红豆》时期的诗则阴暗而虚无。在《散文诗四首》中,诗人明确声称自己是一个"忧郁病患者",他所向往的是死亡的境界,"因为在死之极乐世界,我将获得我所梦想的一切。在那里,我是有着更多美好的生涯的"。在这种心境下,路易士的诗多是消沉的。在他刚刚登上《红豆》时的一组诗《迟暮小吟及其他》中,有一首诗题为《黑色的诗》,"黑色的诗啊,黑色的诗／我有一颗多梦想的黑色的心／它常喜欢驭一个黑色的电／丢下黑色的生命太凄凉"。黑色,似乎少有人喜欢,路易士却将其作为他自己的诗歌定位。阴暗的思想常与晦涩的语言相联,路易士的诗则并非如此,诗人注意意象和暗示,然而却以感情和想象出之。《迟暮小吟》写自己"散步于迟暮之都市",把路灯和交通红绿灯看成了爱人的眼睛,由此想爱人手上的饰物,不由伫立神往,不过在异乡的空间里,歌声在"暮霭里冷了"。将灯光比作眼睛,感觉到歌声冷了,物象通感无不新颖,思绪又很通畅。无怪乎宫草评论路易士的诗"明而不露,朴而有华"[1]。路易士在20世纪30年代即是重要的现代派诗人,1949年后更以纪弦的名字成为台湾现代派的掌门人,是现代诗研究的重点人物,可惜他在《红豆》时期为数不少的诗作及诗论都未被研究者注意,这是一个遗憾。[2]

(二)

徐迟在《忆侯汝华》一文中曾谈论他对于侯汝华的印象:"在

---

[1] 宫草:《读〈行过之生命〉》,《新诗》1937年第4期。
[2] 刘福春《中国新诗编年史》所涉范围的"地域包括台湾、香港和澳门",然而没有关于《红豆》的记载。同样,《台湾现当代作家研究资料汇编(9)——纪弦》,也没有涉及纪弦的《红豆》经历。

上海的时候，常和施蛰存、戴望舒他们谈到他。我弄不清他是什么贯籍，我只知道他是生长于南中国的。"[1] 徐迟对于侯汝华有一个笼统的印象，即南方诗人。事实上，同为南国诗人，香港和广州是不太一样的。关于20世纪30年代初期的诗坛，我们的文学史所重点书写的是广州的左翼诗歌。在《红豆》刊行的1933年，正是广州左翼文坛的高潮时刻。这一年，广州的"左联"成立，中国诗歌会广州分会的会刊《诗歌》杂志面世。中国诗歌会在上海的总部由蒲风主持，广州的分会则由诗人温流主持。《红豆》虽然汇拢了不少港粤诗人，然而显然并非左翼一路。徐迟本身是现代诗人，又是在与施蛰存、戴望舒的谈话中涉及侯汝华的，显然是将其作为现代诗的一位作者而提及的。

侯汝华诗集《海上谣》封面

20世纪30年代中国诗坛的现代诗刊，除《现代》之外，还有上海的《诗刊》、北平的《小雅》、苏州的《诗志》、南京的《诗帆》和武汉的《诗座》等，汇集成了中国的现代诗运动。可以说，香港的《红豆》虽非专门诗刊，却是30年代现代诗在香港的一个阵地，可惜长期被人忽略。吴奔星曾发表文章，说明当年他办《小雅》时与《红豆》的交往情况：《小雅》"创刊不久，就得到香港梁之盘先生的信，并把他主编的《红豆》文艺月刊寄给我，以示交流。接着，我和李章伯的诗也在《红豆》上发表。……我和

---

[1] 徐迟:《忆侯汝华》,《星岛日报·星座》,1938年10月20日。

他的书信来往，杂志交流，到一九三七年卢沟桥一声炮响，便中断了。"[1] 由此可见，《红豆》当初与内地现代诗坛保持着联系。

《红豆》支持诗歌上的现代主义，不但体现在作品的发表上，也直接体现在诗论主张上。在 4 卷 1 期《红豆》的《远方诗扎》中，穆亚指出：随着现代诗的出现，文坛上原来支持白话新诗的文人也开始非议新诗了，他客观地承认现代派诗有问题，但认为其成就却不容一笔抹杀，"现代派的诗有时其想像极端地个人化，即在同派中亦难了解的作品亦有，这种缺点是不可否认的事实；然就在《望舒草》中如村姑等作一看即明的作品仍占多数，且其在诗的完整上得到可惊的成就，虽不用韵，得到微风似地和谐，这亦是不可否认的事实"。穆亚谈到了现代诗的"难了解"和"只说些恋爱，哀愁"两个方面的问题，不过他都为之进行了辩解，并特别举出了戴望舒成功的例子。穆亚在文末列举了陶渊明的《归园田居》和戴望舒的《游子谣》加以比较，认为两者同样的

左图：
《红豆》第 4 卷第 2 期
《诗论小辑》
右图：
《红豆》第 4 卷第 5 期
《诗坛随感》

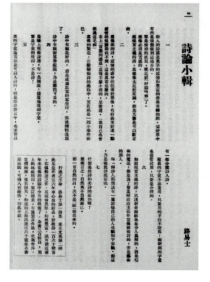

[1] 吴奔星：《怀念香港作家梁之盘先生》，《香港文学》2000 年第 3 期，总第 183 期。

和谐，证明新诗是大有前途的。将戴望舒与陶渊明的诗相提并论，这种兼容新旧的眼光是"香港式"的。

路易士在《红豆》上发表的《诗论小辑》（4卷2期）和《诗坛随感》（4卷5期），是在20世纪30年代《望舒诗论》之后出现的重要诗论。《诗论小辑》认为："动人的诗篇是真挚的感情和丰富的想像交织的网。望舒草中有些是很能做到这地步的。"然而，在现代诗已经发展起来的情形下，路易士做了新的探讨。他强调"真挚的情感"，反对纯粹的意象派。现代诗人往往过于搜寻意象，以至于薄于感情，这就走到了反面。他强调"丰富的想像"，但认为"想像必须是实感的"，超现实主义的过于离奇荒诞的想象，就是"艺术的魔道"。路易士在诗论中所针对的另一个批评对象，是政治口号诗。《诗论小辑》谈道："倘是为了替某种政治主张作宣传而做诗的，亦是艺术的罪人。"《诗坛随感》还提到，几个日本留学生"把一篇'意识论文'分行写下来，也算是诗"。路易士早期曾经写过普罗诗，现在则从"真挚的感情和丰富的想像"的角度，批判那些口号诗。

以20世纪30年代中国现代诗运动整体而论，《红豆》的诗歌群具有鲜明的地域特色，那就是香港诗人特有的"半唐番体"。"半唐番"是香港学者陈冠中等人提出来的一个概念，指香港不中不西的混杂文化。陈冠中甚至提出了"半唐番美学"，以此概括香港文化特征。[1]香港学者郑政恒专门发表过《香港诗歌与半唐番城市生活》，以"半唐番"文化概念阐释香港现代诗特色。[2]最常被论者引用的"半唐番体"诗的代表作品，正是张弓发表于《红豆》2卷2期的《都会特写》（正文题名如此，目录题为"都

---

[1] 陈冠中：《半唐番城市笔记》，香港：青文书屋，2000年。
[2] 郑政恒：《香港诗歌与半唐番城市生活》，梁秉钧、陈智德、郑政恒编：《香港文学的传承与转化》，香港：汇智出版有限公司，2011年，第179—196页。

市特写"）：

> 虹似的：PRINCE; DUKE; KNIGHT ;
> 虹似地。（长胖的 BUSES 底肉底之征逐哟）
>
> 1934，流线样的车，撒下
> 「HONEY MOON NIGHT"」
>
> 「ALL BUSES STOP HERE"」
> 冰岛上的 PFNQUIN（原刊如此，似应为 PENQUIN
> ——引者）群。
>
> STEAM 底热，炙干了沥青上脚走之汗汁啰，
> SEARCH LIGHT，SEARCH LIGHT 射穿云底浓层。
>
> 匿在黑角落上的女人，汉子：
> 「当心 ,, 今晚月太亮了哟」

　　诗中有王子、公爵、骑士，有 1934 年流线型的车，也有底层的劳动者的汗水，有角落里的汉子。诗歌所反映的显然不是内地的传统社会，而是英国殖民统治的香港，我们在这里看到了中西不同文化景观的混合。与此相应，在形式上，诗中大量混杂了中文和英语。这首意象、语言混杂的诗，呈现了人们所说的香港"半唐番体"诗的特征。

　　香港的"半唐番体"诗，最早被追溯到李金发。李金发出生于广东梅县（今梅州市），但在香港念过中学，他先就读于谭卫芝英文学校，后入圣约瑟中学（罗马书院），接受英式教育。后来李金发到法国学习雕塑多年。正是这种半洋半中的文化背景，

让李金发写出了引起文坛争议的《微雨》《为幸福而歌》中的中西、文白混杂的"半唐番体"诗。

香港的白话文学产生较晚，1927年鲁迅来港演讲，很多香港人都不了解鲁迅，然而李金发不为内地诗坛所理解的"半唐番体"诗却为港人所欣赏。[1] 香港新文学发展以来，很少有人写文学评论，不过，香港新文学作家谢晨光在1927年5月上海的《幻洲》第1卷第11期发表过一篇《谈谈陶晶孙和李金发》，就是为"半唐番体"辩论的。谢晨光的文章针对的是《白露》的编者汪宝暄对于陶晶孙和李金发的批评，汪宝暄批评陶晶孙的文字"日本化"，批评李金发的诗歌"看不懂"，认为他们都是"外国化"。谢晨光认为"文艺是无国界"的，评论文学作品，不能拿国界说事，所谓"真正的中国人"，只是"'国粹保存家'和国家主义者的笑话"，就像是有人主张青年只能画国画，不能画西洋画一样。在为李金发的诗辩护的时候，谢晨光说："它的使命只在泄发作家个人的情感，并不求人懂。"文末谢晨光说了句俏皮话："汪君不如去看小调的集子或者胡适红花绿草的小诗罢，它们能够令你大懂特懂！"谢晨光的论点是否可以成立姑且不谈，但他为"外国化"辩护背后的香港立场却显而易见。这种立场是内地的文人所不易理解的，《幻洲》的编者并不赞同该文的观点，文末编者"附志"还是坚持认为："至于修辞上我想总以愈用本国的语言习惯和愈使人看懂为愈妙。"

李金发反过来也很支持这些香港的"半唐番体"诗人，并将其视为自己的诗歌传人。李金发曾在1933年6月为侯汝华的《单

---

[1] 据辰江《谈皇仁书院》(《语丝》，1927年第137期) 一文回忆：1927年2月鲁迅来香港演讲，港人对于鲁迅不太了解，他在会场上听见一位先生问他旁边的一位朋友："周鲁迅是否著了一本微雨？"《微雨》是李金发于1925年出版的第一部诗集，香港人对于李金发的了解似乎超过鲁迅。

峰驼》写序，明确将侯汝华称为自己的传人："侯君的诗，全充满我诗的气息。如：低抑而式微，……如敝屣之毫无顾惜，……噫！你，我的同病者，……几以为是自己的诗句。"在他看来，侯汝华"若能多读法国现代各家的诗，将来一定有丰盛的收获的"。[1] 同时，李金发又为林英强的《凄凉之街》写序，欣赏他那通常容易被人批评为晦涩神秘的诗风："诗之需要 image 犹人身之需要血液。现实中，没有什么了不得的美，美是蕴藏在想像中，象征中，抽象的推敲中，明乎此，则诗自然铿锵可诵，不致'花呀月呀'了。林君的诗，似乎深知此道，有时且变本加厉，如创造出一些人所不常见的或康熙字典中的古字在诗中，使人增加无形的神秘的概念。"[2] 李金发连续为侯汝华、林英强等诗人亲自写序，说明他对于香港"半唐番"诗体的自觉与维护。

这里还需要提到另一篇为象征主义辩护的长文，那就是发表于 1934 年 9 月香港《今日诗歌》上的隐郎的《论象征主义诗歌》。有趣的是，隐郎在文章后半部分谈到中国象征主义诗人的时候，列举的诗人是李金发、施蛰存、侯汝华、林英强、鸥外鸥、林庚等人，其中除施蛰存、林庚之外，都是与香港有关的诗人。以李金发为起点的香港"半唐番体"的诗歌线索，在此已经呼之欲出了。

无论是《红豆》上的左翼小说，还是现代诗，都是 20 世纪 30 年代中国文学的一个组成部分，然而它们同时又具有鲜明的地域特征，"在"而"不在"中国现代文学的版图之中。

---

[1] 李金发：《序侯汝华的〈单峰驼〉》，《橄榄月刊》1933 年 8 月号，总第 35 期。
[2] 李金发：《序林英强的〈凄凉之街〉》，《橄榄月刊》1933 年 8 月号，总第 35 期。

第五章

南来与本地

第一节 "中国文化的中心"

（一）

1937年抗日战争全面爆发后，内地大批文人南下香港，创建了大量的报刊，香港文坛一时风生水起。就报纸副刊而言，最有名的四大副刊是：茅盾主编的《立报·言林》、夏衍主编的《华商报·灯塔》、戴望舒主编的《星岛日报·星座》和萧乾主编的《大公报·文艺》。在文学期刊上，较为有名的有茅盾主编的《文艺阵地》、邹韬奋主编的《大众生活》、端木蕻良主编的《时代文学》、简又文等主编的《大风》和黄宁婴主编的《中国诗坛》等。下面对这些报刊略作梳理，从报刊角度展现当时香港的文学生产过程。

《立报》由成舍我创建于上海，时在1935年9月20日。《立报》很成功，至1937年销量达到20万份以上，超过了内地当时发行量最高的大报。1937年11月13日上海沦陷，24日《立报》宣布停刊。1938年4月1日，由中共投资3000元港币[1]，萨空了在香港复刊《立报》。萨空了邀请时在广州的茅盾一起南下香港编《立报》的"言林"副刊。《立报》第1版是要闻，第2版上

---

[1] 此说根据萨空了的回忆，不过据香港学者樊善标回忆，除此之外，还可能有其他资金来源，比如国民党方面的资金注入，因此《立报》并不一定完全是中共的文化阵地。樊善标认为："在1938年，三千元并不足够在香港创办一份报纸，上述条例有一但书，如有政府认可的一至二位保证人担保，则可豁免保证金。不过萨空了和其他资料都不曾提到哪位香港有名望的人曾担保《立报》，那么中共以外的财源就不可缺少了，其中包括成舍我个人和国民党的资本，应该是很合理的推断。如果这一推断无误，香港《立报》从资金上看并非中共占领的文化阵地，但中共以及其他势力对它的实际影响有多大，则需要从运作情况予以评估。"樊善标对于《立报》的编辑职位等也进行了新的考辨。参见樊善标：《香港〈立报〉主导权问题重探》，樊善标：《谛听杂音：报纸副刊与香港文学生产(1930—1960年代)》（北京：中华书局，2019年，第84—85页）。

半是国内消息,下半便是副刊"言林"。

茅盾在副刊"言林"《献词》中说:"'言林'不拘于一种战术:阵地战,运动战,游击战,凡属拿手好戏,都请来表演。""但'言林'并不就此化为单纯的'剑林';它有时也许是一支七弦琴,一支笛,奏出了大时代中民族内心的蕴积;它有时也许是一架显微镜,检视着社会人生的毒疮脓汁。'喜欢开口'的人都请来谈谈,这还是'言林'的本色。"在创刊号上,巴金发表了《再给立报祝福》一文,他写道:"孤岛上的日子像一连串的噩梦。在这种沉闷的空气中听到立报复刊的消息,我感觉说不出的快慰。""言林"主要刊登杂文、短论、诗歌等,主要作者有杜埃、林焕平、李南桌、黄绳和袁水拍等。为适应香港的报纸风格,茅盾安排了一个长篇小说连载,这便是他本人执笔的《你往哪里跑?》,刊登于1938年4月1日至1938年12月31日的《立报·言林》。

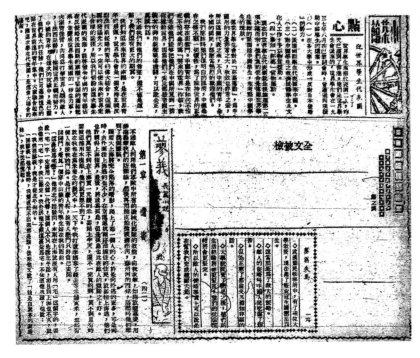

《立报·小茶馆》

据茅盾自己说,由于不太适应香港边写边登的节奏,这本长篇小说写失败了。《你往哪里跑?》于 1945 年在重庆亚洲图书社出单行本,改名为《第一阶段的故事》。《立报》3 版上半版是本港消息版,下半版是副刊"花果山",这个副刊曾连载张恨水的长篇小说《桃花港》。4 版上半版是国际新闻,下半版是副刊"小茶馆",这个版刊登读者来信等,也刊载过金秉英的长篇小说《蓼莪》。

这一时期《立报》的销路并不好,据茅盾回忆:"那时候《立报》销路不好,天天赔钱,大有维持不下去的样子。原因当然是《立报》'孤军作战',敌不过那些盘踞香港几十年的黄色小报。"[1]《立报》背后的老板成舍我与萨空了的政治立场不同,成舍我到港后,萨空了就于 1938 年 9 月离开《立报》,去了新疆。在萨空了动员下,茅盾也于同年 12 月离开香港去了新疆。

皖南事变后,中共在香港支持的另一份报纸是《华商报》。皖南事变后,据周恩来的指示,在廖承志的领导下,刚从桂林和重庆撤退到香港的进步文人于 1941 年 4 月 8 日创办了《华商报》。《华商报》的社长是范长江,总编是胡仲持,主笔是张友渔。据杨奇回忆:"《华商报》筹办时,周恩来就吩咐:'这张报,不用共产党出面办,不要办得太红,要灰一点。'这在中共的报纸历史上是没有先例的。"[2]

《华商报》副刊"灯塔"由夏衍负责。在"灯塔"创刊日,夏衍发表了《未能免俗的介绍——算是发刊词》,其中提道:"本报是一张晚报,而'灯塔'又是一张晚报的'文艺化的综合副刊',所以我们这里一方面不想嬉皮笑脸,打诨插科,但他方面也并不

---

[1] 茅盾:《在香港编〈文艺阵地〉——回忆录(二十二)》,《新文学史料》1984 年第 1 期,第 18 页。

[2] 杨奇:《办报有四最》,黄仲鸣主编:《数风流人物——香港报人口述历史》(上),香港:天地图书有限公司,2017 年,第 284 页。

打算扯长了面孔说教。'灯塔'是我们读者在一天工作疲劳之后，可以不费气力地在灯下披诵的读物，像一杯清茶，像一张小夜曲的唱片，要做到的是尽管不一定能够滋养和振奋，但也未始不足以爽气与清心。"灯塔"的连载小说，最有名的是茅盾的《如是我见我闻》。茅盾在1938年年底去新疆后，并不顺利。在盛世才变脸后，茅盾逃脱出来，在重庆又逢皖南事变，后经贵阳、桂林又重新回到阔别两年的香港。在夏衍向茅盾约稿时，茅盾就把这一段经历写成18章《如是我见我闻》，在"灯塔"第1期至第29期连载。"灯塔"还连载了另外一些名篇，如巴人的《沉滓》、艾芜的《故乡》两个长篇小说，还有邹韬奋的《抗战以来》、范长江的《祖国十年》和千家驹的《抗战以来的经济》等作品。《华商报》的读者主要是支持中共的人士，销量也不大，共5000份到7000份，经营上有困难。《华商报》只办了8个月，日本就开始攻占香港。在1941年12月12日九龙沦陷那一天，《华商报》停刊了。

如果说，《立报》和《华商报》较具政治色彩，那么《星岛日报·星座》和《大公报·文艺》则较具文艺色彩，是战时中国文学的重要阵地。

上海沦陷后，戴望舒于1938年5月南来香港。这一年8月1日，《星岛日报》创刊，戴望舒经陆丹林介绍应邀主持《星岛日报》文艺副刊"星座"。戴望舒到香港后，成为"中华全国文艺界协会

《星岛日报·星座》

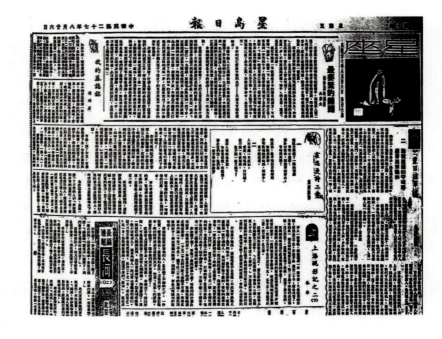

《星岛日报·星座》

香港分会"的中坚,参与组织多项活动,包括参与纪念鲁迅诞辰、担任"八月文艺通讯竞赛"评委、担任香港"文艺讲习班"讲授者等。戴望舒除了是"文协"香港分会的理事和宣传部负责人,还是有国民党背景的"中国文化协进会"的理事和宣传部主任。在"星座"上,戴望舒能够团结不同立场的作家,使得"星座"群星荟萃。正如他自己所说:"没有一位知名的作家是没有在'星座'里写过文章的。"[1]在"星座"开始几期上,有茅盾的《宣传与事实》、郁达夫的《抗战周年》、沈从文的《谈进步》、李健吾的《关于剧评》、杜衡的《法西斯的恐吓》、徐訏的诗《初夏在孤岛》和路易士的诗《最后的都市》等,可见"星座"范围之广,兼容了不同类型的作家。

"星座"上出现了不少优秀的现代文学作品。1938 年 8 月 1

---

[1] 戴望舒:《十年前的星岛和星座》,《星岛日报》1948 年 8 月 1 日,增刊第 10 版。

日至6日，"星座"连载了施蛰存的小说《进城》6节。1938年8月7日至11月19日，"星座"陆续刊登了沈从文的小说《长河》67节。萧红还在重庆的时候，就把《旷野的呼喊》交给戴望舒，这篇小说从1939年4月17日起至5月17日止，在"星座"上刊载了一个月。到香港之后，萧红将她一生的代表作《呼兰河传》也交给戴望舒在"星座"上连载（从1940年9月1日到12月7日）。在"星座"上连载的长篇小说，还有端木蕻良的《大江》、萧军的《侧面》和沙汀的《贺龙将军在前线》等。戴望舒本人也在"星座"上发表了不少诗歌、散文和译作，著名诗作《元日祝福》就发表在1939年1月1日的"星座"上。

《大公报》创刊于1902年，在现代文学史上以副刊驰名。1928年至1934年，吴宓主持"文学副刊"，历时6年。1934年，"文学副刊"转由杨振声主持。1935年8月，《大公报》的"小公园"和"文艺副刊"合并为"文艺"，由沈从文和萧乾主持，成为20世纪30年代中国京派作家群的主要阵地。全面抗战爆发后，《大公报》于1938年8月13日在香港复刊，"文艺"副刊由萧乾主持。1939年1月，萧乾曾在《大公报·文艺》以21期的篇幅，连载《日本这一年》，接着编辑成书出版，题为《清算日本》，可见其抗战的决心。一年以后，萧乾就去了英国，后成为第二次世界大战欧洲战场唯一的中国记者。离开《大公报》前，他推荐左翼作家杨刚接替自己的编辑位置。

在1938年8月13日港版《大公报·文艺》创刊的时候，《星岛日报·星座》刚刚创刊两个星期。两个副刊都名家云集，不过，由于编辑的来历不同，《星岛日报·星座》与《大公报·文艺》的作者队伍还是有些差别的。戴望舒来自上海，熟悉上海的文人，尤其是现代派文人，因此《现代》的老朋友施蛰存、杜衡、路易士等都积极为《星岛日报·星座》写稿。萧乾依靠的是北方京派文人的班底，沈从文、巴金、靳以是三位主要撰稿人。当然，文学名家就那么多，重复在所难免，如沈从文是《大公报·文艺》的前任主持者，又是京派文人的代表人物，当然成为萧乾的坚强后盾，不过他同样支持戴望舒。《大公报·文艺》创刊伊始，沈从文一边在《大公报·文艺》上连载长篇小说《湘西》，一边在《星岛日报·星座》上连载长篇小说《长河》，由此也可见沈从文在当时文坛的热度。

萧乾后来回忆说："那时诗人戴望舒在编《星岛日报》的副刊。他同上海作家们的联系比我密切。为《大公报·文艺》写稿的，则大多是从平津奔赴延安或敌后以及疏散到大西南或西北几所大学的。"[1] 从平津疏散到西南和西北的两部分作者，成为《大公报·文艺》作者的重要阵容。西南的文人主要指西南联大文人群，和萧乾联系较多的有沈从文、朱自清、李广田、孙毓棠、汪曾祺、穆旦等人。至于对西北延安文人的关注，更成为彼时《大公报·文艺》的"亮点"。由于延安文学在国统区遭到封锁，香港《大公报·文艺》有关延安文学的报道格外引人注意。萧乾在接手《大公报》后发表过一封《寻找朋友，并为"文艺"索文》的公开信，很快就有了响应。第一个给萧乾写信的是延安的严文井，继之有南阳的姚雪垠、鄂北的田涛、山东的吴伯箫，还有卞之琳、丁玲、刘白羽，以及鲁艺的陈荒煤等。这些人在全面抗战爆发后，先后到达延安及其他根据地，成为延安文学队伍的骨干力量。与萧乾联系上了以后，他们的作品就陆续登上了《大公报》。在中共党员杨刚继任后，延安作品增加更多。据统计，港版《大公报·文艺》副刊上共发表过延安作品118篇，萧乾主编那年发表了44篇，剩下74篇为杨刚编发。其中有不少知名作品：如沙汀的报告文学《贺

---

[1] 萧乾：《我当过文学保姆》，《新文学史料》1991年第3期。

龙将军在前线》、丁玲的散文《我是怎样来陕北的》和何其芳的诗歌《夜歌》等。

以上谈及的是四大报纸副刊的情况,下面简略介绍一下抗战期间香港文坛的文艺期刊。初到香港的茅盾,除了编《立报》"言林"副刊之外,同时还创办了《文艺阵地》半月刊,时间是1938年4月16日。从创刊号到2卷6期,茅盾一共编了

《文艺阵地》

18期。1938年底,茅盾去新疆,《文艺阵地》由楼适夷代编,仍由茅盾挂主编。自1939年6月16日3卷5期开始,《文艺阵地》编务转到上海进行。《文艺阵地》在香港的时间仅一年多,却是抗战时期影响最大的文学期刊之一。

《文艺阵地》是理论批评和文学创作并重的刊物,并且理论批评重于创作。在创刊号的"编后记"中,茅盾写道:"这一期议论文多于作品。编者很想每期都能保持这一个性。似乎现在还没有对于文艺上百般问题多发表意见的刊物,本刊试想在这里开一冷门。"当然,他接着强调:"但自然也不是不注意作品,对于这一方面,略有一点打算:一,把现实生活的种种经过综合分析提炼,而典型地表现出来的,总想做到每期有这么一篇;二,旧瓶装新酒的办法是目前大家热心提倡而试验的一事,也想时时供给些试验品出来。至于三,通讯报告之类,所重在内容,而且最好是能够从平凡中见出深刻来,自然,这是希望。书报述评是打算每期有一点。"《文艺阵地》开展了多种理论批评话题。一是由创刊号刊登的张天翼的《华威先生》所引起的一场有关"暴露与讽刺"之争,这场争论在当时文坛产生了很大的影响,廓清了抗

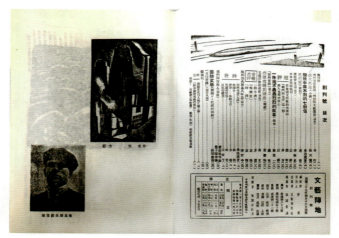

《文艺阵地》创刊号目录

战文学中是否可以暴露与讽刺黑暗面的问题。二是有关"大众化与旧形式"问题的争鸣。抗战引发了通俗文学的热潮,不过,如何利用旧形式,还需要理论上的澄清。围绕这个问题,《文艺阵地》发表了茅盾、杜埃、黄绳、巴人、向林冰、穆木天和王实味等人的文章,进行了一系列的讨论,这些文章后来成为中国文坛40年代有关"民族形式"问题讨论的先声。此外,《文艺阵地》还展开了对于抗战文学中的"公式主义""典型化"等问题的讨论。

《文艺阵地》发表过很多抗战文艺作品,最有影响的是两篇小说:一是发表于创刊号的张天翼的《华威先生》,二是发表于第3期的姚雪垠的短篇小说《差半车麦秸》。这两部作品之所以引起文坛轰动,原因是在歌颂抗战的形势下,塑造出了反面人物及中间人物。华威先生忙着到处露面,只是争取个人的权力,并不做实事。《差半车麦秸》中的抗日战士,是一个充满缺点的农民。在抗战时期的文坛上,这两个人物形象与众不同,很容易引起争议。

1941年皖南事变后,邹韬奋从重庆撤退到香港。他先参与了《华商报》的筹办,在《华商报》上连载了77节的《抗战以

《大众生活》

来》，又在 5 月 17 日复刊了在上海被查禁的《大众生活》，两者前后仅隔一个多月。复刊后的《大众生活》周刊，由邹韬奋任主编，千家驹、茅盾、金仲华、乔木（乔冠华）、夏衍和胡绳等人组成了一个阵容强大的编委会。看得出来，和《华商报》差不多是同一批人。在香港办刊物需要长篇小说连载，邹韬奋只好又去找茅盾。为支持《大众生活》，茅盾不得不停止了《华商报》上的《如是我见我闻》的连载。考虑到"香港以及南洋一带的读者喜欢看武侠、惊险小说"，茅盾写了一个长篇，描写一个"被骗而陷入罪恶深渊又不甘沉沦的青年特务的遭遇"，这便是"抗战第一长篇"《腐蚀》。《腐蚀》之后，邹韬奋又请夏衍写了《春寒》。在素有小报传统的香港，《大众生活》很快就打开了天地，销量达 10 万份。夏衍曾回忆："《大众生活》和《华商报》紧密合作，在宣传战线上起了很大的作用。回想起来，在当时当地，《大众生活》的影响可能比《华商报》还大。"[1]邹韬奋乃民盟人士，代表的是国共两党之外的力量。

---

[1] 夏衍：《懒寻旧梦录》，北京：生活·读书·新知三联书店，2000 年，第 309 页。

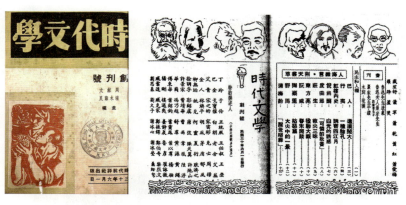

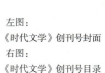

左图：
《时代文学》创刊号封面
右图：
《时代文学》创刊号目录

  1941年6月1日，周鲸文和端木蕻良主编的《时代文学》在香港面世，端木蕻良撰写《民主与人权》作为发刊词。《时代文学》号称"香港唯一巨型文学月刊"（见该刊广告词），云集了一批知名的文化人。创刊号上刊登的"特约撰稿人"，包括丁玲、王统照、巴金、老舍、艾芜、艾青、周扬、胡风、茅盾、夏衍、张天翼和许地山等60位知名作家，很有声势。《时代文学》得到了各方支持，"当时端木先生还可以和延安方面通信，尽管十封信里大约只有不到一半能够收到。凭着这种联系，丁玲为《时代文学》抓来一批稿子。在上海的许广平、巴人也组来了稿子，戈宝权大力支持，不断送来最新的苏俄文学译著。香港方面还有戴望舒先生、杨刚女士的鼎力相助。端木先生记得，美国女记者史沫特莱也交给过他一组十篇关于新四军的短篇。这样，《时代文学》很快就办成一本颇有影响的刊物"。[1]《时代文学》成就最大的是小说。萧红寓居香港后带病写下的新作《小城三月》和端木蕻良本人的《大时代》都刊于《时代文学》，其他如刘白羽的《太阳》、艾芜的《戏院中》和骆宾基的《人与土地》等作品也都发表于该

---

[1] 宜宏：《天上人间魂梦牵——端木蕻良忆在港岁月》，《香港文学》1990年第3期，总第63期。

刊。《时代文学》除发表原创作品外,还刊登了为数不少的译作,第1期就翻译发表了海涅、泰戈尔等人的诗,还有戴望舒翻译的法国圣代克茹贝里的《绿洲》和林焕平翻译的日本本间唯一的《论文学的形象》,正所谓"荟萃全国作家心血反映大时代的全貌,并介绍欧美文学的动向"。在抗战烽火四起的年代,《时代文学》依然还能坚持翻译外国文学,这是不多见的,可见其纯文学倾向。可惜,《时代文学》只出到第7期就停刊了。

《大风》创刊于1938年3月5日,社长简又文、林语堂,编辑陶亢德、陆丹林。据其广告列出的"撰稿人一斑",其中包括简又文、谢冰莹、冯自由、陈独秀、马国亮、陶亢德、老舍、杜衡、陆丹林、穆时英、苏雪林、徐蔚南、施蛰存、叶恭绰、孙科和丁聪等。从作者队伍就能看出来,这不是左翼的刊物。

《大风》

言及全面抗战爆发后在香港成立的文化组织,先是有1939年3月26日成立的"中华全国文艺界协会香港分会",由许地山主持,简又文为候补理事。"文协"香港分会成立刚过半年,1939年9月17日,时任"国民党中央立法委员"的简又文又奉命成立了"中国文化协进会"。"文协香港分会"与"中国文化协进会"在香港虽有明争暗斗,但在国共合作的当时,两者至少在表面上都是服从于抗战大局的。在第一届"中国文化协进会"的理事会中,许地山是常务理事,杨刚和戴望舒都是理事。

简又文在《大风》"代前言"的《大风起兮》一文中提道,"本刊系由宇宙风与逸经两社在港联合主办",内容是配合政府抗战的。《大风》所设计的栏目有"风雨谈""专著""译丛""史实掌故""文艺""通讯"和"人镜"等,是以杂文为主的。《大风》第1期所刊登的文章有亢德的《伟大的国民》、丹林《自由与忌惮》、谢冰莹《战士底手》、老舍《到武汉后》、冯自由《新世纪主人张静江》和朱朴《张发奎将军琐记》等。《大风》发表过不少名家名作,许地山的中篇小说《玉官》《铁鱼底鳃》分别于1939年和1941年刊载于《大风》,郁达夫的《毁家诗纪》、施蛰存的《薄凫林杂记》《我的家屋》、戴望舒翻译的马尔洛(Andre Malraux)的《死刑判决》和杜衡的《白沙溪上》等都发表于《大风》。

由于上述报刊的创立,以及茅盾、许地山、萧红、夏衍和戴望舒等著名作家的加入,香港文坛勃然中兴,成为战时中国文学的中心。萨空了当时就著文指出:"现在香港已代替上海来作全国的中心了","今后中国文化的中心,至少将有一个时期要属香港。并且这个文化中心,应更较上海为辉煌"[1]。

需要指出的是,这些报刊都是由内地南下香港的文人所办、服务于中国抗战现实的,它们虽然创建于香港,但与香港本地关系并不大,这些刊物的编辑、稿源乃至发行都在内地。茅盾曾经描绘他在香港编《文艺阵地》的情况,先看稿源:

> 到香港不久,投到《文艺阵地》的稿件就源源从广州生活书店转来,有远在四川的叶圣陶的杂感《从疏忽转到谨严》和周文的通信《文艺活动在成都》,有武汉老舍的新京剧《忠烈图》,有广州草明的小说《梁五底烦恼》和林林的短诗,有从临汾寄来的刘白羽的速写《疯人》和肖红的散文《记鹿地夫妇》,有日本作家鹿地亘写于广州的论文《日本军

---

[1] 了了:《建立新文化中心》,《立报·小茶馆》1938年4月2日。

事法西主义与文学》(这是夏衍翻译的),有在津浦前线滇军中的张天虚的报告文学《雪山道中》,有郑振铎从上海寄来的鲁迅的书简,有刚从苏联回国的戈宝权的文章《苏联剧坛近讯》,有在长沙的丰子恺写的歌词《我们四百兆人》,还有董老推荐来的陆定一的报告文学《一件并不轰轰烈烈的故事》,等等。总之,朋友们都大力支持我办这个刊物。加上已经在手头的张天翼的小说《华威先生》,楼适夷的报告文学《福州有福》,叶以群的短论《深入生活的核心》,编第一期已经绰绰有余了。值得提一笔的是也有自由投稿者,其中有两个青年,一个是广东人叫杜埃,另一个就是在长沙见过一面的李南桌,这两位青年都是研究文艺理论的,而他们写的文章甚至超过了某些知名的文艺理论家。杜埃就住在香港,后来与他接触多了,才知道他在廖承志手下工作,廖承志当时是香港地下党的负责人。李南桌在长沙大轰炸后也来到香港,在一所中学里教国文。[1]

《文艺阵地》的稿子来自祖国的四面八方,有四川叶圣陶、武汉老舍、广州草明、临汾刘白羽、津浦前线张天虚、上海郑振铎和长沙丰子恺等,甚至出现了日本作家鹿地亘、从苏联回来的戈宝权等,但来自香港本地作家的稿件却不多。

再看发行,茅盾说:

《文艺阵地》博得了广大读者的赞扬,但是《文艺阵地》的销路却不畅通,由于战时交通的堵塞,杂志印出来却送不到读者的手里。能按期看到《文阵》的,除了香港、广州外,

---

[1] 茅盾:《在香港编〈文艺阵地〉——回忆录(二十二)》,《新文学史料》1984年第1期。

只有南洋、昆明以及华南某些中等城市；武汉靠寄航空版翻印，至于四川、西北等地需隔三四个月才能看到，或者根本看不到。到了十月二十一日广州失陷，武汉危急，情形就更加困难了。[1]

从上述内容看，茅盾的《文艺阵地》虽然在香港编辑，但其发行区域却主要在广大的内地。因为地域原因，香港是能够及时看到《文艺阵地》的，然而这种情况却让茅盾很焦虑，他考虑的是全国的读者。

第二节 《天光报》：流行小说

唯其如此，从本地文坛的角度考虑，香港学者不无抱怨。黄康显在其著作《香港文学的发展与评价》中提出，抗战时期香港文坛虽然风生水起，但香港本地作家却没有"受惠"，1939年的《中国诗坛》尚有几个香港作家的名字，到了1941年的《时代文学》，67位撰述人中只有刘火子一位香港作家，而在香港的文学组织中，无论是"中华全国文艺界协会香港分会"，还是"中国文化协进会"，都找不到香港新文学作家的名字。黄康显认为："可能是三十年代的香港文学，尚在萌芽时期，国内名作家的涌至，迫使香港文学，骤然回归中国文学的母体，在母体内，这个新生婴儿还在成长阶段，当然无权参与正常事务的操作，不过这个新生婴儿，肯定是在成长阶段中，并没有受到好好的抚养。不过当这个初生婴儿，学会跑步后，便跑到街头流浪去。"[2]

---

[1] 茅盾：《在香港编〈文艺阵地〉——回忆录（二十二）》，《新文学史料》1984年第1期。

[2] 黄康显：《香港文学的发展与评价》，香港：秋海棠文化企业，1996年，第39页。

作为一名香港学者，黄康显的批评自有其理由。香港与内地的文化差异很大，香港以英文为官方语言，中文文化多文言和通俗文字。内地新文学作家因此一而再、再而三地批评香港文化。1927年鲁迅到港如此，1935年胡适到港如此，茅盾等人这次南下也不例外。我们看一下茅盾当时对于香港的感受：

> 一九三八年的香港，是一个畸形儿——富丽的物质生活掩盖着贫瘠的精神生活，这在我到达香港不久就感觉到了。香港的报纸很多，大报近十种，小报有三四十，但没有一张是进步的；金仲华任总编辑的《星岛日报》那时还在筹备中。除了几份与香港当局有关系的大报外，其他都是纯粹的商业性报纸，其编辑人眼光既狭窄，思想也落后。至于大量充斥市场的小报，则完全以低级趣味、诲淫诲盗的东西取胜。……用"醉生梦死"来形容抗战初期的香港小市民的精神状态，并不过份（应为分——引者）。……因此，当我在一九三八年二月底来到香港时，似乎进入了一片文化的荒漠，这是我始料所不及的。[1]

茅盾以"低级趣味、诲淫诲盗""醉生梦死"和"文化荒漠"等词汇概括香港文化，显示出他的愤激，不过这有点不太公正。最不公正的地方，是他完全忽略了香港本地的新文学作家。的确，在内地南来作家的星光辉映下，香港新文学作家黯然失色，仿佛忽然人间蒸发了。

内地的香港文学史在谈及抗战时期香港文学的时候，都大书特书南来名家的创作成就，很少注意到香港本地作家。那么，抗

---

[1] 茅盾：《在香港编〈文艺阵地〉——回忆录（二十二）》，《新文学史料》1984年第1期。

战时期内地作家大量南下后,香港本地新文学作家都去哪里了?本文试图钩索历史线索,探讨这一问题。

让我们先从平可谈起。1937年7月,时任《工商日报》副刊"市声"编辑的龙实秀约请平可见面。龙实秀与平可同是香港早期新文学作家,他们是在1928年元旦《大光报》的作者聚会上认识的,后来成了几十年的朋友。龙实秀请平可为"市声"撰写连载小说,原因是以"半月"为笔名的曾复明要去韶关,不打算再为"市声"写连载小说了。龙实秀对平可说:"你年纪不大,又曾经历过一些事,何不写一篇小说给大家看看。"平可理解龙实秀的言下之意是:"年纪不大,则心情不至太冷;又经历过一些事,对人生总有多少实感。因此他希望我笔下的东西能够动人。"[1]平可回答考虑一个星期。在这一个星期里,平可认真考察了香港的文坛状况。我们姑且以香港本地作家平可的眼光,观察一下当时的香港文坛。

对于抗战以来涌入香港的内地文学大家,平可是很仰慕的,认为他们在写作上"毕竟是大师,身手不凡"。不过,在平可看来,他们的作品并不能吸引香港市民读者,原因是内地南来作家没有香港生活经验,不太了解香港市民读者,他们多是"过客"心态:

> 若只论写作技巧,那些名家毕竟是大师,身手不凡;但他们的作品对典型的香港市民缺乏吸引力,而当时一切报刊所努力争取的读者正是人数众多的典型香港市民。
>
> 外来的作者并非故意不理会读者,也非不知典型香港市民是重要对象,但有许多困难是他们不易克服的。有些作者自视为"过客",无意在香港久居,这类作者是不必提了;其他的作者虽有久居意,也愿同化,但居港期间毕竟不长,

---

[1] 平可:《自序》,平可:《山长水远》,香港:工商日报出版社,1941年,第4页。

对香港社会的实况和传统所知有限，他们纵刻意迁就读者，所用的题材仍不能不以过去的见闻和经验为根据，因为不易博得典型香港市民的亲切感。[1]

那么，当时香港文坛最为畅销的连载小说的作者究竟是哪一些人？平可对此进行了考察，他列举了以下三类：

（1）以"豹翁"为笔名的苏守洁是用古文写黑幕小说的，色情气味很浓。遣词造句往往诘屈聱牙，以示古拙。所用的字有时连一般字典里也没有。他的读者大都是三十岁到五十岁的男性中年人。

（2）"灵萧生"是卫春秋的笔名。他所写的《海角红楼》刊登于他自己出版的小报《春秋》里。这篇小说是用文言文写的，曾吸引不少香港和广州的读者。

（3）"杰克"是黄天石的笔名。我从广州回香港后，听说他在《天光报》发表的小说脍炙人口。《天光报》属于《工商日报》集团，是当时香港销数最多的报纸之一。它的销路是靠小说版维持的，而在小说版挑大梁的就是杰克的作品。[2]

在香港最受读者欢迎的三类连载小说中，前两类都是文言，只有黄天石坚持写白话小说，由此可见香港文坛与内地文坛的差别之大，也可见南来作家的写作如何不接"地气"了。作为香港新文学先驱者的平可，自然看不上前两类小说。他认为：第一类黑幕小说的作者苏守洁，"他虽拥有很多读者，但作风显然是畸形的，不足为法"；第二类小说作者卫春秋，"他的作品不脱徐

---

[1] 平可：《误闯文坛忆述》，《香港文学》1985年第6期。
[2] 平可：《误闯文坛忆述》，《香港文学》1985年第7期。

枕亚派的窠臼,这类作品纵然还吸引读者,也已开到荼薇了";只有第三种,平可觉得较有吸引力。他决定按照黄天石的方向进行文学写作。

茅盾所说的"低级趣味、诲淫诲盗""醉生梦死"等,可能可以概括前两类小说,却概括不了第三种。1927—1928年的时候,黄天石就率先在《大光报》开辟白话新文学副刊,培养了最早的一批新文学作家。黄天石是很爱国的作家,卢沟桥事变后,他忧心忡忡,希望做点实事,为国效力。他曾半夜访问陈君葆,让他注意民族危亡。据陈君葆1934年1月7日日记记载:

> 放着垂死的民族不救,倒去做些不急之务,这怎样叫得是真正男子!黄天石说得好:父兄费了这么多金钱,这么多心血,本来对你希望很大,而结果你读成了书却不去干些有用的事,你说如何能对得住社会人群呢?这一番话,真如晨钟之声,顿醒我的梦,发我深省也。天石深夜来访,却说起家国大事来,骤然听到,似乎兹事体大,焉可以便随随便决定甚么主张,但是我十年来处心积虑,实亦忘不了中国,平生痛恨于时局,痛恨于一班人物,痛恨于内争外侮,已不知叹了多少口气。……天石说:我们神交已久,现在旨趣既然一致,便可以共同合作了。我在目前的场合下,似乎没有犹豫的余地了,因为时局如此逼切![1]

陈君葆于1934年受聘香港大学,任冯平山图书馆馆长,是香港著名学者和活动家。与黄天石会谈的时候,正是他从南洋刚刚回港、入聘港大之前。陈君葆关心中国时局,并与黄天石、龙

---

[1] 谢荣滚主编:《陈君葆日记全集(卷一:1932—1940)》,香港:商务印书馆(香港)有限公司,2004年,第71页。

曾任香港大学冯平山图书馆馆长的陈君葆

实秀、谢晨光等香港新文学作家来往甚密。

陈君葆在与黄天石夜谈之后,第二天中午又在办公室继续交谈,1934年1月8日日记有云:

> 今天因为有约,十一点便到办公室来,天石亦刚于此时来到,大家谈了很久,约近正午,谢维础也来访,大家又谈了些时,原来晨光便是他,他曾到过日本去,对于日本文艺,颇有研究,曩时曾写过小说,但现在则转而研究经济学政治问题等。[1]

文中谈到的谢维础,即谢晨光。谢晨光也是1928年元旦《大光报》聚会上的作者之一,是香港早期新文学作家中的佼佼者。他从香港文坛破土而出,在上海的《幻洲》等新文学刊物发表作

---

[1] 谢荣滚主编:《陈君葆日记全集(卷一:1932—1940)》,香港:商务印书馆(香港)有限公司,2004年,第71—72页。

品，并在上海现代书局出版小说集《胜利的悲哀》，在香港新文学界具有一定名气。不过，到 30 年代的时候，谢晨光似乎已经不大写作了，转而研究经济、政治问题。

1934 年 1 月 27 日，陈君葆又与香港新文学作家龙实秀及谢晨光交谈。所谈的是关于办刊物的问题，目的是要在当前时局下发出自己的声音，并努力进行思想和理论建设。1934 年 1 月 27 日的陈君葆日记，谈及他们讨论创办刊物的问题：

> 和实秀在南国讨论姓林的问题；怎样办一个刊物，因为没有刊物，我们便像没有口舌一样，说不出话来。谈话中我们又讲到主张的理论尚未成立一层来，龙意也已感觉到这点，并曾向晨光表达过意见，晨光也承认有大家从事努力理论的建设之必要。[1]

那么，他们的理论主张到底如何呢？1934 年 2 月 19 日的陈君葆日记有云：

> 实秀说：目前只有两条（路）可走，不是俄国的共产，便是意大利的法西斯蒂，然而法西斯蒂只不过是资本主义到了没落时期的一个回浪！我问说：然则你的意思也是以为社会主义者若要走的，只有向左边了。他说：是的。[2]

从这段记载看来，这些香港新文学工作者的思想是偏向于左

---

[1] 谢荣滚主编：《陈君葆日记全集（卷一：1932—1940）》，香港：商务印书馆（香港）有限公司，2004 年，第 75 页。
[2] 谢荣滚主编：《陈君葆日记全集（卷一：1932—1940）》，香港：商务印书馆（香港）有限公司，2004 年，第 80 页。

翼的，这大概出乎茅盾等人的意料。他们在一起，也时常谈论香港新文学，如日记记载过他们讨论黄天石 1922 年的中篇小说《我之蜜月》和 1928 年的散文集《献心》，陈君葆认为黄天石是"富感情的人"，文字偏于诗和浪漫。

《工商日报》创刊于 1925 年省港工人大罢工期间，1929 年由何东接办，号称谋求香港工商界的利益。由于办得成功，1933 年 2 月，又出版一份售价 1 元的《天光报》，由汪玉亭出任总编。1933 年，李济深、蔡廷锴等在福建成立"中华共和国人民革命政府"（亦称"福建人民政府"），史称"闽变"，当时在香港只有《工商日报》系统的报纸进行报导，轰动一时，《工商日报》也由此冒起成为大报。连载流行小说，也是《工商日报》销售的一个手段。

最早在《天光报》走红的小说，是黄天石（杰克）连载于 1939 年的《红巾误》，这部小说佐证了他左翼和浪漫的特色。小说的女主人公甜姐原是一个内地乡下姑娘，因内地战事，来香港投奔姨妈林婆。为了生计，她做了导游小姐。受地下工作者苏雨指派，她与汉奸梁济川来往，盗取了他的绝密文件，并使这个汉奸受到了应有的惩罚。这

《天光报》

的确是一篇抗战题材的小说,然而又和艳情纠缠,富于传奇性,有点类似后来的《色·戒》。

　　从形式上看,小说大致是章回体,采取的是单标题:"一,初相见""二,后房的单身西装少年""三,恋的转变"等。小说主要以故事情节带动结构,叙述者甚至直接出面评论,类似说书人。比如,甜姐得到苏雨指示,不能让梁济川怀疑,于是阿甜便和梁济川日夜厮守,还依依不舍地送别他,这时候,文中评论道:"梁济川只当她真得一心向他,哪知这样一位花娇玉媚的美人,却是断送他性命的刽子手呢。常言说得好,色字头上,是个刀字,又说女人是祸水。看来古今聪明人物,都打不破这个美人关,何况是利令智昏的汉奸呢?"[1]不过,在甜姐和汉奸的故事结束后,大约由于连载还不能终结,小说又添加了一个新甜姐的故事,显得与故事主线游离。在语言上,小说吸取了传统小说说故事的手

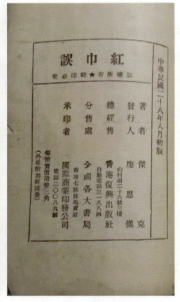

《红巾误》扉页及版权页

[1] 杰克:《红巾误》,香港:复兴出版社,1940年。

法，如"话休絮烦，当下阿甜拉了一张矮凳坐着……"较为特别的是，小说大量使用粤方言语汇，这使它更加富于地方感。《红巾误》一炮打响，在香港本地读者中深受欢迎，单行本一版再版。

平可比较认可黄天石的文体，他觉得香港读者已经能够接受白话文，但喜欢的是《红楼梦》《水浒传》式的白话文体，而不能接受内地新文学的"欧化"文字，所以平可决定采用新旧"折中式"的文字，他将之戏称为"放脚式"。

平可终于答应给《工商日报》副刊"市声"写小说了。1939年8月，他的第一部长篇小说《山长水远》正式刊出。《山长水远》是写工商题材的。平可毕业后，先在学校当老师，后来听从父亲安排从商，在商界待了很多年。小说写男主人公关弓混迹于香港商场的故事，的确是作者熟悉的题材。关弓的特点是善于利用女人获得商业上的机会。小说一开始，关弓就是一个没有工作、两手空空的人。洋行的司理弗兰明找关弓，想拿到宇宙运输公司的张大明买汽车的生意。关弓想得到这笔佣金，不过他与张大明并不熟。他发现张大明追逐白贞妮，于是试图利用白贞妮。小说以关弓与不同女人的关联为线索，从白贞妮到符小妹、赵月容、唐宝珠、龚雪艳等，以此带出一系列故事，再现了香港商业社会的面貌。

对于关弓这个人物，书中没有美化或丑化，而是写"主角处身于一个你争我夺、弱肉强食的畸形环境中，为求达到目的，或为保障自己，往往使用奇谋，不择手段"。作者认为，"他是忠是奸，是好是坏，应由读者根据自己的观点去评定。我要把他写成一个既可憎又可爱，应受谴责又值得同情的人"。在结构上，《山长水远》有点类似鲁迅所说的"事与其事俱起，亦与其去俱讫"。与杰克的《红巾误》相仿，《山长水远》也采用了单标题形式，《红巾误》还有目录，《山长水远》连目录都没有，直接进入故事，

第一部分题为"白贞妮",第二部分题为"鱼终于上钩了",第三部分题为"都在我身上"。与《红巾误》不同的是,《山长水远》没有使用粤语方言,而是彻底的现代白话小说。从"却说当天关弓到了周公馆……"等语言看,它仍有旧小说的痕迹。

《山长水远》中出现了两个有趣的细节。第一个是白贞妮听说《鲁迅全集》不错,预约了一套,"翻了两页,便塞进书柜去,永不再拿出来"。第二个更有趣,提到了茅盾主编的《文艺阵地》,"又有一次,她听说《文艺阵地》那份杂志值得看看,一订便是一年,书按期寄到了,拆也不拆,便挪到书柜的一个角落去"。这两个细节,一方面固然说明了白贞妮的不学无术,另一方面也说明了《鲁迅全集》和《文艺阵地》对于香港市民吸引力不大,这也佐证了平可的说法。

《山长水远》刊出约一个月以后,香港另一位早期新文学写作者张吻冰开始以笔名"望云"在《天光报》连载长篇小说《黑侠》。在文体上,平可发现,"望云所采用文体也是我所说的'折中式'"。这样,《天光报》就同时刊登黄天石和张吻冰的两部长篇连载。这还不够,《天光报》总编兼副刊编辑汪玉亭后来又通过龙实秀找到平可,希望他为《天光报》再写第三部连载小说。原因是"杰克、望云两人的小说适合家庭主妇和已经在社会做事的成年人阅读,现在急需的,是一篇以学生为对象的小说"。不过,汪玉亭强调:"小说要通俗,但格调不能低。"平可是在学校任过职的,他根据自己的经验写出学生题材的《锦绣年华》。小说刊登后,大受欢迎。平可收到无数读者来信,还有读者建议他修改小说情节。小说女主角戴秋荷去世时,读者都来信骂他,有读者谴责他是杀人犯。那个时候,平可走到学校或医院,都会引来围观,俨然轰动一时。

因为受欢迎,这些小说屡被盗版,以至于后来杰克、望云、平可等人联合成立了一个"香港小说家版权会",以保护版权。1941年7月21日《工商日报》刊登了"小说家成立版权会"的消息,说"年来本港各报副刊之长篇连载小说,风靡一时,市上遂有不法之徒,专以盗取版权、翻印该类小说之单行本为业,使作者与正当之出版家,均蒙绝大损失⋯⋯"这与南来左翼作家作品的滞销,无疑形成了鲜明对比。香港南来左翼文学尽管声势浩

平可《锦绣年华》

大，但给人感觉只是内地文学在香港的一个空中延伸，与香港本地并未发生多少关系。尽管抗战以后内地文坛乃至香港左翼文坛都不断出现关于"民族形式"和"通俗文艺"的倡导，希望利用旧形式表现抗战的内容，但左翼作家的作品在香港却不接地气，而畅销的杰克、平可、张吻冰等人的小说又不被注意，这不能不说是一个奇怪的现象。

南来作家为何不与香港本地作家联系？这是一个很有趣的问题。1940年，陆丹林写过一篇概述香港文坛的文章，题为《香港的文艺界》，文中提供了一条线索，"上海失陷以后，居住在上海南京等地的文艺工作者到香港来的很多，办理报纸，有大公报、申报、立报、星报等，定期刊物，有东方杂志、大风旬刊（现改半月刊）等，画报有良友、东方、大地等，（良友出版数期即停，现在上海所出者与前不同。）这些报纸杂志的主持人和工作者，多是由上海来，故他们好像是'外江派'，和香港原有的文人，因为言语或其他关系，大家很少往来。而这一班'外江派'的文友，每周（旬）就有一次座谈会……"这里说的是由于"言语"不通的关系，南来文人和本地文人很少来往。不过在后文中，陆丹林又提到，其实他本人以及简又文等人都是广东人，粤语交流并无问题，但仍然被视为"外江佬"："旅港文艺界，不必讳言，也无庸讳言，是有派别的，从大体说来，是分本地和外江两派。所谓外江，不管他是否广东人，要是他是从京沪平津等地到港的，他们也把'外江佬'三字加在你的头上，所以简又文、严既澄、马国亮、陈占元、陈畸、温源宁，和我等是十足道地的广东人，都给他们说是'外江佬'。外江和本地虽然不是划有鸿沟，但是彼此很少往来，尤其是报馆中人。这一种隔膜，不知几时才能够消灭？"[1]由

---

[1] 陆丹林：《香港的文艺界》，《黄河》1940年创刊号。

此看来,他们之间的鸿沟并不仅仅是"言语"不通,而是文化上的排斥。上述茅盾对于香港本地文坛的蔑视性评论,在南来作家中是有代表性的。1939年,简又文曾写过一篇与陆丹林同题的文章《香港的文艺界》,其中这样评论香港本地文坛:"香港一向所有的文艺界的人物只有几家商业化的日报的编辑记者们和适应环境所需的几个旧式小说家或充满地方色彩的作家而已。这都是较为高尚的笔者了。其下流者,则专靠写作或发行'诲淫诲盗'与低级作品的小报小说为驱钱之具的。"[1]茅盾与简又文分别是此期南来作家中左翼和右翼方面的代表人物,在对于香港本地文坛的看法上却相当一致。当然,从"外江佬"的称呼看,香港本地文坛对于南来作家也相当排斥,南来作家的愤激之言大概也是由此而来。

第三节 《文艺青年》:本地青年作家

如果说南来左翼作家完全忽略了香港本地文坛,也不尽然。他们没有接续原有的香港新文学脉络,却广泛培养香港青年文学爱好者,扶植了新的香港左翼力量。于是,在南来作家和本港作家之外,出现了另外一种未被文学史所提及的战时香港文学作者类型,即在左翼作家指导下的香港本地青年作家。这里想讨论的是当时香港一份较为特别的文学刊物《文艺青年》。

《文艺青年》第1期

---

[1] 简又文:《香港的文艺界》,《抗战文艺》1939年第4卷第1期。

《文艺青年》(1940年9月至1941年2月)这个期刊在香港沦陷期间湮没，直至新时期才被重新"发现"。在南来作家主导香港文坛的情形下，想找到一份刊载香港本地作家作品的刊物殊为不易，《文艺青年》因之得到香港本地学者的广泛注意。黄康显说："一九四零年创刊，一直维持到一九四一年的《文艺青年》，却有许多以香港为背景、及以香港市民为对象的作品，该刊是由一群名不经传的文艺青年主办，作者亦名不经传。"[1]郑树森认为："《文艺青年》是很值得注意的发表园地，它是香港年轻人参与极深的一份刊物。""在《文艺青年》中写文章的，基本都是本地的年轻学生……《文艺青年》却肯定是相当本地化的。""《文艺青年》的作品本地色彩很浓厚。"[2]从这些评论来看，香港本地学者很重视《文艺青年》，然而他们对于这份刊物的了解却不多。上述说法有点似是而非，《文艺青年》的确发表了很多香港本地青年的作品，但这个刊物并非由无名之辈所办，也不是单纯的香港青年的刊物，而是"文协香港分会"下属的"文艺通讯部"（简称"文通"）的机关报，是左翼文坛为了团结和动员香港文艺青年所办的刊物。

"文通"成立于1939年8月6日，负责向香港青年的宣传工作。开始的时候，"文通"在《中国晚报》《循环日报》等不同报刊上开展"文艺通讯"活动，产生了一定的社会影响。后来"文通"觉得需要有一个专门的阵地，经中共香港市委文化委员会同意，文协理事会的林莹飈、陈汉华、麦烽、杨奇和彭耀芬等人开始筹备《文艺青年》。为了逃避在香港登记出版，《文艺青年》号称社址在"曲江风度北路八十号"，这是一个假地址，真的"香

---

[1] 黄康显：《香港文学的发展与评价》，香港：秋海棠文化企业，1996年，第36页。
[2] 郑树森、黄继持、卢玮銮编：《早期香港新文学资料选（一九二七——一九四一年）》，香港：天地图书有限公司，1998年，第15页。

港通讯处"设在杨奇供职的《天文台半周评论报》的地址：德辅道中国民行 407 号。《文艺青年》组织者的分工是：陈汉华负责对外联系，杨奇、麦烽负责编辑出版，彭耀芬负责发行和财务。文协领导黄绳、黄文俞及杨刚等人，都很重视对于《文艺青年》的审查和指导。《文艺青年》的定位是：面向香港，动员、辅导、团结香港的文艺青年。它以短小文章为主，反映香港社会及抗战前线的不同面向。《文艺青年》一共办了 11 期，后被迫停刊。据杨奇回忆，"《文艺青年》由于揭露国民党围剿新四军的真相，激怒了国民党。他们驻香港的机构，通过港英当局政治部出面，把承印《文艺青年》的大成印务公司老板常书林递解出境，又派密探到《天文台》'传讯'我，《文艺青年》被迫停刊"。[1]时在 1941 年 2 月。

《文艺青年》版权页

通过《文艺青年》第 1 期的文章，我们能够清楚地看到这个刊物的宗旨目标及政治倾向。《文艺青年》的"发刊词"《我们的目标——代开头话》把刊物的目标归结为三句话：一是"做成文艺战线的尖兵"，二是"做成文艺青年学习及战斗的园地"，三是"团结广大的文艺青年群"。其目标很明确，就是在全民抗战中，号召青年成为文艺战线的尖兵，尤其要在香港这个"被称为文化荒漠的海岛"上，辟出文艺的绿地，动员、团结起香港的

---

[1] 杨奇：《办报有四最》，黄仲鸣主编：《数风流人物——香港报人口述历史》（上），香港：天地图书有限公司，2017 年，第 283 页。

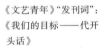

《文艺青年》"发刊词":《我们的目标——代开头话》

广大青年。《文艺青年》第 1 期的第二篇文章,是文协领导黄文俞亲自写的《九一八与文艺》,文章指出:这一时期文艺的主题就是抗战,强调"文艺是要忠于时代,为时代服务,忠于大众,为大众的解放而服务的"。文章的最后,还批评了"文艺与抗战无关论"以及"和平救国文艺"。黄文俞的这篇文章是点题之作,但所谈的话题显然都是从内地移植过来的。《文艺青年》第 1 期的第三篇文章是林焕平的《青年文艺运动诸问题》,此文泛论中国青年工作的优长和问题,号召青年参加文艺通讯等工作,所针对的是全国的青年,而非专门指香港。

《文艺青年》最有影响的一篇指导和批评香港青年的文章,是当时"文通"的负责人、《大公报·文艺》编辑杨刚所写的《反新式风花雪月——对香港文艺青年的一个挑战》。此文在《文艺青年》第 2 期发表后,引发了强烈的反响和广泛的讨论。杨刚在文章中,首先发表了对于香港社会的隔膜印象,"没有到过香港的人,或到了香港不久的,大都容易对这地方的后生们抱一点怀疑心理。觉得香港地位特殊,人也不免特殊;老的固有些潮气氤氲的篱下人味道,少的也正是圆头圆脑,一副天真未凿的公子态,可怜可掬"。这几句对于香港老年和青年的整体概观,颇为负面,并且语气居高临下。不过,杨刚接下来说,在编副刊时读到许多香港青年的文章,自己的印象有所改变,觉得不能完全用"公子态或殖民地人物"这些看法来概括香港的青年,至少有"一小群"的青年已经开始觉醒。然而,杨刚觉得还很不满足,她嫌这些"胎芽"还远远不够,原因是她在文章中读不到"民族煎熬,社会苦难","我所读到的大都是抒情的散文。写文章的人情绪,大都在一个'我'字的统率之下,发出种种的音调"。其中一个普遍的倾向,是怀乡之作,即怀念在战争中失掉了的家乡和亲人。杨刚把这些题材狭窄的个人化的作品称为"新式风花雪月"。她认为产生"新式风花雪月"的原因有二:一是香港的传统教育,"一般香港中学多以四书五经、诗词歌赋教学";二是香港的新文学开始太晚,只是接受了"困于个人情绪和感觉中"的"五四"文学作品的影响。在文末,杨刚自称"我的手套已经抛出去了,敢请香港文艺青年接受一场挑战"。

文章发表后,立刻有青年读者给《文艺青年》写"读者意见",表示不同看法。《文艺青年》第 3 期刊出了马苹的《敬向杨先生谈一谈》,文章首先对杨刚所针对的"香港青年"进行了辨析,认为香港青年大致可以分为两种:一种是固定的,一种是流荡的。马苹本人代表后者发表意见,他认为流荡在香港的外地青年,"家散人亡",喊出悲愤的声音,应该得到理解,怎么能将其称为"新式风花雪月"呢?不过,马苹的观点在当期《文艺青年》上就受到了批驳,编者认为马苹错误地把文艺当成一种个人宣泄,忽略了文艺的战斗性。马苹的意见,很快就被左翼阵线接二连三的支持杨刚的声音所压倒。

《文艺青年》在第 4 期连续发表了陈杰的《关于反新式风花

雪月》、汉华的《"反新式风花雪月"的我见》和甘震的《谈"新式风花雪月"》等文,这些文章基本上都支持杨刚的观点,并进行进一步阐发和强化。文章认为:我们要去"感召"和"影响"香港青年,"使之接触实际的斗争,了解当前的政治问题,逐步地养成他们为解放大众而奋斗到底的优良品质"。而"香港文艺青年!亦应该虚心地倾听着善意者所提出'反新式风花雪月'的问题的严重,而提高自己的警觉。自己改造自己,修炼自己,充实自己来配合到文艺先进者的教育上的帮助"。在《文艺青年》第7期的另一篇题为《论加强生活实践——对一个争辩的结论的检讨》的文章中,陈杰甚至提出:香港文艺青年"第一,要多读多看关于马列主义的学说理论。第二,要了解中国革命的史的理论与实践的发展……"《文艺青年》之外,左翼文坛的其他报刊也陆续刊出了不少支持杨刚的文章,如黄绳的《论"新式风花雪月"》(《大公报·文艺》1940年11月13日)、林焕平的《作为一般倾向的——新式风花雪月》(《大公报·文艺》1940年11月16日)、乔木《题材·方法·倾向·态度——关于新式风花雪月的论争》(《大公报·文艺》1940年11月20日)等,基本上都是正面阐述杨刚观点的,只是侧重点有所不同。

也有质疑杨刚观点的,洁孺在《国民日报》(1940年11月9日)上发表《错误的"挑战"》一文,指出杨刚的"挑战"出现之后,许多人都在"为她补充,为她注解",然而杨刚的文章"已经犯了不可忽视的错误。"洁孺与杨刚的差异,主要在于对"新式风花雪月"根源的认识,即杨刚认为是创作倾向的问题,而洁孺却认为是"创作方法"的问题。《国民日报》是国民党方面的报纸,和杨刚对着干可以理解,不过,洁孺虽然严厉批评了杨刚的错误,但实际上他对于杨刚所指出的香港青年"新式风花雪月"现象是认同的,只不过在分析导致这一现象的原因上有不同见解。

《国民日报》上的另一篇文章，胡春冰的《关于新式风花雪月的论争》（1940年11月8日），则质疑了杨刚的"香港文艺青年"这个概念。他认为：杨刚所谓的"香港文艺青年"是一个很"暧昧"的概念；"香港文艺青年"若指本地港人而言，则难以成立，因为本地港人从事新文艺者只是"极少数"。在胡春冰看来，因为香港新文艺建立较晚，多数港人还在写作"老式风花雪月"，还谈不上"新式风花雪月"。就此而言，杨刚所说的"香港文艺青年"其实并非香港本地人，而主要是指外地流亡到香港的青年。从杨刚提到的香港文艺青年往往抒写家乡沦落之恨这一点上，也可以看出他们的确主要是外地来港的青年。前面提到的首先质疑杨刚一文的马苹，就自认不是香港本地人，而是流浪在香港的外地青年。胡春冰的文章，在此和马苹的文章有了呼应。

从香港文学自身的脉络看，胡春冰所指出的问题很关键。在杨刚等人的心目中，"香港文艺青年"主要是指外地来港青年，无形中忽略了本地港人。事实上杨刚在《反新式风花雪月——对香港文艺青年的一个挑战》一文的开始，就发表了她对于香港人整体上的负面看法，她所欣慰的是少数香港青年的觉醒，事实上主要是指外地青年。这种混乱也导致了杨刚在文章逻辑上的不一致，她所提出的"新式风花雪月"现象主要是流落香港的外地青年的写作现象，但她在追溯根源时，却归结于香港的特殊历史性——即香港的传统教育和香港对于"五四"文学作品接受的偏颇。

值得注意的，是许地山的观点。许地山是香港"文协"的领导人，是站在左翼一边的。然而，许地山自1935年起任教香港大学，对于香港的了解远甚于杨刚和其他南来作家，他的观点和杨刚有很大差异。在许地山的《论"反新式风花雪月"》（《大公报·文艺》1940年11月14日）一文中，我们看到，许地山并没有把"新式风花雪月"现象强加于香港人，而是将"香港文艺青年"直接转换成了"中国青年"。对于"新式风花雪月"的根源，他也没有像杨刚一样将其归结到香港历史上，而是归结为中国古代的"型式文章"和"八股"。许地山认为："中国一般青年作家在修养上，在认识现实上，还没得到深造，除掉还用残缺的工具来创作以外没有别的方法。他们还是在'型式文章'里头求生活，所以带着很重很重的八股气味。所谓'新式风花雪月'就是这曾为读书人进身之阶底八股底毒菌底再度繁殖现象。"许地山与杨刚及其他左翼文人的另一个差异在于，对于青年，他并不赞成由"先进作家"去指导，他并不看好"先进作家"的指导功能，而主张让青年自己去闯，"要靠'先进作家'来指导，不如鼓动'后进作家'去自闯途径。他们不能传递真文艺底大明灯，反而把自己手里底小蜡烛吹灭了"。这简直就是和杨刚等左翼作家对着干了。

当然，如果说杨刚对于"香港文艺青年"的挑战落了空，倒也不尽然。何谓香港人，也不是一个简单的问题。第一，杨刚所说的"香港文艺青年"，的确有一小部分香港本地人；第二，在香港的外地流浪者，也需要进行区分。胡春冰指出："在香港从事新文艺的学习与创作者，以广东内地及江浙各地的青年为多，北方的也有。"其中，广东人占香港移民人口比例较大，考虑到香港本身就是一个移民商埠，与广东来往密切，将两者截然区分并不容易。从历史上看，香港的新文学本身就与外来文人来港密切相关。从侣伦的描绘看，香港最早的新文学社团"岛上社"成员，多数都是从外地流落到香港这个小岛上的。在开拓香港文学的过程中，他们也就成为香港人。香港的文化与文学，正是在外来者与本地人的共同努力下发展起来的。

《文艺青年》是一个辅导性的刊物，除了政治立场方面的号召之外，还在文学创作的各个方面进行辅导。《文艺青年》第1

期刊登了徐迟的《诗与纪录》一文,传授写作朗诵诗的体会。第2期刊登了甘震的《文艺的生命谈》,传授小说写作的秘密。同期还刊登了叶灵凤翻译的《关于小说的技巧·人物和结构》,内中包括"雨果序《悲惨的人们》""莫泊三序《比尔与若望》"和"纪德的《赝币犯日记》"三节,旨在教导读者学习外国文学大师的"人物与结构"写作技巧。第5期刊载陈杰的《论人物的缺点——并略评两篇"人物小品"》,谈人物塑造中的缺点问题,并对《文艺青年》第3期的小说《渣滓》和第4期的小说《马宁同志》进行评点。第7期发表了陈杰的《论加强生活实践》,第8期发表了甘震的《形象·律动与民族语》,第9期发表了甘震的《谈典型的创造》,第10期发表了陈杰的《论刺讽文的战斗性》、甘震的《客观·倾向与题材》等,均是这一类的文章。

专论之外,《文艺青年》还有"小辞典"栏目,介绍"报告文学""速写"(第2期)、"叙事诗""抒情诗""散文诗""街头诗"(第4期)、"象牙之塔""文艺民族形式"(第5期)、"新写实主义""革命的浪漫主义"(第6期)、"人物""典型"(第8期)、"速写""讲演文学"(第9期)、"艺术语言""形象性"(第10期)等文学方面的知识术语。

《文艺青年》还有"文青笔勤务"栏目,回答青年有关写作方面的疑问,如第2期回答李颂光的"文艺通讯和报告文学及速写的分别?",第4期解答胡沙的"诗的性质和特点是什么?",第5期回答"文艺青年冯恂"的"怎样处理题材?",第7期回答高志能的"怎样在文艺的路上开步走?",第8期回答陶少芳的"文艺有没有门?",第10期回答克斌的"读书可以有公式吗?",如此等等。"文青笔勤务"中青年提出的问题,有时不止于文艺,也有生活道路方面的问题,如第9期针对读者璞如来信所言生活苦恼,编者建议"要在荆棘丛中长出学习之花"等。

从第 5 期开始,《文艺青年》成立了"试靶场","用来献给初拿起文艺的笔枪,在工厂,在学校,在商店的青年朋友的,希望要学习写作的朋友努力栽培这块园地。"这个栏目后来发表了麦澺的《乡亲》(第 5 期)、郑海的《回忆一章》(第 6 期)、陈淦波的《生命的代价》(第 7 期)、青芒的《娱乐的另一角》、志平的《英灵的召唤》(第 8 期)、巴锡的《在一个煤矿里的人》(诗)和王铭峙的《谈新年》(第 10、11 期)。这些都是随手写下的文字,有散文、诗歌、政论等,是试笔之作,说不上是正式的文学作品。

《文艺青年》通过各种方式联络香港青年,从创刊号起,《文艺青年》就发起"征求纪念订户一万户"的活动,特辟园地,"登载纪念订户对《文艺青年》的感想和希望",同时设立服务部,"为纪念订户修改作品和解答问题"。从第 3 期始,《文艺青年》发起"本社征求同志"活动,希望有意愿的香港青年与香港通讯处商洽,目的是"冀图由这引端,把欲效力于青年文艺运动的朋友

《文艺青年》"投稿简章"

团结起来,把文艺青年的群力,组成巨大的浪潮,向黑暗残暴势力扫荡"。直到最后第 10、11 期,《文艺青年》还在开展"《文艺青年》征友通讯运动",具体方法是,"征友者先来一函,介绍自己的性情、爱好、年龄、籍贯、职业……及征友对象等;每函勿过三百字",应征者则可以选择征友对象,《文艺青年》代为投寄第一封信,其后文友直接通讯,文友范围限制在《文艺青年》的订户中。

《文艺青年》创刊伊始,编者自己的创作作品颇不少,第 1

期就发表了麦烽的《异乡人》、杨奇的《三角洲的怒浪》、林萤鳁的《小波涛》和彭耀芬的诗《同志,你底血不是白流的》。编者亲自上阵,显然是因为刊物创办伊始来稿较少,同时编者的作品可以给后来者在思想和文体上树立样板。

麦烽的《异乡人》写一个参加过十九路军、去过延安的东北汉子张排长,撤到广东后不能适应当地生活。杨奇的《三角洲的怒浪》写珠江三角洲的抗先队在敌人进攻之后,愤而回村里除奸。林萤鳁的《小波涛》写鸭巴河有人卖日货,受到当地孩子和学校的抵抗。与后来的"竞赛"作品比,这几篇小说技巧较为成熟,人物都较为生动,从不同侧面反映了抗战的现实。

《文艺青年》最早的征稿,是"七月文艺通讯竞赛"作品。"七月文艺通讯竞赛"由"文通"发起,开始于1940年。这一年的6月25日和7月30日,《大公报》文协周刊上分别发表了徐歌的《响应七月文艺通讯竞赛》和杨奇的《七月文艺通讯与竞赛》,呼吁青年"用文艺通讯的形式,深刻地反映香港社会每个角度发生的可歌可泣的事件"。这个"文艺通讯"专栏起初刊载于《中国晚报》《循环日报》等不同报刊上,后来才移至《文艺青年》上。

"七月文艺通讯竞赛"的作者,既有内地南来青年,也有香港本地青年。沈迈的《过曲江的第二日》(第1、2期)以散文的笔触写小城曲江被日本飞机轰炸时的人情世态。河翔的《漓河散记》(第6期)被称为"内地通讯",描写"大后方的重镇,南战场的首脑"漓河的生活画面。《漓河散记》和《过曲江的第二日》内容接近,都是战时内地生活的通讯,相较而言,《漓河散记》写得较为抽象,没有《过曲江的第二日》中的细节和人物写得具体。

也有香港题材的作品。原野的《鞭挞下的牛马》(第1期)描写的是一家香港工厂在迁往内地之际所发生的故事。工厂的工人在性质上分为"长工""短工""临时短工""包工"等，在地域上又分为"港雇""沪雇"等，他们不但过着牛马不如的生活，而且现在又要为因迁移失掉了饭碗而忧心。资方的代表是司理先生，他很得意地盘算着，去年轻易解雇了1400名工人，今年又想故伎重演。不同的是，工人这次组织起来了，戳穿厂方阴谋，呼吁工人团结起来。原野的另一部作品《九月的浪潮》（第3期）也是写工厂的，算得上是《鞭挞下的牛马》的姐妹篇。

"七月文艺通讯竞赛"的作品，在《文艺青年》上刊登得并不算多。从第4期开始，《文艺青年》举办了"学校·工厂·竞赛"活动，目的是进一步动员香港本地青年拿起笔来，表现香港，"由于文艺战线的战伙不只是一些作家、智识份（原刊如此，应为分——引者）子，而是散布在学校、商店、工厂的广大青年群，而且他们中间都有着许许多多最熟识的事情，需要向外面报导、暴露"。"竞赛"内容主要有两项："一，学校生活写生竞赛"，"二，工厂文艺通讯竞赛"。香港的学校和工厂的青年朋友，都可以参加，字数以1000字至2500字为限，择优在《文艺青年》上发表。"学校·工厂·竞赛"很受欢迎，得到了读者们的响应和

左图：
《文艺青年》第8期
右图：
《文艺青年》"竞赛揭晓"

推动。到了第 7 期，刊物就收到了写学校和工厂的稿件各 53 篇，《文艺青年》把第 8 期和第 9 期办成了"学校·工厂·竞赛"专辑。

"七月文艺通讯竞赛"由于没有框定题材范围，因此南来香港的内地青年来稿较多，文章也主要表现内地抗战主题。"学校·工厂·竞赛"则把征文题目具体落实到香港的工厂和学校，参加者就变成了在香港工厂的工人和学校的学生，多本地港人。郑树森所说的"《文艺青年》的作品本地色彩很浓厚"[1]，应该主要是指这部分作品。由于描绘自身的学习和工作环境，这部分作品较为生动地呈现了香港本地的面貌。这些征文作品主要分描写学校和工厂两类。

《文艺青年》第 4 期，刊登了何世业的文章《一个印度同学的几件事》。在一个小学课堂里，中国学生和英国学生发起捐款，资助英国伤兵和中国难民。一个印度籍小孩主动要求捐款，并且提出了抗议，"难道你们恨那个小胡子希特拉，我们不能恨他？"由此带动了其他国籍的孩子捐款。在英国封锁滇缅公路时，又是这个印度小孩对于英国人提出了批评，"为什么英国人要封锁滇缅路阻碍中国抗战呢？""怕日本人？"英国孩子很没面子，直到滇缅公路开放，中英协同作战，英国孩子才不再"受气"。这是一篇立意巧妙的作品，多国的孩子在同一个课堂谈论战争问题，反映出香港民间对于战争正义观的认识，也表现出香港国际化的特征。

在大璆的《查学》（第 8 期）中，龙先生正在课堂上讲时政，号召学生为前方将士捐赠，督学突然来了。龙先生赶紧让女生暂时出去，因为按规定男女学生不能同班，又拿出《论语》，瞒过

---

[1] 郑树森、黄继持、卢玮銮编：《早期香港新文学资料选（一九二七—一九四一年）》，香港：天地图书有限公司，1998 年，第 15 页。

督学的耳目。督学走了之后，学生们要求继续讲时政，讲"安南准日军假道的意义"。龙先生沉痛地对学生们说："你们记着，这也是一种教训。亡了国，就比这更厉害。"龙先生这最后一句话，是点题之笔，有一点都德《最后一课》的味道。

以上两篇，是较少的正面写香港学校与抗战关联的作品。更多的学校征文，旨在批判香港教育的殖民性特征。岸殊的《枯萎青春的殖民地教育实供》（第8期）开头就写道："快到九时了，一队一队穿着'大衿衫，腊肠裤'的'番书仔'们，像水一般注入那幢屋顶正飘着米字旗的大洋房去。""楼口的壁上，挂满了'先皇爱华第八，万民爱戴……'的《告香港儿童书》，以便天真的小孩们，读了会感谢'皇恩'的'浩荡'！"洋人校长"是一个吝啬非常的人，员生们都对他没有好感"。在他操着英格兰口音讲他的"伟论"时，学生们早已伏在桌子上。历史课洋人老师"红面佬"实行"自我教育"，一上课就让学生读书，自己则返回休息室喝酒去了。学生在教室，自然闹翻了天。方装的《珍先生》（第8期）写的是校长和一个扭捏作态的珍女士在学校公然调情，颇让同事不满。金流的《风波》（第10、11期）写校长不敢处理违反纪律的学生，因为他的父亲是校董。

在这样的殖民教育体制下，香港颇多崇洋媚外的学生，何世业的《一天》（第9期）中的男生立德一早想的是美国电影中的尼路逊·爱迪和珍纳·麦当奴的狂吻，花时间最长的事情是梳头、涂发蜡和分发沟。他喜欢说英语，看不上汉语。他的理想是去荷里活。班上他谁也看不上，只喜欢John的姐姐。上课的时候，他想的是，"怎么她不给我吻呢？"一天下来，他对于课程毫无印象。

与此相关的，是中文教育的失败。在溥令的《梁先生》（第9期）中，梁先生试图在课上讲鲁迅、章太炎，讲中国和日本的

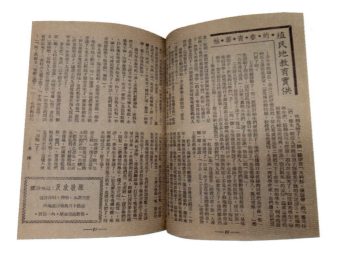

岸殊《枯萎青春的殖民地教育实供》

国民性，结果学生对于中国历史并无兴趣，没人回答提问，让他很有挫败感。在岸殊的《枯萎青春的殖民地教育实供》中，中文老师麦先生讲课不受学生欢迎，他也只好趁机结束课程，想着过几天就"出粮"了。

工厂题材的作品，主题相对较为单一，多控诉工人的血泪生活。

工人的苦难，从学徒生活就开始了。伊铭的《怀着希望的孩子》（第 7 期）中的"我"在一家香港公司做学徒，薪水愈扣愈低，房租却愈来愈高。公司甚至提出："学生学徒的生活，应当家长负责。"而"我"的家乡已经沦陷到战争之中，母亲和妹妹都逃亡到乡下，等待"我"的救援。在茁干《昏暗的一角》（第 9 期）中，张苏和黎明已经做够了五年，五年间"操着师父同样的工作，同样地出卖气力，而工资却渺少到令人吃惊"。好不容易熬到满师，却落到被辞之列。

升级为普通工人了，境况还是一样悲惨。在潮心的《一辈子这样做下去吗？》（第 7 期）中，主人公工作好多年了，物价一天比一天高，工钱却一直还是不动。在徐铿的《X 先生的烦恼》（第 8 期）中，工人要随工厂搬迁，厂方不愿意负责费用，工人们抗议无效后，索性不干了。

薪水少本已难忍受，工伤又让工人的生活雪上加霜。这类题材的小说颇为不少，在少龙的《马达的威严》（第8期）中，文带着病去工作，手指给机器弄伤了。工友要求老板给点医药费，被无情拒绝，"这工厂的条例不是说'弄伤概不负责'？难道你瞎了吗？"日霄的《一件平凡的事》（第8期）中，钟阿梅被压胶机轧伤致死。在茁干的《昏暗的一角》（第9期）中，阿发头盖骨被机器卷去。此类情节的频繁出现，说明这是工人的一个巨大焦虑所在。

作为工人对立面出现的是资本家，其代理人是拿莫温。征文中出现了几篇专以"拿莫温"为题的作品。在蟊立的《ONE叔》（第8期）中，主人公one叔在工厂具有无上权威，除了西人老板，都得听他的。每个人得了工钱之后，都不得不孝敬一部分给他，或者给他送礼、请他吃饭。如果有人没送，第二天这个人就受到刁难。在栋才的《NUMBER ONE》（第9期）中，工厂丢了一块帆布，number one怀疑是两个十三四岁的学徒偷的，斥骂并殴打这两个孩子，后来却发现两个孩子是冤枉的。除这两篇专题小说外，在其他小说中，我们也常看到"拿莫温"的形象。

有没有反抗呢？有，不过是零星、自发和无效的。日霄的《一件平凡的事》（第8期）中的老牛很有血性，"他没有读过什么书，也没有研究过什么的社会主义呀，资本主义呀，但是一提到资本家，他便大发牢骚了，有时甚至摩拳擦掌，模仿他所看惯的一套七侠五义连环画中的侠客，把他所憎恨的老板、工头、走狗，来一把飞剑，杀得一个痛快"。工厂的钟阿梅受伤，满地鲜血，老牛和工友议论给她争取抚恤金，被工头大骂，老牛却爆发了，要揍工头。不出意料，老牛被解雇了。看得出来，作者虽然知道社会主义和资本家等概念，但小说中的香港工人却并未达到政治斗争的高度。

从香港文学史的角度看,《文艺青年》上集中出现的这一批描写香港学校和工厂的文学作品,是很有价值的。从内容上看,作者拥有香港生活经验,能够较为客观地呈现他们的生活经验。学校题材的小说较多呈现出批判殖民教育的主题,工厂题材的小说焦点集中在阶级压迫上,这大概与《文艺青年》的政治倾向是有关系的。从艺术上看,这些作品质量参差不一,多数较为业余。

《文艺青年》的作者并非全是香港的文学业余爱好者,也有较为出色的香港本地作家,那就是刘火子、彭耀芬和黄谷柳等人。

刘火子,1911年出生于香港,是地道香港人,也是香港新文学先驱之一。1934年9月,刘火子曾和隐郎主编诗刊《今日诗歌》。与《红豆》上的香港现代主义诗人有所不同,刘火子倾向于左翼,他在《今日诗歌》1卷1期上发表了《中国何以没有伟大的诗人出现》一文,认为中国没有出现伟大诗人的重要原因是"中国的从事诗的创作的人的眼光是太狭隘了",诗人们只能看到花红柳绿、伤感情爱,却看不到"一切活在社会下层的人的叫喊,怒号,和着种种动乱的骚音"。1935年,刘火子在《南华日报·劲草》1月18、19、20、21、23、26、27期连续发表长文《论现代》,对中国现代主义大本营《现代》杂志进行清理和批判。

1938年10月,战火燃烧到华南,日军占领广州,切断了香港与内地的联系。刘火子作为《珠江日报》战地记者,赴华南前线采访,历时二十个月,行程数万里,写下了大量

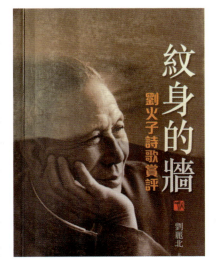

《纹身的墙:刘火子诗歌赏评》

战地新闻报道和通讯。刘火子参与组织了一个"港九战地文艺服务团",并起草宣言,号召文艺青年投入到当前的抗日战争中。这个团后来有十多位进步青年到了延安,参加革命。刘火子和杨刚关系密切,曾作为杨刚的助手组织"文艺讲习会"。《文艺青年》第 6 期曾在"文哨"一栏介绍:"艾青、刘火子近主编黎明丛书,刘火子的《不死的荣誉》,月内将可出版;继续出版的有艾青的《土地集》和戴望舒的《叶赛甯诗选译》。""黎明丛书"实际上只出版了艾青的《土地集》和刘火子的《不死的荣誉》,原拟出版戴望舒、罗峰等人的诗作没有成功。《不死的荣誉》是刘火子的抗战诗集,其中包括刘火子在内地和香港报刊发表的诗作,刘火子本人曾在中华全国文艺界抗敌协会桂林分会举办的诗歌座谈会上,朗诵过《不死的荣誉》一诗。

在《文艺青年》上,刘火子发表的作品并不多。在第 2 期,他发表了诗作《符号的国家》。诗中强调,在抗战的年代,"我,你,和他和她",每一个人,在"臂上胸上领上",都有一个新的符号,那就是"国家",有了这个符号,就没有人再敢欺负我们,"今天,身子挺得笔直,昂然地走在人众之前!有问你靠什么打赢这场仗?他说就靠这个人所皆有的符号呀!"在香港文学中,"国家"这个符号是很少出现的。被殖民统治的臣民,本来就没有国家的概念,战争却拉近了香港与内地的距离。

彭耀芬在《文艺青年》具有双重身份,他既是港人,同时又是《文艺青年》的编辑。作为一个诗人,彭耀芬堪称传奇。1939 年,年仅 16 岁的他,就在《星岛日报·星座》334 期发表了《忧郁的卢沟桥》一诗,

《文艺青年》第 6 期

得到好评，诗评家常将这首诗与戴望舒的《狱中题壁》相提并论。[1]同年，他参加了"文协香港分会"文艺通讯部的工作，并参与筹办《文艺青年》。1941年3月，彭耀芬因为在新加坡发表《香港百年祭》而被港英当局指"犯有不利本港之文字嫌疑"，递解出境，成为香港第一个被递解出境的诗人。香港沦陷后，彭耀芬从澳门出发，参加了港九大队，直接参加抗击日寇的斗争。可惜他本来就受了牢狱之灾，又到了条件艰苦的游击区，不久就染上了疟疾，最后病逝于新界红石门大部队政训室的油印室的工作岗位上。

彭耀芬在《文艺青年》上发表了不少诗作，还在该刊发表过诗论。他在《文艺青年》第1期就发表了一首描写中国抗日战场的长诗《同志，你底血不是白流的》，诗中写一位在当地老伯家养伤的抗日战士，他说："挂彩和牺牲，是我们军人的天责／为了整个民族，我应得把血流尽／为了整个国家，我们不愿意生还。"香港的诗坛，多沉湎于个人主义和现代主义，能够将视野延及内地抗战的诗人不多见。刘火子是一个，彭耀芬是另一个。

《文艺青年》第3期是"鲁迅纪念号"，彭耀芬发表了诗作《一块钢板的落葬——民族巨人的四年祭》。诗人将鲁迅比喻为一块钢板，落葬四年，为中华民族奠定了坚定的基石，"于是／沉郁的脚步／明朗的脚步／在这钢板上起着巨大的回响"。在香港参加纪念鲁迅活动的主要是南下作家，香港作家很少有人参与，彭耀芬却以诗歌的形式参与了这一活动。

彭耀芬诗作的价值，主要仍然在于对香港的表现。《文艺青年》第5期上的《劳者之歌》以具象化的笔法描写了劳动者的境遇，不过彭耀芬没有仅仅停留在对于苦难的呈现上，而是以其特

---

[1] 关梦南：《彭耀芬：香港第一个被递解出境的诗人》，关梦南：《香港新诗：七个早逝优秀诗人》，香港：风雅出版社，2012年，第100—106页。

有的左翼政治视野，将作品提升到了反抗的高度。彭耀芬在《文艺青年》上发表的最有名的两首诗是《给"香港学生"——给殖民地根下的一群之一》和《给工人群——给殖民地根下的一群之二》。

《给"香港学生"——给殖民地根下的一群之一》开头对香港学生的无聊生活进行了展示，"你在物质的乐园中／豢养了你傲慢的习气／你底生活永远在没规则的线上爬行"。香港的学生除了学会画几个图案，便是崇拜洋歌星、谈恋爱和溜冰，这种殖民统治下特有的无聊生活，在前面有关学校生活的小说中已经得到呈现。不过，这些小说仅在于揭露，彭耀芬却不同，他虽然很年轻，也就是学生的年纪，然而他的视野已经不再局限于殖民统治下香港，而是延伸到了抗日战火中的广袤的内地，他很自觉地将两者做了对比："如今，该抛弃你布尔乔亚的游戏了／你不会想像到，在山窑下怎样艰苦地／辟筑起学习的壕沟，在追求着／他们丰富的智慧底青年们吧／你不会想像到，很多像你一样年青的／他们失去了一个怎样幸福的日子。"具有了政治觉悟的彭耀芬，给香港学生开出了具体的药方：回顾香港历史，重温"学生运动的光荣史"，这样"明天你便晓得怎样生活／晓得怎样学习和斗争／看吧：殖民地的萎靡教育／将以二十万双手来粉碎"。诗人明确支持学生运动，号召粉碎殖民教育，这在香港教育史上是不多见的。

如果说彭耀芬鼓动香港学生"以二十万双手"来"粉碎殖民地的萎靡教育"的诗句尚显空洞，那么他对于香港工人的号召就很具体了：阶级斗争和暴力革命。在《给工人群——给殖民地根的一群之二》一诗中，彭耀芬指出了工人在殖民统治下的香港受到不公待遇，"克减了你的工资／不给你们面包／却要挤你们的奶。／以全部的青春给他／以饥饿疾病还给你／而且把解散、失业来恫吓你／他们的心，是比夜更黑！"诗人劝工人们"不要惧怕"，前途是要团结起来，展开斗争，"去团结你们自己，组织你们自己／火焰是在极度的暴力下爆发"。诗人还告知工人们，革命是有前途的，"无数人期望着你们思想的火焰／你们的行动是美的／与其忍受残暴者鞭出了血／不如以血证实残暴者的暴行／发挥吧！发挥吧／社会在支持着你们，真理在支持着你们"。彭耀芬直接在香港公开鼓动阶级斗争和暴力革命，无怪乎会被港英当局递解出境。

彭耀芬的诗在《文艺青年》上具有重要意义，他的诗从左翼的角度总结和提升了该刊上关于香港学生、工人的两大题材的作品，堪称香港本地左翼文学的代表。值得注意的是，彭耀芬的诗在场景和形象上颇下功夫，超越了简单的政治口号诗，这一点得到了研究者的好评。

黄谷柳出生于越南海防，在昆明读中学，1927年至1931年在香港参加了本地最早一批新文学作家的活动。当时黄谷柳在黄天石的介绍下给《循环日报》当校对，又在黄天石办的"新闻学社"学习。这"新闻学社"，便是香港新文学青年聚会的地方。这一时期黄谷柳在《大光报》发表过小说《过海防》，在《循环日报》发表过小说《换票》，它们都是香港较早的新文学作品。

1931年黄谷柳离开香港，加入广东军阀陈济棠的部队，开始了军旅生涯。不过他仍然坚持写作，并在香港报刊上发表文章。1938年，他曾将南京大屠杀的经

青年时期的黄谷柳

历写成《干妈》，通过欧阳山转给茅盾，发表于《文艺阵地》。

1940年，黄谷柳在《文艺青年》第2期发表"战地旅行散笔"《祖国在呼唤你》，以军人的身份描写日本侵略者在广东残忍杀害中国人的惨状，"四清公路上一个悠闲坐在牛背上的牧童，他还没有唱完了牧歌，就突然翻倒下去了，小小生命的终结，不是为了饥寒捱不住，而是为了敌人偶然的快意；在清远县县府前的街道，躺着一个被炸死了的妇人，旁边还有个半岁的婴孩，正吮吸着亲娘的奶"。文章呼吁国人站起来，走向前线，"我们憎恨，愤怒，因而抱决死的心去同恶魔们争斗，只是为了爱，为了同情，为了对于生命的珍惜，对于人类和平的眷顾"。与一般文人不一样，黄谷柳是抗日战场上真正的军人，他从战场上发回香港的文字，很有感召力。作为一个作家，黄谷柳这个时候尚未成名。抗战胜利后，他又回到香港，应夏衍之约在《华商报》刊载《虾球传》，这才轰动文坛。

抗战中后期的香港文学作者事实上由三个部分构成：一是茅盾、许地山、萧红等一大批南来作家，二是黄天石、平可、张吻冰、龙实秀等本港作家，三就是为左翼文坛培养起来的包括刘火子、彭耀芬、黄谷柳等在内的香港青年作者。茅盾等南来作家的活动，构成了全国抗战文学的中心，然而他们与香港原有的新文学作家尚存隔膜，自身的作品不太能够被香港市民读者所接受，不过他们通过《文艺青年》等刊物，培养香港本地文艺青年，并创作出一批反映抗战以及香港本地生活的文学作品。至于香港原来的新文学作家，虽然未能加入左翼主流，却也通过自己的通俗写作，在香港社会产生了重要影响。我们的香港文学史一向只谈第一类内地南下作家，第二类本港作家和第三类香港左翼青年的写作，还都未进入研究视野。

被遗忘的沦陷区

第六章

第一节　沦陷前后

1941年12月7日,日本袭击珍珠港,8小时后就对香港发起了攻击。12月25日圣诞节这一天,香港沦陷。在经历了这一战事的作家笔下,我们可以看到香港沦陷时惊心动魄的情形。

日军从内地南下香港,进攻的首先是新界和九龙。侣伦当时就住在九龙。他率先感受到战争的恐怖。侣伦专门写了一篇《九龙沦陷前后散记》,文章开头就说:"我永远也记得清楚,一九四一年十二月八日那个早晨八点钟左右,我是被一种沉重的爆炸声震动得醒过来的。"很多人都不相信是战争来临了,还以为是军事演习,然而飞机的轰炸开始了,"一声急激的狂吼破空而来,我回头向屋后望。我看见一只敌机用了俯冲的姿势在不远的侯王庙上空划了一条弧线又飞起。接着是隆然一声,下面冒起一股浓烟:许多砖头和木材的碎屑在那里飞舞起来"。恐惧笼罩着九龙半岛,晚上人们从收音机里听到报告,"日本已经向英美宣战;接着是报告今天遭日寇轰炸的地名。同时转述罗斯福和邱吉尔强调消灭轴心国的决心底谈话。香港呢,英方军队和敌人在香港外围作战,当局决心抵抗到底来保卫香港,希望市民镇定和政府合作"。但不久,就听到港英当局放弃九龙的消息,"老人家在发抖,姊姊在倾箱倒箧的找寻'危险性'的东西,撕毁着书

侣伦《向水屋笔语》

信和文件。孩子们也奉了紧急命令,分头从他们的书包里、墙角里,翻寻他们的有'抗日'意味的教科书,习字簿和自由画"。侣伦也很痛苦地销毁自己的作品和日记。日军进驻后,"全街楼房的阳台外,几乎都像晾了衣服似地竖出一列太阳旗"。九龙的百姓在遭遇了劫匪的第一轮洗劫后,又遭遇了日军的戒严。[1]

九龙沦陷后,只剩下港岛成为英方部队的最后防守区。日军首先登陆筲箕湾,那一带炮火最密集。舒巷城正好住在筲箕湾,首当其冲。据其《艰苦的行程》一书记载,有一天日军炮火击中他们居住的民房,一家人惊恐地踏着七八具尸体躲进防空洞。舒巷城也不得不把报刊书籍焚烧掉,以防日本人来了以后搜查。日本军队上岸后,舒巷城目睹了他们的暴行,"奸淫掳掠的日本'皇军'一到香港,就到处'上演'他们的暴行。单是跑马地一区就有数不清的妇女受凌辱。日军登陆筲箕湾一星期后,那天我从外边回到街上,看见我家斜对面的门口,有一个持枪的日本兵守在那里,不让屋子里的人进去,把枪尾剑晃动着。我起初以为那屋子受检查还是什么,后来知道是怎么一回事了。两个兽兵一块来,把屋子里的人赶出去,将里面的唯一少女留下。然后一个守着前门,一个闯进屋子里。几个月后,我听到受辱的少女的父亲沉痛地说,他的不幸的女儿已经变得神

舒巷城《艰苦的行程》

---

[1] 侣伦:《九龙沦陷前后散记》,侣伦:《向水屋笔语》,香港:三联书店(香港)有限公司,1985年,第175—207页。

经失常了"。[1]

据夏衍的《懒寻旧梦录》，当时左翼文人经常讨论日军是否会进攻香港的问题。1941年12月1日，乔冠华为《大众生活》写了一篇《谈日美谈判》的评论，认为"日本纵使不能接受（美方提出的条件），美日谈判也不会因此寿终正寝，日本更不会马上就发动战争"。这篇文章发表于12月6日《大众生活》新30号上。可是8日早晨，日本就开始进攻香港。这时候左翼文人已经不再讨论日本是否会进攻，而是重点讨论在港的爱国民主人士如何疏散和左翼报刊停刊的问题。《大众生活》在新30号后就不再出版了，连邹韬奋写的《暂别读者》一文也未能发表。《华商报》本来已经写好了一篇纪念"一二·九"的社论，临时撤下来，改登了一篇《一致打倒日寇》。12月12日的《华商报》刊登了社论《团结动员抗拒敌寇》，加了一个副标题"在香港纪念双十二"，随后就停刊了。在廖承志的安排下，东江纵队分批护送香港文化人出境。在港督向日军投降后不久，"所有和党直接或间接有联系的民主人士和文化工作者（除诗人林庚白中流弹牺牲外），都陆续安全地撤离了香港。绝大部分人——廖承志、柳亚子、韬奋、茅盾、胡绳、于伶……都是先到东江游击区，然后再经韶关分批回到桂林和重庆；韬奋和范长江则先后经江西、浙江、上海，转到新四军根据地；我和蔡楚生、司徒慧敏、金山、金仲华、郁风、谢和赓、王莹……等，则是坐小艇经澳门、台山、柳州回到了桂林"。[2]

在记录香港沦陷的著作中，萨空了的《香港沦陷日记》是最有名的。我们知道，抗战时期，萨空了自1938年4月起在香港

---

[1] 舒巷城：《艰苦的行程》，香港：花千树出版有限公司，2009年，第53页。
[2] 夏衍：《懒寻旧梦录》，北京：生活·读书·新知三联书店，2000年，第313—314页。

主持《立报》,1941年9月再次回香港,主持中国民盟机关报《光明报》。《光明报》乃是梁漱溟由重庆来香港后创办的,创刊时间是1941年9月18日,梁漱溟自任社长,请萨空了担任督印人兼总经理[1]。萨空了的沦陷日记从1941年12月8日日军进攻香港开始,一直记到1942年1月25日他撤离香港,共计49天,为我们留下了香港沦陷时期的历史材料。小思说:"想理解一下香港这个政治活动舞台,49天中有些什么文化人在做些什么事?读读这日记,你会觉得刺激、有趣。重读时,我才发现自己当年没记住1941年12月26日,即香港沦陷第二天,梁漱溟先生在看钱穆先生的《国史大纲》,今回像个新发现。爱好现代文学的人,读着读着,会在跑马地街头遇上名记者金仲华、湾仔英京酒家门前碰到漫画家丁聪、在香港大酒店门口看见端木蕻良、在皇后大道西巧遇作家徐迟……他们都在香港露了面。"[2]

萨空了是著名报人,当时是《光明报》总经理,最关心的自然是报刊,我们姑且从这里了解一下沦陷之前香港报刊的情况。日记一开始便记录在1941年12月8日早晨8点,萨空了刚刚起床,就听到凄厉的警报笛声四起,并且上空出现飞机的嗡嗡声,九龙东北角有清晰的轰炸的声音。"想到自己肩负的《光明报》的责任",萨空了急忙出门打探。没想到,刚一开门,就被英警的手枪顶住了胸膛。原来是英警抓捕日本人,萨空了的住处原为日本人所有,所以有此误会。萨空了据此判断,太平洋战事已经爆发了,否则港英当局不会抓捕日本人。

港英当局对日本一直保持中立,绥靖姑息。12月24日,萨

---

[1] 梁漱溟:《赴香港创办民盟机关刊物〈光明报〉前后》,《文学评论》(香港)2009年创刊号。
[2] 小思:《重读萨空了〈香港沦陷日记〉》,萨空了:《香港沦陷日记》,香港:三联书店(香港)有限公司,2015年,第X—XV页。

空了等人去华民政务司提供抗战信息，由那鲁麟（North）接待，萨空了这才想起来，三年前他在香港创办《立报》的时候，就是这个那鲁麟（North）给抗日活动设置障碍，"那时抗日，还只是中国人的事，我记得那鲁麟曾招邀我们到他的办公室去，每人给一张印就的中文纸条，上面写了许多单字，如'敌''虏''奸淫''焚掠'之类，他说：香港是中立地带，中国报在港印行不能用侮辱英国友邦的字样，这个纸条上印的字，一律不许再用"。[1]如今，这些字条上的罪行在香港都发生了，港英当局为自己的行为付出了代价。据萨空了记载，开战以后，港英当局才想起来逮捕日本人及汪伪汉奸，可惜他们早已经跑了，"香港政府，容忍日人的报纸香港日报，通讯社同盟社，和汪逆兆铭的机关报：南华日报，天演日报，新晚报，出版到战事爆发，才予封闭，并下令逮捕其主要分子，结果是全部逃脱，主要的没有一个捉到"。[2]

日军进攻香港的第一天，港人急需知道信息，都在大街上徘徊观望，然而只有英国情报部香港办事处发出第一号公报，证实日本不只进攻香港且同时进攻马来亚和菲律宾，接着英文报很快出了号外，中文报却只能根据情报部的公报写几张简单的壁报贴在街上，《星岛日报》的壁报只寥寥写了"日本今晨同时对英美宣战"几个字。这简单的壁报，就吸引了很多人，大家围绕在那里，"似乎要在那一句话之外另找出其他的字句！"可见民众对于信息的渴求。"为什么中文报不能像英文报一样的迅速发出号外"呢？萨空了解释："这就是香港英文报不须经港政府检查，而中文报必须经过华民司新闻检查处检查的结果了！战事卒起，检查老爷还未办公，报自然不能出！八日早的香港各报，在民众

---

[1] 萨空了:《香港沦陷日记》,香港：三联书店（香港）有限公司,2015年,第100页。
[2] 同上，第58页。

心中，完全成了历史，没有人要看。香港新闻界的麻木迟缓，民众到此才切实感到。"[1]

萨空了希望《光明报》继续出版，然而由于负责印刷的民生公司在九龙无法坚持，《光明报》以及同样在这家印刷厂印刷的《华商晚报》不得不停刊。出乎意料的是，印刷条件较好的《大公报》也在同一天停刊。12月15日，萨空了在华人行门口碰到"国民党中宣部国际宣传处"驻港负责人温源宁，温转告他说：英国情报部驻港办事处主任麦克都格（D.M.MacDougall）知道报纸已经停刊，但仍要求他们出来作宣传工作。萨空了认为，"香港当局未屈服前，我们是决定能尽一分（疑为份——引者）力量，便尽一分（疑为份——引者）力量的，不必有什么人要求，我们已经计划如何使报复刊"。[2]次日，他在香港酒店找到了《华商报》的范长江，范长江也表示有复刊的计划。萨空了表示："今天为了印刷的困难，经济的艰辛，我们为什么不出联合版？现已停刊的还有大公报、立报，如果第一步先把这四个报联合起来发刊，对英国当局也可表示我们的合作抗敌精神。"[3]

12月17日下午，萨空了、范长江与《大公报》的徐铸成、《国民日报》的陈训畬等在港报刊各方代表在香港酒店聚会，《立报》社长成舍我因不在香港而缺席。会上没人反对联合出报，不过，陈训畬提出：希望邀请《华侨日报》和《工商日报》等一起参加，理由是怕"国民党中宣部"指责他，为什么别的报能够单独发行，《国民日报》却要参加联合版？与会者便再去找《华侨日报》与《工商日报》，结果是两方均不同意加入联合报。萨空了坚持出联合报，因为随着局势发展，单独一家报纸怕很难独立

---

[1] 萨空了:《香港沦陷日记》,香港：三联书店（香港）有限公司,2015年,第7—8页。
[2] 同上，第61页。
[3] 同上，第67页。

支撑。然而，局势发展之快出乎意料。12月22日，联合报的房子已经找到，就在他们进一步落实报纸出版事宜的时候，港英当局已投降，香港沦陷。萨空了感叹："一直到昨天我还想着联合报，想着在香港奋斗，今夜是全幻灭了，下一步计划是离开香港再找可努力的地方……这一夜睡得不熟，显然为了思想纷乱！"[1]

这里补充一下戴望舒所记载的《星岛日报》在沦陷前的最后情形。日军轰炸开始后，原本在下午上班的戴望舒上午就赶到报馆，报馆乱哄哄的，战争爆发的消息被证实。他所负责的"星座"副刊，被临时改成了"战时生活"特刊，但只出了一天。第二天再去报馆的时候，他已经不能编辑副刊了，因为人员不整齐，他什么都得干，"白天冒着炮火去中环去探听消息，夜间在馆中译电"。到了香港投降前三天，报馆的四周已经被炮火所包围，报纸实在出不下去了，"同事们都充满了悲壮的情绪，互相望着，眼睛里含着眼泪，然后静静地走开去"。最后还出现了一个带有喜剧色彩的插曲，报馆接到一个好消息，说中国军队已经打到新界，这时候报馆只剩下戴望舒和周新两个人，排字房的工人已经散了，无法再将消息传出去。他们俩就拿了一张白报纸，用红墨水写下大字："确息：我军已开到新界，日寇望风披靡，本港可保无虞。"[2]然后贴到报馆门口。当然，这不是一个"确息"，戴望舒本人其实都不太相信，它只是绝望中的一个安慰。

1941年12月26日，日本占据港岛的第一天，街上仍有叫卖报纸的声音。萨空了出门买到了《华侨日报》与《国民日报》。《国民日报》还在出版，让萨空了很惊讶，看了以后才发现，报上并没有日军占领全港的消息，"我推想他们的报是昨日下午就已编好，当时还不知道日军已占全港的消息，社长编辑都已离开

---

[1] 萨空了:《香港沦陷日记》,香港:三联书店(香港)有限公司,2015年,第105页。
[2] 戴望舒:《十年前的星岛和星座》,《星岛日报》1948年8月1日,增刊第10版。

印刷发行部照例的将报印就发出,不想已是两种局面了"。《华侨日报》则已经是另一种情况,"华侨日报我早就知道他们是抱着'谁来给谁纳粮'的意念,打算继续出下去的。他记载敌军占领香港这条消息时,写得真够冷静,冷静到人会怀疑他们的血也是冷的。他们很轻描淡写的(原文如此,应为地——引者)说'日军已于昨日下午六时占领全港',也许他们在以为自己很客观,可是今日的日本不只是英国的敌人,也是中国的敌人,而且这种法西斯主义的攻略也是人类和正义的敌人,怎么能坐视无睹或以为自己是旁观者?我想他们的知识既能办报,当然不应连这个也不懂,那么今日的装成旁观者,大约还是为保持自己的利益遂不顾一切罢了!"[1]抗日战争结束后,民国政府在"肃奸"过程中,对《华侨日报》穷追猛打,这验证了萨空了的感觉。

12月28日,萨空了早起买到了《华侨日报》,出乎意料的是,又看到了《南华日报》,这才知道这个汪伪机关报竟然已经复刊。据这一期《南华日报》记载,该报经理"在港变后,隐匿起来怕英人逮捕,及日军一到即去哀求敌报道部许其出版"[2]。萨空了同时知道,汪伪系统的《天演日报》《自由日报》都要复刊,而日方所办的《香港日报》已经复刊。

转过年来,1942年1月3日,萨空了早上买报,发现《循环日报》《华字日报》也已经复刊,"于

萨空了《香港沦陷日记》

---

[1] 萨空了:《香港沦陷日记》,香港:三联书店(香港)有限公司,2015年,第106—107页。
[2] 同上,第120—121页。

是香港四大地方报纸只余一工商日报未复刊了"。[1]

1942年1月25日早晨，萨空了乘坐"宜阳丸"号轮船离开香港。他对于香港报刊的观察到此结束。下面，笔者对萨空了离开以后香港的报刊变动情况，做进一步的补充。

总括香港沦陷前的报纸，依据其立场大致可分为以下几种类型：国民政府方面的，如《国民日报》；共产党方面的，如《华商报》；日本方面的，如《香港日报》；汪伪方面的，如《南华日报》；商业性报纸，如《华侨日报》《循环日报》等。香港沦陷后，主张抗日的共产党和国民政府方面的报刊全部停刊，而战时被港英当局关闭的日本方面及汪伪方面的报纸大行其道，商业性的报纸不甘心被停刊，《华侨日报》一直在坚持，其他战时短暂停刊的报纸也在沦陷后陆续复刊。

1942年6月1日，日军政府为了管理方便，将香港现存的报纸进行了合并。其中，《香港日报》作为官方报纸不变，并且还有日文和英文版，汪伪报纸《自由日报》《天演日报》《新晚报》合并入《南华日报》；《华字日报》与《星岛日报》合并为《香岛日报》；《循环日报》和《大光报》合并为《东亚晚报》；《大众日报》并入《华侨日报》。再加上趣味性的《大成报》，香港只剩下了6份报纸。

在刊物方面，则只有《大众周报》和《亚洲商报》两家，前者是文艺性的，后者是商业性的。1942年7月，日军逼迫胡文虎、何东出资港币50万元，成立了大同图书印务局，出版《新东亚》杂志、《大同画报》及漫画杂志、儿童杂志等。该局由胡文虎之子胡好负全责，刊物编辑方面由叶灵凤等人负责。

---

[1] 萨空了:《香港沦陷日记》,香港：三联书店(香港)有限公司,2015年,第143页。

第二节　戴望舒"附敌"事件

沦陷期间滞留香港的内地文人，数戴望舒和叶灵凤名气最大，他们自然不会被日本统治者放过，不过他们俩的表现并不相同。关于戴望舒，战后曾有左翼文人联名检举他是汉奸，逼得戴望舒专门回上海去说明。关于叶灵凤，1957年版《鲁迅全集》的注释曾将其列为汉奸，不过1981年版《鲁迅全集》又摘下了这顶帽子。对于戴望舒和叶灵凤的讨论，主要限于个人回忆。囿于文献很难看到，这两位作家在沦陷期间所发表的文字反倒没有成为讨论的中心，而这些公开发表的文字，无疑才是最有说服力的。笔者打算从报刊文章的角度，检视戴望舒和叶灵凤在香港沦陷期间的表现。

提到戴望舒，我们不妨从抗战胜利后文坛对于戴望舒"附敌"的检举说起。1946年，《文艺生活》光复版2期及《文艺阵地》光复2号同时刊出了一份由何家槐、黄药眠、陈残云和司马文森等21人联合署名的《留港粤文艺作家为检举戴望舒附敌向中华全国文艺协会重庆总会建议书》，文中认为"戴望舒前在香港沦陷期间，与敌伪往来，已证据确凿（另见附件）"。"附件"有三份：一是1944年1月28日伪《东亚晚报》所载，戴望舒任"香港占领地总督部成立二周年纪念东亚晚报征求文艺佳作""新选委员会"委员；二是"昭和廿年八月十日"发行的伪文化刊物《南方文丛》第1辑一本，上面载有周作人、陈季博、叶灵凤、戴望舒、黄鲁、罗拔高及敌作家火野苇平等人的文字；三是剪贴戴望舒为1944年9月1日在香港出版的汉奸文人罗拔高《山城雨景》所写的《跋山城雨景》。

戴望舒很悲愤，他在《我的辩白》一文中说：

香港：报刊与文学

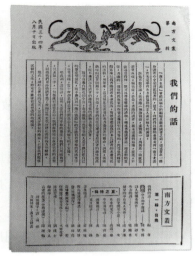

左图：
《南方文丛》第 1 辑
右图：
《南方文丛》第 1 辑目录

诸君是生活在自由的土地上，而我却在魔爪下挨苦难的岁月。我曾经在这里坐过七星期的地牢，挨毒打，受饥饿，受尽残酷的苦刑（然而我并没有供出任何一个人）。我是到垂死的时候才被保释出来抬回家中的。从那里出来之后，我就失去一切的自由了。我的行动被追踪、记录、查考，我的生活是比俘房更悲惨的。我不得离港是我被保释出来的条件，而我两次离港的企图也都失败了。在这个境遇之中，如果人家利用了我的姓名（如征文事），我能够登报否认吗？如果敌人的爪牙要求我做一件事，而这件事又是无关国家、民族的利害的（如写小说集跋事），我能够断然拒绝吗？我不能脱离虎口，然而我却要活下去。我只在一切方法都没有了的时候，才开始写文章的。（在香港沦陷后整整一年余，我还没有发表过一篇文章，诸君也了解这片苦心吗？）但是我没有写过一句危害国家、民族的文字，就连和政治社会有关的文章，我再一个字都没有写过。我的抵抗只能是消极的，沉默的。我拒绝了参加敌人的文学者大会（当时同盟社的电讯、东京的杂志,都已登出了香港派我出席的消息了),我两次拒绝了组织敌人授意的香港文化协会。我所能做到的,如此而已。"[1]

戴望舒指出:"我没有写过一句危害国家、民族的文字,就连和政治社会有关的文章,我再一个字都没有写过。"在文章的最后,戴望舒仍然强调,"我在沦陷期的作品,也全部在这里,请诸君公览"。既然如此,我们不妨考察一下戴望舒在沦陷期间的写作,在此基础上才能对戴望舒进行客观判断。

戴望舒为什么没离开香港?大致有两个说法。一是不舍得他的书,徐迟在当时和戴望舒交往密切,他的《江南小镇》记载:"还在林泉居住着的诗人,每天盘弄他的藏书。不知他从哪里弄来的许多木箱子。今天搬过这一箱子来,打开,非常珍惜地捧出一摞摞的宝贝书来,拂拭它们。挑出一本来看了半天又把它放回去。半天过去了,又把箱子归还原处,长叹短吁一番,没精打采地想心思。明天搬出另一个木箱子来,打开,搬出一堆书,把它们放进另一个大木箱子里。一天天地就这样给书搬家,他是六神无主了。我们则每天出去奔走,看能怎么走出香港,回到内地去。我们约他一块儿走,他说:'我的书怎么办?''到内地再买!'我这样对望舒说过。他苦笑笑。我对能欣说:'看样子他不会走了。'能欣说:'不行,怎么也要劝他走,万万不能让他留下来。'我跟他说了,他无辞以对。也许他是在等丽娟到香港来吧,他是下不来面子的,不愿去上海乞求丽娟的,他只好在这里等着事态的发展。"[2]杜宣的说法,也与此相吻合,他当时问过戴望舒为什么不离开香港,原因是"他舍不得这一屋子多年收集起来的好书,他

---

[1] 李辉:《难以走出的雨巷》,《收获》1999年第6期。
[2] 徐迟:《徐迟文集》(第九卷),北京:作家出版社,2014年,第386页。

怕颠沛流离的生活"[1]。

徐迟提到的有关丽娟的内容，应该是戴望舒没有离开香港的另一个更重要的原因。戴望舒的妻子穆丽娟乃穆时英的妹妹，其时穆时英已经附敌，并在上海遭刺杀。穆丽娟回上海料理丧事，并和戴望舒提出离婚。戴望舒去上海求和，穆丽娟不同意。据说汉奸头目李士群借此要挟戴望舒参加敌伪工作，被戴望舒拒绝。徐迟

20世纪40年代初戴望舒、叶灵凤和徐迟在香港

的意思，是猜想戴望舒不愿意再去上海乞求丽娟，故在香港等待事态发展。戴望舒在自辩书中也谈及此事，但他的说法不一样。戴望舒说："我的妻子因为受了刺激（穆时英被打死，她母亲服毒自尽），闹着要和我离婚，我曾为此到上海去过一次，而我没有受汪派威逼溜回香港来这件事，似乎使她感动了，而在战争爆发出来的时候，她的态度已显然地转好了。香港沦陷后，我惟一的思想便是等船到上海去，然后带她转入内地；然而在这个计划没有实现之前，我就落在敌人宪兵队的魔手中了；而更使我惨痛的，就是她后来终于离开了我，而嫁给了附逆的周黎庵了，这就是我隐秘的伤痕。"戴望舒的意思是希望乘船去上海，但还没来得及走就被抓捕了。

---

[1] 杜宣：《忆望舒》，《文学报》1983年8月18日。

1938年戴望舒与夫人穆丽娟在香港

戴望舒于1942年3月入狱，5月出狱后到大同图书印务局工作。一年以后，他开始在叶灵凤主编的《大众周报》上发表文章。不过，他写的"广东俗语图解"系列，是语言民俗类的短文。戴望舒在沦陷期间写得最多的就是这一专栏，共有80篇，从1943年4月3日《大众周报》1卷1期创刊号上的《竹织鸭》开始，一直写到1944年10月12日《大众周报》4卷2号第80期的《镜箱柜桶》。其后，自1945年7月6日《大众周报》第117期开始，他又陆续写了一些"广东俗语补解"，内容与"图解"类似。戴望舒选择民俗土语作为书写对象，看起来是有意为之的，这些文章在内容上与政治无关，同时也可以寄托作者对于粤港乡土文化的热爱。

1944年1月30日，叶灵凤开始主编《华侨日报》的"文艺周刊"，这是香港沦陷后出现的第一个文艺副刊，它发行了72期，

1942年戴望舒在香港

至1945年6月17日停刊。由于好友叶灵凤的关系，戴望舒也在这个副刊上发表作品。戴望舒在《华侨日报》"文艺周刊"上发表的作品有：《致萤火》（第1期）、《论诗零札》（第2期）、《古小说钩沉校辑之时代和逸序》（第8期）、《李娃传非白行简作说辩证》（第14期）、《凌濛初的剧本——蠛庐读稗乙录之三》（第16期）、《诗二章》（"未长女""在天晴了的时候"，第19期）、《诗二章》（"赠内""墓边口占"，第33期）《对山居读书杂记》（第34期）、《读日择"元曲金钱记"》（第37期）、《秋二章》（"夜思""烦忧"，第38期）、《记马德里的书市》（第58期）、《张山人小考》（上、下，第60、61期）、《巴巴罗特的屋子——记都德的一个故居》（第64期）、《寻常的故事》（第72期）、《过旧居》（第74期）、《寄友人》（第75期）、《老人的呼喊》（第76期）、《窗帷》（第77期）、《孩子》（第78期）《灯》（第79期）和《守窗独语》（"苍蝇""幻梦"）。除"文艺周刊"之外，戴望舒还在1944年8月1日《华侨日报》"侨乐村"栏目发表过《跋山城雨景》，这是给罗拔高《山城雨景》一书所写的"跋"，此书后由华侨日报出版社在1944年9月1日出版。

1944年12月，戴望舒开始为日本人办的官方报纸《香港日报》"香港艺文"栏目写文章。他在这里发表的文章有：《释"高法"》（第1期）、《元曲和金瓶梅的流传者》（第2期）、《宋江绰号"呼保义"解》（第3期）《葫芦提及酪子里解》（第5期）《日本日光轮王寺所藏中国小说——西班牙爱斯高里亚尔静院所藏中国小说戏曲》（第9期）、《李绅鸳鸯歌逸句》（第11期）《"合生"小考》（第12期）、《元曲的蒙古方言》（第19期）。以上均为读书杂记和学术类文章，此后戴望舒开始发表文学作品，计有：《旧作三章》（"答客问""对灯""秋夜思"）和《偶成》《粗犷的华尔兹》《流星》《蟹与人》《回家》。

前文曾提到，《香岛日报》系由《星岛日报》与《华字日报》合并而成，戴望舒是战前《星岛日报》副刊"星座"的主编，因此与该报有渊源。1945年，戴望舒应邀主编《香岛日报》的"日曜副刊"，时间是7月1日至8月26日。统计一下，戴望舒本人在该刊所发表的作品有：《赠友》（创刊号）、《山居杂缀》（第2号）《五月的寂寞》（上，第3号）《五月的寂寞》（下，第4号）、《巴黎的书摊》（第4号）《巴黎的书摊》（第5号）《父与子》（第6号）、《茉莉》（第7号），还有一些翻译作品。

由上述材料可知，在1943年《大众周报》"广东俗语图解"专栏后，戴望舒所写的文章，主要分布在《华侨日报》《香港日报》和《香岛日报》上。这些文章多是回避现实之作：一是读书杂记类文章，他在日方刊物《香港日报》上发表的文章尤以学术为主，在当时的环境下，这不失为一种安全的写作方法；二是介绍法国见闻的文章，如《记马德里的书市》《巴巴罗特的屋子——记都德的一个故居》《巴黎的书摊》等，这也是不涉及时政的；三是诗歌创作及诗论，这些诗歌或者反映诗人在监狱里经

1945年7月1日，戴望舒应邀主编《香岛日报》的"日曜副刊"。

受的非人待遇(《等待》),或者反映诗人有关婚姻家庭及个人生活的感怀(《过旧居》)等。真正能够代表戴望舒思想的诗歌,是他秘密写下而至战后才公开发表的诗作,如写于1942年4月27日的《狱中题壁》(发表于1946年1月5日《新生日报·新语》),写于1942年7月3日的《我用残损的手掌》(发表于1946年12月《文艺春秋》3卷6期)。这两首诗抒写诗人在日本人的牢狱中的遭遇和感受,诗人虽然受尽酷刑折磨,但并没有屈服,他深深地怀念祖国,怀抱胜利的信念。这两首诗是戴望舒前期现代主义诗歌的升华,也是香港沦陷时期文学的高峰。

现在可以来检视一下,何家槐等21人所检举的戴望舒的问题,究竟是否"与敌伪往来,已证据确凿"?所检举的文章,一是戴望舒1944年为罗拔高《山城雨景》所写的《跋山城雨景》。如上所述,此文已经先发表在1944年8月1日《华侨日报》"侨乐村"栏目。罗拔高系卢梦殊的笔名,长期在《华侨日报》任职,并曾经参加东京"大东亚文学者大会",回来后在《华侨日报》上发表《东游观感》。据戴望舒在辩白中所说,他为此书写序是被迫的,"如果敌人的爪牙要求我做一件事,而这件事又是无关国家、民族的利害的(如写小说集跋事),我能够断然拒绝吗?"这篇跋写得较短,开始部分写20年前作者在上海"新雅茶室"时遇到卢梦殊的情形,接着交代了卢梦殊的笔名"罗拔高"的来历,最后才提到这部《山城雨景》,文章中评价性的文字仅如下一段:"《山城雨景》是作者的近作的结集。它不是一幅巨大的壁画,却是一幅

罗拔高《山城雨景》

戴望舒为罗拔高《山城雨景》所撰之跋，曾载于《华侨日报·侨乐村》。

幅水墨的小品。世人啊！你们生活在你们的小欢乐和小悲哀之中，而一位艺术家却在素朴而淋漓的笔墨之中将你们描画了出来。世人啊，在《山城雨景》之中鉴照一下你们自己的影子吧。"可以说，这里面没有什么实质性的政治内容，大致属于应酬性文字。

另外被检举的，是戴望舒在《南方文丛》第1辑的文章，它们与周作人、火野苇平等敌伪人物的作品一起发表，似乎比较严重。事实上，在沦陷的环境下，在敌伪刊物发表文章是无可奈何的事情，所有的报刊都得听命于日本侵略者。从上述史料看，戴望舒还有不少直接发表于香港的日本官方报刊《香港日报》的文章，关键还是看文章内容。戴望舒发表于《南方文丛》第1辑的两篇文章，题目分别是《诗人梵乐希逝世》和《对山居读书杂记》，只是文艺性文章，与政治无关。

至于戴望舒被检举任"香港占领地总督部成立二周年纪念东亚晚报征求文艺佳作""新选委员会"委员一事，戴望舒自辩"人家利用了我的姓名"。而足以证明他不愿意参加敌伪文化活动的，是两件更重要的事情：一是拒绝参加"大东亚文学者大会"，二是拒绝参加"香港文化协会"。戴望舒所言姓名被利用是可能的，况且，在笔者看来，即使不是被别人利用的，挂名"委员"也算不上一件很严重的事情。

左图：戴望舒《诗人梵乐希逝世》

右图：戴望舒《对山居读书杂记》

  从现有史料看，戴望舒在香港沦陷期间的表现基本是清白的，当时中共党组织对他也很信任。1945年9月，老舍从重庆给戴望舒发电报，委托戴望舒调查附逆文化人。10月，"文协"又委托戴望舒组织"文协"驻港通讯处的工作。检举事件出现后，戴望舒于1946年4月至5月回到上海，向"文协"澄清自己。这一年11月18日的《华商报》发表了马凡陀的《香港的战时民谣》，提到戴望舒在香港沦陷期间写过几首抗日歌谣，广泛流传于民间，"据香港朋友的证实，这首民谣的确是戴先生写的，而且当时写的民谣不只这一首，共有十几首之多，因为它单纯易懂，富于民谣的特色，立刻为香港民间所接受而流传了。环境使他不得不隐去作者的姓名，大家以为真是人民自己创造的真货，只有知识分子也许知道这是一位诗人的作品，至于懂得内情、晓得是戴望舒写的，则难得一二人而已"。这篇"文联社特稿"表明了组织审查后的态度，不但没有对他进行追究，还表彰了他的贡献。

  "检举"事件的出现，应该有其特殊背景。战后"文协"让

叶灵凤、戴望舒和日本友人在浅水湾萧红墓前

有过沦陷区经历的戴望舒组织工作,并调查附逆,本身的确容易让人产生疑虑。从1946年1月29日重新成立"文协港粤分会"看,"检举"事件大概与战后港粤文化人争夺领导权有关。卢玮銮即认为:"当日戴望舒惹祸,我相信是由于战后省港澳的文化人急于占领有利位置'争地盘'而被牵连。"[1]

第三节 视线之外的叶灵凤

（一）

叶灵凤是一个充满争议的人物。早在20世纪20年代加入后期创造社时,他就曾被捕入狱。1931年4月,叶灵凤被"左联"

---

[1] 卢玮銮、郑树森主编,熊志琴编校:《沦陷时期香港文学资料选(一九四一至一九四五年)》,香港:天地图书有限公司,2017年,第10页。

20 世纪 30 年代初新到香港的叶灵凤

以"屈服于反动势力,向国民党写'悔过书'"为由开除。[1]叶灵凤更知名的事情,是因侮辱鲁迅而自食其果。1929 年 11 月,叶灵凤在自己主编的《现代小说》上发表小说《穷愁的自传》,小说中的主角魏日青称:"照着老例,起身后我便将十二枚铜元从旧货担上买来的一册'呐喊'撕下三页到露台上去大便。"鲁迅曾讽刺他,"生吞'琵亚词侣',活剥蕗谷虹儿,今年突变为'革命艺术家'"[2]。1938 年,叶灵凤到香港,不过仍未逃过是非。香港沦陷期间,叶灵凤未离开香港,后再次被捕,出狱后在日本军方办的文化机构工作。

1949 年后,叶灵凤并未像戴望舒一样回内地,洗清冤白,而是留在了香港。1957 年版《鲁迅全集》在《三闲集·文坛的

---

[1]《开除周全平,叶灵凤,周毓英的通告》,《文学导报》(即《前哨》)1931 年第 1 卷第 2 期。

[2] 鲁迅:《〈集外集〉·〈奔流〉编校后记》,《鲁迅全集》(第 7 卷),北京:人民文学出版社,1981 年,第 160 页。

掌故》叶灵凤词条下注解："叶灵凤，当时曾投机加入创造社，不久即转向国民党方面去，抗日时期成为汉奸文人。"[1] 1949年后，叶灵凤在香港期间，一直在他的老东家《星岛日报》系统工作，多在左翼系统的报刊发表文章。1959年，他甚至应邀到北京参加中华人民共和国成立十周年庆典。1975年，叶灵凤在香港去世。

1949年戴望舒离港去京前，是住在叶灵凤家里的。他送戴望舒北上，但他自己却并没有离开香港。1950年戴望舒在北京因哮喘突发去世，叶灵凤写文章悼念，文中说："我想他一定是可以死得瞑目的，虽然有点依依不舍。因为他终于能够埋骨在新生的祖国土地上；若是客死在这孤寂的岛上，我想作为诗人的他，一定死得不能瞑目了。"[2] 既然如此，叶灵凤为什么选择留在香港呢？

1975年叶灵凤去世的时候，香港出现过一批悼念文章，如罗孚的《我所知道的叶灵凤先生》、黄蒙田的《小记叶灵凤先生》、三苏的《悼叶灵凤先生》和刘以鬯的《记叶灵凤》等，不过这些文章都避开了叶灵凤的沦陷区经历，免谈"汉奸"问题。

新时期以后，叶灵凤的"汉奸"问题始被揭开。首先，1981年版《鲁迅全集》改变了对于叶灵凤的注释。该版《鲁迅全集》在《革命咖啡店》一文中将潘汉年与叶

罗孚与叶灵凤

---

[1] 《鲁迅全集》（第4卷），北京：人民文学出版社，1957年，第509页。
[2] 叶灵凤：《望舒和〈灾难的岁月〉》，陈智德编：《香港当代作家作品选集·叶灵凤卷》，香港：天地图书有限公司，2017年，第225页。

灵凤合注,曰:"叶灵凤(1904—1975),江苏南京人,作家、画家。他们都曾参加创造社。"拿掉了叶灵凤"汉奸文人"的帽子,这在后来被称为"注释平反"。

致力于为叶灵凤平反的人物,是香港资深文化人罗孚。自1985年起,罗孚发表了一系列有关叶灵凤的文章,为他辩护。1985年9月16日,罗孚写下《叶灵凤的后半生》一文,文中提到有"金王"之称的香港金融界巨子胡汉辉写于1984年的一篇回忆文章。在这篇回忆文章中,胡汉辉说:被国民党中宣部派到广州湾的陈在韶,"要求我配合文艺作家叶灵凤先生做点敌后工作。灵凤先生利用他在日本文化部所属大冈公司[1]工作的方便,暗中挑选来自东京的各种书报杂志,交给我负责转运"。罗孚由此推断,"这至少说明,叶灵凤名义上虽然是在日本文化部属下工作,实际上却是暗中在干胡汉辉所说的抗日的'情报工作'的"。关于1957年版《鲁迅全集》对叶灵凤词条的注释,罗孚认为,"一九五七年版《鲁迅全集》的那一条注文,显然是'左'手挥写出来的,那些迷雾应该随新的注文而散去"。[2]

罗孚以"柳苏"之名发表于1988年第6期《读书》杂志的《凤兮凤兮叶灵凤》,是一篇较有影响的文章。在这篇文章中,罗孚开始涉及叶灵凤在沦陷期间发表的文字。他主要提到了三篇文章:(1)1942年发表于《新东亚》月刊上的《吞旃随笔》;(2)1944年发表于《华侨日报》副刊"侨乐村"的《煤山悲剧三百年纪念——民族盛衰历史教训之再接受》;(3)1945年在《香岛日报》连载两期的小说《南荒泣天录》。罗孚高度赞扬了叶灵凤在日本统治下借古喻今,"寄故国之思,扬民族大义"的做法。罗孚也

---

[1] 叶灵凤工作的是大同公司,这里的"大冈"公司应系笔误。
[2] 罗孚:《叶灵凤的后半生》,冯伟才编:《香港当代作家作品选集·罗孚卷》,香港:天地图书有限公司,2015年,第224、226页。

提到了《大众周报》,"而在可能是他自办的《大众周报》中,每期都有署名'丰'的'小评论',就看到的几篇来说,也多是不痛不痒的文字。这一切看来属于负面的东西,似乎并不能掩盖'吞旃'、'情报'和坐牢的正色"。由此,他再次强调:"旧版《鲁迅全集》(一九五七)的注文,说叶灵凤'抗日时期成为汉奸文人',不能说它毫无'似是'的根据(连戴望舒在抗战胜利后也被检举过曾经'附敌'呢);而'文革'后新版的《鲁迅全集》(一九八一),注文中替他摘下了'汉奸文人'的帽子,就更不能说不是实事求是的平反了。"[1]

罗孚的文章奠定了20世纪80年代以后学界对于叶灵凤的评价的基调,后来出现的材料、文章则在进一步验证和深化这种说法。罗孚本人在后来的文章中,也不断推进自己的看法。1990年4月,朱鲁大在香港《南北极月刊》发表《日本宪兵部档案中的叶灵凤和杨秀琼》一文,披露了日据时期香港宪兵

《重庆中国国民党在港秘密机关检举状况》

队本部编写的"极秘"文件《重庆中国国民党在港秘密机关检举状况》,其中提到沦陷时期的叶灵凤,在"中国国民党港澳总支部调查统计室香港站任特别情报员,后来更兼任国民党港澳总支部香港党务办事处干事","每月支领工作费五十元"。朱鲁大赞同罗孚在《风兮风兮叶灵凤》一文中对叶灵凤的平反,不过,同时批评了罗孚认为叶灵凤并非"正规"地下工作者的说法,并且

---

[1] 柳苏:《风兮风兮叶灵凤》,《读书》1988年第6期,第26页。

认为罗孚讳言叶灵凤与国民党的关系,"不可因叶灵凤早年参加创造社,受过国民党警宪拘捕,便断然一口咬定'不能把叶灵凤称为国民党的地下工作者'。当时的中共不也要搞统一战线,为了抗日可以捐弃一切成见么?"[1]

如朱鲁大所言,罗孚的确不愿意把叶灵凤与国民党扯到一起,他辩解说:"他不是国民党员。他是先成为'特别情报员'后,才成为'常务干事'的。他似乎不是为党(国民党)办事,而是为国办事,为中国对日抗战的大业服务。"反过来,罗孚似乎很希望把叶灵凤与中共联系起来,他专门提到叶灵凤与潘汉年乃亲密朋友,"潘汉年后来又是著名的中共情报高手,开展甚至主持对国民党,尤其是对日本占领军的情报工作,取得辉煌的成绩。叶灵凤这个'特别情报员'和他没有关系,在这方面,叶是远远不能和他相比了。他似乎也没有'嘱托'叶替他做过什么情报工作。但战争结束后,潘汉年又来到香港,两人还是有来往的。共同有些什么'机密',一般人就不会知道了"。[2]

罗孚将叶灵凤与中共联系起来的说法,还真的不无根据。据姜德明分析,早在战后戴望舒与叶灵凤被声讨为"汉奸"的时候,夏衍就在1945年10月24日《建国日报》终刊号"春风"副刊上以编者名义为戴望舒和叶灵凤辩护。关于叶灵凤,夏衍这样写,"叶灵凤先生也是香港文协分会理事,他也是当时香港反对汪逆'和运'的健将,香港沦陷后,本报同人之一曾和叶氏在防空洞中相遇,约其同行离港,叶答以有事不能遽离"。夏衍的措辞还是较为谨慎的,他提到叶灵凤在沦陷时期出狱后编过敌伪刊物的

---

[1] 朱鲁大:《日本宪兵部档案中的叶灵凤和杨秀琼》,《南北极月刊》1990年4月号,总第239期,第58—62页。

[2] 罗孚:《叶灵凤的地下工作和坐牢》,《香港笔荟》1997年3月号,总第11期,第158—160页。

事,同时也提到叶灵凤自沦陷后即负有使命留港的说法,"叶氏经过详情,恐怕要等他脱险后自己来说明,我们希望暂时不作过早的结论"。1988年,姜德明在回顾这段往事的时候,感到"夏衍同志公开发表这意见是用心良苦和实事求是的,或者还有什么难言之隐"。他便致函夏公询问此事,夏衍在8月12日回复了他,言:"在防空洞里遇到他的是我,他说'有事',则是1939年潘汉年交给他的'事',后来(解放前的47、48年)潘说过:要他(指叶)保持超然的态度,不直接介入政治,留待将来'为我们帮忙'。"[1]

此外,关于叶灵凤出席"大东亚文学家会议"的事情,也被洗冤。叶灵凤夫人赵克臻于1988年6月24日致信罗孚,对此进行了说明。罗孚在发表于1988年8月的《叶灵凤二三事》一文中予以了纠正:"还弄错了一件事情。一九四二年,东京召开了一个'大东亚文学家会议'。当时的香港报纸上有消息,说香港将有两名代表出席,其中之一就是叶灵凤。另一人不见刊出姓名。但这以后,我所见到的资料中就不再有叶灵凤和另一人参加会议的报道了,推想大致是人出席了——,而沉默对待,没有发言,因而无事可记。这是想当然,事实却并不如此,叶灵凤夫人赵克臻说,他根本就没有参加过这个会议,也从来没有去过东京。"[2]随着证据的不断出现,叶灵凤的形象愈来愈"完美"了。

此后,对于沦陷时期的叶灵凤的研究,基本停留在罗孚的方向上,于微言大义之间解读他的"民族大义"。这一点可以张咏梅发表于2005年的《"信非吾罪而弃逐兮。何日夜而忘之。"——谈〈华侨日报·文艺周刊〉(1944.01.30—1945.12.25)叶灵

---

[1] 姜德明:《夏衍为戴望舒、叶灵凤申辩》,《文艺报》1988年9月24日。
[2] 罗孚:《叶灵凤二三事》,冯伟才编:《香港当代作家作品选集·罗孚卷》,香港:天地图书有限公司,2015年,第244页。

凤的作品》一文为代表。从题目中屈原的诗句里就能看出来作者的思路，此文对叶灵凤发表于《华侨日报》的《乡愁》《读独漉堂诗》《记郑所南》《风情小品·杜鹃》和《少年维特之重读》等文章进行了重读，分析"叶灵凤在文章中借用中外历史文学典故，暗中抒发家国情怀"的做法。作者专门提醒我们，"叶灵凤没有离开香港，还要在日军统治下写稿编辑，恐怕内心不无所感，在现实环境的种种限制下，他不能够公然表白个人立场，只能够尽量在文章中埋下伏笔，笔者循此方向解读叶灵凤沦陷时期的作品，希望能够读懂其'真'意"。[1]

（二）

1943年4月叶灵凤任《大众周报》社社长

笔者原来对于叶灵凤的印象，就来自上述研究，直到某一日，我看到港大收藏的香港沦陷时期的《大众周报》，完全被震撼。对于叶灵凤的看法，从此改变。

罗孚在谈到《大众周报》的时候说："就看到的几篇来说，也多是不痛不痒的文字。"其他评论口径也大致如此，总之认为这些文章无足轻重，完全不能掩盖住叶灵凤抵抗日本人的光辉。事实怎样呢？下面，我把叶灵凤的这些媚日亲汪的文字大致整理出来，请读者自行判断。

香港沦陷以后，叶灵凤任职于日

---

[1] 张咏梅：《"信非吾罪而弃逐兮。何日夜而忘之。"——谈〈华侨日报·文艺周刊〉（1944.01.30—1945.12.25）叶灵凤的作品》，《作家》（香港）2005年7月号，总第37期。

 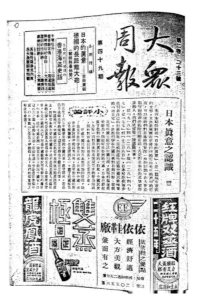

左图：
叶灵凤《圣战礼赞》
右图：
叶灵凤《日本真意之认识》

军方主办的大同图书印务局,1942年8月主持《新东亚》杂志,1943年4月任《大众周报》社社长,1944年1月主编《华侨日报》"文艺周刊",1944年11月30日起主编《香港日报》"香港艺文"。叶灵凤在多种报刊发表了大量的文章,这里面除了"书淫艳异录"系列、读书笔记、电影评论等之外,还有许多公然支持日本侵略者和汪伪的文章,这些文章主要发表在《大众周报》上。

1943年12月,是太平洋战争爆发及日本侵占香港两周年,叶灵凤发表《圣战礼赞》,称:"为了东亚,也是为了自身,我们应该协力日本从事大东亚战争。这也就是东亚战争之所以为圣战。""为了东亚的未来,为了中国的未来,协力日本完成这名副其实的圣战,我们责无旁贷。"[1]文章公然沿用日本侵略者的逻辑,将日本对于中国的侵略说成是"圣战",是对于中国的拯救,

---

[1] 叶灵凤（署名"丰"）:《圣战礼赞》,《大众周报》1943年12月11日,第2卷11号37期。

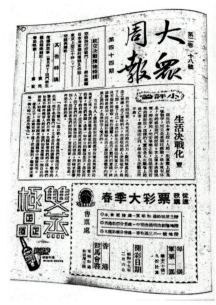

左图：
叶灵凤《笔杆报国》
右图：
叶灵凤《生活决战化》

并号召中国人协力支持。

在《日本真意之认识》一文中，叶灵凤代表四万万中国人对日本人的善意表示理解："中国民众已经从日本所表示的真诚态度上，理解日本所企望于中国者，决不是四万万人成为日本的奴隶，而是四万万人成为日本的友人。"[1]在《当前局势之认识》一文中，叶灵凤居然为自己这一代人能够赶上这个"解放亚洲"的机会而感到荣幸，"这一场战争的执行责任恰巧落在我们这一代身上，我们应感到自己所肩负的历史责任之重大，同时也应感到一种光荣。如果驱逐英美侵略势力，解放亚洲的大任能在我们这一代的手中完成，为了子孙，则目前任何艰苦的忍受也是值得"。[2]日本侵略中国，美英帮助中国抗击日本，是中国的同盟国，

---

[1] 叶灵凤（署名"丰"）：《日本真意之认识》，《大众周报》1944年3月4日，第2卷23号49期。

[2] 叶灵凤（署名"丰"）：《当前局势之认识》，《大众周报》1944年3月18日，第2卷25号51期。

叶灵凤反倒认为，日本是帮助中国抗击美英，这无疑是一种颠倒的说法。

叶灵凤认为，在这"圣战"中，文化人应该承担自己的责任。在《笔杆报国——纪念大东亚战争两周年》一文中，叶灵凤响应日本文学报国会及言论报国会的主张，谈到"道义的战争必然是长期的，不仅是物质的建设战，而且也是思想的建设战。长期建设战的真谛，不在'全国皆兵'，而在动员所有的人力和物力，各就本位去从事战争所需要的各方面的生产工作。因此，文化人在长期建设战争中的任务，不是'投笔从戎'，而是'笔杆报国'"。[1] 他还提出了"生活决战化"的口号，认为不要"误认战争是国家的事，至少是前线战士的事"，战争是与我们的生活息息相关的，所以我们要将生活看成是一场战斗，"人生无一刻不是在战斗中，尤其是目前的这战争，战争的胜败不仅关系着我们自身，也关系着我们的子孙。我们如果不愿再做旁人的奴隶，我们如果想获得一个自由的将来，则唯一可靠的保证便是在这战争中战胜英美"。[2]

那么，所谓的"大东亚战争"与中国民族意识之间是什么关系呢？叶灵凤在《中国人之心》一文中回应了日本人谷川彻三在香港有关"日本人之心"的演讲，认为中国人的"民族意识"与正在进行的"大东亚战争"的基本立场是一致的，他甚至于提出："也许是由于中国民众的'民族意识'的醒觉太迟钝了一点，否则，发动大东亚战争的责任，早已在多年以前由中国，或者中日双方共同担负了也说不定。""从当前的环境说，为了中国的未来，为

---

[1] 叶灵凤（署名"丰"）:《笔杆报国——纪念大东亚战争两周年》，《大众周报》1943年12月4日，第2卷10号36期。
[2] 叶灵凤（署名"丰"）:《生活决战化》，《大众周报》1944年1月29日，第2卷18号44期。

了东亚的未来，我们在协力完成大东亚战争的过程中，除了加紧认识日本之外，应该一面更加紧的认识自己。"[1]

叶灵凤还发表了不少直接吹捧日本统治者的文章。《记香港三长官》一文，分三个部分分别写日本在香港的司法官栗本一夫、税务所长广濑骏二和电讯局长今村守三。日本侵略者在叶灵凤的笔下无不诚恳可亲，在第一部分中有栗本一夫与叶灵凤的对话，栗本一夫说："我立心要使中国人谅解我们的好意，所以我决心要用诚恳的态度和平等的待遇来对中国人，使中国人渐渐的对我们明白谅解而和我们站在同一的阵线，你以为我的政策对吗？"叶灵凤回答："是的，'诚恳的态度，平等的待遇'，这正是我们中国人所梦寐求之的事。""两国间的联合和融洽，就可以从这短短的两句话中实现了。"[2]

叶灵凤对于日本人的吹捧，常和"中日友好"的论述结合起来。他在《华侨日报》"文艺周刊"第9期"编辑后记"中，感谢神田和岛田两位先生，并提到"中日事变已相持了六七年，但无论在怎样的情形下，中国文艺者从不曾在文化上将日本当作过敌人。这一种信念，我相信日文艺家听了之后和我们一样从这上面会感到无限慰藉的"。叶灵凤吹捧日本人的文章非止一处，其他还有《两长陆大的饭村穰中将》《日本驻德大使大岛浩》和《秋灯照颜录》等，从文中看，叶灵凤与日本官员

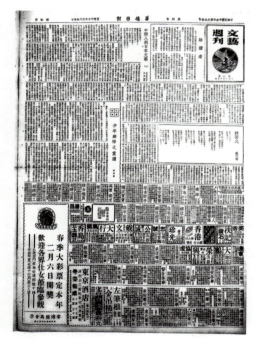

1944年1月30日，叶灵凤主编《华侨日报》的"文艺周刊"

---

[1] 叶灵凤：《中国人之心》，《大众周报》1943年9月11日，第1卷24期。
[2] 叶灵凤（署名"凤兮"）：《记香港三长官》，《大众周报》1943年12月18日，第2卷12号38期。

来往密切，相当熟稔。

叶灵凤吹捧日本海军，甚至不惜以中国甲午战争之败作为陪衬，"四十年前，日本海军以战胜满清北洋舰队余威，进而歼灭帝俄庞大舰队，遂成为东方唯一大海军国"。叶灵凤认为，"巍立于东亚"的日本海军今日与英美海军一战，颇有当年日本战胜中国与俄国的气势，"今日日本海军主力舰队深自韬晦，静候良机，未始不是在袭用当年东乡元帅的故智"。[1] 读这篇文章，感觉作者像是日本人，而不是中国人。

除支持日本侵略者以外，叶灵凤还鼓吹汪伪投降主义。他亲自创作了《和平救国》一剧，在日本官方报纸《香港日报》"绿洲"上连载。这个剧本的主要情节，是中国抗日部队中的军长、参谋长等官兵间的对话，内容是主张中国将士不应该抗击日本，因为日本不是侵略中国，而是帮助中国人实现"国父的理想"。剧中指出："现在的战争，是国父的理想，是为了完成'大亚洲主义'，实现大东亚和平的战争，并非是日本对中国侵略的战争，因此，一般人的作战目标，也就为了这一大转变而放弃和日本敌对的态度了。"剧中甚至还提出：战争"是我方主动的，并非日本主动的，只要我们不惹他，不敌视他，日本决不来侵犯我们"。剧中明确提倡"和平救国"，这"'和平救国'的论调，就是一个当小兵的，也都能了解，只是胆小的不敢说，胆大的呢？就

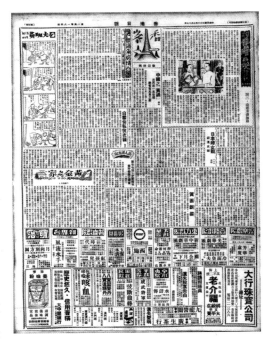

《香港日报》

---

[1] 叶灵凤（署名"丰"）：《日本海军》，《大众周报》1944年5月27日，第3卷9号61期。

是你枪毙他,他还是要说,所以少数人还抱着抗战到底的意念之外,多数人都不愿意再打了"。这个剧本看起来就是公然在替日本策反,剧本中的确也提到,"我们所逮捕的所谓'汉奸',多半是兵士的家属亲友,他们在军人监狱所讲述的一切,非但能激起反叛的局面,更足以引起厌战的心情"。剧中认为,国内之所以主张"抗战救国",其原因是"中国要人"的财产寄存在英美两国,"我们现在是为了保护中国要人的财产而抗战,并不是为了国家兴亡而抗战了!"由此,官兵们今后的目标,不是对付日本人,而是对付"英美",对付"共产党",并且唤醒抗战分子,"我们今后,进一步的作战目标,都是对付'亚洲公敌英美',同时要负责'维持中国的治安,肃清危害中国的共产党',更加要努力,把'盲目抗战分子,唤醒过来',造成'整个东亚的和平体势'"。[1]

对于汉奸刘呐鸥,叶灵凤也不吝吹捧。本来私下的朋友,即使是汉奸,从个人角度怀念也并无不可,但叶灵凤却是从"中日亲善"的角度去称赞刘呐鸥的,"他是中日亲善的实践者,他爱日本,他更爱中国,他对于中日亲善,东亚共荣的努力,可惜壮志未酬,竟以身殉!"由此他认为,刘呐鸥的去世,是中国文化界和电影界的"重大损失"[2]。联想到新感觉派的另一个大将穆时英附逆的时候,戴望舒毫不容情地将自己的这个妻兄驱逐出香港文协,叶、戴两人的行为无疑有天壤之别。

叶灵凤这些公然支持日本侵略者及汪伪政府的卖国文字,让人难以置信。上述文字多数来自《大众周报》的"小评论",这

---

[1] 叶灵凤(署名"赵克臻"):《和平救国》,《香港日报》1944年2月10—11日,1944年2月13—18日,1944年2月22日。

[2] 叶灵凤(署名"赵克臻"):《看〈琼宵绮梦〉有感》,《大众周报》1943年9月18日,第1卷25期。

些"小评论"并不"小",而是置于首页最显著位置的"社论",是每期《大众周报》的核心文章。事实上,《大众周报》刚创刊的时候,用的都是"社论",后来"社论"和"小评论"交替使用。作为负责人的叶灵凤,在此发布"媚日亲汪"的思想,无疑具有恶劣的社会影响,绝非无足轻重。

罗孚认为《大众周报》"小评论"的文章是"不痛不痒"的,这显然是误判。由于没有看到原始文献,罗孚先生还产生了另外一些误判。在《风兮风兮叶灵凤》一文中,罗孚说:《南荒泣天录》"很可能是以南宋在广东抗元的故事为背景的一个历史小说","如果是这样,这显然是在日军统治之下,寄故国之思,扬民族大义的作品"。事实上,《南荒泣天录》所写的并非南宋发生在广东的抗元故事,而是关于明清之际的。罗孚的主要问题并不在于朝代错误这一点,而在于他对于叶灵凤以南宋寄托民族大义的一厢情愿的想法。叶灵凤恰恰有一篇论述南宋与今天中日战争的文章,可以说直接打了罗孚的脸。这篇文章题为《国破山河在》,发表于1943年10月23日《大众周报》。文章提道:"听说国内的论者,近来很喜欢将中国目前的现状比作南宋。不错,膻腥遍地,半壁偏安,粗粗一看,确是有点南宋末年的凄凉情状;可是仔细一想,醒觉了的中华民族意识,决不是临安小朝廷君臣那么的销沉颓唐,而今日的日本帝国,一再反覆申说对中国并无丝毫领土野心,也决非意存牧马中原的当年金人可比,则这譬喻,不仅不伦不类,而且根本没有认清眼前的局势了。""如果我们能协力日本完成大东亚战争,则我们必然从这次战争中摆脱世纪的桎梏而获得解放。""这就是我们所以要沉着努力的原因,这也就是当前的中国局势决不能同南宋末年相提并论的原因。"在叶灵凤看来,今日之日本人对中国毫无领土野心,怎能与觊觎宋朝领土的金人相比,而当下进入了日本"大东亚共荣圈"的中华民族,又怎能与南宋临安小朝廷相比？罗孚如果看到这篇荒唐的文章，大概要跌破眼镜了。

陈君葆是一位知名的香港文化人，当时也留在香港沦陷区，与叶灵凤过从较多，他对于叶灵凤的记录评论，无疑具有重要价值。当时，叶灵凤经常动员他去参加日本人组织的活动，约他写文章，让他不无怨言。在陈君葆日记中，1944年7月6日有一则叶灵凤动员他参加香港新闻学会成立大会的记载：

> 叶灵凤们组织新闻学会邀我作名誉会员，已设法推辞，今天他们开成立大会，灵凤又写信来约去参加并说"总督也出席，而且有午餐，"我待不去，他打电话来说"座位是排好的，缺席恐不好看"，于是我只得去了，在一方面看，倒像哺啜也似的。
>
> 午前便到东亚酒家去，坐在我旁边的是鲍少游，布置倒有些特别。这也许因我几年来参加这种仪式还算第一次。演说台两旁分列各官员座位，首为矶谷总督，他右手是大熊海军司令，以下则左右分开计泊总务长官，市来民治部长，那边则为野间宪兵队长等武官，和罗旭和周寿臣等，环绕着在中心的来宾和会员座位，这种排法，很有些特别，仿佛有点像北帝庙里的情形。[1]

文中开头提到"叶灵凤们"组织香港新闻学会，下文又提到学会理事长是际藤俊彦，显然学会是日本人成立的，叶灵凤是中方组织者，所以他积极催请陈君葆。在成立大会上，叶灵凤与总督及日本军方上层济济一堂，俨然风光一时。从行文看，陈君葆

---

[1] 谢荣滚主编：《陈君葆日记全集（卷二：1941—1949）》，香港：商务印书馆（香港）有限公司，2004年，第262—263页。

对于叶灵凤的做法不太以为然。

至日本投降，陈君葆觉得叶灵凤的作风仍未改变，并因此对于他的人格发生了怀疑。据1945年8月23日的日记记载，"灵凤的意志似见动摇了，他的《文艺周刊》时期的作风仍未能免。我真不明白，他留港的目的在发财呢，抑或在有所建树？现在的结局不晓得当时他们曾否有着真正的信心；抑或纯然投机主义？"[1]这个问题，到现在还没有答案。

笔者注意到，2013年卢玮銮、郑树森主编，熊志琴编校的《沦陷时期香港文学作品选：叶灵凤、戴望舒合集》，就已经披露过叶灵凤的相关材料，但并没有引起注意。这应该与编者的态度有关，这本书本身就没有重视叶灵凤的这些文字，而是一如既往地维持着罗孚等人的看法。直至2017年，卢玮銮等人在编另一本《沦陷时期香港文学资料选（一九四一至一九四五年）》时，仍然只是轻描淡写地说："他最为人诟病的写作是为《大众周报》写的'社论'、'小评论'栏目。作为该刊负责人，代表该刊或统治者发言，社论非写不可。题材必须对应时局，但又不能只抒己见，夹于两难中，那就又要靠笔锋转弯抹角处了。"2018年陈智德出版的《板荡时代的抒情——抗战时期的香港与文学》一书，是香港学界研究香港抗战时期文学的最新成果，其中对于叶灵凤的评价仍然未有变化。

（三）

前文提到叶灵凤之妻赵克臻曾给罗孚写过一封信，说明叶灵凤并没有出席所谓的大东亚会议。信中还提及叶灵凤出狱的情况。

---

[1] 谢荣滚主编：《陈君葆日记全集（卷二：1941—1949）》，香港：商务印书馆（香港）有限公司，2004年，第399—400页。

叶灵凤与夫人赵克臻

信中说:"在香港沦陷初期,那时国民政府的特务头子是'叶秀峰',他指挥留港的特务人员,组织了一个通讯机构,负责人名叫'邱云',他暗中联络各界人士,计有金融界的胡汉辉、教育界的罗四维、文化界的叶灵凤等人。并在另一特务人员'孙伯年'(是陈立夫的内侄)的家中,设有小型电台。可惜此组合进行不到一年,已被日军侦破,在孙君家抄到一份名单,就此将叶灵凤、罗四维等,及其他被拘捕的约有五十多人。"三个月后,叶灵凤终于出狱,"不久邱氏兄弟及罗四维亦相继出狱,听说在某种条件下,要为对方服务。可惜其他四十多人,大都被判死罪,或病死狱中,内中也有无辜的,此案就此了结"。对此,香港学者郑明仁的疑问是,"由于赵克臻认为叶灵凤的'同党'邱氏兄弟是答应为日本人服务才获得释放,故很难相信叶灵凤的释放,是没有条件的"。[1] 这个疑问,我以为有启发意义。

从赵克臻的叙述来看,被释放的都是有身份的人,除胡汉辉事先逃脱外,国民党这个地下通讯机构的负责人邱氏兄弟、教育界的罗四维、文化界的叶灵凤等人俱被释放。很显然,是因为这些人尚有利用价值,在他们答应某种为日本人服务的条件后,释放出来是对日本人有利的。叶灵凤被释放的原因,可能就是如此。

这可能是解释问题的一条思路,即叶灵凤开始的确承担在港

---

[1] 郑明仁:《沦陷时期香港报业与"汉奸"》,香港:练习文化实验室有限公司,2017年,第149页。

的地下工作,然而在被捕后,答应了日方某种条件,于是后来积极为日方服务。叶灵凤被捕的时间是1943年5月,而他所写的媚日文章的确都在此后,不知道这是不是一种偶然?在没有充分依据的情况下,这只能是一种推测。至于叶灵凤内心仍有痛苦和挣扎,并通过微言大义和弦外之音表现出来,我觉得这并不奇怪,毕竟他还是中国人。

《叶灵凤日记》三联书店(香港)有限公司2020年版,系香港第1版

以上的论述,主要从真伪、表里的角度着眼,笔者总觉得,将叶灵凤的行为完全视为被胁迫,有点过于简单,这里试图从另外一个路径深化我们对于这个问题的认识。在我看来,叶灵凤的言论其实有其内在思想脉络,它与香港受殖民统治的处境密切相关。

在有关抵抗与投降的问题上,叶灵凤有自己独特的看法。叶灵凤认为:在胜利无望的情况下,为拯救国民于水火而选择和平,是明智的做法,它较之于统治者为了个人权力而战、牺牲国民生命,更为高明。叶灵凤在《投降,卖国与光荣的和平》一文中指出:"眼见战争的目的一时无法达到,或是除了诉诸武力之外尚有其他途径可循,这时,为了国家民族的福利,为了不忍生灵涂炭,领导战争者毅然将战争结束,抱着'留得青山在,不怕没柴烧'的绝大决心,只要对于国家民族有利,即使与敌人作城下之盟也不辞,即使自己成为一时唾骂的目标也不辞,这样的'和平'就是光荣的和平,而这样的和平工作也非真正的大勇者不能担任。"[1]叶灵凤对于战争的这种看法，其实并不孤立。值得注意的是，叶灵凤的这篇文章写于1943年9月18日"九一八"12周年纪念的时候，而在12年前，这正是张学良和蒋介石国民政府的想法。叶灵凤对于汪伪"和平救国"思想的同情，应该就是从此思路延伸而来的。

另外一个更重要的问题，是香港的特殊性。日本的"大东亚战争"，对于中国内地与对于香港的意义是大不一样的。日本"大东亚共荣圈"理论以"解放殖民地"为号召，其前提是欧美殖民主义对于世界的霸权，特别是对于东亚的殖民侵略，其基本点是以东亚为单位抵抗欧洲的殖民主义。就此而言，"大东亚宣言"认为，东亚各国应该携起手来，"使大东亚解脱英美之桎梏，保障其自存自卫"。而大东亚各国之间的关系，是"互相尊重其自主独立""互相尊重其传统""撤废人种的差别"等。[2]

对于主权独立的中国而言，"大东亚理论"就是侵略的借口，对于当时的香港而言却不一样。香港本来是英国殖民统治地区，在日本人看来，是他们帮助香港人推翻了英国殖民统治，恢复了东方文化。就认同来说，香港人的确处于尴尬的地位。一般来说，殖民地是通过认同旧的政权来抵抗外族侵略的，然而香港之旧政权却是英国殖民统治。日本之推翻西洋殖民主义，恢复东方文化，对于香港人来说，不能不说具有一定的迷惑性。事实上，一些同样受到日本侵略的东南亚国家，事后并不怎么憎恨日本，原因就在于日本帮助他们推翻了西方殖民主义。

对于日本在香港的"去殖"行为，学界很少予以注意，而从叶灵凤的记载看，正是这种行为在某种程度上打动了他。在叶灵

---

[1] 叶灵凤（署名"叶"）：《投降，卖国与光荣的和平》，《大众周报》1943年9月18日，第1卷25期。

[2] 《大东亚共同宣言》，《大众周报》1943年11月13日，第2卷7号33期。

凤主编的《新东亚》杂志第1期上，有一篇署名"黄连"的文章，题为《新香港的透视》，其中这样描写日本占领香港后的新貌："香港重光后，文化事业有着很大的改变。换句话说，香港的文化，已由洋化回复东方文化了。流行的洋文、洋话，已完全不合时宜；厚厚的重重的而价

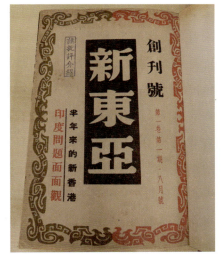

《新东亚》

值又特殊昂贵的洋书，多成废物，不为人所珍爱。街道的洋名，已经更改了。日文书籍，特殊畅销；中国国文国语，也顿见抬头而显见其原有的价值。港大冯平山图书馆的国粹书籍，幸能保存；当局很重视它。除好好的保存它外，还计划设立一间博物馆。"日本占领香港之初，即把香港大街上的英文招牌全部拆除，又把维多利亚皇后像移走。对于中文的图书馆、书局则加以保存。据陈君葆日记记载，日本占领香港后，要找陈君葆谈话，陈君葆及同事都忐忑不安，召见他的是日本人肥田木，"他所命的，是我要主持整个圕事，其名称为香港图书馆，要我作一个计划，先事'搜集然后整理编制，以期此为一完善的东方图书馆'"[1]。陈君葆这才释然，从他的日记中可以看到，他此后的工作就是联系调查各个学校机构的图书馆，以期合并。

对于日本人的这种行为，叶灵凤是予以肯定的。他在《新东亚》杂志第2期发表了"香港放送局特约放送稿"《新香港的文化活动》。

---

[1] 谢荣滚主编：《陈君葆日记全集（卷二：1941—1949）》，香港：商务印书馆（香港）有限公司，2004年，第55页。

文章一开头就写道："如果是战前离开香港的人，现在再回到香港来看看，旁的不用说，第一件使他们吃惊的是，马路上以前触目皆是的英文招牌，现在一家也没有了。"接着，叶灵凤批判了英国殖民统治者对于香港中文文化的忽视，"本来，严格的说，过去的香港本身是没有文化可言的"。在这种情形下，日本可以说解放了香港，"现在，香港已经进入大日本皇军的掌握，已经成为东亚人的香港。过去英国殖民政策的毒素一律要澈底的加以扫除，因此英国残余的文化遗毒当然也在扫除之列。新香港文化的趋向，不仅将发扬中国固有的东方文化，而且要介绍日本的新文化，使她能在大东亚共荣圈内，担负起中日文化交流总站的任务"。

在教育上，日本人也有动作，"战前的公立私立的英文学校，差不多可说是经已无复存在"，"学校复课的，经有好几间；课程注重国文和日语"。[1]对此，叶灵凤也是赞成的，他说："在过去英国人统治下，整个的香港教育，从大学以至小学，不是'洋化教育'，便是'奴隶教育'，而且对于课程的选择和师资的标准也荒唐得吓人，因此非彻底加以推翻，根本从新做起不可。"[2]

值得一提的是，叶灵凤不仅在公共场合公开发表文章，私下里在自己的书房里也进行"革命"。他贯彻"英美思想应该从东亚驱逐出去"的思想，重新组织自己的读书生活。叶灵凤观察自己的书架，"架上仅有的几册线装书，不仅没有去动过，而且早给逐渐添置的西洋文化史、艺术史之类，挤到书架背后去了"。他觉得惭愧，"于是放任着自己眼和手，将一些线装书都搬了出来，从正史读到野史，从散文读到韵文，每晚在灯下，将阔别了许久的旧时爱读的许多作品，重行尽情地温读了一遍"。[3]

---

[1] 黄连:《新香港的透视》,《新东亚》1942年第1卷第1期。

[2] 叶灵凤（署名"叶"）:《新香港的文化活动》,《新东亚》1942年第1卷第2期。

[3] 叶灵凤:《秋灯夜读抄》,《新东亚》1942年第1卷第3期。

从叶灵凤的叙述来看,他把日本人在香港的行为,看作是驱除英国殖民文化,恢复中国文化,这的确是他所支持的。在他看来,日本之抵抗英美,亚洲乃至中国都是受益者,而最大受益者是香港,他引用刘铁城先生之语说:"英美以广义的鸦片政策毒害东亚民众,受祸最深者为中国,而历时最久者又恰为香港。香港'土生华人'以及旅居斯土稍久之侨胞,所受英人殖民政策毒害之烈,凡略有民族思想者无不扼腕太息。"如此,日本人"去殖"就显得很有必要了。[1]

值得注意的是,叶灵凤对于英国殖民主义之反省,对于香港史地之热爱,非一时之现象,而是一直持之以恒。叶灵凤出版有《香港浮沉录》《香港沧桑录》《香港的失落》和《香江旧事》等著作。书中博引中、英方的档案、书信及种种其他研究材料,揭露英国殖民者侵略中国的种种史实。叶灵凤在《香江旧事》的"序"中交代他的写作动机:"这一次,我更将注意力集中在揭发英国殖民主义者的丑恶面目和在这里历年所犯下的罪行……通过这个集子,我希望能使大家明白当年的英殖民主义者如何处心积虑地侵占香港九龙和所谓'新界'的经历,以及百多年来他们在这里压迫剥削我们同胞的

叶灵凤著作

---

[1] 叶灵凤(署名"丰"):《精神食粮之重要》,《大众周报》1943年12月18日,第2卷12号38期。

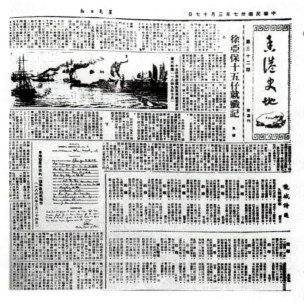

叶灵凤为《星岛日报》"香港史地"撰文

罪行。"[1]笔者在《小说香港》一书中,曾经评论说:"(香港)开埠百年的历史全是由西方人叙述的。叶灵凤以详尽的历史叙事的方式申诉了中国人的立场,打破了西方人对于香港的知识垄断,这是他的香港著述的根本意义所在。"[2]由此看,叶灵凤对于英国殖民主义的批判是一以贯之的,他对于日本"大东亚共荣圈"的正面评价与香港的特殊历史经验有关,这正是历史的吊诡之处。

[1] 叶灵凤:《香江旧事》,香港:益群出版社,1968年。
[2] 赵稀方:《小说香港》,北京:生活·读书·新知三联书店,2003年,第119页。

第七章

批评的风暴

第一节 《大众文艺丛刊》：清理文坛

（一）

1945年8月，日本无条件投降。8月30日，英国恢复对香港的殖民统治，当日遂定为"重光纪念日"。香港的"重光"，是国共两党较量的开始。1945年9月，日本刚投降，中共中央就给广东区党委发来电报，指示在香港建立宣传阵地。尹林平书记从东江纵队的机关报《前进报》抽出杨奇、黄少涛等6人，于9月16日迅速赶到香港，这一天正是英军夏悫（C.H.J.Harcourt）少将接受日本投降之日。1945年11月13日，《正报》创刊。当时国共冲突，国民党新八军军长高树勋率部起义。《正报》发表了相关报道，震动海内外。1946年7月，《正报》改为杂志（初为旬刊，后为周刊），由黄文俞和李超负责，一直出到1948年11月停刊。

1945年9月，南方局和周恩来派夏衍、徐迈进前往上海筹备党报《新华日报》和民主报《救亡日报》，但受到国民党阻挠，上海《新华日报》未能出版，《救亡日报》出版12天就遭国民党上海市党部查禁，"于是，党中央、南方局就决定派章汉夫、胡绳、乔冠华、龚澎、廖沫沙、林默涵、范剑涯、邵荃麟等同志到香港，会同广东区党委派出的饶彰风、杨奇等同志，重新建立新的传播据点"。[1] 1946年1月4日《华商报》复刊，总经理是萨空了，总编是刘思慕。《新华日报》停刊后，《华商报》成为中共唯一的党报，这也可见当时香港在中国左翼文坛的中心地位。1946年初"文协港粤分会"正式成立，取代了1945年11月戴望舒牵

---

[1] 夏衍：《懒寻旧梦录》，北京：生活·读书·新知三联书店，2000年，第382页。

头组织的"全国文协香港会员通讯处"。

国民党方面也在香港开展宣传。早在1945年12月1日,《国民日报》就在香港复刊,"《国民日报》的副刊并不出色,只关心文化汉奸问题"。[1]《国民日报》追究"文化汉奸"问题,确乎在当时引起了较大的关注。《国民日报》在1946年6月7日发表《通辑岑维休》一文,告知全港,《华侨日报》老总岑维休是香港头号文化汉奸,让港人监视和活捉岑维休。结果很有戏剧性,岑维休不但没有被活捉,《国民日报》反倒被港英当局以违反香港法律之名,停刊一个月。据分析,由于抗战胜利后,国民党政府一度试图收回香港,导致港英当局对于国民党势力有所防范。

《华侨日报》和《星岛日报》都是香港老牌报纸,从沦陷时期延续而来。战后的《华侨日报》,由侣伦任"文艺周刊"主编,他本人在上面发表了大量的文学作品,如《轰炸》《爱与仇》和《那个露西亚女人》等。《星岛日报》在香港沦陷期间,被迫改为《香岛日报》,后于1945年10月14日复刊。叶灵凤继续主编的《星岛日报》"星座",连载了杰克的长篇小说《合欢草》和望云的专栏"星下谈",这两位都是香港的通俗小说家。"星座"所刊载的其他作品,政治性都不强。《新生晚报》则是1945年12月新创办的,这份较为本地化的报纸由高雄主持文艺副刊,也由于他的《经纪日记》的连载而畅销一时。

在抗战胜利之初,香港文坛并不热闹。1946年4月13日,茅盾经过广州去上海,顺道去了香港。因为等船票,他在香港和澳门待了一个多月。据茅盾说,"香港经过战乱,文化工作正

---

[1] 郑树森、黄继持、卢玮銮编:《国共内战时期香港本地与南来文人作品选(一九四五——一九四九年)》(上册),香港:天地图书有限公司,1999年,第7页。

在恢复,《华商报》已经复刊,一些进步的文化团体也在陆续建立,但与一九四一年香港文化界的兴旺局面相比,就差得多了。在四一年香港知名的文化人就有几百,而现在我所熟悉的朋友只有刘思慕、萨空了、章泯、韩北屏、吕剑等有数的几位"。及至1946年夏天以后,南下香港的左翼文人才开始增多。解放战争爆发后,左翼人士的活动在内地受到限制,由于二战后租界已被取消,他们除了去解放区之外,只有南下香港一条路。来香港的内地人大致来自三个地方:一是广东附近的,二是由重庆来的,三是由上海来的。有一些期刊在内地不能生存,便转移到了香港。1946年,文协港粤分会在广州被查封,逃来香港,于同年9月20日创立了《文艺丛刊》,由周钢鸣主编,可惜只办了两期就结束了。1946年10月,夏衍将桂林的《野草》搬到香港。司马文森主编的《文艺生活》1941年创刊于桂林,1946年在广州复刊,不到半年就被查封,只好迁到香港出版,于1947年1月出版了港版第1期。黄康显注意到,"这个时期的文艺期刊,差不多都与文协扯上关系,而作者亦差不多以南下文人为主"。[1]

1947年10月下旬,郭沫若和茅盾等大批左翼文化人到达香港,南下文人的聚集在1948年前后达到高峰。1947年年底,茅盾再到香港的时候,他发现香港已经发生了很大变化,热闹非凡,"一九四八年的香港十分热闹,从蒋管区各大城市以及海外汇集到这里来的各界民主人士和文化人总在千数以上,随便参加什么集会,都能见到许多熟悉的面孔"。[2]周而复也曾描绘这一时期香港文化界的极盛状况,"香港当时形成以郭沫若、茅盾为首的临时文化中心,重庆的、上海的和广东的文化界著名人士几乎都来了,'群贤毕至,少长咸集',极一时之盛"。"可以说,这是

---

[1] 黄康显:《香港文学的发展与评价》,香港:秋海棠文化企业,1996年,第64页。
[2] 茅盾:《我走过的道路》(下),北京:人民文学出版社,1988年,第450页。

全国文艺界著名人士第二次在香港大集会（第一次是抗日战争时期太平洋战争爆发以前），其阵容、声势和影响远远超过第一次。"[1]

中共在香港的活动，由华南分局香港工委负责。华南分局书记是方方，副书记是尹林平。工委书记由方方兼任，副书记是章汉夫。工委下属的文化工作委员会负责香港的文化工作，文委书记是夏衍，副书记是冯乃超，委员有胡绳、邵荃麟和周而复等。夏衍去新加坡后，书记由冯乃超担任，周而复担任副书记。文委的主要工作是在香港及南洋宣传中共方针政策，在文艺上宣传实践毛泽东的《在延安文艺座谈会上的讲话》精神等。

《群众》周刊以中国共产党机关刊物名义登记，于1947年1月30日由章汉夫创办。

《群众》周刊以中国共产党机关刊物名义登记，于1947年1月30日由章汉夫创办，刊物由林默涵、廖沫沙、黎澍和范剑涯等负责。其内容主要是宣传中共中央的方针和政策，报道、评论全国解放战争的形势和战绩，揭露国民党反动派的独裁统治。《群众》第15期刊载了《新民主主义论》和《在延安文艺座谈会上的讲话》的部分内容。

《华商报》副刊"热风"初期由吕剑主编，在吕剑于1947年7月、8月间北上解放区后，由华嘉接编，直至1948年8月24日。然后又由杜埃接编，后者将"热风"改为"茶亭"。《华商报》的副刊，除了"热风"和"茶亭"，还有严杰编的"文艺专页"（只出了5期）、吕剑与洪遒编的"港粤文协"、李门编的"电影与戏剧"和吕剑编的"书报春秋"等。《华商报》副刊刊登的连载有郭沫

---

[1] 周而复：《往事回首录》（上），北京：文化艺术出版社，2004年，第252页。

若的《抗战回忆录》(此即后来的《洪波曲》)、茅盾的《苏联见闻》、萨空了的《两年的政治犯生活》和爱伦堡的《美国印象》等。《华商报》上最有名的小说,是自1947年11月14日起开始连载的黄谷柳的长篇小说《虾球传》。

据周而复回忆,"为了宣传介绍马列主义和毛泽东文艺思想,并有计划澄清和批评一些资产阶级文艺思想,乃超、荃麟和我们经常在酝酿准备创办一个以文艺理论为主的刊物"。那就是1948年3月1日创办的《大众文艺丛刊》。此刊系由中共香港文委发起,由生活书店出版。《大众文艺丛刊》每期以主要文章为刊名,不设主编,实际负责人是冯乃超和邵荃麟,积极参与其事者有潘汉年、胡绳、乔冠华和周而复等,多是文委的负责人,夏衍从新加坡回港后,也大力支持此刊。

有感于发表创作的阵地太少,尤其中篇小说及万字以上的作品难以发表,周而复想办一个类似30年代"左联"领导下的《小说家》那样的刊物。他和叶以群、楼适夷谈了想法,两人都很支持。周而复和叶以群去拜访茅盾,请他出马主编《小说》月刊。茅盾支持这个想法,但他没时间做主编,建议让楼适夷来做主编。后来,《小说》月刊干脆不设主编,由楼适夷负责具体工作,编委有茅盾、巴人、葛琴、孟超、蒋牧良、周而复、以群和适夷等人。稿源上是充足的,"叶以群负责'文艺通讯社',把解放区的、国统区的进步和优秀的各种形式的文艺作品寄往南洋一带报刊发表。他手里有一些解放区作家比较短小的作品。我收到解放区带出来的短小作品转给他处理"。[1]《小说》月刊于1948年7月1日创刊,是这一时期最有分量的小说杂志。《小说》月刊创刊号发表了茅盾的《惊蛰》、西戎的《喜事》、沙汀的《选灾》、巴人

---

[1] 周而复:《往事回首录》(上),北京:文化艺术出版社,2004年,第245、261页。

的《一个头家》、适夷的《山村》和郭沫若的《涂家埠》等作品，还分6期连载了周而复的《白求恩大夫》。

需要提及的，还有周而复主编的"北方文丛"。按照周而复的说法，"北方文丛"即"解放区文丛"，这一"文丛"囊括了解放区多数代表性作品：第1辑包括马烽、西戎的《吕梁英雄传》、马加的《滹沱河流域》、丁玲的《我在霞村的时候》和柳青的《地雷》等，第2辑包括赵树理的《李有才板话》、孙犁的《荷花淀》、李季的《王贵与李香香》和韩起祥的《刘巧团圆》等，第3辑包括赵树理的《李家庄的变迁》，康濯的《我的两家房东》，柳青的《牺牲者》和贺敬之、丁毅的《白毛女》等。香港虽然处于南方殖民统治地区，但此时俨然成了宣传毛泽东《在延安文艺座谈会上的讲话》以及宣传解放区文学的一个中心。

需要提及的，还有《大公报》和《文汇报》。《大公报》在抗战胜利后面临着左右之间的选择，国民党和共产党都在争取它。1948年3月15日，《大公报》在香港复刊，同年11月10日发表《和平无望》，宣告"向人民靠拢"，从此成为左翼报刊。《文汇报》是民革的机关报，1948年9月9日在香港复刊。其督印人徐铸成乃中共地下党员，因此《文汇报》也为左翼所掌握。《大公报》和《文汇报》后来成为1949年后香港左翼文学的主要阵地。

可惜的是，香港文坛的繁荣持续时间并不长。1948年5月1日，中共中央发出号召，建议成立新的政治协商会议，召集人民代表大会，为成立民主联合政府做准备。各民主党派和人民团体立即通电全国，热烈响应。一时间，香港成为讨论新中国成立运动的中心。1948年9月底，沈钧儒等第一批民主人士乘船北上，郭沫若等于11月下旬第二批离开香港，茅盾等人则于1948年除夕离开香港北上。大批左翼及民主人士的北上，把香港丢在了后面。据统计，1948年在香港市面流通的刊物有11种，至1949

年1月变成了5种，再过一个月后，就变成3种了。香港毕竟只是一个过渡之地。

（二）

《大众文艺丛刊》创刊号封面

这一时期香港最有影响的报刊，并非文学创作刊物，而是理论批评刊物《大众文艺丛刊》。在新中国成立之前，《大众文艺丛刊》发起批判，清理文坛，引起相当大的震动。

由邵荃麟执笔，"本社同人"（目录作"本刊全人"）共同署名，刊登于《大众文艺丛刊》创刊号首篇的《对于当前文艺运动的意见——检讨·批判·和今后的方向》一文，可以看作是这一场批评运动的开始。这篇文章明确提出：当前思想批评的指导思想是毛泽东1947年12月25日在陕北米脂县杨家沟的讲话《目前的形势和我们的任务》，"它是当前中国一切运动的总指标"。就文艺来说，中国当前文艺的性质已经发生变化，即不再是一般的民主主义文艺或者人民的文艺，而是新民主主义的文艺，"所谓新民主主义的文艺，一般说，是以无产阶级思想和马列主义艺术观作为领导的，主要为工农兵服务的，以彻底反帝反封建为内容的文艺"。在这种新的目标之下，我们需要重新检讨文坛。文章认为，"这十年来我们的文艺运动是处在一种右倾状态中。形成这右倾状态的，是由于长期抗日文艺统一战线运动中，我们忽略了对于两条路线斗争的坚持，在克服'关门主义'的倾向时，却也不自觉地削弱了我们自己的阶级立场"，"因此，我们的文艺运动中就缺乏一个以工农阶级意识为领导的强旺思想主流,缺乏这种思想的组织力量"。也就是说,对于抗日统一战线以来的文艺宽松政策,现在要开始"收"了。文章指出:需要彻底打击的对象,"首先是美帝国主义对中国的直接文化侵略","其次,也是更主要的,是地主大资产阶级的帮凶和帮闲文艺。这中间有朱光潜、梁实秋、沈从文之流的'为艺术而艺术论',有徐仲年的'唯生主义文艺论'和'文艺再革命论',有顾一樵的'文艺的复兴论',以及易君左、萧乾、张道藩之流一切莫明其妙的怪论。这些人,或则公然摆出四大家族奴才总管的面目,或者扭扭捏捏化装为'自由主义者'的姿态,但同样掩遮不了他们鼻子上的白粉"。看得出来,文章已经将"为艺术而艺术"者以及"自由主义者"等中间派,与张道藩等国民党文人相提并论了。

《对于当前文艺运动的意见——检讨·批判·和今后的方向》一文对于朱光潜、梁实秋、沈从文和萧乾等人的直接点名,让人感觉火药味很浓。接下来郭沫若在《斥反动文艺》一文中的批评,则更为直接和激烈。

郭沫若开头就指出:在当前形势下,首先需要"衡定是非善恶",其标准是"凡是有利于人民解放的革命战争的,便是善,

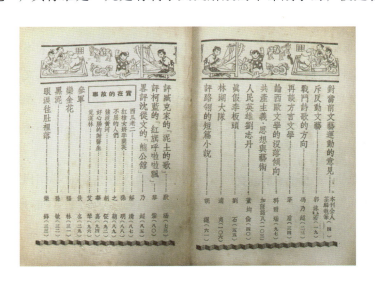

《大众文艺丛刊》创刊号目录

便是是，便是正动；反之，便是恶，便是非，便是对革命的反动。我们今天来衡论文艺也就是立在这个标准上的，所谓反动文艺，就是不利于人民解放战争的那种作品，倾向，和提倡"。看得出来，在郭沫若看来，当前的任务是区分敌我，从后面的论述来看，区分的标准相当苛刻。郭沫若将沈从文、朱光潜和萧乾分别指为"红""蓝""黑"色的作家，这里除朱光潜是学者外，沈从文和萧乾都是作家。郭沫若首先将矛头对准沈从文，他将沈从文的《摘星录》和《看云录》等看作"文字上的裸体画"和"文字上的春宫"，并历数他的反动行径，"特别是沈从文，他一直是有意识地作为反动派而活动着。在抗战初期全民族对日寇争生死存亡的时候，他高唱着'与抗战无关'论；在抗战后期作家们正加强团结，争取民主的时候，他又喊出'反对作家从政'。今天人民正'用革命战争反对反革命战争'，也正是凤凰毁灭自己，从火里再生的时候，他又装起一个悲天悯人的面孔，谥之为'民族自杀悲剧'"。对于萧乾，郭沫若的评价更加严厉，"什么是黑？人们在这一色下最好请想到鸦片，而我所想举以为代表的，便是大公报的萧乾。这是标准的买办型。自命所代表的是'贵族的芝兰'，其实何尝是芝兰又何尝是贵族！舶来商品中的阿芙蓉，帝国主义者的康伯度而已！""对于这种黑色反动文艺，我今天不仅想大声急呼，而且想代之以怒吼"。联想到抗战初期，沈从文同时在《星岛日报》"星座"和《大公报》"文艺"连载小说，萧乾在《大公报》"文艺"刊载延安解放区文学作品，我们不能不感慨时代变了。

即使在左翼内部，也同样开始了批判。首先是对于胡风"主观精神"的批判，《对于当前文艺运动的意见——检讨·批判·和今后的方向》一文对于胡风的"主观精神"是这样概括的："对抗着那些自然主义的倾向，便出现了所谓追求主观精神的倾向。

他们认为创作衰落的原因,是作家热情的衰退,生命力的枯萎,缺乏向客观突入的主观精神,因此要求这种精神的加强,强调了文艺的生命力与作家个人的人格力量,强调了作品上内在精神世界的描绘。"文章认为,虽然这种"追求主观精神的倾向"是针对内容的苍白而提出来的,但仍然是不正确的,它"是个人主义意识的一种强烈的表现。因为它不是把问题从阶级的基础上,从社会经济原因上,而却是从个人的基础上出发;不是首先从文艺与社会关系上,而只是从文艺与作家个人关系上去认识问题"。从一再出现的"阶级"和"文艺与社会关系"等用语中不难发现,邵荃麟等人都在以毛泽东《在延安文艺座谈会上的讲话》以来的中共文艺思想统一左翼文艺界的认识。从措辞上看,对于胡风的内部批判较之于对朱光潜、沈从文和萧乾等人的批判要缓和一些。除胡风之外,其他左翼作家作品也受到批评。在这一方面,《大众文艺丛刊》发表的文章有默涵的《评臧克家的〈泥土的歌〉》和胡绳《评姚雪垠的几本小说》等。

此后,沿着内外两条路径,《大众文艺丛刊》上分别出现了不少批判专论,批判朱光潜、沈从文、萧乾等人的文章有乃超的《略评沈从文的〈熊公馆〉》和邵荃麟的《朱光潜的怯懦与凶残》等;

左图:
《小说》月刊1卷2期
右图:
《小说》月刊1卷2期目录

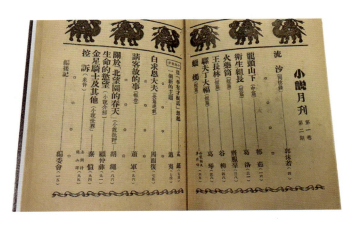

批判胡风等人的文章有邵荃麟的《论主观问题》、乔冠华的《文艺创作与主观》和胡绳的《评路翎的短篇小说》等。

《小说》月刊本是文学创作期刊，但在批评上也不甘落后，并且与《大众文艺丛刊》有一种配合的关系。《小说》月刊的批评对象主要是《大众文艺丛刊》没太涉及的国统区作家，如《小说》月刊创刊号上发表的"无咎"（巴人）的批评钱锺书的长文《读〈围城〉》、1卷2期发表的胡绳批评骆宾基的文章《关于〈北望园的春天〉》和1卷3期发表的巴人的批评李广田的文章《读〈引力〉并论及其他》等。这些批评以《讲话》为标准，批评知识分子作家的资产阶级倾向，它们大致奠定了1949年后文学批评的模式。

第二节 《华商报》:《虾球传》

我们注意到，由邵荃麟执笔的《对于当前文艺运动的意见——检讨·批判·和今后的方向》一文提出一年来的文艺创作"已经跌落到前所未有的惨状"，《小说》月刊编辑楼适夷在1卷6期的《回顾》一文以及2卷2期的《一九四八年小说创作鸟瞰》一文中，也提到1948年是"可怕的歉收的一年"，"呈现了极度沉寂的气象"。大凡批评兴盛的时代，文学创作大约就不得不"歉收"了。不过，这里所说的"歉收"，其实是指解放区以外的文学，对于解放区文学，他们还是引以为傲的。

就香港而言，抗战时期与解放战争时期是香港文坛的两次高峰。不过，这两个时期的特征是不同的。抗战时期的香港形成了抗日统一战线，文坛相当包容，各种不同立场的文学派别和刊物并存，左翼作家与其他各路文人济济一堂，文学创作成就斐然。解放战争时期，香港则成了左翼清理文艺思想的阵地。在创作上，香港这一时期注重引进、宣传解放区文学，自身的创作却并不多。

从郭沫若的《洪波曲》、茅盾的《苏联见闻》到萨空了的《两年的政治犯生活》等作品看,这些名家似乎都在回顾过去。

这一时期的小说成就,较为值得一提的是黄谷柳的《虾球传》。茅盾在第一次文代会上将其称为国统区的代表性作品,这个说法显然并不准确,因为香港并非国统区,而是英国殖民统治区,不过这已经是对于香港文学很高的褒扬了。黄谷柳在抗战胜利后的1946年重回香港,贫困潦倒,受夏衍鼓励,他开始在《华商报》上连载小说。《虾球传》第一部《春风秋雨》自1947年11月14日起在《华商报》连载,直至12月28日结束;第二部《白云珠海》自1948年2月8日至5月20日连载于《华商报》;第三部《山长水远》自1948年8月25日至12月30日连载于《华商报》。《虾球传》发表后,在文坛引起轰动,受到广大读者的热烈欢迎。1948年当年,这三部著作就由香港新民主出版社出版

左图:1947年11月14日《华商报》头版

右图:《虾球传》第一部《春风秋雨》自1947年11月14日起在《华商报》连载

单行本,并被吴祖光改编,由香港大中华影业公司拍成电影。

《虾球传》是一部成长小说,写香港少年虾球的流浪经历。第一部《春风秋雨》一开始,少年虾球在香港红磡船坞附近卖面包,后来生意被一个卖牛腩粉的抢走了,卖牛腩粉的生意不久又被价格更加便宜的卖白粥的抢走了。虾球被迫采取了赊账的方法,因为拿不到钱而被妈妈责打。倔强的虾球离家出走,先给王狗仔做马仔,有了饭吃,然而在海上碰到缉私船的时候,他被无情抛弃了。虾球又被鳄鱼头收为马仔,跟着参加"爆仓",事情败露被抓捕,在狱中待了三个月。出狱后,他无处可去,又加入了王狗仔的扒手圈。没想到自己偷了从金山回来的老父亲的钱,导致老父亲发了疯,这对虾球刺激很大,他自此决定离开这个圈子,和牛仔一起向北方去寻找游击队。小说第二部《白云珠海》开篇,虾球和牛仔已经到了广州。他俩找不到游击队,却被抓了壮丁,中途逃脱,遇到已经到广州的鳄鱼头,又加入了他们一伙。在广州至海口的途中,因为私货超载导致船只沉没,鳄鱼头打死了牛仔,这让虾球对鳄鱼头彻底绝望了。第三部《山长水远》写虾球投奔游击队,并最终击败了鳄鱼头。

《虾球传》的成功之处,主要在于其浓郁的地方传奇色彩。《虾球传》有两个主要人物,一是虾球,二是鳄鱼头,他们俩分别代表了香港的底层和黑社会两个领域。虾球、牛仔、亚娣和六姑等人,分别向我们呈现了香港流浪儿、渔家、妓女等下层人的生活方式,鳄鱼头、马专员、洪少奶、蟹王七和王狗仔等人则向我们展示了黑社会及上层官员的所作所为。由于虾球后来当了马仔,加入了黑社会,两条线索就交织起来了。

《虾球传》既有传奇性的故事,又有富于质感的生活场面。第二部《白云珠海》一开始,鳄鱼头从香港逃到广州,船上遇到广州黑社会头目烟屎陈的搜查,武力冲突后,烟屎陈"弄一弄手

1947年黄谷柳与家人在香港

势,露出三根香烟头,中间一根突出最高,左右两根稍低,仰手递给鳄鱼头。鳄鱼头很内行地伸手把中间最高的一根按下去,把最低的一根拔出来"。这是香港黑社会千百种秘密手语中的一种,意思是鳄鱼头不自居老大哥,把突出的上位让给烟屎陈。他们两人互相心领神会,接着就称兄道弟了。这个细节,让我们看到作者对于港穗黑社会秘密行规的熟悉。

接下来,小说提到鳄鱼头对于从香港到广州这90海里航道的了解,"鳄鱼头简直是一个船长,又好像是一个带水人,口讲指划,把沿途的小地名背得烂熟。例如青洲、灯台、交椅洲、汲水门、大磨刀、小磨刀、沙洲、铜鼓灯台、孖洲、大产、小产、三板洲、大莲花、小莲花、猪头山、鲤鱼岗……等等小地方,连普通地图都没有记下来的,他也十分清楚,令九叔异常惊佩。鳄鱼头还有一个本领,他看河水混浊的程度,就知道离广州白鹅潭有好远。他告诉九叔道:'广州长堤码头边的水色和荔枝湾的不同,荔枝湾的又和白鹅潭的不同,白鹅潭的又和黄埔的不同,黄埔的又和虎门的不同,我一看就分得出来。'"九叔问鳄鱼头:"洪先生,你看,我们现在来到什么县了呢?"鳄鱼头说:"我们右岸是东莞县,现在将要到番禺县境了。"九叔问:"看水色也分得出县境来的吗?"鳄鱼头回答:"我是看岸边的水草看出来的。"亚娣插嘴说:"到处杨梅一样花,到处河边一样草,我看不出有什么分别。"鳄鱼头指着岸上说:"这种草是东莞县的特产。英国驻香港的商务专员,很看得起这种草哩。英国人说,用这种草织成地席,铺在名贵的地板上,地板就不会生白蚁。"正是这种真实的风土人情,再加上惊险曲折的故事,牢牢地抓住了读者。

《虾球传》面世后,引起了巨大反响,被读者广泛阅读和喜爱。不过,在某些方面也受到左翼批评。左翼对于《虾球传》的批评,可以楼适夷的文章为代表。1948年,楼适夷在《青年知识》36、37期发表了《虾球是怎样一个人》和《再谈虾球》。他在文中承认《虾球传》中"有一种浓郁深沉的人情味流荡着,这构成它底强烈的感人力量"。然而,在他看来,这种爱是"用非阶级

《虾球传》

的，温情的人道主义的爱来教育人，乃是一种虚伪的教育"。因此，它不能给予读者以更多的生活与斗争的教育。由此，他断定虾球的形象是失败的。被《虾球传》所感动的读者，不能接受这种批评。秋云在1948年9月16日《文汇报·文艺周刊》第2期发表了《重读〈虾球传〉——并就教于适夷先生》一文，提出"无产阶级也有无产阶级的'爱'和'人情'"。为此，楼适夷又专门发表了一篇回应文章《重来一次申述——关于虾球传第一二部》，刊登于1948年10月21日的《文汇报·文艺周刊》上。在这篇文章中，楼适夷向读者说明，他的批评立场出自"现实主义文学的基本命题"，它的要求是"反映出现实的本质的关系"，这个本质关系就是阶级关系，"正如阶级集团的一般性必须通过人物个性来表现。个性的特征不能离开一般性的特征由作者主观去安排"。由此，适夷认为《虾球传》是"非现实主义的"，小说中运用了过多的"偶然"因素，未能体现虾球形象的阶级必然性。

左翼批评影响了黄谷柳，他同在《文汇报·文艺周刊》第2期上发表了《答小读者》一文，谈论阶级理论和"典型环境中的典型人物"，追随先进。黄谷柳在文中表示："爱并不是姑息和对弱点的饶恕；爱并不妨碍我去鞭策他，批判他。我不愿意满足于做一个人道主义者，更不是一个温情主义者，无原则地去怜悯一个弱小者。"他对虾球做了阶级分析，"虾球如果入了工厂做机器仔，那他就变成一个产业工人，成为一个可以配称做无产阶级的工人了。不幸他没有这样幸福。他仅能在船坞的大门外卖面包求活，而且还活不下去，这就是他的境遇"。如此，虾球的出路就是投入革命，"今天中国的革命要求，是拔除帝根和封建的根，而不是消灭任何人身。这件大工程，工农兵和革命先进固然是开路先锋和不可少的建筑师，但单他们还完成不了。还需要唤醒广大的落后的群众，（包括未觉醒的工农），连二流子和流浪儿小捞家在内,自觉地而不是被驱使地参加进来,才能加速或提早完成这件大工程。这是摆在政治家也是文艺工作者的面前的重要课题之一"。显然,黄谷柳已经接受了左翼的批评,其结果就是他在《虾球传》第三部《山长水远》中写虾球投奔游击队。事实上,黄谷柳的修改不限于第三部,在这篇文章的最后,他表示对第一部和第二部也进行了修改,"事实上,我从大家身上已经学到不少了。在三版《春风秋雨》和二版《白云珠海》中,可以看出我纠正错误的痕迹"。《虾球传》后来出现了丁大哥和三姐,这两个人牵出小说另一个维度,即虾球所向往的游击队生活。不过,由于脱离了作者所熟悉的区域,这部分的写作没有前面那么生动。黄谷柳计划中的第四部,则一直没有出现。

第三节 《新生晚报》:《经纪日记》

当时也有游离于左翼文学批评视线之外的作品,那就是香港本地报纸刊载的流行小说。倒不是因为这些小说令人满意,恰恰相反,是因为左翼文坛认为它们根本不值得批评。

不过,对于这些通俗小说的销量,追求"大众化"的左翼文人却十分羡慕。1948年1月,茅盾在《杂谈方言文学》一文中转引华嘉的话说:"这是香港出版界的事实,一般作家的作品(解放区作品在外),二三千本要销一年半载才销得完,而香港的市民作家的'书仔',如《牛精良》就不止一万份。"[1]左翼文坛倡导"方言文学"正是缘起于此,其目的就是想占领流行小说的市场。然而,左翼方言文学并不成功,正如黄继持所说:"作为方言文学整体后来的发展,则与政治的文艺路线相关。这关涉到发

---

[1] 茅盾:《杂谈方言文学》,《群众》1948年第2卷第3期。

动华南工农群众反抗国民政府,希望文章可以为工农所阅读。所以华嘉、楼栖、薛汕等人用纯粹方言结合民族、民众、农民的形式去写作。但这里却有一个很大的现实问题,他们实际面向的读者是香港的小市民,他们意想的读者则是广东工农,实际读者与意想读者分割,所以社会作用远逊于华北方言文学的成效。"[1]

香港本地流行小说的特点,恰恰是在内容上迎合了香港市民的胃口。上文提到《牛精良》乃周白苹(任护花)的小说,事实上,这一时期最有影响的报载作品并不是传奇性的《牛精良》,而是经纪拉的《经纪日记》。

经纪拉是高雄的笔名,他的笔名还有三苏、小生姓高、许德、史德和石狗公等。《经纪日记》初刊于1947年4月20日的《新

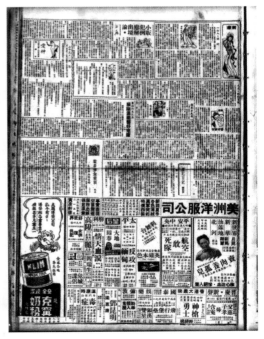

左图:《新生晚报》

右图:《经纪日记》开始连载于1947年4月20日的《新生晚报》

---

[1] 郑树森、黄继持、卢玮銮编:《国共内战时期香港文学资料选(一九四五——一九四九年)》,香港:天地图书有限公司,1999年,第14页。

生晚报》,连载至 1955 年 1 月 27 日,更名为《拉哥日记》,至 1957 年再次更名为《茶经》,直至 1958 年 2 月 19 日才结束,连载时间前后长达 11 年,是这一时期最为流行的连载小说。正如今圣叹所说:"香港有一本名书,在《新生晚报》连载了四五年,可以说是最通行的了,那便是人人知道的《经纪日记》;香港有一个作家的笔名,他几乎已成了'香港名流'了,这人便是《经纪日记》的作者经纪拉。这篇连载数年不衰的日记体长篇小说,不但为一般读者所欣赏,文人学士,商行伙计,三百六十行,几乎包括香港的各色人等,都人手一篇,其影响与魔力之大,真是未之有也。本来读报章上的连载长篇,不是一件容易的事,这'天天追'的恒心,要保持四五年岁月,一天也不间断,说来容易,做来却难。如果说我读某一种或某一部书最有兴趣而又最有恒心的话,此生至今只得一部,那便是《经纪日记》了。"[1]

不同于其他传奇类通俗小说,《经纪日记》采用了一种日记体写实文类,写实到了琐碎。小说主人公经纪拉,人称拉哥,是香港的一个经纪人。香港本是商埠,经纪人多如牛毛,拉哥只是中下流经纪人中的一个。他只是在商品转手过程中挣点儿差价,并非有钱人,连经纪人必有的电话都装不起,"做我们这一行的人,家中非较一个电话不可,但是电话黑市已涨到三四千元,真是谈何容易"。("经纪拉登场")有时拉哥真不想干了,但又没钱干别的,"连日不发市,无聊甚。做经纪真难,如有机会,我真有转行之想,但转什么行,人家手上有一百几十万者都大叫冇生意做,我之本钱连一档卖雪条雪糕之小型冰室本钱都未够,真系不知做什么好也"。("孔家驹办学")别看一个小小的经纪,牵扯的却是战后香港经济政治、文化教育和风土人情各个方面,具有

---

[1] 今圣叹:《〈经纪日记〉·序》,熊志琴编:《经纪眼界——经纪拉系列选》,香港:天地图书有限公司,2011 年,第 271 页。

强烈的时代特征和地方色彩。

　　这一时期的时代特征是"战后",一切都与此相关。"海派辛直气"中有上海客人要买翁老先生的铺位,不过"此铺乃沦陷时期所买,至今政府还未承认,恐怕有困难也"。沦陷时期之房产交易,港英当局还没有承认,可见香港还处于战后过渡阶段。抗战胜利后之内地政治,也与香港息息相关。在"湿身钟行逢"一节中,拉哥得到一笔生意,是卖某公在广州的物业,此公抗战时期在广州曾"落水湿身",后来事发,政府要查封他的财产。

　　"战后"不久内地又陷入内战,而香港相对稳定,于是香港成为内地人士的投奔和投资之处。首先是上海的投资客,"中午,辛直气来时,另携两个上海佬,据言今晨始乘飞机来者,谓要找写字楼,倘有佳者,一二百两黄金,亦非所吝⋯⋯频频问我,香港之金融统制条例如何,出入口货物之管理办法如何,上海话国语英文,夹杂而来,有如大学教授之盘问学生,我实在所知无多,不敢胡乱答复"。在"大舅广州来"一节中也提到,"据上海客眼中看来,半山区地域之产价,将必高涨,因内战关系,内地无业可营,阔佬大亨,空群南下,无钱者不能来,来者多系手上有美钞之人,投资建屋,当不在市区而在半山以上也。上海人之口气,亦自不凡"。除有钱人来香港投资外,战后也颇有公务员来香港。"孔家驹办学"一节提到,好多内地省城公务员来到香港,做不了别的,又有几个钱,就开学校。"冇得捞,就办学。一来佢等手上有几个钱,二来不会做生意,亦冇做生意咁多本钱。如果揾工打,香港对公务员最冇有位置,既不要中国公文格式,又不要中国法规条例,公务员多数不识英文,确冇谋。最好出路就系教书,教书未必有人请,既然手上有两个钱,不如夹夹埋埋顶间学校也。"香港商人将学校当成"铺位"来经营,连拉哥都觉得有点别扭,"郑伯父居然将校址称铺位,真奇"。

《经纪日记》中所呈现的，完全是香港的市民商业世界，与前文所谈的战后左翼文化政治"主流"完全无关，这也说明左翼文化只是停留在南来文人的圈子里，不太能够进入市民社会。不过，《经纪日记》里有一个小事件，可以视为国共两党政治斗争在香港的反映。"孔家驹办学"一节里提到金新城问他是否有门路租船去华北，并帮他的儿子买一张船票。拉哥奇怪，金新城之子一向在香港读书，今年中学毕业，日前金新城还提到让他在公司做事，怎么突然要去华北？金新城说：他儿子"醉心老共主义，日中读埋晒都系个种书，连我同国民党人员来往都话唔好也"。还说，他的一个朋友的孩子，才读初中二年级，都"走左"，害得家长"猛登寻人"。金新城表示，"佢自己成日想去，我亦不愿阻止"。拉哥笑曰："将来岂非父子，一人一边？"金新城曰："是亦无所谓，而且，佢在个便对我亦未必冇好处，我迟早都会返过去矣，不过未到时机。"香港青少年投奔中共的现象，说明了左翼文坛的青少年工作还是有成效的。金新城对于国共两党的两可态度，也显示了香港商人的投机心态。

　　另外一个与政治相关的事件，是拉嫂想竞选"国大代表"之事。在"湿身钟行逢"中，拉嫂对拉哥说："'我等要援助全港妇女，举办贫民义学、幼儿园……'继以演说，无非增加女权，解除女人痛苦之类。其中更夹有'总动员法案''三民主义新中国'等等名词。"拉哥便笑曰："一旦女经纪而做国大代表，料可谓认真能代表今日香港之社会也。"拉嫂笑曰："人家想做国大代表耳！我不过借此多识几个人，好做顶屋经纪耳。其实那一班人亦无非捞捞吓耳。"拉哥暗笑，"如此则应以周二娘为委员长，因系女捞家也"。拉嫂想竞选国大代表之事，说明国民党在香港市民中有一定影响。当然，拉嫂竞选国大代表的目的，只是多认识几个人，好做顶屋经纪，这种可笑的做法，再次说明港人对于政治所抱的商业心态。

在香港，文化常常也是生意之一种，自然也属于经纪拉的工作内容。"经纪拉登场"后不久，就碰到办报发家的梁君，"他私下办了三家小报，因为门路走得通，他的小报以超额'咸湿'著名，大行其道，听说他每天至低程度要拉一只牛仔回来"。此类黄色小报非为文化，乃为赚钱。"大舅广州来"中，有电影界中的人向周二娘介绍香港拍电影的方法，"一套粤语片只须二万余元，就可拍成。制片之法，先行找现金万余元，以支销一部分演员薪金片场租胶片等等之用，各项费用，皆可先给若干，于是开拍，拍到半之半，自然不够钱，那时节，可以将片权出卖，向戏院又赊又借，班够条数，就此大功告成，公开面世。据该人云：本港方面可以收得万余二万元，南洋片权可收万余，便已够本，广州上海美洲等地，可以作利。照普通计，起码有五六分钱生意，何况本钱实出一半，更为着数"。这里所谈的拍电影，完全就是生意经，考虑的是如何挣钱，没想过内容的事，内容上自然也是越吸引观众越好。由此看，左翼文化批评香港本地流行文学乃"黄色小说"是有针对性的，不过香港本埠流行小说有各种层次类型，"黄色"只是其中一种，并非全部。《牛精良》不是，《经纪日记》更不是。如果说它们基本上都是商业文字，则大致没错，高雄从来都认为自己只是写手，不敢称作家。当然，商业性的文字也并非都没有可取之处，如今在学界十分风光的金庸的新派武侠小说，当初即是商业性文字。

在社会文化习俗风貌方面，《经纪日记》也多有表现。"孔家驹办学"一节提到，孔德成公开演说的时候，上着长衫，下着腊肠裤，孔家驹解释说："长衫所以表示中国本位文化，腊肠裤所以表示接受西洋文明。我来港虽不久，唯观察所得，已深得其中三昧。"他接下来进一步解释香港文化特征："最上流之人，都系一口讲四书五经,一口讲英文者。东华三院总理上场都要拜关帝,同时有一部分人又系教徒,可知中西文化,尽集一身,此乃香港之本位文明也。"战后上海人来到香港,带来了与本地不同的风格,这一点在小说中也有表现。"大舅广州来"一节拉哥拜访辛直气,只见其公司"家俬簇新,布置整然",感觉"上海佬派头确非广东人可及。生意大小别人不知,排场讲究吓坏人也"。在拉哥表示有货先给辛直气,并不要佣金时,辛直气称赞拉哥说:"你有上海人气质也!"直让作为广东人的拉哥"思之甚觉吹涨!"

《经纪日记》作者高雄

在《经纪日记》的社会史价值方面,论者多没有异议,正如郑树森所说:"小说通过主角经纪拉所接触的人物,让读者看到社会上中下阶层,展现当时香港社会的一个'全景视野'。"在小说的艺术性方面,论者的评价却有较大分歧。《经纪日记》是日记体,完全由经纪拉这个人物的活动过程构成。全书并无中心事件,是拉哥的一本流水账,他到哪里,小说便写到哪里。内地学者袁良骏将《经纪日记》收入小说史,是有眼光的,然而他对这部小说评价很低,甚至认为它根本算不上是文学作品。他列举了《经纪日记》第一日的人物和活动,"《经纪拉日记》[1]的这'第一日',便出现了'我'、'她'、周二娘、王仔、莫伯、'一西人'、大班陈、陈姑娘、陈子(细路)等9人,而事件头绪则更纷繁:饮早茶、买钻石、'猛擦'一轮、打电话问金价、与莫伯吃饭、到陆羽(店)、途遇大班陈、'作了他一尺水'、见陈姑娘暨细路。第

---

[1] 袁良骏此处有误,书名应是《经纪日记》,而非《经纪拉日记》。

一天便这样多人多事,一年三百六十天又该有多少人,多少事?四年、五年岂不更加可观?说它是活生生的香港社会史岂有夸张?"不过,在袁良骏看来,《经纪日记》的社会史价值,并不等于它的文学价值。在他看来,"在中外文学史上,日记体小说甚多,但大都有中心事件和主要人物,而不是漫无边际"。由此看,"《经纪拉日记》的写作,违背了文学创作的一系列规律和要求,它算不算文学作品,很值得怀疑"。[1]

香港学者郑树森也认为,仅仅有社会材料的展示,是远远不够的,"《经纪日记》提到香烟、牌子、价钱、衣服质地、领带、钻石等等,这些细节虽然增加小说的真实感,但日子一久,时空变异不免成为阅读鸿沟。假如社会风貌小说本身没有其他层面(例如人性、道德等超越时空的因素),很容易只成为社会生活的流水注,失去更大的提升意义,其中的平衡殊不容易"。然而,郑树森的看法与袁良骏正相反,他认为《经纪日记》恰恰达到了平衡,"《经纪日记》可说是两方面都能兼顾,既有人性层面,也有社会记录"[2]。给《经纪日记》写序的今圣叹,更是认为《经纪日记》在人物塑造上取得了巨大的成功,"读到相当时日之后,我和其他读者们一样,发现我们另有一群时常见面的男女朋友,如邹伯父、莫伯、飞天南、吴抽富、周二娘……他们和她们都好像同我很熟,很要好,而且有生意往来似的。每一个《经纪日记》的读者,一定都生活在这些书上朋友之中。同时每到中环,对那熙来攘往的忙人中,总觉得其中有飞天南、斩眼蔡、麦小姐、孔老校之流在内,他们几乎已是活生生的香港人了。就文学言,我这里不妨借用几句古人对施耐庵《水浒传》的序言:'……所叙,

---

[1] 袁良骏:《香港小说史》(第1卷),深圳:海天出版社,1999年,第111—112页。
[2] 郑树森:《地方色彩与社会风貌——高雄的〈经纪日记〉》,熊志琴编:《经纪眼界——经纪拉系列选》,香港:天地图书有限公司,2011年,第327页。

叙一百八人，人有其性情，人有其气质，人有其形状，人有其声口。夫以一手而画数面，则将有兄弟之形……，耐庵以一心所运而一百八人各自入妙者，无他，十年格物，而一朝物格，斯以一笔而写百千万人，固不以为难也。'经纪拉先生写《纪纪日记》，而能使其中的人物，人各有其性情、气质、形状、声口者，非格十年香港之物而一朝香港之物格，不可得也"。[1]

在对《经纪日记》的评价上，内地学者袁良骏何以与香港文人郑树森、今圣叹有如此大的差异呢？笔者初读《经纪日记》，感受和袁良骏差不多，觉得线索汗漫，人物随出随隐，的确不像小说。加之对于粤语语汇的陌生，阅读吃力，自然难以卒读了。袁良骏先生读了开头就打住了，只留下了一团糟的印象。笔者倒是硬着头皮读下去了，速度虽慢，倒也慢慢顺畅了不少。开始猝遇那么多人物出场，的确难以适应，但接下来，这些人物慢慢又在不同场合再次出现了。需要注意今圣叹的头一句话，"读到相当时日之后"，的确，《经纪日记》是连载了11年的小说，拉哥所接触的人毕竟有限，慢慢就会熟悉起来。

《经纪日记》单行本

《经纪日记》是"三及第"小说，使用由白话、文言及粤语构成的混合语言，这让非粤语区的读者大致也能看明白。今圣叹对于《经纪日记》的语言特点概括如下："（一）粤语词汇用于必须用这种词汇才能状述的描写叙述中，以及对白的声口

---

[1] 今圣叹：《经纪日记·序》，熊志琴编：《经纪眼界——经纪拉系列选》，香港：天地图书有限公司，2011年，第273—274页。

中。(二)用几个常见的文言字,如'者之也矣'、'曰'、'乎'等,其中尤以用'曰'字代表'说道'于文白夹杂之文体中,最为简单生动。(三)这日记并没有全用土白粤语的意思,它要使不懂粤语的人也能读懂。它包含有国语、文言、粤语词汇,以及'上海人'传入的'吃豆腐'之类的其他中国流行方言。正如《水浒》是山东话,《红楼梦》是北京话,但全国人都能读得懂。"较之于20世纪40年代后期左翼文学的方言文学作品,《经纪日记》反而好读得多。不过,今圣叹将《经纪日记》的语言比之以《水浒传》和《红楼梦》,未免夸张。如上所言,高雄虽然尽量改良了"三及第"文体,令其更易读懂,然而对于外地人来说,《经纪日记》中的粤语还是不易读的。

20世纪40年代后半期,香港最有影响的小说是《虾球传》和《经纪日记》。这两部小说都具有浓郁的地方色彩,《虾球传》写香港底层流浪儿和黑社会,有传奇色彩,《经纪日记》写经纪人的工作,呈现香港商业社会的日常生活。在语言上,《虾球传》以白话为主,虽有粤地方言,但只增加生动性却不影响外地人阅读,《经纪日记》是"三及第"文体,在白话中混入了文言和粤语,地方性更强。

"绿背文学"

第八章

第一节　绿背刊物与出版社

（一）

1949年前后，左翼文人北上，不容于新中国的文人南下。香港文坛由此变得萧索，但并没有立刻变色。据赵滋蕃回忆："当年香港的三大报——'华侨'、'星岛'、'工商'——的副刊，还把持在'广帮'的手里。除'工商'外，其他两大报严守中立，态度灰色。""香港时报、工商日报、自然日报与呼声报，当时号为'四大金刚'。稍微大一点的东西都装不下。可以投稿的杂志，前有《大道》，后有《前途》，刊载的尽是学院派的狼犺论文。"从出版物看，当时主要以流行小说为主，"黄天石（杰克）先生似为当年文坛祭酒。张恨水冯玉奇的小说，仍拥有广大读者。'小生姓高'的方言小说与咸湿短篇，崭然显露头角"。[1] 慕容羽军对当时文坛的情形也有回忆，他将这段时间与抗战结束时的情形相比较，"20世纪40年代末期的香港，情况当然比起日本投降那段时间像样许多，至少，旧日的三份老牌报纸《星岛》《工商》《华侨》复刊了，外加一份大众化的《成报》，便显示这一阶段的香港并不寂寞。可是，如果把目光专注于'文学'的方向看，那就未免过分沉寂了"。[2] 按照慕容羽军的说法，左翼文人抽身北上，只有由传统和半传统的文人填补留下来的真空地带。所谓半传统文人，即赵滋蕃所说的流行小说作者，慕容羽军在这里提到的是孟君、碧侣、望云和俊人等。所谓传统文人，即如王香琴、

---

[1] 赵滋蕃：《港九文艺战斗十五年》，赵滋蕃：《文学原理》，台北：东大图书公司，1988年，第601—603页。

[2] 慕容羽军：《为文学作证——亲历的香港文学史》，香港：普文社，2005年，第11页。

灵霄生和怡红生等文言小说创作者群体。赵滋蕃与慕容羽军两人眼界不尽相同，不过大致可以看到，在1949年前后左翼文人北上以后，香港文坛凋落，被新老通俗文人占领。

香港文坛的变化，开始于1950年6月爆发的朝鲜战争，更准确地说，是这一年春美国大使吉赛普（Philip Jessup）访问香港。吉赛普大使在香港的谈话，"在当时的人听来，不啻注射了一针强有力的兴奋剂"。朝鲜战争使香港在美国人心目中的地位发生了变化，"韩战既起，香港由'难民城'成为'民主橱窗'与'大陆观察站'"[1]。美国的资金，由此开始进入香港文化界。

美国在香港活动最重要的机关，是美国新闻处（USIS-Hong Kong）。美国新闻处原属于1942年成立的美国战时情报局（US Office of War Information），1945年第二次世界大战结束后，美国战时情报局完成了历史使命后撤销。新成立的美国新闻处附设在美国驻各地大使馆内，隶属于美国国务院，主要工作是负责美国的对外文化宣传。美国新闻处联合了多家非政府基金组织，共同资助在香港开展的文化活动。其中，最有影响的是人们常常提到的亚洲基金会。其实，在20世纪50年代初并无所谓的亚洲基金会，它的原名为"自由亚洲协会"（Committee for a Free Asia），1954年才更名为亚洲基金会（Asia Foundation）。

1952年春，亲国民党的美国共和党议员，利用基金会的资金，成立了"救助中国流亡知识分子难民协会"（Aid Refugee Chinese Intellectuals, Inc.）。其总部设在纽约，在香港和澳门设办事处。1953年4月，美方在香港启动"远东难民项目"（Far East Refugee Program），与"救助中国流亡知识分子难民协会"进行合作，援助香港的文人，让他们参加到反共文化中来。"救

---

[1] 赵滋蕃：《港九文艺战斗十五年》，赵滋蕃：《文学原理》，台北：东大图书公司，1988年，第603—604页。

助中国流亡知识分子难民协会"以"资助写作"的方式,救助流亡文化人。主持这一机构的是丁文渊博士,机构下设三个部分:左舜生负责审查社会性稿件,王聿修负责审查翻译稿件,易君左负责审查文学稿件。稿费资助的标准是每千字 10 元,较之于当时香港报刊的一般每千字 5 元的标准,价格已经翻了一倍。

(二)

《自由阵线》创刊号

在 20 世纪 50 年代初的香港,最早受美元资助的文化机构是哪个呢?据笔者所见,是来自第三势力的《自由阵线》。《自由阵线》是香港"绿背文化"最早的一个阵地,颇具规模和影响,可惜未被研究者所注意。

《自由阵线》创办于 1949 年 12 月 3 日,社址在香港九龙钻石山上元岭石堪村 456 号 A,发行人是"自由阵线社",督印人是"柳林"。1951 年 9 月 28 日 7 卷 3 期,督印人改为"谢澄平"。《自由阵线》是一本政论刊物,原系青年党左舜生和谢澄平南来香港所办。《自由阵线》与美元文化的联系,发生于 1950 年春美国大使吉赛普来港以后。在吉赛普未到香港之前,《自由阵线》就十分期待。1950 年 1 月 7 日《自由阵线》1 卷 5 期发表了史农夫的《吉赛普与亚洲局势》,表示:"吉赛普先生奉命到亚洲来调查,我们非常兴奋、非常欢迎,并寄以很大的希望。"吉赛普来港希望寻找并扶植第三势力,《自由阵线》正好符合期待,加之据说谢澄平是吉赛普在美国哥伦比亚大学求学时的校友,两者一拍即合,资助的事情很快确定。此后,谢澄平接手《自由阵线》。他还在 1950 年 5 月 1 日特别出版"第三势力运动专号",表明其作为第三势力旗手的决心，专号中的文章包括史农父《第三势力起来了！》、张一之的《第三势力的历史使命》和盛超的《中国第三势力与自由世界》等。

《自由阵线》"第三势力运动专号"

《自由阵线》起初几乎没有文学作品，后来开始有少量连载小说。最早连载的小说是黄思骋的长篇小说《旋涡的边缘》，从 1951 年 1 月第 4 卷第 1 期至同年 6 月第 5 卷第 12 期，计连载 19 篇次。《自由阵线》最有影响力的作家是徐速。徐速（1924—1981）原名徐斌，又名徐直平，抗战时期考入中央陆军军官学校，毕业后曾出任青年远征军参谋。抗战胜利后，随军进驻北平。1948 年，徐速在北平创办了《新大陆》月刊。1949 年，随着时局变化，徐速在兵荒马乱中抵达香港。在香港，他举目无亲，只能住在客栈的一处楼梯底下。他偶然发现有一本叫《自由阵线》的周刊公开征稿，稿费颇丰，于是投去稿子，并附上他在《新大陆》发表的处女作——中篇小说《春晓》。没想到，徐速遇到了伯乐，自由出版社的重要人物丁廷标赏识徐速的文才，亲自来到徐速的住所，代他付清了房费，并请他去《自由阵线》任编辑。

徐速最初在《自由阵线》上发表的两篇短篇小说，分别是《操刀者》[1]和《重上梁山》[2]。徐速到香港后发表的第一部长篇小说，是在《自由阵线》连载 15 次的《星

《自由阵线》第 7 卷第 11 期，刊有徐速《操刀者》

---

[1] 徐速:《操刀者》（上、下），《自由阵线》1951 年 11 月 23—30 日，第 7 卷 11—12 期。
[2] 徐速:《重上梁山》（上、中、下），《自由阵线》1951 年 1 月 18 日至 1 月 30 日，第 8 卷 7—9 期。

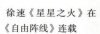

徐速《星星之火》在《自由阵线》连载

星之火》[1]。以上三篇小说都有反共内容。徐速在香港最有影响的作品,是接着《星星之火》在《自由阵线》上连载20次的长篇小说《星星·月亮·太阳》[2]。这部小说的连载出自偶然。据徐速回忆,当时《自由阵线》的总编是张葆恩,文艺版负责人是端木青。徐速的《星星之火》刚刚连载结束,本来没有继续连载小说的计划。有一天,大概稿件临时出了问题,他们到田风印刷厂校对时,张葆恩让徐速即席写一篇千字散文顶上。哪知徐速下笔不能自已,竟然写出了一部三四十万字的长篇小说《星星·月亮·太阳》。这是一部爱情小说,描写"我"(徐坚白)与三个女性——其中阿兰代表真,秋明代表善,亚南代表美——在抗战时期悲欢离合的故事,没有多少政治色彩。《星星·月亮·太阳》面世后风行一时,高原出版社出版的单行本,从1953年至1962年,印了12印次,销量10万册以上,还分别被改编成电影、话剧、广播剧和电视剧,影响很大。

---

[1] 徐速:《星星之火》,《自由阵线》1952年2月27日至6月11日,第9卷1期至10卷4期。

[2] 徐速:《星星·月亮·太阳》,《自由阵线》1952年8月6日至12月26日,第10卷12期至12卷8期。

（三）

人人出版社由许冠三和孙述宪（齐桓）创办于1951年，地址最初设在钻石山上元岭566A号，1953年3月迁往弥敦道749号A2楼。

关于美元资助这样一个问题，当事者常常含糊其词，人人出版社却并不避讳。孙述宪承认帮助美国新闻处出书，"那是美国新闻处提供稿件、版权，供我们出版，卖得的利益，归出版社所有，卖不好，他们可以包销……出版社经济当时十分拮据，为了生存，这样一种商业交易，未尝不可接受……"[1]黄思骋也坦认出版《人人文学》的经费，来自替美国新闻处出书赚的钱："《人人文学》的出版，和美国新闻处（现称国际交流总署）是有点关系。因为人人出版社替它们印了十多本书籍，如《美国通史》，赚了点钱，便用来办这个刊物。"[2]

人人出版社替美国新闻处出了哪些书呢？想知道并不难，《人人文学》前三期上都刊出了书目。人人出版社开始时出版"四大丛书"：一是"平凡丛书"，二是"美国问题丛书"，三是"苏联问题丛书"，四是"人人丛书"。"人人丛书"，是一套创作丛书，包括黄思骋的《当春天再来的时候》、力匡的《燕语》、百木的《北窗集》和夏侯无忌的《夜曲》等。至第5期，

《人人文学》第1卷第1期

---

[1] 关梦南：《感觉、现象与影响——听"五、六十年代香港文化的波澜"有感》，《信报》1994年9月11日，第12版。

[2] 黄思骋：《回顾过去，展望未来——记"香港文学三十年"座谈会》，《新晚报》1980年9月23日。

"四大丛书"加上"世界文学精华选",变成了"五大丛书"。"世界文学精华选"是一套译著,包括马克·吐温著《顽童流浪记》、爱伦坡著《爱伦坡故事集》和梭罗著《湖滨散记》等。

《人人文学》于1952年5月20日创刊,社长是许冠三,经理是孙述宪,主编是黄思骋。力匡起初担任"学生文坛"编辑,从第8期起与孙述宪(齐桓)一起主编《人人文学》,自第16期开始单独主编《人人文学》。自第31期起,刊物变为由整个编辑委员会负责,成员有黄思骋、齐桓、力匡、徐速、于平凡、易知及艾群。[1]《人人文学》的作者,包括黄思骋、力匡、徐速、慕容羽军、黄崖、柳惠、齐桓、姚拓、岳骞、李素、贝娜苔等。这样一个作家群的面世,在当时很受关注,也产生了较大影响。

在第1期和第2期《人人文学》上,主编黄思骋发表了小说《殉道》和《古城夜谈》,均是反共小说。《人人文学》上的另一个反共色彩浓重的作家是孙述宪,他在《人人文学》第1期上以"夏侯无忌"的笔名发表了《金贵彪同志》,还以"齐桓"之名在《人人文学》第1期发表了另外一篇小说《爱情圈外》。值得一提的是,美国新闻处处长 R.M. 麦卡锡还亲自上阵。他撰写的小说《北方的故事》,发表于《人人文学》第1期。麦卡锡本人在《人人文学》发表作品,可见《人人文学》与美新处关系密切。《人人文学》是一个文学刊物,但第1期刊载了一组讽刺苏联的笑话,第2期发表了一则新闻《文艺整风运动在上海》。这类新闻和笑话,是刊物反俄反共主题的一个部分,然而它们的存在破坏了《人人文学》的文学体例,显得不太协调。

《人人文学》除了介绍人人出版社的书目外,还刊登了《自

---

[1] 参见力匡:《关于阿黄——黄思骋》,《香港文学》1986年第10期,总第22期;戴天:《一九五〇——一九五九香港文学鸟瞰》,港大学生会、港大文社筹委会编印:《香港四十年文学史学习班资料汇编》(讲义稿),1975年。

由阵线》《人生》杂志以及台湾的《中国文艺》等刊的目录,这些书刊从不同领域参与构成了20世纪50年代初反共文化的平台。

《人人文学》头两期反共色彩浓重,正如戴天所说,"《人人文学》代表了典型的美元文化刊物"。不过,正如戴天所注意到的,《人人文学》"创刊的几期,内容有些紊乱,到第五期后内容日见充实,同时也保持着一定的水准"[1]。从内容上看,《人人文学》从第3期开始,政治色彩就趋于平淡,这一点后文还会谈到。

(四)

1949年10月,美国新闻处亲自创刊《今日美国》(1952年改为《今日世界》),稍后成立今日世界出版社。今日世界出版社的翻译引人注目。"今日世界译丛"目录便列出了三百多部译本,包括文学、科技、人文与社会科学等不同类别的书籍,以文学作品数量最多。据统计,其中包括文学史与文学评论15本,小说70本,诗歌与散文15本,戏剧18本。参与翻译其事的有林以亮、张爱玲、董桥、李如桐和戴天等人,俱一时之选。[2] 这些译作,虽然目的在于"文化外交",宣传美国自由世界的形象,然而毕竟引进了大量的外国文学经典,自有其一定的贡献。

《今日世界》第1期"写在前面"说:"'今日美国'在两年前创刊,最初,只是介绍美国的生活方式及其他种种给读者。后来,时局瞬息万变,世界其他各地的实况,亦在报导与分析之

---

[1] 戴天:《一九五〇——一九五九香港文学鸟瞰》,港大学生会、港大文社筹委会编印:《香港四十年文学史学习班资料汇编》(讲义稿),1975年。

[2] 参见单德兴:《冷战时代的美国文学中译——今日世界出版社之文学翻译与文化政治》,单德兴:《翻译与脉络》,北京:清华大学出版社,2007年,第113—121页。

左图：
张爱玲《秧歌》作为今日世界丛书之九出版

右图：
连载张爱玲《秧歌》的《今日世界》

列。因此，'今日美国'这个名称，已不太适合。在过去的数月中，迭接读者来函，要求改名。为顺从读者意旨，改名为'今日世界'。"

《今日世界》上文学作品的数量较少，第1期刊载了秦风的《清算》，第2期刊载了秦风的《巴蕾舞人的疯狂》，都是反共小说。第1、2期连载的桑简流的《鸟丽谷》，写世外桃源鸟丽谷，不涉及政治。徐訏的小说常在《今日世界》上连载，他的《盲恋》分13次连载于《今日世界》第69至88期，最后一期文末有云："第一部完，作者正续写《江湖行》之第二部，不日将在《祖国周刊》发表，本刊因为作者合约期满，未克续刊，谨向读者致歉。"

就"绿背文学"而言，其中最有名的小说是1954年连载的张爱玲的《秧歌》和《赤地之恋》。这两部小说获得胡适和夏志清等人的高度评价，事实上，如果将这两部小说放回到"绿背文学"的背景中去，其独特性将会大打折扣，因为类似的反共小说已有很多。

（五）

谈及出版"绿背文学"的出版社，最具规模的是1952年9

月成立的亚洲出版社。据慕容羽军称："50年代属于美援支持的出版社，还有'亚洲出版社'。在大形势下，与'自由'、'友联'，鼎足而立。论结构、规模，'亚洲出版社'比前两者更具气派。"在他看来，自由、友联和亚洲是当时三足鼎立的出版社，而亚洲的气派更大。慕容羽军所没有提到的是，自由出版社和"友联"出版社出版的书籍以政治、经济为主，而亚洲出版社侧重于人文方面的作品。因此，对于讨论"绿背文学"而言，亚洲出版社的重要性更为突出。

《亚洲画报》第7期

亚洲出版社的创办出自"偶然"。中共出逃党员马义（司马璐）写了一本《斗争十八年》的书，向"亚洲协会"和"救助中国流亡知识分子难民协会"寻求出版资助。"亚洲协会"很有兴趣，不但同意

《亚洲画报》第8期

资助该书出版，而且建议建立机构系统出版此类书籍。就这样，"亚洲出版社"在"亚洲协会"的支持下成立了。亚洲出版社由黄震遐担任主编，司马璐和杨仲硕担任副主编，编辑有赵滋蕃和李建白等。出版社出版有刊物《亚洲画报》，主编是蔡汉生。出版社还有附设机构"亚洲电影公司"，曾经将赵滋蕃的《半下流社会》和沙千梦的《长巷》等小说拍摄成电影。

亚洲出版社出版的书籍，数量庞大，在人文方面涉及小说、

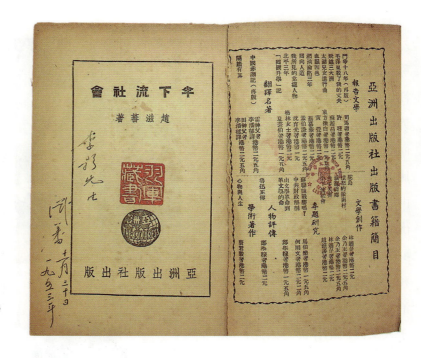

赵滋蕃《半下流社会》

报告文学、社科著作、人物传记、翻译作品以至连环画等。出版的文学作品有赵滋蕃《半下流社会》、林适存《鸵鸟》、张一帆《春到调景岭》、杰克《隔溪香雾》和《山楼梦雨》等。1957年10月，亚洲出版社的旗舰刊物《亚洲画报》刊登了一篇题为《五年来之亚洲出版社》的文章，总结1952年至1957年的工作成果。文章谈到亚洲出版社成立五年以来，出版各类书籍250种，吸纳260多名作家进行写作。亚洲出版社之所以能够有这么多稿源，与其高额资助有关。当时香港报刊的一般稿酬均为每千字5元，亚洲出版社的稿酬却高达每千字20元。贺宝善在忆及亚洲出版社创办人张国兴的时候，提道：

当时由大陆南来香港的文化界人士甚多，经济环境极差，不少人住木屋区，国兴将稿费提高，每千字二十元，且可预支稿费，帮助他们解决不少生活问题。我记得当时我家佣人工资每月约四十元，可见当时稿费是相当高的了。至一九六〇年，亚洲出版社已出版四百多部书籍。[1]

从内地南来香港的人，刚来的时候因为携带了数目不同的资金，尚能周转，甚至可能过着花天酒地的生活，但时间一长，坐吃山空，就穷困潦倒下来，很多人就从酒店沦落到了公寓，最后就到了难民营。当时香港的难民营所在地调景岭，是这些小说中最常见的场景。张一帆的小说《春到调景岭》对于当时香港南来的人住房迁移有过描述，"住公寓的人还是大批向林屋区移殖，住酒店的人又向公寓里转移。

张一帆《春到调景岭》

这象征着自己的天地愈移愈小"。小说的开始，住在公寓里的李志良等人去难民营参观了一次，让我们得以一窥那里的情状："见公路下边的山坡，尽是搭盖的油纸小棚，高者五六尺，低者三四尺，鳞次栉比，直到海边……这儿的人，大半是衣衫褴褛，面带菜色。"在小说中，王仲鸣曾和主人公李志良谈起在香港写作的情形，"目前香港的稿子出路并不宽……除非是内容兼臻上乘，或是在国内鼎鼎大名的作家，可能占得一席一盘。至于如你我这种人，尽管文笔不在水准以下，也很难得被编者采用"。林适存的小说《驼鸟》的第19节题为"八千字"，主人公李维文与朋友黄汕沦落到棚户里，只能靠给黄色小报写稿为生，但仍然想去舞厅跳舞。他们直接以文章的字数计算可以跳舞的时间："八千

---

[1] 贺宝善：《思齐阁忆旧》，北京：生活·读书·新知三联书店，2005年，第149页。

字够两人快乐一个晚上。""这么罢，我们只跳两千字，两千字写一个多钟头。""好！两个人跳三千字，再加一千字。"这段看起来诙谐的文字，形象地表明了文学写作对于南来难民生计的至关重要的作用。在这种情形下，高额美元稿费的吸引力就可想而知了。对于艰于生计的难民来说，为了挣钱，什么不能写呢？况且，他们本来就是因为不满内地而南来的。这就是当时香港的出版社稿源爆满、反共文学不断地被制造出来的原因。[1]

第二节 "友联"与《中国学生周报》

（一）

"友联"是1949年后香港的一个受美国资助的反共文化组织，拥有研究所、出版社和一批报刊，持续了几十年，影响了好几代香港文化人，成为引人瞩目的文化现象。不过，由于政治敏感，当事人有所忌讳，"友联"的面目一直隐晦不清，产生了各种不同说法，莫衷一是。

所幸的是，自2002年开始，香港中文大学香港文学研究中心发起"口述历史：香港文学及文化"工作项目，首先将目光聚焦于"友联"及《中国学生周报》。卢玮銮带领博士生熊志琴走访了"友联"历年来的重要人物何振亚、奚会暲、古梅、孙述宇、王健武、林悦恒、胡菊人和戴天等，整理成口述史料，再经过当事人修改定稿。这一过程前后历经十二年，成果终于在近年公开出版。[2]

---

[1] 参见赵稀方:《五十年代美元文化与香港小说》,《二十一世纪》2006年第12号。
[2] 卢玮銮、熊志琴:《香港文化众声道》（第1册），香港：三联书店（香港）有限公司，2014年；卢玮銮、熊志琴:《香港文化众声道》（第2册），香港：三联书店（香港）有限公司，2017年。

在书中，很多内幕首次被披露出来。尽管受到记忆精确程度及个人立场的影响，受访者的说法不尽一致，但经过相互印证，再参照其他的研究资料，"友联"及《中国学生周报》的历史轮廓现在大致可以呈现出来了。

此前，有关"友联"的缘起，权威说法出自郑树森、黄继持和卢玮銮合编的《香港新文学年表（一九五〇—一九六九年）》，该书称："一九五一年四月'友联出版社'受资助成立。"[1]现在看起来，这短短一句话就问题颇多，"友联"成立的时间和受资助的时间都有疑问。

据1950年加入"友联"、曾任总经理的何振亚回忆：他是1950年经中央大学同学陈濯生介绍加入"友联"的，那时候"友联"已经存在，"我加入的时候是一九五〇年，还是很早，他们成立应该在一九四九至一九五〇年间"[2]。这把"友联"成立

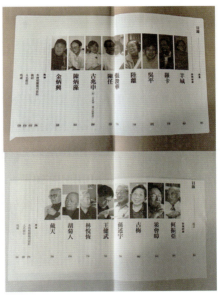

上图：《香港文化众声道》
中、下图：被采访的当事人

---

[1] 郑树森、黄继持、卢玮銮编：《香港新文学年表（一九五〇—一九六九年）》，香港：天地图书公司，2000年，第14页。
[2] 对于何振亚的采访，参见卢玮銮、熊志琴：《香港文化众声道》（第1册），香港：三联书店（香港）有限公司，2014年，第15页。

的时间提前了不少。据称,"友联"研究所刚成立的时候,并没有受到资助。《中国学生周报》后期的社长林悦恒说:"友联研究所的工作是从一开始就进行的,到了后期,尤其是韩战之后,美国觉得要加强对远东和中国事务的了解,觉得'友联'的工作对他们有帮助,于是支持'研究所'。""友联"早期的工作开始于"友联"研究所,其工作内容主要是剪贴搜集研究内地情报,最早一批人有陈濯生、徐东滨、史诚之、燕归来和胡越(司马长风)等,许冠三和孙述宪等有兴趣的人也来参加。[1]林悦恒认为,"友联"的工作早已经在做了,只不过后来得到美方赏识,拨款鼓励他们继续做下去。他专门强调,"《周报》早期也不是他们拨款才搞的"。[2]

《中国学生周报》的编辑罗卡,后来在1975年7月至8月香港大学学生会和文社开设的"香港四十年文学史学习班"上,谈到"友联"研究所是由台湾当局在亚洲基金会的支持下成立的。这一说法,与《中国学生周报》元老人物奚会暲和王健武的说法相抵牾,这一点我们后面还会谈到。

美方资助的牵头人,一直是一个谜。访谈者进行了多方询问,当事者多不清楚,说法不一。不过,据现有线索看,大体可以确定是桂中枢。他是"友联"核心人物燕云(燕归来)父亲的朋友,通过燕云认识了这帮年轻人,此后将他们介绍给"自由亚洲协会"(Committee for a Free Asia)的代表James Ivy。燕云也成为"友联"的主要"外务"联系人,负责与美国基金方面的接洽。

关于资助的方式,说法也不一致。何振亚说:"所有的出版物都接受资助,《儿童乐园》、《周报》、《大学生活》、《祖国》、

---

[1] 后因合作上有分歧,许冠三和孙述宪退出另办《人人文学》。
[2] 对于林悦恒的采访,参见卢玮銮、熊志琴:《香港文化众声道》(第1册),香港:三联书店(香港)有限公司,2014年,第181页。

友联研究所的出版物,还有一些小书。"燕云之后,奚会暲曾在1956年至1959年承担"外务"工作,并于1963年后正式代表"友联"和美方联系。他大体也持这种说法,"我们都是做 budget(预算),我们的'研究所'要多少,我们的收入可以有多少,那么 basically, financially, it supported(基本上,财政上,它支持)。我们有印刷厂,也有赚钱的、有发行的,但是大部分,I should say(我应该说),大部分是 Asia Foundation 赞助的。有段时间,I represented(我代表)'友联',跟他们接触的,所以我跟他们也做了还不错的朋友。他们的 headquarters(总部)在 San Francisco(三藩市)"。徐东滨的看法不太一样,他曾发表文章指出:"'友联'也从不曾全部由外资助,而是个别项目在不同时期按具体需要向'亚洲协会'申请援助。"[1]林悦恒则认为美方只资助了"友联"研究所、《中国学生周报》和《大学生活》等部分项目,其他如出版"活页文选"、教科书的编译所及《祖国》周刊、《儿童乐园》等刊物都没有得到资助,"他们只支持他们认为应该支持的工作,由他们选项目,给'友联'的钱不是给友联文化事业有限公司的"。[2]这两种说法,固有分歧,不过问题似乎不大,大概是"友联"所提出的项目、做出的预算,美方都会同意并资助,所以容易给人全部资助的印象。

美元资助撤离的时间,一度也曾众说纷纭,关于这一点,多名访谈者的说法大体一致,即20世纪60年代末。据回忆,当时通知"友联"的人,是接替 James Ivy 成为亚洲基金会代表的袁伦仁,"他说美国总部通知他,经费没有了,他们愿意资助我们

---

[1] 王延芝(徐东滨):《漫谈"周报"和友联》,《星岛日报·灌茶家言》1988年11月1日。

[2] 对于林悦恒的采访,参见卢玮銮、熊志琴:《香港文化众声道》(第1册),香港:三联书店(香港)有限公司,2014年,第179页。

最后一次"。关于这最后一笔资金的用途，据1969年至1973年担任"友联"董事长和社长的王健武说，"友联"用此笔资金购买了香港新蒲岗利森大厦的单位。[1]林悦恒则说是设立了印刷厂。"友联"出版社的业务一直持续到1997年香港回归，而结束刊宪的时间在2000年以后，当时一直由林悦恒负责。

"友联"中的很多人来自新亚书院，如余英时、黎永振、奚会暲、古梅、孙述宇和陆离等，其中有不少都是在读时就兼职，后来留下来工作。新亚书院成立于1949年10月，是由从内地南下的钱穆、唐君毅和张丕介几个人发起的，旨在重振中国文化。新亚书院不但为"友联"输送人才，钱穆和唐君毅等还亲自为《中国学生周报》写文章，他们的书也由"友联"出版。新亚书院所提倡的新儒家思想，也是"友联"的精神资源所在。1955年加入"友联"，后来历任社长、督印人的胡菊人认为，"'友联'虽然没有特别谈新儒家，没有以此作为刊物的理想或什么，但基本上可以说是有新儒家精神，对'新亚'几位先生都十分尊重"。[2]

新亚书院的情况，与"友联"有点相似，也是后来主要由美方基金资助建成的。因为体量大，资助新亚书院的美方基金除亚洲协会外，还有美国雅礼协会、哈佛燕京学社和福特基金会。稍有不同的是，新亚书院初期曾受蒋介石的资金支持，不过在接受美方资助后，台湾方面的资助就取消了。"友联"初期其实与台湾方面关系有点紧张，"友联"的报刊甚至都不能进入台湾。奚会暲说，"其实我们并非'反台'，更不是他们的敌人，只是我们不赞同国民党在大陆时做的一套，到了台湾后也未施行民主，

---

[1] 对于王健武的采访，参见卢玮銮、熊志琴：《香港文化众声道》（第1册），香港：三联书店（香港）有限公司，2014年，第165页。

[2] 对于胡菊人的采访，参见卢玮銮、熊志琴：《香港文化众声道》（第1册），香港：三联书店（香港）有限公司，2014年，第224页。

我们对他们有所批评，而这正是他们不乐意听到的。反正是别人叫我们第三势力的，不是我们自己戴上的帽子"。[1] 王健武也说："当时我们这群人，都是对国内情形不赞同而出来的，既不是国民党，也不赞同共产党，这群人出来以后，台湾也不想去，所以很多人以为'友联'是第三势力。"[2]"友联"与台湾方面的关系后来得到了改善，王健武说："最初他们认为'友联'是共产党，后来他们认为'友联'是第三势力，慢慢才对'友联'了解，才拉拢。"奚会暲曾以"友联"社长的身份受邀去台湾，和蒋介石见面。王健武也受邀去过台湾两次。20世纪70年代初，"友联"由《祖国》杂志改版而来的《中华月报》，开始得到国民党方面的资助。

"友联"与在港美方机构关系相当密切。开始的时候，美新处自己没有出版机构，就委托"友联"替他们做出版发行，当时所出版的主要是翻译方面的书。据林悦恒回忆，当时他们还替张爱玲出书，记得有张爱玲的英文版《赤地之恋》。美新处在《今日世界》站住脚跟后，成立了今日世界出版社，才开始自己独立做出版。曾在20世纪50年代中期同时负责《中国学生周报》和《大学生活》的孙述宇，谈及美国新闻处也曾资助过"友联"。他说："友联"得自美方的资助主要有两个来源，一是美国新闻处，二是亚洲基金会，不过以后者为主。联想到多人谈到"友联"初期曾帮美国新闻处出书发行，从中获得资金，不知道孙述宇所说的资助是否与此有关。[3]

"友联"研究所很吸引美国人，很多美国的汉学家都出自此

---

[1] 对于奚会暲的采访，参见卢玮銮、熊志琴：《香港文化众声道》（第1册），香港：三联书店（香港）有限公司，2014年，第62—63页。

[2] 对于王健武的采访，参见卢玮銮、熊志琴：《香港文化众声道》（第1册），香港：三联书店（香港）有限公司，2014年，第148—149页。

[3] 对于孙述宇的采访，参见卢玮銮、熊志琴：《香港文化众声道》（第1册），香港：三联书店（香港）有限公司，2014年，第129页。

处。何振亚说:"我们曾培养过很多外国人才,比如我们友联研究所出了很多中国通……当时我们友联研究所还有记者群,比如有一个叫 Martin Welber。"[1]他们还组织了一个顾问小组,成员为哥伦比亚大学的 Doak Barmet(鲍大可)、加州大学的 Franz Schurman(修曼)及李卓敏教授,"这几位都是中国专家,又是'友联'老友,在建议及精神上非常支持'研究所'的工作及发展方向"。[2]

"友联"总称"友联文化事业有限公司",下分"友联"研究所、"友联"出版社有限公司和香港文化事业有限公司。文化事业有限公司出版教科书,"友联"出版社负责《中国学生周报》《儿童乐园》《祖国》和《中华月报》等刊物及图书出版,"友联"编译所属于"友联"出版社,负责"友联活页文选"等的出版。

"友联"的视野不局限于香港,《中国学生周报》的通讯员不但来自港、澳、台,还有新马、缅甸、印尼等地。1956年,"友联"决定发展在新马的事务,先后派余德宽、王健武、王兆麟、陈濯生、邱然和奚会暲等核心成员去那边工作,后来又有姚拓、黄崖、古梅、黎永振和刘国坚等人过去。"友联"在新马办了《中国学生周报》新马版和《蕉风》杂志等,开展青年华文教育活动。除新马版《中国学生周报》外,后来又有缅甸版和印尼版等。

无须征引,所有受访者在这一点上都高度一致,即认为美方虽然对"友联"予以资助,但是不会干涉"友联"的事务,"友联"办报是独立的。早在1988年,徐东滨就斩钉截铁地说过:"'友联'的一切政策、立场、人事、业务绝对独立自由,向来不受任

---

[1] 对于何振亚的采访,参见卢玮銮、熊志琴:《香港文化众声道》(第1册),香港:三联书店(香港)有限公司,2014年,第41页。

[2] 对于奚会暲的采访,参见卢玮銮、熊志琴:《香港文化众声道》(第1册),香港:三联书店(香港)有限公司,2014年,第65页。

何人支配,包括对友联支援了二十多年的'亚洲协会'在内。"[1]这句话可以代表所有的"友联"受访者的说法,不少人在访谈中都谈到,接受资助时他们只知道亚洲基金会,并不知道其后有美国中央情报局的背景。那么,美方为什么要资助"友联"呢?

何振亚称:"我们可以说,办《中国学生周报》是为青年办一份刊物,所谓编辑政策是没有的,反共是有的,除了这个就没有其他政策可言。"孙述宇在回答作为资助者的美方是否对于《中国学生周报》内容有所指令的问题时,持否定态度,不过他又说:"谈民主自由和反共的,这一点当然很明显跟美国人的资助配合,美国人主要就是反共。其实美国人拿钱来……美国政府透过 CIA——我暂且当作是 CIA——拿一笔钱出来,在国外做这些宣传和对抗苏联的工作。不单在香港,我听说当年在法国……"孙述宇说得比较客观,美国人在香港的文化资助其实是美国全球文化冷战策略的一个部分。

(二)

《中国学生周报》[2]创建于 1952 年 7 月 25 日,创刊号的"督印人"是余德宽。《中国学生周报》篇首是社论或评论性质的文章,其后的评论都置于"学坛"栏目中,估计多数出自主编余德宽之手。余德宽还以"申青"之名,在《中国学生周报》第 3 版开辟

---

[1] 王延芝(徐东滨):《漫谈"周报"和友联》,《星岛日报·灌茶家言》1988 年 11 月 1 日。

[2] 《中国学生周报》开始的时候只有 4 版,自 1952 年 11 月 14 日第 17 期起,扩大为 6 版。1952 年 12 月 2 日第 21 期起,又扩大为 8 版。第 21 期第 4 版,有《编余走笔》一文,介绍《中国学生周报》的栏目设置情况:"第一版着重报导海外及大陆的文教消息";"第二版着重讨论生活与思想";"第三版主要是登载有关读书研究的文章";"第四版是体育";"第五版是文艺";"第六版是'拓垦'";"第七版是'快活谷'";"第八版专辟为艺术生活版"。

了一个栏目"扯麻集",就各种具体问题发表评论。

《中国学生周报》主要面对中学生,所以学生的作品所占篇幅很多,远多于成年作家作品的篇幅,这应该说是《中国学生周报》的特色。《中国学生周报》创立的政治使命,就是以反共思想影响中学生。《中国学生周报》采取了征文和开展活动等办法,吸引了大量的中学生来稿。从内容看,反共思想应该说已经或多或少地输入大多数学生的头脑中了。

《中国学生周报》刊载的中学生文章多如牛毛,很难量化处理。这里姑且以《中国学生周报》第一次征文获奖作品为对象,分析学生作品的思想倾向。第一次征文的消息首先刊载于1952年9月12日《中国学生周报》第8期,题为"本报举办奖学金征文"和"征文办法"。征文范围分为大学、高中和初中,题目分别为:大学组"中国学生的……",高中组"我的……",初中组"我

《中国学生周报》

的……"。《中国学生周报》第 11 期公布了"征文评议委员会名单",计有 10 人,都是本港学界著名人士,新亚书院的钱穆和唐君毅等都不出意料地名列其中。征文通知发出以后,学生反应踊跃,《中国学生周报》共收到来稿 304 份。约 2 个月后,《中国学生周报》于 1952 年 11 月 7 日开奖,公布了大学组、高中组和初中组 3 个组前 10 名获奖名单,新亚书院唐君毅亲自为获奖者颁奖。《中国学生周报》在随后的第 17、18、19 期三期刊登了 3 个组前 5 名的获奖作品。

大致统计一下,在全部 15 篇征文中,有反共内容的共 9 篇,占比将近三分之二,这说明《中国学生周报》的反共宣传是有很大作用的。在初中组 5 篇得奖作品中,与反共无关的有 3 篇,占据了全部 6 篇非反共作品的一半,这自然与初中孩子尚不太懂得政治有关。在高中组 5 篇得奖作品中,除了梁炳骅的家庭小说《我的邻居》外,其他 4 篇全是反共之作。大学组的文章,相对成熟,体现出一定程度的独立思考。唐端正和陈负东等人的文章,主要都从文化角度进行论述,不轻易政治站队,然而,他们的文化逻辑其实在无形中也受到了操纵。

"友联"并非为反共而反共,其背后有一套叙述逻辑,这种逻辑来自新亚书院的文化民族主义,即痛感中国文化在内地的沦亡,花果飘零,需要在海外保存中国文化之根。不过,对于港英当局,《中国学生周报》却多将其作为正面形象加以报导,这与对中国内地的抨击形成对比。说起来,港英当局在文化上一贯以英文为中心,歧视汉文,后为避免殖民主义口实和防范中国民族主义思潮,便在教育上提出以"沟通中西文化"为目标。港英当局对于中文的歧视,即使在 20 世纪 50 年代依然很明显。当时,香港仅有一所大学,即使用英文的香港大学,生源主要来自英文中学,这就导致中文中学的学生在香港无处升学。《中国学生周报》第5期，即有"香港读书大不易，官校仅招新生四百名，一万多孩子报名投考"的报道。《中国学生周报》第19期刊登的征文比赛大学组第三名罗球庆的文章题目是《中国学生的苦难与彷徨》，这里的"苦难与彷徨"即缘于香港中学生毕业后升大学无门，"目前最彷徨的还算是刚刚跨过中学大门的学生，大学的门墙已横在目前，但有没有办法进去，却是一件最成问题的事。一向在中文学校念书的中学毕业生，自然难以考进英文的大学。然而……除了升学外国大学，又有什么地方给你求深造？"

讽刺的是，面对港英当局的中文歧视，《中国学生周报》却并不批评。《中国学生周报》第17期居然出现了题为《当局采取措施，促进本港教育——对中文研究特别重视》的文章。《中国学生周报》第20期头版发表了新闻，谈论香港等地接受殖民教育的问题，文章是宣传香港教育的师资从英国那里得到了加强。《中国学生周报》和新亚书院以中国儒家文化为宗旨，却对殖民主义视而不见，甚至于刻意奉迎，耐人寻味。由此看来，后来在1967年"反英抗暴"运动中，《中国学生周报》旗帜鲜明地站在港英当局方面并非偶然。

至于对待美方的态度，因为有经费的资助，《中国学生周报》当然更是感激涕零。《中国学生周报》对于美国的报道几乎全是歌功颂德的。以《中国学生周报》第1期为例，这一期第一版的创刊词是《负起时代责任！》，号召挽救中国文化，新闻主要由两部分构成，一方面是有关内地的负面消息，另一方面是有关美国支持中国文化发展的正面消息，如"美国哈特维克大学增设中国文化学系，哈大校长表示，把中国文化介绍给现代美国人民，目前没有比这件事更重要的了"，如"美国纽伯理学院欢迎中国学生前往读书"等。潜台词非常清楚，中国文化必须挽救，而这种挽救需要得到美国的支持。

20世纪50年代美方对于"友联"及新亚书院的支持，目的是否在于支持中国文化呢？香港只不过是美国围剿社会主义阵营的冷战前线的一个据点，中国文化在这里只不过是一个工具而已。香港本来是一个殖民受害者的城市，需要从政治上反抗殖民压迫，从文化上反省东方主义，然而，在两大阵营的冷战格局中，香港却被塑造和自我认同成了一个"民主橱窗""自由天堂"，用来对比中国内地。也就是说，共产主义与资本主义的当代冷战政治，完全遮蔽了香港作为殖民统治地区的种族维度和历史处境。"友联"和《中国学生周报》在20世纪50年代冷战的背景下如何叙述西方、中国内地及香港自身，铸造出一套新的文本的政治，很值得玩味。

桑德斯著述中译本《文化冷战与中央情报局》封面

二次大战以后，多数殖民地国家获得了独立，以美国为代表的西方国家在丧失了统治殖民地军事、政治的权力后，以控制经济、文化的方式继续实施殖民，围剿社会主义政权，这被称为"新殖民主义"。关于新殖民主义，较早的著作是1965年出版的恩克鲁玛（Kwame Nkrumah）的《新殖民主义：帝国主义的最后阶段》一书。这本书侧重于经济角度的分析批判，同时也披露了美国新闻处在非洲冷战情报和宣传工作中的运作情况。最近的一本书，是2000年出版的桑德斯的《文化冷战与中央情报局》。[1]这本书详细披露了1947年至1967年美国中央情报局对于文学艺术的操控情况，包括出资创办刊物、资助作家等，"美国间谍情报机构在长达20年的时间里，一直以可观的财力支持着西方高层文化领域……如果我们把冷战界定为思想战，那么这场战争就具有一个庞大的文化武器库，所藏的武器是刊物、图书、会议、研讨会、美术展览、音乐会、授奖等等"。由此我们得以知道，很多知名的文学作品，原来是美元资助的产物。这一事实，打破了人们心目中文学艺术具有自主性的幻想。遗憾的是，可能因为资料所限，这部书并未涉及亚洲。本章所涉及的是美国新闻处及亚洲基金会所操纵的香港"绿背文化"，可以算得上是对这部书的有关亚洲方面的补充。香港的特殊性在于，它当时是英国殖民统治地区，却由英国的盟友美国操纵文化冷战工作。也就是说，香港既承受英国的殖民统治，同时又承受美国的文化控制，这在新殖民主义的历史上是颇值得注意的。

对于这种行为，有一种"空白支票"论，即"如果从中央情报局的经费中受益的人对此毫不知情，而且他们的所作所为也并不因为接受了中央情报局的资助而有所改变，那么他们作为富有批判精神的思想者，其独立性就并未因此而受到影响"。对于这种看法，桑德斯认为历史已经予以否定，"有关冷战的官方文件却系统地否定了这种利他主义的神话。凡是接受中央情报局津贴的个人和机构，都被要求成为这场范围广泛的宣传运动的一个组成部分，成为宣传运动中的一分子"。桑德斯用了一个谚语来说明这个道理："'如果你跳进湖里，你就不可能干着身子走上岸

---

[1] Frances Stonor Saunders, *The Cultural Cold War : The CIA and the World of Arts and Letters*, New York: The New Press, 2000.

来。'西方的文化冷战斗士们纷纷用所谓的民主程序来做挡箭牌，使他们的所做所为合法化，但是由于他们不诚实，连带着民主程序也受到了玷污。"[1]

---

[1] [英]弗朗西丝·斯托纳·桑德斯：《文化冷战与中央情报局》，曹大鹏译，北京：国际文化出版公司，2002年，第2、4—5、469页。

第九章

现代主义运动

第一节 《诗朵》：缘起

20世纪50年代初，香港最受欢迎的诗人是力匡。力匡是1949年后来港的南下作家，曾主编《人人文学》和《海澜》。50年代上半叶，他曾在《星岛文学》《人人文学》《祖国周刊》《中国学生周报》等报刊上发表了大量诗歌，风靡一时。不少当事人在回顾50年代上半叶香港文坛的时候，都谈及偶像诗人力匡。西西说："我们那时同学们大多看力匡的作品，都是些比较讲究形式的'格律诗'，那时我读初中，大概有十多二十年吧，应该是五零年代那段日子。"[1] 方芦荻回忆："力匡在《星岛晚报》副刊所发表的十四行诗体，成为我们年青一代的偶像。于是，我们写诗，就模仿'力匡体'的十四行诗体，一时风气极盛，力匡那时的诗坛地位，相当于今日的余光中。"[2]

从内容上看，力匡的诗主题多有去国还乡之感，直接涉及政治的不多。他的诗不去直接议论，而是运用意象，渲染心境。夏侯无忌曾在发表于《人人文学》上的给青年作者的文章中，列举了郭沫若的《地球，我的母亲》，又列举了力匡《寂寞》中的几句："旅途中歇息于村舍客店，店伙端进了黯淡的油灯，正计算着未尽的旅程，窗外开始了连绵的秋雨。"[3] 认为郭沫若的诗是空洞的，而"力匡的忧郁和感伤来得多么深切啊！"

力匡并不喜欢香港，和其他南来文人一样，他在香港只是暂居，不过即使是表达"我并不喜欢这个地方"，他也并不直言，

---

[1] 康夫：《西西访问记》，《罗盘》1976年第1期，第3页。

[2] 方芦荻：《谈〈文艺新潮〉对我的影响》，《星岛晚报》1989年3月7日。

[3] 夏侯无忌：《诗的形式与内容——给青年作者的第二封信》，《人人文学》1953年第10期。

而是采取意象化的方式:"这里的树上不会结果,/这里的花朵没有芳香,/这里的女人没有眼泪,/这里的男人不会思想。"[1] 20世纪50年代初期,大量的移民来到香港,其中有很多文人和学生,他们对于力匡的诗作很有共鸣之感。50年代的香港诗人还有赵滋蕃、徐速、徐訏、夏侯无忌、曹聚仁等,内容大体上也无非是流亡之音,形式上较为注重诗行的整齐与格律。

这种诗风逐渐引起一些本地年轻人的不满,变化从1955年8月1日创立的《诗朵》开始,领头者是昆南。据当事人之一卢因回忆:"一九五四年后,《人人文学》带给香港文坛的高潮开始退却,诗人郑力匡掀起的风雨热闹,也跟着逐渐消散;尽管徐訏和曹聚仁仍拥有不少读者,记忆中,似无法满足像我这一类追求文学理想的、以宗教家事奉上帝的热情、转而事奉文学的年轻一代的渴求。当时我和昆南、王无邪、叶维廉、蔡炎培,已成了经常会面的文学知音。"[2]西西也说:"力匡的诗,我后来觉得太简单了……因为台湾方面的现代诗也开始传来。"这帮年轻人的相识,要追溯到《星岛日报·学生园地》。1954年夏末秋初,《星岛日报》组织过一次以文会友的"《星岛日报·学生园地》旅行团",使得当年在上面发表作品的年轻作者昆南、王无邪、叶维廉、卢因、王敬羲和蓝子(西西)等人有了认识的机会,这为后来香港文学的发展提供

《诗朵》第1期

---

[1] 力匡:《我不喜欢这个地方》,《星岛晚报》1952年2月29日。
[2] 卢因:《从〈诗朵〉看〈新思潮〉——五、六十年代香港文学的一鳞半爪》,《香港文学》1986年第1期,总第13期。

《星岛日报》学友旅行队

了新鲜血液。不久以后,他们在罗便臣王府聚会,参加者有昆南、蔡炎培、王无邪、卢因等,结果便是1955年8月《诗朵》的诞生。

《诗朵》反对新诗回归传统,主张向当代西方学习。《诗朵》的"献诗"《八月的火花》最后说,"这里,我们愿意提出新诗和遗产的商榷,也为了新诗向'名作家'们驳斥;我们奏着雪莱的'爱杜纳斯'挽诗,来吊新诗的没落,波特莱尔的'夜枭'来悲哀时代"。与香港当前"名作家"不同,在新诗和遗产的态度上,《诗朵》愿意站在雪莱和波德莱尔的立场上。

《诗朵》以年轻人特有的锐气,对既有诗坛发起了挑战。《诗朵》第3期发表了雨苳的《试评〈高原的牧铃〉》,直接批评力匡的这部新诗作,"《高原的牧铃》那样叫人失望,而著者却一向领导着本港诗坛的,这难怪一般从事新诗研究的年轻朋友们失了信念,气馁起来"。更加激烈的文章,是昆南化名为班鹿在《诗朵》第1期发表的《免徐速的"诗籍"!!》。昆南主要在两个方面批判了徐速新诗观念的落后:一是音乐性,徐速认为新诗的不足在于不像旧诗那样可以背诵,昆南反驳说:"新诗的旋律和古诗音韵是不同的。拿古诗读起来可以使像徐速那些人摇头摆脑的态度来批评新诗，未免是一个大笑话！"二是有关诗是否可以看明白的问题，徐速认为，"诗是教我们说话的"，反对那些"印象派、感觉派、野兽派的新诗"，昆南则举出马拉美、梅特林克和波德莱尔等一堆外国现代诗人的话来驳斥徐速，认为他对于诗的理解过于幼稚。鉴于此，昆南说："假如文化界有'诗藉（原文为藉，应为籍——引者）'的存在，我们得免徐速的'诗籍'！"

整体来说，《诗朵》只是过渡性的刊物，它只面世了3期，对于香港诗坛没有多大影响。《诗朵》上的翻译，多为欧洲浪漫主义诗人，如雪莱、华兹华斯、济慈和海涅等，也有波德莱尔、魏尔伦和马拉美等现代主义诗人的名字。正如"献诗"中将雪莱和波德莱尔并举，《诗朵》上的诗呈现出从浪漫派到现代派的过渡状态。《诗朵》只是揭开了20世纪50年代香港现代主义的序幕。

昆南、王无邪、叶维廉和蔡炎培等年轻诗人的出现，标志着香港诗坛新人浮出历史，他们日后逐渐取代了赵滋蕃、徐速、力匡、徐讦、夏侯无忌、曹聚仁等人，成为新一代诗人。不过，香港还要等待另一个诗人和刊物的出现，才能成就50年代中期后的现代主义诗潮，那就是马朗和《文艺新潮》。

左图：
《诗朵》内页

右图：
《诗朵》"编后话"

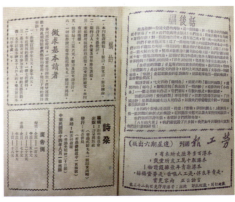

第二节 《文艺新潮》：翻译与创作

（一）

马朗，原名马博良，1933年（一说1930年）出生，祖籍广东中山，自幼在香港读书。他青少年时期就在上海从事文艺活动，被称为神童。他编辑过《社会日报》《文潮》《水银灯》等报刊，出版过短篇小说集《第一理想树》（1947），并从事诗歌创作。他的小说创作大致上属于都市新感觉派风格，诗歌上追求现代主义。在文坛上，他与张爱玲、刘以鬯、纪弦、万方和邵洵美等人交往。1949年后，因为个人在政治上的幻灭，他来到香港。

上图：
《文艺新潮》第1卷第1期

下图：
《文艺新潮》第1卷第1期"封面画家：毕加索"

在商业社会的香港，办纯文学刊物并非易事，好在马博良早在上海的时候就擅长办通俗刊物，他办的有关电影的大众刊物《水银灯》就很畅销。在香港，他帮环球出版社办《蓝皮书》《大侦探》《西点》《迷你》等报刊，销路也不错。靠这些通俗刊物挣了钱，马博良就办起了赔钱的《文艺新潮》，就是为了他的理想。《文艺新潮》面世于1956年2月18日，印行者是环球出版社。这个刊物非左非右，没有政治背景，内地自然不能进去，在东南亚也被禁止，台湾也不能发行。

《文艺新潮》为何创办？宗旨是什么？我们可以看它的"发刊词"《人类灵魂的工程师，到我们的旗下来！》。"发刊词"的开头是：

"这是禁果！"

如果想看《巴黎的陷落》那暴风雨前夕的混乱，静静的顿河岸上壮丽的斗争图，或者想知道老人与海的奋斗和胜利，踏遍剃刀边缘是否成仙印度便是正果？盲女日特露德耳中贯过的田园交响乐，在乐园里，我们会受到告诫。然而，那是禁果吗？夜未央时波兰少女窗前的一盏灯，水仙辞中一个临渊自顾的美少年，这世界是多彩的，有各形各式的美丽。但是，告诫一再掷来："这是禁果！"

这不是可以自由采摘的，可是，那是真正美丽的呵……

第二段主要是由外国作品的名称构成，因为文中没有标明，也没有加书名号，这里不妨翻译一下。《巴黎的陷落》是爱伦堡的小说，《静静的顿河》是肖洛霍夫的小说，《老人与海》是海明威的小说，《剃刀边缘》是毛姆的小说，即《刀锋》,《田园交响曲》是纪德的小说，《夜未央》是波兰廖抗夫的剧本，《水仙辞》是瓦雷里的诗。"发刊词"表达了对于这些外国文学名著中的诗意境界的憧憬，然而这些"真正美丽"的东西却是禁果。在战争和政治的世界里，文学只能成为政治的工具，真正的文学反被禁止。我们离那个文学的世界，愈来愈遥远了。《文艺新潮》想把这些真正的文学介绍进来。

为什么是文学，而不是别的？文学在这里被赋予重要的功能。"发刊词"接下来说，我们身处一个前所未有的"黑暗"和"悲剧"的时代，原因就是政治争斗毁灭了社会价值，毁灭了人的理想，曾经摸索和奋斗的人们，最终发现自己被欺骗，所得到的只能是荒凉和绝望。政治已经破产，无论"左"的政治、右的政治，都不能让人相信。这个时候,什么能挽救我们呢?马博良给出的答案是:文学。

没有希望吗?不,十六世纪的文艺复兴带来了新的世纪。今日,在一切希望灭绝以后,新的希望会在废墟间应运复苏,竖琴会再讴歌,我们恢复梦想。也许在开始,我们只想到一片小小的净土,我们可以唱一些小歌,讲一些故事,也可以任意推开窗去听遥远的歌,遥远的故事,然后我们想到这原是千万人的向往,一切理想的出发点,于是再想到一个我们敢哭、敢歌唱、敢说话的乌托邦。那样的新世界总会到来的,——如果,我们憧憬、悲哀、追求、快乐和争斗的本能没有湮消。因此,我们想到呼喊,要举起一个信号。

面对政治所带来的人性废墟,面对文学被政治所主宰的命运,作为一个文人的马博良所提出的方案就是寻找真正的文学。开始时,他认为我们可以用它"唱一些小歌"、"讲一些故事",让文学给混乱的时代提供"一片小小的净土"。继之,在文学成为"千万人的向往"和"理想的出发点"以后,新的乌托邦世界就会来到。

看得出来,马博良的思想与他在上海主编《文潮》的时候有一脉相承的地方。他回忆:"那几十年,从我诞生前到成长时期,天下不停变乱,几次翻天覆地,在 1944 年创办主编当时罕见的纯文学杂志《文潮》的创刊辞中,我说明'这世界,已经呈现出空前的混乱动荡和不安',理想和现实相继崩溃毁灭,茫然远处回顾与前瞻之间,焚琴的浪子担承了'注定为悲剧的斗争',以行动、立论、创诗,力辟荆途。"[1]有变化的,大概就是对待现代主义的态度。马博良一直对现代主义有兴趣,但他自述,早年还有一些左翼的追求,"当时也有一些左翼朋友,他们在当时也办一些地下诗刊,我也有份参与。我在最近的一个讲演中,曾提到当时已经接触过现代主义,但当时我觉得自己应像俄国的马雅克夫斯基一样,要走到时代的最前线,叫口号。所以我不要选择现代主义,但当时我已对现代主义很有兴趣了"。1949年后的个人在政治上的幻灭,把他导向战后西方现代主义。虽然如此,我们却并不能简单地以现代主义概括《文艺新潮》,发刊词开头所提到的爱伦堡、肖洛霍夫、海明威、毛姆、纪德、廖抗夫和瓦雷里等作家的作品,都非现代主义可以限定。

如果从目录上看,《文艺新潮》是创作和翻译并重的,但如果从篇幅上看,翻译却超过了创作。《文艺新潮》在1卷1期"编辑后记"中说:"我们预备翻译和创作并重。"人们一般说"创作与翻译",但这里是"翻译和创作","翻译"放在"创作"的前面。接着,马朗似乎已经把创作忘记了,只谈起了翻译:

> 翻译方面,决定有系统的介绍一点世界各国的现代文学,让大家看到现阶段国际水准上的新作品。可能的话,我们计划专辟一些特辑和专号,譬如,第四期暂定是法国文学专号,再下去或者是日本小说特辑,或者是介绍一位作家的特辑。同时,我们还有一项尝试,每期拟辟数万字的地位,一次登完一篇"一本书那么长"的特载,让作者能给人一气呵成的

---

[1] 马博良:《自序》,马博良:《半世纪掠影——马博良小说集》,香港:中华书局(香港)有限公司,2013年,第1—2页。

印象，而读者可窥全豹，但负担的只是一本杂志的价钱。[1]

《文艺新潮》每期只有80页的篇幅，是一本薄薄的刊物，每期要花费巨大篇幅刊登外国小说，再加上专辑、专号等，刊物给予翻译的份额实在不少。果然，有人提意见了。第1卷2期"编辑后记"中提到，"意见之中，有人认为我们偏重翻译"。马朗解释说："其实优秀的创作还是我们最重视的，这一期就有不同风格的三篇；只是在推动一个新的文艺思潮之时，需要借镜者甚多，而介绍世界现代文学过去又是比较脱节的工作，至少有十年读者已被蒙蔽。因此，这道藩篱应该首先拆除。"[2]虽然他认为"优秀的创作"需要重视，但认为要倡导文艺新潮，首先需要翻译和介绍外国文学作品。中国因为战争动乱，已经有十年时间与外国文学思潮隔绝，因此首先要了解外国新思潮，才谈得上我们自己的创作。

《文艺新潮》对于法国文学特别予以关注，其第1卷第1期"发刊词"后的第一篇文章就是《法兰西文学者的思想斗争》，署名是"翼文"。这篇文章对于法国战后思想背景的介绍，与马朗在"发刊词"中所说的战后心境十分吻合。《文艺新潮》第1卷4期是"法国文学专号"，在"编辑后记"《向法兰西致敬！》中，我们看到《文艺新潮》对于法国文学的高度推崇，认为"事实上，这几十年来，领导着世界文艺主流的不是英美，更不是苏联，而是法兰西。这才是我们应该依循的方向"。不但如此，编者甚至认为，美国文学"从海明威到爱仑坡都是在法兰西文学的薰陶下成长起来的"。

法国存在主义是两次世界大战后西方最为流行的文学思潮，是战后人心绝望的表现，最为合乎马朗等人的心理。《文艺新潮》

---

[1] 马朗："编辑后记"，《文艺新潮》1956年第1卷第1期，第51页。
[2] 马朗："编辑后记"，《文艺新潮》1956年第1卷第2期，第21页。

第1卷1期《法兰西文学者的思想斗争》一文专门指出,存在主义就是两次世界大战后的对于世界和人性的新解释:

> 嘉谬大声疾呼:"……我们所必须居住的世界是一个荒谬的世界,再没有其它的东西了,连我们可以匿避的地方也没有。"
>
> 在街道上,流行的字成为萨泰的"存在主义"(Existentialism)。人不过孤独地"生存"在一个上帝已死去的世界里,没有一些价值。[1]

马朗本人对于存在主义有高度兴趣,坚持翻译介绍萨特。早在《文艺新潮》第1卷第2期,他就刊出自己所翻译的萨特的小说《伊乐斯特拉土士》。在《文艺新潮》第1卷第4期

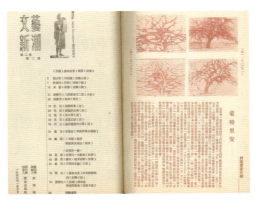

《文艺新潮》第1卷第2期

他又刊出了自己所翻译的萨特的另一部小说《墙》。在《文艺新潮》1卷11期上,他翻译发表了萨特的论文《论杜斯·帕索斯和〈一九一九〉》。马朗翻译的萨特的小说《伊乐斯特拉土士》,是这篇小说最早的汉译。直到1965年,内地的作家出版社才内部印行郑永慧译本,译名为《艾罗斯特拉特》,它后来成为内地的固定译名。

马朗喜欢萨特,但不喜欢他后期的转向。我们注意到,马

---

[1] 翼文:《法兰西文学者的思想斗争》,《文艺新潮》1956年第1卷第1期,第4页。

朗所翻译的《墙》和《伊乐斯特拉土士》分别出版于 1937 年和 1938 年，都是萨特前期书写人生荒谬绝望的小说。在翻译《伊乐斯特拉土士》的说明中，马朗明确地指出："《伊乐斯特拉土士》是在他未转向时的早期作品，所用技巧类乎现代画的点彩派，允称现代小说的示范作，绝非转向后的流俗可比。时至今日，萨泰等于已经完了，但是他真正为文学努力的一段还是不可忘怀的丰收。"[1] 曾身为《文艺新潮》一员的卢昭灵对马朗所说的"萨泰等于已经完了"等话耿耿于怀，认为马朗所说不准确，萨特彼时创作力还十分旺盛，1964 年才获诺贝尔奖，1980 年才去世[2]。卢昭灵不清楚，马朗对于萨特的贬低是从思想上来说的，他认为萨特自政治转向以后，就已经完了。

马朗虽然多次翻译萨特的作品，然而他更倾向于加缪。在《卡缪和〈异客〉简介》一文中，马朗高度评价加缪，认为他"近数年来一再以其现代人的呼声，证实他是这苦难时代的良知，一跃而成今日自由世界知识界精神和思想的救主"。马朗还引用匈牙利作家亚瑟·柯斯特勒的评语："在法国，三位最重要的作家便是马尔劳，萨特和卡缪。在其中，最伟大的就是卡缪。"在《文艺新潮》2 卷 2 期，马朗刊发了罗缪（杨际光）翻译的《嘉谬答客问——论政党及真理》，在文章的附记中，编者介绍了加缪当年（1957）获诺贝尔文学奖的情况，并提到加缪是"法国存在主义运动领袖萨德的主要支持者，但不久又因意见不合与萨德决裂，提出所谓'荒谬'哲学，认为人生是荒谬的，每个人须自行从中探求意义。其思想基本上仍不脱存在主义影响，虽然其本人

---

[1]《文艺新潮》1956 年第 1 卷第 2 期，第 23 页。

[2] 卢昭灵:《五十年代的现代主义运动——〈文艺新潮〉的意义和价值》,《香港文学》1989 年第 1 期，总第 49 期。

断然否认。"[1]《文艺新潮》最后一期（第 2 卷 3 期，总第 15 期）刊登了马朗和余庆共同翻译的加缪的《异客》。《异客》计六万多字，占据了全刊大半的篇幅，可见其受重视程度。在《文艺新潮》这一期的"编辑后记"上，马朗说明，"因我们要偿还一个心愿，将卡缪的《异客》介绍给读者，结果，这篇六万多字的翻译工作费了半年的时间"。为此，不惜导致了这一期的拖延。不过，这部小说也给了《文艺新潮》这期终刊号一个有分量的结局，同时表明《文艺新潮》翻译介绍存在主义的有头有尾。

虽然在 1949 年前中国对加缪有过介绍，但他的任何作品都没有汉译。直至 1961 年 12 月，作家出版社上海编译所才出版了孟安根据 1958 年法文版翻译的加缪的小说《局外人》，此版本系内部发行，见者很少。马朗苦心费力半年翻译的《异客》，是《局外人》的第一个汉译本。有关"局外人"这样一个译名，马朗其实有不同看法。马朗译本根据的是 Stuart Gilbert 的英译本，他解释说："查 L' Etranger 一字日译本译为'异乡人'，是较狭义的阐释，英译本有译为'局外人'（*The Outsider*），则较意译；比较贴切的字似应是'异客'。因为，卡缪认为现代人被他的本性及环境所判定而流入精神上的放逐，一直在寻觅一个可以令其再生的内在的王国；在未觅到这王国之前，现代人的处境就和'异'乡作'客'差不多，同时他的行迳也不得不像局外人一般怪异冷漠。"[2]

《文艺新潮》还介绍了萨特的亲密战友西蒙·波伏娃并翻译了她的作品。《文艺新潮》第 1 卷第 7 期刊登了罗谬翻译的波伏娃的《〈士绅们〉一章：爱之插曲》。《士绅们》是波伏娃 1954 年获法国龚古尔文学奖的著名小说，《爱之插曲》是其中的一章。

---

[1]《文艺新潮》1958 年第 2 卷第 2 期，第 61 页。
[2] 马朗：《卡缪和〈异客〉简介》，《文艺新潮》1959 年第 2 卷第 3 期，第 80 页。

译者是将波伏娃作为存在主义作家来看待的,在《〈士绅们〉作者简介》中,译者说明"西蒙·地·波芙亚与保尔·萨泰同是法国存在主义哲学的创建者"。对于这部小说,译者也从存在主义的角度进行简要分析:"《士绅们》一书在对战后法国知识分子复杂混乱生活的深入描写中,充份发挥了作者的存在主义思想,但也驳斥了存在主义主要是一种乐观主义哲学的谬说。"[1]西蒙·波伏娃的作品进入内地更晚,1986年,她的《第二性》节译本由湖南文艺出版社出版,此后她以女性主义的身份影响中国。她的小说《士绅们》直到1991年才由许钧翻译、漓江出版社出版,译名为《名士风流》。由此可见,《文艺新潮》对于波伏娃的翻译介绍在时间上是比较早的。

如果说,《文艺新潮》在思想上倾向于存在主义小说,那么在诗歌上,他们则倾向于欧美现代诗,这应该与20世纪50年代初期以来的台港现代诗运动有关。《文艺新潮》翻译介绍了大量的法英美等国的现代诗,堪称翻译史和文学史上值得书写的一章。

《文艺新潮》1卷4期是"法国文学专号",共15部作品,其中刊载了9个法国现代诗人的诗作,占据专号大部分篇幅,算得上是一个"法国现代诗专辑"。其中包括:

桑简流译:梵乐希《海滨墓园》(长诗)
纪弦译:《阿保里奈尔诗选》(诗)
叶泥译:《保尔·福尔诗抄》(诗)
卜量译:《玛克司·夏考白散文诗抄》(散文诗)
叶泥译:《古尔蒙诗选》(诗)

---

[1]《文艺新潮》1956年第1卷第7期,第63页。

孟白兰译:《茹勒·苏贝维尔诗抄》(诗)
贝娜苔译:《艾吕雅诗选》(诗)
巴亮译:《米修诗文抄》(诗及散文诗)
闻伦译：贾琪·普雷维尔《塞纳路》(诗)

法国现代诗到此还没完，《文艺新潮》第2卷第2期又出现了一个"法国诗一辑"，刊登了3个法国现代诗人的诗作：

马朗译：安得列·布勒东（两首）
穆昂译：罗贝·德思诺斯（两首）
无邪译：艾玛纽艾尔（三首）

除法国现代诗之外，还有英美现代诗，《文艺新潮》分别刊登了两个马朗本人翻译的"英美现代诗特辑"。
第1卷第7期是"英美现代诗特辑"（上）美国部分：

（一）华雷士·史蒂文斯（二）威廉·卡洛士·威廉斯（三）庞特（四）玛丽安妮·摩亚（五）艾略脱（六）阿茨波·麦克列许（七）E.E.康敏士（八）哈特·克仑（九）穆蕾儿·鲁吉沙（十）卡尔哈汝洛

第1卷第8期是"英美现代诗特辑"（下）英国部分：

（一）叶芝（二）劳伦斯（三）薛惠儿（四）刘易士（五）麦克尼司（六）奥登（七）史班德（八）乔治·巴克（九）戴兰·汤玛斯（十）大卫·葛思康

《文艺新潮》对于欧美现代诗的介绍相当用力。在诗人诗作的选择上，既有代表性诗人，也有新近崛起的作家。刊物不但对于每一个诗人及其诗作都有简要介绍分析，并且力图勾勒出欧美现代诗的大势。马朗谈道："在创立现代诗的大旗方面，大家谁也忘不了法国的阿保里奈尔，然而在推广现代诗的这几十年来，英美的现代诗却占着后来居上的地位。"在英美诗中，本来是英诗不可一世，美诗下里巴人，但美诗后来居上了，"至一九一二年是一个大转变，艾茨拉·庞特、史坦恩女士、艾略脱受法国的影响，领导着美国诗坛投入了现代派的潮流……英诗反被盖罩，而逐渐追随于后了"。[1] 至于英诗的内在线索，马朗梳理得也很清楚，"英国现代诗的起源并没有美国那样清楚，象征派和美国人领导的意象派是一种启迪，叶芝最早就看到了驾御时间，应用机械的中产阶级驱逐了贵族和农户，接着艾略脱在英国文坛投下了一颗炸弹，但是，直至一九三二年才到临一个转捩点，具有深澈社会观和政治概念的'诗坛三英'奥登、史班德和刘易士，抗拒了艾略脱建立的'艰深'，把英国诗推到社会改革这方面的问题上去。这倾向直至第二次世界大战，才由戴兰·汤玛斯和乔治·巴克等倡导了新浪漫派，回到个人世界的象牙塔里来"。[2] 看得出来，马朗对于欧美现代诗驾轻就熟，经由作品翻译和介绍，相当清晰地向读者展现出欧美现代诗的风貌。

中国诗坛对于西方现代诗的系统译介，主要开始于20世纪二三十年代。1928年，由刘呐鸥创办的《无轨列车》第1、2期连载了徐霞村翻译的关于瓦雷里（徐霞村译为哇莱荔）的诗论。1929年，由刘呐鸥、施蛰存、戴望舒编辑的《新文艺》第1期发表了戴望舒翻译的《耶麦（Francis Jammes）诗抄》，施蛰存还翻译介绍

---

[1]《文艺新潮》1956年第1卷第7期，第47页。
[2]《文艺新潮》1957年第1卷第8期，第46页。

了一本美国人所写的有关现代诗派的著作《近代法兰西诗人》，分期发表。1932 年，由施蛰存等人创办的《现代》，以专辑形式对西方现代诗开始进行较大规模的翻译介绍。总体而言，30 年代进入中国的西方现代诗，主要来自法、美、英三个国家：一是以果尔蒙、瓦雷里为代表的法国象征主义诗歌，二是以庞德为代表的美国意象主义诗歌，三是由美转英的以艾略特为代表的现代主义诗潮。可惜随着左翼文学和抗战的兴起，欧美现代诗的引入逐渐衰减，但艾略特和奥登等现代诗人仍在中国受到欢迎，特别是艾略特的《荒原》于 1937 年被赵萝蕤翻译出版，成为翻译史上一件值得书写的事情。1949 年以后，欧美现代诗的翻译引进更是基本终止。在中国诗坛对于欧美现代诗愈来愈陌生的情形下，《文艺新潮》在 50 年代中期对法国、美国和英国三个现代诗系统的进展进行翻译介绍，这无疑重新接续了 20 世纪中国现代诗的传统，重要意义不言而喻。需要提及的是，在这种译介影响下的台港现代诗创作，同样也填补了中国现代主义在五六十年代的空白。

《文艺新潮》固然突出法国文学，推崇存在主义，并着力翻译和介绍现代诗，但同时又大量译介了其他国家的文学，它的目标本来就是全面地介绍十年来"世界各国的现代文学，让大家看到现阶段国际水准上的新作品"。这里的现代文学既包括二战后风靡世界的现代主义杰作，也包括其他非现代主义优秀作品。

除了上面提到的存在主义思潮影响下的作品和欧美现代诗之外，《文艺新潮》还翻译和介绍了不少其他外国现代主义作家作品，其中颇多在中国现当代文学史上产生了较大影响的经典作家，如里尔克、洛尔迦、横光利一和海明威等。对中国当代产生了巨大影响的博尔赫斯的作品，也早已在《文艺新潮》上被翻译过来。

《文艺新潮》1 卷 1 期刊登了林靖翻译的黎尔克"诗二首"，黎尔克即里尔克，译者将其称为"德国近代最伟大的抒情诗人"（里尔克系奥地利人，严格说应该是德语诗人——本书作者注），《文艺新潮》所译的两首诗歌为《孤独》和《时间倾泻着》，正如译者所说，"悲哀和死是他诗中的主题"，这正符合《文艺新潮》的心境。里尔克早在20世纪20年代就由冯至等人介绍到中国，后来对中国新诗产生了重要影响。《文艺新潮》第1卷第10期再次刊载方思翻译的里尔克的诗《西班牙舞女及其他》。译者方思自1952年开始翻译里尔克作品，到该译诗发表时已历经五载，他表示：虽然里尔克已有译本在前，但他仍然精益求精，希望译得更好，"《西班牙舞女》（Spanische Tanzerirs）一诗久已想译，未果。今年元月六日之夜，居然译成，且后与他译比较，似觉至少拙译更忠实于原作，不禁为今年试笔之顺遂喜"。[1]

　　《文艺新潮》1卷5期刊登了明明翻译的卡夫卡的"思想小品"《比喻箴言录》。卡夫卡是西方现代派巨子，然而在中国的翻译却很晚。直到1948年，天津《益世报·文学周刊》（110期第6版）才于9月13日刊登了由叶汝琏翻译的卡夫卡日记片段《亲密日记》。1966年，作家出版社出版了李文俊、曹庸翻译的《审判及其他》，其中包括《判决》《变形记》《在流放地》《乡村医生》《致科学院的报告》《审判》六部小说，这是我国第一次完整地翻译卡夫卡小说，不过是内部发行。《比喻箴言录》来自卡夫卡的散文集《最亲爱的父亲》，包括《面包》《双手》《圈子》《真伪》等16篇，应该是卡夫卡散文的较早汉译。

　　《文艺新潮》1卷5期还刊登了由马朗翻译的西班牙诗人的《卡西雅·洛迦诗抄》。洛迦即洛尔迦，被马朗称为"西班牙现代最伟大的诗人"，20世纪30年代即由戴望舒译介到中国。1956年，作家出版社内部印行了由施蛰存整理的戴望舒遗稿《洛尔迦

---

[1]《文艺新潮》1957年第1卷第10期，第25页。

诗抄》，这个译本对于北岛等"文化大革命"地下诗人产生了一定的影响。巧合的是，马朗在《文艺新潮》上翻译洛尔迦，正好与内地出版《洛尔迦诗抄》同年。

《文艺新潮》1卷10期以三分之二的巨大篇幅，刊登了由东方仪翻译的日本横光利一的长篇小说《寝园》，并且将日本古谷纲武的评介《〈寝园〉解说》的译文编排在这篇小说之前，又刊登了由译者东方仪撰写的介绍文章《横光利一与横光文学》。横光利一的名字是为中国的读者所熟悉的，正如东方仪所介绍的，"他的短篇名作《拿破仑的轮癣》早经周作人等先后介绍过，我国刘呐鸥并曾翻译过以横光为首的新感觉派小说集《色情文学》"。"中国的穆时英、刘呐鸥等的小说也是由此而来。"不过，横光利一的长篇小说却未曾译介到中国，这次译者征求横光利一夫人之同意，将《寝园》翻译成汉语，让汉语读者一睹这位"在日本文学上至今仍站在最高位置上"的作家的长篇小说风采。

阿根廷作家博尔赫斯在新时期中国是炙手可热的作家，多数中国现代乃至后现代主义作家都不同程度地受到他的影响。1961年，《世界文学》杂志第4期刊登过一则简讯，提到博尔赫斯（时译为"波尔赫斯"）。这是 Borges 之名在内地的最初出现。1979年，《外国文艺》刊登了王央乐翻译的《交叉小径的花园》等四篇博尔赫斯小说。香港翻译博尔赫斯作品较内地早了20多年，在1957年8月1日出版的《文艺新潮》第1卷第12期上，就出现了思果翻译的博尔赫斯（时译为"鲍盖士"）的小说《剑痕》。译文前有对于博尔赫斯的简单介绍："J.L. 鲍盖士（Jorge Luis Borges）是阿根廷人，通晓德、法、英、西语言，对古典文学也有研究，是一位著名的现代派诗人、批评家、小说家。十八岁即去西班牙留学三年，曾参加第一次大战后西班牙之文艺革新运动。一九二一年返阿根廷，成为该国现代文学的倡导者之一，现居阿京贝内艾理斯。"[1]

　　海明威是中国读者喜爱的作家,早在海明威刚刚成名的1929年,黄嘉谟就翻译了他的短篇小说《两个杀人者》,收录于上海水沫书店出版的《别的一个妻子:美国现代短篇选集》中。海明威于1941年抗战期间来过中国,在中国颇受欢迎,以至1949年后其作品仍有少量出版。不过受政治气氛影响,他在中国逐渐受到冷落,以至1961年海明威开枪自杀,举世震惊,中国却没有多少表示。《文艺新潮》在1958年1月10日2卷2期上发表了杨际光翻译的海明威(时译为"汉明威")最新创作的两篇短篇小说,总题为"黑暗的故事",包括《找只带路狗》和《通达的人》。海明威自1952年出版名著《老人与海》之后,多年未有新作发表,"黑暗的故事"两篇是他发表于1957年10月《大西洋》的最新作品,也是他在30年代以来第一次写短篇小说。3个月以后,《文艺新潮》就发表了海明威这两部短篇小说新作的汉译,可谓相当及时。

(二)

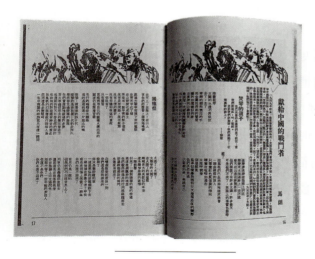

马朗《献给中国的战斗者》

　　在《文艺新潮》创刊号上,马朗发表了一组题为《献给中国的战斗者》的组诗,共两首:一是《焚琴的浪子》,二是《国殇祭》。

焚琴的浪子
甚么梦甚么理想树上的花
都变成水流过脸上一去不返

---

[1]《文艺新潮》1957年第1卷第12期,第42页。

国殇祭

一个霸权打倒了一个霸权

你们去这样消灭了

是换来了甚么呀

……

你们为广大的人群扛起了死亡的十字架

春天，人们便会快乐了

可是到了春天人们的忧郁更加深

宣言和法令全是圈套

骗了你们

断送了青春和光荣的岁月

你们是为的甚么

永远不回来了

可以看出来，马朗的重点并不在于以一种政治批判另一种政治，而在于揭示政治和战争本身对于人的欺骗和毁灭，表现了诗人的困惑和幻灭感。马朗在《文艺新潮》的"发刊词"中就描绘过这种感受，"曾经是惶惑的一群，在翻天覆地的大动乱中，摸索过，争斗过，呐喊过，同时，也被领导过，被屠宰过，我们曾一再相信找到了完美的乐园，又再一被欺骗了，心阱和魔道代替了幸福的远景"。这种心境与《焚琴的浪子》《国殇祭》是互相呼应的。

在《文艺新潮》第 3 期上，马朗刊登了台湾现代主义代表诗人纪弦的《诗十章》。纪弦现代诗的出现至关重要，在香港诗坛

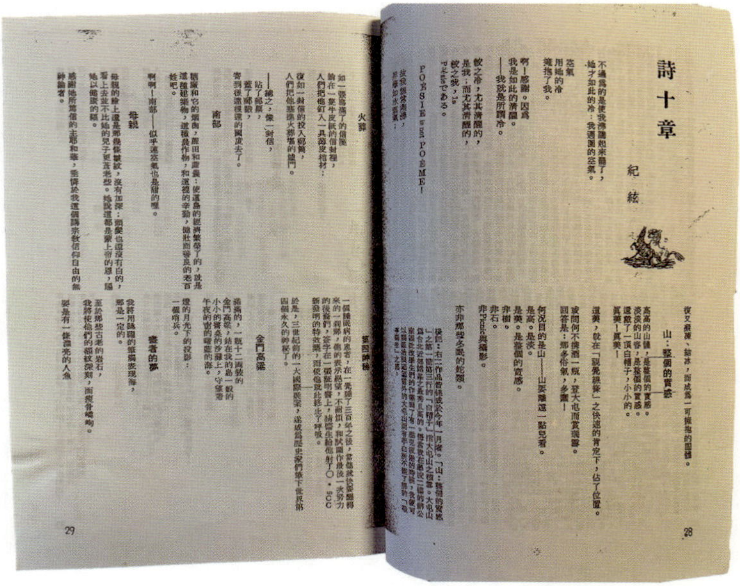

纪弦《诗十章》

起到了引领的作用。纪弦在台湾倡导波德莱尔以来的现代诗，追求诗的"知性"和"纯粹性"。这次在香港发表的《诗十章》中的前两首是他的新作，写于1956年1月，自《火葬》到《十一月的新抒情主义》这后八首写于1955年，由此可以看到纪弦在现代诗的写作中的进步，确如纪弦自己在后记中所说："不断地追求，探险和试验，而始终保持个性，这就是我所企图的了。"

纪弦的《诗十章》之后，马朗发表了《一九五〇年车过湖南（外五首）》，表明了香港诗歌的新姿态。马朗这六首诗，已经告别了《焚琴的浪子》《国殇祭》的政治感叹和抒情，而是在奇特的意象中冷静地寄寓了自己的思考：

空虚
帘幕慵倦低垂
如兵败时卷着的旗帜

人去后
楼台外寂寥而苍郁的天
伸到空中去的一只只手
一支支无线电杆
要抓住逝去的甚么

鸦雀无声
云滞留在一个定点
风停了

一片记忆里的空白
映现在对面的墙上

  这六首诗,水平不一,《空虚》是比较好的一首。整体来说,这些诗已经远离抒情诗,不过有些诗还仅仅停留在意象诗阶段。

  紧接着《一九五〇年车过湖南(外五首)》,《文艺新潮》发表了叶冬翻译的艾略特的名诗《空洞的人》。叶冬是昆南的笔名,这首诗的翻译是昆南第一次登上《文艺新潮》。至《文艺新潮》第5期,昆南发表了一首四百行长诗《卖梦的人》,让人耳目一新。

  昆南开始时也是以"力匡体"起步的,他在回顾自己写作生涯的时候,首先追溯到力匡的影响:"他以'力匡'笔名,在《星岛晚报》副刊发表过不少'短发圆脸'的白话诗,疯魔了不少男女学生。"[1]昆南那个时候也很崇拜力匡,慕名排队请他签名,并希望能够登门拜访。昆南早期的诗有不少模仿力匡的痕迹,甚至

---

[1] 昆南:《文之不可绝于天地间者——我的回顾》,《中国学生周报》1965年7月23日,第679期。

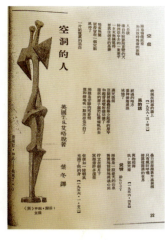

艾略特《空洞的人》

有些句子都很相似。从1955年《诗朵》开始,昆南走向反叛。不过,真正点燃昆南反叛热情的,是《文艺新潮》[1]。昆南被《文艺新潮》的"发刊词"所感召,投稿翻译了艾略特《空洞的人》,马朗给了他很多意见,两人从此结识。受艾略特和无名氏的影响,昆南在《文艺新潮》上彻底展开了自己汪洋恣肆的诗歌空间。《卖梦的人》表现的是自己成长经历中的梦魇和焦虑,意识流式的非逻辑片段已经完全不同于从前的抒情风格,而一连喊出六个"空洞",也足见艾略特的影响。

到了《文艺新潮》第7期,昆南连续发表了长诗《布尔乔亚之歌》和《穷巷里的呼声》。如果说,《布尔乔亚之歌》引用无名氏的话"这个时代,没有悲观,只有毁灭……"作为小引,继续《卖梦的人》中的个人青春焦虑,那么《穷巷里的呼声》则已经更具社会维度,颇有深度地表现了香港历史文化的错综。诗人感觉"现代的人不是'原人',更不是'完人'"。尤其在1956年10月10日"九龙暴动"事件后,昆南真正感觉到自己是一个香港人,是一个在殖民统治下生长的中国青年。香港人,意味着很多的分裂和错乱:

为什么我们要有两个祖国?

---

[1] 昆南高度评价《文艺新潮》的历史地位,认为它"是香港文坛的一座永远矗立不倒的里程碑","这十五本册子,对于近十年来中国文化影响之巨大,是难以臆断的。至少,台港的各新锐诗人们都承认曾受《文艺新潮》的感召"。昆南:《文之不可绝于天地间者——我的回顾》,《中国学生周报》1965年7月23日,第679期。

为什么我们在异族的统治下才肯驯服地过活？

为什么单为了死板的主义，我们要左手劈右手？

为什么我们不团结一起，反分别依赖别国的力量？

为什么硬把锦绣的河山、民间的艺术涂上政治的色彩，作独裁者的偏见、野心的幌子？

为什么拿人民的骨和肉做桥基，或者是埋于异国的战地？

为什么这张嘴说民主，而另一条腿把百姓踢出"门"外？

为什么七年来老说着一套什么"救国高于一切"，而事实关着"门"打盹？

这些句子具体化了艾略特所说的人的悲剧。诗人说："我想在这岛上的百万人都不时这样问自己。一个分不出和找不到真正的祖国的民族，是万分沉痛的！"问题是没有答案，明天依然如此，"天亮了便有路走了？然而，光几时才出现？而路又要血才可以开辟的吗？"《文艺新潮》第2卷第1期，昆南再次发表《悲怆交响乐——一九三三年发生在柏林深夜的故事》，以长诗形式写政治和历史。上述诗歌看起来有点像政治抒情诗，其实不然，昆南在诗中表现的并非政治呼吁，而是个人迷惘及历史错综，在形式上也是非逻辑意识流化的，有超现实主义的倾向。

如此，昆南便成了《文艺新潮》的主要现代诗人，是马朗现代主义实践最有力的支持者。至第1卷第10期，昆南和马朗两个人的诗作就排到了一起。马朗发表的是《忆江南二题》，昆南发表的是《思怀四章》。马朗的《忆江南二题》和昆南的《思怀四章》都是回忆性短诗，让我们能够清楚地看到两人之间的风格差异。相对来说，马朗的意象性和抒情味更重，而昆南的现代感更强。

从诗歌上看，马朗、纪弦、昆南是《文艺新潮》的三个最为关键的人物，其他重要作者都分别是追随这三个人物的。

首先要提到的，是以贝娜苔为笔名写诗的杨际光。杨际光早在20世纪40年代就和刘以鬯兄弟一起办怀正出版社，他对于马朗所写的《文艺新潮》"发刊词"很有同感，"跟马朗一样，我们也属'失落'的一群。因此，同在《文艺新潮》旗下，寻找脱出颓废死亡的道路"[1]。杨际光在《文艺新潮》刊登最多的是翻译作品，他分别以杨际光、罗谬、贝娜苔等笔名翻译了大量的外国诗歌、小说和论文。其中包括：（希腊）乔治·沙伐利斯的《舟子颂》（译诗）、（法国）纪德的《德秀斯》（中篇小说）、（德国）汤马斯·曼的《艺术家与社会》（论文）、（印度）山莎·拉玛·罗的《给青年作家的一封信》（论文）、（法国）西蒙·地·波芙亚的《〈士绅们〉一章：爱之插曲》（小说）、（丹麦）J.颜生的《孤儿》（小说）、（西班牙）希门涅斯的《睡与归》（诗）、（瑞典）彼德·威斯的《文件之一》（小说）、（法国）嘉缪的《论政党及真理》（论谈）和（美国）汉明威《黑暗的故事》（短篇小说）等。在《文艺新潮》译介外国文学思潮的过程中，杨际光发挥了举足轻重的作用。"匈牙利事件"爆发后，杨际光还采访了匈牙利诗人保罗·伊格诺托斯，并写了一篇《匈牙利革命诗人会见记》，发表于《文艺新潮》第2卷第1期。

说到诗歌，杨际光也是香港早期现代诗的开拓者之一，昆南曾回忆："还是学生的年代，在《星岛晚报》每晚一篇力匡的十四行，他笔下的短发圆脸的小姑娘，催眠着我们一群中学生，可是当接触到贝娜苔的作品之后，力匡的魔力便很快消失了，至少对我个人是如此。"[2]马朗在第1卷第2期《文艺新潮》上居然

---

[1] 杨际光：《香港忆旧：灵魂的工程师》，《香港文学》1998年第11期，总第167期。
[2] 昆南：《挽救了诗的诗人——读杨际光的〈雨天集〉》，《香港文学》2002年第2期，总第206期。

 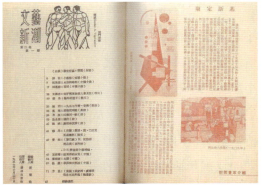

《文艺新潮》第 2 卷第 1 期，总第 13 期

把贝娜苔的小诗《水边·静室》放在大名鼎鼎的徐訏的作品之前，可见贝娜苔是马朗的知音。能看得出来，贝娜苔的这两首小诗《水边》和《静室》，在风格上已经完全不同于徐訏、夏侯无忌等诗人。《水边》最末的第三段是："水面映出怪形的脸，/唇上缀起两瓣娇艳的花，/微波仍将花影载去，/送入没有定处的墓穴。"格调之唯美、想象之丰富，很有现代诗的味道。杨际光自言追求的是诗歌的"纯境"，他被李维陵称为"迈向到时代的前面去了""挽救了诗"[1]的诗人。然而，后来他只在《文艺新潮》上发表过几首诗，整体上数量不多，他把主要精力放在了作品的译介上。

如果说，杨际光是属于马朗集团的，那么《文艺新潮》还有另外一个更大的集团，那就是昆南集团。跟昆南办《诗朵》的几个诗人，后来都被《文艺新潮》吸引过来了。在《文艺新潮》上，昆南主要发表诗歌，兼及小说；卢因主要发表小说，兼及诗歌；王无邪和蔡炎培主要发表诗歌；叶维廉去了台湾大学念书，成为台湾现代派重要诗人，不过他也在《文艺新潮》发表诗作。

---

[1] 关于"纯境"的描述，参见杨际光：《李维陵描绘的香港面貌》，《香港文学》1998 年第 6 期，总第 162 期。李维陵对杨际光的评价，转引自昆南：《挽救了诗的诗人——读杨际光的〈雨天集〉》，《香港文学》2002 年第 2 期，总第 206 期。

在罗便臣王府聚会时，蔡炎培喊出："昆南，你的理想很了不起。我愿意为《诗朵》流最后一滴血！"[1]可见他对于诗歌的热情。蔡炎培以"杜红"之名，在《文艺新潮》上发表了《痴云和小憩》《安魂曲外一章》等诗。蔡炎培一开始喜欢何其芳，后来追随梁文星（吴兴华）。从上述诗歌来看，蔡炎培的诗较受古典诗歌影响，内容感伤，形式唯美，诗行也大多整齐。无怪乎他不太同意现代诗有关"知性""感性"的区分，而认同诗歌是"感人的"这一说法。[2]

王无邪是一个诗人，也是一个画家，后来画名超过文名。据王无邪自述，他最初加入《诗朵》时，主要是浪漫主义和唯美主义一路，"徘徊在十九世纪浪漫主义和后来西蒙兹（J.A Symonds）、斯温伯恩（A.A Swinburne）和罗塞蒂（D. G Rossetti）的作品之中"。《文艺新潮》出现后，他才开始转变，"《文艺新潮》创刊，我们就开始由浪漫主义转向现代主义"[3]。这种转变和翻译有关，王无邪在《文艺新潮》上翻译发表了不少现代诗，作者包括艾略特和奥登等。他在《文艺新潮》发表的最有名的诗歌，是组诗《一九五七年春：香港》（第2卷第1期）。这组诗分为十节，分别从不同方面书写了自己对于香港历史和现实的感受，可以与昆南的长诗互相呼应。

叶维廉与昆南、王无邪并称香港现代诗坛"三剑客"。他1955年去台大求学后，成为台湾诗坛重要诗人，不过他仍然关注香港文坛，他在《文艺新潮》第11期刊登的长诗《我们只期

---

[1] 卢因：《从〈诗朵〉看〈新思潮〉——五、六十年代香港文学的一鳞半爪》，《香港文学》1986年第1期，总第13期。

[2] 羁魂：《专访蔡炎培》，《诗风》1979年第2期，总第81期。

[3] 王无邪、梁秉钧：《"在画家之中，我觉得自己是个文人"——王无邪访谈录》，《香港文学》2010年第11期，总第311期。

待月落的时分》,为马朗所激赏。马朗不知道叶维廉是香港诗人,居然将其视为"投稿中有才能的新发现"。在"编辑后记"中,马朗认为叶维廉的长诗"深邃严紧,可以直追奥登",评价不可谓不高。到了后来的《新思潮》,叶维廉则已经成为主要撰稿人。

(三)

香港现代主义运动起源于1955年昆南等人编辑的《诗朵》,不过《诗朵》只是诗刊,小说的变化是从《文艺新潮》开始的。

《文艺新潮》创刊之初,在诗歌上马朗祭出自己写于1949年前后的《献给中国的战斗者》,开创了诗歌新潮,在小说上则准备不足。《文艺新潮》创刊号发表了两篇小说,分别是徐訏的《心病》和万方的《勇士》;第2期发表了三篇小说,分别是平可的《秘密》、齐桓的《摆渡》和唐舟的《女体》。小说作者虽然都算是当时的名家,但如果就《文艺新潮》的现代主义追求来说,这起点显然不高。

《文艺新潮》第5期篇首,赫然出现了李维陵的《魔道》,这篇小说和昆南的四百行长诗《卖梦的人》同时出现,奠定了《文艺新潮》的现代主义气象。李维陵是香港的一位优秀画家,马朗在"编辑后记"中提到,《魔道》

李维陵《魔道》

"证明他同时也是非常优秀的小说家"。李维陵走出了徐訏、齐桓、平可等小说的路数，初步建立了香港现代主义小说的独特品格。《魔道》出现于香港文坛，显得面目奇特。小说的主人公上过大学，参加过在国外训练的抗战部队，当过执行清算的公安干部，后流落香港。他知识非常广博，尤其热衷罪恶意识，热爱波德莱尔、王尔德和妥思托耶夫斯基笔下令人心悸的意象。他能写现代诗，"那的确是现代诗的杰作，纯粹的美和纯粹的感觉，风格上几乎比起艾略特或奥登也无所逊色"。他怀疑社会正常的价值观，行为异于常人。他强奸了供养他的老妇人，并殴打老妇人的丈夫。不过在老妇人愤而保护她的丈夫时，他却受到了强烈震动，明白了自我牺牲的意义，也明白了新道德的必要性。小说并没有批判何种政治，也不是写犯罪因果，而是旨在探讨人的存在的问题，探讨人性深处的美恶错综及其与社会规范的关系，存在主义的味道十足。

李维陵厚积薄发，接下来在《文艺新潮》上又发表了一系列小说。《疑犯》（第11期）写香烟摊主卓记素来受老婆的欺负，最后实在受不了了，出走香港，因为没有证件，被香港警方扣留了。卓记的老婆以为他自杀了，后悔不迭，为他办丧事。没想到卓记却回来了，他的老婆完全忘了她的后悔，破口大骂，生活又开始了循环。小说在叙事上颇具功力，看起来很写实，细节准确，引人入胜，然而读着读着就让人有荒谬之感。

《荆棘》（第2卷第2期）的写法又有所不同，这是一篇较为文坛推崇的小说。小说写一对父子，父亲是一个有天赋的诗人哲学家，整天为人类命运忧心忡忡，思考一些形而上的问题，然而却丢了大学教职，连自己都养不活，还得让儿子在工厂辛苦挣钱供养自己。他的儿子正相反，完全从实利的角度看待问题，认为他父亲就是废物，野心大而不切实际。父亲后来虽然获得外界承认，然而于他的生活并无帮助，终于穷困潦倒而死。与《魔道》有点相似，小说仍在探讨人性的偏执。有评论认为，小说旨在批判庸众对于天才的扼杀，这种理解有点简单，小说中的儿子其实是一个很有责任心的人，他不但供养父亲，并且归还了"我"替他父亲负担的出书经费。他只是看不惯父亲的疯疯癫癫，百无一用。小说事实上是将父亲和儿子并举，探讨在精神与实利两端的人性。

《火焰》（第9期）则完全是一部意识流小说。小说开始写叙述者在电影院门口等他的女友，一直到小说结束仍然没有等到，而小说已经在叙述者有关他和女友的种种思绪中完成了。在以政治小说为主流的20世纪50年代香港文坛，这种意识流小说尝试是较为少见的。

值得注意的是，李维陵不但是现代小说的尝试者，还是理论倡导者。马朗在《文艺新潮》发刊词上并没有正式阐述现代主义，只是在"编辑后记"约略提到要为现代主义而"奋斗"，李维陵填补了这一缺憾，他在《文艺新潮》上公开发表了《现代人·现代生活·现代文艺》（第1卷第7期）等文章，系统地论述了现代主义。在《现代人·现代生活·现代文艺》一文中，李维陵谈到，现代主义是在反对19世纪自然主义与写实主义的过程中发展起来的，其特征是"委弃了传统的文学艺术形式，献身致力于一个感觉世界的探索"。它背后的哲学支持，是弗洛伊德、柏格森等各种自我主义思潮。在李维陵看来，现代主义思潮在20世纪头20年迅速蔓延，已经取得了完全的成功，"乔埃司和高克多的小说安排在赛万提斯和费尔丁的书架上；艾略特和梵乐希的诗在书店橱窗里和歌德及雪莱同样可吸引爱诗的读者"。不过，他认为现代主义现在已经进入了消沉阶段，它不能再满足于像过去那样借助于形式技巧去表现感觉，而是深入地去探讨人存在的意义，"文学艺术不只如实地表现作家与艺术家的自我感觉，也不只如实地表现他们和外界的关系,它的现代任务是:怎样鼓励人在纷繁与变动剧烈的现代生活中找求他自己和其他人存在的意义"。看得出来,李维陵是站在 20 世纪 50 年代香港左右派政治冲突的背景下论述现代主义的,并且他的观察深受法国存在主义的影响。李维陵的这篇文章,堪称《文艺新潮》的现代主义理论宣言。

大概是忙于翻译和诗歌创作,马朗的小说直至《文艺新潮》第 7 期才出现,不过他一出手就不同凡响。他以不同笔名同时发表了两篇小说,一是署名"马朗"的《太阳下的街》,另一篇是署名"赵览星"的《秋天乘马车》。这两篇小说在叙事上与当时的写实小说、反共小说乃至于通俗小说比较起来都完全不同,与李维陵的小说相比也不太一样。如果说李维陵的小说有存在主义的味道,那么马朗的小说追求的则是心理分析和意识流。

《太阳下的街》写的是刚刚在香港九龙发生的"双十暴动"。1956 年 10 月 10 日"双十节",因"中华民国"国旗被移除,九龙发生暴动,酿成多人伤亡。小说并没有描述这起暴力事件过程,更没有对这一政治事件表明立场,而只是写卷入这一暴力事件中的人物心理。"他"对于这一事件完全不明所以,只是在街上目睹打砸的人流,就被卷进去了。"他"喊了一声,让大家去拆旁边的竹篱,大家像发现宝藏一样,都拿起了竹竿当武器。这句话改变了"他"的身份,让"他"俨然成为领袖,"他"就更起劲了。

不过,"他"所想的都是自己过去在恋爱中的屈辱经历,现在终于找到了情绪的发泄口。"他"仿佛成了英雄,可以傲视以前那些看不起"他"的人。然而,在警察来了之后,众人都退去了,"他"莫名其妙地成了领头者,这时候"他"才感觉到后悔和空虚。在这里,我们完全没有看到作为政治事件的"双十事件"的前因后果,却看到了特定时代港人潜在的心理冲突。

如果说,《太阳下的街》还有一个暴动故事作为背景,那么《秋天乘马车》则连故事都没有,只是写"他"在秋天的时候乘马车回乡探望恋人的心境。"他"最终并没有去寻找这个恋人,而是悄悄回头了,连马车夫都不明所以。小说自始至终都是"他"的心绪流动,文字优美古典,"秋草独寻人去后,寒林空照日斜时,已是宿鸟归飞急的时分了,再说些什么呢?他低头走了出来,不敢回首作最后一瞥,在马车旁边,他沉吟的自言自语,问这庄子里人都那里去了呢?"从文体上看,这篇小说风格接近于散文。

在《文艺新潮》第 9 期上,马朗接着发表了另一篇短篇小说《雪落在中国的原野上》。小说写一个军官营长,因不满军阀混战,决定劫持军火,支持北伐军。不过,他在最后时刻被手下出卖,曝尸于荒野。小说并没有刻意展现故事的戏剧性,而是以营长的所思所想结构全文,引出背景和故事。作者自述以"意识流手法"[1]写了这篇小说,其实这篇小说反而较为写实。马朗在《文艺新潮》发表的小说不多,他最后在第 12 期上发表的《烟火》,与《秋天乘马车》风格接近,这一次,他将其干脆标记为"散文"了,尽管多年后他仍然把它编进了小说集。

马朗的小说形态,与他对于现代主义的理解有关。马朗将现代主义小说概括为"失去焦点的小说",也就是"心理分析

---

[1] 马博良:《自序》,马博良:《半世纪掠影——马博良小说集》,香港:中华书局(香港)有限公司,2013 年。

《半世纪掠影：马博良小说集》

小说"，"因为心理分析小说以意识活动为主，而人类意识活动是零碎的断片之连续，没有目的和逻辑，也没有程序，等于十分随意不定的潮流，表现出来，恰似没有对准焦点的摄影，没有一定的中心，表面上好像不清晰"。谁是"失去焦点的小说"的代表人物呢？有人认为是纪德，有人认为是卡夫卡或伍尔芙，马朗认为乔伊思更具代表性。他很佩服乔伊思和普鲁斯特的"非自动回忆"手法，"普鲁斯处置时间和记忆的概念，非常有名，那是一种名为'非自动回忆'的手法，凡事都由一些意外的感觉或联想去回溯到旧事的一幕，甚至想得比当时发生的更鲜明，整个《往事追忆录》实在就是这样一本回忆的大书，记载着不断在主人公心目中循环重现的事物，完全没有时间次序，也就是意识活动的零碎断片连续"。[1] 看得出来，马朗的小说明显在实践这种"非自动回忆"的手法，试图以主人公的非线性、非逻辑的意识为主线，只不过程度不一。《雪落在中国的原野上》过实，《秋天乘马车》与《烟火》则过虚。《太阳下的街》则较为恰切，它已经成为香港"心理分析小说"的名篇。

昆南在发表长诗的同时，也尝试写小说。在《文艺新潮》上，他发表了《夜之夜》（第8期）、《海岸线上》（第12期）等小说。他写小说不拘常规，不愿意遵照线性逻辑叙述故事，而是喜欢运用长短句和断片式场面。《海岸线上》写一个海盗情仇的故事，

---

[1] 马博良：《失去焦点的现代小说》，马博良：《半世纪掠影——马博良小说集》，香港：中华书局（香港）有限公司，2013年。

很像蒙太奇电影。《夜之夜》则是蒙太奇加上意识流，写男主人公文生在两个女人之间的挣扎。不过，他在叙述上常常是场面转换过快，语言突兀，让读者觉得线索不清。昆南小说真正引人注目的，是几年之后的《地的门》。

另一个比较活跃的小说家是卢因。他是《文艺新潮》的主要小说家之一，发表了《余温》（第 8 期）、《父亲》（第 9 期）、《疯婆》（第 10 期）和《私生子》（第 12 期）等为数不少的小说。卢因的小说虽然尝试不同的形式，但相对来说还是较为写实。《余温》采用心理分析的形式，写一个朋友内心善与恶的纠结。《疯婆》采用对话体的形式，写一个疯婆的悲惨命运。最终，他以完全写实的小说《私生子》获得"'文艺新潮'小说奖金入选作品"短篇第二名。

《文艺新潮》所举办的小说奖，颁布于第 12 期，前三名分别为高阳的《猎》、卢因的《私生子》和波臣的《风》，全部是写实小说，可见当时香港的小说风气，也说明《文艺新潮》现代小说探索的难能可贵。

最后要提到的，是小说家刘以鬯。刘以鬯直到最后才登上《文艺新潮》，他先是在《文艺新潮》第 2 卷第 2 期上发表了"四短篇"，时间已经到了 1958 年 1 月。刘以鬯的"四短篇"被置于目录之首，压过了排在第二的李维陵的力作《荆棘》。不过，这春、夏、秋、冬（《春》《夏日兜桥》《秋扇》《冬天来到了》）四篇，大致上只能说是小品。第 2 卷第 2 期出版后，《文艺新潮》已经支撑不下去了，直到一年半以后的 1959 年 5 月，《文艺新潮》才出版最后的第 2 卷第 3 期。在这最后一期上，刘以鬯发表了《黑白蝴蝶》。这确乎是一篇意识流之作，写丧失了行走能力的太太和楼下另一个女人之间的心理对话，小说意识跳跃，文字灵动，预示着刘以鬯驾驭意识流小说的能力。

第三节 《新思潮》《香港时报·浅水湾》《好望角》：现代主义的演进

（一）

发行15期以后，《文艺新潮》就停刊了。马朗解释说，停刊并非钱的问题，而是因为他要出国。他说，原来想把《文艺新潮》交给昆南，他知道昆南有热情，不过因为"昆南吊儿郎当的"，所以他把所有文稿都交给了杨际光，结果杨际光当年就去了南洋。马朗后悔："可能我交给昆南后，昆南做出些东西还说不定。"[1]

《新思潮》创刊号

《文艺新潮》的停刊，让昆南很受打击。不过，未能接手《文艺新潮》的昆南，事实上已经在做其他准备。1958年8月1日，昆南组建了"现代文学美术协会"。1959年5月1日，他又与王无邪等创办了《新思潮》双月刊。《新思潮》的创刊和《文艺新潮》的停刊正好是同一天，衔接十分完美。

因为是"现代文学美术协会"的刊物，《新思潮》除文学外，也具艺术特色，如《新思潮》第2期刊登了狄吾的《最近的画展》、韦禹的《中国现代音乐作品演唱会听后》等文，第3期刊发了协会主办"第一届香港国际绘画沙龙"的消息。除此之外，《新思潮》还关心社会，发表时事

---

[1] 杜家祁、马朗：《为什么是"现代主义"？——杜家祁·马朗对谈》，《香港文学》2003年第8期，总第224期。

政论文章，如《新思潮》第 2 期刊登了《联合书院风潮纪实》《社论剪贴——华侨何辜？护侨何解？》等。不过，整体而言，与《诗朵》和《文艺新潮》相一致，《新思潮》是以追求现代主义文艺为宗旨的。

《新思潮》在"创刊词"中说："我们作为新一代的人，必然感到环境的鞭策。前途的彷徨，思想的空白，传统与现代的矛盾，新旧二代的距离与不了解，以及家国之忧。我们感到同样的苦闷，但我们必求冲破这苦闷，必求这所有的新一代的人冲破这苦闷。"[1] 这一说法与马朗办《文艺新潮》是较为一致的，即旨在打破战后政治文化破产所带来的苦闷。昆南的视野较为开阔，他立足于宏观层面介绍世界新思潮，写下了《西方文学潮流的最近动向》《人类文化思想之转机》等文。在 20 世纪 60 年代到来的时候，昆南是有信心的，他仍然看好存在主义，认为它带动了战后西方的文化，"'存在主义'仍有其积极的意义，至少强调做人的职责，这种'新英雄'的姿态，是相当果敢的。这类的充沛活力在艺术部门上开拓了新的天地，其中尤以绘画的抽象表现，渐达巅峰。诗歌虽有走向阴性（纯抒情）之趋势，可是戏剧与小说对于人性心理的刻划，淋漓尽致，收获不浅"。[2] 面对这种世界文学主流，日本在模仿之中，而中国目下"正受着两个政

《新思潮》"创刊词"

---

[1] "创刊词"，《新思潮》1959 年第 1 期。
[2] 昆南：《人类文化思想之转机》，《新思潮》1960 年第 3 期。

府之惨痛，文化处于流离的阶段，在这一个看来悲观的局面下，国人应该互勉与不继（原文如此，疑为断——引者）努力，完成东西文化的交流"[1]。

《新思潮》很重视翻译介绍西方现代主义思潮。第3期几乎可以说是一个翻译专辑，这里有一个"最新法国诗选录"，翻译介绍了尚·卢斯洛、米歇尔·马诺尔、爱仑·布斯盖、克劳特·罗依和罗拔·沙巴蒂亚5位法国当代诗人的诗作，"虽不足以概括当代法国的全貌，但亦足窥见法国诗自超现实主义之后的趋向"。编者对于这些诗人相当熟悉，在译诗之前分别进行了介绍，"尚·卢斯洛（Jean Rousselot，一九一三年生）的《噢，女人……》仍滞留于本世纪初的象征派的作风，米歇尔·马诺尔（Mlchel Manoll）显然是英国的狄伦·汤玛士（Dylan Thomas）的摹仿者，爱仑·布斯盖（Alain Bosluet）、克劳特·罗依（Claude Roy，一九一五年生）及罗拔·沙巴蒂亚（Robert Sabatier，一九二三年生）三人尚有若许的超现实影子，但其倾向仍很保守"。《新思潮》对于当代法国文学评价很高，认为"我们不能够否认法国在近代的西方文学及艺术思潮中担任重的角色，并往往居于领导的地位"。这种推崇显然和《文艺新潮》的态度相一致。此外，《新思潮》第3期还介绍了1959年度诺贝尔文学奖得主卡摩西度的两首诗歌，这是汉语世界对于当年诺贝尔奖的较快反应。在小说上，《新思潮》这一期介绍了德国作家雷马克和日本作家三岛由纪夫。

《新思潮》刊载的创作反而不多。第2期刊登了4篇小说。蓝布衣的《白姆》和新潮的《表姐》都是短篇小品，介于散文与小说之间。高丽的《爱情的主意》是一篇浅白的无名氏式的传奇

---

[1] 昆南：《西方文学潮流的最近动向》，《新思潮》1959年第2期。

故事。相对来说，卢因的小说《肉之货品》较有立意和构造。《新思潮》第3期只发表了一首诗歌，就是叶维廉的《赋格》。叶维廉在《新思潮》第2期发表了《论现阶段中国现代诗》一文，讨论中国现代诗的前景是"用现代的方法去发掘和表现中国多方的丰富的特质"。《赋格》就是这样一篇诗歌实践。在这首诗中，作者将《诗经》、古文评注以及西洋的意象融为一体，试图创造出将"现代性，古代性，本土及exoticism"合而为一的空间，这一期"编后手记"认为，这首诗"确实是一篇不可多得的力作"。

（二）

《新思潮》之外，需要提到的是刘以鬯主编、1960年2月15日改版的《香港时报·浅水湾》。香港现代主义在马朗、昆南之后，由刘以鬯接棒。

1948年冬天，刘以鬯从上海来到香港。有国民党背景的《香港时报》请他去做副刊编辑，这个副刊就是"浅水湾"。刘以鬯曾在抗战时期编辑过《扫荡报》和《国民公报》副刊，抗战后又在上海编《和平日报》副刊，《香港时报》看中的就是他的这个背景。不过，刘以鬯这次编"浅水湾"时间并不长，因为他不愿意在副刊上刊载旧诗，得罪了老板，被迫走人。他去了《星岛周报》，后来又去新加坡的《益世报》。1957年，刘以鬯重回香港，《香港时报》再次邀请刘以鬯加盟。

《香港时报·浅水湾》并不是一个纯粹的文学副刊，它两边的固定专栏，一边是《香港时报》

《香港时报·浅水湾》

老总李秋生以"且文"的笔名写的"天竺零简"专栏，另一边是张列宿的政论专栏。刘以鬯主动约来的一个专栏，是"十三妹漫谈"。十三妹当时在《新生晚报》的专栏文字相当流行，引起了刘以鬯注意。十三妹外语好，是一个具有相当西方文化素养的作者，可以按照刘以鬯的要求介绍西学。十三妹在"浅水湾"的专栏上发表了《关于欧金·奥尼尔》《关于"存在主义"的文艺思潮》《续谈"存在主义"的反响》《关于"意识流"的小说》《"意识流"小说与我们》《"意识流"小说的接受障碍》和《标榜现代思潮，谢绝八股老套！》等文。看得出来，十三妹具有现代视野，领域又相当开阔。不过，她毕竟只是一个专栏作者，并非文学专业工作者，难免浮光掠影。徐速当时就曾经委婉地批评过她不够专业。十三妹并无特定党派立场，无论左右都敢开骂，这大概得罪了《香港时报》上层。1961年6月30日，十三妹的专栏被停止，她得知后很生气，写信怒斥刘以鬯。刘以鬯向十三妹解释后，她又写信向刘以鬯道歉，可见其直率性格。十三妹当时名声很大，在"浅水湾"上所写的有关现代主义的文章产生了一定影响，也带动了其他作者。

《文艺新潮》的作者，马朗、昆南、王无邪、卢因以至刘以鬯本人，都继续在"浅水湾"上大量发表文章，延续他们对于现代主义的倡导。马朗因为去美国，中止了《文艺新潮》，不过他对于刘以鬯办的"浅水湾"仍然是关注的。马朗发表的文章，有《失去焦点的现代小说》（1960年3月30日）、《洛迦新译和企鹅诗丛》（1960年7月28日），还有介绍米拉堡的诗与歌、野兽派大师等的文章。刘以鬯本人除了以笔名"太平山人"写"香港故事"专栏外，也发表了不少介绍西方现代主义的文章。除此之外，刘以鬯还在1962年10月18日至1963年3月20日的《星岛晚报》上连载长篇小说《酒徒》，此书当年（1963）10月就由香港海滨图书公司出版，成为20世纪五六十年代香港现代主义创作的高峰。

在《香港时报·浅水湾》上，昆南是较多写稿的一个。据昆南回忆，刘以鬯主动向他们这一伙倡导现代主义的年轻人约稿，并且还有意识地组织专辑。昆南写稿的量很大，在"浅水湾"创刊不久，他就用不同笔名发表了为数可观的文章，如《从去年奥亨利小说奖谈起》《抽象艺术的意义》《泛论尼采与存在主义哲学》《五四谈现阶段各地的青年运动》《美国诗坛的实况：兼论中国新诗的"难懂"问题》和《端午节谈中国新诗三大问题·新诗是洋化了的产物？》等，涉及范围很广，既有对于西方思潮的译介，也有对于中国新诗的评论。此外，昆南还与王无邪合作诗画，发表了一系列作品。昆南的创作也在这个时期达到了高峰，1961年他创作出版了长篇小说《地的门》，由香港美术协会出版，这是刘以鬯《酒徒》之外的香港现代主义小说的另一实绩。

没想到，刘以鬯因为发表了昆南等人的文章而受到了上层的批评。报纸的老总不喜欢文学，并认为昆南、卢因和王无邪等人的稿子全是"衰稿"，是其他报纸"青年园地""学生园地"都不给稿费的学生稿，刘以鬯根本找不到好稿，拿这些青年人的稿子来滥竽充数。刘以鬯并不退让，他说："我是认稿不认人的。我不管作者年纪有多大，他在'青年园地'还是'学生园地'写稿，只要他们的文章好我就会刊登。"刘以鬯后来解释自己的办刊思路："当时我想介绍现代主义文学，他们就为我撰写有关现代主义文学的文章。换句话说，这些作者的文章可以帮助我实践编辑方针。"[1]

虽然报纸副刊篇幅有限，但刘以鬯也没有放弃发表长篇作品。"浅水湾"刊登了两个长篇连载：一是连载了学工翻译的海

---

[1] 何杏枫、张咏梅（访问者）；邓依韵（访问整理）:《访问刘以鬯先生》,《文学世纪》2004年第4卷第1期，总第34期。

明威的小说《危险的夏天》，时间是 1960 年 10 月 4 日至 12 月 18 日，分 74 次登完；二是连载了矜式翻译的意大利存在主义小说家莫拉维亚的《两妇人》，时间是 1960 年 12 月 20 日至 1961 年 2 月 14 日，分 49 次登完。《危险的夏天》系海明威生前最后一部未完成的作品，它于 1960 年 9 月分三期刊登在美国《生活》杂志上，"浅水湾"10 月就译成了中文，相当及时。在中国内地，这本书直至 1999 年才由主万翻译出版。

（三）

刘以鬯主编的"浅水湾"文学副刊，只维持了两年零四个月，至 1962 年 6 月 30 日停止。年轻气盛的李英豪动员昆南重振"现代文学美术协会"，新办刊物。昆南已经对香港的文化风气痛心疾首，加之又有家庭负担，对李英豪大泼冷水，但架不住李英豪苦苦相劝，终于点头。在从台湾回来的金炳兴和香港著名画家吕寿琨的帮助下，香港"现代文学美术协会"东山再起。李英豪出任协会会长和国际绘画沙龙的主席，并于 1963 年 3 月出版了半月刊《好望角》，香港现代主义终于由李英豪再续最后一炷香火。

《好望角》的创刊词由昆南撰写。较之从前，他已经没有那么高调，《梦与证物——代创刊词》中说："从筹备到付印一份刊物，我们仿佛经历着熟悉却殊异的梦境，其中重复的苦痛与工作，确实标志了特别的解说或意义。""处于现代社会中，人们似乎渐渐感到文学艺术陌生起来，或者他们认为所谓文学艺术已被科学时代所淘汰，发觉不接触什么'存在'，'意识流'，'抽象'等等，一样舒适地，快乐地生活着；宁愿服膺那种群众文化的潮流（MASS CULTURE），因此，朋友们忠告我们不要冒险，说：'一点火花在无限黑暗中算得什么呢？'"看起来，他对于在商业文化主导的香港倡导现代主义已经没有多少信心。《好望角》是香港"现代文学美术协会"的刊物，特点与《新思潮》接近，即不限于文学，有不少艺术方面的内容，如《好望角》第1期就推出了介绍金嘉伦的绘画和萨德肯恩的雕塑的文章，还有王无邪讨论"廿世纪中绘画问题"和吕琨寿（原刊署名如此，疑为吕寿琨）讨论艺术风格的文章。《好望角》一如既往地译介西方现代主义思潮，常常推出专辑，占据了相当的篇幅，如《好望角》第2期有美国诗人"甘明斯（E.E.Cummings）特辑"，第5期有美国诗人"威廉斯（William Carlos Williams）纪念特辑"，第7期有意大利莫拉维亚（Alberto Moravia）专辑，第10期有法国诗人保尔·艾吕雅诗选。至于其他非专辑形式的翻译介绍，当然就更多。

《好望角》发表的原创作品依然不多。在小说上，第1期发表了陈映真的小说《哦！苏珊娜》，第2期发表了梓人的小说《长廊的短调》，第4期发表了昆南的小说《携风的姑娘》，都是知名作家作品。台港诗人的作品也时有发表。李英豪在刊物上以各种不同笔名发表了大量的不同类型的文章，有的时候简直就是一个人在唱独角戏，如《好望角》第10期中的大部分的译作和文章都由李英豪一人包办。

《好望角》第11期

较为值得注意的，是李英豪的文学批评。李英豪早在学生时代就已经为《中国学生周报》等报刊写稿，但他的文艺批评是从1962年初为"浅水湾"写稿开始的。应该说，李英豪只赶上"浅水湾"的最后半年，不过他以本名及"余横山""冰川""李吻冰"和"李冷"等笔名发表了不少文章，并且时常连载，如1962年

4月24日至27日连载了《论超现实主义绘画（1—4）》、1962年5月4日至8日连载了《论抽象艺术的创作·欣赏与批评（1—5）》等。那时候，李英豪才21岁，可见刘以鬯对他的重视。

在自己主办的《好望角》上，李英豪承接了"浅水湾"的势头，发表了大量的专业文学评论文章，如《论现代批评》（第1期）《论甘明斯》（第2期）、《论诗语言之动向》（第4期）、《论小说 小说批评》（第5期）《小说技巧刍论》（第6期）、《论商禽的诗：变调的鸟》（第7期）《小说与神话》（上、中、下，第8、9、10期）等，差不多每期都有。李英豪发表批评的阵地不止于《好望角》，还有《中国学生周报》《创世纪》等多种港台报刊。这些批评文章，从不同角度构建起了李英豪文学批评的体系。

《好望角》第13期

李英豪文学批评的独特之处，在于它是一种以当代英美新批评为基础的文本批评，这在中国现代文学批评史上是较为少见的。李英豪在《批评的视觉·自序》中谦称这些论文说不上是严肃的"批评"，然而"当我们向往兰松（J.C. Ransom，现译兰色姆——本书作者注）、屈灵（Lionel Trilling）、亚伦·泰特（Allen Tate）、勃鲁克斯（V.W. Brooks）、恩普逊（William Empson）、毕克（Kenneth Burke）、勃拉克穆尔（R.P.Black Mun）等人建立的批评风气时，再回顾我们只有数数半个刘西渭或瑞恰慈的嫡系弟子李广田、韩侍衍（原文为衍，应为桁——引者）或钱锺书，还能束手无视，不试作抛砖引玉之举吗？中国当代文学创作之不振，部分该归咎于欠缺一种真诚的批评推动"[1]。李英豪在这里所列出来的名单，多是以耶鲁大学为大本营的新批评派的代表人物，这表明他是以 20 世纪四五十年代风行西方世界的新批评派为目标的。李英豪对"五四"以来的主流批评评价不高，却推崇刘西渭等人。他谈道："五四的文学批评往往被错用或滥用。一是多被错用作攻击骂人的工具，或作为推动'学究气'、'党八股'的'利器'；一是变成千篇一律，句句落空。刘西渭的《咀华集》，正强烈的反拨这两种趋向。"不过，在李英豪看来，时至今日，刘西渭等人的批评也过时了，因为他"未受新批评（如 J.C.Ransom，A Tate，Y.Winters，Empson，L.Trilling 等人）启示"，"未深研瑞恰慈（I.A.Richards）"，所以刘西渭未能在《咀华集》之后，更进一步。[2]

李英豪运用 Allen Tate 有关"张力"的概念，来构建自己诗歌批评的理论。李英豪说："一首诗的存在，有赖于诗之张力。诗之张力就是我们在诗中所能找到一切外延力及内涵力的完整有机体。""外延力"及"内涵力"是李英豪对于 Allen Tate 的 extension 和 intension 两个概念的翻译，不过有所改造。他对此进行了具体的阐述，他认为，缺乏张力的诗，仅是散文的演绎，诗质稀薄，而诗人可以运用"矛盾语法""相克相生的情境""示现和转位法"等方法，增加诗歌的张力。

当然，李英豪对于新批评也并非毫无批评。在《批评的视觉·自序》中，李英豪在谈到人们评论作品的错误方法时，先是按图索骥地阐述了新批评理论所批评的 intentional fallacy（意图谬误）和 affective fallacy（感受谬误）两种方法。然后，他又出人意料地批评了"新批评"理论提出的有关"艺术本体"的解决方法，认为这种有关明晰的 Object 的说法，导致了美国诗歌在

---

[1] 李英豪：《批评的视觉》，台湾：文星书店，1966 年，第 1—5 页。
[2] 余横山：《刘西渭和五四以来的文艺批评》，《中国学生周报》1964 年 7 月 24 日。

一个时期内"走入理性的逻辑的路"。李英豪认为这种方法割裂了"自然与作品，人与作品，思想与作品，情与知，直觉与推理等"，他反而认为中国传统的诗话诗论，多少可以避免这种"分尸认人法"。[1]

我们知道，20世纪50年代初期以来，现代主义思潮在港台得到了广泛传播，不过在理论论述上仍然不多，李英豪的系列批评因此显得难能可贵。李英豪的文章集辑《批评的视觉》1966年由台湾文星书店出版，是五六十年代台港诗歌批评的力作。其中《论现代诗之张力》一篇，更是成为台港现代诗批评的经典之作，这篇文章分别入选过洛夫、张默、痖弦主编的《中国现代诗论选》（1969）、张汉良、萧萧主编的《现代诗导读》（1979）和痖弦、简政珍主编的《创世纪四十年评论选：一九五四——一九九四》（1994）等不同年代的选本，产生了较大的影响。

第四节　新的历史面向

从《诗朵》《文艺新潮》《新思潮》《香港时报·浅水湾》到《好望角》，香港的现代主义译介和实践差不多前后延续了十年，绵延不绝，展现了诸多新的历史面向。

就纵向而言，20世纪五六十年代香港现代主义思潮衔接了1949年前中国现代文学的现代主义和纯文学传统。大体而言，中国现代主义起始于20年代李金发之后，高峰在30年代，延续至40年代，在1949年后停滞。

在1955年《诗朵》第1期中，昆南在《免徐速的"诗籍"！！》一文中批驳徐速认为现代诗不成功的时候，就引用了九叶诗人辛

---

[1] 李英豪：《自序》，李英豪：《批评的视觉》，台湾：文星书店，1966年，第1—5页。

笛的诗《再见，蓝马店》和波德莱尔的诗《无名的城市》，认为辛笛"他的文字不是艰深，但情感的旋律方面很成功。这是一首自由体，没有押韵，我们可看出离别和送别的凄凉情绪"。认为辛笛和波德莱尔成功的奥秘都在于"神秘的旋律"，这种"新文艺乃是'使感觉'的文学，欲传达在近代人特有的深刻的情愁悲哀中所潜有的隐微消息，除了用神（秘）、象征的方法，导读者于空灵缥缈之境，使其陶醉战栗的刹那间，即刻影响于读者底胸坎里，是没有别的方法的"。将辛笛与波德莱尔相提并论，可见昆南对于辛笛评价之高，也说明昆南在开拓香港 20 世纪 50 年代新诗的时候是引辛笛为前辈的。

至于《文艺新潮》的作者马朗、叶灵凤、曹聚仁和刘以鬯等人，原就是中国现代文人。曹聚仁在《文艺新潮》第 1 卷第 1 期上发表了《虚无主义——灰色马》一文，将马朗所说的政治绝望追溯到了鲁迅的虚无主义。曹聚仁谈道，"鲁迅的虚无主义色

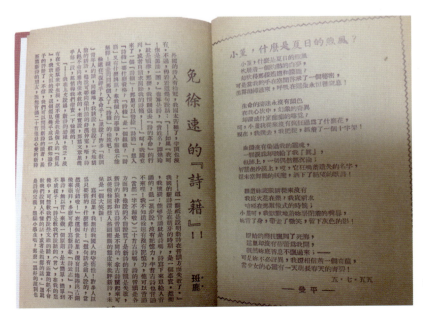

《免徐速的"诗籍"！！》

彩那么浓厚,正和乐观的社会革命是不相容的"。马朗在《文艺新潮》1卷2期翻译和介绍萨特的《伊乐斯特拉土士》这部小说的时候,认为"这是一部世纪末文明下新的《狂人日记》,法兰西的《阿Q正传》",然后又做了存在主义的上升,认为小说主人公虽然"迹近猥亵",然而"存在主义的观点下就是这么可笑,疯狂"。[1]将存在主义与鲁迅接在一起,这思路与曹聚仁接近。

叶灵凤在《文艺新潮》第1卷第4期"法国文学专号"发表的《法国文学的印象》一文中对于法国文坛的介绍,以鲁迅开头,内容还停留在20世纪30年代中国文坛对于法国文学的接受上。叶灵凤在文中所涉及的法国作家有高克多、纪德、法朗士、普洛斯特、罗曼兰罗(原刊如此,应为罗曼·罗兰)、巴比塞、保尔·穆杭和安德烈·马尔洛等,与这一期"法国文学专号"所介绍的法国作家事实上并无对应关系,颇多出入。《文艺新潮》所重点关注的萨特等人以及现代诗部分,叶灵凤根本没有提及。由此可见,《文艺新潮》既接续又发展了20世纪30年代以来中国文坛对于法国现代主义的译介。

能够表明《文艺新潮》接续中国现代文学史的事件,是1卷3期编辑的"三十年来中国最佳短篇小说选"。这一专辑重新刊登了沈从文的《萧萧》、端木蕻良的《遥远的风沙》、师陀的《期待》、郑定文的《大姊》及张天翼的《二十一个》5篇现代文学佳作。这5个作家,除张天翼外,

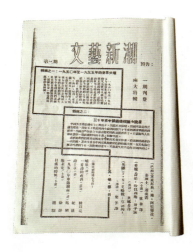

"三十年来中国最佳短篇小说选"专辑

---

[1]《文艺新潮》1956年第1卷第2期,第23页。

都不是左翼作家,在内地也都不再为人提起。从"选辑的话"中,我们能看到,《文艺新潮》对哪些作品感兴趣,"中国新文学书藉(原文为藉,应为籍——引者)湮没的程度实在超乎意料,令人吃惊。譬如,曾经轰动一时的新感觉派奇才穆时英的 Craven A,《一个本埠新闻栏废稿的故事》、《白金的女体塑像》、《公墓》等等之中,似乎可以选择一篇的,因为他首先迎接了时代尖端的潮流;还有直追梅里美擅写心理的施蛰存,他的《将军的头》和《梅雨之夕》两本书;以致伪满时代的'中国纪德'爵青,他的《欧阳家的人们》;再有萧红的《手》和《牛车上》,罗烽描写沈阳事变的《第七个坑》、万迪鹤的《劈刺》、荒煤的《长江上》、战后的路翎和丰村……前者已永远在中国书肆中消失了,后者却在香港找不到"。

继承了马朗的作家论述的,是刘以鬯的小说《酒徒》。《酒徒》中的主人公"十四岁开始从事严肃的文艺工作,编过纯文艺副刊,编过文艺丛书,又搞过颇具规模的出版社,出了一些'五四'以来的最优秀的文学作品"。"我"对于中国现代文学有很独特的看法,不同于主流论述。《酒徒》第 5 节,荷门在谈到"五四"以来中国文学成就的时候,提到茅盾的《子夜》和巴金的《激流》三部曲,"我"却提出"以我个人的趣味来说,我倒是比较喜欢李劼人的《死水微澜》《暴风雨前》《大波》与端木蕻良的《科尔沁旗草原》"。至于短篇小说,"我"并不认可茅盾的短篇小说,而认为它们只是"中篇或长篇的大纲",巴金的短篇只有《将军》值得一提,"照我看来,在短篇小说这一领域内,最有成就、最具中国作风与中国气派的,首推沈从文"。"谈到 Style,不能不想起张爱玲、端木蕻良与芦焚(即师陀)。张爱玲的出现在中国文坛,犹如黑暗中出现的光。"《酒徒》中的"我"有自己独特的理念,他认为"现实主义应该死去了,现代小说家必须追求人类的内在真实"。在《酒徒》中,有大量介绍西方现代主义的文字,涉及卡夫卡、萨特、加缪、海明威、福克纳、乔伊斯、伍尔芙、普鲁斯特和帕索斯等,看得出来主人公对于西方现代主义的谙熟。在"我"看来,目前香港的"文艺小说"尚没有达到"五四"时代的水准,而"五四"时代的小说与同时代的世界西方一流小说相比,仍然是落后的。

如果说,马朗和刘以鬯的论述主要涉及小说,叶维廉则将港台现代诗与中国现代诗的历史联系了起来。在《新思潮》第2期的《论现阶段中国现代诗》一文中,叶维廉在当代西方思潮的背景下,将港台现代诗放在中国现代诗的脉络中进行论述,从而廓清了港台诗的历史位置。1949年后,台湾封锁大陆现代作家,使得台湾现代诗只能追求"横的移植",香港文坛则有条件接触内地现代作家作品,从香港去台湾的叶维廉就有了得天独厚的条件,从历史的线索上总结港台现代诗。叶维廉在文中首先提到,在目下西方现代主义处于穷途末路的时候,中国却在全面拥抱现代主义,原因是它给中国提供了新的思想和方向。然而,中国现代主义应该如何发展呢?文中先追溯了中国现代诗的起源,讨论了李金发、戴望舒和卞之琳,其后就接上了台湾的白萩、覃子豪、余光中等诗人。他认为,中国现代诗很有希望跨进一个伟大的时代,然而目前还说不上有多少成就,原因是还停留在对于艾略特、奥登等人的模仿阶段。中国现代诗努力的方向,是"用现代的方法去发掘和表现中国多方的丰富的特质"。

我们知道,中国内地新时期对于中国现代异端作家的解禁,在很大程度上受到了夏志清的《中国现代小说史》的影响。夏氏治比较文学,他从西洋文学的标准出发,解放了诸如张爱玲、沈从文等一大批作家。夏氏所提到的这些作家的名字,在马朗等人的笔下早已经出现了。

就横向而言，引人注目的是现代主义思潮中的港台互动。似乎很少有人注意到，20世纪50年代在台湾诗坛暴得大名的纪弦，其实与香港诗坛有着不解之缘。30年代中期，他就以"路易士"之名在香港的《红豆》上发表诗作和诗论，参与了30年代香港的现代诗运动。50年代纪弦在台湾反共文学的浪潮中倡导现代诗，他于1953年2月创办《现代诗》，于1956年1月发起创立台湾第一个现代诗团体"现代派"。据马朗回忆，他在内地时就和纪弦熟悉。从时间上看，《文艺新潮》第1期创办于1956年2月，紧随纪弦"现代派"成立之后，用纪弦的话来说，两者之间有"呼应"的关系。由于马朗和纪弦的关系，《文艺新潮》与台湾的联系主要来自"现代派"诗人。早在《文艺新潮》第3期，纪弦就发表了《诗十章》。《文艺新潮》第4期是"法国文学专号"，没有发表原创作品，不过纪弦翻译发表了《阿保里奈尔诗选》，另一位台湾"现代派"诗人叶泥也翻译发表了《古尔蒙诗选》和《保尔·福尔诗抄》。《文艺新潮》第5期又刊登了台湾诗人方思的诗歌《在无定河畔》，这一期"编辑后记"专门推荐了"台湾的杰出诗人方思先生"，"给这里培植了新的花朵"。这说明以纪弦为代表的台湾"现代派"诗人，已经开始加入《文艺新潮》。至《文艺新潮》第9期，除了刊登纪弦的《存在主义外一帖》（诗），"台湾现代派新锐诗人作品辑"赫然出现。专辑中出现的台湾现代诗人诗作有林泠《秋泛之辑》、黄荷生《羊齿秩序》、薛柏谷《秋日薄暮一辑》、罗行《季感诗》和罗马《溺酒的天使》。《文艺新潮》第12期，"台湾现代派诗人作品第二辑"再次出现，专辑中的诗歌包括林亨泰《二倍距离外二章》、于而《消息外一首》、季红《树外两帖》、秀陶《雨中一辑》和流沙《碟形的海洋及其他》等。

20世纪50年代中后期，台湾现代诗论争的第一仗是覃子豪

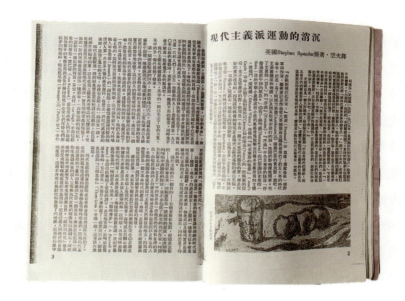

史班德《现代主义派运动的消沉》

与纪弦的争论,其中就牵涉《文艺新潮》。1956年春,纪弦领导的"现代派"正式成立,他邀请覃子豪合作,但被拒绝了。次年,覃子豪反倒在《蓝星诗选》第1辑上发表了《新诗向何处去?》,质疑纪弦的"新现代主义"的提法。覃子豪批判纪弦的"最致命的一枪",是引用《文艺新潮》第2期的一篇云夫翻译的英国史班德的《现代主义派运动的消沉》一文,说明现代主义在西方已经过时,而纪弦等现代主义者却拾其余唾。纪弦读了这篇文章,在《现代诗》第19、20期发表了《从现代主义到新现代主义》和《对于所谓六原则之批判》两篇文章,反击覃子豪的观点,认为覃子豪对于史班德的文章理解有误。"现代派"与"蓝星派"的这场争论,本文不拟评判,这里仅仅想说明香港《文艺新潮》对于台湾诗坛的影响。的确,纪弦后来在评判这场争论的是非时,明确肯定了他的老友马朗创办的《文艺新潮》对台湾诗坛产生了"很大"影响,《文艺新潮》是马朗主编在香港发行的一份非常之进步的文艺刊物,跟我在台湾创办的《现代诗》遥相呼应,形成了以台港两地为中心的东方现代主义文艺运动之一不可阻遏的潮流,对台湾文坛有很大影响"。[1]

如果说《文艺新潮》还不能发行到台湾,那么等到昆南等人创办《新思潮》的时候,叶维廉已经成为《新思潮》的台湾代理人。《香港时报》是台湾背景的报纸,可以在台湾发行,台湾文坛由此参与更多了。纪弦在"浅水湾"连续发表了《袖珍诗论》(1961年8—11月),是当时台港现代诗的重要主张。张默也在"浅水湾"上刊载诗论,题为《现代诗的技巧》(1—7,1962年4月)。其他如魏子云、叶泥等为数不少的台湾作家,也都投稿过来。据说《香港时报》副总编张继高是欣赏刘以鬯的,原因是他来自台湾,喜欢纪弦、张默等台湾作家的文章。

李英豪编《好望角》的时候,第1期就发表了陈映真的小说《哦!苏珊娜》,台湾诗人如洛夫、张默、商禽、郑愁予和白荻等都在上面发表诗作,作品数量甚至超过了香港诗人。更能说明问题的是,李英豪的《批评的视觉》一书所分析的大多是台湾现代诗人。在此书第三部分诗人论中,第一篇是"论洛夫的《石室的死亡》",第二篇"从《拜波之塔》到《沉层》谈的是张默,第三篇是"释叶维廉的《河想》",第四篇"变调的鸟"论述的是商禽,第五篇"膜拜膜拜"谈的是方莘,第六篇是"简释纪弦的《阿富罗底之死》",这里面除了叶维廉之外,全部是台湾诗人。

港台文学之间交流,不但体现在诗艺上,也体现在理论观念上。《文艺新潮》以开创香港50年代现代主义驰名,然而马朗在"发刊词"中事实上并没有明确提到现代主义。香港学者区仲桃提出:"事实上从《文艺新潮》的发刊词《人类灵魂的工程师,

---

[1] 戈云:《与纪弦漫谈现代诗》,《香港文学》1992年第12期,总第96期。

到我们的旗下来》到马朗诗集《焚琴的浪子》、《美洲三十弦》的跋中,诗人都没有清晰指出要在香港推动现代主义。"[1]断言《文艺新潮》没有倡导现代主义这一说法,是不确切的。姑且不论李维陵的现代主义论述,即便是马朗本人也明确提出过倡导现代主义的意思。在《文艺新潮》第10期"编辑后记"中,马朗在谈到本刊和台湾现代诗的交换时,明确表示《文艺新潮》和台湾的《现代诗》都是"并肩为现代主义奋斗的刊物",并且褒扬台湾《现代诗》,"在台湾,聚集在这旗下的诗人群以纪弦先生为首,不下百人,他们的璀璨成就表示了现代主义的胜利"。马朗为现代主义奋斗的信念,显然与纪弦有关。

香港诗人也影响了台湾诗坛。台湾著名诗人洛夫曾谈到,叶维廉对于台湾诗坛的现代主义有重要贡献,"叶维廉来到台湾的时候,台湾诗人们摒弃了中国古典诗歌,对五四新文学过分口语化的诗也有不满。叶维廉翻译了艾略特的《荒原》并在《创世纪》上进行发表。《荒原》中形而上的表现和晦涩的风格对当时台湾的年轻诗人产生了很大的影响,但这种风格也为诗人和读者之间制造了距离。叶维廉随即发文《诗的再认》指出汉语诗歌不应过分西化,而忽略中国古典诗歌美学"。《文艺新潮》固然发表台湾现代诗专辑,台湾《现代诗》也同样发表了香港现代诗专辑。台湾《现代诗》双月刊第19期发表了"香港现代派诗人作品一辑",专辑中包括马朗、贝娜苔、李维陵、昆南和卢因等5名《文艺新潮》诗人的作品。事实上,《文艺新潮》虽不能发行到台湾,然而在台湾也很具影响,据称这本刊物居然以手抄本的形式流传于台湾,可见其吸引力之大。马朗明确表示,《文艺新潮》对于台湾文坛有相当大的影响,"所有《创世纪》、《现代诗》的人都可

---

[1] 区仲桃:《试论马朗的现代主义》,《文学评论》(香港)2010年第5期,总第10期。

以告诉你，如纪弦、痖弦、叶维廉等人都可以告诉你，是手抄本的。他们带了一本进去后，就用手抄。……香港的《文艺新潮》对台湾的影响你是知道的，如果是没用的，为甚么要用手抄，而手抄的全是已成名的诗人、艺术家、作家等人"。[1]李英豪也是影响台湾的另一个重要人物，他坚称香港的现代主义运动时间更早，是香港影响了台湾，"另外有一点，我想顺便说说。很多人向来以为是台湾六十年代的现代主义运动，影响香港文坛。我的看法并不一样，我们六十年代甚至五十年代末期的一群现代文艺界朋友是最佳见证人。那时，香港的现代运动，十分前卫性，和台湾方面互为影响。严格点算算，推介现代文学艺术较早的，却是香港方面，五十年代的《文艺新潮》、《新思潮》、刘以鬯先生编的《浅水湾》副刊，尤其是后者，天天大版篇幅容纳很多现代作品，在译介方面，起了肯定性的作用。我们介绍很多尖锐性与前卫性的现代作家，台湾方面很多朋友仍是闻所未闻，对他们的作品或学说感到陌生。文化是互相交流，互为影响的，并非谁依附谁，更非香港为台湾的骥尾。我们只要翻翻一些可靠的文史资料，就不必管窥蠡测，胡言乱语了"。[2]

从香港文学史看，香港现代主义思潮的意义在于冲破了20世纪50年代初期以来"绿背文学"主导文坛的局面。在1960年6月1日《新思潮》第5期上，昆南曾发表《文学的自觉运动》一文，回顾50年代以来的香港文坛。他指出：香港文坛往往被外国基金机构所主导，文学只能成为被美元和政治支配的产物，"因为香港的环境特殊，大部份人士为了切身生活，对国事发生'冷感'。在他们心目中，香港的政治刊物是与外国基金机构有关

---

[1] 杜家祁、马朗：《为什么是"现代主义"？——杜家祁·马朗对谈》，《香港文学》2003年第8期，总第224期，第27页。

[2] 李英豪：《喝着旧日——怀六十年代》，《香港文学》1985年第8期。

联的，有了津贴，其立场自然启人疑窦了"。昆南强调，50年代中期以来现代主义文学运动的可贵之处，在于它是独立的，没有基金资助，1955年出版的《诗朵》值得一提，"它是本港有史以来一本纯新诗的刊物，又是没有机构支持，由几位青年人所主办的。它是'寿命'很短，但它意味两点：文学艺术需要新血，需在'几没有背景的自由'中滋长。果然，一年后，《文艺新潮》的出现，证实了文学艺术应定的道路，（请留意这是个绝好的转捩点。）该刊没有甚么背景的经济援助，而且主编人具有远大的眼光，介绍世界的思潮，提拔新一代的作家"。昆南的话具有代表性，香港现代主义运动的确希望以纯文学运动打破文坛的政治垄断。马朗那时候很蔑视"绿背文学"，"我和'新潮社'的一班朋友，不喜欢看它们，是觉得他们的水准太差，不行。右派大部分的文章都不行"。[1] 在刘以鬯的《酒徒》中，荷门希望办一个《前卫文学》，"我"说："荷门，《前卫文学》注定是一个短命的刊物，我劝你还是放弃这个念头吧！在香港，只有那些依靠绿背津贴的刊物才站得住脚。"刘以鬯很清楚，在香港只能依靠"绿背"津贴，搞前卫文学是没有出路的，然而，他自己却一直在坚持。

在美元文化主导下，20世纪50年代以来香港文坛以宣扬美国文化为主。就翻译上看，可以今日世界出版社为代表，其目标很明确，即服务于文化冷战的目的，宣扬美国文化价值。从《文艺新潮》开始，马朗等人转而翻译介绍以法国存在主义领衔的外国现代文学，打破了美国文学主导的格局。《文艺新潮》明确地说："事实上，这几十年来，领导着世界文艺主流的不是英美，更不

---

[1] 杜家祁、马朗：《为什么是"现代主义"？——杜家祁·马朗对谈》，《香港文学》2003年第8期，总第224期，第27页。

是苏联,而是法兰西。这才是我们应该依循的方向。"[1] 可以说,《文艺新潮》在一定程度上打破了50年代的美元文化潮流。

最后需要指出的是,昆南、马朗、刘以鬯等人虽然反对"绿背文学",但并不意味着他们是左翼的。当时香港的确存在着以《大公报》《文汇报》及作家阮朗为代表的左翼文学,与"绿背文化"相对抗,然而这与他们无关。昆南、马朗、刘以鬯等人毋宁说是反对当时政治对于文学的主导,希望以纯文学开出一片独立于政治的新天地。

---

[1] "编辑后记"《向法兰西致敬!》,《文艺新潮》1956年第1卷第4期("法国文学专号")。

第十章

左右分流

在笔者看来，香港"绿背文学"浪潮主要是20世纪50年代初期的现象，中期以后开始回落，刻意反共之作逐渐减少，右翼文学却继续发展。左翼报纸在50年代初期力量较弱，中期以后开始加强，于是香港文坛上形成了左右两大群体的对立。反共作家赵滋蕃正是将香港文坛左右对立的时间，放置于1955年。他将其称为一场"会战"，双方的形势是："对方以'文汇'、'大公'、'新晚'、'周末'、'晶报'、'商报'为主，而以'商报'挂帅，统一调度指挥。我方却以'时报'、'工商'、'自由人'、'新生晚报'、'中声晚报'、'真报'为主，各自为战。出版社方面，'亚洲'、'友联'、'自由'结成一体，并仓卒组织了'出版人发行人协会'，准备应战，对方却以'三联'、'商务'、'中华'为主，大举出击。"有趣的是，即在地理位置上，双方也虎视眈眈，"凡有我方门市部的地方，总有对方的门市部前后环伺或正面对垒。布署区分，一丝不紊。当然，报馆的布置，更不在话下了。从北角起算：香港书店的左右有文通出版社，海光出版社。亚洲门市部斜对面是学术书店与商务印书馆铜锣湾分馆。友联门市部与三联、商务、中华对峙。九龙方面，介乎平安书店（自由出版社门市部）与集成图书公司之间，有三育图书公司、三联书店分店，左边有学生书店，右边有中华书店弥敦道分店，几个和尚挟一个秃子，当面锣，对面鼓，真可以说是虎视眈眈"。[1]需要指出的是，这种左右两大群体的对立，非一时之现象，而是形成了50年代以后香港文学的一个基本结构。

---

[1] 赵滋蕃：《港九文艺战斗十五年》，赵滋蕃：《文学原理》，台北：东大图书公司，1988年，第611页。

第一节　从《海澜》到《当代文艺》

（一）

1954年8月1日《人人文学》出版到第36期停刊[1]，1955年11月《海澜》杂志创刊，香港文坛从"绿背文学"向右翼文学的转变，时间点大致就在这里。

《人人文学》从第3期开始，反共色彩开始减弱。第3期头两篇重点小说是桑简流的《雪葬》和萧安宇的《前尘》，前者写汉腾格里湖的雪葬，后者写"我"与一个女孩的往事，均非反共小说。第4期的头题小说平焜的《未寒天》写香港生活，也不涉及反共问题。当然，这并不是说作品的反共倾向消失了。笔者的看法是，如果小说主体不是围绕反共展开的，大致就不能专指为反共小说。随着时间的推移，政治色彩终于要回归于日常生活中去。

高原出版社系由徐速与余英时、力匡、孙述宪（夏侯无忌）等人共同创办于1955年，由徐速任社长，余英时任总编，后来余英时去了哈佛，改由力匡任总编。《海澜》杂志由高原出版社出版，主编开始是黄思骋，后来是力匡。《海澜》所介绍的报刊有《自由阵线》《中国学生周报》《亚洲画报》《祖国》和《民主评论》等，可见《海澜》仍然属于"绿背反共文化"这个系统。

《海澜》创刊号

---

[1] 有关《人人文学》的停刊时间，有不同说法，参见张咏梅：《开拓者的足迹——试论〈人人文学〉》，《香港文学》1997年第12期，总第156期。

不过,高原出版社所出版的书籍,内容已经有所不同。《海澜》创刊号上所刊载的高原出版社的书目包括:徐速的《星星·月亮·太阳》、胡叔仁译的《杰佛逊民主言论录》、柳惠的《经济制度之研究》、余英时的《文明论衡》、力匡的《高原的牧铃》、徐速的《星星之火》、齐桓的《沟渠》、李素译的《红色列车》、艾群的《到思维之路》和柳惠的《论处世接物》,那种八卦式的反共之作已经消失了,而徐速、力匡等人的文学作品也说不上反共之作。徐速开始在《自由阵线》发表过几部反共作品,后来在退出《自由阵线》、自己创办高原出版社之后,就开始强调脱离政治了。

《海澜》有意识地强调自己的政治独立性。1955年11月《海澜》创刊号上的《写在篇首(代发刊词)》说:"我们不刊登政治八股,不表示反谁拥谁。我们不属于任何党派势力,尽管我们也坚持自己所尊敬的思想和信仰。但我们希望《海澜》的风格是独立的。"1956年9月1日第11期《海澜》刊登《我们希望这样来编海澜》一文,在面对"你们究竟想把海澜编成怎样一个刊物"的问题时,文中回答:"在基本原则上,我们坚持创作态度必须严肃和不能以政治标准来代替艺术标准。"1957年2月1日第16期《海澜》上《新春的感谢》一文说:"如果有朋友们现在还问:'你

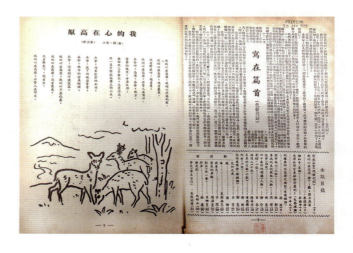

《海澜》"代发刊词"

们希望它在文坛上起哪种作用，开甚么风气？'那我们的回答还是一样的。海澜是会起廓清党派教条的作用的，海澜是会建树起把文艺工作当作严肃工作的风气的。"《海澜》声称旨在艺术，"我们希望，能办出一份态度严肃的、立场正确的、水准较高的、内容较丰富的文艺杂志来"。

《海澜》说不上是一个纯文艺刊物，该刊登载了大量的论述性文字，包括评论、杂文乃至研究论文。《海澜》第1期发表的论述性文字就有：余协中的《论和平》（"专论"）、于平凡的《文学批评家是干些什么的？》（"文艺理论"）、徐速的《红楼梦研究态度之检讨》（"文艺理论"）、穗轩的《忆许地山》（"人物"）、周祥的《鲁迅的反抗性格》（"人物"）和静仁的《四十岁时的胡适》（"人物"）等。这些文章与以前的反共批判之作已经不同，包括评价鲁迅等人的文章都较为平和，至于徐速本人研究《红楼梦》的文章更是追求学术之作。

《海澜》的文学作品所占篇幅不算多，第1期只发表了4个短篇小说，分别是百木（力匡）的《刺猬》、路易士的《两代人》、黄思骋的《鲁莽的父亲》和齐桓的《阿女》，4篇均非反共小说。《新春的感谢》说："我们的纯文艺的方针是到第四期之后才确定下来的。"[1]不过从第5期开始，《海澜》的小说数量也只多了一篇，变成5篇。第6期增加到6篇，第7期又回到4篇。第8期"编后话"称："由第四期开始，我们就决定了加强小说的方针，这，一直没有非常满意地做到，原因是稿源有限，好的作家大都惜墨如金。"

《海澜》的主要作者，有力匡、徐速、齐桓、黄思骋、费力、姚拓、黄崖、路易士、云碧琳和郭良蕙等人。作为主编的力匡，发表的小说最多，他以"百木"之名，发表了《刺猬》《五姐》《从

---

[1] 本社：《新春的感谢》，《海澜》1957年第2期，总第16期。

衬衫说起》《迷宫》《潘杜拉的箱子》《柏鲁图的国土》《邱比特与赛克》《梅杜莎的头》《黄金的苹果》和《赫克里士的外衣》等小说。前面的几篇小说是香港题材的，从第7期《迷宫》起，全部是欧洲神话小说。

看得出来，《海澜》的主要作者都来自《人人文学》，其中徐速、齐桓、黄思骋、费力、姚拓和黄崖等人都是反共文学作家，然而到了《海澜》，他们的小说主题却有所不同。徐速在《海澜》上所发表的三篇小说《第一片落叶》、《灯影下的姑娘》和《猴戏》都不是反共题材。《第一片落叶》写女性在爱情上的功利，《灯影下的姑娘》写舞女生涯，《猴戏》则写假扮猴子谋生的下层贫民。黄思骋在《海澜》上共发表了6篇小说，均与反共无关。在这些小说中，除《偶像》写内地农村偶像崇拜以外，其他均是写香港本地生活的，题材虽然琐碎，不过多有精巧的构思。姚拓的《仇恨》也不关乎政治，而是写情爱上的仇恨。

《海澜》有一个"新诗坛"栏目。第1期的"新诗坛"发表了力匡的《先知之死》、夏侯无忌的《海》、赵滋蕃的《历史底车轮》、贝娜苔的《新酒》和徐速的《归梦》等诗歌作品。徐速在《海澜》的创刊号上以罗·彭士的《我的心在高原》作为题头，又在《海澜》1956年第3期上以同题诗作相和："生活在南国海滨，/我的心仍在北方的高原。/谁想到——/高原上又燃起漫天烽火/多少老人/多少孤儿/都变成丧家犬，失巢燕。/迷惑、彷徨！期待，流连。"这首诗是有代表性的，传达了徐速等南来右翼文人的放逐心态。

（二）

20世纪60年代至70年代香港右派文艺最有代表性的阵地，是徐速于1965年创刊，一直持续到1979年的《当代文艺》。不过，

《海澜》在1957年停刊后,至1965年间有一段空白。这一时期,我们可以讨论一下《中国学生周报》。前面我们提到,1952年7月创刊的《中国学生周报》是当时"绿背文化"的代表性报刊,这里我们姑且观察一下它在50年代中期以后的演变。

1955年2月12日(134期),《中国学生周报》发表"学坛"文章《学生与政治》,认为学生参加政治有种种弊害,明确反对学生参加政治。这一年7月22日,《中国学生周报》第157期发表的《中国学生与中国政治》也表达了同样的观点,提出"第一是中学生不宜参加政治"。"壮年人中年人以至老年人应对国家社会多负起责任,使青年人得以安心完成其学业。"从浓郁的政治批判,到认为学生不宜参加政治,这是《中国学生周报》的一个变化。

更能说明问题的,是《中国学生周报》的另一次征文。这次征文的题目是"香港一日",时在1959年。这一年3月13日(347期),《中国学生周报》打破惯例,在第一版全版刊登了"香港一日"征文获奖作品,其中包括第一名德明中学林枝的《茶居小事》、第二名依利沙白中学方明的《"公众四方"夜市》和第三名玛利诺区松柏的《雨中的报贩》,还有入选佳作圣芳济中学淇的《小贩的悲哀》和自修生吴罗拔的《可怜的小孩》。这些作品的描写对象是香港的茶馆、夜市、小贩、杂耍等,本地气息相当浓厚。《中国学生周报》的征文,从反共论述到"香港一日",显示出焦点的转移。

在1959年7月17日至18日(365期至366期),《中国学生周报》连载了两期署名"啓樵"的文章《香港是文艺沙漠吗》。文章指出香港尽管报刊作品不少,但缺乏优秀的作品,原因有五个方面:一是作家本身缺乏素质,二是香港社会风气不重视作家,三是报刊包办"地盘",四是缺少公正的文学评论,五是政治环境的影响。虽然是批评意见,然而文章本身表明了对于香港文坛的关注，这是并不多见的。

参加了《中国学生周报》早期初建、1956年离开、1958年至1963年又回去担任社长的陈特，将《中国学生周报》前期称为"共甘共苦"时期，特色是较为政治化，将他回去当社长的这一段称为中期，特色是"香港化"。这一时期陆离、罗卡等人上任，而秋贞理（司马长风）、胡菊人先后离开。

据陈特回忆，陆离等年轻人都是在本地接受教育的，较为香港化，追求个人自由，不愿意参加《中国学生周报》的集体"读书会"，并且兴趣多元化，不限于只讲一种政治文化。罗卡于1961年8月加入《中国学生周报》，约从1962年年底开始编电影版。他觉得原来的电影版比较"老气"，于是伙同陆离、张随、戴天等进行改革。[1]陆离则开始介绍漫画，使"快活谷"增加趣味。在陈特看来，香港年青一代作者已经成长起来了，常和《中国学生周报》打交道的如李英豪即是"典型的香港人，土生土长，意识形态都是港式的"。而读者层面，也欢迎这种"香港化"。

《中国学生周报》文艺版的编辑，开始是黄崖和古梅。古梅本身是随父母南下而来的，又就读于新亚书院，从其征文的反共倾向就可以看到，她的思想意识与友联是较为一致的。其后执掌《中国学生周报》文艺版的是盛紫娟，她发表了大量的台湾作家作品，诗人痖弦、余光中、周梦蝶、覃子豪，小说家朱西宁、郭衣洞（柏杨）、司马中原乃至琼瑶等，在这一时期都登上了《中国学生周报》。1964年年底，吴平接替

1955年古梅接替奚会暲任《中国学生周报》督印人

---

［1］ 罗卡口述:《罗卡回首话电影》,《博益月刊》1988年第10期, 总第14期, 第132页。

盛紫娟，接编文艺版，一直到1971年。这一时期台湾作家减少，香港本地作家开始成为《中国学生周报》的主力。

吴平接替盛紫娟，是一个代表着世代变化的象征性的事件。作为司马长风太太的盛紫娟，延续着上一代的文化意识，而吴平则是香港长大的年轻人。据吴平回忆，"（盛紫娟）她本身也写小说。她的小说与中国1930、1940、1950年代的小说有些衔接的地方，都是那一类风格。我想她不像我们香港长大的一群人，中间有个断层，跟中国的文化、文学脱节，与1940、1950年代和1930、1940年代脱节。至于选稿的方针，她看不起香港'番书仔'写出来的东西，直接向台湾名作家约稿，她很厉害，真的全约到。她就这样写信过去，很勤力，真的很厉害。当时台湾很出色的作家都会投稿到这儿来，因为这里的稿费比台湾高，所以吸引了一些出色的作家。到我接手的时候，台湾的稿源少了，可能是因为我不够勤力写信邀请他们写稿吧。一来稿源少了，我要继续开拓稿源；二来我也在本地投稿中发现愈来愈多人写得不错……一些看《周报》、在《周报》投稿的人已经开始成熟"。[1] 通常，年轻人的初级作品发表在"拓垦"，成熟作家的作品发表在"穗华"。吴平来了以后，《中国学生周报》自己培养的作家开始也进入"穗华"版，这是香港年轻一代作家浮出历史地表的一个标志。

1965年看起来是《中国学生周报》的一个转折点。在文艺版上，香港作家全面进入。香港作家关梦

1965年《中国学生周报》"穗华"

---

[1] 卢玮銮、熊志琴：《香港文化众声道》（第2册），香港：三联书店（香港）有限公司，2017年，第102—103页。

南整理了一份1960年至1969年《中国学生周报》小说作者及其作品的统计,发现一个有趣的现象:"1965年可以说是一个分水岭;之前,《中周》小说作者群以台湾为主打:童真、段彩华、水晶、郭衣洞、蔡文甫、朱星鹤、琼瑶、墨人、桑品载、吴玉音、吴痴、松青、宣建人、司马中原、符兆祥等;之后,本地作者才受到重视,他们是卢文敏、朱韵成、卢因、昆南、黄思骋、柯振中、张爱伦、陈炳藻、绿骑士、江诗吕、朱玺辉(朱珺)、亦舒、滦复(蔡炎培)、苏念秋、林琵琶、郑牧川、伊曲、蓬草等。"[1]吴平本人也证实了这一点,她说:"在我上一任的编辑盛紫娟手中是刊登台湾的名家作品为主,如司马中原、段彩华,柏杨先生用郭衣洞作笔名写的短篇小说,也是穗华版常见的文稿。我接手之后,大胆起用了香港一些年轻作者的作品,如亦舒、昆南、西西、江诗吕、朱韵成、温健骝、陈炳藻、蓝山居、绿骑士、蓬草、林琵琶、杜杜、袁则难、郑臻、也斯、李国威、李金凤……"[2]

这个时候,《中国学生周报》的其他版面也发生了变化。如罗卡所说,1961年他进入《中国学生周报》以后,虽然开始改革,不过开始的步伐比较小,"当然改变不是一下子的,起初是在从前遗留下来的东西中加一点点西洋的、现代的东西,趋向香港化的节奏"。而到了"一九六五、六六年是电影版的全盛期,作者除了上述的一批,还加入了方圆、吴昊、梁浓刚、李成简、西西和杜杜等,可说是人才济济。那段时间,西西和陆离很兴奋,常常搞专辑,组织座谈会"。[3]罗卡还说:"也不光是电影版,

---

[1] 关梦南:《香港六十年代青年小说作家群像阅读札记》,《香港文学》2013年第2期,总第338期,第85页。
[2] 吴平:《〈周报〉的回忆》,《博益月刊》,1988年第10期,总第14期,第145页。
[3] 罗卡口述:《罗卡回首话电影》,《博益月刊》1988年第10期,总第14期,第132—133页。

《周报》的'快活谷'、英文版、'读书研究'、'艺丛'都加强了内容，整份《周报》都活泼了、现代化了，加上其他的通讯员活动，那是《周报》最强盛的时期，销数最高。"[1]那个时候《中国学生周报》的销量，每期都能卖两万多册。

香港本地年轻人的冒起，意味着《中国学生周报》政治意识的转变。相比较而言，《中国学生周报》后起一辈的年轻人并没有第一代南来作家那么强烈的反共立场，两代人的差异就逐渐表现出来。罗卡谈到两件事情：一是1962年内地难民潮涌入香港，《中国学生周报》参与了对于难民的帮助，并且报道这一事件。在报导的原则上，秋贞理强调，一定要写他们来港是为了投奔自由，罗卡则觉得："他们逃难根本不是为了自由，而是因为没有食物，快要饿死，是为面包，根本没有什么自由民主理念，那些是农民，很穷的。"[2]二是1967年"六七暴动"，《中国学生周报》的地址就在新蒲四美街，"人造花厂事件"就发生在那里，他们目睹了事件的发生。在"六七暴动"的问题上，《中国学生周报》完全站在港英当局的一面，这引起了港人的不满，连罗卡这些《中国学生周报》的年轻人也有不同看法，罗卡回忆：

> 无疑这是左派有政治目的而鼓动的"大暴动"，但其中也反映了许多人对殖民地的不满。我觉得背后的问题很多，不能简化为完全为了政治目的，但是执笔的人可能要站在香港政府的立场，全盘否定事件，认为那是有政治目的的"暴动"，或是要搞乱香港安定繁荣、牺牲香港的资源、牺牲人命、放炸弹等等。这有一部分是对的，但我的意思是，背后的许多因素可

---

[1] 卢玮銮、熊志琴：《香港文化众声道》（第2册），香港：三联书店（香港）有限公司，2017年，第48页。

[2] 同上，第52页。

不可以拿出来讨论呢?他(秋贞理,也即司马长风——引者注)说这些问题以后再说,现在不可以说,说出来就是替左派说话,我们没有条件讨论这些,不可以在《周报》讨论这些问题,即不宜讨论殖民地教育的问题、殖民地的高压政策、殖民地产生的社区问题、殖民地中的年轻人反叛问题或人们糊里糊涂的参加"暴动"……他说这些暂时不要说,以后再谈,我们现在应该站在政府一边帮助平息"暴动",否定它。我虽然是总编辑,我也服从意见,那时也很难跟他争论……[1]

"六七暴动"是《中国学生周报》极盛而衰的一个转折点,因为它过于强调反共政治立场,不再能够呼应工业化转变之后的香港社会。与民众的过于脱离,导致了它最后的失败。新起的香港本地年轻人,已经不太在乎政治的界限。比如罗卡提到,《中国学生周报》另一位编辑陆离比较"情绪化",就经常"越线",引起上级的不满。陆离喜欢《新晚报》的某段内容,便会转载到《中国学生周报》上来,这引起了上级的不满,因为《新晚报》是左派的报纸。陆离还公开谈论她喜欢的金庸,金庸当时是替《新晚报》《大公报》等左派报纸写作的人,也是《中国学生周报》的忌讳。[2]对照陆离本人的说法,我们发现她其实也没那么轻松。她第一次被抽稿的时候,气得坐在楼梯上哭,"不过哭也没有人理会,总之就是不准刊登"。这让她知道了"左派东西要懂得避开"。陆离其实并非不知道这些"规矩","其实是知道的,不过尝试冒险,这么好的东西怎能不告诉人呢?于是便发了,但排大版时就立刻被抽稿了"。她的想法是,"反共归反共,但有像《红

---

[1] 卢玮銮、熊志琴:《香港文化众声道》(第2册),香港:三联书店(香港)有限公司,2017年,第54页。
[2] 同上,第50页。

楼梦》这么好的作品出来，这也可以告诉别人。如果禁制到什么都不能说的地步，我便不同意"。[1]据陆离回忆，这种限制早期较为严格，愈到后来就愈难以维持了。"六七暴动"后，罗卡就离开了《中国学生周报》。

后来在谈到《中国学生周报》最终停刊的时候，罗卡很清醒地说："我觉得《周报》结束在当时是必然的，它适应不了社会环境。"所谓"社会环境"是什么呢？他说20世纪70年代的香港已经是"经济挂帅"的时期，香港不能再依靠外在力量，而需要自求多福，在东西两大势力之间求自我生存。[2]在他看来，在"后暴动"的时代，《中国学生周报》依然坚持冷战时期的所谓"科学民主""自由精神"和"文化中国"，这已经不能再打动人了。

（三）

1957年《海澜》停刊后，徐速继续经营高原出版社，出版了大量的"当代文艺丛书"。由于小说畅销，加上《星星·月亮·太阳》改编电影所得的版税，徐速手里积存了一笔钱，约五万港币，他不顾反对，再次投资办刊。

1965年12月1日，《当代文艺》面世，题名来自"当代文艺丛书"。香港的文艺环境很差，文艺报刊如果没有资金扶持的话难以生存，徐速以个

"当代文艺丛书"

---

[1] 卢玮銮、熊志琴：《香港文化众声道》（第2册），香港：三联书店（香港）有限公司，2017年，第126—128页。

[2] 同上，第58—59页。

香港：报刊与文学

《当代文艺》"发刊词"

人资金办文艺刊物，的确不易。不过，徐速是很有使命感的。他在"发刊词"中说："在这文艺荒芜的时代，在这声色狗马笼罩下的社会环境，我们竟敢出版这样纯正的文艺刊物，的确是值得自傲、自慰的。""不容否认的事实，近年来香港的文艺作品愈趋没落了，几十家报纸几乎没有一个纯文艺的副刊，刊载的都是些媚俗的消遣的流行作品，或者是替政治服务的'羊头'文章。"在此情形下，徐速觉得高原出版社应该有所作为，他决定发起香港的"文艺复兴"运动，"于是，人人都希望香港也来一个'文艺复兴'运动，尤其是纯洁地爱好文艺的青年。'高原'是以出版文艺丛书称著的，似乎是责无旁贷的应该负起这个神圣责任"。

《当代文艺》创刊号的作品，有徐訏的《旅印杂诗》、黄崖的《心愿》、司马长风的《咖啡馆的世界》、盛紫娟的《璐璐的哭泣》、李辉英的《香港婚姻的悲喜剧》、黄思骋的《重男轻女》和徐速的《杀妻记》等。从作者队伍看，《当代文艺》仍然是《人人文学》

左图：
《当代文艺》创刊号

右图：
《当代文艺》创刊号目录

和《海澜》的延续，用徐速的话来说，"大多是'高原'的朋友"。不过，这些昔日的反共作家，多数不复政治色彩，而是转而写香港题材。黄崖的《心愿》写的是女富翁王美琪因为回忆起自己的过去，愿意赞助剧团并亲自出演，这符合《当代文艺》纯文学的想象。司马长风的《咖啡馆的世界》写的是一个香港的情杀故事。盛紫娟的《璐璐的哭泣》写香港夫妇去澳门赌博，疏于管理孩子。善于写东北的李辉英这回写了一个香港女性的婚姻故事。黄思骋的《重男轻女》是一篇写中国重男轻女风俗的散文。徐速的《杀妻记》写的是昔日国民党部队对于一桩风化案的处理，这篇小说后来成为徐速的名篇。

《当代文艺》1965年12月是"创刊号"，1966年1月才是"元月号"。"元月号"仍然延续了高原作家的势头，这一期开篇是黄思骋的小说《街头》，是写香港街头的一个流浪汉范学圣与一条狗的故事，不但不政治，而且很"人性"。徐速则发表了《杀妻记》的续篇，另外还发表了一篇散文《我与病魔搏斗》，写自己患病的过程。自"二月号"开始，徐速在《当代文艺》上连载长篇小说《媛媛》，直至《当代文艺》终刊还没有刊载完。"元月号"和"二月号"出现的作家还有齐桓、赵聪、沙千梦和慕容羽军等，基本上补齐了20世纪50年代初香港右翼作家的阵容。

由此看来，徐速的"文艺复兴"运动，是以这批右翼作家为班底的。这些作家的重新聚集，不能不引起人们的注意。据《当代文艺》"元月号"的"编后"称，刊物面世后，既受到欢迎，也受到批评。批评者中，被专门提到的是《新晚报》的霜崖先生（叶

《当代文艺》"编后"

灵凤——引者注),"听说霜崖先生就是当年在上海和鲁迅大开笔战的名老作家,从行文运字看来,果然名不虚传,老而弥辣"。"编后"提到,霜崖先生对于《当代文艺》的鼓励期望以及指责嘲讽照单全收,"但是有一点我们要向霜崖先生的朋友解释,顺便也向广大读者声明的。因为那位霜先生的贵友竟给敝主编头上胡里胡涂地戴上一顶染着政治颜色的帽子"。徐速大吐苦水,"说来可笑可叹,当别人搞派分系时,咱们这一代人还是未成年的'细佬哥';当别人成王称帝时,咱们正流落在香港屋檐下,成为无依无靠的无牌难民。这种心情绝非书斋里的霜老前辈所能了解的了"。他借机声明《当代文艺》的非政治性,"在这里我们再一次严正的声明,我们不属于任何党派,也不为任何党派服务。思想自由是个人的事,但《当代文艺》绝不卷入现实政治的漩涡,我们希望有权有势的大政治家们高抬贵手,不必对这个小小的文艺刊物,担心害怕,也不必派出枪手,攻击不设防地文艺园地。因为我们这个园地,既无'香花',更无'毒草',只是想为读者弄一块'精神点心',(不敢自称食粮)及为作家开辟一个笔耕的荒地而已"。

徐速在这里未免过于"自谦",他到香港一开始的确落难于屋檐之下,然而自从《自由阵线》把他收罗后,他就开始写反共文学。后来离开《自由阵线》后,他才开始摆脱政治是非。虽然徐速屡屡声明文学应该脱离政治,然而他不可能超越自己的政治立场,《当代文艺》的右翼倾向无可避免。正如评论家王家祺所言:徐速每每强调文艺去政治化,然而自己从来不脱政治性,所以"我们不能信任编辑之言"[1]。由此,《当代文艺》受到左翼批评家的批评也在情理之中。这场批评与回应,正是香港文坛左右

---

[1] 王家祺:《"我的心仍在北方的高原"——从〈海澜〉看五十年代南来作家的文学生产》,《文学评论》(香港)2013年第3期,总第26期。

对立的题中之意。

由于在香港看不到前途，右翼作家喜欢回顾，在对于过去的记忆中寻找慰藉。徐速喜欢写战争题材，他的两个长篇连载小说，连载于《自由阵线》的《星星·月亮·太阳》和在《当代文艺》连载了6年的《樱樱》，都是抗战题材的作品。小说刻意避免国共两党政治冲突，而是以战争为背景写爱情传奇。《当代文艺》的主打小说《樱樱》

徐速《樱樱》连载

是徐速的"浪淘沙"三部曲之一，也是一部写爱情与战争的作品，情节曲折动人，非常吸引读者。《樱樱》在《当代文艺》刊登后，再次风靡，使得《当代文艺》的销量由原来的1.5万册跳至5.7万册。有读者来信说：每期买《当代文艺》，只是为了看一段《樱樱》而已。

《当代文艺》在销售上获得了相当的成功。"元月号"的"编后"提道，"堪可告慰我们的作者和读者的，本刊创刊号超过于预期的成就，尤其是销路，几乎使我们难以想象；发刊第二天，本港重要地区就呈现缺货状态，我们是在发行商的电话催促里，既兴奋而又焦急地赶印了再版"。《当代文艺》在市场上的成功，相当不易，很值得庆幸。在很大程度上，《当代文艺》的畅销是由徐速小说的通俗性所导致的。从反共文学中走出来，徐速成功地打造了"传奇新文艺"的招牌。出版社要求《当代文艺》的封面上一定要写上"徐速主编"四个字，就是看中这个招牌。

《当代文艺》销售成功的原因之一，是徐速注重东南亚和台湾市场。在筹备期间,徐速就专门去了南洋一趟,会晤当地华文作家,不但向他们约稿,也为刊物面世造势。《当代文艺》后来果然行销东南亚,包括新加坡、马来西亚、泰国、印尼和南越等地,据说仅南越堤岸地区的销量就达到上千本。徐速还很注意刊登台湾作家的作品,第1期就有谢冰莹女士的一篇译作,后来台湾作家的作品愈来愈多。及至20世纪70年代,《当代文艺》上的作品,差不多形成了香港、南洋和台湾作家三分天下的局面。可惜的是,因有诸多限制,台湾地区的发行后来被放弃了。

《当代文艺》也很注重年青人的培养。徐速创办《当代文艺》,目的之一就是培养青年作家。创刊之前,徐速曾去拜访青年党领袖左舜生,左舜生觉得他将资金投入于纯文艺,不免冒险,徐速却认为:"我觉得写作是个人事业,很难说有多大成就;办刊物却是从事文艺运动,说不定能培养出几个青年作家,成功的公算也比较大;说来近乎高调,但我无法压抑这个高调的诱惑。"[1]《当代文艺》一共进行过四次征文比赛,第一次题为"初恋"(1969),第二次题为"我最难忘的一天"(1970),第三次题为"甘与乐"(1972),第四次题为"代沟"或"动物与我"(1975)。四次比赛的得奖入选作品,都由高原出版社正式出版。除此之外,《当代文艺》还举办过三期文艺函授班。从《当代文艺》中,的确也走出来不少青年作家。

黄康显认为,正因为认同香港文社运动、投合青年的兴趣,以及注重培养南洋方面的亲和感这两点,使得《当代文艺》在市场上获得了很大的成功,"在六十年代后期《当代文艺》雄霸南洋的市场,慢慢取代了《蕉风》的地位,在香港亦超越了老牌子的《文坛》,甚至威胁及已生根的《中国学生周报》"。[2]《当代文艺》

---

[1] 徐速:《悼念左舜生》,徐速:《百感集》,香港:高原出版社,1974年,第195页。
[2] 黄康显:《香港文学的发展与评价》,香港:秋海棠文化企业,1996年,第83页。

的社会影响，可以见诸它在香港的两次聚会。一是 1966 年春林语堂来港，徐速邀请林语堂参加《当代文艺》座谈会及晚宴，应邀参加者有唐君毅、徐訏、李辉英、林太乙和易君左等人。二是 1975 年 12 月 20 日，《当代文艺》假九龙松竹楼举办创办 10 周年庆典，徐訏、徐复观、司马长风、胡菊人、胡金铨、赵聪、高雄、慕容羽军和柯振中等人参加。这两次香港文艺界的公共活动，

《当代文艺》作者

轰动一时，可以说盖过了左翼文学的风头。

1979 年 4 月，徐速以《质本洁来还洁去》的社论，宣布了《当代文艺》的停刊。《当代文艺》历时 13 年 5 个月（1965 年 12 月至 1979 年 4 月），共出版 161 期，并创下了每月 1 日出版从不脱期的记录。《当代文艺》停刊时，印数仍为 1.2 万份，很不简单。之所以停刊，据徐速的太太张慧贞说，是由于徐速的健康原因。徐速当时的身体状况的确不太好，《当代文艺》停刊两年后，即 1981 年，他就去世了。

徐速去世后，《当代文艺》曾两度复刊。徐速在《当代文艺》上培养起来的作家黄南翔，于 1982 年 9 月复刊了《当代文艺》，

不过只持续了两年，至 1984 年 9 月停刊。1999 年，黄南翔向香港艺术发展局申请资助获得批准，再次复刊了《当代文艺》（双月刊），但这次复刊也只维持了两年。

第二节　从《大公报》到《海洋文艺》

（一）

由于文人北上，1949 年后香港左翼文坛出现了萎缩的情况。1949 年 2 月 22 日，达德学院被取消在香港教育司署的注册。1951 年 3 月 9 日，南方学院被取消在香港的注册。1952 年 1 月 10 日，司马文森、马国亮、狄梵和刘琼等左翼文人因政治活动被香港政府递解驱逐。1952 年 5 月 5 日，《大公报》因为转载《人民日报》批评港英当局的文章，督印人费彝民、总编李宗瀛被控刊载政治煽动言论，《大公报》被勒令停刊六个月（后减至 5 月 6 日至 17 日）。

20 世纪 50 年代初期，香港左翼文学处于低潮，连一个文艺期刊都没有，如罗孚所说："左派在五十年代初期，除了报纸的副刊，就没有什么文学上的阵地。"[1] 罗孚于 1948 年被派到香港参与《大公报》复刊工作，与罗孚差不多同时来香港的，还有严庆澍、夏易、何达和查良镛等左翼文化人。与流落香港的右翼南来文人不一样，他们是来香港工作的，在艰苦的情况下支撑起了 50 年代香港左翼文坛。

从报纸上看，20 世纪 50 年代初左翼报刊主要有《大公报》《文汇报》，较为灰色的有《新晚报》，另外还有较为外围的报纸《香港商报》等。考察《大公报·文艺》和《文汇报·新文艺》这两

---

[1] 罗孚:《香港文化漫游》,香港：中华书局（香港）有限公司,1993 年, 第 106 页。

左图:
《大公报》

右图:
《文汇报》

个副刊,结果有点出人意料,它们的视野并不在香港,而主要是内地政治和文化的窗口。举凡内地要闻,在《大公报》和《文汇报》报刊上悉有反映。副刊文章作者也有颇多内地名家,如柳亚子、巴金、冯至、卞之琳、黄永玉、萧乾和夏衍等,内容大致是内地政治文化的延续。香港的地方性文章反倒不太多见,本地作家的作品也不多。

事实上,两报对于殖民统治下的香港是很排斥的。1950 年 5 月 15 日《文汇报·新文艺》发表了一篇题为《展开对堕落文艺的争斗》的文章,号召左翼文坛批判堕落的香港文艺,文章开头就说:"香港,这个堕落的都市,泛滥着堕落的文艺作品。"它认为这种堕落的文艺是香港社会的产物,"产生这种文艺作品,是有其政治的、社会的基础。殖民的、封建的政治经济,荒淫无耻、腐化堕落的社会生活,必然会产生这种作品,而这种作品,刚好投合了小市民的落后意识,投合了他们因为生活的灰白无聊,而强烈追求刺激的病态心理,于是乎,就滋长蔓延,成为这个都市的主要'文化'了"。这显然是三四十年代左翼文人对于香港印象的延续。如何与这种堕落文化争斗呢？文章指出：目前最积极的斗争方法，是"用思想意识健康而形式文字通俗的作者，去夺取它的读者"。

《文汇报·新文艺》在发表《展开对堕落文艺的争斗》的同一期，发表了方生的一篇小说《祝捷》。文中从内地逃难到香港的"黄科长"和"张县长"听说国民党"海口大捷"后，举杯庆祝，盼望反攻大陆成功，结果看到了海口解放的消息，大失所望。1950年4月17日《文汇报·新文艺》发表了郑曙文的小说《领配给证》，写生活无着的香港下层贫民排队领配给证的混乱情景。郑辛雄（海辛）在1951年5月20日《大公报·文艺》上发表小说《这不是她的耻辱》，写"美国为扩大战争禁止物资来港"，导致香港的工厂危机。女工蔡玉被迫下岗，为养活老小出卖自己的身体。在1950年5月15日第7期《新文艺》上，他又发表了《送工友回国支前》一诗，欢送工友"回到祖国参加革命斗争"，

左图：《文汇报》
右图：《大公报》

诗歌称赞"支前英雄好嘢!""支前英雄顶瓜瓜!"。这显然是将内地的政治术语,套用到了香港的头上。

《文汇报》于1952年12月28日停刊,1956年3月2日重新创刊。重新创刊的《文汇报》"文艺"副刊上的创作,内地作家的作品仍然占据较大比重。统计一下,在该副刊上露面的内地名家有艾芜、杨朔、老舍、秦牧、冯至、茅盾、公刘、李瑛、叶君健、冰心、康白情、知堂、曹禺、徐迟和巴金等,内容当然也是反映内地生活的。不同的是,香港左派作家也开始较多在报刊上露面。在《文汇报·文艺》上发表作品的香港作家有曹聚仁、阮朗、侣伦、舒巷城、夏易、黄谷柳、高旅、海辛、何达、鸥外鸥、柳木下、李育中和思果等。有趣的是,《文汇报》还发表了香港工人的集体创作,如海燕《血海深仇——港九各业工人会演话剧》(1958年10月25日)、罗漫《南国花开——记香港工人文艺晚会》(1959年4月7日)等,内地时代痕迹十分明显。

较为活跃的,是《大公报》附出的《新晚报》。朝鲜战争后,因为《大公报》《文汇报》只能发表新华社的报道,北京方面需要一份能够及时报道战事的报纸,面目不能太左,这就是《新晚报》的创刊缘由。《新晚报》创办时间是1950年10月5日,据说既避开了10月1日内地国庆节,也避开了10月10日台湾的"双十节",可见其灰色定位。

当时《新晚报》的副刊,分别是由查良镛(金庸)主持的"下午茶座"和严庆澍(阮朗、唐人)主持的"天方夜谈"。"下午茶座"创办后有两个引人注意的专栏,

洛风《人渣》单行本

一个是严庆澍以笔名"本宅管事"连载的《某公馆散记》,一个是周榆瑞以笔名"宋乔"连载的《侍卫官杂记》。《某公馆散记》次年出版单行本时易名《人渣》,署名"洛风"。东京岩波书店也出了日译本,题为《香港斜阳物语》。在严庆澍主编的"天方夜谈"上,最有名的是他本人以笔名"唐人"连载的《金陵春梦》,这部小说自1952年11月3日开始,直到1958年10月4日才结束,连载6年。无论是《某公馆散记》,还是《金陵春梦》,都是批评国民党乃至蒋介石的作品,《金陵春梦》一书后来成为华人世界的畅销书。[1]

《新晚报》可以载入史册的,是开创新派武侠小说。1953年底,香港爆出一条热点新闻:太极拳和白鹤拳宣布在澳门举行擂台赛。1954年1月20日,《新晚报》开始连载梁羽生创作的《龙虎斗京华》,次年

梁羽生《龙虎斗京华》于1954年1月20日开始在《新晚报》连载

---

[1] 据严庆澍回忆,当时周瑜(原文为瑜,应为榆)瑞用宋乔的笔名,在《新晚报》连载《侍卫官杂记》,"描写蒋介石的肤浅和无聊",社委认为最好再写一篇有关老蒋的东西,"在读者印象中塑造一个'真正的蒋介石'"。开会时,罗孚把任务交代下来,谁都不愿意接受。后来《新晚报》建议请北京的老前辈帮忙,北京的答复是大家都忙,没时间为香港的报纸写东西,由《新晚报》自己解决。最后,任务落到严庆澍的头上,他说:"接下这样一个任务,我也实在头痛。"参见杜渐:《良师益友说唐人:忆严庆澍先生》,杜渐:《长相忆:师友回眸》,香港:三联书店(香港)有限公司,2015年,第75页。

罗孚与《大公报》《新晚报》老同事

2月金庸开始连载《书剑恩仇录》，新派武侠小说从此开始。刊载新派武侠小说是左翼文坛有意而为，应该有吸引读者、打破"绿背文学"垄断文坛的动机。效果的确很明显，《新晚报》刊载《龙虎斗京华》等小说后，引得香港及东南亚各国报刊纷纷转载，销量大增。《新晚报》和竞争对手《星岛晚报》市场份额原来是四六开，现在也追了上来，甚至超过了对手。

《新晚报》之外，金庸还在《香港商报》上发表武侠小说。《香港商报》成立于1952年，与1956年创刊的《晶报》同属左翼外围报纸。金庸在《香港商报》上连载的第一篇新派武侠小说是《碧血剑》，连载一年，效果甚佳。改版后他开始写成名作《射雕英雄传》，轰动一时。直到1959年，金庸创办《明报》，将新派武侠小说转移过去。在《香港商报》连载《射雕英雄传》的最后一天，金庸在文末留言，"《射雕英雄传》的后传，在明天出版的《明报》刊出，敬请读者留意"。自此，新派武侠小说才脱离新华社领导下的左派报系。[1]

---

[1] 参见张初、许燊：《〈商报〉双杰》，黄仲鸣主编：《数风流人物——香港报人口述历史》（上），香港：天地图书有限公司，2017年，第203页。

《新晚报》的灵活性，还表现在它可以刊载一些内地不适宜出版的著作。它在1960年前后连载溥仪的《我的前半生》，在1964年8月连载周作人的《药堂谈往》（即《知堂回忆录》，后被腰斩）。这些著作在内地直到新时期以后才广为人知，这已经是后话了。

（二）

20世纪50年代中期前后，左翼文坛开始振兴。左翼报刊增多，很明显是以抗衡右翼报刊为目标的。1954年8月创刊的《良友画报》，对抗的是亚洲出版社的《亚洲画报》。1956年4月14日创刊的《青年乐园》，针对的是《中国学生周报》。1959年4月25日创刊的《小朋友》，瞄准的则是"友联"的《儿童乐园》。不过，这些都不是文艺刊物，真正的文艺刊物是1957年6月创刊的由夏果主办的《文艺世纪》。这个刊物一直坚持到1969年才结束，共计出了151期，是五六十年代香港左翼文坛最重要的阵地。

《文艺世纪》创刊号

提到《文艺世纪》的创刊，首先要提到张千帆。张千帆本是香港人，全面抗战爆发之前，他是《华侨日报》的记者，后北上抗日，辗转到了延安，主要从事宣传工作，参加过《大众日报》等报刊的工作。大约是因为他的香港背景，张千帆在1953年被派回香港，主要是开展中国新闻社的工作。1955年，在张千帆的推动下，由李林风（侣伦）办起了对海外发稿的采风通讯社。1957年，张千帆找到夏果，办起了《文艺世纪》。

夏果原名源克平，世居广州，毕业于广州美专图案系。全面抗战爆发后，他在广州和蒲风、温流等人从事中国诗歌社的抗日宣传活动,后来流亡到了西南,参加文工团之类的活动。抗战结束后,夏果回到香港,为解决生计,他在中环的街角开了一家小小的首饰铺子,这里后来成了朋友会面和留转信件的地方。1957年,张千帆就是在这里找到了夏果,请他主编《文艺世纪》。据说,这个工作原来是让侣伦担任的,因为侣伦已经在组织中国新闻社,无暇分身,而夏果已经脱离了文坛,就此请他回来。

《文艺世纪》由上海书局出版,目录上只印着"督印人"卢野桥,卢野桥据说是演员卢敦的兄弟,他来担任持牌人,兼做内务和校对。夏果似乎一切都亲力亲为,据黄蒙田回忆:"编辑《文艺世纪》,夏果是以全部心力投入的。这是基于个人的兴趣,也由于杂志组织者对他的绝对信任。他把刊物像一件心爱的艺术品那样去进行雕琢,用他的话来说是像'绣花'那样去对待它。杂志还有一个助手做包括校对在内的事务工作,夏果却事无大小如组稿、编稿、发稿、校对到送稿费等都亲力亲为。"[1]《文艺世纪》每一期的封面,都是夏果亲自设计的,这正好用上了他的美术才能。

《文艺世纪》"文艺书介绍"

《文艺世纪》创刊号目录

从目录看,《文艺世纪》并不是一个纯文学刊物,而是一个综合性文艺刊物。以创刊号为例,《文艺世纪》由数个板块构成。开头就是

---

[1] 黄蒙田:《回忆诗人夏果》,《香港文学》1994年第11期,总第119期。

"纪念屈原专页",刊登了叶灵凤、闲堂和戴文斯的几篇纪念屈原的文章。接着是一个布莱克的翻译专辑,刊登了燕如林翻译的《一意难忘外一章》和白磊翻译的《诗二首》,还有一篇史鱼撰写的《诗人画家布莱克》。布莱克专辑的后面,是黄石翻译的英国 H.E.Bates 的散文《时间》。黄石对于英国散文的翻译,在《文艺世纪》上是一个系列专栏。《文艺世纪》次期 7 月号刊登了黄石翻译的另外两篇英国散文《七月的芳草》和《扇子操》,并在"编后小记"提道,"黄石先生分期为本刊翻译英国名家的散文选,今期先发表哲夫黎的《七月的芳草》和爱迭孙的《扇子操》。以后还陆续刊登共有十四位英国散文作家各家不同风格的作品。译文后并有译者对每一位作家和作品的简短介绍,使读者对作品有更多的理解"。[1] 另外一个板块是对于美术的评论介绍,创刊号发表的文章有黄蒙田的《谈两个画家的京剧水墨画》,还有一个

侣伦《记黄谷柳:〈虾球传〉作者》

"印度尼西亚华侨画家作品选"。在现代文学上,《文艺世纪》连载了曹聚仁撰写的《鲁迅年谱》。

余下的文学创作的篇幅,就不太多了。创刊号发表了两篇图文"掌篇小说":平可的《职业》和望云的《太太要知道》,还有唐歌的"历史小说"《桃花夫人》,诗歌有柳木下的《龙眼树及其他》等,散文有侣伦的《花间抒情曲》,江

---

[1] 许定铭在《跨年代的〈文艺世纪〉》(《文学研究》2006 年第 4 期)一文中,曾专门提到作为民俗学者和翻译家的黄石,并谈道:上面一段"编后小记"是这一年《文艺世纪》"唯一的编后话,也是编者唯一提及的撰稿者底介绍,可见编者非常重视黄石的这一组翻译作品"。引者注:"唯一的编后话"的说法并不准确,次期(8月号)仍有"编后小记"。

源的《汉素音印象》就算是文学评论了。

从作者队伍看,《文艺世纪》虽然还有来自内地的作家,但数量已经大大减少,作者主要由香港本地的左翼作家构成。左翼作家并非铁板一块,至少可以分为两类:一类是较为坚定的左翼,另一类则是较为外围的作家。前者如夏果、阮朗、侣伦、何达、罗孚和黄蒙田等,叶灵凤和曹聚仁等资深作家在现代文学史上算不上左翼,但在香港文坛上却是左翼报刊的支持者,而如平可、望云等则大体属于中间人士,不排斥在左翼报刊上写稿。我们知道,香港文坛左、右泾渭分明,右派作家一般来说是不会在左派刊物上发表文章的,一旦发表,即被站队归类,因此一些开明作家即使在左翼报刊写文章,也只能用笔名。

《文艺世纪》创刊号刻意选择平可、望云的通俗小说,引人注意。20世纪三四十年代的香港左翼文坛,虽然提倡大众化,但对于平可、望云等人的旧小说是不太看得上眼的。1949年以后,左翼文坛却有意借重通俗小说,《新晚报》开创了新派武侠小说。平可、望云当时都是香港文坛的流行小说家,刊登他们的作品,

左图:
《文艺世纪》"鲁迅先生逝世廿一周年纪念特辑"
右图:
《文艺世纪》"鲁迅先生逝世二十一周年纪念特辑"目录

《太太要知道》

对于提高《文艺世纪》的销售量肯定是有帮助的。平可的《职业》写"我"在香港找工作被骗的故事,望云的《太太要知道》写某某太太的好奇心,两部小说都以较为故事性的写法写香港生活,也已经算不上是传奇小说了。

不过,平可和望云的名字在6月创刊号之后就很少出现了。7月号《文艺世纪》的小说除唐歌的"历史小说"《桃花夫人》连载外,两篇"掌篇小说"换成了阮朗的《"看家狗"》和金玉田的《病室里的神鬼人》。8月号《文艺世纪》的两篇"掌篇小说"是侣伦的《默契》和西门穆的《地狱雨》。9月号《文艺世纪》的"掌篇小说"改为"短篇小说",10月号"短篇小说"又改为"小说"。此后,《文艺世纪》发表的小说基本上每期只有两三篇,作者集中于阮朗、侣伦、胡春冰、夏炎冰和韦晕等人。1958年的6月号之后,翻译小说大为增加,创作小说减少,常常只有一篇或者没有。在翻译上,《文艺世纪》较为注重第三世界国家的文学作品,这与内地文坛应该是相呼应的。1958年5月号第12期后,创作小说部分又有所增加。1959年,范剑(海辛)在《文艺世纪》5月号上发表了小说《礼物》,在6月号又发表了《她和我》。与此同时,我们又见到了高旅的名字,他在 1959 年第 6 至 7 月号发表了《补鞋匠传奇》（上、下篇）。

从 1960 年 6 月开始，《文艺世纪》开始连载阮朗的长篇小说《长相忆》，一直到 1962 年 8 月号结束，历时 27 个月之久。《长相忆》写印尼华侨秋生一家与当地印尼朋友共同抗击荷兰侵略者的故事，这显然配合了内地亚非拉反帝反殖的主题。从此以后，阮朗的小说成为《文艺世纪》的主打。他的《我是一棵摇钱树》连载于 1964 年 9 月至 1967 年 12 月的《文艺世纪》，从第 88 至 127 期，也是长达两年多。当然，报刊连载有时是不连续的。此后，《文艺世纪》连载的阮朗小说还有《泰利父子的眼泪》（1968 年 1 至 3 月号，第 128 至 130 期）、《黑裙》（1968 年 4 至 6 月号，第 131 至 133 期）、《她还活着》（1968 年 7 至 9 月号，第 134 至 136 期）、《黄天霸》（1968 年 10 至 12 月号，第 137 至 139 期），1969 年的《第一个夹万》则是阮朗在《文艺世纪》的最后一部连载作品了，它连载十期之后，《文艺世纪》就停刊了。

阮朗《长相忆》

值得一说的，还有《文艺世纪》的"青年文艺专页"。1958 年 1 月号《文艺世纪》"编后小记"说："根据过去几期的实际情况，我们给青年读者的照顾还少，今后希望做到开辟一个'青年文艺创作'专栏，以副青年读者及青年作者的要求。"于是，接下来一期，即 2 月号总第 9 期，出现了"青年文艺专

《文艺世纪》"青年文艺专页"

页",其中包括沙里洪的《慕西河水缓缓流》、甘牛的《沫来泉的故事》、莎茹的《椰下·夜歌》、高青的《原野的迷恋》、念青的《遥寄》和佚君的《夜底忧郁》等几篇青年习作。《文艺世纪》后期还设了"文艺信箱",由高翔(何达)回答年轻人有关文艺的问题。20世纪60年代,"青年文艺专页"还另出增刊,附于《文艺世纪》内赠予读者,很受欢迎。许定铭谈到,很多史家都称赞《文艺世纪》的成就,不过他认为都没有谈到其实质贡献。在许定铭看来,《文艺世纪》的实质贡献就是对于新人的培养。他认为,香港文坛的问题在于缺乏对青年的培养,而这正是《文艺世纪》最重要的特色,它"每期提供的版位多为2—4页,甚至我见过最大篇幅的,是1967年12月号的共占12页,刊登了15篇作品"。《文艺世纪》不单栽培了本地年轻的新一代,他还扶掖了南洋各地的青少年,其对文艺的贡献是肯定的!有志于写香港文学史的学者,绝对不能忽视!"《文艺世纪》撤(原文为撤,疑为撒——引者)下去的种子,很多已经落地生根,发芽成长了,成了本港老中青代的文人,罗漫(罗琅)、范剑(海辛)、李怡、张君默、雪山樱(林荫)、陈浩泉、韩牧……都是在《文艺世纪》的摇篮中成长的。"[1]

左图:
《文艺世纪》1957年7月号
右图:
《文艺世纪》1959年"新年特大号"

[1] 许定铭:《跨年代的〈文艺世纪〉》,《文学研究》2006年第4期。

从 1957 年创刊到 1969 年停刊,《文艺世纪》持续了 13 年之久,在香港文坛产生了相当影响。侣伦在《记〈文艺世纪〉》一文中,提到两位香港文坛老将曹聚仁和叶灵凤对《文艺世纪》的高度评价。曹聚仁在《海天谈薮》一文中谈道:"有一位朋友问我:'假如我袋中的钱只够订一份杂志的话,叫我看哪一种的好?'我想了一想,说:'那只好选购《文艺世纪》了。'我的话并非由于偏好,而是由于这一刊物确乎让我们对于文艺这一部门的常识知道得很不少;而编者对于选用稿件,对于表达的文字技巧上,同样是注重了的。"1966 年《文艺世纪》创刊 10 周年的时候,叶灵凤在发表于 2 月 6 日《新晚报》的《霜红室随笔》一文中说道:"《文艺世纪》是一个已经有了十年历史的纯文艺刊物。一个销路并不特别大,一直维持着一定水准的文艺月刊,在这里居然能支持了十年,简直是一个奇迹。如果说这个刊物已经有了什么成功,我觉得它的存在就是最大的成功。十年树木,经过十年的灌溉,无论有人说香港是甚么文艺沙漠,经过这样长期的培育,撒下去的种子总有一些已经落地生根,发芽成长了。"[1]

左图:《文艺世纪》1962 年 1 月号
右图:《文艺世纪》1968 年 1 月号

---

[1] 侣伦:《记〈文艺世纪〉》,侣伦:《向水屋笔语》,香港:三联书店(香港)有限公司,1985 年,第 59—60 页。

侣伦谈道:"这不是同人杂志,而是容纳所有香港各方面作家作品的文艺刊物。当时经常为《文艺世纪》撰稿的有:叶灵凤、曹聚仁、陈君葆、张向天、胡春冰、辛文芷、阮朗、何达、黄蒙田、夏易、夏炎冰、洪膺、张千帆、王乃凡、萧铜、吴其敏、侣伦、林檎、夏果、叶苗秀、吴羊璧、李阳、洛美、海辛、陈浩泉……""容纳所有香港各方面作家作品"的看法,显然并不客观,从名单上就可以发现,他们基本上是香港左翼作家或靠近左翼的作家。许定铭即不认同侣伦的这一说法,他认为:"至于'是容纳所有香港各方面作家作品的文艺刊物',则值得商榷,其实《文艺世纪》的作者群,只包括了当年国内及本港大部分左派作家的作品,中立或者右派名家,大都未见在此发表的。"[1]黄蒙田在回忆夏果的时候,也谈到这一点遗憾,"即使在当时,我总觉得夏果的编辑方法稍为保守了些。也许是诗人的惯性低调决定了他不可能大胆地有所突破,也许是他刻意要求很好地符合'老板'的宗旨——所谓宗旨一定程度上变成了清规戒律。譬如,经常写稿的带有偶像性的老、中作家是由于'老板'的关系而取得的,这些作品虽然较有分量,但清一色是左派,为甚么编者满足于这种局限而不去组织左派以外的作家呢?虽然在当时来说有实际困难,由于相当广泛地被人们了解到刊物的背景性质。正是因为相当多篇幅被包括国内来稿的老、中作家所占据,看来不免感到老气,缺少一点活泼感"[2]。丝韦(罗孚)在谈到《文艺世纪》的时候,也认为:"它也并不是十分完美。'文革'未起以前,就感到它有最大的薄弱之处:不能使站在比较右边的作者替它写稿。"[3]

---

[1] 许定铭:《跨年代的〈文艺世纪〉》,《文学研究》2006年第4期。
[2] 黄蒙田:《回忆诗人夏果》,《香港文学》1994年第11期,总第119期。
[3] 丝韦:《〈海光文艺〉和〈文艺世纪〉——兼谈夏果、张千帆和唐泽霖》,《香港文学》1989年第1期,总第49期。

（三）

正因为这种过于鲜明的左派特色，使得罗孚产生了创办一个更有包容性的刊物的想法，于是有了 1966 年 1 月《海光文艺》的创立。《海光文艺》上没有刊出编者的名字，据罗孚回忆，"黄蒙田是主编，我只是协助他做些约稿的工作"[1]。有关创刊宗旨，罗孚这么说："从四十年代末期一直到六十年代中期，香港文化界一直是红白对立，壁垒分明的。我们的设想是要来一个突破，红红白白、左左右右，大家都在一个调子不高，色彩不浓的刊物上发表文章，兼容并包，百花齐放。"为了让更多的作家敢为《海光文艺》写稿，左派作家甚至不敢用自己的真名，如何达为《海光文艺》写了不少诗，但刊物上没有出现过"何达"的名字，甚至像曹聚仁、叶灵凤这样的作者，也用笔名写作，曹聚仁用的是"丁秀"，叶灵凤用的是"任诃"和"秦静闻"，原因是，据罗孚

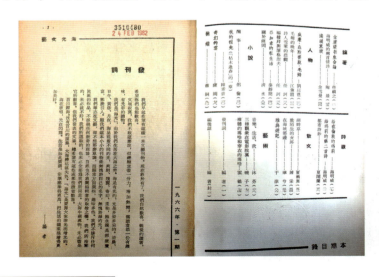

《海光文艺》创刊号目录及发刊词

---

[1] 罗孚：《〈海光文艺〉二三事》，冯伟才编：《香港当代作家作品选集·罗孚卷》，香港：天地图书有限公司，2015 年，第 468 页。

透露,"当左的、红的出现时,就可能使得右的甚至中间的望而却步,因此,就不得不委屈那些被认为左或接近左的知名作者,换一个陌生一些的笔名了"。[1]

《海光文艺》果然出现了较大变化。最大的变化,是刘以鬯、李英豪等人的名字开始出现在刊物上。正如我们前面所论,20世纪50年代文坛除左右之分外,还有一条从《诗朵》到《好望角》的现代主义的线索。昆南、马朗、刘以鬯和李英豪这一批人,对政治没有兴趣,或者说是中间略偏右。真正的右派是与左派对立的,倒是这批纯文学派容易争取一些。刘以鬯、李英豪等人给《海光文艺》所带来的,是现代主义。《海光文艺》第1期就发表了刘以鬯的《威廉·森默赛脱·毛姆》,并组织了一个"毛姆专辑",发表了江兼霞的《毛姆的晚年》和兼霞翻译的《毛姆〈一个作家的札记〉选译——两个朋友》。第1期同时还有一个"海明威的专辑",包括陶最译海明威的《给在伦敦的玛莉》和《给玛莉的第二首诗》,还有海明威的图片发表。关于海明威,《海光文艺》第12期还发表过一个李英豪编的专辑。

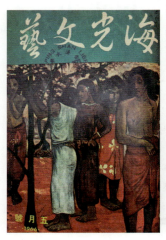

《海光文艺》

刘以鬯后来在《海光文艺》上发表了《林格·姆罕拉葛》(第2期)、《饥饿》(第5期)、《窗前》(第13期)等一系列作品。李英豪写译兼顾,发表得更多,计有《从〈生命的原性〉到〈环境的逼力〉——和法国女作家薛蒙·地·波娃一席谈》(第5期)《〈犀牛〉与伊欧纳斯柯》(第8期)和《论意大利当代新诗》(第10、11期)等。

---

[1] 丝韦:《〈海光文艺〉和〈文艺世纪〉——兼谈夏果、张千帆和唐泽霖》,《香港文学》1989年第1期,总第49期。

《海光文艺》发表的介绍现代主义的文章还有姚克的《法国的新兴戏剧》(第6、7、8期)、何方的《现代主义溯源》和陈福善的《批评家与印象派绘画》(第7期)等。我们知道,左翼文学一向秉持现实主义观念,《海光文艺》能够兼容现代主义,是一件很不容易的事情。

《文艺新潮》的小说家卢因后来曾回忆,《海光文艺》创办后,罗孚通过海辛辗转向他约稿,结果就是发表于《海光文艺》1966年第12期的《台风季》。小说发表后,罗孚亲自约卢因见面,把稿费交给他。[1] 这种做法,显然是要结交朋友的意思。卢因的回忆,验证了罗孚当时想突破左翼文学圈的意图。

《海光文艺》的另一个特征,是容纳通俗文学。《海光文艺》前三期,连载了梁羽生的名文《新派武侠小说两大名家金庸梁羽生合论》(上、中、下)。据说,罗孚在约稿时,梁羽生曾担心写自己不好,提出让罗孚冒名顶替,后终于以"佟硕之"的笔名发表。接着,《海光文艺》第4期,又发表了金庸的《一个"讲故事人"的自白》。梁羽生、金庸的两篇文章,形成了呼应的关系。发表通俗小说,原就是香港左翼文学的做法,这次发表两篇评论,

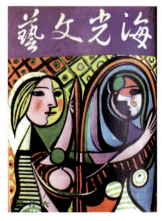

《海光文艺》

---

[1] 卢因:《悼念罗孚以外》,《香港文学》2014年第12期,总第360期。

算是理论总结。更值得一提的是,武侠小说之外,言情小说也开始登场。《海光文艺》第4期发表了亦舒的《满院落花帘不卷》,第5期发表了她的《豆蔻梢头》,第7期发表了她的《叫我阿佛》,引起了读者的关注。亦舒之外,《海光文艺》还发表了其他言情小说家的作品,如第9期发表了依达的《三十八?女人?》和郑慧的《蔷薇和幽兰》等。《海光文艺》还在第4期和第5期这两期,刊登盈若思有关琼瑶小说的评论。此外,《海光文艺》还发表了日本推理小说家松本清张的《跨越天城山》,并发表晏洲《松本清张和他的推理小说》一文加以介绍。

左翼作家则变换笔名,发表作品。侣伦除以"侣伦"之名发表了《丑事》(第1期)、《狭窄的都市——致高贵女人们(四个巧合的故事)》(第2期)等小说外,又以"林下风"的笔名,在第8至10期连载了著名的《香港新文化滋长期琐忆》。舒巷城以"舒巷城"之名发表《眼睛》(第3期)、《流浪的猫》(第7期)等小说,又以"秦西宁"之名发表了《第一次》(第5期)。海辛以"范剑"之名发表了《典当者》(第7期)等小说。曹聚仁则以"丁秀"之名连载了《文坛感旧录》(第2至5期)。

可惜的是,《海光文艺》生不逢时,创刊不久就碰到"文化大革命"爆发。《海光文艺》试图容纳不同声音的"灰而不红"的做法,在极左思潮下无法存在下去。1967年1月,《海光文艺》出了第13期后,就不声不响地结束了。

(四)

1967年6月,香港爆发"六七暴动"。左翼报刊以"文化大革命"的方式介入,受到港英当局打击。除此之外,左翼报刊内部也搞反"封资修",取消副刊,取消马经、狗经,这在娱乐至上的香港无异于自杀。"反英抗暴"之前,《大公报》《文汇报》《新晚报》合起来销量十多万份,外围左报《香港商报》《晶报》《正午报》各约十多万份,六报加起来总销量约占香港报刊总量的一半。运动后期,左报销量暴跌,《大公报》《文汇报》跌至一万份略多,《新晚报》跌至两万份,而《香港商报》《晶报》《正午报》各家约跌去十万份,仅剩三四万份,《大公报》《文汇报》《新晚报》还退出了报业公会。这是香港左翼报刊的一个转折点。直到1972年,左翼文坛才缓过一点劲来,由吴其敏创办了《海洋文艺》,它持续了8年,至1980年才结束,延续了香港左翼文学的香火。

《海洋文艺》创刊于1972年11月,初为试刊性质。试刊出了4期,至1974年4月改为双月刊并正式出版,1975年1月再次改为月刊。刊物的总期数,是从1974年双月刊开始计算的。

《海洋文艺》在创刊号上解释其命名含义,"生活是一个无边无际的海洋,辽阔深邃——我们文艺爱好者应该像一尾游泳在大洋中的鱼一样,以极大的灵感度,反映出海洋瞬息万变的规

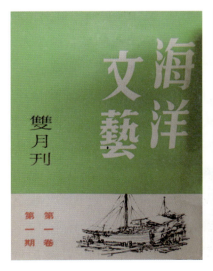

左图:
《海洋文艺》(双月刊)第1卷第1期
右图:
《海洋文艺》(双月刊)第1卷第1期目录

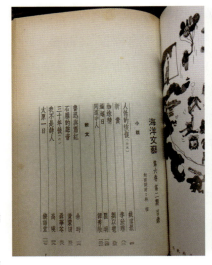 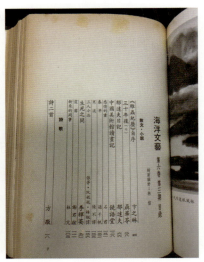

左图：
《海洋文艺》第 6 卷第 2 期目录

右图：
《海洋文艺》第 6 卷第 3 期目录

律"。《海洋文艺》又强调以文会友，"我们希望《海洋文艺》是一根感情的线路，和各地的文艺爱好者互相联系，互相交流"。不过，这里的"以文会友"显然是局限于左翼文化圈内的。《海光文艺》那种对于异质的包容性，在这里又消失了。

《海洋文艺》以小说为主，兼及散文、诗歌、随笔、评论、译文和资料等。常发表作品的作家有叶灵凤、李辉英、阮朗、舒巷城、何达、夏果、夏易、萧铜、黄蒙田、范剑（海辛）和吴其敏等人，也有二代左翼作家加入，如陈浩泉、彦火、陶然、东瑞、金依和张君默等人。

从《海洋文艺》第 1 卷第 1 期的"编后话"中，我们可以看到刊物的文类安排和作品倾向，"目前我们的愿望是：先把力量多放一点在创作小说上面。譬如本期中，包括'青年之页'里两篇中大同学的'习作'（她们自

《海洋文艺》"编后话"

己这样谦称），一共有短篇小说十个。反映的现实面较广。当前社会，由于多种因素的影响或迫胁，造成生活上特多的困难与危机，举其大者，如'加'字号的不断上扬，屋加租，物加价，还有'抢'字号、'赌'字号、'黄'字号等等所设各样的陷阱，都是已被若干地捕捉了的使人惊惧的生活素材。特别是'抢'字号，像老作家阮朗《案底》一篇所描写的，便是一个叫人惊心动魄的故事。它指出了抢劫在有背景、有组织的情形下向莘莘学子们招手、伸手、授手，已到了如何严重的程度"。从这段话中，我们可以看到，《海洋文艺》希望多发表小说，特别鼓励青年人的创作，而在文艺宗旨上是反映现实，揭露和批判香港的黑暗面，表现人们内心的彷徨和苦恼。很显然，这是一种批判现实主义的路向。最有代表性的作家，《海洋文艺》在这里列举出来的是阮朗和舒巷城。

总体来说，《海洋文艺》一直因循在左翼圈内，作家中老面孔居多。在内地进入新时期后，随着内地作家的复出，他们的名字愈来愈多地出现在《海洋文艺》上，如戴望舒、艾青、沈从文、

左图：
《海洋文艺》1976年第7期
右图：
《海洋文艺》1976年第8期

姚雪垠、卞之琳、吴祖光、施蛰存、蔡其矫、柯蓝、周良沛、郭风、蔡清阁和舒婷等。其中不乏名篇,如艾青复出后的诗篇《时间》发表于《海洋文艺》1979年6卷7期,沈从文的《一个传奇的本事》发表于《海洋文艺》1980年7卷5期。海外作家聂华苓与安格尔于1978年访问内地,在《海洋文艺》上发表行程日记《三十年后》,从1978年5卷8期连载至1980年7卷7期,引起了广泛的注意。香港本地作家刘以鬯也常在《海洋文艺》露面,他发表了小说《蜘蛛精》(1979年6卷2期)、论文《纳布阿考夫》(1980年7卷1期)、《柯灵的文学道路》(1980年7卷2期)等。

1980年10月,《海洋文艺》突然宣告停刊。最后三年入主《海洋文艺》的彦火接到通知后,感觉"大为惊愕"。停刊的原因,据这一年第7卷第10期《海洋文艺》上刊登的"停刊启事"称,"本刊由于销行阻滞,亏蚀良多,决定截至本期,宣告停刊"。彦火认为:《海洋文艺》在七十年代末期,刊载了许多内地知名作家的作品,本地和星马地区的作品相对减少,由于这些作家的其他作品也同时在内地出版的刊物出现,并且在海外行销,所以较难引起本地及海外读者兴趣,所以星马地区的销路为之锐减。"从最后一期《海洋文艺》看,首篇就是吴祖光的电影剧本《西游记》(第一部),其后有写鲁迅、茅盾、艾青等作家的文章,还有涉及欧美以至中国台湾的文章,但很少有涉及香港本地及东南亚的文章,有点像内地刊物,如此失掉香港本地及东南亚的市场就不奇怪了。

需要提及的是,最后几年加入《海洋文艺》的彦火,还编

《海洋文艺》1977年第8期封面及版权页

了一套"海洋文丛",其中包括聂华苓的《王大年的几件喜事》、何达的《国际作家风貌》、阮朗的《爱情的俯冲》、李辉英的《名流》和黄蒙田的《湖光山色》等,共计15种图书。除此之外还有"海洋诗丛"出版。

说到香港左翼作家集辑,最早还要提到《海洋文艺》的主编吴其敏。早在1961年至1962年,在中国新闻社负责人张建南的支持下,吴其敏就联络了叶灵凤、夏果等人,编辑出版了8种作品合集:《五十人集》《五十又集》(散文合集,三育图书文具公司出版),《新绿集》《红豆集》(香港新绿出版社),《新雨集》《南星集》(诗文合集,上海书局),《市声·泪影·微笑》《海歌·夜语·情思》(短篇小说散文合集,万里书店)。这种作家合集的形式,最能体现香港左翼作家的同人性质。

《盘古》：自右向左

第十一章

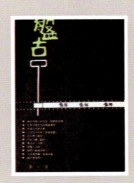

第一节 自由激进主义

上文提到，香港文坛的结构是左右分流，然而到 1967 年后，却出现了一种奇特的现象，即自右翼向左翼的转变。当然此左翼非彼左翼，它与香港原来的左翼没有直接关系，而是以海外左翼思潮为背景的。这里说的是《盘古》。

《盘古》的创办者，右翼背景都十分明显。胡菊人 1955 年加入"友联"，曾任职于《大学生活》和《中国学生周报》，后任职于美国新闻处《今日世界》。林悦恒 1958 年加入"友联"，时担任《中国学生周报》社长。戴天任美国新闻处今日世界出版社总编。古苍梧较为年轻，不过他的文学生涯，也是从大学时代为《中国学生周报》和《大学生活》写稿出身的。《盘古》之所以没有沿袭《中国学生周报》，而是独树一帜，与 20 世纪 60 年代后期海内外各种社会运动的开展有关。《盘古》积极介入社会运动的结果，是在思想上越来越激进，以致导致了内部的分化。1971 年 11 月古苍梧自美回国后，从 12 月第 43 期重新执掌《盘古》，刊物发生了急剧左转。

由此，我们可以第 43 期为界，把《盘古》分为前后两期。前期大致仍然秉承 20 世纪 50 年代《中国学生周报》以来的思想，但这种思想在时代的冲击下，最终分崩离析，被古苍梧等人彻底推翻，走向了社会主义。在诗歌上，古苍梧前期的主要贡献是发起了反对台港现代诗的运动，并且经由"诗作坊"，带动了新的诗歌思潮，后来则越走越远，离开了原有的诗歌同人，接上了内地的诗歌脉络。

《盘古》第 1 期有一个"代创刊词"，由每人各写一段话，形式新颖。从这些作者中，我们大致可以看到《盘古》同人的范围：

他们是戴天、胡菊人、四马（岑逸飞）、梁宝耳、蓝山居（古苍梧）、游之夏（黄维樑）、温健骝、罗卡、陆离、蓝子（西西）、金炳兴、陈炳藻、李纵横（李天命）等。其中，梁宝耳、胡菊人、戴天、林悦恒和文楼主要支撑《盘古》的经济，岑逸飞、古苍梧和黄维樑主要负责编务。其他人多是支持者，他们中的多数后来变成了《盘古》的作者。至于"代创刊词"所讲的内容，多很随意，无非是围绕着"盘古"二字进行发挥。"代发刊词"后面，发表了蔡康平的《开辟与承担——谨贺〈盘古〉之诞生》一文，系统阐述《盘古》的"开辟""承担"两个方面的精神，也看不出有什么特别的思想。

戴天编了《盘古》的前两期，随后就去美国了，这前两期《盘古》是较偏重文化的。自第3期起由岑逸飞接编，刊物逐步介入社会政治运动。

开始的时候，《盘古》的立场还是较为保守的。《盘古》第3期出现了以"本社"名义发表的《我们对于九龙事件的看法》，还发表了《文化大革命的精神和演变》。第4期《盘古》又以"本社"名义发表了《香港左派分子出卖了中共》和岑逸飞亲自撰写

左图：
《盘古》第2期
右图：
《盘古》第6期

的《对香港骚动的分析》。如果说第3期的两篇评论尚比较谨慎，第4期的两篇评论从题目上就能看出其反共立场。大体上，《盘古》这个时候的观念还停留在20世纪50年代以来的反共与"文化中国"的思路上，而其面对的对象主要是海外知识分子。

《盘古》投出来的第一颗"炸弹"，是自1967年第8期开始连续刊登的台湾旅美学者包错石的政论文章：《研究全中国——从匪情到国情》（上、下，第8、9期）、《海外中国人的分裂·回归与反独》（第10期）《再论中国知识份（原刊如此，应为分——引者）子和全中国国情研究的关系——兼答劳思光先生》（第12期）、《试从教育和就业看美国黑人的命运》（上、下，第13、14期）等。从"从匪情到国情"的题目就可以看出来，包错石打破了50年代以来将中国内地视为"匪情"的反共观念，主张重新看待新中国。这些观点当时在香港是惊世骇俗的，引起了文坛的强烈反响，《盘古》由此被攻击为左派。《盘古》认为自己是冤枉的，他们解释说，发表包错石的文章并非因为他们支持这些观点，而是出自自由独立的精神。包错石来自台湾，因为反蒋而赴美留学，他的《研究全中国——从匪情到国情》一文在台湾不能发表，在香港的很多刊物也得不到发表。"友联"的老板林悦恒是包错石的同学，但"友联"的刊物也仍然不发表这篇文章。《明报月刊》也不敢发表。《盘古》认为，如果他们不发表，这些文章就无从面世了，毅然决定发表。

据古苍梧回忆，"刊登这篇文章的时候，《盘古》同人实际上都比较右倾，绝大部份同人，包括我自己，都是反文革的"。这种右倾的立场，从上述《盘古》的反共文章中可以得到佐证。据古苍梧说，他本人的思想，甚至于较其他人更保守，"可以说，那时我的思想比胡菊人、戴天更右倾，因为我的家庭背景……戴天便挖苦我，说怎么你写文章提到毛泽东时写'毛泽东'，提

左图：
《研究全中国》
右图：
《研究全中国（续）》

到蒋介石却写'蒋介石先生'。这是家庭教育与小学教育的影响"。在古苍梧看来，包错石的文章并非左翼，而是"美国式 radical、激进的自由主义思想，渗入了一些新马克思派、欧洲马克思主义的思想。他的文章在当时——尤其以香港的环境来说，是反潮流的，绝对是反潮流的"[1]。也就是说，《盘古》发表包错石的文章，并不意味着他们赞成后者的观点，只是说明他们在思想上是开放的。不过，这至少说明他们对于包错石的文章并不反感，甚至不无同情。1968年4月《盘古》第12期发表包错石的《再论中国知识份（原刊如此，应为分——引者）子和全中国国情研究的关系——兼答劳思光先生》，编辑室《给读者的报告》里说，"包错石的《再论海外知识分子和全中国国情研究的关系》，其中不少地方是写给那些不愿做中国人，决心做外国人的海外知识分子看的。包文一一指出了'决心做外国人'者将面临的厄运，无疑是给予那些'数典忘祖'的中国人的当头棒喝"。在此，编者对包错石之文的态度显然是肯定的。

这时候戴天已经在美国了，他在思想上受到了美国社会反抗

---

[1] 卢玮銮、熊志琴：《双程路：中西文化的体验与思考 1963—2003（古兆申访谈录）》，香港：牛津大学出版社，2010年，第148—149页。

同时期《大公报》
（1968年4月）所刊
新闻

运动的感染。戴天1957年入台大外文系，参与编辑《现代文学》和倡导台湾现代诗运动，被1960年来台的"写作工作坊"（Writers' Workshop）主持人安格尔（Paul Engle）所知，1967年受邀成为香港最早去美国参加爱荷华（Iowa）"国际写作计划"的人。在美国的经历，给戴天留下了深刻印象，"我在爱荷华的时候，正是美国的多事之秋，是反越战最激烈，而人权运动也开始高唱的时候"。"在那样的情形下，作为一个年轻人，去到美国，常常看到这样的场面：学生也好、工人也好、做面包的也好，时间到了便走到教堂门口，手拉手反战，而黑人牧师金格（Martin Luther King）揭橥了他的梦想之后，竟然死了。你怎能不受影响？不可能不受影响。那真是一个光明与黑暗并存的时代！"[1]戴天的思想发生了某些变化，并且影响到了《盘古》同人。古苍梧称，"当时胡菊人、戴天也受到包错石某些观点的影响，在《星岛日报》或其他报刊撰文，表现了某（种）程度的认同，但马上受到本地右翼作家猛烈攻击、扣帽子，例如万人杰就给戴天、胡菊人扣上左翼的红帽子"。[2]戴天后来也承认，包错石"文章写得很好，才情横溢，而且批判力很强"，"包错石带来很大影响"。[3]

可以说，包错石的文章既给香港社会带来了震动，也给《盘古》同人自身带来了影响，在后来对香港一系列社会运动的介入中，刊物同人的思想逐渐发生了变化。

包错石《研究全中国——从匪情到国情》一文刚登到第二篇，《盘古》就介入了香港"将中文列为香港官方语言"的社会运动。1967年12月，《盘古》第9期刊登了1965年市政局议员胡鸿烈在市政局会议上建议将中文列为官方语言的相关会议记录，题为《把中文列为官方语言的议案》。1968年1月《盘古》第10期刊登了《本港专上学生讨论列中文为官方语文的理由、内容和步骤》，报道1967年10月以来香港各大高校争取"将中文列为香港官方语言"的运动。1968年4月、5月和7月，《盘古》第12期、13期和15期陆续发表"关于列中文为官方语文"专辑，"卷首语"提道，"本刊是绝对赞成列中文为香港的官方语文的。理由很多，有实用意义方面的，也有象征意义方面的"。

在此基础上，《盘古》又将"将中文列为香港官方语言"进

---

[1] 卢玮銮、熊志琴：《香港文化众声道》（第1册），香港：三联书店（香港）有限公司，2014年，第244—245页。

[2] 卢玮銮、熊志琴：《双程路：中西文化的体验与思考1963—2003（古兆申访谈录）》，香港：Oxford University Press，2010年，第148页。

[3] 卢玮銮、熊志琴：《香港文化众声道》（第1册），香港：三联书店（香港）有限公司，2014年，第250页。

左图：
《把中文列为官方语言的议案》
右图：
《盘古》第 10 期

一步推进到香港语言教育问题。1968 年 8 月，《盘古》第 16 期刊登了"香港中文教育专题讨论"专辑，刊登了《为香港中文教育的前途追求答案》《批判当前香港的中文教师》等多篇文章。有关争取中文成为香港法定语言的运动，《盘古》此后一再推动。

紧接着，以陈映真被捕事件为契机，《盘古》又发起了反对"台独"的运动。1968 年 10 月，《盘古》第 18 期发表了岑逸飞亲自撰写的《台湾绝对不能独立——从陈映真被捕事件说起》一文，并且组织了一个陈映真专辑，集中发表了陈映真的《我的弟弟康雄》《流放者之歌》《知识人的偏执》《乡村的教师》《新的指标——国民党的文艺政策》等小说和论文。至 1970 年 3 月，《盘古》第 31 期赫然出现"反对'台独运动'宣言"签名，"下列具名者，以个人身分，站在中国人与中国文化的立场，坚决反对'台湾独立'与任何外国势力对'台湾独立'的支持"。在一页篇幅的签名中，《盘古》同人的名字都列于其中。这一期还刊发了包错石批判"台独"的大作《"台独"——驯狗师和狗的故事》。《盘古》明确反对"台独"的运动，是港人坚持中国立场的结果，这一运动本身又促进了港人有关中国统一的思想。

值得注意的是，有关中国统一的论题，又引发了港人有关自

左图：
《盘古》第 25 期
中图：
《盘古》第 26 期
右图：
《盘古》第 27 期

己是"香港人"还是"中国人"的思考。1970 年 2 月，《盘古》第 30 期发表"给读者"指出：有读者说，《盘古》始终徘徊在一个难题上，即海外中国人何去何从的问题，却没有给人指引出一条道路。对此，编辑表示："这一点的指责，实在不容我们否认。但也正因为如此，才使我们觉得《盘古》有更值得办下去的价值。我们现在无疑是处于摸索的阶段，但这个摸索的过程亦并非毫无意义的。只有透过多讨论、多交流、多思想，答案才能找出来。"不过，在《盘古》第 29 期发表的《对香港的归属感与对中国的归属感是否矛盾？——访问沈宣仁教授》一文中，沈宣仁教授却对于"香港人"与"中国人"的问题表示乐观，文中认为："即使在香港与中国的关系中看，香港的成就是香港人的，也将是中国人的，因为香港终要归还中国。"这是港人较早的对自己身份的探讨，它萌发于香港社会动荡与转型时期，为"台独"问题所激发。后来香港人有关自己是"香港人"还是"中国人"的身份讨论，主要在 20 世纪 80 年代《中英联合声明》之后，人们没有注意到，早在 70 年代初港人对此问题就已经有过讨论。

1971 年 1 月，《盘古》第 36 期组织了一个有关恢复中国在联合国权利的专辑讨论。岑逸飞写下了《必须承认的事实》一文，文章一开头就明确了支持新中国进入联合国的立场，"站在我个人的立场,我主张中共进入联合国;站在国际正义的立场,中共进入联合国,也是一项必须接纳的要求"。岑逸飞在文中谈到,国民党政权提出要在国内举行公投,这种公投在大陆必然不会有问题,国民党政权在1949年前就已经不得人心。关于资本主义国家指责社会主义中国是极权和反民主的说法,他宁愿提供一个超然的看法,即"那就是所谓民主与自由,在各种体系下都有其不同的定义和内容。社会主义的民主,有其特殊的意义,以这种意义下的民主来反看资本主义的民主,就成了假民主,而所谓公民投票,亦成为了资本家的把戏"。需要说明的是,这个时候联合国还没有就中国恢复席位问题进行表决,表决的时间是这一年10月,可见《盘古》已经在国共两党之间做出了自己的选择。自20世纪50年代以来,以《中国学生周报》为代表的反共文化,一直牢牢占据香港知识界的主流,现在出自"友联"的《盘古》居然发出这种不同的声音,是出人意料的。

决定《盘古》态度发生根本变化的事件,是保钓运动。就在岑逸飞写下《必须承认的事实》一文的次一期,即第37期,《盘古》发表了《〈盘古〉向全世界的中国人呼吁抵制日货!》的文章。文章呼吁,日本最近侵占我钓鱼岛,美国及香港方面爱国人士都已经向日本提出抗议,为反对日本,我们向全世界提出不买日货。接下来第38期,《盘古》组织了一个大规模的"保钓专辑",其中的文章包括:白三反《一城二岛的古今》、鲁凡子《美日侵我钓鱼台列岛与二月中的香港反日示威》、天涯《钓鱼台列屿是中国人的!》、陈文汉《从美日帝国主义看——保卫钓鱼台的意义》、陈平宽《小语珍宝岛事件和钓鱼岛事件》、半解《〈三藩市和约〉批判》、鸣之《响应〈盘古〉的呼吁:抵制日货》、张群《就钓鱼台列屿主权问题国民政府首次表明态度》和郑重言《日本军国主义的过去与现在》等。从题目就可以看出,专辑中都是"保钓"抗议的文章。

值得注意的是，日本方面拔去台湾在钓鱼岛的"国旗"，并驱逐台湾渔船，台湾当局却不强硬外争主权，反倒积极与中共切割，反对中共提出的"反日本军国主义"的口号，又去美国阻拦海外学生的抗议活动，强调学生不要被中共利用云云。香港的保钓抗议活动，也受到港英当局方面的暴力阻挠。中国内地声明钓鱼岛是中国领土不可分割的部分，周恩来还在 1971 年会见了海外保钓运动学生，引起海外学生共鸣。可以说，保钓运动让台湾和香港都丢了丑，让中国内地方面加了分，也使得《盘古》在国家认同上彻底转变到中国内地方面了。在第 39 期《盘古》上，我们看到了劳百辛的文章《由"保钓"的热　发新中国的光》，这篇文章的题目展示了保钓运动与中国认同之间的逻辑联系。"保钓专辑"中有一篇陈平宽的《小语珍宝岛事件和钓鱼岛事件》，文章以内地保卫珍宝岛、捍卫国家主权的事例，对比批判台湾当局在钓鱼岛事件上的懦弱。

"七·七保卫钓鱼台的公园示威"图片

《由"保钓"的热 发新中国的光》

　　从《盘古》第 40 期开始，出版资料页开始标注"编辑委员"，这一期的编辑委员是：岑逸飞、李清荣、吴振兴、李国威、冯可强、陈秀珍、黄子程、吴子青。《盘古》此前并不标注"编辑委员"，这个时候忽然标注，应该是编辑委员更新换代了。编辑委员的更新，显示了《盘古》的一个蜕变过程。创刊时偏于右翼的或者思想跟不上太快变化的同人，逐渐离开，新的编辑委员重新开始。罗卡在看到新的编委人员后来信说："《盘古》今后似乎是结实了纯粹了。这是指从前的成员太多，反而使杂志难于取得一个固定（稳定而正确的）的方向，今后自然容易推进编务。"[1]

　　新的面目很快就在《盘古》上展现出来了。1971 年 11 月《盘古》第 42 期很令人瞩目地发表了《毛泽东思想的四种精神》一文，公开称赞毛泽东思想具有四种精神：自力更生的精神、为人民服务的精神、理论与实践并重的知行合一的精神和敢于创新的革命

---

[1] 罗卡（寄自罗马）：《谈〈盘古〉的方向及香港知识分子认同中国的道路》，《盘古》1972 年第 1 期，总第 44 期。

精神。其结论是："故此毛泽东思想的贡献，大致上已完全符合了中国近代历史之要求。固然，中国亦不应永远停留在目前的阶段，当中国一旦富强之后，文化生命自会再度复苏，这也可说是我们对今日中国大陆所寄以的厚望。"自香港50年代反共的历史背景下看，《盘古》出现这种公开称赞毛泽东的文章，是石破天惊的事情。可以说，《盘古》明确开始左转了。

需要交代一下，1970年年底至1971年年底这段时间，古苍梧去美国参加爱荷华（Iowa）"国际写作计划"。《盘古》对于保钓运动的推动，应该与处于保钓运动最前线的古苍梧有关。戴天从美国回香港后，1968年推荐了温健骝去爱荷华，1970年又推荐了古苍梧。据古苍梧回忆，他在爱荷华受到温健骝的影响，积极投入保钓运动，"温和我正和其他的爱国同胞一样，又投入这个运动之中。我们乘着汽车，在高速公路上飞驰，走遍了美国的东西南北，参加各地保钓组织举办的国是研讨会，参加那些热火朝天的大辩论。就在这一场又一场的辩论中，我们渐渐的看清了历史的方向"。[1] 由于在美台湾学生有一定的顾忌，古苍梧等香港学生在运动中发挥了重要作用，"在美国的保钓运动中，很多抛头露面的工作都由香港学生做，因为我们没有政治上的顾忌，很多比较尖锐的场面也由香港学生出面"。正是在这种抗议运动中，古苍梧等人的政治认同逐渐发生了转变，"中共的声明和美国国务院的反应，令我们对大陆政治、政权的看法有一种新的反省"。"正如我们对国民党政治重新评价、对香港和台湾的文化重新思考一样。"这个时候，他开始彻底认同包错石，认为他是反蒋反国民党政权的先行者。在古苍梧看来，在美国的学生"4·10示威之后，曾经参加保钓的同学都普遍左倾，即使不左倾也重新思考两岸政

---

[1] 古苍梧、黄继持编：《香港文丛·温健骝卷》，香港：三联书店（香港）有限公司，1987年，第361页。

治问题,至少是一个重新评估中国政治形势的开始"。[1]

到了1971年12月第43期,《盘古》编委会又发生了变化,与原来相较,增加了古苍梧,冯可强退出。古苍梧的复出,确定了《盘古》的左翼立场。这一期在开头位置以"盘古社"的名义发表了两篇"盘古之声"的文章:一是《反帝国主义、反超级大国、坚持社会主义路线》,二是《驳所谓"繁荣论"》。前一篇文章正面阐述中国,后一篇批判港英当局的香港繁荣论调。关于第二篇文章,这里稍微提两句。自1966年香港因天星小轮加价触发"九龙暴动"及1967年因新蒲岗塑胶花厂劳资纠纷引起"六七暴动"以来,香港社会运动持续不断,它们给港英当局带来很大打击,港英当局就此转变政策,适当增加社会福利,力图塑造香港本地归属感,花四百万元打造"香港节"即为一例。论者常将此作为香港本土意识转折的开端,没人提到这里还有另一种转折,那就是以《盘古》为代表的左转,即转向中国认同。《驳所谓"繁荣论"》一文驳斥了港英当局的所谓"繁荣论",指出所谓"繁荣"只是官僚洋奴资本家的繁荣,是殖民统治的遮羞布。

《盘古》急剧左转,偏于右翼的老人实在不能忍受了。就在第43期,胡菊人发表了一则"来函",公开声明退出编辑部:

> 在此时局变动关头,言论、立场在于各人自己的抉择,目前盘古之论调,弟不愿作为成员之一,而负责任,是以决自本日起(十一月十九)半年之内,脱离盘古。半年以后如何,到时另行决定。

---

[1] 卢玮銮、熊志琴:《双程路:中西文化的体验与思考1963—2003(古兆申访谈录)》,香港:牛津大学出版社,2010年,第130—132页。

《盘古》并不示弱，专门发表了一个说明，题为《胡菊人退出盘古》，其中提道："盘古的许多位成员，最近一年来，每个人的思想发展，虽然各所不同，但都不约而同的对中国持有类似的见解。胡菊人把盘古的转变，归于'时局变动关头'，这是绝大的误解。我们欢迎胡菊人随时再加入盘古，更希望他对中国的认识，'百尺竿头，更进一步'。"

对于《盘古》的转变，读者看得很清楚，《盘古》自己并不讳言。第43期《盘古》坦然发表了一封署名"陈勇"的"读者来函"，来函明确指出《盘古》政治思想的前后不一。来信说：看到《盘古》第42期称赞毛泽东的文章，吓了一跳，来信列举出《盘古》第15期批判中共的文字，进行比较，认为："四十二期后，盘古之声变了，很大地变了，难道可说是'盘古已死'！悲！悲！悲！"在陈勇这篇来函后面，《盘古》编辑直接给了他回复。复信指出：《盘古》一直在探索着正确的路线和方向，如今的转变是探索的结果，并不突然，而是成熟的标志。如今，"我们肯定社会主义是适合中国人民的制度。在社会主义的大前提下，我们要戳破资本主义社会的许多虚假宣传，展开一个重新认识中国的运动"。

至1972年1月第44期，《盘古》面目已经一片火红。这一期有乐文送的《聂鲁达歌唱新中国》和聂鲁达的《新中国之歌》，古苍林的《"我为建设这样的新中国出了力没有？"》，还有来自柏克莱、洛杉矶的通讯《我们为什么要发起中国统一运动——客观情势的初步分析》和柏克莱、洛杉矶同拟的《发动中国统一运动草案》，甚至还有么华的文章《要解放台湾应先收回港澳》。这一期的"盘古之声"《向本港牛鬼蛇神舆论宣战》，标志着《盘古》对于港台反共文化内部的反戈一击。文章批判的对象包括他们从前的东家"友联"和《中国学生周报》，也包括当时由胡菊人执掌的反共最劲的明报集团，后来《盘古》还出现了直接批判

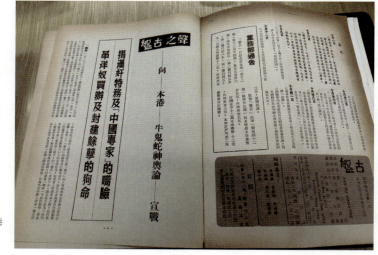

"盘古之声"《向本港牛鬼蛇神舆论宣战》

胡菊人的文章。

需要注意的是,第 44 期《盘古》在醒目位置刊登了罗卡从罗马的来信,题为《谈〈盘古〉的方向及香港知识分子认同中国的道路》。罗卡是 1961 年至 1967 年《中国学生周报》的新一代编辑,他的转向颇能说明问题。不过,罗卡虽然声明,"我赞成《盘古》今后以'认同于中国社会主义'为出发点来研讨中国问题及其与国际的关系,以此态度来研究香港社会也是正确的",但他强调,《盘古》具有独立的观察立场:

> 而不是把《盘古》办成《新晚》、《大公》、《文汇》以外的另一份向香港文化人、青年知识份(原刊如此,应为分——引者)子灌注、解释中共的种种成就的宣传刊物(即使是真心宣传,也失却了《盘古》的意义,是不?)。

也就是说,尽管在思想上是左的,但必须是自己的独立选择。

罗卡的这封来自罗马的信，大概也是《盘古》的自我警醒。的确，自由的立场是《盘古》区别于香港左派的不同之处，"盘古之声"《向本港牛鬼蛇神舆论宣战》一文也谈到这一点，"《盘古》尊重各种不同的意见，并且深信各种不同意见的反映，正是现代自由民主的基石。所以《盘古》一贯以来的编辑方针，颇强调'自由主义'的精神，刊登各种不同观点的文章，希望透过相反相成的辩论，而能对国家民族有所贡献"。也就是说，《盘古》之左，并非香港左翼之左，而是自由主义的选择。尽管《盘古》后来与香港左翼走得越来越近，但他们的确从来不是香港左翼组织的一个部分。

第二节　从"风格诗页"到"《盘古》文艺副刊"

谈论《盘古》者，主要都将其视为一个政论刊物，此固不错，不过《盘古》其实对于文学有很大贡献，并且从某种意义上说，它在香港本土文学的发展中占据了开拓性的位置。当然《盘古》最终并没坚持本土立场，而是走向了对于内地文艺的认同。

《盘古》开始给人较深的印象，是对于外国文艺思潮的介绍。戴天编的《盘古》第1期出现了两个专辑，一是关于翻译家阿瑟·韦理的专辑，二是关于费正清的专辑，它们占据了相当的篇幅。第2期除了继续发表了一篇李欧梵写费正清的文章，又发表了胡菊人介绍存在主义的文章《存在主义是

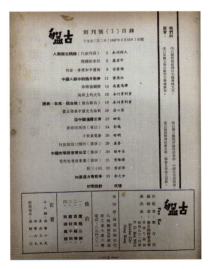

《盘古》创刊号目录

甚么主义》、古苍梧介绍意象派的文章《再看意象派》,还发表了吴昊的有关"垮掉的一代"的书评,以及云奴翻译的《庞德诗选》。这很像50年代《文艺新潮》介绍现代主义思潮的思路,它出自台港现代主义诗人戴天的手下,是容易理解的。戴天开创的这种介绍西方文艺思潮的路子,在后来的《盘古》有所延续,尤其《盘古》第29期、30期和33·34期,陆续推出贝克特、博尔赫斯和阿赫玛托娃专辑,令人瞩目。这三个外国作家,在内地直至新时期以后才热起来,分别对应了内地的现代主义、后现代主义以及俄罗斯"白银时代热"。《盘古》将博尔赫斯译为"博则时",在第30期的专辑发表了他的小说、诗歌和访谈。《盘古》第30期出版时间在1970年2月,较1975年也斯编的《四季》第2期上的"何岂·路易士·波希士小辑"还早了五年,应该是香港的第一个博尔赫斯专辑。[1]

不过,这种对于西方新思潮的介绍,并不是《盘古》的主要方向,或者正相反,《盘古》的主要贡献恰恰在于反对台港现代诗对于西方现代、后现代技巧的生吞硬剥。20世纪五六十年代以来,港台文坛对于西方思潮的介绍具有重要意义,但时代变了,台港现代诗在某种程度上已经走上了歧路,这个时候,《盘古》挺身而出,在香港第一个亮出了反叛的旗帜,这才是它令人瞩目的地方。

古苍梧对于台港现代诗的批判,来源于他对于中国现代文学的发现。古苍梧虽然早就为《中国学生周报》和《大学生活》写稿,但对他的诗歌生涯起决定性作用的,是他在1967年从联合学院毕业后与黄继持等人编选《现代中国诗选》以及后来的《中国新诗选》。通过编选中国现代诗,古苍梧发现早在20世纪三四十年代,中国现代诗人就已经在现代诗方面有大量探索,而台湾

---

[1] 博尔赫斯在香港的首次译介,大概是1957年8月1日出版的《文艺新潮》第1卷第12期思果翻译的博尔赫斯(时译为"鲍盖士")的小说《剑痕》。

五六十年代现代诗没有继承到三四十年代中国现代诗，却走上了晦涩的文字游戏的歧路。1967 年，古苍梧在《盘古》第 3 期发表了《下了五四半旗就得干》，批判余光中的《下五四的半旗》一文。他在文中指出：余光中号称下"五四"的半旗，认为"五四"以后的中国诗坛对于现代主义一无所知，事实上是余光中及其所代表的台湾诗坛对于"五四"后的中国诗坛一无所知：

> 余光中对于"五四"在文学方面的评价，则未免太武断太偏蔽了。他只知道有胡适、有苏雪林、有陈西滢，而不知道有王辛笛、卞之琳、何其芳、李广田；不知道有穆时英和端木蕻良。他把胡适的《尝试集》当作五四新诗创作的代表，而漠视了《手掌集》、《鱼目集》；他说"他们几乎不知道象征主义以后的欧美诗坛"，但他自己却不知道王、卞、何、李，还有艾青，施蛰存都是中国"现代主义"的先锋……

不过，古苍梧批评余光中，并非因为他特别反对余光中，他拿余光中的《下五四的半旗》开刀，是因为余光中对于"五四"以来中国文坛的批评，足以代表台湾文坛对于中国现代文学的无知。正因为这

古苍梧《下了五四半旗就得干》

种无知，导致了台港诗坛对于现代诗的误解。

接下来古苍梧就开始对台港现代诗开炮了，这就是古苍梧的那篇名文，发表于《盘古》第11期的文章《请走出文字的迷宫——评:〈七十年代诗选〉》。他将《创世纪》的台柱诗人叶维廉和洛夫等的诗，称为"沉溺于文学的游戏"，认为叶维廉轰动一时之作《降临》"除了不断地堆叠意象营造所谓'伟大''磅礴'的气氛之外，我们实在读不出所以然来"。超现实主义诗人洛夫的诗"非但成了不可懂的东西，而且简直不可感"。其原因是，他们只是模仿了外国诗的概念和经验，而不是自己真的生命实感。引人注意的是，古苍梧引用了中国现代诗人刘西渭有关须将字和生命合成一体的说法。他认为，台港现代诗的问题，的确在一定程度上是因为缺乏对于中国现代诗的承传，"也许港台这两个小岛无法培育丰厚的人格与磅礴的诗情吧。此外还有一个原因，那就是三四十年代文艺传统的中断。三四十年代诗人底努力的成果，实在有许多值得我们参考的，就可惜由于政治环境的变迁，使我们年青一代的诗人无法接触到这一分（原刊如此，疑为份——引者）宝贵的遗产，因此有许多创造的桥梁和道路，还

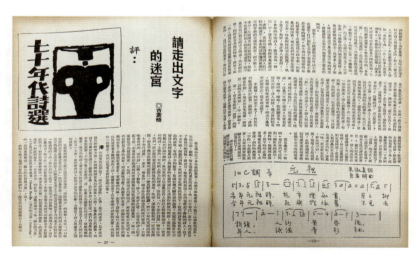

古苍梧《请走出文字的迷宫——评:〈七十年代诗选〉》

得重新建造"。他分别列举了何其芳的《古城》、辛笛的《航》和罗大刚的《骨灰》，指出，这些三四十年代诗人的作品，具有"相当成熟的技巧，而诗情的丰沛，却是今日的许多作品中体验不到的"。

在文学上，《盘古》篇幅较少，第1期和第2期分别只在封底发表了一首诗，前者是余光中的《如果远方有战争》，后者是西西的《他们》，两首诗都是较为浅显流畅的。《盘古》的诗歌以余光中和西西来开头，不无巧合。香港本土诗歌是在抵抗台港现代诗的过程中产生的，而余光中和西西分别是《诗风》和《大拇指》两大本地诗派的象征人物，就此而言，《盘古》堪称香港本地诗歌的起点。

从《盘古》第3期开始，出现了"风格诗页"。说起来，"风格诗页"并非开始于《盘古》，它本来是一个独立的诗刊，创办于1966年。在20世纪五六十年代香港文社大兴的时代，《风格诗页》是当时最早的纯诗刊，可以说开启了70年代香港的诗社潮。参与诗刊《风格诗页》的办刊者，基本上与后来的《盘古》是一拨人。如果再往前追溯的话，这拨人的办刊历史可以追溯到《中国学生周报》。1964年蔡炎培自台回港，继西西之后，编《中国学生周报·诗之页》。据他回忆：他发现了梁秉钧，同时也给古苍梧和李天命两条"友仔"发表诗作，并为其改稿。蔡炎培编的"诗之页"过于新潮，后来羊城接编，羊城与蔡炎培是培正中学的校友，培正学生多写诗，如马觉、淮远等人。1966年，蔡炎培和戴天、胡菊人创办《风格诗页》，文潮社中"蓝马"的蓝山居（古苍梧）、"文秀"的羁魂都在上面发表诗作。可惜诗刊《风格诗页》只办了两期就停刊了，因此1967年《盘古》创办的时候，他们就想起来把《风格诗页》恢复到《盘古》中。

"风格诗页"大致上是一个同人诗歌群，曾有读者投书，反映"'风格诗页'的园地不公开"。《盘古》1968年5月第13期"编后话"答复说:"'诗页'之中较少新人诗作的出现,这是事实;但说园地不公开,却绝非实情。对于来稿的水准,'诗页'的要求是较高的,相信这是关键之所在。"的确,"风格诗页"的作者大体是较为固定的,《盘古》对于"五四"以来新诗传统的继承,对于港台现代诗的晦涩的抵制等,都是其共同取向。

《盘古》"风格诗页"并没有正面阐述其诗歌主张的诗论发表,不过我们可以从他们同时期办的"诗作坊"来进行观察。"创建学院"当时模仿的是安格尔在爱荷华所创办的"工作坊",其模本是牛津、剑桥的导师制,公开讨论,互相启发。参与香港"创建学院"构思的,有包错石、戴天、胡菊人、林悦恒等,地点在"友联"。不过,据戴天解释,这只是利用"友联"一处空地,由于林悦恒当时是负责人,就占用了,并没有像外界说的那样,获得

"风格诗页"

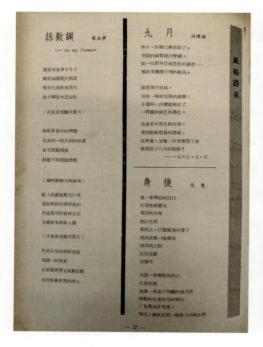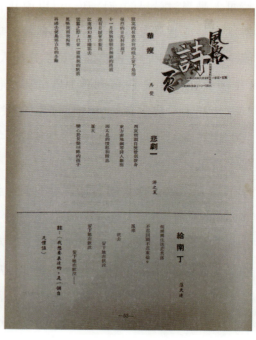

"友联"的资金支持,也没有特定政治倾向。[1]"创建学院"有很多开放课程,请来金炳兴讲理论,请蔡炎培、李天命、马觉、温健骝等人讲创作经验等。

在诗歌创作上,"诗作坊"是有自己的理论倾向的。古苍梧说:"我跟戴天主持'诗作坊'时,我们提倡的写作路向其实是很广阔、很常识性的。一是真情实感,有感而发;二是语言不要做巧弄怪,要准确表达思想感情;三是诗的语言跟散文语言有差别,它应该比较浓缩集中、有节奏感。"在另一个地方,他对自己的诗歌风格说得更加直接,并且谈到"诗作坊"对于学员的影响:"我们不鼓励学员搞语意不通的'语言创造',宁愿提倡平白浅易但能达意、能写出真情实感的语言。你看钟玲玲、李国威的诗,或者怀远(淮远)中后期的诗。怀远初时很学习台湾的超现实主义写法,但参加'诗作坊'后则走向较平实的风格。我想,我跟戴天对学员的影响可能在这方面。另一方面,我们鼓励学员认识自己的新诗传统,我们会介绍五四以来的好作品,……"[2]这种诗风互相传递,影响了一批诗人。

"诗作坊"出来的诗人,如关梦南、淮远、李国威、钟玲玲等,多数属于后来的《大拇指》诗群。古苍梧本人也与"《大拇指》—《素叶文学》"诗派有较多联系。他于20世纪70年代在《罗盘》上发表诗作,80年代在《素叶文学》上发表作品,并在"素叶丛书"出版第一本诗集《铜莲》(1980)。不过,《盘古》并非完全是"《大拇指》—《素叶文学》"的前身,后来《诗风》的代表诗人之一羁魂也是《盘古》的作者,毋宁说《盘古》是香港本土的

---

[1] 卢玮銮、熊志琴:《香港文化众声道》(第1册),香港:三联书店(香港)有限公司,2014年,第260页。
[2] 卢玮銮、熊志琴:《双程路:中西文化的体验与思考1963—2003(古兆申访谈录)》,香港:牛津大学出版社,2010年,第78、85页。

"风格诗页"

渊源，这个时候本土诗派尚未分化。并且，更重要的是，《盘古》到后期发生了转变，走向了工农兵文艺，与香港本土派分道扬镳了。

"风格诗页"这个栏目自《盘古》第3期开始出现，此后并非期期都有，而是间隔出现。从《盘古》上看，最后一次"风格诗页"出现于1969年4月《盘古》第23期，此后就停止了。较多出现在"风格诗页"的诗人有：温健骝、蔡炎培、戴天、马觉、李纵横（天命）、羊城、李国威、游之夏（黄维樑）、羁魂等。"风格诗页"栏目虽然没有了，但上述诗人的诗作还是继续在《盘古》上发表，其中钟玲玲、淮远和关梦南等是较为后起的新诗人。

1971年12月的第43期后，《盘古》的文艺思想发生转变。1972年6月《盘古》第47期转载了毛泽东《在延安文艺座谈会上的讲话》的部分内容，并预告了下一期举办"纪念延安文艺座谈会三十周年"文艺专辑。第48期又发表了梁宝耳的《我对"延安文艺座谈会""革命样板戏"及〈白毛女〉的一些意见和感想（上）》等。新的指导思想，势必导致对于港台文学的重估。果然，1972年8月第49期《盘古》发表了《困兽之斗的港台文学》，批判港台文学。

如果说早期古苍梧的批判侧重于台港现代诗的晦涩及其与中国现代诗的脱节，那么这个时候《盘古》的批判则是全面的，并且理由已经完全不同了。《困兽之斗的港台文学》一文也提到余光中《下五四的半旗》这篇文章，但批判的角度已经变成了台港作家对于"五四"精神的背叛："台港作家的反传统其实常只是语言上甚至是花巧上的。原因是他们普遍地缺乏历史感，所以他们才妄说下五四的半旗，不知道五四是中国民族反帝反封建的觉醒的明白的开始，五四开始了将贵族的文学变成是为平民写的、写给平民看的文学。反五四后台港作家会向何处去呢？这种浪子式的贵族，适足是停留在个人的挫败以为是整个人类的失败，个人的经验以为是天路历程，而自己也因而沉迷在这些挫败的经验中，以为生命就止在这里。这正是台港作家的逃避，他们不追问下去为什么如此呢，又是在什么社会制度下才会变成这样子呢？"这里所提到的"五四"的反帝反封建和平民文学的精神，来自内地对于"五四"的叙述，是从前所完全没有的。根据新的政治视野，台港现代主义被视为买办文化，通俗文学则被视为官能文学，如此等等。《盘古》以《困兽之斗的港台文学》这样一个长篇大论，表明他们对于内地政治和文艺的接受，以及与港台文学传统的决裂。

及至1975年，《盘古》已经有了更进一步的变化，对于余光中的批判已经

丁聪所绘罗孚像

上升到政治层面，并且是由香港左派领袖罗孚亲自执笔的，那就是发表于第84期的丝韦（罗孚）的《诗人教授的阴影》。罗孚此文刊载于《盘古》第84期的"余光中是爱国诗人吗？"专栏中，同期还发表了林之佛的批判文章《余光中的政治诗》。到了第85期，这个专栏又发表了徐克的《扯下余光中的爱国面纱》、颜不厚的《向余光中教授学习自吹自捧术》等。同期还刊登了余光中与某旅美教授有关中国大陆与台湾的争议，余光中的来信题为《认真的游戏——给旅美某学人的一封信》，某学人的回信题为《也是认真的游戏——旅美某学人给余光中的回信》，内容大致是：余光中认为台湾好，某旅美教授认为大陆好，余光中就提议两人各回台湾和大陆，完成公开演讲、接受电视台采访等事情。罗孚再次出面，在1975年9月7日《新晚报》发表了四篇《关于〈认真的游戏〉》，回应余光中的挑战。他指出余光中一直和台湾官方"政治合作"或"过分合作"，回台湾做什么事情当然是容易的事情。这四篇文章后来转载于《盘古》第86、87期上。罗孚在《盘古》的露面，以及《盘古》转载《新晚报》的文章，意味着《盘古》的进一步左转。

顺便提到，除余光中外，《盘古》也与本刊元老胡菊人划清了界线。前文已经提到，1971年12月胡菊人由于不满于《盘古》的左转，发表了退出声明。其后，胡菊人在《明报》等报刊上发表反对左倾、支持台湾的言论，让《盘古》不能忍受。1974年《盘古》第71期发表了关平、冯澄雨、吴浩和黄花乐的文章《谈胡菊人先生的"大贱卖"》，针对的是胡菊人对于香港左派"亲共"言论的批评。这篇文章同时投稿《明报月刊》《中大学生报》《港大学苑》《盘古》，试图营造较大范围的影响，不过文章在言论尺度上，对于胡菊人尚比较客气。到了《盘古》第84期，江正雄发表《斥胡菊人的爱蒋大贱卖》，批判胡菊人在《台湾一瞥记》

中对于台湾的吹捧,语调已经很不客气。及至江正雄在《盘古》第85期再次批判胡菊人的时候,题目已经变成《再斥民族败类胡菊人》。

在诗歌上,古苍梧的看法也有变化。他在1973年5月《盘古》第57期上发表《从新民歌体看新诗发展的新方向》,将新民歌形式看作中国新诗的新方向。早期古苍梧虽然批判台港现代诗,但批判的只是他们的晦涩和猜谜现象,认为他们没有继承中国现代诗。从《困兽之斗的港台文学》一文看,作者已经在否定现代诗本身。其后,古苍梧完全离开现代诗,转而开始谈论新民歌体诗歌。他在《从新民歌体看新诗发展的新方向》一文中谈道:中国诗歌原就出自民间,后来被文人所垄断,新诗产生以来,20世纪20年代末期左翼评论家就提出了新诗不能脱离群众的问题,三四十年代以后,特别是1942年延安文艺座谈会之后,民歌体盛行,古苍梧对此评价很高:"民歌体的风行,使诗歌再回到人民的手中,而人民的诗人也不断诞生,其中农民诗人王老九、殷光兰是比较著名的两位。在工人中,也诞生了诗人,如孙田、温承训、李学鳌等等,军人中李玲修也有名气。而专业诗人如田间、李季、严阵、傅仇、贺敬之等也写民歌体。"看起来,古苍梧对于内地的民歌发展情况相当熟悉。《盘古》在其后的第60期发表了一个新民歌专辑,诗题有《秧苗插到蓝天上》《铁路修到青石山》《矿山之夜》《定叫今年超去年》等,署名有"彝族民歌""邯郸工人杨青山""兴隆社员刘章""晋县袁然"等,显然都是内地民歌诗人的作品。

在香港本地,《盘古》注意引导20世纪70年代香港青年学

《古苍梧集》

"盘古文艺副刊"征稿

生的写作潮流，倡导从生活出发，创作健康明朗的作品。"风格诗页"停止以后，《盘古》上的诗歌一直没有栏目名称，到第69期，《盘古》出现了"盘古文艺副刊"征稿。"盘古文艺副刊"征稿先说香港当下的学生创作热潮："青年朋友的创作风气最近有了可喜的发展。青年文学奖的举办、校协社的戏剧轮回演出、学联戏剧节的观摩演出、大专同学酝酿组织文社等等事实，说明一股创作的热流正在青年朋友中间涌动。"接着介绍《盘古》，迎接这股创作热潮：《盘古》是一本综合性的杂志。文艺的篇幅，一向处在附从的地位。现在为了迎接这股创作的新风气，我们增加篇幅，提供十二页作为推广文艺创作及评论的园地。计划中，除了创作和原有的'五人行'、'影剧谈'外，还准备增加一些讨论当期创作、文艺问题、及介绍作家与作品的文章。"最后阐述本刊的文艺主张："我们主张文艺应从生活出发，在社会现实中开拓广阔的创作天地。凡是风格明朗，内容健康的作品，我们都欢迎。

题材可以多样化，形式不必拘于一格——我们鼓励新的尝试。"

"盘古文艺副刊"自 1974 年 7 月《盘古》第 71 期开始，其格式特别之处，确如"征稿"所说，在于创作和评论的互动。第 71 期发表了香港诗人饮江的诗《文赛撒斯广场所见》和《我从没有见过的那种花》，同时发表了林原撰写的评论《饮江的诗》。第 72 期则刊登了杨明的长诗《死在战场以外的中国兵》，同时刊登了刘浪的评论《关于〈死在战场以外的中国兵〉》。杨明是中国现代诗人，这首诗揭露的是国民党的抓壮丁制度。到第 81 期，评论是林海的《评曹禺戏剧节》，与作品没有直接对应关系。这一期"文副编委"发表了《一个文艺运动正在展开》，从现实主义创作原则角度评论当代香港的学生文艺运动，"这些搅得如火如荼的文艺活动，都不同程度地表现了一种写实的倾向。写实，不但是文艺创作的必然规律，而且只有以写实为基础的文艺创作，才能触及现实生活的痒处、痛处，表现出更多人的心声，引起更大的共鸣"。

在文艺上，认同中国的香港作家也在自觉地改造自己的世界观。早在 1972 年 11 月，《盘古》第 51 期刊登了钟玲玲的海外来信，来信表示：祖国越来越强大，她的内心日益内疚，原因是不能为祖国做贡献；在文学上，她写不出有益的东西，原因是在殖民统治地区生长，思想是没落的，对于祖国也不了解。古苍梧在当期《盘古》上给钟玲玲写了回复，题为"复钟玲玲谈国内近事和我们写作上遇到的困难"，他的信中指出：很赞成深入群众和与工农相结合的说法，这一点目前很难做到，"虽然如此，我们还是可以写作的。就写我们熟悉的东西好了。不能像过去那种'无可奈何'的个人忧郁了，即使不能写最进步的无产阶级文学，至少也要写针对此时此地问题的'批判的现实主义文学'（温健骝语），走出个人的井底，是我们的第一步"。

《每个时代》《快乐的思想》《诗的宣言》

不过要适应这种新的文艺观，显然并不容易。自《盘古》左转以后，"风格诗页"原来的诗人大多都退出了，"风格诗页"时期原有的诗歌同人解体，无名诗人的来稿增加了。《盘古》的诗歌阵容完全改变了。除大量转载内地作品外，香港本地诗人大致有三种：第一，原有的诗人中，只有核心人物古苍梧继续引领。他虽然强调新民歌体是现代新诗的前途，但并没有放弃自由体诗，并且认为自由体诗与新民歌可以互补。他转变了自己的风格，发表了《钢铁巨人》（第62期）、《让我们好好地干一杯——为越南的全面解放》（第82期）等政治抒情诗，诗风受到艾青、何达的影响。第二，香港本地的思想较为激进的诗人。其中比较突出的是饮江，他的诗歌充满政治热情，不过有概念化的倾向。第三，香港原有的左翼诗人。在"盘古文艺副刊"开创的第71期，首先就刊登了何达的三首诗《每个时代》《快乐的思想》和《诗的宣言》。何达后来常常在《盘古》露面，这意味着《盘古》在文艺观上与香港左翼文人越来越接近了。

本地文学的兴起

第十二章

第一节 从《四季》到《罗盘》

（一）

1973年10月26日,《中国学生周报》刊登了《是坏消息,也是好消息,周报改版了!》一文,宣告改版的消息。这一年4月,该报其实已经改版一次,但是看来不太成功。《是坏消息,也是好消息,周报改版了!》一文指出:1973年4月改版以后,"在形式上,从铅板改为柯色印刷,纸质也改变了;在内容上,亦曾提出活泼生动的理想。可是,成绩并不令人满意,新旧读者的反应亦在一定的程度上反映了这个问题"。它承认了4月改版的失败,接下来开始再一次改版。

新版由李国威担任总编,从下周（11月5日）开始改为双周刊。双周刊的调整较大。"艺丛"扩为两版,负责报导评介香港文坛的活动,由梁秉钧负责。[1]文学创作园地的学生版"绿草"和成熟作家版"松柏"都由李国威负责。第7版"诗之页"重新恢复,也由梁秉钧负责。这重新恢复的"诗之页",被梁秉钧追为本地年青一代作家冒出历史地表的开始。

"诗之页"和"译林"是轮流出现的,一个月才一期,每月20号出刊,数量并不多。梁秉钧主编的"诗之页"第1期,出现于1973年11月20日。在这里,梁秉钧说明了"诗之页"恢复的背景:

> 过去,周报的"诗之页"每月底刊出一次,香港许多写诗的朋友,都在这里发表过他们的作品。但是,很可惜,后

---

[1] 梁秉钧,笔名也斯,通常写诗的时候用"梁秉钧",写小说的时候用"也斯"。

来不晓得由于什么缘故,"诗之页"取消了,诗的园地,也只赖一些年青人办的诗刊维持下去。

但到了今天,《秋莹诗刊》、《风格诗页》和《七〇年代》的诗页皆因种种原因而停刊;星岛日报的"青年园地"和"大学文艺"亦早已取消;只剩下一份《诗风》在默默努力,这使我们觉得:香港目前更需要有一个开放的诗的园地。

"诗之页"创刊号上发表了 8 首诗:梁秉钧的《傍晚时,路经都爹利街——香港·一九七三》、马觉的《软弱》、吴煦斌的《山脸的人》、李国威的《我可以这样》、李志雄的《窗上的蝴蝶》、张伟男的《守在故乡外的墓园丁》、癌石的《生活》和邓阿蓝的《卖报纸的老婆婆》。梁秉钧从废稿中找出来的邓阿蓝的诗《卖报纸的老婆婆》,诗风质朴清新,有民谣的感觉。

新一次改版依然没有改变《中国学生周报》的命运。1974 年 7 月 20 日,《中国学生周报》出版最后一期,黄星文撰写停刊词《写给我们》:"周报不玉碎于敌人的强大压力之下,竟休刊于恹恹无力的垂暮病态中,使人不能不怅然而已!"这段话让人感到,《中国学生周报》在一定程度上还停留在冷战思维之中。

梁秉钧在《编了十期"诗之页"的一点感想》一文中,遗憾"诗之页"的停刊,不过,他同时提出:"诗之页"可以停刊,诗歌却不会停,"有友人提出聚集周报的新旧作者组成文学会,讨论作品及出版文学刊物"。这一期《中国学生周报》刊载了《从中国学生周报休刊到"四季文学会"的成立》一文,"为了填补周报文艺版留下来的空缺,我们打算成立一个文学会,出版一份同人刊物,在写作上互相切磋,在出版经费上互相扶持。凡是周报的读者作者,都欢迎参加这个文学会"。"四季文学会"的发起者是也斯(梁秉钧)、李国威、庄稻、莫展鸿、小克和黄星文。很明显,"四季文学会"是自居为《中国学生周报》的延续的。据张灼祥回忆,《中国学生周报》结束后,一群对文学感兴趣的年轻朋友继续举行活动,在1974年举办了一系列的文学座谈会,"几次的座谈会,讨论沈从文的小说,王文兴的《家变》等。后期讨论诗创作,参加的朋友都要交出诗作一首,由大家传阅评论,参加的人态度认真"。张灼祥谈到,到了1974年11月,他们在"教区青年中心"举办了"四季"生活营,"决定出版《四季》"[1]。

这里所说的《四季》,是1975年5月出版的《四季》第2期。为什么是第2期呢?原因是梁秉钧早在1972年11月就创办了《四季》,可是第1期出来以后,后面就没着落了。现在借《中国学生周报》停刊的缘由,又接续上了。

原先的《四季》第1期颇值得一提,它刊登了两个专辑:一个是"穆时英专辑",另一个是"加西亚·马盖斯专辑"。这两个专辑都很有预见性。前面我们提到,马朗等人都在文章中提到过穆时英,感叹这位中国新感觉派圣手的湮没,但尚未有人出面

左图:
《四季》第1期
右图:
《四季》第1期目录

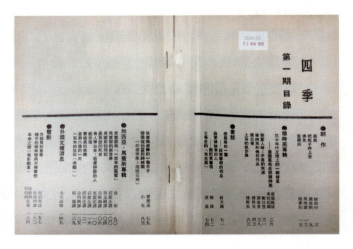

---

[1] 灼祥:《大拇指:事情是这样开始的……》,《大拇指》1980年11月1日,第124期,第2、11版。

整理穆时英的作品。《四季》开始了这项工作。"穆时英专辑"刊登了一个叶灵凤关于穆时英的访谈,又发表了刘以鬯和黄俊东专论穆时英的文章,还刊发了穆时英的两部作品《南北极》和《上海的狐步舞》。在中国内地,一直到新时期以后,穆时英才被重新"发现",可见《四季》的先觉。"加西亚·马盖斯专辑"中的"马盖斯",即新时期以来在内地大红大紫的加西亚·马尔克斯。马尔克斯在内地的红火得益于他在1982年获诺贝尔文学奖,而《四季》却早在10年前就刊登了他的专辑,还在专辑中节译了《一百年的孤寂》,可谓独具慧眼。《四季》第1期在创作上也很有特色,它刊登了4篇小说,2篇来自台湾,2篇来自香港。台湾的小说家是陈映真和黄春明,香港的小说家是也斯和吴煦斌。《四季》第1期规模相当可观,可惜当时未被注意。在马尔克斯获诺贝尔文学奖后,香港文坛才想起这本杂志,于是重印了这本杂志,并冠以"七十年代最新锐文学杂志"的称号。[1]

《四季》第2期风格有较大变化,以创作部分为主,翻译的

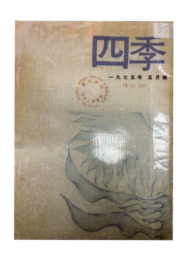

左图:《四季》第2期
右图:《四季》第2期目录

---

[1]《大拇指》1983年3月15日,第171期,第9版。

左图：
《四季》第 2 期博尔赫斯插图
右图：
《四季》第 2 期博尔赫斯译作

部分减少了。不过这次唯一的"何岂·路易士·波希士小辑"，却大放异彩。所谓"波希士"，就是影响了一代中国新时期先锋作家的博尔赫斯。该专辑包括博尔赫斯的《阿拉法》《分叉小径的花园》以及《保迪医生的报告》，还有博尔赫斯的"我的自传"和"作品目录""中译目录"。在内地新时期红极一时的博尔赫斯，其实早在香港 20 世纪 70 年代中期就已经有过如此成系统的翻译介绍，这是内地文坛至今也不知道的。在创作的部分，台湾作家的名字已经没有了，全部是香港本地作家。在香港作家中，我们所熟悉的五六十年代的南来作家的名字基本消失，只剩下一个象征性的刘以鬯，其他全部是新冒起的本地青年作家。他们是：吴煦斌、钟玲玲、梁秉钧、李国威、蓬草、适然、张灼祥、何福仁、淮远、康夫和马若等，这个名单标志着香港本地新生代文人已经登上历史舞台。

（二）

《四季》第 2 期面世后，又无下文了。梁秉钧等人觉得像《四季》这样的纯文学刊物很难维持下去，于是想接续《中国学生周报》再办一份周报。1975年夏天的一个晚上，梁秉钧、吴煦斌夫妇与张灼祥、钟玲玲在酒吧喝啤酒的时候，提出"办一份周报吧!"这个话题并不是第一次提出，然而张灼祥说，这一次就真的开始了，"办周报，真是千头万绪，不知从何做起。编辑要找，金钱要找，印刷厂要找，植字要找，报社要找。起初的几个星期，与也斯跑过好几间印刷厂，都是乘兴而去，败兴而归"[1]。周刊的名字，采纳的是西西提出的一个名字，叫"大拇指"。也斯在创刊号"发刊词"中说，"大拇指"与丰子恺的一个说法有关，"大拇指的模样最笨拙，做苦工却不辞劳"。

《大拇指》第1期于1975年10月24日面世。这是一个以中学生为对象的文艺性刊物，栏目包括文艺、电影、音乐、书话、艺丛、生活、思想、校缘和专题等，很显然是《中国学生周报》的翻版。也斯的确说："我们也希望它可以像《中国学生周报》一样提供年轻人各方面的新知识，启发新的兴趣，爱好文艺的朋友也可以在文艺版继续发展新诗、散文和小说的创作。"[2] 后来的编辑迅清也说："《大拇指》最初以周报的形式，逢周五出版。朋友往往说它是《中国学生周报》的延续，其实也使人想起《周报》过去的历史，那些逐渐走出风格的作者。《中国学生周报》在一九七四年停刊，一份办了多年的刊物，培育

《大拇指》周报第1期

---

[1] 灼祥:《大拇指: 事情是这样开始的……》,《大拇指》1980年11月1日, 第124期, 第2、11版。

[2] 也斯:《〈四季〉、〈文林〉及其它》, 也斯:《香港文化空间与文学》, 香港: 青文书屋, 1996年, 第178页。

不少创作和作者,不无使人感慨吧。《大拇指》创刊于一九七五年十月廿四日,从时间上看来,从风格看来,或多或少都有血缘的联系吧,却更具文艺的热诚和认真。《大拇指》的一些作者和编者,如西西和也斯,都当过《周报》诗之页的编辑;吴煦斌也曾在上面发表过作品。当时编者之一的张灼祥曾经说过《大拇指》的编者们有些觉得《周报》停刊了太可惜,所以有自己办份刊物的意思。"[1]

《大拇指·诗之页》

在读者印象中,《大拇指》也是《中国学生周报》的延续。《大拇指》第10期"校缘版"的题目,是"我对《大拇指》的意见",其中小舒说:"自从中国学生周报停刊之后,我尝试用别的刊物来代替它在我心目中的地位,但可惜屡次失败,直至我遇到大拇指周报的那一天。第一次跟大拇指周报相会是在传达书屋,吸引我的那篇发刊词,接着我找到许多熟悉的名字,好像梁秉钧、吴煦斌和适然等,我知自己终于找到了中国学生周报的影子。"萧杨也说:"我有些朋友认为《大拇指》很像《中国学生周报》;我觉得,或者版面的分配比较像,针对读者也相似。"当然,在他看来:"但《大拇指》相异于《学生周报》,或者尝试超越它的地方,才是值得注意,也值得工作人员努力的。"

《大拇指》第1期重要栏目如下:第1版左上角是"发刊词",正文是适然的《青年学生看——我们的电视节目有什么问题?》;第2版是漫画《手指》;第3版和第8版是"校缘版",编辑张灼祥刊登了学生的7篇征稿,题目统一为"我希望……";第4

---

[1] 迅清:《九年来的〈大拇指〉》,《香港文学》1985年第4期。

版和第 7 版是"文艺版",编辑也斯,第 4 版刊发了钟玲玲的《一点点童年》、麦快乐(西西)的《星期日的早晨》、小米素的《女孩子》和小凡的《够我难一辈子》,第 7 版刊登了吴煦斌的小说《山》和梁秉钧的诗《半途》;第 5 版是"生活版",刊登了程曦的《徐汉光的归来》;第 6 版是"书话版",编辑是何福仁,这一期"书话版"编了一个瘂弦的专辑,包括何福仁撰写的《论瘂弦》、小灰的《记瘂弦》和西西的《片断瘂弦诗》三篇文章;第 9 版是"电影版",编辑是舒琪,这一期的内容包括罗维明的《秃鹰七十二小时》、舒琪的《谈〈惊天大刺杀〉》等;第 10 版是"音乐版",编辑是何重立,内容包括何重立的《地下室声带》、黄百慢的《音乐观感》等。《大拇指》的编者与作者大致上是一体的,看得出来,同人特色很强。

张灼祥将《大拇指》分为五个阶段:一是第 1 期至第 13 期(1975 年 10 月 24 日至 1976 年 1 月 16 日),这是始创初期。第 13 期以后,清算后债务累累,编辑部开会的时候说:下次开会的时候,如果大家还来,就

《大拇指》周报

继续下去,这意味着大家共同承担债务,"散会时,似乎《大拇指》也要解散了"。二是第 14 期至第 36 期(1976 年 1 月 23 日至 1976 年 7 月 2 日),尽管困难重重,但到了下次开会的那天晚上,大家不约而同地出现了,并且还出现了新的面孔,于是《大拇指》继续下去。这次新加入《大拇指》工作的,有刘健威、张纪堂、梁国颐和梁滇瑛等,后来又有范俊风、陈仕强、许迪锵和朱彦容等加入编辑。这一阶段经济好转,市场销路上升,学校集体订阅也增加了,各项文学活动得以开展。三是第 37 期至第 53

期（1976年9月10日至1977年1月14日），1976年暑假过去，有旧人离去，也有新人进来，新的编辑增加了杨懿君、梁香兰和心田。四是第54期至第62期（1977年2月1日至1977年7月1日），这一阶段的《大拇指》变成了半月刊，内文也改成打字，影响了版面的美观，这自然是经济情况不好的结果。五是第63期至第124期（1977年9月至1980年11月），重要事件是创建者梁秉钧、吴煦斌夫妇赴美深造，张灼祥本人离去，《大拇指》可以说落到了第二代编辑身上，编辑又增加了小蓝、冯伟才和迅清等人。

这种分期主要以报刊及编辑变动为依据，而张灼祥此文发表于1980年11月1日的《大拇指》，此后的时段未能论及。这里姑且稍作补充。《大拇指》半月刊一直维持到1984年6月15日第196期，忽然停止，过了三个半月，在10月1日才出了第197期，此时已经改成了月刊。1985年7月，《大拇指》第206期忽然缩为8版，而第207期和第208期合在一起才12版，《大拇指》显然愈来愈吃力了。及至1987年2月15日，第223期和第224期再次合版，并刊出了西西的《肥土镇灰阑记》（原刊台湾《联合报》），《大拇指的话》还说下期要刊出讨论文章，"请读者留意"，没想到，这竟是最后一期了。

《大拇指》办了不少活动，这些活动包括征文、旅行、生活营、座谈会等。此外，《大拇指》又主办了"丝网印刷班""艺术入门""写生组"和较具规模的"文学研习班"。自1977年5月8日至8月14日，每逢星期日上午10时至12时，《大拇指》都有"文学研习班"，"自五月来，每到星期日，几十位朋友便聚在一起，在导师的指导下，探讨有关文学的问题"。[1]"讲者包括了余光中、胡菊

---

[1]《大拇指的话》，《大拇指》1977年9月15日，第63期，第1版。

人、黄俊东、小思、黄维樑、何福仁、也斯、江游、杜杜、张灼祥。报名人数超过限定的五十人,有近百人报名,反应热烈。事实上,也有参加了'文学研习班'后加入大拇指工作的。"[1]"文学研习班"共计15期、15次讲座。从学员在《大拇指》发表的文章看,他们觉得是很有收获的。文学班以后,《大拇指》又成立了文学组,"野心是有的,当然还要靠大家的支持和努力,才能够实现"。[2]这些文学组的同学,后来有不少陆续在《大拇指》上发表文章。

（三）

对于诗人们来说,《大拇指》的"诗之页"诗歌栏目的分量显然还不够。《大拇指》创办一年后的1976年12月,他们又创办了一个专业诗刊《罗盘》。

据叶辉说,最初产生创办《罗盘》想法的,是他与何福仁、周国伟和康夫四个人。时何福仁、周国伟在港大读书,康夫在浸会

左图：
《罗盘》创刊号封面
右图：
《罗盘》创刊号目录

---

[1] 灼祥:《大拇指:事情是这样开始的……》,《大拇指》1980年11月1日,第124期,第2、11版。

[2]《大拇指的话》,《大拇指》1977年9月15日,第63期,第1版。

就读，只有叶辉在旺角弥敦道的一家杂志社工作。1976年初夏的一个午后，他们四个人在旺角琼华酒楼聊天，谈到想办一个诗刊，于是分头联络诗友。约两个星期后，十多位诗友便齐集叶辉所在的杂志社了。据叶辉记忆，其中包括梁秉钧、西西、罗少文、灵石、野牛和阿蓝等人。会上决定出版32开本、56页双月刊，诗刊的名字由大家写在纸上，逐一讨论，最后采用的是叶辉本人提出来的"罗盘"。据叶辉自述，这个题目来自台湾诗人白荻的一首同名诗，可见他们对于台湾诗坛的关注。梁秉钧介入以后，就成了《罗盘》的主力，第一次集稿和编辑会就是在他位于北角的家中召开的，《罗盘》起初也是以梁秉钧和何福仁家的住址作为通讯处的。

《罗盘》"发刊辞"有云："创为诗刊，应以呈现当时当地中国人的情思为依归。命名罗盘，便是本此互策互励的意思。"叶辉的说法更为具体："我的理解是这样的：《罗盘》同人对诗有基本相同的看法，厌恶浮奢、架空、因袭和堆砌，倾向于生活化和诗艺结合的多变多姿。""生活化"的说法，正来自梁秉钧对于《大拇指》宗旨的概括。就诗歌而言，这一流派的起源及宗旨，应该追溯到梁秉钧在最末的《中国学生周报》上所主持的"诗之页"。《大拇指》继承了《中国学生周报》，继续由梁秉钧主办文艺版"诗之页"。《大拇指》举办过征诗活动，并阐述他们对于诗歌的标准，"《大拇指周报》的'诗之页'，和这次征诗的取稿标准，都是鼓励表达当前生活现实的作品，同时对诗的艺术也不忽略。言之有物而又有新意的作品，是最欢迎的了，我们并不鼓励陈腔滥调，要取新鲜、自然、完整、生活化的作品"。[1]

较之于《大拇指》，专业诗刊《罗盘》对于香港诗歌的关注更进一步。《罗盘》第1期"编后"说："翻开《罗盘》，不难发觉，我们在尝试做一些别的诗刊所欠缺的工作：多关心多了解本港的诗作者。本期的访问和评论，便是这方面的尝试，各位惠赐评介稿件，若对象为本港作者，我们会优先刊登。"叶辉也说："多关心本港的诗作者大概（原刊如此，应为概——引者）是《罗盘》较明显的路向。"[2]这正是《大拇指》"生活化"特征的一个深入，即本地化，与前辈南来作家拉开距离。《罗盘》在创作之外，有意识地保存、整理、评论香港诗歌，具有历史意识。《罗盘》创刊号的开头，就是对于西西、钟玲玲和吴煦斌三位《大拇指》创始人的采访。此后，《罗盘》又陆续在第4期做了"康夫专辑"，在第7期做了"陈炳元专辑"，在第8期做了"陈德锦专辑"。第8期以来，《罗盘》分别刊载评介何福仁、康夫、张景熊、西西和戴天等人的文章。《罗盘》还推出"创作经验谈"栏目，由马觉、谈锡永、黄国彬、何福仁、书翔（惟得）、羁魂、黄志光、马若及秀实9位作家谈自己的创作，分别刊登于第4期至第7期。无论是创作，还是评论、专辑、访谈等，《罗盘》对于香港本地诗人的重视和推介，可以说是前所未有的，表明了香港年青一代本土意识的进一步兴起。

叶辉对于《罗盘》所发表的作品，有一个统计。《罗盘》共计发表了57位作者的197篇作品，作者方面分为三个部分：一

《罗盘》第1期"编后"

---

[1] 《大拇指》1976年12月10日，第50期，第6版。
[2] 叶辉：《〈罗盘〉杂忆》，《香港文学》1985年第6期，第84页。

《罗盘》作者

是前辈诗人,如戴天、蔡炎培、马觉、西西、陈炳元;二是诗龄较长的诗人,如梁秉钧、羁魂、古苍梧、罗少文、罗幽梦;三是新诗人,如马奋超、洛宇、巅妮、霭珊、叶碧兰等。把戴天、蔡炎培、西西等人算作前辈诗人,可见《罗盘》的诗歌史是以本地诗人的出现为线索的,五六十年代南来文人的世界,已经被他们抛在后面了。

《罗盘》虽然办得轰轰烈烈,但可惜存在时间并不长。《罗盘》一共只办了8期,第1期出版于1976年12月,第8期出版于1978年12月,只持续了两年时间。否则的话,它对于香港诗坛的影响,应该更大。

第二节　生活化美学

1978年9月,也斯和范俊风曾编选过一本《大拇指小说选》,由台湾远景出版事业有限公司出版。《大拇指小说选》收《大拇指》自创刊号至第82期的18篇小说,其中包括:小蓝《来去》、适然《三千》、蓬草《十三婆的黄昏》、西西《我从火车上下来》、凌冰《夜攀凤凰》、容正仪《圈》、阮妙兆《浓》、思弦《阿金的一天》、惟得《白色恐怖》、王志清《变》、革革《上面的日子》、叶辉《蝴蝶》、李孝聪《意外》、莫美芳《穆兆》、陈敬航《本事》、有明《幽林》、梁秉钧《找屋子的人》和吴煦斌《猎人》。篇末还有一篇"大拇指小说篇目"。我们大体可以透过《大拇指小

《大拇指小说选》

说选》中的小说，观察这一同人流派的小说风格和自我定位。

也斯在《大拇指小说选·序》中说："《大拇指》的文艺版，一向鼓励比较生活化的作品。"[1]这个"生活化"，更准确地说是香港的"生活化"，正是《大拇指》的特点。这一批作者，都是战后在香港成长起来的，他们没有50年代以来南来作家的"北望心态"，也没有左右对立的政治情结，他们所书写的只是自己身边熟悉的生活。这些小说，篇幅多不长，也没有什么传奇故事，多是一幅幅有关香港生活的素描。

梁秉钧的《找屋子的人——送给C和C》（第63期）写一对年轻男女在香港寻找租房，因为没什么钱，他们找了一家又一家，实在很辛苦，但是小说的格调却并不低沉，他们看起来像是在进行一种幻想的浪漫旅程。他们觉得也许有一天，等他们成熟了，或老了，他们才会在一间固定的房子长久住下去。现在还年轻，"或许这只是一个借口，他们给自己各种理由搬屋。搬到水塘的当中、搬到树上或船上去、搬到无人的荒岛、搬到嶙峋的岩洞中、搬到牛背上的屋子去。他们搬到海底就有海底的新计划、

---

[1] 也斯、范俊风编：《大拇指小说选》，台湾：远景出版事业有限公司，1978年，第1页。

搬到蒲公英身上就计划随着风去遇见新的东西"。也斯的小说如此浪漫,有点出人意料。20世纪70年代的香港,正是经济起飞发展阶段,对于年轻港人来说,这是"我城"。年轻人经历不同,或有挫折,然而对于这个城市却是有感情的。思弦的《阿金的一天》写阿金在福利院一天的经历,阮妙兆的《浓》写康叔退休后有点失落的一天,陈敬航的《本事》写男女主人公探访童年时代新界的老宅,革革的《上面的日子》写救生员阿强的工作。这些小说或者沉闷、或者失落、或者感伤,然而并不悲观,也没有社会批判。

需要提及的是,港人之所以有信心,原因之一是有一个内地"他者"的参照。我们注意到,许多小说都有内地的背景存在。"他者"的落后,对比出香港生活的优越。西西的《我从火车上下来》(第19期)写"我"回内地探访,内地的经历让他们怀念香港,"平日,这个时刻是我的早餐时刻。如果是在家里,我一定是坐在豆浆的摊子上了,我会吃两个甜的烧饼,来一大碗豆浆,当然,这是星期日的事。因为我不熟悉这个城市,所以我没有找到豆浆。除了豆浆,我有时会跑进快餐店去吃热狗,喝阿华田。又因为我在这个城市里并不认得路,所以,我也没有找到快餐店"。在20世纪70年代的内地城市,热狗、阿华田乃至快餐店肯定都是没有的,"我"当然找不到。如果说这里还比较含蓄,下面一段"我"和阿田交换礼物,就赤裸裸地对比出香港的富有和内地的贫穷了。"我"带给阿田的大胶袋里装的是饼干、蛋卷、"一捆乌墨墨颜色、石像一般重的布",阿田给"我"的胶袋里装着三斤荔枝、四个菠萝。后来在阿田家里,"我"干脆把我带来的鞋、羊毛外套、T恤、雨衣、电筒都送给他们了,甚至于还把脚上的鞋换了阿田的胶拖鞋,"如果我能够,我愿意把腕上的表同样留下来"。阿田则又给了"我"两个线袋,袋里是菜干和发菜,另一个袋里则是一个砂锅。这看起来是工业社会和农业社会的交换,香港简直就是在施舍内地了。阿田"是我母亲朋友的亲戚的兄弟",这个绕口的句子表明,内地只是香港上一代人的模糊背景,与"我"这样的香港新一代年轻人已经不可同日而语了。文中虽然没有任何歧视内地的表示,然而潜意识中的优越感,已经显露无疑了。

如果说,这还只是现象的话,那么另一部作品小蓝的《来去》(第 71 期)则从较大跨度上对比了内地和香港。《来去》是一篇格局稍大的作品,写伟涛当年从马来西亚出走,到内地读书,结果穷困潦倒,被迫返回老家,而同一时期到香港的朋友,则已经风生水起。一来一去,证明了内地的落后和香港的发达。这种优越感,正是 20 世纪 70 年代香港人从北望心态中走出来,形成自己本位意识的一个历史条件。

《大拇指》的小说并不侧重讲故事,然而在语言叙述上却很精心。西西的《我从火车上下来》开头写"我"从火车上下来的场景,少年"好像一袋一袋的米一般,碰碰地都落到月台上去了",下面自然回到"我"回内地探访的经历,结尾的时候,仍然回到火车上,"我"拿干菜、砂锅、木鱼等下车,"移动起来如一座树林"。语言形象幽默,结构前后呼应,是一篇精致的小文。也斯的《找屋子的人》的"找房子",在这里似乎毋宁只是一个地点移动的线索,串起了主人公一串串的浪漫幻想,从而演绎出一种诗性结构。《大拇指》忽视故事,注重生活情境渲染,不乏现代手法的尝试。

吴煦斌的《猎人》(第 79 期)是一篇出色之作。小说写父亲与森林的关系,文中所呈现的既是一个自然的世界,也是一个想象的世界,一切都是原始而充满幻想的,让我们感觉到文字的魅力。也斯在介绍《猎人》中说,《猎人》有渐进的层次和呼应,但显然没有采用特别严密的结构,只是拿事件顺序写来。小说的魅力一部份在文字本身,令人觉得作者对每一个字都很重视,作者的强烈个性使文字也染上色彩"。也斯对自己的太太有些苛刻，《猎人》的特点正在于没有刻意的结构，小说恰恰以其浑然一体而取胜。

也斯在《大拇指小说选·序》中，对于其中的小说有一段点评，姑引如下：

> 当小蓝用朴素平实的手法娓娓叙述一个在海外飘泊无根的中国人的故事，当吴斌煦（原刊如此，应为煦斌——引者）用丰美的文字去探讨一个猎人的寓言，当思弦用浓缩的意象衬托一个残废少女的心态，当西西用轻快的笔法表现生活的感触，我们在这些不同类的作品中，看见当前香港小说作者不同的面貌和可能。蓬草这里的短篇显示了香港作者在文字和口语上的障碍，以及尝试跳跃障碍的艰辛努力。凌冰、阮妙兆和陈敬航在平淡事件中蕴含意义和感情，惟得以戏剧的处理，莫美芳用梦幻、有明以晦涩的暗示，他们和许多香港其他青年作者同样是生活在香港的现实之中，并正设法寻觅一个适合自己的表达对这现实的看法。适然伶俐的剪接、草草的时空跳跃，都不仅是新技巧，而是欲寻觅恰切表达现代感受的角度。李孝聪的小说取材自现实的无线电视塌棚事件，但却不仅是素材，亦可见设法透切素材的企图。

也斯是《大拇指》的创办者，也是《大拇指小说选》的编者，对于《大拇指》的小说十分了解，这段点评显示了他所理解的《大拇指》的小说追求。

从《中国学生周报·诗之页》《大拇指》到《罗盘》，乃至于后来的《素叶文学》，其诗歌是一脉相承的。这些诗人风格各个不同，但又有共同的倾向，这一点也斯后来在编《十人诗选》的时候有所总结。《十人诗选》是李国威、叶辉、阿蓝、关梦南、马若、禾迪、李家昇、黄楚乔、吴煦斌、梁秉钧十人的合集，原定于1988年年底出版，后来没出成。梁秉钧为此书写的序，题为《抗衡与抒情——后期周报几位香港诗人的声音》，原定在1989年三联书店（香港）出版的一个文化杂志上刊登，结果这个杂志也没办成。直至1998年6月罗贵祥申请资助，这本诗集才得以在青文书店出版，梁秉钧的序也稍作修改后发表。

《十人诗选》

看得出来，这十人主要是《中国学生周报·诗之页》之后成长起来的新一代年轻诗人。梁秉钧在"序"中提到了诗集作者的特点和出版宗旨，"这集中的诗作者都是在战后出生，大部分在香港长大及受教育。跟前辈作者南迁而写作怀乡题材不同，这一辈作者大都是植根于香港，反省香港的处境"。"周报只是他们作品初次彼此邂逅的地点，周报结束后，他们的作品继续发表在《四季》第二期、《大拇指》、《罗盘》、《素叶文学》、《秋萤》等刊物上面。他们风格不同，但有共同关心的主题，如对香港的感情（周报七四年七月五日的《诗之页》也办过'香港专题'）、对香港各阶层生活的接触、对艺术的兴趣等。"很明显，所谓"对香港的感情、对香港各阶层生活的接触"等，即是有关"生活化"的具体说明。也斯声称"一起结集只是基于私交，并不是代表一个流派"。这有点此地无银三百两，"私交"是形成流派最坚实的

黄国彬诗作

基础。

梁秉钧仍以"生活化"来概括这一群诗人。这里的"生活化",既区别于香港前辈南来作家,也区别于香港当代其他诗派——它们表现为"(一)是政治主导的壮丽言辞,(二)是堆砌典故的伟大文本想象",前者指左翼现实主义,后者则是指黄国彬等《诗风》派。也斯谈到,这一群朋友在香港长大,背景多是底层,因此不以知识入诗,而以底层经验入诗,平和而有期望,节奏明快,与政治诗有差异,也与《诗风》派的宏大风格不同。阿蓝写老婆婆、失业者、怀孕女工和露宿乞丐等,不过并不揭露黑暗,"不以为嘶喊就是好作品"。叶辉的诗擅长形象化的细节描写,充满了香港生活的味道。马若写自然山水,吴煦斌写生态,李家昇、黄楚乔将摄影艺术同诗歌结合起来,都是描写香港本土的不同方式。李国威、关梦南、禾迪等人写生活实感,也有不满和讽刺,是动人的抒情诗,然而不滥情。梁秉钧从"抒情与讽刺""经验与语言""艺术与生活""抒情的视野"几个方面,分别概述十个诗人的风格特征。

第三节　素叶出版社和《素叶文学》

(一)

有了报刊,他们觉得仍然不够,如果能有自己的出版社就好了。1978年冬天,创办《罗盘》的周国伟和何福仁联合西西、张灼祥、钟玲玲、辛其氏、许迪锵、康夫等人聚集在张灼祥家中,为即将成立的出版社命名。看得出来,这仍然是同一拨人。许迪锵说:"我们多少都有过编辑、参与文学刊物的经验,有的编过《中国学生周报》,编过《大拇指》周报;有的编过《罗盘》诗刊。"这一次他们想到,"为甚么不组织起来,变换一种方式,办一个小小的出版社,出版香港作者的书籍呢?"[1]至于想到成立出版社的原因,许迪锵在另一篇文章中提到过,"七八年中,一些朋友有感于不少文学作品都散布于报刊上,过眼即湮灭无闻,而当时香港作者的作品,结集出书也不容易,他们决意成立一个出版社,专门出版香港作家的作品"。[2]至于出版社的名称,有一位谈到李白的出生地素叶水城,大家觉得用这个名字命名出版社是不错的主意,素叶还音近"数页",因为经费有限,他们开始预计出的书都比较薄,只有"数页"而已。

左起:《我城》《我的灿烂》《龙的访问》《鹦鹉千秋》

在香港,因为怕赔钱,没有出版社愿意出版文学书。素叶出版社由每个人捐钱,作为出版基金,卖书所得再纳入基金,编辑不受薪,作者也没稿酬。1979年3月,素叶出版社推出第1辑4本书:1. 西西的长篇小说《我城》;2. 钟玲玲的诗与散文合集《我的灿烂》;3. 何福仁的诗集《龙的访问》;4. 淮远的散文集《鹦鹉千秋》。

---

[1] 许迪锵:《关于素叶》,《文学世纪》2005年第5卷第10期,总第55期,第13页。
[2] 许迪锵:《在流行与不流行之间抉择——由〈大拇指〉到素叶》,《素叶文学》1995年第4期,总第59期,第109页。

《素叶文学》创刊号《北飞的人》

1980年6月，他们同样采用每月认捐的方法，另开一个独立的财政，创立了《素叶文学》杂志。之所以在出版社之外创办杂志，他们的想法是，"丛书近乎静态，是个人作品的整理、展现，杂志则比较动态，可以提供园地，让不同的作者耕耘"。《素叶文学》形式相当特别，用黄皮纸，16开，既无封面也无封底，直接看到的就是一首诗或一篇小说。

《素叶文学》一开始是不定期。第1期出版于1980年6月，过了一年即1981年6月才出第2期，又过了5个月，即1981年11月，出版了第3期，又过了一个月，即1981年12月，出版了第4期。从1982年1月第5期始，《素叶文学》变成了月刊，一直出到第17·18期。由于赤字太大，从1983年8月第19期开始，《素叶文学》又改为双月刊。1984年3月，《素叶文学》第23期预告以后每期逢单月出版，事实上下一期直至5个月以后才出来，索性改成了第24·25期合刊，其后就停刊了。

在《素叶文学》最后的第24·25期上，刊登了素叶出版社出

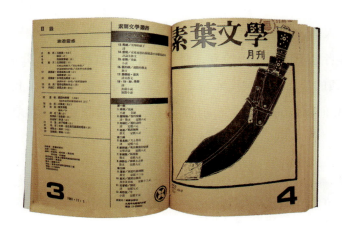

《素叶文学》第3、4期

版的"素叶文学丛书"20种,除上述第一批4种外,另外还有:5.张景熊《几上茶冷》(诗);6.郑树森《奥菲尔斯的变奏》(文学评论);7.李维陵《隔阂集》(杂文);8.绿骑士《绿骑士之歌》(散文);9.蓬草《亲爱的苏珊娜》(散文);10.戴天《渡渡这种鸟》(故事及其他);11.古苍梧《铜莲》(诗);12.吴煦斌《牛》(小说);13.马博良《焚琴的浪子》(诗);14.董桥《在马克思的胡须丛中和胡须丛外》(评论及散文);15.也斯《剪纸》(小说);16.张灼祥《过路的朋友》(散文);17.西西《石磬》(诗);18.西西《哨鹿》(长篇小说);19.西西《春望》(短篇小说);20.何福仁《再生树》(散文)。不过据文中交代,这些书事实上只出版了3辑12种,不过已经"可为香港文学创作成绩的明证"[1]了。

一直到了1991年,他们开始重新启动。许迪锵、何福仁、辛其氏、余非等人承担起复刊工作,《素叶文学》于这一年7月重新面世,期数上仍然衔接从前,为第26期。这次仍是月刊,直至1994年年底,《素叶文学》已经顺利出版至第55期。此后,《素叶文学》的出版时断时续,每年出版期数不定。1997年和1998年每年只出了一期,1999年和2000年每年只出了两期,最后一期是2000年12月出版的第68期。

在持续了长达20年的岁月后,《素叶文学》终于停刊了。最后一期《素叶文学》恰恰是创刊20年纪念专刊。"素叶小语"云:"《素叶文学》自1980年创刊,至今20年;其间曾短暂休刊。二十年来世情人事变化不少。本期我们扩大篇幅,作为小小的纪念。为了酬谢读友,售价仍旧。"从这一期《素叶文学》看,它似乎并没有打算停刊,依然还有"稿约"。

《素叶文学》第1期,只写了"素叶出版社·素叶文学编辑

---

[1]《素叶文学》1984年第2·3期,总第24·25期,第75页。

香港：报刊与文学

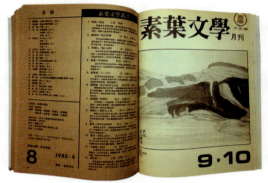

上图：
《素叶文学》第5、6期

下图：
《素叶文学》第8、9·10期

委员会"出版。第2期标出的编辑是：张爱伦（西西）、钟玲玲、张纪堂、梁国颐、何福仁、周国伟、简慕娴和梁滇英。到了第3期，开始实行主编制，不过主编也是轮换的，每期不尽相同。第3、4期主编是何福仁，第5期主编是张灼祥，第6、7期主编为许迪锵，第8和第9·10期主编为张爱伦，第11、12期主编为简慕娴，第13和第14·15期主编又回到了何福仁。1991年复刊后，执行编辑主要集中由许迪锵一人担任。

（二）

在艺术上，《素叶文学》自觉接续了香港20世纪50年代以来的现代主义传统。也斯在《素叶文学》第5期上发表了《从缅怀的声音里逐渐响现了现代的声音——试谈马朗早期诗作》一文,明确地追认香港本土文学的历史渊源。在这篇文章中,也斯回顾了自己经由《文艺新潮》《好望角》等刊物认识马朗、李维陵、昆南、叶维廉、戴天和李英豪等作家的经历。也斯在文章一开始就列举了马朗写北角的诗句,他看到马朗写的北角与自己所熟悉的北角并不完全相同。例如诗中有"春野上一群小银驹似地/散开了"这样的句子,这出自马朗去过内地的经验,而非出自现代香港都市。他看到,这就是一种过渡,"对马朗那一辈作者来说,过去中国大陆春野上的经验,与香港现实的经验是互相重叠的,从缅怀抒情的声音里,逐渐响现了现代都市的声音,正是他们那一辈作品里的一种特色"。也斯还注意到,马朗一辈人不仅早已倡导现代主义,并且已经检讨现代主义,"香港五〇年代《文艺新潮》上的小说家和诗人,都不仅是现代主义者而已,比如李维陵早就撰文检讨过现代主义文艺的问题"。对开始于20世纪70年代初的香港本土派文人来说,"发现"五六十年代香港现代主义的先驱,无疑是接续了自身的传统,"这让我们把现代主义放回历史发展的角度去,见出它的延续性,见到它的需要"。

《素叶文学》创刊以后就有意识地发表香港现代主义前辈的诗作,试图将本地文学与香港的现代主义前辈联系起来。1981年6月《素叶文学》第2期就刊载了叶维廉的两首诗《鸡鸣诗三帖》《给儿子运端——衡阳莫老太太的来信》,又刊载了李维陵的诗《士兵柯尔洛维奇》,除此之外,这一期还发表了李维陵与杨龙章的和诗《云——赠贝娜苔》《钟》和《等待》。据李维陵的《诗纪》记述,杨龙章是曾在沈从文主编的《大公报》文艺版发表诗作的诗人,50年代的时候,李维陵将杨际光的诗介绍给杨龙章,杨际光和杨龙章两个未曾谋面的人从此互相欣赏。可惜,在杨龙章赴美后两人中断了联系。近年来杨龙章自美过港,他们才联系上。这几首诗是彼此的感怀赠诗。同年,《素叶文学》第 4 期又刊登了马博良（马朗）的《初访台北》《一九七五年九月十四日在曼谷东方旅店河滨》《梦回 BOGOTA》三首诗。叶维廉、李维陵和马博良都是 50 年代香港现代诗的先驱，但后来差不多已经不被文坛所知，《素叶文学》重新发表他们的诗歌，是以自觉接续香港现代主义传统自居的。

20 世纪 50 年代以来，马朗、李维陵、叶维廉等人以《文艺新潮》为阵地，自觉引进法国存在主义和英美现代诗，在政治化的年代建立了现代主义的文学空间。在引进西方现代主义文学方面，《素叶文学》继承和光大了这一传统。在介绍西方文艺思潮这一方面，《素叶文学》采取了多种方式。一是直接翻译西方知名的现代派和后现代派作家的作品，这些作家包括马尔克斯、普鲁斯特、威廉高定、艾略特、略萨、西蒙、布莱希特、乔伊斯、莫里森、大江健三郎、本雅明、达里奥·福、博尔赫斯、君特·格拉斯等，数量之多，种类之全，规划之大，都是惊人的，大大超过了同时期香港的其他文艺报刊，也超过历史上的《文艺新潮》。其中很多都是专辑介绍，包括作品翻译、作家访谈以及学者的论述等。《素叶文学》还专门发表了西西与何福仁的对谈系列，讨论西方作家在香港当代语境中的意义。

《素叶文学》开设了两个学人专栏：郑树森的专栏是介绍中外文学的，以外国文学为主，范围较广，是对于《素叶文学》翻译介绍外国文学的一个补充。董桥的专栏则将文学扩展到理论，他在《素叶文学》第 1 至 8 期六次连载《在马克思的胡须丛中和胡

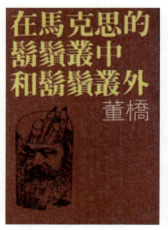

《在马克思的胡须丛中和胡须丛外》单行本

须丛外》，呈现他对马克思文艺思想的思考。

《素叶文学》较少涉及中国内地，它出现过几处现代诗人辛笛和卞之琳的诗，至于内地当代诗人，我们在《素叶文学》上见到的似乎只有顾城。《素叶文学》1993年10月总第47期发表过一篇张灼祥对顾城的访谈，在访谈中，张灼祥主要追问诗歌技巧，并且把注意力放在顾城所受到的西方影响上。

在文学写作上，《素叶文学》与南来作家有明显不同。南来作家的一个最常见的主题是写新移民在香港的生存困境，本地作家则不太注意这个问题，这是他们的地盘，他们从小就是这么长大的。本地作家较为平心静气地写香港，写他们的日常生活，写他们过去的历史，写人在城市中的异化，他们较多把关注点放在写作技巧和文本层面。

西西在《素叶文学》第1期发表的小说《碗》，呈现了香港日常生活场面。这类平淡的生活片段描写，在内地读者看来简直很难称为小说。我们对于小说的理解，一定要有故事、有意义，这正是香港南来作家的套路。西西并不急于去批判什么，当然她也并非没有隐忧，对此她会以儿童视角或魔幻手法温和地呈现出来。她在1982年10月《素叶文学》第13期发表的《肥土镇的故事》及其系列小说，就是这一类型小说。《肥土镇的故事》写一个幻想中的枝叶繁茂的浮城小镇，却在文末借老祖母的话表达出担心，"没有一个市镇会永远繁荣，没有一个市镇会恒久衰落"。发表于1983年《素叶文学》总第16期的小说《苹果》，也是肥土镇小说系列之一。在这篇小说中，人们都在寻找奇异的苹果，"吃了苹果，就可以躺下来睡一次很长很长的觉，然后，当你醒来，一切恶梦都已经消失，人们将永远快快乐乐地过日子"。

辛其氏是《素叶文学》上另外一位重要作家，她发表了多篇小说，其中的《真相》被转载于1984年第4期《联合文学》，并引起注意。辛其氏最为引人注目之处，是她对于香港历史的关注。《红格子酒铺》（第26期）、《我们到维园去》（第40期）描写一代港人在20世纪70年代社会运动中的时代经历，刻意涉及香港的"中文合法化"和保钓运动等政治历史事件，召唤港人的历史记忆。

黄碧云则比较激烈和幽暗。她在写完《失城》后，灵魂始终在漂泊。在《素叶文学》上，她发表了《幽灵盛宴》（第38期）、《双城月》（第45期）和《蜂巢》（第47期）等小说。《幽灵盛宴》写凌晨四点，死去的友人聚集过来，举行一场灵魂的盛宴。早晨天亮，幽灵消失在晨雾中，"我起来，梳洗，穿衣服，上班。不想念不动容"。在《双城月》中，《失城》中的男主人公陈路远、张爱玲笔下的曹七巧和鲁迅笔下的涓生，都跨越时空地现身于中国革命的恐怖时刻，不过结局仍然落在香港。

董启章是从《素叶文学》开始文学起步的，他以草童的笔名发表于《素叶文学》第36期的《西西利亚》是他的处女作。这篇小说一反俗套，写人与物之恋，显示出作者不同寻常的文学切入方式。从技术上说，西西诸人都是文本新形式的试验者，其中董启章走得最远。

另一种香港性

第十三章

第一节 《诗风》：沟通中西

（一）

《诗风》

20世纪70年代后香港的新生代作家群，并不仅仅限于《大拇指》一派，与此同时，还有另外一个甚至于更早的《诗风》派。记得也斯在1973年11月20日接编《中国学生周报·诗之页》第1期的时候说，当下各种诗刊都已经消失，"只剩下一份《诗风》在默默努力，这使我们觉得：香港目前更需要有一个开放的诗的园地"。《诗风》早在1972年6月就成立了，较也斯同年创办的《四季》第1期（1972年11月）还早几个月。也斯称《诗风》在默默努力，是嘉奖的口气，不过他觉得还需要创办另外一个"开放的诗的园地"，说明了他们与《诗风》并非一路。

在70年代香港新一代本土诗人浮出历史地表的时候，主要面对的是晦涩的现代诗。叶维廉从台湾回来，送给西西《愁渡》初稿，西西实在看不懂，"和我所看过的诗不同，觉得很奇怪，并不能把握诗思，因为我不知道诗竟有那种写法的。……我实在跟不上他们"。[1]"学那些艰涩的写法，其实是受到潮流的影响，只是一味堆砌、堆砌，直至自己也看不明白为止。"[2]西西在编《中

---
[1] 康夫：《西西访问记》，《罗盘》1976年第1期，第4页。
[2] 同上，第5页。

国学生周报·诗之页》的时候，收到的全部是这种模样的作品，她心想，身为编辑，竟然看不明白这些作品，那还怎么当编辑，就不干了。不过，她在来稿中也发现两位能写得出好诗的青年作者，其中一位就是也斯。也斯登上文坛时在20世纪60年代后期，他也谈及当时所面临的诗歌潮流，一是现代诗，二是政治诗。对于这两种路径，也斯都不太认同，他的想法是表现香港，"和现实生活对话"。这种想法，就是他后来在主编《中国学生周报·诗之页》和《大拇指》时所提倡的"生活化"。

黄国彬年龄与也斯相仿，出道时面临的是相同的香港诗坛。针对现代诗的洋化，《诗风》首先提出来的是回归中国传统。当然，回归传统仅仅是对于当下过于洋化的纠正，《诗风》最终的目标，是融合古今中外。

可以说，西西、也斯与黄国彬两派都是立足于香港的，然而他们对于香港现代诗歌的建立却有着不同的理解。也斯、西西阵营倾向借助于香港本土建构"生活化"的美学，黄国彬等人则认为香港的长处恰恰在于它的文化开放性，能够汇聚融合古今中外。之所以存在这种差异，与他们的背景有关。大致而言，《诗风》同人基本上都是港大的学院派，而也斯、西西等人差不多是以民间自居的。

1971年9月，黄国彬刚刚从香港大学毕业，在北角宝马山的一所中学任教。他和香港大学同学兼同事的陆健鸿（楚狂生）商量，想创办一份诗刊。他们分头去找人。黄国彬找来的，首先是比他高两级然而同年毕业的羁魂，接着又找来了女同学郭懿言（素蕾），陆健鸿找来的是港大同学谭福基（叶凤溪）。就这五个人，采取每人先交基金200元、再每月交费40元的方式，于1972年6月1日创立了后来延续了12年的《诗风》。

《诗风》的创办者在确定内容时，"不约而同地主张兼收并蓄，古典的、现代的、以至外国的，不管创作、翻译，还是评论，只要有一定分量的，都尽量予以刊用，以为鼓励"。《诗风》第 1 期"发刊词"一开始便着重批判台湾现代诗过于洋化的问题，"这批现代诗人在吸收与介绍外国现代诗的优点方面功不可没；但要彻底打倒传统，与传统脱离关系是行不通的"。"高唱反叛传统，犹如坐在树桠而要把树桠锯断一样可笑。""发刊词"声明：《诗风》并不是要闭关保守，而是要"创出中国现代诗自己的面目"，既要"继承中国文学的优良传统"，同时"还要虚心地吸收外国大诗人如叶芝、艾略特、波特莱尔、里尔克的优点。"只不过现在诗坛的情形是过于欧化，作品像是从西洋翻译过来的，所以当下最需要的是引进中国旧诗。

《诗风》的出场是相当奇特的，它将新诗与旧诗并列发表，连《诗风》自己都承认这种做法非同寻常，"这种形式的诗刊，恐怕并不多见，因为一般诗刊，发表旧诗便不发表现代诗，发表现代诗便不发表旧诗；新旧两体，互相排斥，势成水火。我们则兼收并蓄，让现代诗与旧诗互相冲击，希望冲击出真正具有新面目的中国现代诗来"。

《诗风》目录

《诗风》创刊号上一方面发表了舒文（黄国彬）、楚狂生、羁魂等同人的新诗，另一方面又发表了卢厉堂的两首旧诗《诗风创刊感赋》和《朱弦》，还是手写体。第 3 期甚至直接发表了法文诗 Paul Valéry 的 LES PAS，而这一期的旧诗《渡江云》却是由新诗人叶凤溪（谭福基）撰写的。在诗论上也是如此，创刊号一方面发表了郭懿言翻译的西敏逊的《诗的艺术》，另一方面又发表了余子贤的有关中国古代诗歌的诗论《诗余偶记：几首咏梅诗》。从第3期开始，黄国彬以笔名"凝凝"写的《现代诗欣赏》，与余子贤写的古代诗评《诗余偶记》并行。《诗风》还很注意中国现代诗结合古今的诗歌实践，《诗风》第2期就发表了卞之琳的《白螺壳》及停云的评论《读诗札记——关于卞之琳的白螺壳》，文章谈道："他的诗句法是多变的，其中有文言句法，又有欧化句法，种种句法融合起来而终以白话为本，也正如他的诗内容之以传统精神为本。"《诗风》同人融合古今中西的意图，可谓十分明显。

《诗风》创立后的一件大事，便是邀请余光中来参加朗诵会。从第11期"编者的话"开始，《诗风》就开始预告，"众所周知，余先生不但是诗人，也是文学批评家；他不但在台湾及东南亚知名，在国际文坛上也具声誉。我们跟他一点私交也没有，而余先生竟肯老远从台湾来，来香港这个文化沙漠，参加我们的庆祝会，一个读者不过五百的诗刊的朗诵会！这对我们来说，除了是办《诗风》以来最大的喜讯外，还是一大鼓舞，加强我们的信念"。在《诗风》第13期"编者的话"中，他们再次表达了自己的兴奋之情并介绍朗诵会筹备的情况。

余光中演讲的时间是1973年6月2日，7月1日出版的《诗风》第14期上全文刊登了这篇演讲词。《诗风》没有失望，余光中在演讲中对他们给予大力支持。余光中早年也经过现代派的阶段，不过他自60年代以后开始对现代派进行反省，《天狼星》便是他告别现代派之作。这首诗受到洛夫等人的批评，认为是现代派的倒退，余光中则宣称他已经生完了现代主义的"麻疹"。到香港的余光中，已经完全从虚无晦涩的现代派中走了出来。在《诗风》演讲会上，余光中从端午节谈起，谈到屈原和中国传统，进而谈到汉语诗的西化，批评"西风压倒东风"的倾向。余光中回顾了台湾诗坛的发展历史，分析了三个方面的问题：一是民族性问题，他认为现代派强调人类性，他则认为要表现人类性，首先要表现作为人类一分子的民族性；二是大众化问题，他认为诗歌不应该晦涩，当然也不可能绝对大众化；三是主题与技巧的问题，他认为这两者是相辅相成的，谁压倒谁都是片面的。余光中在演讲中专门提到《诗风》上一篇叫《几个有关诗的问题》的诗论，认为此文提出来的主张，"相当的圆通，相当之开朗"。这篇诗论发表于《诗风》第 11 期，是以"本社"名义写的，代表了《诗风》同人的观点。余光中的支持，对于《诗风》来说至关重要。《诗风》当时只是一个名不见经传的小诗刊，诗歌主张无人理睬，没什么影响，余光中的支持给了他们巨大的自信，让他们坚持下去。

《诗风》的成长很不容易。1972 年 6 月第 1 期《诗风》仅有 75 个订户，只售出了 79 份，非常惨淡。到了 1973 年 4 月第 11 期，《诗风》已经有了 180 个订户，范围包括美国、中国台湾和香港等地，报摊零售至第 9 期也增加到 297 份，增加了约四倍。在人员上，羁魂退出了《诗风》，这对于《诗风》有一定打击。不过，《诗风》也逐渐吸引了更多的新人。

（二）

在余光中讲座之后，《诗风》对自己的定位有了一些调整，他们取消了旧诗一栏。余光中在讲座中，其实质疑了"旧诗"的说法，他认为像李白、杜甫的诗歌并不是"旧诗"，它们是"万古长存"的。《诗风》对于中国古典诗歌的介绍和探讨，倒一直在坚持。《诗风》后来分别做了中国古代诗人的专辑：屈原专辑（第 73 期）、杜甫专辑（第 85 期）、李白专辑（第 92 期）、陶潜专辑（第 98 期）等。《诗风》还一直致力于中西诗歌的比较，发表了不少这方面的论文,如王勃的《滕王阁序》与西诗的比较(第27期)、李白与华兹华斯的比较、李商隐与雪莱的比较(第51期)、伊丽莎白诗歌与晚唐五代词的比较(第53期)等。与此同时,《诗风》中也仍继续介绍引进西方当代诗人。我们都知道,五六十年代以来的台港诗坛,或者西化,或者以民族性反对西化,争论激烈,像《诗风》这种沟通中西的做法的确并不多见。《诗风》的宗旨是,"一条纵贯传统与现代的经,一条横连中国与西方的纬"。[1]

在美学风格上,《诗风》与《大拇指》相反,如果说《大拇指》追求生活化,《诗风》则明确追求精英化。《诗风》在"发刊词"中就说:"支持我们的读者不会多,因为诗本身就不是为巴人下里写的。但是我们不会气馁,因为我们一早就打定亏本的算盘,因为我们一早就知道:飞得越高就越寂寞。"在《诗风》刚刚创立、急需争取读者的时候,编者居然说出排斥"巴人下里"的话,可见他们相当自信。果然,《诗风》面世后,立刻得到了"曲高和寡"四个字的评价。《诗风》在第4期"编者的话"中立场鲜明地为自己辩护,"对于'诗',我们是喜见其高,而不忍见其平民化、低级化"。并且,他们激烈表示,宁可死亡,也不降低层次,如果到了"《诗风》非降低水准则不足以求生存的时候,那么,这世界上便不会再有《诗风》了"。

《诗风》的精英化倾向,与编辑同人自身的背景有关,也与他们的文化理念有关。正如"编者的话"所说,"毕竟,我们以为'诗'有它底独特的形式和境界;在一切文学之中,'诗'是比较高级的。《诗风》的编辑们,有一部分是在大学里修西方文学的,也有一部分是修中国文学的,就我们所见,得到佳评的中外的诗歌,与及传统上关于诗的评论,则'老妪能解',似乎并

---

[1] "编者的话",《诗风》1972年第6期。

不重要"。《诗风》在反对过度晦涩的同时,也反对过于浅白,编者认为,"现代诗人要写好诗,不应为晦涩而晦涩,也不应为浅白而浅白"。[1]

《诗风》不断吸收新人,其中有王伟明、胡燕青、温明、凌至江、何福仁、康夫(叶新康)、周国伟、黄泽林等人。1976年6月,《诗风》自第49期起改版成了期刊,开始站稳了脚跟。

自从讲座后,余光中的作品开始在《诗风》上发表,开始是转载,是余光中在台湾发表后,然后剪贴给《诗风》的。1974年8月,余光中调到香港中文大学任教,《诗风》第24期"编者的话"表示期待和欢迎:"诗人余光中先生应中文大学联合书院之聘,本年八月来港任该校中文系的教授。这消息相信所有《诗风》的读友都乐闻,我们等待他来临,也等待着现代诗在香港翻起大的浪潮。"此后,余光中开始在《诗风》首发作品,1974年12月《诗风》第31期的《沙田之秋》,是他在《诗风》正式发表的第一篇作品。此后,余光中继续在《诗风》发表诗作。《诗风》对于余光中,从一开始起就大加称赞。《诗风》的第一篇评论,黄国彬发表于第3期的《现代诗欣赏》,就是以余光中的《腊梅》为主要评论对象的。1974年3月1日《诗风》第22期"编者的话"中坦认,"看起来好像我们在狂捧余光中"。

1977年3月,陆健鸿、郭懿言夫妇离开香港,赴美留学,这对《诗风》来说不啻为釜底抽薪。好在其他成员接上来了,王伟明成为杂志的主管,负责总务、秘书、外交等。此后,《诗风》的发展较为顺利。1978年1月,他们办了一个《小说散文》杂志,不过很快入不敷出,办了4期就停刊了。《小说散文》伤了《诗风》的元气,他们面临着经济上的压力。1979年10月第87期以后,《诗

---

[1] 凝凝:《卜未来,看现在——替现代诗算算命,看看病》,《诗风》1974年第4期,总第23期。

风》改为双月刊。

1980年8月，黄国彬赴意深造，作为创办者的黄国彬的离开，对《诗风》是更大的打击。同人给黄国彬饯行，席间提出筹备《诗风》100期纪念。《诗风》先拟了一份约稿名单，12月寄出。首先寄来诗稿的，是美国诗人罗伯特·布莱，其后，《诗风》收到包括诺贝尔文学奖获得者意大利诗人蒙特莱、希腊诗人艾利提斯在内的来自34个国家的96位诗人、3位评论家的作品。波兰的祢沃舒虽没有创作，却翻译了几首波兰诗作寄过来。《诗风》收到大量稿件，同人进行翻译和编辑工作。1981年，《世界现代诗粹》出版，"各方好评如潮，香港、台湾、大陆，甚至英美等地，均有论介"[1]。

此后《诗风》备受关注，外国诗稿日多，内地来稿也增加，不过这已经是最后的辉煌了。1984年6月1日，《诗风》出完第116期后就停刊了。这一期专门刊登了来自中国和新加坡诗人的作品，试图以这样一种综合性来结束《诗风》12年的使命。"停刊感言"云，"我们又曾说过：'伟大的艺术，直扣人类永恒的问题，不止超越政党，抑且超越国家和种族。'多年来我们一直坚持上述的宗旨和认识"。看得出来，他们仍然强调地域与文化的超越，强调伟大的艺术。

《诗风》结束后，同人的诗只能发表在《新穗诗刊》上。"新穗"初为文社，创建于1978年，创办人为唐大江、陈德锦等人。《新穗文刊》第1期在同年9月出版，除本社稿件外，还发表了黄国彬的两首诗。《新穗文刊》办了4期后停刊，两年半后的1981年12月，文社改为诗社，出版《新穗诗刊》，陈昌敏、钟伟民等人先后加入。1982年，《新穗诗刊》第3期后停止。1983年新穗出

---

[1] 羁魂:《〈诗风〉风云十二年》,《香港文学》1987年第3期,总第27期,41—44页。

版社成立,推出"新穗丛书"[1],1984年,《诗风》停刊的消息传来,新穗诗社决定复刊《新穗诗刊》。1985年5月,《新穗诗刊》第4期出版,失去了阵地的《诗风》的诗人开始在这里发表作品。

《新穗诗刊》

在《新穗诗刊》复刊纪念专号(第4期)上,黄国彬发表了《短诗三首》,胡燕青发表了《情诗》。在复刊第2期(总第5期)上,黄国彬发表了《六和塔上远眺钱塘江》《邂逅》和《旅途印象》三首诗,胡燕青也发表了《让我们……给我的英雄牌钢笔》。在1986年7月出版的第6期上,羁魂发表了《访——过国父故居有感》,还有《推荐以外——第二届新诗推荐奖感言》。不过,整体上说,《诗风》诗人在《新穗诗刊》上发表的诗作并不算多。

1986年,当羁魂的学生吴美筠和洛枫找到羁魂,商量合办一份刊物的时候,羁魂表示只能做幕后支持,不愿意涉及任何名义或具体工作。这一年11月,吴美筠编的诗刊《九分壹》面世。这个古怪的名字,来自编者认为"大抵明白每个人可能只理解到现实的九分之一"[2]。在《九分壹》创刊号上,有黄国彬的《空房间的回声》,羁魂的《日本诗抄》,也是以示支持的意思。可惜《九

---

[1] "新穗丛书"先后出版的书有:1983年出版了钟伟民《捕鲸之旅》、陈德锦《书架传奇》、李华川《列车五小时》、唐大江《生命线》、秀实《诗的长街》、郑镜明《雁》;1985年出版了钟伟民《晓雪》;1986年出版了陈昌敏《晨,香港》;1987年出版了两部诗论:陈德锦《南宋诗学论稿》和胡燕青《小丘初夏》;1988年出版了秀实《海鸥集》;1992年出版陈德锦《如果时间可以》和秀实新诗欣赏论集《捕住飞翔》。

[2] 吴美筠:《九分壹九分之一的故事》,《诗双月刊》1992年第4卷第2期,总第20期。

分壹》出版以来，频频拖期。

1989年某一天，王伟明突然来找羁魂和谭福基，商量《诗风》复刊的事情。羁魂和谭福基是创刊元老，王伟明是后期《诗风》的核心，他们对于《诗风》的停刊一直耿耿于怀，这时候一拍即合。他们开始筹备，积极向海峡两岸乃至世界各地邀稿，获得热烈反应。1989年8月1日，《诗双月刊》面世。《诗双月刊·创刊辞》第一句话就是:"《诗风》在一九八四年六月停刊，五年之后，我们再创办《诗双月刊》。"接着，"创刊辞"追溯了《诗风》的发展历程以及停刊的背景，表达了再创诗刊的宗旨。

《诗双月刊》

《诗双月刊》较为令人瞩目的地方，是对于内地诗歌的大量介绍。从第18、19期开始，《诗双月刊》分别刊出了河南、南京、北京、湖北、宁夏、上海、广东、四川等地的诗歌专辑。内地的新老诗人以及诗评家也都在《诗双月刊》上发表作品，算是介入中国新诗的一种方式。

1995年4月，《诗双月刊》停刊。1997年1月，由于香港艺展局资助，《诗双月刊》再次复刊。然而，它只资助了两年。到了1999年1月，艺展局就停止了资助，《诗双月刊》只好再次停刊。过了两年，即2001年，艺展局又让重新申请了，不过，规定只能资助新刊物，他们不得不把刊物改名为《诗网络》。

2002年2月，一个新的诗刊《诗网络》面世。《诗网络·创刊辞》是谭福基撰写的，题为"学似海收天下水，性如桂奈月中寒"。文中首先追溯《诗网络》的"史前期"，即1972年的《诗风》，感叹"三十年前，几个二十出头、不通世务的小伙子创办

448

香港：报刊与文学

左图：
《诗网络》第1期封面
中图：
《诗网络》第1期内封
右图：
《诗网络》第1期目录

诗刊，是浪漫的；三十年后，这几个垂垂老矣的人再要不顾现实地出版诗刊，便稍有'漫浪'之嫌了"。如果说，《诗双月刊·创刊辞》侧重谈了诗歌对于现实的介入，没有涉及诗歌本身，那么谭福基在《诗网络·创刊辞》则补充了这一点，认为："我们有理由相信，这些主要以西方诗歌形式为蓝本而创作的新体，不一定是中国诗歌日后发展唯一的形式。未来中文诗的形式，要由诗人逐渐写出来、探索出来，也创造出来。"如何创造出来呢？"他

《诗网络》第7期

《诗网络》第8期

要博通古今中外，从名家作品中汲取营养；""我们期望《诗网络》是一张恢宏的网，世界各地以中文写诗的人、喜欢中文诗的人都能借着它来加强沟通"。博古通今并包海内海外，又回到了《诗风》的宗旨。

第二节 "诗观的歧异"

（一）

有一件事情需要提及，那就是在《诗风》蒸蒸日上的时候，何福仁、康夫、周国伟等人忽然中途退出。羁魂在《〈诗风〉风云十二年》中回忆这一事件的时候说："可惜，四十九期（改版第一期）出版后，何福仁、康夫、周国伟等，便因某些诗观的歧异，与部分成员发生意见，退出《诗风》。"诗人由于诗观不同而退出，这从侧面说明《诗风》有自己固定的美学风格。

何福仁、康夫等人的退出，事实上有迹可寻。康夫在《诗风》第 29、31 期刊载过一篇诗论，题为《从淮远的短诗出发》。在这篇文章中，康夫说，"本文的目的，亦不过借助个人生活上所能抽出的片断时间，考虑我辈年青一代的诗人，怎样在'国粹'派、'现代'派和'写实'派诸等歧视下努力，希望有更多有心人从事类似的工作吧"。康夫对上述流派都不满意，他提出一个"重要的建议"："就是我们这里要有具备香港生活背景，及题材上有历史根源文学的文学创作。在诗作上来说，一个诗人的诗，假如没有现存时空下的生活感、社会、地区性，恐怕也没有了民族性吧，还说什么诗的民族形式呢？"康夫在这里所强调的是对于香港本地的表现，显然接近于《大拇指》一派的观点。更能说明问题的是，在推荐当下香港优秀诗人的时候，他所推荐的基本上是

《大拇指》一派的诗人，如钟玲玲、梁秉钧、西西、吴煦斌、关梦南等，《诗风》掌门人黄国彬却不在其中，仅仅在提到优秀的"诗评人"的时候，提到黄国彬的笔名"凝凝"。康夫这篇诗论所分析的对象淮远，本身也是"《大拇指》—《素叶文学》"一派的诗人。

另一位诗人何福仁接下来在《诗风》第36期，也发表了《或聚或散成图——评介梁秉钧的〈茶〉和李国威的〈昙花〉》一文。文中主要分析的诗人梁秉钧和李国威，都是《大拇指》一派的代表诗人。在谈到梁秉钧的时候，何福仁指出："梁秉钧早年的诗很洋化，散文也是，近年的，比如这一首就朴实道地多了，读惯了字字争胜，张力紧迫的现代诗读者，会惊异这诗的明朗与冲淡。"在谈到李国威的《昙花》时，文中特意指出，"李国威这首《昙花》去年七月间发表在一份周刊上，这份周刊出版了二十多年，造就无数人才，然而它老了，'昙'的出现，是它最后的一期，而李国威是该刊其中一位编辑"。这里提到的，显然是《中国学生周报》的最后一次改版，李国威《昙花》是发表于最后一期的一首诗。事实上，作者虽然开头提到了《诗风》，然而接下来主要谈到的是《四季》和《中国学生周报》，文章对于梁秉钧和李国威两位诗人的评述，是在追溯和感伤中完成的。

如此看来，康夫、何福仁、周国伟等人退出《诗风》，的确出自"诗观的歧异"。康夫毕业于浸会，何福仁、周国伟都曾在港大读书，与黄国彬、羁魂等同为港大校友，彼此召集很自然，然而对于诗歌的不同理解终于导致他们的分道扬镳。他们之间在诗歌创作理念上的分歧，在《罗盘》创办之后得到了验证。

康夫、何福仁、周国伟等在1976年6月1日第49期退出《诗风》后，于当年年底就伙同梁秉钧、西西、罗少文、灵石、野牛和阿蓝等人创办了《罗盘》。《罗盘》创刊号上刊登了康夫对于西西的专访。西西在访谈中提到了《诗风》和《大拇指》两个诗刊,她说:"《诗风》方面我觉得大部分诗作文字较美,但概念苍白了。《大拇指》的不少是学生作品,文字较弱,但内容清新可感。我宁取清新的。"也就是说,西西将《诗风》和《大拇指》都看作香港本地年轻人的刊物,如果取舍的话,她明确支持《大拇指》。康夫大概需要在西西这里寻找支持,并且明确两派之间的差异,所以他又问了一个重要问题:"你对传统的意见怎样呢?譬如有人批评新诗没有衔接传统,你的看法怎样呢?"西西对此问题不无质疑,她说:"传统是指那一方面的传统?美好的古典文字?为什么说接不到呢?痖弦的、郑愁予的,不都接到了吗?如果指传统中苍白的、颓丧的一面,也要衔接吗?再说:我们是否一定需要传统呢?"西西并不认为衔接传统是当下诗歌的重要问题,现在有人站出来提出批评了,"我们亦可站出来说话"。

康夫在《罗盘》第2期发表了一篇题为《请伸伸你的脚》的文章,其中谈到"何必这样着急去处理大题材呢?"他提出:"我们生活在这岛上,在这岛上我们得到最实在的诗料和营养;闲情

《西西访问记》及"发刊辞"

小品，或者带有控诉情绪的现况写实诗，都有它们一定的价值和意义，虽然它们都不见得易登大雅之堂，受学府重视。"康夫在这里所提到的"大题材""大雅之堂"及"学府"等，显然针对的是《诗风》一派。巧合的是，黄国彬在《罗盘》第4期发表了一篇《论伟大》，讨论伟大作品所需要的条件，即"大""惊人的想象幅度"和"飞升天宇"等。接着黄国彬这篇文章的，是何福仁的《我的书桌》。此文并未提到黄国彬，不过却强调"平凡"二字，"我喜欢写平凡的事物，在平凡的事物里我不时发现它的庄严和伟大，我写得还不够好，我生活的层面还不够开拓，经验和知识还不够渊博，但我愿意从平凡出发，我现在就出发"。这一段诗学观的"碰撞"，引人注目。不过，黄国彬事后并不认为自己在挑战，他在接受采访的时候回应："当时，香港的一些诗人正提倡'从生活出发'，看了我的短文，大概以为我针对他们，于是有一些过敏反应。"黄国彬表示：大小皆宜，"不过，有一点却不容否认，给我最大满足的，始终是大师级作家"。《诗风》与《大拇指》两个诗派在诗学观之间的差异，看起来是很明显的。

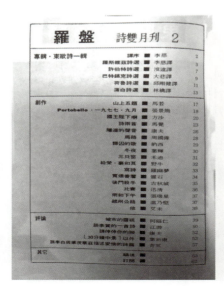

左图：
《罗盘》第2期目录
右图：
《罗盘》第4期封面

这种诗观的歧异，后来导致了对于陈德锦获得"青年文学奖"的质疑。1972 年由港大创办的"青年文学奖"，是当时在香港最有影响的奖项。余光中自第三届开始，几乎年年担任诗歌组评委，在一定程度上左右了青年诗风。以 1977 年至 1978 年第五届"青年文学奖"为例，这一届有四位诗歌评委，分别是余光中、黄国彬、钟玲、梁秉钧，他们之间的诗歌评判标准有明显差异。据王良和回忆，"余光中和黄国彬更以写出'伟大'的作品为志，笔下常常提到'永恒'、'伟大'、'民族'、'家国'、'黄河'、'长江'、'五岳'，鼓吹回归传统，采养于古典，中西合璧，讲究章法结构，苦心经营意象和比喻，以典雅的语言驰骋想象，抒发乡愁，描写山水。四人之中，文学观和这三位差异较大的是梁秉钧，他那时的作品有很强的生活气息，用平实朴素、充满灵气的文字描写日常事物，但不是走批判写实主义的路向"。在这四位评委中，钟玲是余光中的学生，黄国彬是余光中的追随者，三比一，梁秉钧

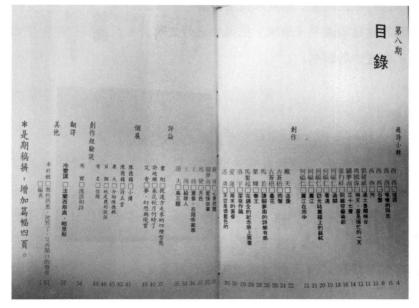

《罗盘》第 8 期目录

当然落败。这种状况引起了反弹,《罗盘》1978年第8期刊登了第五届青年文学奖得主"陈德锦个展",在"个展"对陈德锦的评论中,作者提出了他与余光中的关系问题。康夫的《介绍陈德锦》一文中指出:"陈德锦冒了出来。他的诗风在开始的时候有庞大的余光中的影子,现今也是,但毕竟是在移动转化了。"贝类在《只是几句说话》一文中说:"就整个中国及海外华人而言,陈德锦的观点却无法走出余光中的阴影,什么'母亲的脐带'、'被押的注码'、'玫瑰竟是安南最毒的温馨'(赤子)。我们当明白,前人的意象或手法常会难以抗拒地走进廿岁小子的脑袋。"有名在《信简》一文中,则直接提出:学习可以,仿作则不足道,"我读这届文学奖高级组得奖诗作,觉得都十分余光中口吻的,我承认喜读余光中的诗,但读仿作却是另一回事。文学奖的宗旨是'从生活出发',从生活出发了吗?"陈德锦自述1977年暑假参加"青年文学奖"创作研习班,导师为余光中和黄国彬,受其影响是完全可能的。有名还提出"有兴趣写一篇'余氏诗派的诞生',追溯这诗派的因缘、影响和流变等等"。"余氏诗派"的概念由此提出,这足以说明《诗风》的风格已经成形,并且不同程度上受到了余光中的影响。

(二)

黄国彬是"《诗风》—《诗网络》"一派的代表人物,他的诗歌有一个发展过程,然而整体上形成了雄伟宏大的风格。黄国彬的诗歌视野相当开阔,他在1976年第二本诗集《指环》的"自序"中说:"在这本集子里,有很多作品是国家、民族、社会,以至世界向我撞击所引起的鸣响。这几年来,所见所闻所体验促使我处理更广阔的题材。"黄国彬喜欢中国历史以及现实题材,也喜欢中国的壮美山河，善于写长诗。早在1975年黄国彬第一个诗集《攀月桂的孩子》中，他就有意识地尝试长诗写作，写下了《七十二烈士》和《凯撒之死》等诗，后来他又写下了《丙辰清明》《星谏》《地劫》等气势磅礴的长诗。《丙辰清明》和《星谏》是香港诗歌中很少有的写1976年周恩来去世的长篇诗作，《地劫》则是抒写唐山大地震的。黄国彬主张追求"伟大"的境界。有学者注意到，黄国彬是"香港设色最繁富的诗人"，尤其喜欢用"金""紫""红"等颜色，这恰恰是很多诗人所抗拒的俗艳之色，可见他在美学上的"壮美"追求，这在中国文学史上也是少见的。

黄国彬《攀月桂的孩子》

羁魂和黄国彬同龄，于香港大学毕业后同创《诗风》。不过，羁魂的资历很老。早在1964年，他就与六位友人在蓝马现代文学社出版诗集《戮象》。1971年，他在台湾万年青书廊出版了个人第一本诗集《蓝色兽》。1976年年底，他出版个人第二部诗集《三面》，收入"诗风丛书"。对比起来，黄国彬的第一本诗集《攀

《戮象》封面、内封、目录

月桂的孩子》直至 1975 年才出版，比羁魂晚了不少。从《诗风》到《诗双月刊》，再到《诗网络》，羁魂都是创始人，堪称元老。羁魂发表的第一首诗，是 1962 年年底刊于《星岛日报》"学园"版的《网》，它是"很郭沫若式的白话诗"。导致羁魂转向"现代"诗风的，是洛夫的《石室的死亡》，他曾用"惊艳的经验"来形容他发现洛夫的惊喜，《蓝色兽》就是他在洛夫影响下写下的长诗。对于自己的探索，他感叹："从早期捧诵冰心、力匡，到后期研读洛夫、周梦蝶，有时自己也怀疑所领受的，可就是'灼见真知'？而从《蓝色兽》到《三面》，多年心血的结集，又换回多少回响？"[1]需要提到的是，影响羁魂诗歌的还有另外一个因素，那就是古典文学。他在港大主修古典文学，硕士论文研究朱熹的《诗集传》，他喜欢在诗中运用古典词汇和意象。这种"中西沟通"，正是《诗风》社的共同追求。至于"伟大"的诗歌，羁魂坚信是存在的，不过他说："我始终坚信有'伟大'的'诗'，但'诗人'却不一定伟大。"

胡燕青刚登上诗坛的时候还是一个中学生，她在《诗风》上发表的第一首诗，是以"北岳"之名在 1972 年 9 月 1 日第 4 期上发表的《战后》。仅仅隔了一期，黄国彬就在《诗风》第 6 期上以"凝凝"之名发表了评论《现代诗欣赏——北岳的〈战后〉》。在这篇文章中，黄国彬对于胡燕青予以了高度赞美。胡燕青的经历与众不同，她出生于广州，8 岁到香港。她自叙从小与港人所读的书不太一样，看的是《林海雪原》《智取威虎山》等英雄主义的书，"一直被宏大的主体吸引，大概也是因为 8 岁以前在内地培养出来的价值观"。正因为这种背景，胡燕青意外地与余光中和黄国彬相遇了。对于中国文化的爱好，对于英雄主义的向

---

[1] 羁魂:《现代诗与我》,《罗盘》1978 年第 5—6 期，第 80 页。

往，对于阔大形式的追求，都是胡燕青与《诗风》的共鸣之处。胡燕青开始登上诗坛时，诗风追求阔大，这体现在她的长诗中。1980年她写下了长诗《惊蛰》，1985年她完成八百行长诗《日出行》。

陈德锦1958年生于澳门，1970年来港。1978年，陈德锦获得第五届青年文学奖新诗组冠军，崛起于香港诗坛。正因为如此，陈德锦对于"青年文学奖"很有感情。1982年，他与陈锦昌等人，在青年文学奖作者的基础上，成立"香港青年作者协会"。1984年5月，他们创办了协会会刊《香港文艺》，由陈德锦主编，第4期后由唐大江主编。《香港文艺》第1期就登载了"黄国彬专辑"，最后一期刊登的是送别余光中离港的"余光中专辑"。可惜《香港文艺》存在时间不长，至1985年12月第6期就结束了。以"黄国彬专辑"开始，"余光中专辑"作结，可见陈德锦的同人意识还是蛮强的。在"余光中专辑"中，陈德锦写了一篇《流着香港的时间——记余光中惜别诗会》，表达对于余光中离港的依依不舍。陈德锦于1978年获第五届青年文学奖的作品，是131行的长诗《乐与怒》，这是一首抒情诗，气魄宏大，表达"中国啊中国，不是你，是谁迫疯我们？"的主题。这种历史纵横的诗句出自年轻的陈德锦的笔下，未免有点夸张。

王良和生于香港，父母是绍兴人。中学的时候，王良和学朱自清的笔法写文章，被《香港时报·学生园地》刊登，但他参加香港当时最有影响的青年文学奖，却屡屡落选。他去参加"投稿者座谈会"，第一次见到余光中、黄国彬、蔡炎培等人及其他参赛者，"他们问我看什么书，我说朱自清，他们看的却是痖弦、郑愁予、西西、也斯。这开了我的视野，我跟着他们的推荐买了余光中的《白玉苦瓜》、痖弦的《深渊》、陈之藩的散文等等，才知道他们的诗文比我之前看的朱自清、冰心要高超得多。

当时觉得有两种作家，一种是余光中那样文字比较华美的，一种是《大拇指诗刊》那些本土作家那样比较朴素的，后来两边都有给我营养，那时候没有什么派别之分"。[1]这段回忆很值得推敲：一是王良和初学朱自清，说明他受到中国现代文学影响；二是余光中、黄国彬等人使他发生了转向，风气所及，觉得他们较朱自清、冰心要高明很多；三是他直觉到当时香港文坛的两个派别："余派"和"大拇指"派。王良和认为自己并无派别之分，两边都接受营养，实际上他接受的是"余派"。王良和异常聪明，接受事物很快，他接着在1981年和1982年分别获得青年文学奖初级组第二名和第一名。成名之后，他就开始考虑如何摆脱余光中的影响，学习写作存在主义式的咏物诗。在"余派"诗人中，王良和的诗没那么激烈，而是较为平和。从王良和的诗中，我们可以看到《诗风》派诗歌是如何自我突破和延展的。

黄国彬、羁魂、胡燕青、陈德锦和王良和等人，都是《诗风》有代表性的诗人，他们的诗往往具有宏大开阔和沟通中西的共同特色。特别是年轻的小姑娘胡燕青居然写出雄浑的长诗，流派特征十分明显。当然，他们后来都力图摆脱余光中的影响，走出了自己的路。

---

[1] 廖伟棠：《浮城述梦人：香港作家访谈录》，香港：三联书店（香港）有限公司，2012年，第188页。

《八方》：第三空间

第十四章

第一节　华丽转身

《八方》从《盘古》而来。对于内地粉碎"四人帮"这一政治翻转，《盘古》是猝不及防的，它在文章中表达了自己的茫然，并试图理解这一事件，将其纳入旧有的理论框架中。1977年1月《盘古》第100期以本刊的名义发表了"盘古之声"《沿着认识中国的道路继续前进——一年的回顾》，文中提道，"批判四人帮，对我们一些年青朋友的思想冲击，较批邓为甚。事件初起时，我们都觉得迷茫，思潮起伏"。经过学习，文中表示"对四人帮篡党夺权的罪行是比较清楚了，也拥护以华国锋为首的党中央，及其对四人帮的斗争"。接着，作者又以旧的理论来诠释这一点，"我们深刻地体会到，为什么说社会主义时期的阶级斗争是长期的、曲折的、激烈的和复杂的"。不过，对于思想和理论问题，作者觉得终究还是不能把握，"可是，我们还有不少的疑问，在一些问题上思想还没有搞通。这是值得我们认真看书学习，加以研究探讨的"。鉴于此，《盘古》决定每期设立"中国论坛"，"希望读者们能本着探求真知，热爱社会主义祖国的精神，来稿讨论祖国各方面的情况，或提出疑问和建议，以加深我们对社会主义中国的认识"。在文章的最后，作者表示，虽然疑问暂时没有解决，但是对于祖国和社会主义仍然需要保持信心，并以历史经验来说明这一点，"几十年来中国历史反复证明了毛主席的'不斗争就不能进步'，'阶级斗争，一抓就灵'的论断。中共党内的十次路线斗争和最近的批判四人帮，也证明了中国共产党是越斗越强、越斗越成熟；任何走资派要在中国搞修正主义，搞分裂，搞阴谋诡计，都是不容易成功的"。从这些论述来看，《盘古》还处于"文化大革命"的话语中，对于新时期文化未能理解。这一点，

《八方》

通过《盘古》同一期所发表的其他文章的题目也能看出来,如《不要低估十年来的文艺成绩》《"三突出"应否全面否定?》等。

在这种情况下,《盘古》难以为继,终于在1978年7月第117期后停刊。不过,一年后的1979年9月,基本由《盘古》老班底创办的另外一个刊物《八方》就问世了。较之于《盘古》,《八方》可以说完成了华丽转身,脱掉了从前的面目,变得面目一新。

首先出面办《八方》的,仍是《盘古》元老戴天。当年戴天编了《盘古》的前两期,就去了美国,后来《盘古》的发展大概出乎他的意料。在新的历史形势下,戴天出面重整山河。鉴于《盘古》早已经把右边的朋友都得罪完了,戴天这次首先找了新的朋友,那就是从美国回来的郑树森,然后再找古苍梧和黄继持。据郑树森自述,之所以找他,是因为他的"中间"位置,一方面他在美国的时候曾念过西马,与黄继持、古苍梧等左派朋友熟悉,另一方面他又与中大同事余光中、梁锡华、黄维樑等人保持联系。郑树森将《八方》的创办,看作是"文化大革命后,似乎大家可以再次共同结合"。[1]

---

[1] 郑树森:《结缘两地:台港文坛琐忆》,台北:洪范书店有限公司,2013年,第96页。

不过，有人买账，也有人不买账。胡菊人中途退出《盘古》，后来又受到批判，但他不计前嫌，仍然加入了《八方》，列名"顾问"，并在《八方》第1辑"香港有没有文学"笔谈会上发言，题为《有为的"弃儿"》，但他后来在《八方》没有发表什么文章。同样受到《盘古》批判的余光中就不买账，据郑树森回忆，余光中专门提醒他，"大陆才刚刚开放，《八方》这样左中右结合，一不小心就会被'共匪'利用，可能会沦为统战刊物"。[1]

《八方》第1辑标注的"编辑委员"有：黄继持、郑臻、林年同、金炳兴、梁浓刚、古苍梧。"顾问"有：聂华苓、叶维廉、郑愁予、刘大任、张北海、罗安达、李黎、胡菊人、戴天。"执行编辑"是古苍梧。郑树森称，古苍梧因为《盘古》的挫折，对办刊已经没什么热情，"古兄对《八方》的创办起初不很积极，他乐观其成，但似乎并没有要登高一呼，全力推动。我想这与'四人帮'倒台后他的大幻灭有关"。郑树森还说："四辑之后，古兄转趋热心，后来甚至愿意承担编务，很多事情都由古兄与黄夫子（黄继持）一同商量。"[2]郑树森说古苍梧开始有幻灭感，是完全可能的，不过从刊物看，《八方》第1至11辑均由古苍梧做执行编辑，到1990年11月第12辑他还变成了"总编辑"，并非四辑以后才加入。另外，郑树森本人反而既非"编辑委员"，也非"顾问"，这大概与他大部分时间都在美国有关。

《八方》没有创刊词，一般认为，该刊创刊号第一篇文章"本刊记者"对于周策纵教授的访谈《新文学六十岁：访问周策纵教授》中的一段话，大致上可以视为《八方》的创刊思想，"在香港和海外，言论自由比较大一点，假如有一个地方，让大陆、台湾、香港和

---

[1] 郑树森：《结缘两地：台港文坛琐忆》，台北：洪范书店有限公司，2013年，第104页。
[2] 同上，第95—96页。

海外的文艺工作者在上面发表他们的意见，互相观摩作品，对于中国新文学未来的发展，会不会有好处？像我们《八方》文艺丛刊，就有这么一个想法"。这个表述与郑树森的说法相吻合。郑树森回忆，他在和戴天谈到创办刊物的时候，"我们还说起文化大革命前夕所看到的《海光文艺》（一九六六～一九六七），园地开放，不问政治立场，纯粹创作和讨论问题。这种开放的角色可能正是香港可以扮演的，于是想到办《八方》"。"《八方》有意结合左、中、右和海外，不管立场如何，一旦放在一起发表……"[1]当时的形势是：台湾还没有"解严"，但随着蒋经国的上台，气候好转；内地已经改革开放，但思想解放也还有一个过程。海峡两岸暨香港交流的大门，还是封闭的。这个时候创造一个园地，沟通海峡两岸暨香港，本身就是一种推动。郑树森说，"我们觉得，完全不问政治立场、政治背景，让两岸三地的作家有机会在香港交流，其实很有意义"。[2]

《八方》第 1 辑出现了"结构主义文学理论专辑"，刊登了古苍梧亲自翻译的 Jonathan Culler 的《结构主义的语言学基础》、周英雄译的 D.W. Fokkema Elrud Kunne-Ibsch 原著的《法国结构主义、批评、叙事学与作品分析》、谭国根译的 T. Todorov 的《文学的结构主义分析》，另外还发表了

《八方》第 1 辑目录

---

[1] 郑树森：《结缘两地：台港文坛琐忆》，台北：洪范书店有限公司，2013 年，第 92 页。
[2] 同上，第 104 页。

《中国学者对结构主义的批评》和《结构主义研究中文资料简目》两篇文章。编者在"前言"中说,结构主义的文学理论近几年已经引起注意,"但更详细深入的介绍和评论工作仍有待展开"。这是一种不同寻常的姿态,说明《八方》已经放弃《盘古》后期对于现代主义的排斥,而回到了前期介绍现代主义的路子。这应该与中国内地文化的转折有关,新时期以后,中国内地开始引进西方文化思潮,"前言"后的"结构主义文学理论简介",即节录自袁可嘉发表在内地《世界文学》1979年总第142期上的《结构主义文学理论述评》一文。

对于西方理论绝非单纯引进这么简单,《八方》同人需要对现实主义和现代主义进行重新思考。《八方》第3辑专门做了一个规模较大的"现实主义与现代主义问题专辑",试图从欧洲和苏联有关现实主义与现代主义的原点上来追溯问题,其中收入的文章包括卢卡契和布莱希特有关表现主义与现实主义的论争及其外国学者的评述,未来主义、达达主义和超现实主义的宣言,日丹诺夫在第一次全苏作家代表大会上的演讲词等。

就一个刊物的容量来说,这已经是一份相当详尽的名单。据编者说明:这些文章多是从外文翻译过来的,在内地似乎也不见得能看到,这表明《八方》旨在与内地文坛共同推进理论思考。"前言"谈到,与现代科技有关,现代主义对于传统文学有很大的突破,而不是"像十九世纪一些马克思主义文艺评论家所说的:先锋派艺术就是颓废派艺术的同义语;也不是六十年代以后苏联文艺史家所宣称的:有进步政治倾向的现代主义艺术家之所以有成就不应完全是因为他们克服放弃了现代主义的创作观念和技巧,转而采纳了社会主义现实主义的艺术理论的"。有关现实主义,《八方》认为需要重新反省,"现实主义这个词语,在一八五五年出现以后,它的含义一直就很不确切。恩格斯关于现实主义的一点意见，也只不过是些零碎的观点而已，还谈不上体系。现实主义的创作方法，如果是指史大林、日丹诺夫所理解的，那就更值得争论了"。我们知道，《盘古》后期多批判现代主义、肯定现实主义，如今反过来了，《八方》开始肯定现代主义，反省现实主义，并且试图从卢卡契、布莱希特、马雅可夫斯基、日丹诺夫等经典处追索历史源流。

专辑中唯一一篇非翻译的文章，是《八方》的三位编辑林年同、黄继持、古苍梧所写的《现实主义以外——从海内外几位雕刻家的创作道路看现代主义对中国文艺创作的参考意义》。这篇文章以海峡两岸暨香港的雕塑为对象，讨论现实主义、现代主义与中国艺术的关系。对于《收租院》这样的一个雕塑作品，文中是肯定的，不过他们认为这并非中国雕塑艺术的唯一道路，"从海外、港、台几位雕刻家的作品看来"，"中国现代雕塑作品不应该也不可能只局限于现实主义这单一的面貌"。文章提到，中国内地的文艺政策，受苏联影响很深，本来苏联在十月革命后的最初几年很有成就，然而列宁死后，斯大林推行一套相当保守的文艺政策，日丹诺夫弄出来一个"社会主义现实主义"的文艺教条，而中国内地"全盘承受了日丹诺夫主义的衣钵，把现代主义简单地定义为形式主义，结果就造成了现实主义定于一尊，一花独放的局面。我们看来，这是不正常的、不健康的"。这里对于苏联社会主义现实主义的直接批评，可谓相当尖锐，较之《盘古》有了一个很大的转变。

到了《八方》第4辑，又出现了这三位编辑写的文章，只不过三人的排名次序颠倒过来了，变成了古苍梧、林年同、黄继持，文章题为《现实主义的再评价——从一九四九年以后中国电影剧本编写看当前中国文艺创作的问题》，继续发挥上述观点，但这次矛头对准了中国内地"左"的文艺思想。文章内的小标题

《八方》

为:"坚持原则还是坚持教条?""'三突出'的理论根子在那(原刊如此,应为哪)里?""并不现实的'社会主义现实主义'""是'整全'还是'以偏概全'?"和"现实主义必须重新评价!"等,从这些题目就可以看出,文章对于中国内地的现实主义理论系统进行了全面的检讨。

对于中国现代文学传统的发掘,是《盘古》创刊以来的一个出发点,《八方》继承了这一传统。《八方》第2辑推出了"卞之琳专辑",其中包括卞之琳的《莎士比亚悲剧〈哈姆雷特〉的汉语翻译及其改编电影的汉语配音》和《成长》、张曼仪的《"当一个年轻人在荒街上沉思"——试论卞之琳早期新诗(1930-1937)》、黄维樑的《雕虫精品——卞之琳诗选析》和张曼仪的《卞之琳著译目录》。第3辑又推出了更大规模的"九叶专辑",其中包括袁可嘉的《〈九叶集〉序》,穆旦、杜运燮、陈敬容、郑敏、袁可嘉、辛笛、唐祈、唐湜和杭约赫的诗歌作品,《九叶集诗人小传》,梁秉钧的《失去了春花与秋燕的——谈辛笛早期诗作》和钟玲的《灵敏的感触——评郑敏的诗》。对于卞之琳和九叶诗人的介绍,可以说是黄继持、古苍梧编选《现代中国诗选》和《中国新诗选》的延续,不过,《盘古》当时的批判聚焦于台湾诗人没有继承到20世纪三四十年代中国的现代主义传统,现在《八方》的针对面扩大了,他们认为1949年后,内地走向现实主义一统,同样没有继承到三四十年代中国的现代主义传统。《九叶专辑·前言》中提道:"这九位诗人的作品和他们所出版的诗刊、诗集,在四十年代无疑是重要的。但是在五十年代以后,这些作品并没有得到应有的重视,九位诗人,大部分都基本停止了创作。这也许是由于他们的诗风和理论,不大适合四九年以后中国的文艺气候吧!只有在香港出版的《现代中国诗选》和《中国新诗选》二书,选录过他们的作品,给予评介。"在《八方》第2辑《给读者的报告》一文中,编者引用第1辑所刊登的叶维廉先生在《现代历史意识的持续》一文中的话,"台湾年轻一代的作家没有接上五四以来的传统是一大不幸","回头看大陆文艺界的情况,也给人类似的感慨。三、四十年代的文艺传统,也给中断了十多年,而打五十年代开始,现代主义各流派的理论和作品一直被当作'腐朽、没落的资产阶级艺术'看待;年轻作家的底子薄极了"。

如此我们就理解了,除了现代诗人以外,《八方》还在推出其他被湮没的现代作家。《八方》第1辑就推出了钱锺书的《古典文学研究在现代中国》和《钱锺书论诗近作选》,推出了欧阳予倩的电影剧本《新桃花扇》及何达的《闻一多·新诗社·西南联大》,《八方》第2辑又发表了梁锡华辑录的"闻一多佚诗六首"。新时期初中国内地已经改革开放,不过这些作家的"出土"还有一个过程,《八方》利用香港这一独特空间,做一些推动工作。

第二节 "中介"作用

1981年9月第4辑出版后,《八方》停刊了,原因很简单,《八方》是由"利通公司"资助出版的,它只答应资助四辑。

《八方》继续寻求资助,为方便申请资助,《八方》成立了

《八方》第5辑"编辑室"

一个合法团体，那就是"香港文学艺术协会"。这个协会的会长是戴天，副会长是雕塑家兼《八方》封面设计的文楼，会员有黄继持、古苍梧、卢玮銮、金炳兴、张曼仪和钟玲等。《八方》曾想申请赛马会的资助，未能成功。差不多七年以后，即1987年4月，《八方》第5辑才重新面世。

《八方》重新出版后，历史已经发生了很大变化。就内部而言，1984年颁布的《中英联合声明》改变了香港的历史；就外部而言，就在《八方》复刊这一年，台湾正式"解严"，内地则进一步开放。《八方》海内外约稿重新开始，海外部分由李黎和郑树森负责，台湾由戴天和钟玲负责，内地方面《八方》委派卢玮銮联系。据卢玮銮回忆，在戴天和古苍梧的安排下，卢玮銮先去北京拜访三联书店前辈范用先生，然后由范用带她四处拜访约稿，先后见到了钱锺书、杨绛、汪曾祺、端木蕻良、卞之琳和九叶诗人陈敬容、袁可嘉，以及当时尚属年轻一辈的刘再复、刘心武、黄子平、陈平原等人。[1]《八方》仍然秉持了原来的宗旨，又迎来了新的历史机遇。

在对于西方文艺思潮的引进介绍上，《八方》较结构主义、现代主义更进一步，连续在第5辑和第6辑编辑了"后现代主义专辑"。第5辑的专辑文章包括三篇西方后现代理论家的原创

---

[1] 卢玮銮：《从1986年说起——〈八方〉复刊前一年的故事》，卢玮銮：《卢玮銮文编年选辑·浴火凤凰（1998—2019）》，香港：三联书店（香港）有限公司，2019年，第271—274页。

文章：利奥塔（J.-F. Lyotard）《何谓"后现代主义"？》、哈贝马斯（J. Habermas）《现代——一个未完成的方案》和哈桑（I. Hassan）《后现代主义文化》；第6辑的专辑包括三篇香港学者的阐释文章：陈清侨《从"现代"的危机到"另一种"实践——泛论当前香港的文化政治》、陈辉扬《后现代主义与后结构主义述略》和周国良《"本文"、"阅读"、"写作"——罗朗·巴特之后期文学理论》。林年同在"后现代主义特辑·前言"一文中提道，"最近几年，香港、台湾、大陆的文艺界也注意到了这个思潮，断断续续地开始了有关后现代主义问题的介绍和翻译"。并声称："现代主义的时代过去了，后现代主义的时代已经到来。"的确，对于外国文学新思潮的介绍这时候已经成了海峡两岸暨香港共同的现象，不过1987年《八方》第5、6辑对于后现代的翻译介绍仍然应该算是比较早的，具有一定的引导作用。另外，《八方》开始将注意力转向香港内部的文化建构，三篇香港学者从后现代角度讨论香港文化政治的文章，占据了专辑的一半篇幅。

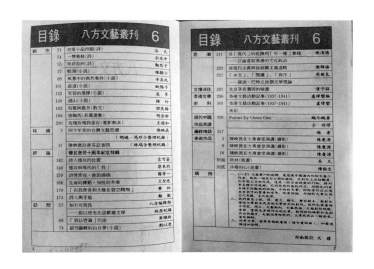

《八方》第6辑目录

在对于中国现代文学的发现上,《八方》还在推动。1987年是诗人穆旦去世十周年,这一年8月《八方》第6辑推出了"穆旦逝世十周年纪念特辑"。这个特辑可以看作1980年9月《八方》第3辑"九叶专辑"的补充,不过如果说前者较早介绍了九叶诗人,后者则已经基本与内地的介绍同步了。在此专辑之前,1986年内地人民文学出版社已经出版了《穆旦诗选》,在此专辑之后,1987年11月内地江苏人民出版社出版了穆旦纪念文集《一个民族已经起来》,1988年5月学界在北京召开了"穆旦学术讨论会"。《八方》的"穆旦逝世十周年纪念特辑",只能说是推波助澜。不过,"特辑"关注穆旦与香港文坛的关系,梁秉钧的《穆旦与现代的"我"》、齐桓的《"但我常常和大雁在碧空翱翔……"》,显示出穆旦超出内地文坛的意义。

1987年复刊后,《八方》较为关注内地当代文坛。1987年,《八方》邀请陈映真来港。

《八方》大力推出内地新锐作家的作品,从1988年3月第8辑开始,《八方》连续三辑刊出"中国大陆新锐作家小说特辑"。《八方》第8辑刊登了五位中国内地新锐作家的作品,它们是:郑义《最后的遗迹》、韩少功《谋杀》、郑万隆《山之门》、李杭育《阿三的革命》和李晓《小楼三奇人》。在这一期"编余琐语"中,编者表示了对于1985年以来中国文学的激赏,"1985年,有人认为是中国文学新的'创世纪',一些新锐的作者(主要是小说家,随后评论家跟上)引起了文学'爆炸'(此词实乃BOOM字的误译)。此说也许带点文人'大话'色彩,但那成绩愈来愈不容忽视,引起了包括港台在内的读者与行家的赞赏"。接下来,《八方》第9辑"中国大陆新锐作家小说之二"刊登了施叔青对内地青年新锐作家残雪和韩少功的访谈,及内地评论家吴亮的评论。《八方》第10辑"中国大陆新锐作家小说之三"又刊登了海内外

左图：
《八方》第 8 辑
右图：
《八方》第 9 辑

学者施叔青、王德威、季红真和冯伟才对于内地当代新锐文学的评论。连续三期刊登作品、访谈和评论，可见《八方》对于内地新锐作家的重视。

在引进介绍内地现当代作家作品的同时，《八方》也很关注台湾文坛。自20世纪80年代以后，中国大陆和台湾都在逐渐开放，但两地的情形正好相反。大陆是从"左"的政治思潮中解放出来，复出的多是从前被湮没的现代主义或自由主义文人，台湾则是从右的政治中解放，复出的反而是左翼文人。《八方》从一开始起，就注意刊登台湾左翼文学和乡土文学，如第1辑刊登了吕赫若的《庙庭·月夜》，第2辑刊登了陈映真的《永恒的大地》，第3辑刊登了陈映真的《云》。1987年复刊后，《八方》第4辑刊登了王祯和的《美人图》，第5、6、7辑连续刊登了王祯和的《玫瑰玫瑰我爱你》电影剧本。

《八方》复刊后比较大的动作，是邀请陈映真来港演讲。1987年5月19日至27日，应"香港文学艺术协会"邀请，陈映真首次来到香港访问。21日，协会及浸会学院传理系、大专会堂为陈映真召开了记者招待会。24日，陈映真应邀在香港大专会堂演讲。25日，陈映真应邀在香港大学松丽讲堂演讲。《八方》第6辑刊登了陈映真的第一场演讲《四十年来的台湾文艺思潮——一九八七年五月二十四日在香港大专会堂的演讲》，并发表了记者对于陈映真的采访《陈映真访港答记者问》。第7辑又刊登了陈映真的第二场演讲《大众传播和民众传播》，继之又刊登了一组对陈映真的回应，包括黄继持《文艺、政治、历史与香港》、冯伟才《反省吧！香港知识分子》和古苍梧《美雨苏风四十年——也是一个体验层次的回顾》。1988年9月，《八方》第10辑又刊登了一个"陈映真作品研讨"专辑。陈映真的

香港期刊关于陈映真首次访港的报道

访问之所以得到这么大的反响，原因在于陈映真的殖民主义左翼批判不但针对台湾，同时也涉及香港，引起了香港知识人的关注和思考。

冯伟才在《反省吧！香港知识分子》一文中征引了陈映真在《四十年来的台湾文艺思潮——一九八七年五月二十四日在香港大专会堂的演讲》中的一段话："最后我要说的是，我觉得八〇年以后，是一个新的探索的时代，反省的时代。随着中国问题或者是香港问题的发展，我想台湾，甚至于香港的知识分子，应该重新检讨战后四十年来我们所走过的步迹。"他又接着举例说，在香港这样一个受殖民统治的时代，应该从香港这个本身开始反省，从清末香港所走过的路，香港文学的发展，香港社会的发展，以至香港人的身份的认同的问题，香港在历史当中，在社会发展当中，在整个世界的政治经济发展当中占一个怎样的位置，提出整个的反省。冯伟才指出，香港知识分子对于战后问题是缺乏反省的，其关键在于对20世纪五六十年代美元文化缺乏批评，他列举了《中国学生周报》、亚洲出版社及自由出版社等，说明冷战意识形态如何在香港塑造了美国文化认同和反共文化。冯伟才的说法，是将陈映真对于战后西方文化操控台湾的批判，延展到了香港。

古苍梧在《美雨苏风四十年——也是一个体验层次的回顾》一文中专门提到《盘古》，他认为《盘古》在抵抗西方文化侵略方面，起到积极的作用，《盘古》是"与当时在港台及海外一般受美国官方反共言论影响的论调唱对台的；《盘古》甚至通过报导美国黑人运动、反越战运动等等，揭露美国社会的种种阴暗面和美国富强的表面背后所隐伏的政治、经济危机，以拆穿美式民主的神话。《盘古》也比较早反省台港新诗的创作问题（其实也是整个文学创作的问题），结合三、四十年代新文学传统的断层问题加以检讨"。不过，与陈映真不同的是，经过了幻灭的古苍梧也检讨了《盘古》后期一厢情愿认同内地"左"的路线的偏颇。在理论上，古苍梧将《盘古》的思想归之于民族主义，认为民族主义在抗衡殖民主义方面起到了重要作用。

黄继持看起来是希望香港学者能够像陈映真一样，对于20世纪40年代香港的文艺思潮进行梳理，他的《文艺、政治、历史与香港》一文就尝试提出自己的看法。黄继持认为，香港的历史难以与台湾进行简单的类比，香港人对本地的历史感素来不强。港英政府"没有理由鼓励居民的历史意识及民族意识。（当然台湾的'日治'跟香港的'英治'，情况大有不同，压迫与反抗的比例不一样；台港的幅员与地理位置，也是相关的因素。）而香港本地人，跟不同时期的来居者，各别有不同的'故事'；而这些'故事'（即使只谈香港的故事），似乎还没有提升到统一的历史"。他也提到50年代以后左右政治对立，谈到香港当局采取微妙的统治策略，但他的侧重点在战后香港成长的一代。他谈道，年青一代"在五六十年代之际，开始借在'右派'或'左派'经营的报章杂志中，发出自己的声音。虽则未必真能超越中国党派政治的笼罩，但香港成长的这一代，一定程度上突破殖民主义的蒙昧，开始探索自己作为在香港的中国人的文化使命"。由此，黄继持谈到香港的独特性，即它提供了海峡两岸之外的另一空间，"香港地位特殊，未必旁观者清，总可以提供另一视角"。在文艺上，"对整个中国文艺的贡献，香港在实力上虽难与大陆台湾鼎足为三，但香港这个位置，确是比较便于综览全局，比较超然而又不能真个漠然"。

由此看，《八方》对于陈映真的巨大热情，在某种程度上是一种自我指涉。陈映真对于殖民体制的批判，让他们反省香港的历史，寻找香港的独特性。《八方》对于香港文学的关注，与此相关。

较之于《盘古》,《八方》对于香港文学的态度已有较大变化。《盘古》前期批判港台现代诗的晦涩,倡导一种明朗的诗风,后期则走向工农兵文艺。《八方》创立后,与引进西方文艺思潮相对应,他们开始重视香港文学的现代主义。

《八方》第5辑推出了"鸥外鸥专辑",其中包括黄蒙田等的《各家读〈鸥外鸥之诗〉》、梁北的《鸥外鸥诗中的"陌生化"效果》和钟玲的《论鸥外鸥的诗:〈狭窄的研究〉》三篇文章。鸥外鸥具有双层身份,他既是中国现代诗坛的"怪杰",同时又是香港诗人。鸥外鸥是超现实主义诗人,诗风怪异,《八方》编者在《重读鸥外鸥·编者按》中却不但不以为忤,反倒对他大加称赞:"早在三十年代初,便以形式新异,感触敏锐的篇章闯进广州上海的诗坛;三十年代后半期、四十年代上半期,先后在香港桂林的报刊杂志驰骋,时以奇特的诗形、慓悍的诗思,撼人心目。"并且,编者很自豪于鸥外鸥早年的香港

鸥外鸥画像

经历,"至少香港读者不应忘却这位为本港早年诗坛立过功勋的前辈。如今五十岁左右的香港读者,还有人在脑海中深印着当年发表在《新儿童》的刻划香港的警句(虽则在《新儿童》发表,未免过分要求儿童早熟的社会意识)。若翻检更早的香港及华南地区杂志报判(原文如此,应为刊——引者),更会惊觉三十年代香港与华南竟能产生这样一位'前卫'诗人。可以说来不算夸张,这是香港文坛的骄傲,也应在整个中国现代文学史上占一席位"。

如果说鸥外鸥是20世纪前期的现代主义,那么刘以鬯足以代表1949年后香港的现代主义了。《八方》第6辑接着就推出了"刘以鬯专辑",其中包括《知不可而为——刘以鬯先生谈严

肃文学》、黄继持的《"刘以鬯论"引耑》和刘以鬯的小说《副刊编辑的白日梦》。在采访刘以鬯的时候，采访者专门询问了他有关现代主义的观点，刘以鬯的回答是："我的愿望是在小说创作上，探讨一种现代中国作品中还没有人尝试过的形式，在探讨的过程中，很自然会参考西方现代文学的作品。西方国家的文艺思潮一直在转变、发展之中，有些可供参考学习，有些则未必可取。例如意识流技巧，西方作家主要写'非逻辑的印象'（illogical impression），中国人吸收意识流技巧的却多不走此路。一个民族的作家、艺术家吸收另一个民族文艺作品的技巧时，总不是全面的，无条件的；总是带着本民族文化的特点。"这个说法是与《八方》对现代主义的看法相吻合的，即既不盲目接受，也不盲目排斥，而是在传统的基础上加以运用，这应该也是《八方》现在称赞刘以鬯的原因。

除鸥外鸥、刘以鬯专辑外，《八方》还在第4辑集中发表了香港现代主义诗人叶维廉的十三首诗，题为"沙田随意十三盏"。我们还记得，古苍梧曾在《盘古》上发表《请走出文字的迷宫》，批判叶维廉"沉溺于文学的游戏"，如今《八方》对于现代主义的态度有了改变。

总的来说，《八方》发表较多的是西西一派的作品。《八方》第1辑就发表了西西的小说《奥林匹斯》，第3辑发表了西西的小说《春望》，第5辑发表了西西的小说《虎地》，第8辑发表了西西的小说《宇宙奇趣补遗》，第12辑发表了西西的小说《哀悼乳房》和《依沙布斯的树林》。最后第12辑甚至做了一个"西西专辑"，收录了莫言、黄子平、余华和黄继持等众多名人评论西西的文章，还附录了甘玉贞和关秀琼编撰的"西西作品编年表""西西作品单行本编目""西西报刊专栏编目"和"西西作品评论目录"。不同寻常的是，《八方》还授予了西西该刊历史上唯

"西西专辑"

——次"八方文学创作奖"。

所谓西西一派的作家,大致指梁秉钧、何福仁、关梦南、绿骑士、辛其氏、蓬草、陈宝珍等人,他们大致构成了《八方》文学的主流。如前文所言,这大体上是以自"风格诗页"至《大拇指》《罗盘》和《素叶文学》的香港本土派文学的阵容。不过,当年《盘古》既发表西西的作品,又发表余光中的作品,开创了香港本土文学的两种传统。《八方》也是这样,它并不拘于西西一系,特别需要提到的是《八方》第 10 辑"香港青年作家之辑",这个专辑收录的全部是《诗风》一派的作家,如吴美筠、胡燕青、洛枫、陈锦昌、钟伟民、王良和、陈德锦等。这"另一种本土"的专辑,平衡了《八方》本土文学的偏执,不知道这是不是《八方》刻意为之?

"西西专辑"对于西西写作史料的详尽整理,并非偶然,它回应了《八方》对于整理香港文学史料的呼吁。早在《八方》第 6 辑,黄继持在《"刘以鬯论"引崙》一文中就谈及香港文学史料整理的问题,并将此提高到整理香港历史文化的高度。他提出:

研究刘以鬯的任务必须由香港学者完成，其中的一个重要原因是，这是香港人"自省"或"自我认识"的一个途径。香港人一贯历史意识淡薄，我们可能借助于研究刘以鬯，整理史料，追迹香港文学，来弥补这一点。《八方》这一期"编余琐语"也提出，对于刘以鬯的访谈"希望能成为本刊对本地当代作家重视、研究、对话的开端"。《八方》的"香港文学史料"栏，也"继续提供'上一个时期'的资料。此既把香港文学活动连到中国现代文学全局，也为香港文艺勾出其逐步演进的轮廓"。

《八方》复刊后就注重香港文学史料的整理。《八方》第5、6、7辑分别发表了卢玮銮的《许地山在香港的活动纪程》《香港文艺活动记事（1937—1941）》和《香港三十年代刊物发刊词六则》。可以看到，卢玮銮女士是《八方》香港文学史料的主要撰稿人。1988年3月香港文学元老侣伦去世，《八方》第9辑刊登了"侣伦先生纪念特辑"，"特辑"重刊了侣伦先生的小说《黑丽拉》和诗歌《哀敬——送萧红女士迁葬》，发表了卢玮銮的评论《侣伦早期小说初探》，还发表了温灿昌撰写的《侣伦创作年表简编》。《八方》对于侣伦的研究，引发了文坛对于香港早期文学的关注。

需要注意的是，以上将《八方》的文字按照内地、台湾和香港分别进行介绍，容易带来一个弊病，即忽略了《八方》的整体性。从目录上我们就可以看出来，《八方》刊登的作家作品是混杂的，香港、台湾、内地及海外的作家并置于同一平台上，这在当时大概只有在香港才能做到，相当难得。

在促进海峡两岸暨香港的交流上，《八方》做出了独特贡献。郑树森曾提到，台湾《联合报》主编痖弦对于《八方》刊载的大陆"复出"作家，如沈从文、卞之琳、钱锺书等，很有兴趣，时常把他们的作品拿去在《联合报》发表。痖弦对于内地先锋派作家，也很有兴趣。1988年3月《八方》第8辑刊出的"中国大陆新锐作家小说特辑",被痖弦拿去,编成"大陆新锐小说展"在《联合报》转载,这是台湾大报首次向台湾读者推介大陆小说新气象。洪范书店负责人叶步荣先生看到"大陆新锐小说展",促成了《八月骄阳》《哭泣的窗户》两本"80年代中国大陆小说选"在台湾出版。

在台湾上了黑名单的作家,作品不能在台湾发表,《八方》也会拿来发表。民进党前主席林义雄灭门惨案发生,杨牧先生在海外写下了《悲歌——为林义雄作》,无法在台湾的报刊发表,《八方》就将这篇文章拿来,发表在第3辑。20世纪80年代台湾开放老兵回乡,《联合报·联合副刊》的陈义芝回到四川,写下《川行即事——返乡诗十首》,不能见容于台湾,后来也发表于《八方》第11辑。

《八方》还促成了1983年香港电影回顾展。这个电影展是以"香港中国电影学会"的名义筹划的,不过内中成员仍是《八方》同人。研究电影的林年同与陈荒煤等联系,取得内地电影拷贝,又得施叔青帮忙,在香港艺术中心上映电影展。这次电影展影响很大,从美国、意大利等国家及中国来了不少参会者。据称这是"台湾方面的朋友第一次接触中国内地电影,算是续上一九四九前中国电影的香火"[1]。

1987年《八方》复刊后,内地已经相当开放。不过,某一种时刻,香港仍然能够发挥独特作用。1988年5月10日,一代文学宗师沈从文去世,由于他的尴尬地位,内地文坛一时没有声音出现。5月13日中新社电讯发了一条简单的消息,5月14日《人民日报》海外版用了这个消息,直到5月18日新华社才发了简单的报道。瑞典诺贝尔奖评委马悦然向中国驻瑞典大使馆核实

---

[1] 郑树森:《结缘两地:台港文坛琐忆》,台北:洪范书店有限公司,2013年,第121页。

沈从文去世的信息，大使馆的文化参赞竟然从未听说过沈从文这个人。与此同时，小道消息开始在知识界中间流传，内地以外的华文报纸刊出消息，惋惜中国文坛巨大的损失。这个时候，《八方》第10辑（1988年9月）和第11辑（1989年2月）连续发表了两个"沈从文专辑"，引人注目。第10辑由于时间所限，只发表了两封书信（一是《改业，即免作"绊脚石"意思——沈从文致王渝书》，二是《文学的沈从文从未消失——王渝致郑树森书》），和姚云、李隽培改编的《边城》电影文学剧本及沈从文的评改。第11辑则较为丰盛，刊登了不少名家名文，如巴金的《怀念从文》、李清泉的《他是一本尚未读透的书——记沈夫人谈说沈从文》、汪曾祺的《沈从文转业之谜》、黄裳的《忆沈从文》和金介甫的《粲然瞬间迟迟去 一生沉浮长相忆》，香港方面的文章则有黄继持的《沈笔写丁玲》和夏婕的《不想又想了的联想》等。巴金在文章中提道，沈从文去世内地一片沉默，"一连几天我翻看上海和北京的报纸，我很想知道一点从文最后的情况。可是日报上我找不到这个敬爱的名字"。

事实上，香港对沈从文作品的保存和出版功不可没。在上述《改业，即免作"绊脚石"意思——沈从文致王渝书》一文中，沈从文提道，"我的四十年前那些'并及未格'的旧作，国内早已因过时全部烧尽，公家大图书馆也不多。因此新编选集，还多亏香港方面前后约寄来四十个复印本，工作才能顺利进行。（是个不认识的人，即为寄来廿多本，内中不少还是原印本。）"1980年，沈从文拟印两份选集，一由香港付印，已经交出一卷，其中包括《湘行散记》《湘西》《自传》等，据说"'至迟两个月必可印出。'（如能这样，今年或可望全部印出。）"还有一份由北京付印，对此沈从文没抱多大希望，一个是出版较慢，并且"再延长下去，也许更新的风气一来，就不印了，亦意中事"。由此可见，正是由于香港这个特殊空间,保存了沈从文作品,并促成了它们尽早重见天日。

这大概就是郑树森所说的,《八方》在改革开放初期海峡两岸暨香港之间的"中介"作用,也是香港的《八方》作为一个第三空间文化的功能所在。

第十五章 《香港文学》共同体

第一节 "老、中、青"和"中、左、右"

　　1981年3月13日,刚刚成立的"新加坡文艺研究会"召开一个华文文学座谈会,邀请白先勇(北美)、痖弦(台湾)、刘以鬯(香港)、方东方(马来西亚)、黄东平(印尼)等人参加。会议给刘以鬯的题目是"香港的文学活动"。刘以鬯谈的是香港文坛无以为继的危机,他在发言中指出:办了七年多的《海洋文艺》,因"销行阻滞,亏蚀良多",在去年十月停刊了。两个月后,提倡读书的《开卷》也"因销数不够理想,成本日益增加,亏损良多,难以支持"而停刊。诗刊《罗盘》已停。《素叶文学》创刊号于去年六月出版,快一年了第2期还没问世。可以说,当时定期出版的文艺刊物只有《诗风》一种。从报纸上看,情况也不乐观。香港每天出版的报纸达几十种之多,但愿意刊登严肃文学作品的,少之又少。当时只有两份报纸辟有文艺版:《新晚报》的"星海",每周发刊一次;《文汇报》的"文艺",每半个月发刊一次。在刘以鬯看来,这两种内地背景的副刊,"虽然也登本地作家的作品,数量不多"[1]。香港文坛看起来岌岌可危。

　　至1984年,香港文艺期刊的情况更加恶化。1979年创刊的《八方》,至1981年9月停刊。被刘以鬯称为唯一定期出版的刊物《诗风》(1972—1984),于1984年6月终于停刊。1984年8月,《素叶文学》出完第24、25期合刊后停刊了。由黄南翔在1982年复刊的《当代文艺》,也在8月终刊。到1984年,香港文坛几乎到了弹尽粮绝的地步。黄傲云惊叹:"一九八四年底,香港的文学,又是否已经走向灭亡。""一九八四年的结束,看起来很

---

[1] 刘以鬯:《香港的文学活动》,《素叶文学》1981年第2期。

像香港的文学,或香港文学,已经结束。"[1]

香港的文学环境不好,纯文艺刊物不容易存活,这是一个老问题,但为什么会在20世纪80年代上半期忽然集体崩盘?其中另有历史原因,那就是随着1976年内地粉碎"四人帮"、1979年中美建交和1984年《中英联合声明》发布,香港的历史发生了转折。中美既已建交,50年代以来由美元文化开创的反共右翼文学就无以为继了。《中英联合声明》意味着香港即将回归中国,台湾在香港的右翼文化就失去了合法性。而随着内地的开放、香港的即将回归,香港左翼文化也需要调整。徐速的《当代文艺》在1979年结束,左派刊物《海洋文艺》在1980年忽然被中止,并非偶然。左翼文学代表作家阮朗和右翼作家代表徐速,双双于1981年去世,富有象征意义。旧时代结束了,新的时代即将开始。就在这个时候,《香港文学》诞生了。

据说,创立《香港文学》的建议是由香港资深文化人曾敏之与罗孚提出来的。目睹香港文坛之凋零,他们感到"文坛的荒漠对内外文化交流不利,对弘扬中华民族文化不利,也不利于香港同胞民族文化认同感的增强"。于是他们向驻港新华社领导建议,筹办一份纯文学杂志《香港文学》。新华社领导同意了曾敏之与罗孚的建议,并指定由他们俩来筹办这个刊物。曾敏之与罗孚却认为由他们来筹办这个刊物不合适,原因是"香港的意识形态依然壁垒分明","在这样的情况下,由左派报纸的老总来主编这本文学杂志不是很合适"。他们倾向于"应当

《香港文学》1985年创刊号

---

[1] 黄傲云:《从难民文学到香港文学》,《香港文学》1990年第2期,总第62期。

由一位各方都能接受的作家来主编"[1]，他们推荐了刘以鬯。新华社领导接受了他们的建议，并将办《香港文学》杂志的事情交给了中国新闻社。

按照以前的情形，左派刊物不太可能请刘以鬯来主编，但现在形势变了，《香港文学》的任务是总揽全局，团结香港各路作家。就此而言，刘以鬯的确是合适人选。刘以鬯是香港文坛元老，香港现代主义作家翘楚，非左非右，一直属于左翼可以争取的对象。在新时期初，刘以鬯是最早被内地接受的香港作家之一，他的《天堂与地狱》1981年由花城出版社出版，是最早在内地出版的香港文学作品之一。刘以鬯对于香港社会的批判及其现代主义探索，迎合了20世纪80年代初内地文坛的需要。《香港文学》由刘以鬯来挂帅，重新整合香港文坛，正是大势所趋。

《香港文学》的"发刊词"，可以说既体现了主编刘以鬯本人的意愿，也体现了出资方的基本立场。除了刘以鬯惯常地反对文学商品化、提倡"严肃文学"外，"发刊词"主要强调了几层意思：一，香港文学是中国文学的组成部分，"香港文学与各地华文文

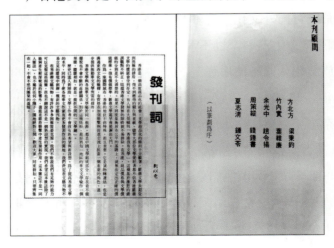

《香港文学》"发刊词"

---

[1] 陆士清：《〈香港文学〉杂志的前世今生》，陆士清：《品世纪精彩》，上海：文汇出版社，2020年，第26—27页。

学属于同一根源，都是中国文学组成部分，存在着不能摆脱也不会中断的血缘关系。对于这种情形，最好将每一地区的华文文学喻作一个单环，环环相扣，就是一条拆不开的'文学链'"。二，《香港文学》不是同人刊物，而是香港文坛各方的公开阵地，希望担负起团结的作用，"我们希望这本杂志除了能够产生较深较远的影响外，还能在维持联系中产生凝结作用。这本杂志不是'同人杂志'，也不属于任何小圈子，园地绝对公开，欢迎大家一同来耕耘。只要齐集在一起，不会不感到团聚的温暖"。三，《香港文学》的特色在于沟通海内外，"作为一座国际城市，香港的地位不但特殊，而且重要。它是货物转运站，也是沟通东西文化的桥梁，有资格在加强联系与促进交流上担当一个重要的角色，进一步提供推动华文文学所需的条件"。

第一点强调香港文学是中国文学的一个组成部分，这既是政治正确，也符合刘以鬯作为老一代南来作家的身份。不过它同时强调香港文学是中国文学的一个特殊部分，即香港文学是整个海外华文文学的一个部分。第二点是强调《香港文学》不是代表某个同人群体或党派，而是代表整个香港，因此需要团结香港文坛各方。第三点明确香港文学的特殊性，延伸第一点中有关香港文学与海外华文文学的观点，强调香港文学可以在沟通中西、联络华文文学方面担当特殊角色。

《香港文学》面世后，外界只知道刘以鬯主编，并不知道是内地出资的。从日后的实践来看，除了政治底线之外，刘以鬯基本上能够按照自己的意愿来主导刊物，如此，《香港文学》就开创出一个香港文学的新时代的空间。

《香港文学》与《八方》两者都号称联合"左、中、右"，但《八方》旨在沟通海峡两岸暨香港，《香港文学》却首先要联合香港内部各派。当年《星岛晚报》请刘以鬯编"大会堂"的时候，刘

香港：报刊与文学

左图：
"中文文学奖"典礼
右图：
第七届中文文学周

以鬯就解释过，"那究竟什么是'大会堂'呢？'大家聚会一堂'，就是'老、中、青'和'中、左、右'。'老、中、青'的意思是这副刊无论是老年的、中年人、还是年纪轻的，只要是好文章，我一定会刊登。'中、左、右'表示我没有政治立场，中立也可以，左派也可以，右派也可以。只要是写得好的文章，我就会刊登"。[1]现在历史为刘以鬯提供了契机，让他得以在《香港文学》的平台上施展自己的抱负。

20世纪50年代以来的香港文坛，大约可以分为三个泾渭分明的集团：一是右翼文学，二是左翼文学，三是现代主义文学。左右政治对立，现代主义则处于中间，是两边争取的对象。我们还记得，由于阵线过于狭窄，1966年创办的《海光文艺》试图容纳不同的声音，吸收了现代主义及通俗小说，可惜此刊维持不长。对于左翼来说，这种努力一直没有放弃。1980年9月14日，《新

---

[1] 刘以鬯：《我编香港报章文艺副刊的经验》，《城市文艺》2006年第1卷第8期。

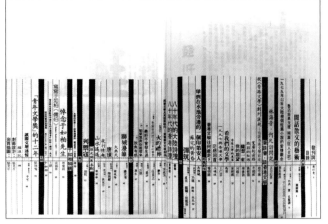

《香港文学》创刊号目录

晚报》主办的"香港文学三十年座谈会",第一次将不同派别的文人聚集一堂,如黄思骋、徐速都有公开发言,"打破了左右翼文化人多年不公开交流的局面"。[1] 到了1985年,历史已经进入新的时期,《香港文学》第一次有条件将三者集中在一个平台上,这在香港文学史上是前所未有的。

《香港文学》一亮相就出人意料,上面居然出现了昔日右翼作家的名字,这对于一个内地出资的刊物来说有点不可思议。力匡在50年代主编过《人人文学》和《海澜》等反共右翼期刊,1958年5月去新加坡定居,此后就在香港文坛"失踪"了。27年之后,1985年《香港文学》创刊号发表了力匡的小说《苏宅的黄昏》,宣布他重新归来。其后,《香港文学》又发表了他的诗歌《香港》(总第6期)《广州》(总第10期)、《香港重回》(总第14期),小说《住在如切的三伯》(总第17期)、《"阿舍"的酸枝椅》(总第34期)等作品。黄崖50年代初供职于《中国学生周报》等刊,1959年赴马来西亚创办新马版《中国学生周报》和《蕉风》,晚年移居到泰国。《香港文学》创刊后,发表了他

---

[1] 卢玮銮:《香港文学研究的几个问题》,《香港文学》1988年第12期,总第48期。

的《鹰》(总第75期)、《太太们》(总第77期)、《清晨散步》(总第81期)、《一家人》(总第86期)等散文和小说作品。慕容羽军50年代以来是《人人文学》《海澜》乃至《当代文艺》的基本作者,属于右翼文人圈。《香港文学》创刊后,刘以鬯也向他约稿,发表了他的诗歌《本事》(总第75期)《长夏诗叶》(总第91期)、《笑》(总第95期)、《寻诗》(总第170期),还发表了他的香港文学史料方面的文章。力匡、黄崖及慕容羽军都与刘以鬯是同代人,前两者早已旅居海外,慕容羽军也已经淡出文坛,此番他们又被刘以鬯打捞了回来。在香港回归中国大势已定的情形下,《香港文学》的任务不再是坚守左翼,而是团结各方。

除右翼作家之外,现代主义作家也在《香港文学》陆续复出。其中较为令人瞩目的,是李英豪。从刘以鬯主编《香港时报·浅水湾》开始,李英豪正式登上文坛,以现代诗歌批评驰骋港台文坛。后来他结婚生子,退出了文坛。《香港文学》创刊后,刘以鬯重约李英豪,在《香港文学》第4期连续发表了他的两篇文章《包裹头颅的人:〈画廊之后〉与玛格烈》和《事物的真像:〈画廊之后〉与玛格烈》,评论香港艺术节中玛格烈的荒诞剧《画廊之后》。在1985年第8期,李英豪又发表了《喝着旧日——怀

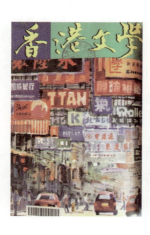

《香港文学》封面

六十年代》一文，借戴天 1963 年在《好望角》上发表的《花雕》一诗中的"喝着旧日"一语，回顾 60 年代香港文坛的现代主义历程。1986 年第 11 期，《香港文学》还发表了戴天给李英豪新出的散文集所写的序，题为《李英豪散文集序——"山外有山"二说》。叶维廉在 80 年代初较多为《素叶文学》写稿，1985 年《香港文学》创刊后，这位当年的现代主义诗人支持刘以鬯，在创刊号发表了《闲话散文的艺术》，后来又发表了诗歌《布达佩斯的故事》（总第 4 期）、《北京的晚虹》（总第 9 期）等作品。杨际光当年是《文艺新潮》的活跃人物，1959 年马朗将《文艺新潮》交给他，可惜就在这一年他移居吉隆坡，无法顾及了。杨际光较晚登上《香港文学》，发表了不少回忆文章。刘以鬯本人也在《香港文学》发表作品，不过大概因为自己任主编，所以数量不多。他发表的《黑色里的白色，白色里的黑色》（总第 84 期）和《盘古与黑》（总第 104 期）等小说，均是创新之作。

让人略感奇怪的是，《香港文学》1985 年一年完全未见左翼作家的身影，不知道是不是有意回避？就像当年的左翼作家在《海光文艺》只能用笔名发表文章，以免吓走其他派别的作家一样。1986 年后，左翼文人才陆续登上《香港文学》。登上《香港文学》的老一辈左翼作家有侣伦、何达、夏易、舒巷城等人。侣伦在《香港文学》1986 年第 1 期发表《我的话》一文，内中提道，"刘以鬯先生给我电话：约我为《香港文学》出版一周年写点什么"。由此看来，这是刘以鬯有意安排、亲自点将的。为支持《香港文学》，侣伦发表了几篇小说，如《太太掉落了一枚针》（总第 27 期）和《把戏》（总第 37 期）等。何达与夏易原是夫妻，后来离异，他们俩都为《香港文学》供稿。何达开始在《香港文学》发表的是纪念闻一多先生的诗《闻一多》（总第 21 期）和散文《闻一多先生的画像》（总第 22 期）。夏易在《香

舒巷城《凉茶铺》

港文学》发表的作品较何达要多,体裁包括小说、散文和诗歌。舒巷城直到1987年年底才登上《香港文学》,他发表的作品不多,有诗歌《凉茶铺》(总第121期)、历史演义《风筝与他》(总第90期)等。

以上是老一辈作家中的"中、左、右",《香港文学》能够将昔日不同阵线的香港作家集于一刊,堪称奇迹。下面谈一下中年作家的情形。如前所言,20世纪60年代末期以后的香港诗坛,大致以《盘古》为先导,其后分化出"《大拇指》—《素叶文学》派""《诗风》—《诗网络》派"以及《海洋文艺》三种派别,分别代表着现代主义、古典主义及写实主义的风格。不出意料,他们都登上了《香港文学》这个阵地。

戴天与古苍梧是《盘古》和《八方》的主要创办者,不过,在1985年《香港文学》创刊的时候,这两个刊物都已经停止了。戴天在《香港文学》创刊号发表了《长江四帖》,表示支持。古苍梧据说原是《香港文学》主编的人选之一,虽未成功,但他还是积极给《香港文学》写稿,发表了《广告》(总第2期)、《梦回冬夕》(总第27期)等诗歌。

"《大拇指》—《素叶文学》派"的作家之所以登上《香港文学》，除刘以鬯的动员之外，应该与1984年《素叶文学》的停刊有关。西西在《香港文学》发表了多种文体的作品，显示了西西对于文学体裁掌控的多样性。梁秉钧1978年赴美深造，1984年回港，正逢《素叶文学》停刊，《香港文学》创立。在1985年《香港文学》创刊号上，他发表了《画游两题》，分别题为"从现代美术博物馆出来"和"从印象派博物馆出来"，显示出他的诗歌风格的创新。

　　"《诗风》—《诗网络》派"进入《香港文学》，应该也与1984年《诗风》的停刊有关。黄国彬登上《香港文学》稍晚，他在《香港文学》上发表的诗歌有《大白鲨——和威廉·布雷克的〈猛虎〉》（总第155期）、《毗湿奴》（总第158期）、《伊阿戈心屋》（总第210期）和《金字塔》（总第216期）等，在风格上，这些作品一如既往的宏伟壮观。羁魂登上《香港文学》较早，他发表了不少明朗阔大的访古题材诗歌，如《过惠阳东坡纪念馆》（总第22期）、《星马诗抄》（总第48期）和《走过长城的旧鞋》（总第206期）等，对于中华文化和祖国河山的喜爱，正是《诗风》派的一贯特征。

　　20世纪70年代初期以来，与《大拇指》《诗风》鼎足而立的左翼刊物是《海洋文艺》。香港第二代南来作家已经陆续浮出历史地表，他们是陶然、东瑞、彦火、陈浩泉、金依、张君默等人。这一批年轻作家，多数在《香港文学》发表过作品。从风格上说，他们继承发展了老一辈左翼文人的写实批判传统，不过他们的批判已经从政治退到了文化的层面。

第二节　世界华文文学的中心

　　《香港文学》不但联合香港各派作家，同时也聚集世界各地华文作家。它的一个与众不同的重要定位，就是成为海外华文文学的中心。

有人对《香港文学》刊登香港以外的作品感到不解，刘以鬯解释说：香港与海外有密切的联系，难以分割，他引用自己在《香港文学》1989年第1期"编后记"中的话解释说："香港作家的流动率很高，目前居住在台湾高雄的余光中；居住在英国的桑简流；居住在加拿大的卢因、梁丽芳、陈中禧；居住在美国的陈若曦、叶维廉、柯振中；居住在法国的郭恩慈、黎翠华；居住在菲律宾的文志；居住在巴西的刘同缜；居住在新加坡的力匡；居住在上海的柯灵；居住在北京的叶君健、端木蕻良、骆宾基、萧乾、冯亦代；居住在广州的黄秋耘等，过去都曾在香港做过文艺工作，为繁荣香港文学做出贡献。《香港文学》刊登这些作家的作品，可以加深读者对香港文学的认识，是优点，不是缺点。"[1]令刘以鬯欣慰的是，散居海外的香港作家不但自己写作，还在海外组织华文学会，为世界华文文学做出了很大贡献。他指出："举例来说，卢因、梁丽芳、陈浩泉等移居加拿大后组织'加拿大华裔作家协会'，林湄移居荷兰后组织'荷、比·卢华人写作协会'，姚拓移居马来西亚后任《学生周报》、《蕉风》主编，魏中天移居美国后任'美国旧金山中美文化交流协会'顾问，黄河浪移居夏威夷后任'夏威夷华文作家协会'理事会主席。"[2]

香港与海外的关系，是天然形成的。20世纪50年代以来，内地和台湾都较为封闭，唯香港是开放地区，衔接各方。香港的刊物从一开始起，就并不局限于香港之内，其流动性有时候出乎

---

[1] 刘以鬯：《编香港文学的甘苦》，黄维樑编：《活泼纷繁的香港文学：一九九九年香港文学国际研讨会论文集》，香港：香港中文大学出版社，2000年，第912—913页。

[2] 刘以鬯：《香港文学与华文文学》，杨玉峰编：《腾飞岁月：1949年以来的香港文学》，香港：香港大学中文学院"腾飞岁月"编辑委员会，2008年，第2页。

左图：
《华侨文艺》创刊号封面
右图：
《华侨文艺》创刊号目录

我们的想象。《中国学生周报》鼎盛时，既有香港版，又有新马版、印尼版和缅甸版，印数也都相当可观。《华侨文艺》创刊于1962年6月，"《华侨文艺》的作者，大多以海外的为主。如星洲的黄崖、美国的李金发、台湾的墨人、覃子豪、管管、王平陵、谢冰莹、澳门的方羊等，都是长期支持这个刊物的重要作家。此外，由于编者与台湾蓝星诗社的创办人覃子豪深交，故此，蓝星诸人大力供稿，每期均有作品发表"。在销售方面，据主编丁平说："我们这个刊物，每期印三千本，南洋方面销去二千本，是主要的出路。"[1]

更能说明问题的，是香港的《文坛》。《文坛》由李金发于1940年在广东曲江创办，1950年3月在香港复刊，由卢森主编。《文坛》一直办到1974年才停刊，一共办了346期，是香港持续时间最长的文艺刊物之一。1954年1月《文坛》第106期刊出了一份订户统计资料，该刊订户数字如下——美国：150；加拿大：150；非洲：100；欧洲：50；澳洲：50；毛里士：100；马达加斯加：50；东南亚：100；马来亚：100；菲律宾：50；南美及各岛：100；港九及澳门：100；其他：20。从订阅数字看，美国、

---

[1] 许定铭：《从〈华侨文艺〉到〈文艺〉》，《香港文学》1986年第1期，总第13期。

左图：
《文坛》封面
右图：
《文坛》所刊《致读者们》

加拿大、东南亚、非洲、南美都是其重要的销售地，而香港自身的销售量，与其他地区比，微不足道。

刘以鬯从一开始起，就利用了香港这一特殊优势，他没有将《香港文学》局限于香港之内，而是以香港为经，延展到整个世界华文文学圈内。在刘以鬯主编的《香港文学》目录上，作家前面冠以国籍，如此就能看出来，来自世界各地的作家很多，数量超过了香港本地作家。

香港与台湾的关系最为密切。20世纪50年代，南来反共作家很多都是从香港转去台湾的，如赵滋蕃、林适存、易君左等，他们先是香港作家，后来又成了台湾作家。五六十年代现代主义运动，也是港台两地密切合作的结果。从《文艺新潮》到《好望角》，都有大量的台湾作家在上面发表作品。与此同时，叶维廉、戴天、王敬羲、温健骝等人到台湾求学，参与了台湾文坛的活动。李英豪身在香港，其评论对象却是台湾诗人，著作也在台湾风行。《中国学生周报》在1965年之前，也主要以发表台湾作家作品为主。1967年，林海音在台湾创办了《纯文学》杂志，同时又创办了香港版，由自台回港的王敬羲负责。《香港文学》创刊后，组织过林海音、陈映真及白先勇等人的专辑，连载过叶石涛的《台

两岸暨港澳文学交流研讨会

湾文学史大纲》。还有一些台湾作家与香港文学发展有重叠，如余光中、施叔青、钟玲等，他们来自台湾，但或长或短地在香港居住并创作。

上面已经提到，20世纪五六十年代，香港的报刊很多在东南亚流通，香港出版的文学作品也在东南亚有很多读者，这一点有专门统计[1]。据《南洋文艺》总编谭秀牧称，"那时，香港百万人口，出版的书刊，一般都是印行两三千本；百分八十都是运销南洋，余下的百分二十，几年也卖不完，毫不出奇。可见当时南洋对中文书刊之需求情况"。[2] 作家在香港与东南亚之间的往来，也很频繁。1952年，刘以鬯应新加坡《益世报》之邀，担任主笔兼副刊编辑，此后他又辗转多个报刊，在新加坡、马来西亚度过了5年（1952—1957）时光，留下了《星嘉坡故事》（1957）《蕉

---

[1] 潘碧华：《五、六十年代香港文学对马华文学传播的影响（1949—1975）》，黄维樑编：《活泼纷繁的香港文学：一九九九年香港文学国际研讨会论文集》，香港：香港中文大学出版社，2000年，第748—762页。

[2] 谭秀牧：《我与南洋文艺》，《香港文学》1986年第1期，总第13期。

风椰雨》（1961）等著作。1956年，"友联"先后派余德宽、王健武、王兆麟、陈濯生、邱然、奚会暲等核心成员去东南亚，经营《中国学生周报》和《蕉风》，后来姚拓、黄崖、古梅、黎永振、刘国坚等人也先后过去工作。姚拓1957年2月到马来西亚，任《中国学生周报》主编，同时参与编辑《蕉风》杂志。他曾回忆与黄思骋在马来西亚编《蕉风》的情况，"1957年，我由香港迁居马来西亚，同时也兼编《蕉风》月刊，在供稿方面，思骋兄是支持我最有力的一位。大概是在1959年或者是在六〇年，思骋兄由港南来，我主编学生周报，他主编蕉风，同在吉隆坡八达灵的蕉风现址工作。蕉风由他主编后，销路大增。同时，我们在金马仑、波德申、槟城、怡保等地，举办文艺座谈会、文艺野餐会等等，在推动马华文学方面，他和我都尽了一些力量"。[1]

杨际光1959年移居吉隆坡，任《虎报》副总编。《虎报》系胡文虎家族与"友联"合办的报纸，姚拓曾编过副刊"处女林"，黄崖曾编过文艺副刊"原野"。司马长风也在1968年去吉隆坡，碰到马来西亚种族暴乱差点回不来。徐訏也曾南下。据黄崖回忆，他们觉得香港毕竟是一个殖民统治地区，中文文化发展的空间不如南洋，"离开香港，是五十年代许多作家的愿望，刘以鬯等人，不是到过南洋吗？就算是徐訏，走了又来，香港的空间，毕竟太小，那个年代，南洋的华文教育最蓬勃，每个华人都懂华文，连带华文文化，甚至华文文艺，亦充满生机、希望，香港只是一个殖民地，甚至是一条死胡同"。[2]

正因为这种历史渊源，《香港文学》创刊后很重视发表东南亚华文文学作品，这里面既有老作家，更多新作家。创刊第1期，

---

[1] 金进:《1950、60年代香港与马华现代文学关系之考辨——以姚拓的文学活动为中心的考察》,《香港文学》2012年第9期，总第333期。

[2] 黄傲云:《黄崖的最后心路历程》,《香港文学》1992年第4期，总第88期。

就发表了"马来西亚作品特辑"。在《香港文学》较多发表作品的马来西亚作家有方北方、孟沙、朵拉和黎紫书等,新加坡作家有力匡、黄孟文、骆明、田流和尤今等,印尼作家有林万里、黄东平等,菲律宾作家有施颖洲、柯清淡、文志等,泰国作家有黄崖、司马攻、曾心、岭南人和梦莉等。

吴煦斌《牛》

如果说20世纪五六十年代港人主要去台湾、东南亚,那么80年代中英谈判后,香港则涌现出移居北美的热潮,其中最热门的国家是加拿大。我们所熟悉的香港作家,如戴天、也斯、吴煦斌、黄国彬、梁锡华、胡菊人、亦舒、阿浓、杜渐、颜纯钩和陈浩泉等,忽然一夜之间就变成了加拿大籍,差不多香港文坛的一半都搬到了加拿大。不过,其中的很多人,其实主要还是住在香港。去美国的港人也不少,不过情况有所不同。20世纪五六十年代,不少香港年轻人去美国留学,有的就留在了美国,其中颇多著名学者,如余英时、叶维廉、刘绍铭、郑树森和张错等,他们也是《香港文学》的常客。 当然,《香港文学》并不仅仅发表北美港人的作品,还有很多北美华人作家的名字出现在《香港文学》上。来自加拿大的华文作家有洛夫、痖弦、张翎和陈谦等,来自美国的华文作家有陈若曦、王鼎钧、刘荒田和严歌苓等。

截至1999年,《香港文学》刊登了多种海外华文文学的专辑,统计如下:新加坡华文作品专辑11个、泰国华文作品专辑5个、马来西亚及砂劳越华文作品专辑5个、菲律宾华文作品专辑4个、印尼华文文学作品专辑3个、加拿大华文文学作品专辑4个、美国华文文学作品专辑3个、澳门华文文学作品专辑2个,此外还有澳大利亚、南美和新西兰专辑各 1 个。从上述统计可知，《香港文学》刊登海外华文文学的次数多，规模大，除 1986 年外，每年都有专辑，最多一年达到六七个专辑。再加上单独发表的海外作家作品，《香港文学》刊登的海外华文文学数量相当惊人，这应该与《香港文学》作为世界华文文学中心的自我定位有关。从专辑看，《香港文学》对于海外华文文学的介绍，东南亚占据绝对多数，新加坡遥遥领先，泰国、马来西亚、菲律宾、印度尼西亚等也占据较大比例，其次是北美的加拿大和美国。

海外华文文学从前被视为中国文学的边缘，这是陈旧的看法。在新的视野中，它是一种前沿的文学形态。香港原是英国殖民统治地区，外来文化主要体现在英国文化上，海外华文文学大大增加了香港中文文化的分量，同时也带来了香港文化的多元性和混合性。

香港回归后，有人认为它已经变成省籍文学，重要性下降。其实不然，香港文学作为世界华文文学的中心，其价值是中国内地城市所无法替代的。

第三节 香港文学学科建构

（一）

前面谈到《八方》注意搜集香港文学史料，不过这是它 1987 年复刊以后的事情，在此之前，1985 年创刊的《香港文学》早已在进行这一项工作，并且规模远远大于《八方》。可以毫不夸张地说，从《香港文学》开始，香港文学作为一个学科的基础才真正开始建立。

有必要先回顾一下，在 1985 年《香港文学》创刊之前，香港及内地的香港文学研究状况。

关于1949年后香港的香港文学论述,人们多首先提到1961年罗香林在中国学社出版的《香港与中西文化之交流》一书,这本书第六章的题目为"中国文学在香港之演进及其影响",谈的是中国古典文学在香港的流布。其实,在此之前还有更早的研究香港当代文学的著作,那就是1955年李文在亚洲出版社出版的《当代中国自由文艺》,书中从所谓自由文艺的角度论述50年代以来台港文学的发展状况,其中第二章"海外自由文艺运动"部分,论及50年代的香港作家赵滋蕃、易文、张爱玲、沙千梦、徐速、黄思骋、徐讦等人。

香港本土意识的萌生和自觉,可以追溯到20世纪70年代初的《中国学生周报》。1971年11月5日,《中国学生周报》第1007期发表《什么样的文化?——记崇基学院创校20周年"香港文化"座谈会》,电影导演胡金铨、《星岛晚报》总编唐碧川及崇基学院院长沈宣仁等人参加座谈,这是一次目前可见到的较早的对于香港文化的讨论。对于香港文学的讨论,也随之出现。1972年9月1日,《中国学生周报》开设"香港文学问题讨论"

左图:
《当代中国自由文艺》扉页
右图:
《香港与中西文化之交流》

专栏，共计发表了 8 篇文章，包括洪清田的《看看青年写作风气的凋零》（9 月 1 日）、温健骝的《批判写实主义是香港文学的出路》（9 月 8 日）、古苍梧的《为甚么严肃的文艺给打入冷宫》（9 月 8 日）、《诗风》月刊社的《办文艺刊物的辛酸》（9 月 15 日）、浪人的《几件可做的事》（9 月 15 日）、黄俊东的《从"批判写实主义"说起》（9 月 22 日）、也斯的《在公共汽车上》（10 月 20 日）和温健骝的《还是批判的写实主义的大旗》（10 月 27 日）。编辑吴平在 10 月 27 日《中国学生周报》第 1058 期对这场讨论进行了评述，她总结了这场讨论的基本看法，并提到了自己的遗憾：一是"竟没有人对香港的殖民地语文政策所造成的祸害涉及一词"，二是"对现有的流行作品（言情小说、武侠小说、侦探故事、传奇连载）也没有人加以谈及"。

1975 年七八月暑期，香港大学学生会和文社在港大开设了"香港四十年文学史学习班"。学习班主讲者为黄俊东、戴天、蔡炎培、许定铭、吴萱人、胡菊人、罗卡、也斯等人，都是香港文坛的亲历者。从课程题目看，"香港文学史"的概念正式出场了。黄俊东在第一讲的开头提出，"说起'香港四十年文学史'，也许是一个颇新鲜的名词，据知香港从来没有'文学史'，其实连'香港史'也未有呢？遑论香港文学史，不过正因为没有文学史，大家何妨合力来编一部简史呢，自然说起来容易，做起来则相当吃力"。[1] 这个学习班的可贵之处，在于导师编写讲义，并剪贴报刊，这部讲义集堪称香港第一部文学史。可惜的是，这一部讲义集一直没有公开出版。

偶然的机缘，笔者在港大图书馆意外获得这部珍贵的讲义手稿。根据这份讲义，学习班分为七讲。第一讲题为"中国抗战

---

[1] 黄俊东：《三、四十年代香港文坛的回想》，港大学生会、港大文社筹委会编印：《香港四十年文学史学习班资料汇编》（讲义稿），1975 年。

时期和中国解放前香港文坛情况（1937—1949）"，由黄俊东主讲，这一讲从西文和中文的香港史一直讲到20世纪三四十年代的香港文学。第二讲题为"五十年代香港文艺的发展情况（1950—1960）"，由戴天主讲。第三讲题为"六十年代文学发展之一"，讲义上未标明讲者，该讲主要介绍了左翼文学。

《香港四十年文学史学习班资料汇编》封面

第四讲题为"六十年代文学发展之二"，讲者是蔡炎培、许定铭和吴萱人，该讲主要介绍了这一时期香港文社的情况。第五讲题为"《中国学生周报》的回顾"，由罗卡主讲。第六讲题为"六十年代香港文坛概况的分析"，主讲人是胡菊人，内容侧重于香港与台湾、西方及内地的互动关系。第七讲题为"香港70—75年文坛概况"，由也斯主讲。这次讲座涉及的是30年代后期到70年代中期的文学史，它较为引人注目的特点是注重报刊，课程讲义每一讲都附录了部分报刊资料剪贴，这是很难得的。就涉及的香港报刊史料范围来说，这部讲义可以说超过了目下的香港文学史。当然，由于各讲分离，这部讲义在系统性方面显然还很不够。

时隔不久，1975年10月，也斯在香港中文大学校外选修部又开设"二十年来香港文学"课程，"该课程评介香港二十年来的作家作品，由五○年代的力匡、齐桓、余怀、马朗、刘以鬯、李维陵、杨际光、萧铜、何达……直至七○年代的新作者，目的在整理、发掘及讨论香港本地的文学"。[1]从题目上看，课程范

---

[1]《香港的声音》，《大拇指》1976年1月23日，第14期，第6版。

围更加集中在 1950 年至 1970 年这二十年间的文学。关于开设这次香港文学课程的原因，也斯后来回忆说："至于为什么想开这样一个课程呢？那是因为：作为一个在香港写作的人，特别感到各方面对香港文学的忽视与轻视；我在学习写作的过程中，也自己一步步发现不少香港当时和过去的书刊，虽还说不上丰盛，但也绝不如人们公认的贫瘠，而且不管多么简朴的尝试，在这块土壤上出来，就总像于我有亲，令我忍不住想整理复印，与后来者一同研赏。"[1] 可惜的是，也斯这次讲课，没有留下任何讲义资料。不过，这次课程却留下了一批学生作业。也斯将这次课程的学生习作集中起来，编成了一个香港文学评论专辑，发表在 1976 年 1 月 23 日《大拇指》第 14 期上。编辑引言题为"香港的声音"，其中说道："许多人都说香港是文化沙漠。但对香港本身的作品却一直缺乏整理。我们认为，过分自夸或自卑都是不必要的，首先我们正视香港本身有文学存在这一事实，对质与量的优与劣，更应加以辨别，经过回顾的整理与比较的批评，才有进步。"这个专辑包括六篇评论香港文学的论文，其中包括：梁国颐的《从〈蚀〉看李维陵的小说技巧》、莫美芳的《寻觅与缅怀——谈新人小说中的三篇小说》、少如的《由绿骑士说起》、伟的《文学·历史》、卢德仪的《康同与吴汉魂——试谈王敬羲的一篇小说》和何福仁的《评介三首诗——梁秉钧的〈茶〉·李国威的〈昙花〉·康夫的〈爱情故事〉》。其中，少如的《由绿骑士说起》、伟的《文学·历史》大致上只是一个片段，其他则是较具篇幅的评论文章，评论对象包括李维陵、林琵琶、昆南、亦舒、绿骑士、刘以鬯、王敬羲、梁秉钧、李国威和康夫等，涉及面相当广。这个文学评论专辑，在香港文学史上具有重要意义。如果

---

[1] 也斯:《后记》，也斯:《香港文化空间与文学》，香港：青文书屋，1996 年，第 218 页。

说,《中国学生周报》在1971年11月5日刊登的"香港文化座谈会"纪要和1972年9月1日起开设的"香港文学问题讨论"专栏尚属于漫谈性质,那么《大拇指》这次发表的香港文学研究专辑,则已经是具体的香港文学评论。

1976年创刊的《罗盘》已经开始具有文学史意识,他们给香港作家做专辑、访谈等,有意识地建构历史。不过,他们的视野主要局限于自己,《罗盘》第1期"编后"甚至认为:"由西西至钟玲玲,到吴煦斌,相当于香港现代诗发展的诗史,听她们的谈话,对香港诗坛可以得到概括的认识。"听起来,似乎香港现代诗的历史,是由她们才开始创造出来的,文坛前一辈已经被她们遗忘了。

《素叶文学》则重新发现了历史。也斯在《素叶文学》第5期上,发表了《从缅怀的声音里逐渐响现了现代的声音——试谈马朗早期诗作》一文,试图将五六十年代与当下沟通起来。1981年6月《素叶文学》第2期刊登了中大文社编的"主要文艺杂志年表初编",这个年表汇集了自1938年至1981年香港文学的期刊名称。尽管这个目录并不完整,特别是1949年前的刊物较少,然而它应该是最早的对于香港文艺杂志的目录整理。

再说中国内地香港文学研究的情况。新时期之前,内地基本上不存在香港文学研究,正如潘亚暾所说:"粉碎'四人帮'之前,在这方面的研究可谓一片空白,无人问津,事实上也不允许。这就是说从一九四九至一九七九整整三十年间,不仅对海外华文文学漆黑一团,连近在咫尺的香港文学也知之甚少或一无所知。"[1]对于香港已有的香港文学研究,内地学界也一无所知。1990年,内地出版的一本"学术研究指南",指导人们研究香港文学。这

---

[1] 潘亚暾:《港台海外华文文学现状(一)——在中国社会科学院文学研究所高级进修班上的报告》,《香港文学》1986年第8期,总第20期。

本书不无见地地指出："讲香港文学研究，应包括香港本土对它的研究。"这的确是正确的看法，然而接下来，这本书说：香港文学研究始于内地的1979年，"在此之前，香港本土学人，注意它的甚少，当然谈不上研究"[1]。1979年前香港不存在香港文学研究吗？显然不是。即以1979年为起点的话，至1990年内地台港文学研究已经超过了十年，我们竟然对于香港的香港文学研究渊源毫无所知。这里的问题，并不是一个知识点的简单错误，更大的问题在于，这种缺陷导致我们自1979年后的香港文学研究完全没有衔接上香港既有的文学研究脉络。

内地的香港文学研究，开始于1979年，这恰恰是素叶出版社创立的时候，《素叶文学》也在第二年面世，然而，内地学界却与"素叶"错身而过，而把关注点放在了香港左翼作家身上。1979年，曾敏之在《花城》创刊号上发表了《港澳东南亚汉语文学一瞥》一文，较早提到香港文学。这一年，广东省内的出版社邀请六位香港作家前来广州参观座谈，随后出版了几本香港作家的作品。这是新时期内地最早出版的一批香港文学作品，它们包括：阮朗《香港风情》、《黑裙》（1980）、《香港大亨》、《十年一觉香港梦》（1981）、《阮朗中篇小说选》（上、下，1982），海辛《寒夜的微笑》（1980），舒巷城《港岛大街的背后》（1981），陶然《香港内外》（1982），东瑞《香港一角》（1982），白洛《香港一条街》（1984），等等。这些作品，多出自1949年后香港第一代或第二代左翼作家的笔下。

内地学界对于香港文学的认识，大致停留在对于资本主义的揭露和批判上。1980年内地出版的第一本《香港小说选》的

---

[1] 王剑丛等编著：《台湾香港文学研究述论》，天津：天津教育出版社，1990年，第269页。

"后记"中有一段非常简要的评价,"这里收入了三十位香港作家的四十八篇作品,通过对资本主义制度下的香港的形形色色的描写,反映了摩天高楼大厦背后广大劳动人民的辛酸和痛苦;同时,揭露和鞭笞了香港上层社会那些权贵们的虚伪和丑恶。这些作品题材新颖,情节生动,另开生面,独具一格,对资本主义的社会,具有一定的认识价值"。[1]这一段思想和艺术点评,基本上代表了当时内地文坛对于香港文学的态度。

内地学界的"首届台湾香港文学学术讨论会",于1982年6月10日至16日在广州市的暨南大学召开。这一届会议以"台湾香港"冠名,实际上主要以台湾文学为主,香港文学的比例很小。会后出版的"首届台湾香港文学学术讨论会专辑"《台湾香港文学论文选》正式收录了17篇论文,其中有关台湾文学的占16篇,有关香港文学的论文只占1篇,是许翼心的《论刘以鬯在小说艺术上的探求与创新》。"全国第二届台湾香港文学学术讨论会"于1984年4月下旬在厦门召开,会后出版的"全国第二次台湾香港文学学术讨论会专辑"《台湾香港文学论文选》正式收录论文21篇,有关香港文学的研究论文只占3篇,分别为许翼心的《香港文学的历史考察》,饶芃子、黄仲文的《试论白洛的〈暝色入高楼〉》和姚永康的《舒巷城和他的长篇小说〈太阳下山了〉》。第三届会议于1986年12月在深圳召开,在《香港文学》创刊之

1980年福建人民出版社出版的《香港小说选》

---

[1]"后记",福建人民出版社编:《香港小说选》,福州:福建人民出版社,1980年,第530页。

香港：报刊与文学

左图：
第一届《台湾香港文学论文选》
右图：
第二届《台湾香港文学论文选》

后，此处暂不涉及。由此看，1985年之前，内地的香港文学研究较为落后，仅仅涉及刘以鬯、舒巷城、白洛等作家，在思维上也没有打开。

（二）

《香港文学》就是在这一种历史背景下产生的。刘以鬯深具历史意识，他意识到，历史当事人都在老去，如果不及时整理，文学史资料将被湮灭。自执掌《香港文学》以来，刘以鬯就有意识地约请过去香港报刊的主持者回顾历史，也约请专家进行报刊和文学史研究，其规模之大，堪称前所未有。

前文提到，"香港四十年文学史学习班"课程涉及的范围是1930年至1970年这四十年，也斯"二十年来香港文学"课程涉及的是1950年至1970年这二十年，均没有涉及香港早期文学。黄俊东在讲第一堂课的时候，表示对于香港早期文学茫然无知，"由于从来没有做过文学史的工作，文坛活动的情况更无人理会，所以要明了三十年代之前的香港文坛实况，已经不容易找到文献

香港文学研讨会

纪录的依据了"。[1]刘以鬯首先要做的,就是抢救香港早期文学的"文献纪录"。

从 1985 年创刊号开始,《香港文学》首先发表了平可的《误闯文坛述忆》,连载了 7 期。作为香港新文学最早的当事人,平可详细回忆了从初创至抗战的新文学历程。他由个人经验出发,兼及文学与历史。文中提到五卅运动和国民革命对于香港的影响,提到内地新文学在香港的传播,提到吴灞陵、黄天石、谢晨光、龙实秀、张吻冰、李霖(侣伦)、刘火子、陈灵谷、黄显襄(谷柳)等香港最早一批新文学作家,提到 1928 年《大光报》首次聚会和岛上社,提到鲁迅来港演讲,提到抗战前内地南来作家的聚集,提到香港早期新文学作家重新聚集在《工商日报》和《天光报》写流行小说等。这些讲述,第一次勾勒出了香港早期文学的轮廓,弥足珍贵。

---

[1] 黄俊东:《三、四十年代香港文坛的回想》,港大学生会、港大文社筹委会编印:《香港四十年文学史学习班资料汇编》(讲义稿),1975 年。

关于"香港文学研究会"成立的报道

　　意外的是,《香港文学》发现了一篇写于20世纪30年代现场的有关早期香港新文学的评论连载。1986年1月,《香港文学》第1期刊登了贝茜的《香港新文坛的演进与展望》一文。这篇文章是香港报刊研究专家杨国雄发现的,他在文前"一点说明"中说:"笔者偶然在《工商日报》发现了由署名'贝茜'者所撰的《香港新文坛的演进与展望》,这篇文章在副刊《文艺周刊》的第九十四、九十五和第九十八期上刊载,日期分别是一九三六年八月十八日、八月二十五日和九月十五日。文章叙述香港早期的新文艺活动,一直到一九三二年的一段时期,可惜这篇文章二续之后,就再没有完稿了。这篇文章虽然不完整,但对于了解香港早期新文艺的发展,是相当重要的。以往研究香港文学发展史的人,还未有引用过这一篇文章。因此,现在转录下来,以作为研究香港早期文学史的一个参考。"侣伦先生读到这篇文章,发现它竟是自己的作品。在《香港文学》同年第2期上,侣伦发表了一篇《也是我的话》,说明:"由于'贝茜'这署名唤起我的记忆,我把杨国雄先生好意地介绍出来的这篇文章读了一遍,意外地'发现'这竟是我的拙作。因为战争关系,所有在战前所写文章的剪存稿件,都在香港沦陷时全部烧毁,我根本忘记了自己曾经写过这样一篇东西。如今重读起来,真有恍如隔世之感了。"这算是一段文坛佳话,侣伦的这篇《香港新文坛的演进与展望》,后来成为研究香港早期新文学的难得资料。

谈香港早期新文学,离不开一个人物,即被称为"香港新文坛的第一燕"的《伴侣》杂志的主编张稚庐。可惜,张稚庐早在1956年就去世了,所幸他的儿子金依也是一位香港作家。刘以鬯向金依约稿,在1986年第1期《香港文学》上,发表了他的题为《香港代有文学出——略谈香港文艺拓荒》的回忆文章。在这篇文章中,金依提供了其父张稚庐及香港早期文学的一些史料。

对于文学史研究而言,仅依据个人口述资料肯定是不够的,还需要严格的学术梳理。从1986年第1期开始,《香港文学》分四期连载了杨国雄的长文《清末至七七事变的香港文艺期刊》。文章逐一考察了清末至抗战爆发时的香港期刊状况,其中包括文言期刊《新小说丛》(1908年)、《双声》(1921年)、《妙谛小说》《文学研究录》《文学研究社社刊》(1922年)、《小说星期刊》(1924年),白话期刊《伴侣》(1928年)、《小说旬报》《铁马》(1929年)《岛上》(1930年)、《人造一月》《白猫现代文集》《人间漫刊》(1931年)、《新命》《缤纷集》《晨光》(1932年)、《春雷》《小齿轮》《红豆》(1933年)、《今日诗歌》(1934年)、《时代风景》《文艺漫话》(1935年)、《南风》(1937年)等。前面我们提到,1981年6月《素叶文学》第2期刊登了中大文社编的"主要文艺杂志年表初编",这个年表涉及的刊物时间是1938年至1981年,杨国雄所提供的恰恰是1938年之前的香港文艺刊物。并且,"主要文艺杂志年表初编"所列举的只是香港文学的期刊名称,杨国雄

却对每个刊物都进行了考证说明，很有价值。

如果说，杨国雄的《清末至七七事变的香港文艺期刊》是史料整理，那么同时发表在1986年第1期《香港文学》上的黄傲云的长文《从文学期刊看战前的香港文学》则是一篇论文。这两篇文章所谈范围接近，一是资料梳理，一是历史论述，两者正好互相发明。黄傲云后来以黄康显之名出版的《香港文学的发展与评价》一书，其中很多内容都来自此。[1]

香港早期文学之后，20世纪三四十年代内地南来作家创造了文学高峰。香港学者卢玮銮致力于这一领域的研究，成绩卓著。卢玮銮的研究视野包括全部南下文人，她在《香港文学》上发表的相关文章有：《统一战线中的暗涌——抗战初期香港文艺界的分歧》（总第6期）、《"中华全国文艺界抗敌协会香港分会"（一九三八——一九四一）组织及活动》（总第23期、总第24期、总第25期）、《达德学院的历史及其影响》（总第33期）等。至1987年，卢玮銮将这些文章收集起来出版，题为《香港文纵——内地作家南来及其文化活动》，这本书目前已经成为香港文学研究的重要著作。

50年代以后的香港，则已经是刘以鬯先生所亲自经历过的了。他动员当事人对于报刊情况进行回忆，自己也撰写文章，为研究提供参照。关于50年代的香港文学，刘以鬯本人在《香

---

[1] 黄康显：《香港文学的发展与评价》，香港：秋海棠文化企业，1996年。

港文学》1985年第6期发表了《五十年代初期的香港文学——一九八五年四月二十七日在"香港文学研讨会"上的发言》一文，详细叙述了他所了解的50年代香港报刊的情况。他还在《香港文学》发表了力匡的《五十年代的香港"副刊文学"》（总第25期）、《〈人人文学〉、〈海澜〉和我》（总第21期），卢因的《从〈诗朵〉看〈新思潮〉——五、六十年代香港文学的一鳞半爪》（总第13期），阿浓的《我与〈青年乐园〉》（总第124期）等回忆报刊文章。关于60年代的香港文学，刘以鬯本人发表了《从"浅水湾"到"大会堂"》（总第79期）一文，追溯他60年代初编辑《香港时报》副刊"浅水湾"和《星岛晚报》副刊"大会堂"的情况。他还在《香港文学》上发表了丝韦（罗孚）的《〈海光文艺〉和〈文艺世纪〉——兼谈夏果、张千帆和唐泽霖》（总第49期）、云碧琳的《回忆〈文艺季〉》（总第13期）、许定铭的《从〈华侨文艺〉到〈文艺〉》（总第13期）等回忆报刊文章。关于70年代，刘以鬯在《香港文学》上约写的文章有：柯振中的《七十年代〈当代文艺〉的内容》（总第57期）、古苍梧的《〈盘古〉与文艺》（总第13期）、

《香港的新诗》，1985年9月22日香港诗人座谈会实录

关梦南的《〈秋萤诗刊〉的过去与现在》(总第13期)、羁魂的《〈诗风〉风云十二年》(总第27期)、彦火的《〈海洋文艺〉之什》(总第13期)、迅清的《九年来的〈大拇指〉》(总第4期)、叶辉的《〈罗盘〉杂忆》(总第6期)和杜渐的《〈开卷〉前后》(总第13期)等。80年代正是《香港文学》创刊的当下,刘以鬯也并不放过。在1985年《香港文学》创刊号上,刘以鬯就约请黄维樑撰写《八十年代的香港诗坛》一文,连载了四期。

需要提及的是,从一开始起,《香港文学》所刊相关文章的作者,就并不囿于香港学者,它同样也发表内地学者有关香港文学研究的文章。陈子善长于考证,发现了诸多有关中国现代作家的文献和史料,他发表了《也谈戴望舒致郁达夫信》(总第7期)、《香港郁达夫研究管窥(一)》(总第10期)、《〈郁达夫文集〉未收郁达夫作品目录》(总第10期)、《戴望舒佚文发现记》(总第97期)等文章。许翼心是内地较早研究香港文学的学者,作为广东人,他利用地缘优势,研究岭南作家与香港的关系,发表了《秦牧与香港文学——为庆贺秦牧文学创作五十周年而作》(总第71期)、《陈残云在香港十年的文学成就》(总第78期)、《根植文化乡土　面向生活海洋——吴其敏在香港的文学活动与贡献》(总第89期)等文。谢常青致力于抗战时期香港南来作家的研究,他的《抗战时期香港文学初探》一文在1989年至1990年的《香港文学》上连续五期刊载(总第60期、总第61期、总第62期、总第63期、总第64期)。1990年6月,谢常青在此基础上出版了《香港新文学简史》,这是内地出版的第一本香港文学史。[1]

《香港文学》也发表内地学者有关香港文学史的论述,其中最有代表性的是暨南大学学者潘亚暾的《港台海外华文文学现

---

[1] 谢常青:《香港新文学简史》,广州:暨南大学出版社,1990年。

左图:
《香港新文学简史》
右图:
《台港文学导论》

状——在中国社会科学院文学研究所高级进修班上的报告》一文,此文从《香港文学》1986年第8期开始发表,一直连载到1987年第4期,一共九期,引人注目。据文中交代,1983年潘亚暾访港归来,就上书孔罗荪和冯牧,提出成立华文文学研究交流中心,出版"港台海外华文文学研究"教材等建议。后来,他接受时任中国社科院文学所所长的刘再复邀请,在文学高级进修班上举办讲座,此文即是讲稿。在这篇文章中,潘亚暾运用列宁有关"两种文化"的说法,来论述香港文学,这种阶级论的论述,是当时内地文学研究的基本套路。1990年,潘亚暾在高等教育出版社出版了《台港文学导论》,成为"高等学校文科教材"[1]。

应该说,潘亚暾等内地学者为香港文学学科在内地的建立做出了很大贡献,不过他们有关香港的一些观点,并不容易为香港学者所接受。卢玮銮指出:外界对于香港文化最流行的评价是"香港文化沙漠论",在这种观点下,香港文学是谈不上的。她提道,直至1985年,冯牧仍然认为香港没有什么文学,"严格讲,认真讲,香港还没有形成自己的文学。……都写吃喝玩乐、消闲的,

---

[1] 潘亚暾主编:《台港文学导论》,北京:高等教育出版社,1990年。

那怎么行？"[1]潘亚暾的《港台海外华文文学现状》一文一开头就批判"香港文化沙漠论"，但他认为香港文学"普遍的缺乏深度、广度与力度"。[2]这与冯牧的说法其实相距不远。

内地香港文学研究者多数大书特书20世纪三四十年代南来文人在香港所创造的文学辉煌，香港本地文人却未必这么看。黄傲云在《从文学期刊看战前的香港文学》一文中指出，抗战以后，香港本地新文学作家被文坛排斥，只好去写通俗流行小说。后来，他提出了那个引起争论的观点：即三四十年代内地作家南来香港后，香港本地作家并没有得到"好好的抚养"，而是"跑到街头流浪去"[3]。当事人平可在《误闯文坛述忆》中也提到了这一点，并指出当时南来主流文人文学成就确实高，但在香港本地接受方面还做得远远不够。

对于1949年后的香港文学，内地学者也习惯性地强调南来作家的成就和主导地位，这一点也让香港本地学者感觉不适。1989年12月，在由香港中文大学与三联书店（香港）有限公司联合举办的"香港文学国际研讨会"上，潘亚暾认为香港南来作家"既占主导地位又发挥领导作用"。也斯评论说："潘文有时是广义地把每个人都包括进去，有时是狭义地特指他心目中的一群作者，又用上'领导'、'团结'、'帮助'等字眼，香港的听众听来自然刺耳了。其实香港文学界的一个好处（如果有好处的话！）：本来是兼收并容。"[4]据称，在这次会上，潘亚暾的看法"几乎成了香港学者的众矢之的"。戴天发表文章，开头一句就直

---

[1] 卢玮銮：《香港文学研究的几个问题》，《香港文学》1988年第12期，总第48期。

[2] 潘亚暾：《港台海外华文文学现状（三）——在中国社会科学院文学研究所高级进修班上的报告》，《香港文学》1986年第10期，总第22期。

[3] 黄康显：《香港文学的发展与评价》，香港：秋海棠文化企业，1996年，第39页。

[4] 也斯：《在场和不在场的香港作者》，《博益月刊》1989年第1期，总第17期。

呼"潘亚暾之流",可见两地学者立场和观点上的差异。[1]

当然,观点的差异,并不只限于内地学者与香港本地学者之间,香港本地学者之间也有不同看法。对于50年代"绿背文学",刘以鬯与卢玮銮的看法就不尽相同。卢玮銮在《青年的导航者——从〈中学生〉谈到〈中国学生周报〉——在第七届中文文学周专题讲座上》(总第8期)一文中,在一定程度上为《中国学生周报》辩护。刘以鬯的《五十年代初期的香港文学——一九八五年四月二十七日在"香港文学研讨会"上的发言》一文,发表时间与卢玮銮的文章相近(总第6期),却是批判"绿背文化"的。刘以鬯与卢玮銮对于《中国学生周报》的不同看法,自有其原因。刘以鬯是南来作家和现代主义文人,反对文学政治化,所以很反感"绿背文化"。卢玮銮在20世纪50年代尚处于幼年,她是在《中国学生周报》等报刊的熏陶下长大的,自然容易有亲近感。

第四节 陶然接编

从2000年9月总第189期开始,陶然接替刘以鬯任《香港文学》主编。陶然属于1949年后第二代南来作家,接编《香港文学》之前主持香港作联的刊物《香港作家》,不过他并没有把《香港文学》变为左翼刊物,而是保持了刘以鬯所建立的兼容并蓄的传统,延续了《香

2000年第9期,陶然接替刘以鬯,开始担任《香港文学》主编

---

[1] 古远清:《香港文学研究20年》,古远清:《华文文学研究的前沿问题(古远清选集)》,广州:花城出版社,2016年,第212页。

港文学》的定位。

时至2000年，香港老一代作家已经逐渐在《香港文学》上隐去。不过也有例外的情况，50年代现代主义先驱昆南和蔡炎培在刘以鬯主编时期的《香港文学》上并不经常出现，在后期陶然主编时反倒频频露面。

昆南在1963年《好望角》停刊后退出了文坛，《香港文学》创刊后，他起初也没有兴趣，很少发表作品。陶然接编后，昆南却复出了，发表了大量作品，堪称爆发。复出后的昆南，小说创作多于诗歌，颇多实验作品，语言混杂，文风激烈。

无独有偶，同为50年代现代主义运动元老的蔡炎培，也主要是在陶然主编的《香港文学》上才大量发表作品的。蔡炎培早期的诗，受何其芳、梁文星的影响，诗句较为绵密优美。晚年以后，他往写实和讽刺的方向发展，句子反倒口语散文化，也混合地方语，到了非常"生活化"的程度。

西西的情况有点特别。前文说到，在《香港文学》初创的时候，西西就积极发表各种文体的作品，深得刘以鬯欣赏。在1994年第3期《香港文学》上，刘以鬯发表了《西西的小说》一文，称赞《西西卷》获得第二届香港中文文学双年奖。在文章中，他谈到了西西小说借鉴电影、绘画和外国小说的几个重要特点，高度评价了西西的小说成就。没想到，1995年至1996年，发生了刘以鬯批评艺展局资助西西《飞毡》的事件。根据相关资料，先是刘以鬯在接受香港电台访问时，认为西西不算贫穷，得到香港艺展局18万港元资助写《飞毡》不太合理，应该得到资助的是像何达、萧铜这样真正的贫困作家。代表素叶出版社给西西申请资助的许迪锵，在1995年12月3日的《信报》上发表了一篇《给刘以鬯先生的公开信——兼致艺展局文学艺术委员会》，为西西辩护，反批评刘以鬯。刘以鬯又在1996年第1期《香港文学》上，发表文章公开回复许迪锵。[1]对于这一事件，这里不拟详细讨论，只想指出，从此西西与刘以鬯产生了隔阂，不再给《香港文学》写稿。直至2000年陶然接替刘以鬯后，西西才重新登上《香港文学》，大量发表作品，成为文学重镇。

与刘以鬯相比，陶然接编《香港文学》之后的最大成就，无疑是发表新冒出的香港新生代作家的作品。年轻作家没有什么历史的包袱，只追求文学品质。在这些香港新生代作家中，较为突出的有董启章、韩丽珠、谢晓虹、葛亮、周洁茹等人。

2000年第9期，即陶然主编的第一期《香港文学》，就发表了董启章的《美丽人生》。后来，《香港文学》又发表了董启章的《体育时期（P.E.Period）（下学期）》（总第197期）、《牛油——〈体育时期（下学期）〉第三章》（总第200期）、《天工开物之电报/电话》（总第210期）、

董启章《衣鱼简史》

《天工开物之收音机》（总第215期）等小说。在这些小说中，董启章逐渐走出了传统小说世界，从人到物，以物体指涉历史，以文字的象征系统对抗经验现实。他的文学实验，在海内外引起了相当的注意，成为香港新生代作家中的引领者。

董启章之后，较有成就的新生代实验小说家是韩丽珠。2000年，韩丽珠在《香港文学》发表了《壁屋》（总第191期），那

---

[1] 参见许迪锵《给刘以鬯先生的公开信——兼致艺展局文学艺术委员会》（《素叶文学》1996年第1期，总第60期）；刘以鬯《关于艺展局文委会资助西西写长篇小说》（《香港文学》1996年第1期，总第133期）。

时候这部作品还在"新生代小说展"栏目中。接下来，韩丽珠又在《香港文学》上发表了《宁静的兽》(总第223期)、《波子》(总第234期)、《林木椅子》(总第260期)、《悲伤旅馆》(总第275期)等小说。这些小说从不同的方面呈现人与城市的异化，不动声色。韩丽珠后来屡屡获得文学奖，让人期待。

谢晓虹开始登上《香港文学》的小说《维纳斯》(总第172期)、《咒》(总第178期)还显得有点稚嫩，及至发表在2001年9月的《理发》(总第201期)，她已经表现出创作才华。此文获得香港"首届大学文学奖"小说组一等奖，说明得到文坛的认可。谢晓虹此后开始往后现代的方向走，小说《他们》(总第241期)、《婚礼》(总第277期)等表明她正在探索属于自己的独特性。

葛亮系本科就读于南京大学，2000年去香港读书，博士毕业留在香港工作。2005年10月，他以《南京：黑白套印的城》第一次登上《香港文学》。葛亮开始发表的作品多数都是有关南京的，一直到2010年1月，他才在《香港文学》上发表第一篇写香港的小说《离岛》。其后他又陆续发表了写香港的小说，如《台风》(总第313期)、《逃逸》(总第325期)、《宁夏》(总第336期)等。葛亮观察香港的视角，聚集在"新香港人"的身上，呈现这些外来移民者在香港的命运。葛亮写香港的小说，精练而典雅，受到了中国古代笔记小说及当代侦探小说的影响。

周洁茹生于常州，在内地少年成名，2009年从美国移居香港。2000年，在陶然刚刚接编《香港文学》的时候，她就在第12期发表了小说《我们》，此后周洁茹持续在《香港文学》上发表作品。周洁茹写过新移民对于香港的不适应和艰难，不过这并不是她写作的重点。对于香港而言，她不是"南下"，而是"漂泊"。她所表现的，是在香港的都市女性的荒芜。在叙述上，周洁茹并不刻意经营故事，她不惜把故事割成碎片，这正符合她内心的分裂状态。

上述作家，除董启章出生于20世纪60年代末以外，其他均出生于70年代后期，登上《香港文学》的时间也较晚，主要都在陶然接编《香港文学》以后。香港本地作家董启章、韩丽珠、谢晓虹等人都是先锋小说家，就此而言，他们继承并光大了香港的现代主义传统。年轻的南来作家已经没有什么意识形态色彩，然而与香港本土作家仍然不同。周洁茹在书写上一路行走，并不停留于香港。葛亮虽然尝试写香港，但到后来写长篇时，仍然回到了南京。看起来，即使在回归之后，本地作家与南来作家仍然在两条平行线上。

在世界华文文学方面，陶然继任《香港文学》主编后，继续了刘以鬯的努力。陶然不但保留了海外华文文学专辑，并且进一步发展为单个作家的"海外华文作家专辑系列"，突出宣传知名的海外华文作家，让这些作家走向前台。其中，与香港有关的海外作家尤其引人注意，他们持续在香港发表作品，成为香港文坛的一个特殊部分。

施叔青（1945—），1979年寓居香港，1994年返回台北。施叔青初到香港，以"香港的故事"小说系列为人所知，其中《驱魔——香港的故事之九》发表于《香港文学》1986年第1期。在居住香港后期，施叔青撰写了"香港三部曲"，试图为香港历史画像。《香港文学》在2011年第2期卷首位置刊登了施叔青的专辑，专辑包括施叔青的自述文章《我写历史小说》，以及陈芳明、王德威、李瑞腾等几位台湾及海外知名学者的评论文章。

《香港三部曲》

卢因（1935—），原名卢昭灵，生于香港，英文书院毕业。他是50年代《文艺新潮》的主要作家之一，曾以小说《私生子》获得"文艺新潮小说奖金短篇小说入选作品"第二名。1973年，卢因移民加拿大，但他仍然关注香港。在《香港文学》创刊号上，他就发表了短篇小说《弹筑》。到了第2期，他以卢昭灵之名发表了《加拿大华人文学的过去和未来》。1987年，他和梁丽芳成立加拿大华裔作家协会，成为创会会长。次年，《香港文学》还刊登了《访卢因谈"加华作协"》（总第42期）。《香港文学》在2011年9月刊载了卢因的专辑，其中发表了卢因本人的《外星蚁人感知录》，又发表了陈浩泉、谢兆先、陈丽芬、许定铭等人的评论文章。

陈浩泉（1949—），福建南安人，1962年大学毕业来港，在左翼报刊任职。1973年出版的诗集《日历纸上的诗行》，是他的第一部著作。在长篇小说上，他自己较为喜欢《香港狂人》（1983年）和《香港九七》（1990年）等几部小说。1992年，陈浩泉移民温哥华，并成为加华作协的四任会长，与卢因来往密切。陈浩泉在《香港文学》上发表的作品，以诗歌居多，如《夜景》（总第21期）、《悼绿》（总第26期）、《望夫山》（总第29期）等。2012年4月，《香港文学》刊登了陈浩泉的专辑，其中包括陈浩泉本人的创作谈《第二次见面》，以及卢因、刘俊、喻大翔等人的评论文章。

叶维廉（1937—），1955年自香港去台湾大学，不过仍是香港现代主义文坛的一个部分。1967年他获得哥伦比亚大学博士学位后，留在加州大学圣地亚哥分校任教，从此扎根美国。1985年《香港文学》创刊后，叶维廉在创刊号上发表了《闲话散文的艺术》，当年又发表了诗歌《布达佩斯的故事》（总第4期）、《北京的晚虹》（总第9期）等。2011年冬天，澳门大学举办"叶维廉与汉语新文学国际学术研讨会"，叶维廉与昆南、王无邪"三剑客"重聚,2011年12月,《香港文学》专门做了一个专辑,其中昆南、王无邪、叶辉等香港文学老人都写了回忆文章。

　　法国方面,《香港文学》给来自香港的蓬草、绿骑士和黎翠华三位法国华文作家分别都做了专辑。有趣的是,《香港文学》上刊载这三个人的专辑,时间挨得很近,并且其中有不少互评,如蓬草写绿骑士的《街道和花》、绿骑士写蓬草的《蓬草的"森林"》等。作家之间是相互熟悉的,《香港文学》似乎希望打造一个香港的"法国作家群"。

　　梁羽生(1924—2009),出生于广西蒙山,1949年来港,在左翼报刊工作。1954年,梁羽生就在《新晚报》上连载《龙虎斗京华》,成为香港新派武侠小说的开山。1987年,梁羽生赴澳大利亚定居。香港没有忘记梁羽生,浸会大学于2001年邀请他来港讲座,并召开过一个"梁羽生讲武论侠会"。《香港文学》特地做了一个"梁羽生回望"专辑(总第207期),并发表了他的演讲稿,题为《早期的新派武侠小说》。2009年4月,《香港文学》再次组织了一个"新派武侠小说宗师梁羽生纪念专辑",其中包括罗孚等人撰写的七篇文章。

《龙虎斗京华》

　　除了上述香港海外作家之外,《香港文学》还先后给林海音、王鼎钧、非马、张翎、赵淑侠、朵拉、苏炜、喻丽清、聂华苓、洛夫、尤今、刘荒田、黎紫书、张错、钟怡文、严歌苓、痖弦、陈谦、骆以军、许世旭、章平、袁霓等著名海外华人作家组织了专辑。从名单上看,《香港文学》上介绍的海外作家的阵容,较刘以鬯时期大为增加。陶然牢牢保持了与海外华文作家的联系，巩固了《香港文学》作为世界华文文学中心的地位。

在香港文学研究方面，陶然也较为重视。陶然在《香港文学》上专门开设了香港作家的研究专辑，这些专辑包括："悼念黄继持"专辑（总第209期）、"'曾敏之与世界华文文学'学术研讨会特辑"（总第280期）、"悼念海辛特辑"（总第318期）、"也斯小说《后殖民食物与爱情》评论小辑"（总第303期）等。这些专辑兼具史料和研究性质，对于香港文学研究具有重要价值。

陶然还在《香港文学》上开辟了"真情对话"栏目，以访谈在世老作家的形式，保存文学史料。其中包括：杜家祁、马朗《为什么是"现代主义"？——杜家祁·马朗对谈》（总第224期），胡菊人、熊志琴《六十年代的报刊经验——胡菊人先生谈〈新生晚报〉》（总第285期），沈舒《遗忘与记忆——辛郁谈丁平与〈华侨文艺〉（1）》（总第352期）等。后来，陶然又创立了一个"友约谈文"，发表同辈文人朋友之间的约谈，由余非访谈陶然、胡燕青、王良和、许迪锵、黄灿然等作家。如果说访谈前辈作家，重点在于记录史料，那么同时代作家朋友之间的对谈，则重点有所不同，它更多展示当代作家的心态。

陶然注意发表香港年青学者香港文学研究的成果，使得香港文学研究后继有人。在《香港文学》发表香港文学研究文章的学者中，熊志琴和张咏梅是较为突出的两位青年学者。与前辈学者卢玮銮等相比，熊志琴和张咏梅等香港年青学者在注重史料整理的同时，更加侧重于研究和论述，这是香港文学研究进一步深化的标志。

进入21世纪后，内地的香港文学研究者在观念上已经较为开放，在材料掌握上也较从前要丰富得多，他们在《香港文学》

上经常与香港学者互相配合。事实上，这个时期香港文学研究的阵容已经不仅仅局限于香港和内地，国外学者也在关注香港文学。2007年香港回归十周年，笔者帮助《香港文学》组织了一个"'回归十周年'香港文学专辑"，其阵容是：王德威、也斯、陈国球、藤井省三、金惠俊、赵稀方、叶辉、冯伟才、陈智德、陈德锦、刘俊、黄万华、钟晓毅、袁勇麟、曹惠民、痖弦（总第271期）。由此可见，香港文学研究的阵容已经一分为三：香港、内地学者与国外学者。作为一个学科的香港文学研究，已经走向世界。在这一过程中，《香港文学》功不可没。

作联与作协

第十六章

第一节 《香港作家》

上文提到,《香港文学》已经公共化了,不再是左翼文人的阵地,那么问题来了:《海洋文艺》以来的左翼文人群体去哪里了呢?

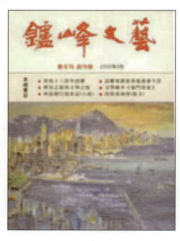

《炉峰文艺》

从报刊上找线索,我们发现了2000年3月创刊的《炉峰文艺》。据第2期《炉峰文艺》记述,这一年3月17日,"炉峰雅集"举办了41周年志庆暨《炉峰文艺》创刊联欢会,地点在北角敦煌酒楼。会上会长罗琅介绍本会历史及《炉峰文艺》的筹备过程,副会长郑辛雄(海辛)、秘书长谭秀牧等人参与了欢迎接待。罗琅如何介绍"炉峰雅集"的历史,我们不得而知,不过早在1994年,罗隼(罗琅)就在《香港文学》第7期上发表过一篇《炉峰社的三十五年》,2004年他又在《香江文坛》第12期发表过一篇《炉峰雅集半世纪》,从这两篇文章中,我们基本上可以了解炉峰社的来龙去脉。

炉峰社由一群左翼文人创立于1959年春天,发起人有郑辛雄、黄夏、李阳、罗琅、谭秀牧等人,首次聚集地点是九龙德成街的影联俱乐部,出席人员有吴其敏、蓝真、郑辛雄、李是、谭秀牧、舒巷城、何达等人。1961年,炉峰社出版了短篇小说集《市声·泪影·微笑》,由吴其敏主编。1962年,他们又出版了青年散文创作集《海歌·夜语·情思》。进入新时期后,炉峰社继续活动。20世纪80年代初,张君默的《遥远的星宿》曾在宏图图书公司出版，列为"炉峰丛书"第一种，可惜无以为继。1989年后，香港天地图书公司邀请高旅、罗隼、海辛和谭秀牧出版个人著作，它们分别是高旅的《过年的心路》、罗隼《罗隼短调》、海辛《塘西三代名花》《花族留痕：塘西三代名花续集》和谭秀牧《谭秀牧散文小说选集》。1995年香港艺术发展局成立，"炉峰雅集"正式申请为不谋利社团，并申请出版"炉峰文丛"两辑，获得了资助。第一辑包括：《高旅杂文》《罗隼选集》《黄蒙田散文·回忆篇》和谭秀牧《看雾的季节》、海辛《戴脸谱的香港人》；第二辑包括罗孚《丝韦随笔》、吴羊璧《香港五十秋》、舒巷城《夜阑琐记》、张君默《聚散依依》、杨柳风《覆瓿小集》和《黄蒙田序跋集》。2000年，炉峰社向艺展局申请出版《炉峰文艺》，不过只得到五期资助。2000年第1期《炉峰文艺》介绍了1999年3月举办的一个"炉峰雅集四十年艺展"的情况，其中展出文艺作品及手稿的作家包括：罗孚、罗琅、张君默、海辛、黄蒙田、吴羊璧、金依、高旅和谭秀牧等。这个名单告诉我们，左翼文化人原来聚集在这里，以"炉峰雅集"的形式继续活动。

　　较为正式的、规模较大的左翼文人组织是香港作联。1987年10月25日，香港的31位作家假座北角敦煌酒楼举行会议，发起组织成立一个文学团体"香港作家联谊会"（后改名"香港作家联会"，简称"作联"），并推举陈浩泉、何紫、潘耀明、颜纯钩、曾敏之、张君默、张文达等人为筹委，负责起草章程、筹募基金、选择会址。1988年1月31日，他们在湾仔合和中心举行成立大会，会上选出11位理事：何达、曾敏之、刘以鬯、罗忼烈、何紫、吴羊璧、陈浩泉、白洛、潘耀明、夏婕和陶然。2月2日，首届理事会推出，他们是——会长：曾敏之；副会长：刘以鬯、何紫；秘书长：吴羊璧；联络部：潘耀明、夏婕；学术部：杜渐、陶然；出版部：白洛；康乐部：何达；福利部：陈浩泉。

1988年1月,香港作家联谊会成立酒会

从人员构成上看,炉峰社与香港作家联谊会(以下简称作联)有部分重合,炉峰社的很多成员加入了作联。炉峰社副社长海辛本身就是作联的发起人之一,炉峰社的社长罗琅从第二届开始加入作联理事会,并担任秘书长、副会长等负责工作。

作联与香港传统左翼团体还是有所不同的。曾敏之1948年就担任香港《大公报》"华南版"主编,也算是老一辈左翼文人,不过他并不是从《海洋文艺》群体出来的,因为他在1949年就回到了广州,1978年又重新返港。返港后,曾敏之在主持《文汇报》"文艺周刊"期间,聚集了大量的作家,其中以南来文人为主,既有新老左翼作家,更多20世纪70年代后期来港的新南来作家。正是在此基础上,曾敏之才组织成立了香港作联。作联成员并非都是左翼南来文人,如创会副会长刘以鬯,如黄维樑、施叔青乃至胡菊人,也都是作联成员。可以说,作联是一个范围更广的泛南来文人团体。

作联的刊物《香港作家》虽然篇幅不大,但从创刊一直坚持到现在,延续了三十多年,是香港持续时间最长的刊物之一。

1988年5月开始出版的作联会刊是《作联会讯》，它起初每期只有16开2版。据陶然回忆，"《作联会讯》只是作为会内通讯，起到一种联系的作用。初期的编辑方针，亦以会内消息为主，后来才慢慢发表一些有关文学评论方面的文章"。[1]《作联会讯》共出了24期，1990年10月第25期始更名为《香港作家》，版式变成了8开4版，篇幅增加了一倍。1992年4月15日，《香港作家》再次扩版，由4版增至8版。尽管如此，《香港作家》仍然只能以会讯和评论为主，偶尔发表文学作品，也多是诗歌和"小小说"。1995年，因获香港艺展局资助，从第84期起，《香港作家》改名为《香港作家报》月刊，篇幅又增加一倍，变成16版，出版日期也由每月15日改为每月1日。至1996年8月1日第94期，它的篇幅增加为20版，每期字数增加到约10万字。1998年2月第112期，因为艺展局资助停止，《香港作家报》又改回到《香港作家》双月刊，开本变小，扩版至36页。2002年，《香港作家》扩版申请未果，刊物从第1期开始重新编号，版面反而缩小了，变成了24页。不过此后《香港作家》陆续扩容，至2017年，《香港作家》已变成一本72页的刊物。

从行文看，《作联会讯》和《香港作家》起初由陶然和梅子负责。据陶然说，"从1996年2月1日出版的总第88期开始，《香港作家报》编委会人员调整，由曾敏之任社长，陶然任总编辑，梅子任副总编辑，编委有吴羊璧、周蜜蜜、夏婕、陶然、梅子、犁青、张诗剑、潘耀明、颜纯钩"。[2]至2000年，陶然接替刘以鬯担任《香港文学》主编，梅子就接替陶然担任《香港作家》主编，

---

[1] 参见陶然：《从〈作联会讯〉到〈香港作家报〉》，《香港作家报》1997年扩版号第23期，总第106期。

[2] 陶然：《从〈作联会讯〉到〈香港作家报〉》，《香港作家报》1997年扩版号第23期，总第106期。

左图：
《香港作家》改版号第1期（1990年10月15日）

右图：
《香港作家》改版号第2期（1990年11月15日）

周蜜蜜担任副总编。2006年，梅子创刊《城市文艺》并担任总编，周蜜蜜就接替梅子成为《香港作家》主编，蔡益怀担任副主编。2014年，蔡益怀担任总编，罗光萍担任副总编，直至2019年第6期停刊，不过它旋即又以网刊的形式继续存在。

作为一个香港刊物，《香港作家》给人的第一印象是与内地文坛关系较为密切。《香港作家》刊载了大量内地文坛的消息，即以1990年《香港作家》更名前第25、26期来说，第25期刊载的文坛消息有："巴金向现代文学馆捐献获奖奖金""卞之琳学术讨论会在北京举行""《台港文学选刊》发行突破十万份"等。第26期刊载的文坛消息有："北京成立中华台港暨海外华文文学研究会""北京中国社会科学院文学研究所转俞平伯先生家属""大陆文艺界体制改革——沙叶新慨叹困难重重""英若诚'回娘家'""张一弓、霍达前往爱荷华""著名红学家俞平伯病逝""作家手迹"等。刚创刊的《香港作家》一共才8开4版篇幅，3、4版用来介绍作联成员，还剩两版，可以说有关内地的文坛消息占据了主要部分。这让我们想到50年代初期的《大公报》和《文汇报》，当时它们就是以报道内地新闻为主的。到了1957年的《文艺世纪》，香港本地作家才开始增多。再到1972年的《海洋文艺》，又因为过多刊载内地作品而导致终刊。可以说，《香港作家》继承了左翼报刊的传统。

中国作家协会对于香港作联很关心。每逢十周年大庆，中国作协等相关单位的领导都会亲自率领代表团来庆贺。1998年香港作联十周年庆的时候，邓友梅率领代表团来港，新华社香港分社张俊生在庆祝晚会上讲话。2009年香港作联成立二十周年庆的时候，金炳华、陈建功、王安忆率领的中国作家协会高级代表团到港参加庆典。2018年香港作联成立三十周年的时候，中国作协、中国文联主席及中联办副主任杨健等率代表团出席。这些消息都是在会刊《香港作家》上公开刊载出来的。香港作联这样一个小小的民间团体，享受了如此高的规格，显得不同寻常。

在《香港作家》获得香港艺展局资助以后，有人对于刊物过多登载内地文章产生了不满。1996年香港作家夏婕在香港某报专栏上发表《香港作家》一文，她所反映的问题是：第一，"为什么这《香港作家报》下面的头条文章，作者或是被评论者，大多数都陌陌生生的不是香港作家？第二，艺展局规定资助本港文艺活动，香港作家报不少文章的作者不是香港人，可以吗？第

香港作联三十周年作品集

三，香港作家报应以推介本港作家的作品，和作家本身的文学活动文化讯息为主；参插大陆台湾海外作家的近况动态，或者是评论香港作家的文章，才能提高本港作家的士气和推动写作水平。你们的编辑方针是否如此？第四，大陆作家在内地已有数以千计的'地盘'发表作品，香港地，公开园地甚少，为什么不把机会留给本港作者？"

《香港作家报》在1996年4月1日第4期（总第90期）上转载了夏婕的《香港作家》一文，并发表《回应夏婕小姐》，予以回应。文中列举了《香港作家报》刊登内地文章的情况：自受资助的1995年10月号至上一期1996年3月号（总第84—89期）六期，《香港作家报》发表了艾晓明评论张爱玲小说、袁良骏评论黄维樑散文、周伟民评论刘以鬯小说、王列耀评论颜纯钩小说、陆士清评论香港文学作品、钟晓毅评论钟晓阳小说、徐志啸评论小思散文和林胄评论周蜜蜜小说等文章，不过文中认为，这些内地学者评论香港作家作品的文章，"应该归入广义的香港文学的一个组成部分"。至于《香港作家报》发表的内地作家方方、李平访港的散文，以及张洁、池莉等人的佳作，"也可以拓宽我们的艺术眼界"。文章还顺便批评，夏婕身为《香港作家报》编委，却不参加编委会工作。[1]

《香港作家》较多刊载内地文章，缘于他们对于内地的关注。用曾敏之的话来概括，就是"向北看"。曾敏之在1994年最后一期曾发表过一篇迎新的文章，题为《"向北看"以迎新》。曾敏之提道，"送旧迎新，用于时序，就是送走旧年，迎来新年——95年。但是迎字还另有含义，就是迎接'九七'更迫近了。香港于'九七'回归祖国，当然是一件大事，当然为600万港人所关切"。

---

[1] 夏婕《香港作家》一文及《香港作家报》编委会之回应，参见《香港作家报》编委会：《回应夏婕小姐》，《香港作家报》1996年第4期，总第90期。

他借用卸任港督麦理浩提出的名言"向北看",并对此进行了演绎,认为"香港与大陆母体相依弥抑,大陆的改革开放坚持下去,香港能得其利,不论谁,都应该'向北看',拥护、支持改革开放的政策,从而使个人事业安身立命之道也两蒙其利,反之,必然会有失落感,会有进退失据的徬徨"[1]。

对于香港文坛,《香港作家》却时有负面的看法。1990年10月15日改版的《香港作家》第1期,在第2版发表了一篇孙涤灵的文章《我对香港文艺界的浅见》。文章缘起是这样的:1990年4月17日,台北的张放在《星岛日报》"星辰"版发表《台北人看香港》一文,认为"香港是没有文艺的"。香港作家梁锡华在他的专栏里,对此进行了反驳。孙涤灵的文章就是针对这两篇文章的。孙涤灵虽然来自香港,但他并没有像梁锡华那样批驳张放,反而认为"张放先生对香港文艺界的某些看法,还是有一定道理的,值得我们深思"。孙涤灵自认为既不赞成张放的全面否定,也不赞成梁锡华的肯定一切,不过他的四点论述,全部在批评香港文艺:一是香港的报刊专栏"不知所云";二是"香港泥沙文字泛滥";三是香港鲜有正经的文学期刊,只有八卦马经等;四是高雅艺术在香港观众很少,只有通俗文化当道。针对孙涤灵的这篇文章,《香港作家》在10月23日晚上专门召开了一个座谈会,出席者有黄康显、璧华、红叶、金东方。与会者基本同意孙涤灵的说法,座谈会主要讨论导致这种状况的原因,如香港的商业环境、缺乏文学评论等。

对于香港作联的作家,《香港作家》倒是大力推荐的,这是其会刊功能所在。《香港作家》每期都设置介绍作联会员的栏目,名曰"点将台"。每次介绍占据一个版面,一次介绍一两个作家,

---

[1] 曾敏之:《"向北看"以迎新》,《香港作家》1994年第12期,总第74期。

约两千字。一直到1996年4月第90期,这个栏目才停止。六年以来,《香港作家》这个"点将台"介绍了大量的作联作家,其中较为人知的名字有:王一桃、吴羊璧、阿浓、何达、林荫、周蜜蜜、金依、巴桐、陈少华、罗琅、程乃珊、夏易、秀实、陈浩泉、谭帝森、红叶、罗忼烈、彦火、黄傲云、林力安、汉闻、杨明显、犁青、韦娅、孙重贵、曾敏之、颜纯钩、舒非、陶然、梅子、冯伟才、璧华、蔡益怀、韦妮等。就此名单看,20世纪七八十年代以后南来香港的文人占据了相当大的比例。这些成员在自我介绍中,每每涉及自己在内地的经历。作家红叶在1993年7月总第57期的自我介绍《吟诗者言》一文中,曾经提及,"在本刊的会员点将台专栏,被点而亮相的朋友已有64位,截计至总第55期"。在言及文章内容时,他提道,"更多南来的朋友都叙说身陷牛棚的痛苦!惨被赶进干校劳改,停学停业,浪费青春,真的使人悲愤莫名,惊骇过度而惘然若失!"因为这种经历和背景,香港新一代南来文人的写作就与左翼前辈有所不同了。

除介绍作联作家的生平背景以外,《香港作家》还创立了一个"会员新著"栏目,及时介绍他们新出版的作品,由此我们得以及时了解作联作家的写作出版情况。《香港作家》介绍的作联作家的著作主要有:曾敏之的《曾敏之散文选》《听涛集》,刘以鬯的长篇小说《对倒》、短篇小说集《黑色里的白色,白色里的黑色》《多云有雨》,海辛的长篇小说《塘西三代名花》《花族留痕:塘西三代名花续篇》,谭秀牧的《谭秀牧散文小说选集》,彦火的随笔集《生命·不尽的长流》,陶然的长篇小说《追寻》《与你同行》、中篇小说《心潮》、散文集《生命流程》,林荫的短篇小说集《永远的樱子》、"小小说"集《今夜又有雨》《盗棺者》,东瑞的长篇小说《人海枭雄》,陈浩泉的长篇小说《香港九七》,张君默的中篇小说集《异人》,周蜜蜜的小说集《缺月》《女子物语》、散文集《采梦录》《凝梦录》，儿童文学作品短篇故事《风球下》和长篇科幻小说《寻龙探险记》《恐龙人的疑惑》，颜纯钩的短篇小说集《天谴》、散文集《心版图》，陈娟的长篇小说《昙花梦》，王一桃的诗集《王一桃香港诗辑》《热带诗抄》，吴应厦的长篇小说《女人啊，女人》，林媚的长篇小说《天望》等等。

在创作观念上，左翼文人多奉行批判写实传统。罗琅在回顾炉峰社历史的时候提道：50年代以后，自由派文人与左翼文人分为两派，没有共同语言。左翼文人强调"反映现实，鞭挞强权，揭露黑暗，颂赞光明"，"反映香港社会各个角落，在殖民统治下，一幅幅血泪现实，通过文字进行呐喊、呼号，以达到震聋启哑的目的"。[1]《香港作家》创刊后，数次刊载了作联小说组所举行的文艺座谈会纪要，从这些"纪要"中，我们可以看到，香港作联对于左翼文艺思想既有继承，也有改变。刊登于1991年12月总第38期《香港作家》的座谈会纪要，题为《小说创作如何反映香港社会现实——香港作联小说组座谈纪要》，其中张继春指出："揭露社会阴暗面的文章固然要写，但更应该描写亚洲四小龙之一的香港腾舞的雄姿。"这番话体现出南来作家对于香港态度的微妙变化。

值得注意的是，作联多次提出"雅俗共赏"的问题。1991年9月15日《香港作家》第36期刊登的座谈会纪要，题目是《探讨小说创作的路向——香港作家联谊会小说组讨论记要》。这次座谈会专门讨论"文人小说和通俗小说相结合"的问题，其中分析的样板是陈娟的小说《玫瑰泪》[2]。1993年6月《香港作家》

---

[1] 罗琅:《炉峰雅集半世纪》,《香江文坛》2004年第12期, 总第36期, 另收入罗琅:《香港文化记忆》, 香港：天地图书有限公司, 2017年, 第215—225页。

[2] 张继春整理:《探讨小说创作的路向——香港作家联谊会小说组讨论记要》,《香港作家》1991年第9期, 总第36期。

第56期刊登的座谈会纪要，题为《文学的出路在哪儿？——香港作家联会小说组讨论纪略》，再次讨论"严肃文学和通俗文学相结合"的问题，主张"作家应该抛弃和改变以为只有严肃文学才是真正文学的旧观念"[1]。

从创作上看，作联大致有三代南来作家：第一代大致是1949年前后来港的作家，如曾敏之、刘以鬯、舒巷城、夏易、海辛、罗琅等人，第二代大致是1970年前后来港的作家，如陶然、东瑞、彦火、陈浩泉、张君默等人，第三代则是70年代末期

《香港作家》

以后新来港的作家，如颜纯钩、周蜜蜜、张诗剑、陈娟、王一桃、黄虹坚、王璞、程乃珊等人。第一代南来作家是前辈；第二代南来作家已经成果丰硕，成为作联主要负责人；第三代南来作家则是较晚来港的，较为活跃，他们关注内地，写内地移民在香港的遭遇。从作家阵容上看，《香港作家》主要以作联作家为主，不过后期也能容纳不同类型的作家，包容性更强。

作联不但包含了历史悠久的炉峰社的成员，也吸收了较新的南来文人团体如龙香文学社的成员。龙香文学社成立于1985年1月，社长是1978年来港的张诗剑，创社人为张诗剑、巴桐、陈娟（张诗剑之妻）和夏马四人。1988年，他们向香港当局申请注册成立香港文学报社出版公司，出版《香港文学报》，也出版文艺书籍。龙香文学社致力于香港和内地的文化交流。他们做的第一件事情，就是邀请深圳作协七位专业作家来港交流考察，在香港这边他们邀请了犁青、陶然、汉闻等人参与。这次交流获

---

[1] 张继春整理：《文学的出路在哪儿？——香港作家联会小说组讨论纪略》，《香港作家》1993年第6期，总第56期。

得了新华社香港分社宣传部的支持,王福生副部长出席了座谈会。据张诗剑说,"这是改革开放后大陆作家和香港作家的首次交流活动",打破了内地与香港作家"互不往来的沉寂局面"。其后,龙香文学社又组织了约二十位香港作家赴深圳交流。诸如此类的交流活动,龙香文学社举办了不少。在此过程中,文学社本身的规模也扩大了。龙香文学社这种做法,显然与作联是同类相求的。事实上,他们经常共同组织活动。1988年作联成立的时候,曾敏之特约张诗剑、巴桐、陈娟饮茶,邀请他们加入作联。其后,龙香文学社推选了二十多人加入作联。张诗剑本人自第三届理事会起加入了理事会,并担任秘书长、副会长等职。

需要指出的是,无论是"炉峰雅集",还是龙香文学社,他们虽有部分成员加入了作联,但自身仍然是独立的。特别是龙香文学社后来规模发展较大,由其成员创办的社团就达到了四个。

当代香港只要是由南来文人主办的文学团体和刊物,多多少少都与作联有关系,被聚集在作联的大旗之下。

第二节 《作家》

(一)

在谈及香港文学团体时,人们一般都将作联与作协相提并论,称一个代表香港南来作家,一个代表香港本地作家。这是很简单化的说法。单就作协而言,它就发生了两次转折,经历了三个阶段,不能一概而论。

作协是"香港作家协会"的简称,它成立于1987年6月10日,创会会长是通俗小说家倪匡,1988年3月即出版了《作家》。我们知道,香港作联成立于1988年1月31日,《作联会讯》创

香港：报刊与文学

1988年3月《作家》创刊号

刊于1988年5月，也就是说，无论在学会成立还是刊物创办方面，作协都略早于作联。不过，《作家》寿命不长，两期以后就夭折了，香港作联的《香港作家》却一直坚持下来了。

《作家》1988年创刊，由张文达担任社长，张君默任总编辑，徐行（黄仲鸣）是副总编辑。在办刊方针上，第一次编辑会议即定下"雅俗共赏、不唱高调"的宗旨。一般文学报刊都自觉定位于雅的层面，因此所谓"雅俗共赏"，其特殊性就落在了"俗"的方面，也就是通俗文学。《作家》的具体负责人是黄仲鸣，"由约稿到编辑的重担即落到徐行身上。多少个不眠之夜，徐行便与谭仲夏、曾进奎、孔铭、杨德深等人，奋力耕耘，《作家》终于诞生"。[1]《作家》打破了纯文学的套路，以通俗文化开篇，创刊号就做了两件让他们后来津津乐道的事情：一是邀请倪匡、蔡澜、黄霑、黄百鸣等"名嘴"大谈女人经，由此引发了亚视组织的名嘴节目；二是做了一个通俗小说家林燕妮的专辑，据云"由访问稿到分析作品，都掷地有声"。《作家》自认为，"由于有别于'正统'文学刊物，在所谓'严肃文学'者眼中，它是'大逆不道'的。内中不少通俗作品，便被视为不入殿堂"。[2]

直到十年之后的1998年5月，在香港艺展局的资助下，他们才重新开张。复刊后的《作家》由月刊变成了双月刊，仍然

---

[1] "编前语"，《作家》（双月刊）1998年第1期。
[2] "编前语"，《作家》（双月刊）1998年第1期。

旨在通俗。《作家》双月刊复刊号发表了钟晓毅的《雾里看花——林燕妮小说新论》，这篇评论林燕妮的文章，衔接了十年前《作家》对于林燕妮的采访。1998年7月面世的《作家》双月刊第2期，发表了言情小说家西茜凰的小说《挺好的恋爱》，又发表了关于通俗言情小说家依达的评论，冯梓的《激情小说家依达——"情"与"性"的逻辑思维》，同时还发表了三篇金庸小说评论，杨兴安《论金著秉承传统小说的香火》、潘国森《浅论段正淳与王语嫣父女》和沈西城的《金庸小说在日本》。《作家》双月刊复刊后的第1期"编前语"，回顾了《作家》创刊时的"辉煌"情景，声明新复刊的《作家》双月刊仍然秉持"雅俗共赏"的宗旨，"今回，《作家》再度面世，由月刊改为双月刊，编辑宗旨仍沿此路线。是好是坏，留给历史见证即可"。第2期"编前语"，再次申明刊物的宗旨，"本刊的宗旨，无分雅俗，只要是好文章，我们照单全收"。并得意于采访到了依达，"冯梓小姐访问了香港大大有名的流行小说作者依达，畅谈他的创作历程。依达很少接受别人的访问，严肃的文学工作者也很少关注他；这个访问，不容错过"。

《作家》双月刊1998年第1期

作为双月刊的《作家》，第3期本来应该在1998年9月出版，但它一直到1999年2月才面世。刊中发表了一篇题为《多谢戴德丰先生》的文章，对此进行了解释。原来，香港艺展局只答应资助两期，因此《作家》双月刊出完两期就没钱再出了，重新申请未获批准，后来幸得香港作协名誉会长戴德丰先生慨捐16万元，才得以重出，时间就耽误了。第3期《作家》双月刊通俗成分更重，刊物组织了一个作协创会人倪匡的专辑，包括评论其作

《作家》双月刊 1999 年第 3 期

品的五篇文章：林荫的《玻璃屋里的倪匡》、汪学成的《倪匡：当兵的要喝拔兰地》、麦继安的《倪匡·魏力·韦斯利》、苏赓哲的《倪匡感情世界管窥》及黄仲鸣本人以笔名徐行撰写的《倪匡的武侠小说之梦》一文。另外，这一期又发表了一篇"金学"文章，杨兴安的《问世间情是何物？——论神雕中杨过的抉择》，还发表了一篇研究香港专栏文字的文章，乐融融的《专栏文学多情趣》。

除《作家》双月刊外，香港作协还出版了"香港作家协会丛书"。如果说《作家》双月刊还"雅俗共赏"，那么"香港作家协会丛书"则变得有俗无雅，更加清晰显示了作协的市场文化定位。新出的"香港作家协会丛书"共四本：吴敬子《祭山》、柳岸的《柳岸传情》、苏赓哲的《文学·世态·情》和施友朋的《野外茶话》。吴敬子即黄仲鸣本人，《祭山》是他的一本微型小说集，里面包括爱情、科幻、武侠、神怪等各种类型小说。其中，《祭山》写"一国两妻"，夹杂性描写，被称之为"情色小说"。柳岸的《柳岸传情》同样是迎合市民趣味的写作，其中《美女三人行》承接了十年前《作家》谈女人经的传统，只不过这次谈的不是"男人眼中的女人"，而是"女人眼中的男人"。施友朋的《野外茶话》和苏赓哲的《文学·世态·情》均是报刊专栏集，其中不乏软文，如施友朋的《女性身体观》《色情新境界》等[1]。一般而言，文学学会第一次出版"丛书"，都是较具实力的代表作。香港作联策划出版的"香港文学丛书"，第一批

---

[1] 参见古远清：《喜爱滚滚红尘中的俗世情怀——读"香港作家协会丛书"》，《香港作家》1998 年第 2 期。

书包括五种:《梁秉钧诗集》《犁青诗文选》《曾敏之文选》《黄维樑散文选》和《刘以鬯中篇小说选》。而香港作协出版的这一套"丛书",格调之低,有点让人意外,不过也正好反映它的自我定位。

前文我们提到,香港本土文学主要包括"《大拇指》—《素叶文学》"和"《诗风》—《诗网络》"两个流派,后者是学院派,前者自居民间派。不过"《大拇指》—《素叶文学》"虽然号称"民间",其实却是非常精英的,这一点从其对于西方现代、后现代文学的翻译引进上就可以看出来。与此相比,《作家》的通俗文学定位可能才是真正"民间"的,这里的"民间"指的是迎合市民阅读趣味。如果在严肃文学主流的社会,俗文学可能会不值得一谈,香港的情况却大大不同。香港本来就是通俗文学主流,纯文学处于边缘,作协将自己定位于市场俗文学,倒可能是香港文学正宗。由此,谈香港文学"本土性",大概需要增加《作家》这一维度。

(二)

《作家》双月刊的第4期,至四个月之后的1999年6月才面世。据这一期"编前语",戴德丰先生所捐助的16万元,并非只资助《作家》杂志,还资助一本名为《百家联写,香港岁月》的书,所以他的捐助只够出到第4期,"经过精打细算,这第四期的经费,戴先生的钱还可支撑;至于下一期怎办呢?唉,见一步行一步吧"。由于不断脱期,《作家》不好意思再自称双月刊了,"然由于不断脱期,'双月刊'之名,经过编辑部同人的会商,还是不标明好;到将来有充足资本,那才'双'下去,或者逐月出版也说不定"。此后《作家》后面的"双月刊"几个字就没有了。

《作家》1999年第4期

《作家》第6期开始出现署名香港作家协会会长、《作家》杂志社社长朱莲芬的"卷首语",看来是找到了新的捐助。朱莲芬是香港东汇证券公司董事长,从"卷首语"看,她是在作协第五届理事会上就职的。在就职典礼上,她先表扬了作协主席黄仲鸣和一众理事,接着表扬了作协永远名誉会长戴德丰和蔡冠深对《作家》的赞助。《作家》此后还在不断地找赞助,据2002年2月《作家》第14期透露,继戴德丰和蔡冠深之外,儒商彭晓明先生又答允出任《作家》名誉社长。儒商资助是《作家》开创出来的特别模式,这种做法与其市场定位也是相呼应的。

出人意料的是,儒商的赞助居然导致了"纯文学"的转向。从2000年8月1日第6期起,《作家》开始改版,目录改成了横版,并公布了编委会名单。编委会名单如下:名誉社长:戴德丰;社长:朱莲芬;主编:黄仲鸣;编辑:傅世义、廖汉荣。较之于1988年初创时期,社长由张文达变成了朱莲芬,主编由张君默变成了原副主编黄仲鸣。第6期为什么要改版以及怎样改版?无

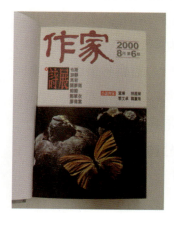

《作家》2000年8月第6期

从得知,不过从内容来观察,杂志本身发生了纯文学转向。这一期开头就发表梁秉钧的诗《志异十一首》,并同期发表了香港资深学者陈炳良的评论《读梁秉钧〈志异十一首〉》,又发表了叶辉的小说《流感》、韩丽珠的小说《婴儿》,还有关梦南的诗《我买了一间房子》、阿蓝的散文《生长

的颜色》等。这些"《大拇指》—《素叶文学》"一派的香港本地作家，多数都是第一次在《作家》露面。这一期《作家》还发表了蔡益怀的《无根的浮城——西西·辛其氏·黄碧云》，直接评论《素叶文学》的代表性作家。

《作家》的改版引人注目，据说反响很好。朱莲芬在《作家》第7期"卷首语"指出："本刊第六期革新号出版后，文学界的回响很大。我曾收过多个读者的电话及看过媒体的评论，赞其内容、编排极具水准之余，由儒商来赞助出版，更被推许为极具远见的一种做法。"在第8期"卷首语"中，她又指出："《作家》得以由第六期起革新出版，好评如潮。"

接下来，2000年10月《作家》第7期出现了一个"悼念蔡浩泉专辑"。蔡浩泉长期担任《素叶文学》的美术设计，是"素叶"风格的打造者。素叶出版社曾经给蔡浩泉主办过几次画展，支持他的事业发展。《作家》"悼念蔡浩泉专辑"刊登了《素叶文学》主将许迪锵的悼念文章《我不能再抚摸那温软的手》，黄仲鸣也以徐行之名发表了《我和蔡头饮酒打机的日子》。《作家》的这个"蔡浩泉专辑"，较《素叶文学》的"蔡浩泉特辑"还早两个月面世，看起来像《作家》向《素叶文学》的一次致敬。

2000年12月《作家》第8期刊载了《素叶文学》重要诗人何福仁的《何福仁诗作八首》。以及小西的诗评《科林多猫前书？——从何福仁的六首猫诗说起》。2001年2月《作家》第9期以头条位置刊登了一个香港现代诗人昆南的专辑，发表了他的小说《天堂舞哉足下——装置式小说：既然没有能力装置一个社会/国家/民族，还是装饰自己吧》，同时发表了西西的专评《共生——试

《作家》2000年12月第8期

读昆南的〈天堂舞哉足下〉》,还发表了邓小桦对昆南的一个专访《于积木游戏的缝隙睁大眼睛张望——访问并认识昆南》。在评论的栏目中,还有一篇小说专评,评西西在《素叶文学》发表的第一篇小说《碗》。第 10 期《作家》刊登了董启章的《体育时期 P.E.Period》和本地诗人阿蓝的诗歌"小辑",第 11 期继续连载董启章的《体育时期》。由此看,"《大拇指》—《素叶文学》"一系的香港本地作家开始登陆《作家》杂志。

据统计,从《作家》第 6 期改版,至第 20 期,经常出现在《作家》杂志上的作家名字有:叶辉、梁秉钧、韩丽珠、黄仲鸣、甘丰穗、关梦南、许定铭、余非、许迪锵、康夫、胡燕青、陈智德、林荫、邓小桦、黄灿然、何福仁、蔡炎培、颜纯钩、张君默、王良和、谢晓虹、陈国球、叶维廉、昆南、西西、董启章、郑树森、东瑞、许荣辉、陶然、洛枫、王璞、罗琅、罗贵祥、陈炳良、施友朋、杨炼等。对于这些作家,可以做一些分类,来说明《作家》这一时期的格局。第一,本地作家大量涌现,这些作家不止于"《大拇指》—《素叶文学》"一派的作家,还包括 50 年代以来叶维廉、昆南等现代主义前辈。第二,除本地作家外,一部分南来作家仍然在列,如东瑞、陶然、许荣辉、王璞、罗琅等人持续在《作家》发表作品,这说明《作家》并不排斥南来作家,而是形成了一个以本地为中心的扩大团体。第三,《作家》原来的通俗文学零星存在,如《作家》第 6 期发表的黄仲鸣的《粤语文学:三及第·广派·港派》、甘丰穗的《开到洛阳犹似锦 岂因一贬损荣华——探索作家杰克的履迹》,《作家》第 17 期发表的黄仲鸣的《寻根记——三及第文体形成简史》,不过通俗文学已经边缘化,乃至于消失。第四,《作家》发表了韩丽珠、邓小桦和谢晓虹三位年轻作家的作品,这三位青年人后来在 2006 年创立了香港本地文学最新的刊物《字花》。由此看,《作家》杂志不但上承了《素叶文学》,

还下启了《字花》。

需要专门提出来讨论的,是《作家》杂志在本地文学批评上的成绩。许定铭、陈智德、陈国球及周蕾等人的文章的出现,将香港文学批评推向了高峰。如果说《素叶文学》时代的批评家董桥和郑树森多限于泛泛的文化批评,那么《作家》上则出现了真正的关于香港文学和文化的批评理论。周蕾在《作家》第15期发表了《一种食事的伦理观》,文章通过分析梁秉钧的食事诗歌,批评了海内外各种消费香港的言论。陈国球在《作家》第14期发表了《文学史视野下的"香港文学"(一)》,而在第16期发表第二部分的时候,题目变成了《收编香港:文学史视野下的"香港文学"(二)》。这个"收编香港"是陈国球论述的一个关键词,文章不但对香港文学的历史脉络进行了梳理,更对中国内地文学史叙述香港文学的各种修辞进行了分析。陈智德对香港文学史进行了很多专题性的研究,许定铭则侧重于香港本地文学资料的收集。

《字花》

本地作家之所以聚集在《作家》上,有一个外部原因需要提到,即到了2000年前后,《素叶文学》开始走向衰落。2000年《素叶文学》只出版了两期,分别是第67和68期,其后就停刊了。正是在这一段时间,素叶作家集中涌向《作家》杂志。或者可以说,《作家》杂志接过了《素叶文学》的旗帜,再加上原有人马,继续往前走。如此看的话,《作家》杂志的价值就完全不一样了。

让人意想不到的是,《作家》后来又经历了一次转折。2003

年第 20 期,《作家》公布了一个来自香港作协第六届理事会的"作协新理事"名单。会长:朱莲芬;主席:黄仲鸣;副主席:林荫、徐子雄、关梦南、许定铭;秘书长:张双庆、东瑞;理事:海辛、沈西城、陈青枫、黎文卓、施友朋、李谷城、甘丰穗、古剑、麦继安、秀实、王椰林、陈清伟、唐至量、秦岛和彭最。从这个名单看,作联的作家加盟了作协,如林荫成为作协副会长,东瑞成为秘书长,海辛成为理事等。从历史上看,作联与作协的关系本来就不那么对立。我们注意到,《作家》初创时主编居然是拥有"炉峰"与作联双重背景的张君默。上文也曾提到,作联本身也注重"严肃文学与通俗文学相结合"的问题,与作协并不悖离。林荫、东瑞、海辛等人也一直写通俗性作品,现在他们正式加入作协,也在情理之中。

前一段在《作家》上较为活跃的本土派作家,却不在"作协新理事"名单中,除了一个较为边缘的关梦南。作协理事会改组后,本地作家在《作家》杂志上露面明显开始减少,而从次期即第 21 期开始,通俗文类"武侠小说专辑"出现了。至 2005 年第 38 期,《作家》居然刊出了"特辑:情色文学",公然回归通俗。

这又一次转折,应该与《作家》杂志的上层路线变化有关。担任作协会长的朱莲芬自第 6 期登上《作家》始,每期都写有"卷首语"。开始"卷首语"的内容主要是感谢儒商资助,后来则愈来愈靠近内地。在此情形下,香港本地作家在《作家》上的减少,成了水到渠成的事情。

与此同时,《作家》的内地色彩也开始增强。谢冕、谢有顺、姚新勇、许翼心、陈子善、古远清等人的名字,陆续出现在刊物上。内地作家李锐的专辑,也出现在《作家》第 45 期上。在 2006 年 5 月《作家》第 47 期新刊载的编委会名单中,排名第一和第二的,分别是内地学者费勇和谢有顺。

大致可以说,《作家》经历了三个阶段,一是通俗文学阶段,这包括 1988 年头两期和 1998 年重新创刊的头五期。二是本地纯文学阶段,时间大致在 2000 年 8 月《作家》第 6 期至 2003 年 6 月第 21 期三年期间。三是第 21 期之后,随着本地作家逐渐退出,作联作家及内地文人介入,《作家》转而成为另一种面目。

参考文献

一、原始报刊

《遐迩贯珍》（1853—1856）

《循环日报》（1874—1947）

《粤东小说林》（1906）

《小说世界》（1907）

《中外小说林》（1907—1908）

《新小说丛》（1908）

《绘图中外小说林》（1908）

《英华青年》（1919，1924）

《文学研究录》（1921—1922）

《双声》（1921—1923）

《妙谛小说》（1922）

《文学研究社社刊》（1922—1925）

《小说星期刊》（1924—1925）

《伴侣》（1928—1929）

《字纸篓》（1928—1932）

《铁马》（1929）

《岛上》（1930—1931）

《春雷半月刊》（1933）

《红豆》（1933—1936）

《小齿轮》（1933）

《今日诗歌》（1934）

《时代风景》（1935）

《南风》（1937）

《文艺阵地》（1938—1942）

《大风》（1938—1941）

《文艺青年》（1940—1941）

《大众生活》（1941）

《时代文学》（1941）

《华商报·灯塔》(1941—1945)

《大众周报》(1943—1945)

《小说》月刊(1948—1949)

《大众文艺丛刊》(1948)

《文汇报》(1948—)

《自由阵线》(1949—1959)

《文坛》(1950—1974)

《新晚报》(1950—1997)

《人人文学》(1952—1954)

《今日美国》(《今日世界》)(1952—1980)

《中国学生周报》(1952—1974)

《海澜》(1955—1957)

《诗朵》(1955)

《文艺新潮》(1956—1959)

《青年乐园》(1956—1961)

《文艺世纪》(1957—1969)

《新思潮》(1959—1960)

《香港时报·浅水湾》(1960—1962)

《好望角》(1963)

《文艺伴侣》(1966)

《当代文艺》(1965—1979)

《海光文艺》(1966—1967)

《纯文学》(1967—2000)

《盘古》(1967—1978)

《秋萤》(1970—1988)

《诗风》(1972—1984)

《海洋文艺》(1972—1980)

《四季》(1972,1975)

《大拇指》(1975—1987)

《罗盘》(1976—1978)

《开卷》（1978—1980）
《八方》（1979—1990）
《素叶文学》（1980—2000）
《新穗诗刊》（1981—1986）
《香港文学》（1985—）
《九分壹》（1986—1990）
《当代诗坛》（1987—2013）
《博益月刊》（1987—1989）
《作家》（1988—2007）
《香港作家》（1988—2019，2019后转为网刊）
《诗双月刊》（1989—1998）
《香港笔荟》(1993—2000)
《沧浪》（1994—2007）
《炉峰文艺》（2000—2001）
《文学世纪》（2000—2005）
《当代文学》（2001—2004）
《青文评论》（2001—2004）
《声韵诗刊》（2001—）
《浪花》（2002—2004）
《诗网络》（2002—2006）
《香江文坛》（2002—2005）
《溯兰》（2005—2010）
《文学研究》（2006—2007）
《城市文艺》（2006—）
《字花》（2006—）
《文综》（2008—）
《小说风》（2008—2010）
《香港诗词》（2009—2012）
《文学评论》（2009—2018）

二、著作

中文部分

陈炳良编:《香港文学探赏》，香港：三联书店（香港）有限公司，1991年。

陈国球总编:《香港文学大系一九一九——九四九》，香港：商务印书馆（香港）有限公司，2014—2016年。

陈国球总编:《香港文学大系一九五〇——九六九》，香港：商务印书馆（香港）有限公司，2020年。

陈国球:《香港的抒情史》，香港：香港中文大学出版社，2016年。

陈鏸勋著，莫世祥校注:《香港杂记·外二种》，广州：暨南大学出版社，1996年。

陈洁仪:《香港小说与个人记忆》，香港：天地图书有限公司，2010年。

陈丽芬:《现代文学与文化想像：从台湾到香港》，台北：书林出版有限公司，2000年。

陈平原、陈国球、王德威编:《香港：都市想象与文化记忆》，北京：北京大学出版社，2015年。

陈清侨编:《文化想像与意识形态：当代香港文化政治论评》，香港：Oxford University Press，1997年。

陈素怡编:《也斯作品评论集：小说部分》，香港：香港文学评论出版社，2011年。

陈学然:《五四在香港：殖民情境、民族主义及本土意识》，香港：中华书局（香港）有限公司，2014年。

陈智德编:《三四〇年代香港新诗论集》，香港：岭南大学人文学科研究中心，2004年。

陈智德编:《香港当代作家作品选集·叶灵凤卷》，香港：天地图书有限公司，2017年。

陈智德:《板荡时代的抒情：抗战时期的香港与文学》，香港：中华书局（香港）有限公司，2018年。

陈智德：《根著我城：战后至 2000 年代的香港文学》，新北：联经出版事业股份有限公司，2019 年。

陈志华编：《声音与象限：字花十年选小说卷》，香港：水煮鱼文化制作有限公司，2016 年。

邓正健编：《机器与忧郁：字花十年选评论卷》，香港：水煮鱼文化制作有限公司，2017 年。

第三届全国台湾与海外华文文学学术讨论会大会学术组选编：《台湾香港与海外华文文学论文选》，福州：海峡文艺出版社，1988 年。

丁洁：《〈华侨日报〉与香港华人社会（1925—1995）》，香港：三联书店（香港）有限公司，2014 年。

杜渐：《长相忆：师友回眸》，香港：三联书店（香港）有限公司，2015 年。

［英］杜叶锡恩（Elsie Hume Elliot Tu）著，隋丽君译：《我眼中的殖民时代香港》，香港：香港中和出版有限公司，2017 年。

樊善标、危令敦、黄念欣编：《墨痕深处：文学·历史·记忆论集》，香港：Oxford University Press，2008 年。

樊善标编：《犀利女笔：十三妹专栏选》，香港：天地图书有限公司，2011 年。

樊善标：《谛听杂音：报纸副刊与香港文学生产（1930—1960 年代）》，北京：中华书局，2019 年。

方骏、麦肖玲、熊贤君编著：《香港早期报纸教育资料选萃》，长沙：湖南人民出版社，2006 年。

方骏、熊贤君编：《香港教育史》，长沙：湖南人民出版社，2010 年。

方宽烈编：《凤兮凤兮叶灵凤》，福州：福建教育出版社，2013 年。

冯伟才编：《香港当代作家作品选集·罗孚卷》，香港：天地图书有限公司，2015 年。

福建人民出版社编：《台湾香港文学论文选·首届台湾香港文学学术讨论会专辑》，福州：福建人民出版社，1983 年。

福建人民出版社编：《香港小说选》，福州：福建人民出版社，1980 年。

［英］弗兰克·韦尔什（Frank Welsh）著，王皖强、黄亚红译：《香港史》，北京：中央编译出版社，2007 年。

港大学生会、港大文社筹委会编:《香港四十年文学史学习班资料汇编》（讲义稿），1975年。

戈公振:《中国报学史》，上海：上海书店，1990年。

古苍梧、黄继持编:《香港文丛·温健骝卷》，香港：三联书店（香港）有限公司，1987年。

古苍梧:《古苍梧集》，北京：生活·读书·新知三联书店，2003年。

关梦南:《香港新诗：七个早逝优秀诗人》，香港：风雅出版社，2012年。

贺宝善:《思齐阁忆旧》，北京：生活·读书·新知三联书店，2005年。

何福仁编:《香港文丛·西西卷》，香港：三联书店（香港）有限公司，1992年。

黄灿然编:《香港当代作家作品合集选·诗歌卷》，香港：明报月刊出版社，2011年。

黄继持、卢玮銮、郑树森编:《香港文学资料册1948—1969》，香港：香港中文大学人文学科研究所香港文化研究计划，1996年。

黄继持、卢玮銮、郑树森:《追迹香港文学》，香港：Oxford University Press，1997年。

黄继持、卢玮銮、郑树森编:《香港散文选1948—1969》，香港：香港中文大学人文学科研究所香港文化研究计划，1997年。

黄继持、卢玮銮、郑树森编:《香港新诗选1948—1969》，香港：香港中文大学人文学科研究所香港文化研究计划，1998年。

黄俊东等:《香港文学书目》，香港：青文书屋，1996年。

黄康显:《香港文学的发展与评价》，香港：秋海棠文化企业，1996年。

黄南翔编:《香港文丛·徐速卷》，香港：三联书店（香港）有限公司，1998年。

黄念欣编:《香港当代作家作品选集·董启章卷》，香港：天地图书有限公司，2014年。

黄淑娴编:《真实的谎话：易文的都市小故事》，香港：中华书局（香港）有限公司，2013年。

黄淑娴等编:《也斯的五〇年代：香港文学与文化论集》，香港：中华书局（香港）有限公司，2013年。

黄维樑编:《香港当代作家作品选集·黄国彬卷》,香港:天地图书有限公司,2016年。

黄仲鸣编:《数风流人物——香港报人口述历史》(上、下),香港:天地图书有限公司,2017年。

集思编:《香港文丛·梁秉钧卷》,香港:三联书店(香港)有限公司,1989年。

赖连三著,李龙潜点校:《香港纪略·外二种》,广州:暨南大学出版社,1997年。

李谷城:《香港中文报业发展史》,上海:上海古籍出版社,2005年。

李家园:《香港报业杂谈》,香港:三联书店(香港)有限公司,2019年。

李婉薇:《清末民初的粤语书写》,香港:三联书店(香港)有限公司,2011年。

李文:《当代中国自由文艺》,香港:亚洲出版社有限公司,1955年。

李英豪:《批评的视觉》,台北:文星书店,1966年。

梁秉钧、陈智德、郑政恒编:《香港文学的传承与转化》,香港:汇智出版有限公司,2011年。

梁秉钧、许旭筠编:《东亚文化与中文文学》,香港:明报出版社有限公司,2006年。

梁秉钧、黄劲辉编:《刘以鬯作品评论集》,香港:香港文学评论出版社,2012年。

梁秉钧、郑政恒编:《长夜以后的故事:力匡短篇小说选》,香港:中华书局(香港)有限公司,2013年。

林曼叔编著:《司马长风作品评论集》,香港:香港文学评论出版社,2009年。

刘丽北编:《纹身的墙:刘火子诗歌赏评》,香港:天地图书有限公司,2010年。

刘以鬯编:《香港短篇小说百年精华》,香港:三联书店(香港)有限公司,2006年。

刘智鹏:《香港达德学院:中国知识份子的追求与命运》,香港:中华书局(香港)有限公司,2011年。

卢玮銮编:《香港的忧郁:文人笔下的香港(一九二五——一九四一)》,香港:华风书局,1983年。

卢玮銮:《香港文纵——内地作家南来及其文化活动》,香港:华汉文化事业公司,1987年。

卢玮銮编著:《香港文学散步》,香港:商务印书馆(香港),1991年。

卢玮銮、熊志琴:《双程路:中西文化的体验与思考1963—2003(古兆申访谈录)》,香港:Oxford University Press,2010年。

卢玮銮、郑树森主编:《沦陷时期香港文学作品选:叶灵凤、戴望舒合集》,香港:天地图书有限公司,2013年。

卢玮銮、熊志琴编著:《香港文化众声道》(第1册),香港:三联书店(香港)有限公司,2014年。

卢玮銮、熊志琴编著:《香港文化众声道》(第2册),香港:三联书店(香港)有限公司,2017年。

卢玮銮、郑树森主编,熊志琴编校:《沦陷时期香港文学资料选(一九四一至一九四五年)》,香港:天地图书有限公司,2017年。

卢玮銮:《卢玮銮文编年选辑》,香港:三联书店(香港)有限公司,2019年。

罗孚:《香港文化漫游》,香港:中华书局(香港)有限公司,1993年。

罗孚:《香港的人和事》,香港:Oxford University Press,1998年。

罗琅:《香港文化记忆》,香港:天地图书有限公司,2017年。

罗香林:《香港与中西文化之交流》,香港:中国学社,1961年。

罗永生:《勾结共谋的殖民权力》,香港:Oxford University Press,2015年。

侣伦:《向水屋笔语》,香港:三联书店(香港)有限公司,1985年。

马博良:《半世纪掠影:马博良小说集》,香港:中华书局(香港)有限公司,2013年。

马文通编:《香港当代作家作品选集·黄谷柳卷》,香港:天地图书有限公司,2014年。

茅盾:《我走过的道路》,北京:人民文学出版社,1981、1988年。

梅子编:《香港当代作家作品选集·舒巷城卷》,香港:天地图书有限公司，2017年。

明柔佑、谢隽晔、陈天浩编著:《香江旧闻:十九世纪香港人的生活点滴》，香港:中华书局（香港）有限公司，2014年。

慕容羽军:《为文学作证——亲历的香港文学史》，香港:普文社，2005年。

潘亚暾主编:《台港文学导论》，北京:高等教育出版社，1990年。

潘毅、余丽文编:《书写城市》，香港:Oxford University Press，2003年。

阮朗:《阮朗中篇小说选》（上、下），成都:四川人民出版社，1982年。

萨空了:《香港沦陷日记》，香港:三联书店（香港）有限公司，2015年。

单德兴:《翻译与脉络》，北京:清华大学出版社，2007年。

舒巷城:《艰苦的行程》，香港:花千树出版有限公司，2009年。

《思想》编辑委员会编:《香港:解殖与回归》，台北:联经出版事业公司，2011年。

《思想》编辑委员会编:《香港:本土与左右》，台北:联经出版事业公司，2014年。

松浦章、内田庆市、沈国威编著:《遐迩贯珍——附解题·索引》，上海:上海辞书出版社，2005年。

宋以朗:《宋淇传奇:从宋春舫到张爱玲》，香港:Oxford University Press，2014年。

陶然主编:《香港文学选集系列》（1—20卷），香港:香港文学出版社有限公司，2003—2017年。

陶然主编:《香港当代作家作品合集选·散文卷》（上、下），香港:明报月刊出版社，2011年。

王赓武主编:《香港史新编》，香港:三联书店（香港）有限公司，1997年。

王宏志:《历史的偶然——从香港看中国现代文学史》，香港:Oxford University Press，1997年。

王家琪等编:《西西研究资料（1—4）》，香港:中华书局（香港）有限公司，2018年。

王家琪:《素叶四十年:回顾及研究》，香港:中华书局（香港）有限公司，2020年。

王剑丛、汪景寿、杨正犁、蒋朗朗编著：《台湾香港文学研究述论》，天津：天津教育出版社，1991年。

王良和：《打开诗窗——香港诗人对谈》，香港：汇智出版有限公司，2008年。

王齐乐：《香港中文教育发展史》，香港：波文书局，1983年。

王韬：《弢园文录外编》，郑州：中州古籍出版社，1998年。

夏衍：《懒寻旧梦录》，北京：生活·读书·新知三联书店，2000年。

香港岭南学院翻译系、文化/社会研究译丛编委会编译：《解殖与民族主义》，香港：Oxford University Press，1998年。

香港中文大学中国语言及文学系、香港教育学院中国文学文化研究中心编：《都市蜃楼：香港文学论集》，香港：Oxford University Press，2010年。

谢常青：《香港新文学简史》，广州：暨南大学出版社，1990年。

谢荣滚主编：《陈君葆日记全集》，香港：商务印书馆（香港）有限公司，2004年。

谢荣滚主编：《陈君葆文集》，香港：三联书店（香港）有限公司，2008年。

谢荣滚主编，广东省立中山图书馆编：《陈君葆书信集》，广州：广东人民出版社，2008年。

忻平：《王韬评传》，上海：华东师范大学出版社，1990年。

熊志琴编：《经纪眼界——经纪拉系列选》，香港：天地图书有限公司，2011年。

秀实编：《何达作品评论集》，香港：香港文学评论出版社，2012年。

徐承恩：《城邦旧事：十二本书看香港本土史》，香港：红出版（青森文化），2014年。

徐迟：《江南小镇》（上、下），《徐迟文集》（第九、十卷），北京：作家出版社，2014年。

许定铭编：《香港当代作家作品选集·侣伦卷》，香港：天地图书有限公司，2014年。

许定铭：《香港文学醉一生一世》，香港：练习文化实验室有限公司，2016年。

徐速:《百感集》，香港：高原出版社，1974年。

杨国雄:《香港战前报业》，香港：三联书店（香港）有限公司，2013年。

杨国雄:《旧书刊中的香港身世》，香港：三联书店（香港）有限公司，2014年。

叶灵凤:《读书随笔》（一、二、三集），北京：生活·读书·新知三联书店，1988年。

叶灵凤:《香港方物志》，北京：商务印书馆，2017年。

叶灵凤著，卢玮銮笺，张咏梅注:《叶灵凤日记》（上、下、别录），香港：三联书店（香港）有限公司，2020年。

也斯:《香港文化空间与文学》，香港：青文书屋，1996年。

也斯、叶辉、郑政恒编:《香港当代作家作品合集选·小说卷》（上、下），香港：明报月刊出版社，2011年。

叶维廉:《叶维廉文集》（一至八卷），合肥：安徽教育出版社，2002—2004年。

游胜冠、熊秉真编:《流离与归属：二战后港台文学与其他》，台北：台大出版中心，2015年。

余绳武、刘存宽主编:《十九世纪的香港》，北京：中华书局，1994年。

余英时:《余英时回忆录》，台北：允晨文化实业股份有限公司，2018年。

袁良骏:《香港小说史》（第一卷），深圳：海天出版社，1999年。

张嘉俊编:《香港当代作家作品选集·高雄卷》，香港：天地图书有限公司，2016年。

张美君、朱耀伟编著:《香港文学@文化研究》，香港：Oxford University Press，2002年。

张双庆编著:《李辉英作品评论集》，香港：香港文学评论出版社，2010年。

赵雨乐:《近代南来文人的香港印象与国族意识》，香港：三联书店（香港）有限公司，2016年。

赵滋蕃:《文学原理》，台北：东大图书公司，1988年。

郑蕾编:《香港当代作家作品选集·昆南卷》，香港：天地图书有限公司，

2016年。

郑明仁：《沦陷时期香港报业与"汉奸"》，香港：练习文化实验室有限公司，2017年。

郑树森：《结缘两地：台港文坛琐忆》，台北：洪范书店有限公司，2013年。

郑树森、黄继持、卢玮銮编：《早期香港新文学资料选（一九二七——一九四一年）》，香港：天地图书有限公司，1998年。

郑树森、黄继持、卢玮銮编：《早期香港新文学作品选（一九二七——一九四一年）》，香港：天地图书有限公司，1998年。

郑树森、黄继持、卢玮銮编：《国共内战时期香港本地与南来文人作品选（一九四五——一九四九年）》，香港：天地图书有限公司，1999年。

郑树森、黄继持、卢玮銮编：《国共内战时期香港文学资料选（一九四五——一九四九年）》，香港：天地图书有限公司，1999年。

郑树森、黄继持、卢玮銮编：《香港新文学年表（一九五〇——一九六九年）》，香港：天地图书有限公司，2000年。

郑政恒编：《五〇年代香港诗选》，香港：中华书局（香港）有限公司，2013年。

周爱灵著，罗美娴译：《花果飘零：冷战时期殖民地的新亚书院》，香港：商务印书馆（香港）有限公司，2010年。

朱少璋编校：《海上生明月：侯汝华诗文辑存》，香港：汇智出版有限公司，2018年。

朱耀伟：《当代西方批评论述的中国图像》，台北：骆驼出版社，1996年。

朱耀伟：《本土神话：全球化年代的论述生产》，台北：台湾学生书局，2002年。

庄明萱等编：《台湾香港文学论文选·全国第二次台湾香港文学学术讨论会专辑》，福州：海峡文艺出版社，1985年。

卓南生：《中国近代报业发展史》，北京：中国社会科学出版社，2002年。

英文部分

Ackbar Abbas, *Hong Kong, Culture and the Politics of Disappearance*, Minneapolis: University of Minnesota Press, 1997.

Benedict Anderson, *Imagined Communities: Reflections on the Origin and Spread of Nationalism*, London and New York: Verso, 1983.

Bill Ashcroft, Gareth Griffiths, and Helen Tiffin, *The Empire Writes Back: Theory and Practice in Post-Colonial Literatures*, London and New York: Routledge, 1989.

Christina Klein, *Cold War Orientalism: Asia in the Middlebrow Imagination, 1945-1961,* Berkeley: University of California Press, 2003.

Eric Kit-wai Ma, *Culture, Politics, and Television in Hong Kong,* London and New York: Routledge, 1999.

Ernest John Eitel, *Europe in China: The History of Hongkong from the Beginning to the Year 1882,* London: Luzac & Co., ; Hongkong: Kelly & Walsh, Ltd., 1895.

Frances Stonor Saunders, *The Cultural Cold War: The CIA and the World of Arts and Letters,* New York: New Press, 2000.

Frank Welsh, *A Borrowed Place: The History of Hong Kong*, New York: Kodansha International, 1993.

Frantz Fanon, *The Wretched of the Earth,* New York: Grove Press, 1968.

Fredric Jameson, *Postmodernism, or, The Cultural Logic of Late Capitalism,* Durham: Duke University Press, 1991.

G.B. Endacott, *A History of Hong Kong,* London: Oxford University Press, 1958.

Geoffrey Robley Sayer, *Hong Kong 1841-1862: Birth, Adolescence and

Coming of Age, Hong Kong: Hong Kong University Press,1980.

Homi K. Bhabha, *The Location of Culture*, London and New York: Routledge, 1994.

James Pope-Hennessy, *Half-Crown Colony,a Hong Kong Notebook*, London: Jonathan Cape,1969.

Kam Louie(ed.), *Hong Kong Culture: Word and Image,* Hong Kong: Hong Kong University Press, 2010.

Leung Ping-kwan, "Two Discourses on Colonialism: Huang Guliu and Eileen Chang on Hong Kong of the Forties". *Boundary 2*, Durham: Duke University Press, 1998.

Rey Chow, *Writing Diaspora: Tactics of Intervention in Contemporary Cultural Studies*, Bloomington: Indiana University Press, 1993.

Richard Mason, *The World of Suzie Wong*, Cleveland and New York: The World Publishing Co.,1957.

Shu-mei Shih, *The Lure of the Modern: Writing Modernism in Semicolonial China, 1917-1937*. Berkeley: University of California Press, 2001.

Tak-Wing Ngo(ed.), *Hong Kong's History: State and Society Under Colonial Rule,* London and New York: Routledge, 1999.

香港三联版 "鸣谢"

本人身在北京，能够写成这样一本香港报刊研究的著作，自然是辛苦查阅资料的结果。港大图书馆报刊史料之丰富，服务之好，让我甘之若饴。记得有一次在那里查阅资料，工作人员告诉我，需要在以后的研究成果中，对港大图书馆表示感谢，这当然是应该的。中文大学的"香港文学特藏"，则是香港文学研究者的乐园，我把那里所有的资料看了好几遍。中大图书馆的马辉洪先生给了很多帮助，让我心有戚戚。感谢《香港文学》主编陶然先生和周洁茹女士，数次邀请我去香港查阅资料，并在刊物发表我的研究所得。感谢《大公报》韩纪文先生和管乐女士，长期以来编辑我的"小说香港"专栏，使得我的香港文学研究成果能够和香港读者见面。最后感谢"香港文库·学术研究专题"的总策划郑德华先生，将我的《小说香港》和这本《报刊香港》收入了三联"香港文库"，也感谢三联责任编辑梁伟基先生。三联书店与《香港文学》在中环联合召开"香港文学的前生今世"读书会，让我有机会与其他学者和读者分享研究香港文学的体会，也让我感念。

香港作为方法

——"《报刊香港》与华文文学研究"学术座谈会综述

袁勇麟　翁丽嘉整理

香港：报刊与文学

香港三联版《报刊香港》

中国社科院赵稀方研究员的最新著作《报刊香港：历史语境与文学场域》〔三联书店（香港）有限公司 2019 年 7 月版〕一经面世，便引起海内外学界的广泛关注。

2021 年 6 月 14 日，福建师范大学文学院和闽台区域研究中心联合主办了"《报刊香港》与华文文学研究"学术座谈会。座谈会由福建师范大学王光明教授主持，共有来自 14 所院校、研究机构和出版社的 22 位专家学者出席，他们分别是（按发言顺序排列）：福建师范大学汪文顶教授、周云龙教授，生活·读书·新知三联书店副总编何奎先生，山东大学黄万华教授，南京大学刘俊教授，北京师范大学张清华教授，福建社科院刘小新研究员，福建师范大学袁勇麟教授，暨南大学白杨教授，浙江大学金进教授，首都师范大学张桃洲教授，武汉大学荣光启教授，华侨大学陈庆妃教授，厦门大学刘奎教授，福建师范大学朱立立教授，山东财经大学章妮教授，福建师范大学黄科安教授、陈培浩副教授、王炳中副教授、许君毅博士、孙景鹏博士。《报刊香港》的作者赵稀方先生对各位专家、学者的发言作了回应，并分享了著书过程中的研究思路和想法。

香港承载着复杂的历史记忆，它所处的文化场域更是波谲云诡。赵稀方先生说："现代报刊一方面是历史材料，另一方面也是一种历史建构。"因此，他在《报刊香港》中，一方面深入挖掘报刊，另一方面又研究报刊如何建构香港。王光明教授表示："没有工业社会、殖民地和各种文化意识的交锋，就不会有'报刊香港'的文化景观。"王光明教授之所以提议召开"《报刊香港》与华文文学研究"学术座谈会，是因为他认为："随着香港回归祖国,香港的文化语境有了新的机遇与挑战。'报刊香港'在网络与微信时代越来越成为一个历史的单元。这正是一个把历史时间和空间的文化现象转换为历史单元的机遇。看清过去,可以更自觉地形塑未来。"《报刊香港》对华文文学研究乃至中国现当代文学研究都颇具启发意义,需要学者从不同角度和方法进行探讨与研究。与会学者围绕"返回历史现场""重写文学史""展望华文文学研究"等问题展开了认真的讨论,兹分述如下。

一、返回历史现场:史料与史论

作为内地学者,要掌握第一手香港史料并进行系统研究实属不易。《报刊香港》的作者掌握了较为全面的原始文献,有些史料甚至连香港本地都没有存录。赵稀方先生基于扎实的研究准备,客观、耐心、细致地考证史料,单就《小说星期刊》这一本杂志就研究了将近一年。汪文顶教授认为这种考证功夫和研究精神"对于现代文学研究乃至文学史研究,在学术、学风上都是一个很好的榜样和示范,令人敬佩有加"。汪文顶教授提到,唐弢先生在20世纪80年代初就提倡做文学史研究要从原始报刊入手,回到文学的历史现场。他还回忆起俞元桂先生在做现代散文史研究时,也教导学生要系统全面地从原始报刊入手,"这使我们对文学史原来的文化生态有一个比较系统的研究,比作者专集更能体现历史的纵横交错"。

基于作者掌握了较为全面的史料文献,加之具有严谨的批评态度,刘俊教授指出《报刊香港》的价值及特点就是"报刊考古"及"历史建构"。他认为赵稀方先生并非停留在史料堆砌层面,简单地介绍与铺陈香港报刊,而是"以广泛累积的香港报刊阅读量为基础,从'量'中发现问题,抽丝剥茧,依凭香港报刊,还原香港文学历史现场的真实形态。在《报刊香港》中,赵稀方从香港文学的源头说起,纠错指谬,正本清源,厘清了许多香港文学中似是而非、以讹传讹的错误说法"。这一观点得到了与会学者的一致认可。朱立立教授说道:"从这种扎实的考证功夫,让我想起勇麟说过的一个体验:考证史实过程有时如同侦探,习以为常的认知或皆以为是的常识却很可能包含着以讹传讹的错误。这本书里我们看到了多处建立在史料基础上的考证和纠错,涉及香港文学史上的一些重要问题,包括起源出处等。"

金进教授、陈庆妃教授、刘奎教授、黄科安教授、章妮教授等学者也都提到了《报刊香港》对一些重要史实的考证和纠偏,如确证了《遐迩贯珍》作为香港文学"不纯"的起源、纠正了《循环日报》办副刊的时间点、对阿英有关著作的补充和围绕《红豆》杂志进行的考订和纠谬等。

掌握原始材料,纠正、补充一些文学史错漏,是返回历史现场的第一步。在史实基础上,以生动的细节呈现历史,图文并茂,更能建构在场感。金进教授提到《报刊香港》描述香港早期作家的聚会,"让人想起来1929年8月29日鲁迅与林语堂参加的那一次聚会"。他更赞扬《报刊香港》一书的图文互动,"图文并茂,文中微言大义,言简意赅,多年心得藏于行文之中。践行前辈们的这种述史传统"。朱立立教授也称赞该书插图的运用,"图文呼应、相互印证,将读者带入鲜活的历史语境中"。

张清华教授认为,这种将生动的历史情境引入文学史书写的笔法,摆脱了概念化的文学史叙述。他以勃兰兑斯在《十九世纪文学主流》一书对于巴尔扎克和雨果的描写为例,说明"历史情节的书写赋予文学史真正的历史感",而《报刊香港》"不仅具有丰富的历史情境感,还充分反映香港文化的内部结构"。黄科安教授指出,这种生动的叙述方式是赵稀方先生学术著作的特点,并以"好读"二字加以概括,"撰述的内容生动有趣,娓娓道来,犹如讲故事,使人阅读后,不仅不疲倦,而且欲罢不能"。

另外,借充分的史料返回历史现场,还可以一定程度上减少对历史的"误读"。山东大学黄万华教授结合自身早年研究沦陷区文学的经验,以书中涉及沦陷区的章节为例,指出赵稀方先生擅长使用第一手史料建构起让人身临其境的历史氛围,"想象和实证,对于文学研究而言,始终有如车之双轨、鸟之两翼,缺一不可。二者在《报刊香港》展现出良好的结合"。通过历史情景的铺陈,研究者能更好地揣摩并理解历史人物的思维逻辑,进而做出客观的评价,如《报刊香港》关于戴望舒、叶灵凤"附逆"问题的对比辨析,做了符合历史逻辑、令人信服的文本解读。

二、重写文学史:地方性与中国性

这次香港"三联文库"先是重出了赵稀方先生十五年前的旧作《小说香港》,继之又出版了他的新作《报刊香港》,可见对于他的香港研究的肯定。《小说香港》与《报刊香港》都不是传统意义上文学史写法,却均受到学界的欢迎和重视。如何写作香港文学史,如何处理香港文学与中国文学的关系,学者们以赵稀方先生的实践为对象,对于文学史书写范式以及地方性与中国性等问题,展开了深入的讨论。

张桃洲教授认为:"《报刊香港》是一部厚重的论著,以史料见长。它透过丰富的报刊资料,

北京三联版《小说香港》

构建了另一种香港文学史,有别于时下以作家作品和文学思潮为对象和框架的香港文学史。以报刊为对象,能够更好地勾画与呈现文学发生场域的各种因素的互动关系,以便读者更深刻地把握和理解香港文学史的脉络与特征。"与此同时,他又提出:在香港文学研究上,《报刊香港》的价值之一就在于"不仅重视研究者常常论及的'南来作家',而且着眼于挖掘香港本土作家和在南来作家影响与指导下成长起来的青年作家,在论述上给予了较大的篇幅,很大程度上能够弥补以往文学史中的此类不足"。刘奎教授也表达了相似的观点:"《报刊香港》特别注重对香港文学内在脉络或者说本土经验的发掘。如我们讨论香港抗战文学时,多侧重对南来文人的讨论,但该著作则在南来文人之外,着力讨论了本土青年作家的创作,这是以往我们常忽略的内容。"

20世纪80年代以来,中国内地陆续出版了多部中国现、当代文学史著,同时也出版了不少香港文学史,但两者之间却似乎各不相干。陈庆妃教授指出:"香港文学史的书写一向是自立门户、独立成卷的,与中国文学史似乎关联不大,即便有部分中国文学史纳入香港文学,也只是板块式拼接,未能成为一个有机的部分。"香港学者不愿香港文学成为中国文学史的边缘,如同可有可无的阑尾,他们完成了12卷本《香港文学大系一九一九——一九四九》,也产生了《谛听杂音:报纸副刊与香港文学生产(1930—1960年代)》等一系列论著。对此,陈庆妃教授引出了一个命题:如何处理殖民统治地区文学的"特殊性"与中国文学的"普遍性"二者之间的关系。她认为:《报刊香港》可以说是针对这些问题的最新回应,"立足香港文学场域,以原始报刊史料为基础,赵稀方先生力图将香港文学令人信服地写入中国文学史,提供独特的研究视角"。刘奎教授也指出《报刊香港》在文学史层面的意义,即突破了地域的封闭性,"勾连中国现代文学的整体视野,注重将中国内地的新文学传统与香港地区文学脉络相互参照"。

白杨教授认为《报刊香港》的贡献就在于突破了文学史思维的边界，不但使原来一些处于边缘位置的文学现象，得以被包容在文学史的框架之中，并且能够从边缘出发，质疑内地习以为常的文学史写作模式。她说："赵稀方的著作《报刊香港》的特点是由内地学者完成的有分量的对话性成果。他以后殖民主义和新历史主义的理论方法作为讨论的路径，以对资料的掌握为基础，也对大陆一些研究中表现出来的思维固化进行反省。"如《报刊香港》以第一手资料呈现香港早期文言白话混杂的状态，分析了香港文言文学抵抗崇洋媚外、捍卫中国文化的特征，从而对内地加诸香港身上的"文言／白话"对立模式的偏颇之处进行反省。刘俊教授更提出"复眼视角"这一概念，认为作者"把香港文学植入中国文学大框架的语境下面，既聚焦香港，又观照中国内地，在两者的联系和比较中复眼化地凸显展示香港文学的独特性"。

袁勇麟教授认为，在很大程度上，香港可以成为承接、补充和反省中国文学的一个场域。"虽然二十世纪五六十年代的台港文化、文学是通过美援机构而得以交流与互通，但这一时期台港文坛对现代主义文学的译介和创作，填补并丰富了中国现当代文学的发展脉络；虽然香港文学易受商品市场导向影响，但随之发展出的新武侠小说、言情小说等通俗文学却也风靡海内外华文世界，体现出香港文学对传统白话文学、晚清及'五四'时期通俗文学一脉的延续。"

何奎副总编也认为，《报刊香港》实现了对文学史写作范式的创新。他指出：《报刊香港》在中国意识、香港意识、世界意识这三种视野中观照香港文学本土意识，实现了对香港文学主体性的创新，其中，"中国意识是根本，香港意识是基础，世界意识是方向。这样在观照香港文学本土意识日益觉醒的同时，不仅避免了香港文学游离于中华文明之外，也有助于帮助它在全球文化坐标系中找到自己的文化属性、文化定位，寻找与香港经济实力相对称的文化软实力"。章妮教授具体论析《报刊香港》对地方性视野与中国视野的融合，认为这样的双重视野"也为香港文学进入中国文学共同体和版图提供了媒介生产角度的路径"。

《报刊香港》对文学史的另类叙述，启示着我们如何以香港为方法，既避免香港文学成为中国现当代文学的边缘，又能够让香港文学史建构得到香港本土学界的认可。对此，黄万华教授说："当下内地与香港应该有更多的文学、文化沟通。《报刊香港》是一本让香港文坛、学界也会心悦诚服的书。"

《报刊香港》不仅为文学史写作模式提供了新的范式，打开了另一种呈现文学史的可能性，它更标志着华文文学进入发展的新阶段。刘小新研究员坦言自己曾多次表态，认为华文文学写史为时尚早，因为相关的史料积累、经典文本研究、重要作家研究等仍有许多不足。但他认为《报刊香港》的史料建构、理论建构以及渗透结构性方法，都对世界华文文学研究具有重要的意义。他表示，四十多年来，华文文学研究经过几代学人的辛勤耕耘，如今又到了需要重新出发的新阶段，"《报刊香港》显示出华文文学研究在学术表述上真正达到成熟的一种征兆，从中我们看到华文文学研究出现了扎实稳重、内敛大度、自在从容的气象"。同时，他还指出，《报刊香港》提出了中国现当代文学研究可以"以香港为方法"的命题，香港可以作为观照理解20世纪中国文学的一种方法。以香港为方法，重新观照大陆现当代文学发展，可以打开更大的学术空间。陈庆妃教授认为："以香港文学为方法，《报刊香港》不再只是华文文学的对象，而牵涉到中国文学的整体格局。"

三、回应与展望

与会学者也对《报刊香港》提出了不少建议，如袁勇麟教授认为"框框杂文"作为香港报纸副刊的一大特点，最能反映香港社会的发展与变化，希望《报刊香港》日后再版或出续集时，能够将其纳入研究的范畴。金进教授也建议将研究对象拓展至画报、小报，以丰富报刊文学史的研究。

赵稀方先生首先感谢在场学者的批评，他补充说：北京三联书店即将出版简体字彩图版《报刊香港》一书，内地版将在香港版的基础上增添四章，分别介绍《盘古》《八方》《香港文学》《香港作家》与《作家》。在香港版《报刊香港》的成书过程中，出于各种考虑，书的论述终点停留在了冷战结束之前。鉴于有很多人提到《香港文学》杂志，赵稀方先生决定在北京三联书店简体字版《报刊香港》中增补上这一部分。他进一步解释道，新增《香港文学》这一部分，并不是简单补充一章的问题，因为研究《香港文学》应该要先谈《八方》，而谈《八方》必须要追溯到《盘古》，其后又必须谈到香港作联的《香港作家》及香港作协的《作家》。20世纪80年代前后，由于中美建交、《中英联合声明》及冷战结束等原因所导致的时代变化，香港文坛发生了转折性的变化。因此，创刊于1985年的《香港文学》，实际上是开启了一个新的阶段，它所体现出的历史脉络与此前截然不同。因此，他依据历史脉络的走向，重新处理了《香港文学》这一部分的内容，增加不少篇幅。最后，对于一些没有被纳入《报刊香港》中的研究对象，他则申请了国家社科基金重大项目"香港文艺期刊资料长编"，召集国内香港文学研究的中青年学者一同整理，以期能够对香港文艺刊物进行完整的呈现。

（本文原刊于《华文文学》2021年第5期，有删节。）

后 记

写作《小说香港》的时候，临近"九七"，我侧重于辨析香港的文化身份及城市经验。此后，为港台后殖民论争所困，我转向后殖民主义及其理论旅行的研究。不过，自从进入香港文学领域以来，我一直有一个遗憾，即：香港文学史已经面世不少，但这一学科缺少一个报刊史料的实证基础。重要原因之一，是内地学者不方便去香港查阅报刊资料。我也一直不作此想，但这毕竟是一个学科的致命之处，所以一直牵挂于心。随着时间的推移，这一牵挂无形中愈来愈重，有一天终于落地，我决然放下手头的工作，开始研究香港报刊。

报刊研究是一个苦差事，为找资料，我跑了很多地方，包括内地、香港、台湾及海外的多处图书馆。一路辗转，默默阅读，多少日子就这样消失于青灯黄卷之中。偶有发现，便有意义。有关香港文学史的起点，文学史都按照香港著名作家刘以鬯的说法，追溯到《循环日报》副刊。《循环日报》国内不藏，香港有一小部分，所藏最全者为大英图书馆。笔者曾在大英图书馆查阅过《循环日报》的胶片，也在香港大学看过微缩胶片，确认《循环日报》在创刊时并没有副刊。刘以鬯本人并没有看过《循环日报》，他参考的是内地学者忻平的《王韬评传》，忻平也没有看过《循环日报》，他参考的是戈公振的《中国报学史》，不过转引却出现了错误。一直为人沿用的香港文学起点的说法，就来自这样一个简单的史料错误。记得唐弢先生在编撰中国现代文学史教材的时候，强调几条原则，其中一条就是，一定要查阅原始报刊，其重要性在这里得到了验证。

2018年的一天，三联书店（香港）有限公司忽然联系我，想重版《小说香港》，让我有点意外。这本书2003年面世，距今已经十五年了。原来，三联书店（香港）有限公司计划出版一套"香港文库"，精选香港人文社会科学专题研究的学术著作，《小说香港》很荣幸入选。这本书对我而言已是"少作",没想到还有人能够记住。"香港文库"总策划郑德华教授得知我正在研究香港报刊,很有兴趣,看完三章后,当即决定收入"香港文库"。就这样,"香港文库"分别在2018、2019年出版了《小说香港》和《报刊香港》两本书。事实上,"香港文库"多史学著作,文学方面收录得很少。

为不离当代太近,港版《报刊香港》一书将时间下限定在1980年。没想到,这本书面世后,我听到最多的意见是:为何没提到《香港文学》?《香港文学》大概是人们所知最多的香港文学期刊。这次北京三联书店版修订,我想还是加上《香港文学》吧。其实,在港版《报刊香港》面世之前,我就已经完成了有关《香港文学》的研究。证据就是2019年1月至4月,我在香港《大公报》分八次连载了《从〈香港文学〉看香港文学》一文。因为字数较多,多次都是全版刊载,我当时是想借《香港文学》全面论述香港文学。不过,如果要在新版中论及《香港文学》,那就必须牵涉另外一些刊物。如此,我又对80年代之后香港报刊的历史脉络进行了相关论述,新增了四章。

即使如此,这本书涉及的香港文学期刊也远远说不上齐全。香港虽是弹丸之地,然而报刊浩如烟海,本书对于少为人所知的早期刊物进行了考订,对于抗战和1949年后的刊物,则旨在进行话语实践的考辨,经由报刊脉络展现思想线索,因此不在乎一城一池。

2019年,我申报了一个国家社科基金重大项目"香港文艺期刊资料长编",集中全国优秀的中青年学者,分五个子课题对香港文艺期刊进行全面梳理,力争全面呈现香港文艺期刊,无所遗漏。目下工作已经接近完成,并在学术期刊上发表了数个研究专辑。

有一次碰到台湾清华大学的柳书琴教授，她对我说：做理论的人，甘于做史料，真不多见。做报刊确实很枯燥，仅仅1924年至1925年的《小说星期刊》，我就看了将近一年的时间。这个刊物以文言为主，并有大量粤语地方文化，没有现代标点，密密麻麻，看起来很不容易。不过看下去以后，我才发现它是一个难得的存留香港文化的宝藏，很值得挖掘。在《报刊香港》一书中，我专章讨论了这个刊物。尽管我很喜欢理论，但在论述香港报刊的时候，我却力避理论，需要的时候就概略几句，以免失掉史料的原始性。

在香港三联版《报刊香港》中，我没写"后记"，只是写了一个"鸣谢"。这次在北京三联书店出版，仍须表达感谢。2013年《小说香港》本来就初版于北京三联，是当年的"哈佛燕京丛书"之一，现在《香港：报刊与文学》又回到北京三联，可以说适得其所，也是一种命运轮回。首先要感谢何奎先生，他喜欢这本书，主动提出要出一本彩图版，这很让我有一点意外之喜。香港三联版本来也是插图版，不过图是黑白的。为使图片质量更高，何奎先生又主动联系香港三联，请人去港大图书馆，把图重拍了一遍，并补充了一些。马翀是责任编辑，很专业也很辛苦。最后要感谢徐婷及其他同学，她们从原始史料出发，校订了全部书稿，并和我反复核对。

最后，需要提一下香港和内地两个座谈会。2018年12月，时香港三联版《小说香港》刚刚面世，《报刊香港》正在排印之中。香港三联书店和《香港文学》杂志社，在中环三联书店联合召开了"香港文学的前生今世"座谈会。会议参与者主要是香港和内地的学者、作家及媒体人，主题是"从《小说香港》到《报刊香港》"。那一年12月16日的《大公报》发了一个会议报道，内容我已经淡忘了。唯记得，当年参加座谈的《香港文学》总编陶然、香港《文学评论》总编林曼叔两位先生都已经先后离世了，让人伤感。内地的"《报刊香港》与华文文学研究"研讨会，则是在2021年6月14日在福州举办的，由王光明教授主持，14所院校、研究机构和出版社的22位专家学者出席。对于这些香港和内地朋友的鼓励与批评意见，我都深为感谢，它让我觉得自己在香港文学研究的路上，并不那么孤单。

　　写作《小说香港》的时候，我还年轻；出版《报刊香港》，头发已经白了。年轻的时候，觉得人生漫漫，有大把时间可以挥霍。现在觉得时间过得太快了，人的一生就做不了几件事情。好在香港文学研究，我总算有始有终。